飯田亮介訳

天に焦がれて

Paolo Giordano

Divorare il cielo

早川書房

天に焦がれて

DIVORARE IL CIELO
by
Paolo Giordano

Translated by
Ryosuke Iida
First published 2021 in Japan by
Hayakawa Publishing, Inc.
This book is published in Japan by
arrangement with
MalaTesta Literary Agency, Milan
through Tuttle-Mori Agency, Inc., Tokyo.

装幀／早川書房デザイン室
写真／Tamara Dean

ロザリアとミミーノ
アンジェロとマルゲリータへ。
彼らの民謡《ストルネツリ》に捧《ささ》ぐ。

史実または実在の人物に関する言及は、いずれも純粋な偶然の一致である。実在する場所の様相およびいくつかの出来事の日時には、物語の必要性から変更が加えられている。

登場人物

テレーザ…………………語り手の女性

ベルン……………………テレーザの祖母の近所に住む少年
ニコラ……………………ベルンとトンマーゾと共同生活を送る少年
トンマーゾ………………ベルンとニコラと共同生活を送る少年

チェーザレ………………ベルンとトンマーゾの世話もする、ニコラの実父
フロリアーナ……………チェーザレの妻

コジモ……………………テレーザの祖母の家の管理人
ローザ……………………コジモの妻

ヴィオラリベラ…………アルバニア系の少女

ナッチ……………………マッサーフラの大農園主。トンマーゾの雇用主

コリン……………………トンマーゾの恋人

アーダ……………………トンマーゾとコリンの娘

ダンコ……………………自然保護活動家
ジュリアーナ……………ダンコの恋人

ダニエーレ………………ダンコの仲間

サンフェリーチェ………産婦人科医

ヨウナス…………………アイスランドのガイド

マリーナ…………………ベルンの実母。チェーザレの妹

〔引用文献一覧〕

本書に登場する書籍からの引用については、次の翻訳を参照した。一部、文脈に応じて翻訳しなおした箇所もある。

『口語訳　聖書』日本聖書協会
福岡正信『自然農法　わら一本の革命』春秋社

マックス・シュティルナー『唯一者とその所有』からの引用箇所は、『天に焦がれて』のイタリア語の原書をもとに、訳者がイタリア語から日本語に訳したものである。

第一部
大いなるエゴイストたち

1

わたしは彼らがプールで遊んでいる姿を目撃した。夜だった。向こうは三人一緒で、みんなとても若くて、子どもに毛が生えた程度の年ごろで、それは当時のわたしも同じだった。

スペッツィアーレではさまざまな物音でひと晩に何度もよく目が覚めた。それはスプリンクラーの水音だったり、庭先で喧嘩《けんか》をする野良猫の声だったり、延々と繰り返される単調な鳥の声だったりした。おばあちゃんの家で夏休みを過ごすようになってから最初の数年は、まともに眠れた覚えがほとんどない。そんな時はベッドに横になったまま、部屋のなかのものが遠ざかったり、近づいたりするのをよく眺めていた。家全体が呼吸でもしているみたいな眺めだった。

その夜、庭で物音がするのに気づいても、わたしはすぐには起き上がらなかった。警備会社の男のひとが玄関までやってきて、ドアの隙間にカードを一枚挟んでいくことがたまにあったからだ。でもそのうち、ささやき声や忍び笑いまで聞こえてきたので、行動を決意した。

床で水色の光を放つ電気蚊取り器を踏まないように気をつけて窓に近寄り、外を見下ろした。少年たちが服を脱ぐところは見逃したが、最後のひとりが黒い水面に滑りこむ瞬間は見届けた。

ポーチの明かりで三つの頭を見分けることができた。ふたりは黒っぽく、もうひとりは銀色に見えた。その点を除けば、寝室の窓から眺める限り、両腕で輪を描いて立ち泳ぎをしている三人はそっくりだった。

北風が収まったせいか、どこか穏やかな空気が漂っていた。やがて少年のひとりがプールの中央で仰向けに浮かんだ。裸の全身をいきなり見せつけられて、わたしは緊張で喉がからからになった。といっても実際には黒いシルエットしか見えず、ほとんどはこちらの想像の産物だった。少年は背をそらすと、後転するようにして水に潜った。ただ、浮かび上がると同時にはしゃぎ声を上げたものだから、銀色頭の子に黙れという風に顔を叩《たた》かれた。

「痛いじゃないか、馬鹿!」潜った少年が、こりずに大声で文句を言った。

すると銀色頭の子が、黙らぬ相手を水に沈め、三人目もその上に飛びこんだ。見ているわたしは、彼らが喧嘩を始めるのではないか、誰か溺れやしないかと気が気でなかったが、少年たちは笑いながらばらばらになり、プールの浅い部分のへりに並んで座った。濡《ぬ》れた背をこちらに向ける格好だった。真ん中の一番背の高い少年が、腕を広げて左右のふたりの首に回した。三人は小声で話していたが、途切れとぎれに聞き取れる言葉もあった。

庭に下りて、彼らと一緒に夜のプールを楽しもうかとも一瞬、思った。スペツィアーレでの日々はあまりに孤独で、誰かに会いたくてたまらなかったのだ。でも十四歳のわたしにはその手の大胆な行動に出る勇気がなかった。それまで遠くから見かけたことしかなかったが、三人は隣の農園の子ではないかとわたしは見当をつけていた。おばあちゃんが〝農園の子たち《マッセリア》〟と呼んでいた少年たちだ。

やがてベッドのスプリングがきしむ音がした。咳《せき》がひとつ聞こえ、父さんのゴム草履のぺたぺたという足音が続いた。三人に向かって逃げてと叫ぶ間もなく、父さんが階段を駆け下りる音、管理人の名を呼ぶ声が聞こえた。古い石造りの離れでぱっと明かりが点き、コジモが出てくるのと、父さんが庭に現れるのは同時だった。どちらもトランクス一丁だった。

少年たちはプールから大あわてで飛び出すと、散らばった服をかき集めた。そして何着かそこに残したまま、暗闇に向かって駆けだした。コジモは、待てこの悪ガキども、頭をかち割ってやる、と怒鳴りながら三人を追って走り、父さんは少したためらってから、管理人のあとを追った。父さんが石ころをひとつ拾うのをわたしは見た。

やがて暗闇で悲鳴がひとつ上がり、金網に体がぶつかる音がしたかと思うと、待て、そこから下りろ、という声が聞こえた。わたしは胸がどきどきした。まるで自分が逃げて、追われているみたいに。父さんとコジモはかなり時間が経ってから、ようやく戻ってきた。父さんは左の手首を押さえていて、手のひらに染みができていた。コジモは父さんの左手を間近で観察すると、離れに入るようなうながした。そして、侵入者を呑みこんだ夜闇をちらりと見てから、自分もなかに入った。

翌日、昼食の時、父さんは片手に包帯をしていた。地面に落ちた鵲《かささぎ》の巣を元の場所に戻してやろうとして、つまずいたのだと説明された。スペッツィアーレに来ると、父さんはいつも別人に変身した。数日で肌は真っ黒に焼け、方言で声色まで変わり、わたしにはまるで見覚えのない男のひとになった。このひとは本当は誰なのだろうと思うこともあった。いつだってスーツにネクタイ姿の、あのトリノのエンジニアと、無精ひげを伸ばし、半裸で家のなかをうろつくこの男性の、どちらが本物なのだろうか？　いずれにしても、母さんが結婚したのは前者だけで、後者については顔も見たくないと思っていたのは明らかだった。彼女はもう何年もプーリアに来たことがなかった。八月の初め、わたしと父さんがトリノから南部を目指すはてしないドライブに出発する時だって、母さんは見送りはおろか、寝室から出てこようとすらしなかった。

わたしたちが静かに食事をしていると、途中でコジモが庭から呼ぶ声がした。

玄関の外で、衛兵のように見下ろす管理人の前に並んで立っていたのは、夜に見た三人の少年たちだった。最初は一番背の高い少年しかわからなかった。ほっそりとした首と、やや後ろに長い頭の形に見覚えがあった。でもわたしが興味を引かれたのは、むしろ残りふたりのほうだった。ひとりは色がやけに白くて、髪も眉毛も、木綿のように真っ白だった。もうひとりは黒髪で、よく日焼けしていて、両腕がひっかき傷だらけだった。

「ああ、忘れた服を取りにきたのかい?」父さんが言った。

すると背の高い少年が抑揚のない声で答えた。「いいえ、昨日の夜、お宅に断りもなく入って、プールを使ったことを謝りにきたんです。僕たちの親が、どうかこれをお受け取りください、とのことです」彼が差し出した袋を、父さんは包帯をしていないほうの手で受け取った。

「君、名前は?」心ならずという感じではあったが、父さんはやや声を和らげて尋ねた。

「ニコラです」

「そのふたりは?」

「こいつはトンマーゾ」ニコラはまず色白のほうを指して言った。「こっちはベルンです」

わたしの目には、Tシャツを着た三人が妙に居心地悪そうに映った。まるで誰かに言われてしかたなく着てきたみたいだった。わたしはベルンとしばらく見つめあった。瞳は真っ黒で、少し寄り目だった。

父さんが袋を軽く揺らすと、中身のガラス瓶がぶつかる音がした。謝罪に来た少年たちを前にしているのが、あのひとはとても苦痛だったのだと思う。

「何もこそこそと入ることはなかったんだよ」父さんは言った。「プールに入りたいなら、そう言ってくれればよかったんだ」

それを聞いてニコラとトンマーゾはうつむいたが、ベルンはまだわたしから目をそらさなかった。三人の背後では庭の白い地面が目がくらむほど輝いていた。

「だって万が一、プールで君たちの誰かが調子でも悪くなって……」父さんは口ごもった。ますます気まずげな様子だった。「コジモ、この子たちにレモネードは出してやったかい？」

管理人は気は確かかという表情で父さんを見やった。

「いえ、結構です。ありがとうございます」ニコラが礼儀正しく断った。

「御両親がいいとおっしゃれば、今日だって、お昼のあとに泳ぎにきてもいいんだよ」父さんはそう言い、わたしを見た。うなずいてほしかったのかもしれない。

そこでベルンが初めて口を開いた。「昨日の夜、ガスパッロさんは、トンマーゾに後ろから石をぶつけました。確かに僕たちはこちらの私有地に違法に侵入しましたが、ガスパッロさんは未成年への暴行というずっと重い罪を犯しました。やろうと思えば、こっちは訴えることだってできるんですよ」

ニコラが肘でベルンの胸を小突いたが、三人のなかで一番背が高いだけで、なんの権威もないようだった。

「なんの話だね?」父さんは答えた。「まるで身に覚えがないんだが」

わたしは、石を拾う父さんの姿を思い出し、暗闇の向こうから届いた一連の物音と、誰がどうして上げたのかわからなかった悲鳴を思い出した。

「トンミ、さあ、ガスパッロさんに痣《あざ》をお見せしろ」

トンマーゾは尻ごみしたが、Tシャツの裾をベルンがつまむと抵抗しなかった。ベルンはそっとシャツをめくり上げ、トンマーゾの背中を剝《む》き出しにした。背中の皮膚は腕よりもなお白く、大きさがコップの底ほどもある痣の青さが余計に目立った。

「これです」

ベルンが痣を人差し指で押すと、トンマーゾは身もだえした。

父さんは催眠術にでもかかったように呆然《ぼうぜん》としていた。コジモがかわりに介入し、何か方言で少年たちに言いつけると、三人はおとなしく聞き入れ、おじぎをして別れを告げた。

ところが日なたに出てからベルンが振り返り、おばあちゃんの家を険しい顔で見回してから言った。

「その手、早くよくなるといいですね」


その午後は暴風雨となった。わずか数分のうちに空が見たことのないような紫と黒に染まった。

嵐は一週間ばかり続き、いつも雲が海から突然にやってきた。一度など雷で、庭のユーカリの枝が一本折れた。井戸水を汲《く》み上げるポンプを別の雷でやられた時は、父さんは物凄く怒って、コジモに八つ当たりした。

おばあちゃんはいつものソファーで、ずっとペーパーバックの推理小説を読んでいた。わたしも暇つぶしに読もうと思い、一冊お勧めを尋ねたら、どれでもいいから本棚から適当に選べと言われた。そこで『死のサファリ』というのにしたのだが、退屈な話だった。

しばらくぼんやりと宙を見つめて過ごしてから、わたしはおばあちゃんに、マッセリアの三人の男の子について何か知らないかと訊《き》いてみた。

「いつも行ったり来たりだね。あそこの子たちは、いつまでも同じ顔ぶれということがないんだよ」

それが答えだった。

「でも、マッセリアで何をしてるの?」

「親が迎えにくるのを待ってるんじゃないかね、よくわからないけど。そうじゃなきゃ、ほかの誰かに引き取られるのを待っているんだろうよ」

わたしのせいで読む気を失ったみたいに、おばあちゃんは本を置いた。「ともかく、それまであの子たちはお祈りばかりして過ごすんだ。あの家はなんというかね……一種の異端派なんだよ」

嵐がやむと、今度は蛙《かえる》の来襲の番だった。蛙は夜のあいだにどんどんプールに飛びこみ、いくら塩素を入れても追い払うことができず、かき寄せ機《スキマー》に吸いこまれたり、清掃ロボットの車輪に巻きこまれたりした。生き残った蛙はのんびりと泳いでいた。二匹で重なって一緒に泳いでいるのまでいた。

ある朝、朝食のために庭に下りてみると——わたしはまだ短パンにキャミソール姿だった——ベルンがいた。プールの脇で虫取り網片手に蛙を追っているところで、一匹すくうたびに網を横に走らせ、バケツのなかに落としていた。

彼の注意を引こうか、それとも上に戻って着替えてこようかちょっと迷ってから、結局そのまま近づき、蛙を捕ればぼうちの父さんにお金をもらえる約束なのかと訊いてみた。

「チェーザレは俺たちがお金に触れるのを嫌がるんだ」ほんの少しだけこちらに顔を向けてベルンは答え、ちょっと間を置いてから、こう続けた。「時に十二弟子のひとりイスカリオテのユダが祭司長たちのところに行って、言った。『彼をあなたがたに引き渡せば、いくら下さいますか』すると、彼らは銀貨三十枚を彼に支払った」

わけのわからない返事だと思ったけれど、意味を説明させるのもしゃくだった。バケツのなかを覗《のぞ》いてみると、積み重なった蛙が上に向かって次々に跳ねていた。でも逃げ出すにはプラスチックの壁は勾配が急すぎるようだった。

「どうするつもりなの？」

「放してやるさ」

「でも放したら今夜には戻ってきて、コジモに苛性ソーダで殺されちゃうよ？」

すると彼はわたしをきっとにらんだ。「戻ってこられないくらい遠くまで行くから平気だ」

わたしは肩をすくめた。「なんにしても、どうしてこんな気持ち悪い仕事をお金ももらえないのにやるの？」

「プールを勝手に使った罰だよ」

「もう謝ったじゃない？」

「チェーザレが俺たちは償うべきだって決めたんだ。でも今日まで雨だったから機会がなかった」

プールの蛙はみんな全速力で泳いで逃げたが、ベルンは辛抱強く網で追い続けた。

「チェーザレって誰？」

「ニコラの父親」

「あなたのお父さんでもあるんでしょ？」

ベルンは首を横に振った。「おじさんだよ」

「じゃあトンマーゾは？　あなたの弟よね？」

今度も返ってきた仕草は否のそれだった。三人でうちに来た時、ニコラは〝僕たちの親〟と言っていた。でもベルンにわけを尋ねれば、わざとややこしい説明をされそうで嫌だった。

「彼の痣の具合はどう？」

「腕を上げると痛む。毎晩、フロリアーナがリンゴ酢の湿布をしてやってるけど」

「でもわたし、あなたの勘違いだと思う。石を投げたのはパパじゃなくて、きっとコジモよ」

ベルンはこちらの言葉など耳に入らぬ様子で、蛙すくいに集中していた。元々はブルーだったと思われる短パンを穿き、足元は裸足だった。それが、突然こんなことを言った。「君って本当に破廉恥だな」

「わたしが……何？」

「父親の罪をコジモさんになすりつけるなんてさ。それだけの給料を払っているとはとても思えないけどね」

蛙がまた一匹、バケツに落ちた。二十匹近い蛙が、膨らんではすぼみ、膨らんではすぼみしていた。

自分の嘘《うそ》をごまかしたくて、わたしは質問した。「今日はどうしてお友だちは来なかったの？」

「プールに行こうと言ったのは俺だから」

髪に触れてみると、ひどく熱くなっていた。かがんで手を濡らし、頭を濡らしてみてもよかったが、プールにはまだ蛙がうようよしていた。

ベルンが一匹すくい、網をわたしの前によこして訊いた。「触ってみる？」

「絶対に嫌！」

「だろうと思った」憎たらしい笑みを浮かべて彼は言い、いかにもなんでもなさそうな口ぶりでこう続けた。「今日、トンマーゾは親父さんに会いに刑務所に行ってるんだ」

彼が自分の言葉が効果を発揮するのを待っているのがわかったので、わたしは口を開かなかった。

「親父さん、木のサンダルで奥さんを殴り殺したんだよ。あとから自分も木で首を吊《つ》るつもりだったんだけど、その前に警察に捕まっちゃったんだって」

蛙はバケツの壁に騒々しく衝突を続けていた。ぬめぬめの積み重なった山……。吐き気がしてきた。

「どうせあなたの作り話でしょ？」

ベルンは網を宙で止めたまま、答えた。「いや、本当の話だ」

ようやく最後の一匹が網に入った。彼を一番手こずらせた蛙だ。ベルンは網を必要以上に持ち上げまいとして、腰をかがめた。

「それで、あなたの親は？」わたしは尋ねた。

とたんに蛙がひと跳びして網を逃げ出し、プールの最も深い場所へと潜っていった。

「クソッ！　お前のせいだぞ、この粗忽《そこつ》女！」

こっちも我慢の限界だった。「何よソコツオンナって？　変な言葉、勝手に作って！　言っておきますけどね、あなたの弟だか、友だちだか知らないけど、あの子に怪我をさせたのは、わたしじゃありませんからね！」

わたしはすぐに立ち去るつもりだったが、ベルンが初めて真剣なまなざしでこちらを見ているのに気づいた。その顔には心からの悲しみとある種のあどけなさがあった。それに、息を呑むほど魅力的なあの軽い寄り目がまた出ていた。

「悪かった。どうか許してくれ」

「そんな何も……」

少し動揺してしまった。前の週に父さんの肩越しに見つめられた時と同じだった。わたしは水面に身を乗り出し、最後の蛙はどこに隠れたかと探してみた。

「あの黒い紐《ひも》みたいなのは何？」

「卵さ。蛙は産卵のためにここに来るんだよ」

「気味悪い《オッリービレ》」

ところが彼はこちらの言葉を取り違えた。

「そう、ひどい《オッリービレ》話だ。君たちは蛙だけじゃなくて、あの卵も全部、殺すんだから。どの卵も命がひとつずつ入っているのに」

そのあとわたしは日光浴でもしようと横になったが、時刻は午後二時と最悪な時間帯で、すぐに音《ね》を上げた。そこで庭を横切り、庭とオリーブ畑の境界を示す石垣を越えて進み、三人が乗り越えた金網を見つけた。そこだけ上端が折れ曲がり、真ん中が歪《ゆが》んでいたのでそうとわかった。金網の向こうもオリーブの木々が続いていた。どれもうちの木よりもほんの少しだけ背が高かった。ベルンたちの暮らすマッセリアが見えやしないかとかがんでみたが、遠すぎた。

うちを去る前にベルンは、網ですくい上げた時にはもう死んでいた蛙を埋めるから、マッセリアに来いと誘ってくれた。何時間も炎天下にいたのに、彼は汗ひとつかいていなかった。

わたしはコジモに、おばあちゃんの古い自転車に空気を入れてくれと頼んだ。やがて庭に用意された自転車は、チェーンに油を差して、ぴかぴかに磨き上げてあった。

「どこに行くんです?」

「ちょっとその辺を走るつもり。大通り沿いよ」

父さんが友だちと会いに出かけるのを待ってから、わたしは出発した。

マッセリアの入口はうちの入口とは正反対を向いていたので、三人のように金網を越えて畑を横切らない限り、道を大回りするしかなかった。舗装路では何台ものトラックが猛スピードで真横を通り過ぎた。自転車の前かごにウォークマンを入れてきたが、イヤホンのコードが短くて、ずっと身をかがめていないといけなかった。

マッセリアの入口には門らしい門がなく、鉄の棒を一本横に渡してあるきりで、それも開いていた。そこから先の野道は中央に雑草が生えていて、左右の路肩もはっきりせず、繰り返し通る車のわだちでできたような道だった。自転車を降りて、歩くことにした。彼らの家に着くまでさらに五分かかった。

それ以前にも、同じくマッセリアと呼ばれる伝統的な農家ならば何軒も訪れたことがあったが、ベルンたちのマッセリアは独特だった。家の中央だけが石造りで、残りの部分はあとから適当にくっつけたみたいな感じだったのだ。庭もおばあちゃんの家のように滑らかなタイル張りではなく、コンクリートを流して固めただけで、ひびだらけだった。

自転車を地面に倒すと、わたしはひとつ咳をして、住民の注意を引こうとした。誰も出てこなかった。そこで日差しを避けるべく、すぐそばにあったパーゴラに入った。玄関のドアは網戸の後ろで大開きになっていたが、どうもなかに入る気にはなれず、わたしはパーゴラのテーブルに寄りかかった。世界地図を模したビニールのテーブルクロスに興味を引かれたのだ。トリノを探してみたけれど、なかった。

わたしはまたイヤホンをして、家をぐるりと回ってみた。窓から覗いてみても、室内の暗さと外の明るさの差がありすぎて何も見えなかった。そして、裏に回ったところで、ベルンを見つけた。彼は日陰で低い椅子に座り、地面に向かって背を丸めていた。その姿勢だと背骨がなかほどで盛り上がって、こぶがひとつできていた。周囲にはアーモンドの実がいくつも山をなしていた。腕を開いて横になったら、わたしなんて埋もれてしまいそうなくらいの物凄い量だった。

目の前に立つまで、彼はわたしに気づかなかった。それに、気づいても、驚いた顔はしなかった。

「石投げ男の娘が来たぞ」ベルンはつぶやいた。

気まずい思いが胃からぐっとさかのぼってきた。「テレーザっていう名前がちゃんとあるんだけど」

朝はずっと一緒だったのに、結局名前を訊いてもらえなかったのだ。彼はうなずいた。でも、こちらの訂正などどうでもよさそうな感じだった。

「何してるの？」わたしは尋ねた。

「見ればわかるだろう？」

アーモンドの実を四つか五つつかむと、外皮を剝き、なかの殻《から》つきアーモンドを傍らの山に落とす、という作業だった。

「全部、剝くつもり？」

「もちろん」

「正気なの？　何千個って数でしょ、これ？」

「じゃあ、そこで突っ立ってないで手伝ってくれよ」

「でも、どこに座ればいいの？」

ベルンは肩をすくめた。わたしは地面にあぐらをかいた。

そしてしばらくふたりで外皮を剝いた。彼はひとりで既にかなりの量を剝き終えていた。何時間も前からそこに座っていたのだろう。

「のろまだな」やがてベルンが言った。

「初めてやるんだから、しかたないでしょ！」

「関係ないね、のろまはのろまだ」

「蛙を埋めるって言うから来たのに」

「六時だって言ったはずだよ」

「もう六時だと思ってた」わたしは嘘をついた。

ベルンは太陽を見上げ、首を回した。わたしはのろのろとまたアーモンドをつかんだ。早く剝くコツは、爪の下に果肉が入ろうが構わず剝くことだった。

「これ全部、ひとりで集めたの？」

「そうだよ」

「でも、こんなにどうするつもり？」

ベルンはため息をついた。「日曜日に母さんが来るんだ。母さんはアーモンドが大好きでさ。ただ、日干しに少なくとも二日かかる。それに干したあとで殻だって割らなきゃいけない。一番、手間のかかる作業だ。つまり明日までには剝いてしまわないと、間にあわないんだよ」

わたしは手を止めた。早くも疲れていたが、アーモンドの山は少しも減っていなかった。ベルンを振り向かせたくて、もぞもぞしてみたけれど、彼の目は地面を離れなかった。

「ロクセットの新曲は好き？」わたしは訊いてみた。

「もちろん好きだよ」彼はそう答えた。

でも、なんだか嘘っぽい答えだった。新曲どころかロクセットというバンドのことすら知らないんじゃないか。そんな気がした。

ちょっとして彼に尋ねられた。「さっき聞いてたのって、それ？」

「聞きたい？」

ベルンは迷う様子を見せてから、手のなかのアーモンドの実を放り出した。わたしはウォークマンを渡した。彼はイヤホンをはめたものの、本体をためつすがめつ眺めだした。

「PLAYボタンを押すの」

ベルンはそれでもウォークマンの観察をやめず、そのうち腹立たしげに突き返してきた。

「やっぱりいいや」

「どうして？　教えてあげるのに……」

「いいよ」

わたしたちは作業を続けた。目をあわせることもなければ、もう口もきかずに、外皮を剝いた殻つきアーモンドが落ちるこつ、こつ、こつという音だけが響いた。そのうち残りのふたりがやってきた。

「この子がどうしてここにいるんだ？」トンマーゾがわたしを見下ろしながら訊いた。

するとベルンが立ち上がって彼と向きあった。「俺が呼んだんだよ」

ニコラはずっと親切で、わたしに手を差し出すと、僕の名前など覚えていなくて当然という風に自己紹介をした。わたしは思った。プールの真ん中で仰向けに浮かんでいたのは三人のなかの誰だったのだろう？　あの夜、三人を盗み見ていたがために、自分だけ妙に優位に立っているような気分だった。

やがてトンマーゾが「向こうは準備ができたよ、さあ行こう」と言うと、ひとりで歩きだした。

オリーブの木々に囲まれた空き地で、ひとりの男のひとがわたしたちを待っていた。「待っていたよ、おいで」彼は腕を広げ、わたしにそう呼びかけた。

男のひとは、金の十字架の刺繍《ししゅう》がふたつ入った聖職者用のストールを首から前に垂らし、片手に革装の小ぶりな本を一冊持っていた。黒いひげを蓄えていたが、瞳の色は透明に近い明るい水色だった。

「わたしはチェーザレだ」

彼の足元の地面には五つの小さい穴がうがたれ、蛙の死骸がもうなかに入っていた。チェーザレはわたしに対して、始まろうとしている儀式を丁寧に説明してくれた。「いいかい、テレーザ。人間は太古のころからずっと死者を埋葬してきたんだ。そこからわたしたちの文明は始まり、魂は新たな場所へと確実に移動することができるようになった。あるいは、サイクルの完了した魂であれば、キリストの御許《みもと》へと向かうことになるんだ」

チェーザレが〝キリスト《ジェス》〟と口にしたとたん、四人は二回続けて十字を切り、それから親指の爪にキスをした。

そうこうするうちにひとり、女性が姿を見せた。片手にギターをつかんだ彼女は、昔からの知りあいみたいにわたしの頰《ほお》を撫《な》でた。

「魂ってなんだか知ってるかい？」チェーザレはわたしに尋ねた。

「よくわかりません」

「じゃあ、植物が枯れるのを見たことはあるかな？　たとえば水やりが足らなくて？」

トリノの家の隣家がバルコニーで育てていた鉢植えの椰子《やし》の木が枯れたのを思い出した。あれは、持ち主が植木に構わずバカンスに出かけてしまったのだ。だから、うなずいた。

「まずは葉っぱが丸まってくる。枝はしだれてきて、植物はずいぶんと哀れな姿になるよね？　もう命に見放されてしまったからなんだ。魂が去ると、わたしたちの体にもそれと同じことが起きる」そう言うと、チェーザレは少し顔を近づけてきた。「ただね、ひとつ、教会の教理問答《カテキズム》では教えてもらえないことがあるんだ。テレーザ、わたしたちは死なないんだよ。魂が移り住むから。わたしたちはみんな、いくつもの一生を過ごしてきたし、この先も男になったり、女になったり、動物になったりして、何度も生きるんだ。この哀れな蛙にしても同じ話だ。だからこそ土に埋めてやる。たいした手間じゃないだろう？」

彼は満足げにわたしを見つめ、目はそらさずにこう言った。「フロリアーナ、いつでもいいよ」

すると女性がギターを抱えた。ただ、ストラップがなかったので、片方の膝を曲げて支えなくてはならなかった。そんな不安定な姿勢で弦を爪弾き、彼女は優しげな曲を歌いだした。それは木の葉と恩寵《おんちょう》、太陽と恩寵、死と恩寵についての歌だった。

やがてチェーザレら四人も声をあわせた。見事なまでに息のあったコーラスで、チェーザレのしわがれた深い声がみんなの声を支えるように響いた。ベルンひとりは目を閉じ、上向き加減で歌った。ちょっとでもいいから、彼ひとりの歌声を聞いてみたい。そう思った。

それから全員で手をつないだ。左にいたチェーザレの差し出す手をわたしは握った。右のフロリアーナはギターを弾いていたので、どうしたものかと思っていたら、トンマーゾが彼女の肩に指を添え、輪をつないだので、同じようにした。するとフロリアーナは微笑んでくれた。

歌が三周したところでわたしも少しは歌えるようになった。もしかするとわざわざわたしのために繰り返してくれたのかもしれない。ベルンは泣いているみたいだけど、気のせいだろうか? 髪が顔に落とす影のいたずらで、そんな風に見えるだけなのだろうか……。

蛙は硬直し、干からびていた。こんなぶよぶよした腹に魂なんて入っているわけがない。チェーザレに言わせれば、蛙の魂はまだそこにあるのだろうか、それとももうどこかに飛んでいった? わたしにはよくわからなかった。いずれにしても魂は祝福され、三人の少年は穴を埋めるためにひざまずいた。〝あの家はなんというか……異端派なんだよ〟おばあちゃんはそう言っていた。

家に帰ろうとしたら、チェーザレにまたおいでと誘われた。「君とは話したいことがいっぱいあるからね、テレーザ」

マッセリアの入口へと続く野道をベルンはわたしのかわりに自転車を押して歩いてくれた。「どう、気に入った?」やがて彼に訊かれた。

わたしはお世辞のつもりで、気に入ったと答えた。でもそう言ってから、嘘ではないことに気づいた。

「わたしがあなたを責めるのは、あなたの生贄《いけにえ》のゆえではない」彼が不意に言った。「あなたの燔祭《はんさい》はいつもわたしの前にある」

「えっ、何？」

「わたしはあなたの家から雄牛を取らない」それはチェーザレが少し前に唱えた祈りの文句だった。

「わたしは空の鳥をことごとく知っている。野に動くすべてのものはわたしのものである。俺、この一節が大好きなんだ。〝野に動くすべてのものはわたしのもの〟ってところがいいんだ」

「暗記してるの？」

「『詩篇』の詩はいくつか暗記したけど、まだ全部は覚えてないよ」申し訳なさそうに彼は答えた。

「でもどうして？」

「どうしてって、時間がないからさ！」

「そうじゃなくて、どうして暗記なんてするのかって意味。何かの役に立つの？」

「神様が好きなただひとつの祈り方、それが『詩篇』の詩を唱えることだからさ」

「そういうことって、チェーザレに教わるの？」

「うん、俺たちはなんでもあのひとに習ってるから」

「じゃあ、普通の学校には行ってないのね？」

自転車の後輪が石に乗り上げ、チェーンの跳ねる音がした。

「気をつけてよ！」わたしは声を上げた。「コジモが直してくれたばかりなんだから」

「チェーザレは、君の言う普通の学校の先生より、ずっと色々知ってるんだ。若いころは探検家で、チベットに行って、たったひとりで標高五千メートルの洞窟にこもってたことだってあるんだぜ」

「どうして洞窟なんかにこもってたの？」

「凄いんだぞ。そのうち、マイナス二十度でも丸裸で平気でいられるようになったんだから。しかもほとんど何も食べなかったらしい」

「変なの」わたしは疑わしげな声を出した。

ベルンは肩をすくめて続けた。「輪廻転生《りんねてんせい》だって、チベットで発見したんだ」

「リンネ……それなんのこと？」

「魂が移り住むこと。新約の福音書にもよく出てくる話なんだ。たとえばマタイとか。でも、ヨハネが一番多いね」

「ベルンは本気でそれ、信じてるの？」

するとが厳しい目でにらまれてしまった。「どうせ、聖書なんて一ページだって読んだことないんだろう？」

鉄の棒のゲートのところまで来ると、ベルンは急に足を止め、わたしに自転車を返してから言った。

「よかったら、またおいで。お昼のあとがいい。みんな寝ちゃって、起きてるのは俺だけだから」


今も疑問に思う時がある。どうしてわたしはあれからまたマッセリアに行ったのだろうか？　ベルンにもう一度会いたいという気持ち、まだ名前のついていなかった、そんな好奇心のためだったのか？　それとも、スペツィアーレで退屈していたからという、それだけの理由だったのか？　とにかくわたしはその翌日の午後もマッセリアを訪れ、アーモンドの皮剝きを手伝って、ふたりで全部きれいにしたのだった。

プーリアで過ごす最後の日は、自分のものを集めて、スーツケースにしまうだけで午前中いっぱいかかった。以前ならばやっとトリノに帰れるのが嬉《うれ》しくて大興奮だったのに、その年は違った。昼食のあと、わたしは自転車にまたがり、マッセリアに向かった。でも、ベルンの姿はなかった。彼の名を小声で呼びながら家のまわりを二周した。アーモンドはまだ同じ場所にあった。外皮も殻も剝いてしまうと、実際のアーモンドの量は実にささいなものだった。パーゴラの下に戻り、ブランコに座って軽く揺らしてみた。猫が二匹、横になって寝ていた。暑さにやられたのだろう。やがて、わたしの名前を呼ぶ声がした。

「どこにいるの？」わたしは小声で尋ねた。

ベルンの声――やはり小声だった――はこちらの視線を二階のある窓に導いた。「もっと近くに来てくれ」

「どうして下りてこないの？」

「ベッドから起き上がれないんだ。腰がすっかりこわばっちゃってさ」

アーモンドの山の前であれだけ長いことかがんでいたのだからしかたがない。「じゃあ、こっちが上がろうか？」

「やめたほうがいいよ。チェーザレが目を覚ますかもしれない」

窓を相手に会話をするのは、なんだか馬鹿馬鹿しかった。

「あなたに渡したいものがあったの。わたし今夜、出発するから」

「どこに行くの？」

「家に帰るわ。トリノよ」

ベルンは少し黙ってから、言った。「じゃあ、気をつけて」

もしかすると冬のあいだに母親か誰かがベルンを迎えにきて、もう二度と彼とは会えないかもしれない。あの家の子は〝行ったり、来たり〟だって、おばあちゃんも言ってたじゃないか……。その時、足元にコガネムシが一匹近づいてきたので、サンダルで踏みつぶしてやった。こんな虫けらも埋葬するのだろうか？

わたしは自転車を地面から起こした。もうサドルにまたがり、漕《こ》ぎだそうという時になって、またベルンの声が聞こえた。

「何なの？」

「トリノにアーモンドを持ってけよ」

「どうして？　お母さん、いらないって？」

わざと意地悪を言ってみたら、効果があったらしい。彼は考えるようにちょっと黙った。

「いいから、好きなだけ持ってけよ。自転車のかごに入れてさ」

わたしはどうしたものかと迷い、ブレーキレバーを二度ばかり握っては放した。それから自転車を降りて、アーモンドのところに戻った。アーモンドなんてもらってもどうしようもなかったし、自分で食べるつもりは毛頭なかった。それでもひとつかみずつ自転車のかごに入れて、ふちまで満杯にした。そして立ち去る前に、殻の山にウォークマンを隠した。ＰＬＡＹボタンには念のため、色付きテープを貼っておいた。

母さんがわたしの部屋でアーモンドの箱を見つけたのは、二月か三月になってようやくのことだった。こっちが学校に行っている隙に勝手に部屋を片づけたのだ。あのひとはものを動かしたり、捨てたり、整理したりするのがとにかく好きだった。ベッドの上に置き去りにされたあの箱を見た時は奇妙な気分だった。ずっと忘れていた大切な何かを突きつけられたような気がした。開けてみると、なかは空だった。細かい粉の溜《た》まった底に指を滑らせ、唾と一緒に飲みこんだ。甘くはなかった。そもそも味がなかった。それでも、ひたすらに殻を割っていたベルンの姿を思い出して、その午後はほかに何も考えられなくなってしまった。

　でもそんな出来事は例外的だった。最初の数年はむしろ、春にもなると、スペッツィアーレとマッセリアはわたしのなかで現実味を失うのが常だった。そして、八月に向こうに戻るまで忘れてしまうのだ。ベルンたち三人にとってもそれは同じなのかどうかはわからなかった。もし、みんながわたしに会えずに寂しいと思ってくれていたのだとしたら、その気持ちは隠していたのだろう。夏に再会しても、わたしたちは頬を重ねることも、握手を交わすこともなく、会えなかった日々について尋ねあう、ということもしなかった。三人にとってわたしはいわば自然の要素のひとつにすぎず、季節の移り変わりにあわせて現れたり消えたりする現象で、あんまり考えてみてもしかたのない存在なのだった。

　つきあいが深まるにつれ、あの三人の時間が自分のそれとは違うかたちで流れているか、あるいはまるで流れていないらしいと気づかされた。午前中は三時間の座学、午後も三時間の作業、というのが彼らの毎日のルーチンで、例外は日曜日だけだった。その時間割は夏のあいだも変わらなかったから、昼食の前は、わたしはマッセリアには行かないようにしていた。チェーザレの授業は、なんだか自分が無知な人間になった気がするので居あわせたくなかったのだ。天地創造のさまざまな神話から、果樹の切り接ぎに割り接ぎ、『マハーバーラタ』にいたるまで、あのひとがこちらのまるで知らないことばかり語ったからだ。

　時々、チェーザレが、三人の少年のうち誰かひとりを連れて、みんなの元を離れることがあった。庭の常磐《ときわ》樫《がし》の大木の陰で語りあうためだ。とはいっても、実際にはチェーザレだけがずっとしゃべっていて、ベルンかトンマーゾかニコラはうなずくだけだった。ある日、わたしもあのひとに、少しおしゃべりしたかったら歓迎するよと誘われたことがあった。一応、礼は言ったが、彼のあとについて木陰に向かう勇気はとうとう湧かなかった。

　それでも年々、わたしもあの家の子どもになっていった。特に高校一年と二年の時の夏休みだ。父さんはあまり喜んでいなかったが、日がな一日、不満げな顔をした娘に家のなかをうろつかれるよりも、隣家に入りびたりのほうがましだと思っていたようで、何も言われたことがなかった。おばあちゃんも恐らくは同じ意見だったのだろう。

　マッセリアで世話になっているお返しの意味で、わたしはできるだけ作業を手伝うようにしていた。サヤインゲンやトマトを収穫したり、入口の野道のブタナを抜いたり、枯れ枝を編んでリースを作ったりした。わたしは不器用だったが、だからといって誰かに叱られることはなかった。わたしのリースがあまりにめちゃくちゃで編み続けられなくなれば、ベルンとニコラが助けてくれた。ふたりは、わたしが間違えた箇所までリースを解いて、辛抱強く何度でも編み方を説明してくれた。「ほら、この枝を取って、この下を通して、真ん中に通して、それからこう締めるんだ。これで続けられるよ」という風に。あの三人なら、目をつぶっていたって、何キロだって枝を編み続けられたはずだ。ただ、そうしてできたリースはなんの役にも立たなかった。編み上がったとたんに毎回燃やしてしまうからだ。じゃあどうしてそんなものを作ってわざわざ時間を無駄にするのかと尋ねてみたら、ベルンはこう答えた。「謙虚であることを学ぶためさ。ただの修練なんだ」

ある晩、みんなでパーゴラの下で過ごした時のことはよく覚えている。頭上には黒いぶどうの房がいくつもぶら下がっていた。ニコラが屋外用の火鉢で焚《た》き火をしようとしている横で、ほかのふたりは汚れた皿を台所に運んでいた。わたしは夕食をちょっとしか口にしなかった。マッセリアの住人はみな菜食主義者だったのに、あのころのわたしは野菜がほとんど食べられなかったのだ。お腹は減ったが、耐えた。その場にいたかったし、何もかもが遠く感じられるあの穏やかな空気に包まれて、ベルンと焚き火のそばにいたかったからだ。

あの時チェーザレは、二十歳で前世の自分の正体に気づいたという話を聞かせてくれた。

「わたしは鷗《かもめ》だったんだ。いや、アホウドリだったかもしれないが、とにかく空を飛ぶ動物だったんだよ」

三人はその話を前にも聞いたことがあるようだったが、とても熱心に耳を傾けていた。チェーザレは、やけにはっきりした夢のなかで自分はバイカル湖の岸辺まで飛んだと語った。それからあのひとは、テーブルクロスの地図でバイカル湖を探してみなさいとわたしたちに告げた。すると少年たちは物凄い勢いで、テーブルにまだ並んでいた食器を脇に寄せて、五大陸の上を探しだした。

真っ先に甲高い声を上げたのはニコラだった。「あったぞ！　ほら、ここだ！」

するとチェーザレはご褒美に甘い薬草酒をほんの少しだけ息子に差し出した。ニコラが誇らしげにお酒をすする横で、ベルンとトンマーゾの顔つきはどんどん険しくなっていった。特にベルンはひどかった。あらゆる地名をいっぺんに記憶に刻もうとでもするみたいな表情でテーブルクロスをにらみ、バイカル湖を示す水色の点をにらんでいた。

やがてフロリアーナがジェラートを持ってくると、その場の空気はまた和んだ。チェーザレは前世についての話を続けた。今度は少年たちの前世だ。ニコラのことはなんと言っていたか思い出せないが、トンマーゾはネコ科の何かで、ベルンには地下に棲《す》む生き物の血が流れているとのことだった。

そしてわたしの番がやってきた。

「君はなんだったのかな、テレーザ？」

「わたし？」

「どんな生き物だった気がする？」

「わからないわ」

「じゃあ、頑張って想像してごらん」

みんながわたしを見ていた。

「何も思いつかないな」

「目を閉じてみるといい。そして最初に何が見えたか、教えてくれ」

「何も見えないわ」

みんながっかりするのがわかったから、わたしはつぶやいた。「ごめんなさい」

チェーザレはテーブルの向こうからしばらくわたしを見つめ、また口を開いた。「たぶん、わかったぞ。テレーザはずっと水中にいたんだ。そして空気がなくても呼吸ができるようになった。違うかい？」

「魚だったんだね！」ニコラが大きな声を上げた。

チェーザレはわたしの体と過去を透視するような目つきでこちらを見つめた。

「魚じゃないな。両生類かもしれない。試してみようか」

少年たちは別の競争が始まろうとしているのに気づき、にわかに活気づいた。

「わたしが三まで数えたら息を止めるんだ。長く耐えられたひとの勝ちだよ」

チェーザレはゆっくりと数えだした。二でわたしは頬を息で膨らませ、息を止めた。わたしたちが互いの様子を見守るあいだ――誰ひとり噴き出さなかった――チェーザレは四人の椅子の後ろを回って、みんなの鼻の下に人差し指を近づけて、ずるをしている者はないか点検した。

最初に脱落したのはニコラだった。ニコラは怒りのあまり、席を立って、家のなかに姿を消した。次はベルンだった。するとチェーザレはわたしとトンマーゾのあいだに立ち、ふたりの鼻を交互に確認した。そのうちわたしは喉がひくつきだしたが、こちらの限界が来る直前に、怖いくらい首が紫色になっていたトンマーゾが大きく口を開いた。

チェーザレはご褒美に薬草酒を小さなコップで一杯くれた。あわてて飲みすぎて、アルコールで胃がかっとなった。みんな、やけに真剣かつ荘厳な顔で、グラスを空けるわたしを見守っていた。その行為によって、ついにテレーザも特別に家族の一員と認められた、マッセリアの一家に初めて妹ができた――そんな雰囲気だった。実を言えば、プールで息を止めるのはわたしのお気に入りのひとり遊びで、何日も練習した成果だったのだが、それは言わずにおいた。自分の前世が両生類で、ふた夏前に家の周囲で大量に湧いたあの蛙に似た生き物だったと信じるほうがずっと素敵だったからだ。そう、マッセリアでわたしは、何を信じるか自分で選ぶことができた。そこに来るまで、そんなことは考えたこともなかった。

しかしわたしはその気になれば、彼らのあいだに漂っていたうっすらとした不満、特にベルンの不満に当時からもう気づくこともできたはずだった。したことのないこと、見たことのないもの、感じたことのないことが原因でベルンがどれだけ苦しんでいたか、このわたしがはるか彼方で送っていた暮らし——スペツィアーレなど余暇にすぎない暮らし——を彼は羨望しているのかもしれない、そう気づいてやるべきだったのだ。

あの夏、ベルンはわたしに一冊の本を貸してくれた。とても夢中になったよ、まるで俺のことを話しているような物語だ、と言って。受け取った本をしげしげと眺めていたら、普段とは違う彼の視線を感じた。あたかも何かの原石を前にして、これは磨くだけの価値が本当にある石なのか、変容に耐え得る石なのか、それとももろすぎて駄目な石なのか、と値踏みしているような目つきだった。

家に戻ったわたしは、ベルンに借りた『木のぼり男爵』をナイトテーブルに置いた。おばあちゃんが本に気づいて言った。「イタロ・カルヴィーノの小説が夏休みの課題図書なのかい？」

「ううん」

「じゃあ、お前が選んだの？」

「まあ、そんなところ」

「難しいと思うけどね」

続く数時間、わたしは『木のぼり男爵』を庭にも、プールにも持っていったが、どういうわけか一度もページを開かなかった。夜、ベッドで読んでみようとしたが、あっという間に眠くなってしまった。

何日かして、ベルンに本は気に入ったかと訊かれた。

「まだ読み終わってないの」わたしは答えた。「荒ら草ジャンのところまで来た？　あの話、大好きなんだけど」

「まだだと思う。たぶん、もう少しじゃないかな」

わたしたちは野道を歩いていた。じめじめした晩で、ディスコミュージックがどこか遠くから聞こえていた。

「じゃあ、ブランコの話は？」

「それもまだみたい」

「つまり、全然読んでないってことじゃないか！」彼は怒鳴った。「今すぐ返せ！」

ベルンは怒りに身を震わせていた。あと二、三日だけ貸してほしいとお願いしたのに、家から取ってこいと言われてしまった。彼はあの本を受け取ると、それを胸に抱いて、挨拶も抜きで帰っていった。

夕闇に消えるその姿を見つめるうち、胸がきゅっと痛んだ。夏の終わりが迫るたび、わたしはよくそうした悲しみに襲われた。そして毎年、同じことを思うのだった。水着を着るのはこれで最後、おばあちゃんの猫がプールに近づくのを見るのはこれで最後、マッセリアに来るのもこれで最後、彼を見つめるのもこれで最後……。

ベルンを見つめるのもこれで最後。

もしかすると早くもその晩には、わたしはおなじみの悲しみと、ある別の感情をごちゃ混ぜに感じていたのかもしれない。その感情とは、強烈な慕情のようなものだった。今にして思えば、それこそが問題だった。わたしはベルンに関して、悲しみと愛情をきちんと区別することがとうとうできなかった。

そして次の夏が来た。わたしは十七歳で、ベルンは三月に十八歳になっていた。マッセリアのそばにひとつ、葦原《あしはら》があった。葦は、地下水が湧き出し、また地下に吸いこまれて消える短い流れ沿いに茂っていた。マッセリアからオリーブ畑を抜け、歩いて十分ほどの距離だった。ある日、ベルンに連れられてその葦原に行った。昼間の一番暑い時間帯だった。ほかのみんなは寝ていた。それが初めから ずっと、わたしたちの秘密の時間だった。

ふたりで地面に寝そべり、わたしは目を閉じた。やがて、まぶたに焼きついた色が不意に変わったので、雲が太陽を隠したのかと思った。ところが目を開くと、ベルンの顔がすぐそこにあった。やや息を荒らげ、真剣な表情でこちらを見つめている。わたしがかすかにうなずくと、彼は顔を下げてキスしてきた。

あの日は、キスを交わすあいだ、彼の手がわたしの顔と腰を撫で回すのを許しはしたが、そこまでだった。しかしスペッツィアーレではみんないつだって肌の露出度が高くて、しかもあの葦原にいると何もかもがこの上なく遠く思えた。わたしたちはそれから毎日、午後のたびに葦原へ行くようになり、日ごと大胆にふるまうようになった。

小川の岸辺は地面がやわらかで、背中にも、髪にも、足の裏にも、土がへばりつくのがわかった。わたしの上に重なるベルンの体まで粘土でできているような気がした。わたしはいつも片手で彼の背骨につかまり、もう片方の手は石ころとミミズだらけの地面に突っこんでいた。時々、空を仰げば、生い茂る葦がどれもやけに高く見えた。

あの八月、ベルンはわたしの体の隅々まで探った。探索はまず指で行われ、次に舌で行われた。時にわたしは興奮のあまりひどく混乱するか、呆然としてしまい、彼の頭、口、両手が、今どこにあるのかわからなくなった。彼の屹立《きつりつ》した熱いものを握りしめ、最初は脚のあいだに導いてやらねばならなかった。ひるんだのか、彼がぴくりとも動かなくなってしまったからだ。こちらはそれが初体験だったから、たったひと夏のあいだに彼はわたしから奪えるものをすべて奪ったことになる。

ことが済むと、ベルンは毎度、わたしの汗を手で拭ってくれた。涼しかろうと彼がこちらの額に吹きかけてくる息には、ふたりのにおいが入り混じっていた。彼は自分の親指を唾で湿すと、わたしの肌についた土をこすり落とし、髪についた葉を一枚ずつ取ってくれた。毎回、ふたりともおしっこがしたくなって、横に並んでした。こっちはかがんで、向こうは膝をついて。地面を流れるふた筋の尿を眺めつつ、わたしはそれがひとつになることを祈った。願いがかなう時もあった。それからわたしたちは手もつながず、口もきかずに、マッセリアに戻るのだった。

しばらくは、常磐樫の木陰でベルンが何もかもチェーザレに白状してしまうのではないかと心配していたが、わたしのいなかった一年のあいだに彼らの関係にはどこかひびが入ったらしかった。その夏は食事の前の簡単なお祈りを除けば、わたしはマッセリアで一度として祈りの場に居あわせなかった。歌も、授業もなかった。九月からベルンとトンマーゾは、高校卒業資格試験に備えてブリンディジの学校に通い始める予定となっていた。前年の九月からニコラがそうしたように。

そのころにはもうわたしと彼ら三人は、マッセリアの外で多くの時間を過ごすようになっていた。トンマーゾの肌が弱かったので、いつも涼しい時刻になるのを待ってから、みんなでフロリアーナのフォードに乗りこんだ。メルラータ海岸にひとつ狭い入り江があって、わたしたちはよくそこの、コンクリートを打っただけのビーチにタオルも敷かずに寝そべった。風向きによって水は澄んだり、泥で濁ったりしたが、たいていは波もなく、深いところは紺色、岸辺は緑色をしていた。ニコラとベルンが岸壁からの飛びこみを競えば、トンマーゾとわたしはその下の海から採点をした。でもトンマーゾとはどうしても会話が弾まなかった。凄く小さな魚が何匹もよくかかとや足首に嚙《か》みついてきて、そのたび足を動かして追っ払ったが、少しすると必ず戻ってくるのが厄介だった。

　そのうちベルンとニコラが泳いでこちらに来た。するとベルンはほかのふたりとおしゃべりしながら、こっそり片手でわたしに触れ、水着のふちを指でいじったりした。

　暗くなると、わたしたちは寄港地《スカーロ》と呼ばれる場所に向かった。灌木《かんぼく》の茂みと海のあいだに広がる岩場で、若者グループが勝手に占拠して店を開いていたのだ。近くには荒れはてた中世の見張りの塔がひとつ建っていた。店といっても、ピンク色に塗り替えられたトレーラーハウスのまわりにベンチとテーブルがいくつか置いてあるだけで、スピーカーから低いボリュームで雑音混じりの音楽が流れ、踊ることもできた。でも岩場のあちこちに尖《とが》った貝の化石が突き出ていたので、サンダルを履いたほうが安全だった。ベルンたちはスカーロに集まる面々と顔なじみで、毎度、延々と挨拶を繰り返した。おかげでこちらはたいていひとりきりで、あるいは妙に興奮した口をきく見知らぬ男と一緒に、ビールをちびちびと飲む羽目になった。

　ある夜、ベルンとトンマーゾが煮こんだ馬肉《ペッツェット》を挟んだパニーノを食べるのを見て、わたしは仰天してしまった。馬肉を食べるなんて、チェーザレの基準では恐ろしく重大な違反行為に違いないと確信していたからだ。ニコラはそんなふたりの行動には慣れていたらしく、ひとり無関心な顔でフライドポテトをつまんでいたが、唇のケチャップを手の甲で拭ったベルンに、「そのうちお前の親父のあの丸々太った雌鶏も八つ裂きにしてやる」と言われると、かっとなって立ち上がり、その長身をもって迫った。するとベルンとトンマーゾは曲げた両肘を振り振り、鶏の真似をして、ニコラをからかった。

真夜中近くになると、わたしたちはそれぞれ前を行く者の肩につかまりながら、銀梅花《ぎんばいか》の茂みのあいだを縫う小道をたどって、車のところまで戻った。

おばあちゃんの家に着くと、三人はわたしを門まで送ってくれた。その時刻のプールはやけに魅力的に見えて、わたしたちは口々に、服のまま飛びこんでやろうか、とか、そんなことをすれば父さんに石を投げられてしまう、などと冗談を言いあったが、結局、一度も実行はしなかった。部屋に入れば、窓越しにフォードのエンジンがかかる音が聞こえた。髪は塩でばさばさで、指先は煙草臭く、頭はビールでぼんやりしていたけれど、毎晩、今までこんなに幸せだったことはないと思った。

やがてわたしとベルンは葦原では物足りなくなった。ベッドで愛を交わしたいという思いが彼の頭を離れなくなってしまったのだ。でも、ベッドの何がそんなにいいのかと訊いても、「もっと色々なことが試せるんだよ」というあいまいな答えしか返ってこなかった。

そうはいっても、どうしたものか見当がつかなかった。チェーザレはマッセリアをけっして離れなかったし、おばあちゃんの家にしてもコジモとローザが常に見張っていたからだ。わたしたちはあらゆる選択肢を一から検討してみることにした。

そうこうするうちに八月十日の聖ロレンツォの祝日が過ぎ、暑さも変化し、夏の勢いが衰えだした。周囲の何もかもがふたりを急かすようだった。

「夜に行くよ」わたしのおへそのまわりに指先で輪を描きながら、とうとうベルンが言った。

「行くってどこに？」

「君の家さ」

「見つかっちゃうでしょ？　ニコラは、みんなより眠りが浅いって言ってたし」

「そんなの嘘だ。一番眠りが浅いのは俺だもの。なんにしてもニコラはたいした問題じゃない」

「でもうちのパパが気づいたらどうする？」

ベルンはこちらを向いた。息苦しくなるくらい、彼の瞳が近くにあった。

「俺は音を立てないから平気だ。そっちこそ覚悟を決めろよ」

でも、計画を実行に移すまでにさらに数日が過ぎた。そのあいだわたしたちは葦原に行かなかった。計画の細部を詰めるのにベルンが異様に熱中してしまったせいだ。残念だったが、何も言わずにおいた。あの夏、ベルンに言えなかったことはほかにもたくさんあった。彼に恋をしている、という事実もそのひとつだ。ベッドを手に入れることが彼にとってはわたしと過ごすことよりも大切になってしまったのではないか……。そんな疑念を振り払おうとわたしは必死だったが、その思いは日増しに強くなり、午後、彼に手を引かれ、夾竹桃《きょうちくとう》の植えこみの向こうではなく野道に連れていかれるたびにまた苦しくなった。

わたしたちは人目につかぬ場所から、おばあちゃんの家の研究を繰り返した。「あのでっぱりが足がかりになるな。それからあの軒につかまる」ベルンは言うのだった。「軒がしっかりしているか確かめてくれた？　あそこまで登れば、窓の下枠に立てるはずだ。でもテレーザが手を貸してくれなきゃ駄目だよ。この口笛が聞こえたら顔を出してくれ」彼は下唇を引っこめて鳥の声のような音を出した。

決行の晩、わたしたちはスカーロに行かなかった。ベルンがほかのふたりに、今日は気が乗らないと告げたのだ。「毎晩、行ったからな、何か違うことをしてみてもいいんじゃないか？」

「違うことって？」少し不機嫌な声でニコラが訊いた。

「たとえば飲み物を買って、どこかの広場に行くとかさ」

ベルンに口で勝てる者はなかったから、結局、オストゥーニの町に向かうことになった。リベルタ広場では子どもたちがあちこち駆けずり回っていたので、わたしたちは広場の中心に立つ聖オロンツォ像の足元に腰を下ろした。町の守護聖人だ。聖オロンツォの祭りまではまだ十日ばかりあったが、街角のイルミネーションはすべてもう灯っていて、こんな飾りがマッセリアにもあったら素敵だろうな、というベルンの言葉に、わたしたちは想像を駆り立てられた。

あらかじめビールの大瓶を一本買ってあった。大瓶のほうが安上がりなためでもあったが、そうして同じ瓶に口をつけて、回し飲みをするのがみんな好きだったのだ。

「パパに『ほかにも女の子が一緒に出かけるのか？』って訊かれたわ」わたしは言った。

「なんて答えたの？」トンマーゾが尋ねてきた。

「当たり前じゃないのって」

わたしは背中をニコラの膝に預け、脚はトンマーゾの脚の上に伸ばした格好で、ベルンは頭をわたしの肩に載せていた。あんなにも三人を近くに感じたことはなくて、嬉しかった。それにあの秘密もあった。今晩、ベルンとわたしは……。

一時ごろに駐車場に向かって下りていくと、旧市街は車で大渋滞しており、白い町並みを囲むようにして走る光の列が途切れることなく続いていた。わたしたちのフォードの横には少年たちがたむろしていて、車の屋根に勝手に酒瓶を載せていた。ニコラは瓶をどけるように言った。彼の口調もややぶっきらぼうだったかもしれないが、「お願いします、だろ?」と言い返してきた相手は失礼にもほどがあった。

ベルンがさっとわたしの行く手をふさいだ。ニコラは瓶を手に取り、一度に一本ずつ、相手の車の上に移した。すると向こうは、ニコラの不遜な態度を馬鹿にするような声をいっせいに上げた。ベルンはなお動かず、わたしを守るように右腕を横に伸ばしたままで、前進を許さなかった。

それから、赤いサーファー用の海水パンツを穿き、汚れひとつないナイキの靴を履いた少年がニコラにビールを勧めた。

「飲めよ、そうかりかりしなさんなって」

ニコラは首を横に振って断ったが、相手はあきらめなかった。「仲直りしようぜ」

するとニコラはひと口だけビールを飲んで瓶を少年に返し、フォードのドアを開けた。本来ならそこまでで済む話のはずだった。彼が車を後退させ、わたしたちも乗りこみ、スペツィアーレを目指して、長い渋滞の列に続くだけで済んだはずなのだ。ところが別の少年がトンマーゾを指差して言った。

「なんだそいつ、漂白剤で洗ったのか?」

ニコラはその少年の顔面に、稲妻のような一撃を食らわせた。それも拳を握らず、開いたままの手のひらで突いた。そんな殴り方を見たのは初めてだった。わたしはベルンの腕をぎゅっと握った。彼は足を止めた場所から一歩も動いていなかった。最初からそうなることを見通していたかのように。

少年たちが一瞬、戸惑うのがわかった。数えてみると五人おり、恐らくみんなこちらより年下で、どう見てもニコラの相手にはなりそうもない子ばかりだった。五人も不利を察したらしく、実際、反撃もしかたなくやっただけという感じの弱々しいひと突きだけで、ニコラはびくともしなかった。ニコラは最初の一撃同様に素早い動きで少年の両肩をつかむと、車に叩きつけた。そして相手の上に身をかがめて何かささやいたが、その声はわたしたちには聞こえなかった。

駐車場のなかはのろのろ運転の車が数珠つなぎになっていて、こちらの姿を一台また一台とヘッドライトで照らしたが、停まる車はなかった。わたしたちはフォードに乗った。トンマーゾとわたしは後ろ、ベルンとニコラは前だ。

車が通りに出て、渋滞の列に巻きこまれると、三人は興奮して雄叫《おたけ》びを上げだした。ベルンはニコラの張り手を真似てから、ボクサーをマッサージするようにその肩と首筋を揉《も》んだ。

家に帰ると、おばあちゃんがまだ居間にいた。テレビを点けたまま寝てしまったらしい。腕に軽く触れると、はっと目を覚ました。

「どこに行ってたんだい？」自分の頬をさすりながら彼女は言った。

「オストゥーニよ。広場に行ったの」

「オストゥーニなんて混んでたでしょ、下品な観光客でいっぱいで。ハーブティー飲む？」

「いらないわ」

「じゃあ悪いけど、わたしが飲むから一杯淹《い》れてちょうだい」

ティーカップを手に戻ってくると、彼女はまだ先ほどの姿勢のままで、画面に向かって目を瞠《みは》っていた。

「あの黒髪の子なの？」おばあちゃんは振り向きもせずに言った。

カップが受け皿の上で音を立てた。「なんの話？」

「やっぱり、あの子よね。もうひとりの、本物の息子のほうもハンサムだけど、黒髪の子のほうがずっと魅力的だもの。名前はなんて言うの？」

「ベルン」

「ベルン、だけ？　それともベルナルドの略でベルン？」

「そんなこと知らない」

彼女はちょっと黙ってから、また口を開いた。「今、思い出してたの。自分があなたと同じ年ごろの時、毎晩、何をしてたかって。なんだと思う？　やっぱり、オストゥーニの広場に行ってたのよ。あの子、優しくしてくれる？」

「うん」

「それが肝心よ」

「お茶、お部屋に持っていこうか。そのほうが横になれていいでしょう？」

おばあちゃんはわたしについて階段を上った。彼女の寝室を出る前にわたしは頼んだ。「パパには言わないでね。お願いだから」

おばあちゃんの笑顔は承諾の印、と勝手に思うことにした。廊下でわたしは父さんの部屋のドアの前で足を止めた。いつもの重たげな寝息が聞こえてきた。

シャワーを浴び、そのあとまた少し時間が過ぎた。そのあいだにわたしは寝巻きのショートパンツを脱いでは穿きを繰り返し、少なくとも四枚は違うTシャツを試し、いったんシーツに潜ってから出て、椅子に座った。ベッドに入って生暖かかったら、きっとベルンは嫌だろうと思ったのだ。葦原では自然にできたことが、今はわたしを緊張させていた。

三時になり、彼は来ないだろうとわたしは結論した。出てこられなかったのか、忘れてしまったのか。後者だと思うことにした。きっとそうだ。喧嘩寸前までいったあの事件のせいで、わたしとの約束なんて忘れてしまったのだろう。

ところがそれからまもなく、何かがぶつかる音がした。彼の足が軒にぶつかった音だろうか？　じっと動かず、あの口笛を待った。すると口笛が聞こえたので、鎧戸《よろいど》を開け、手を貸した。ベルンはすぐに夢中でキスしてきた。彼の息はビールのにおいがした。歯を磨かなかったか、また飲んだかしたのだろう。乳房をまさぐられた。まずはＴシャツの上から、次にシャツを脱がされて。

「なんだか硬いね」わたしに触れ続け、服を脱がせながら、彼が言った。

「聞こえるんじゃないかって不安で」

「聞こえやしないさ」

彼は体を離し、壁際のベッドを見やった。「シーツの上がいい、それとも下がいい？」

「どっちでもいい」

「俺は上がいいな。そこの電気は？　点けたままにしておく？」

わたしたちはベッドの上にひざまずいて向きあった。もう彼も服を脱いでいた。わたしは息をするのを忘れた。深夜、全裸のベルンを見つめ、黒い陰毛のなかで勃起した彼自身を見つめるのはそんな体験だった。

ベルンはまたがむしゃらに迫ってきたが、今度はこちらが止めた。「いつもみたいじゃなく、今夜はゆっくりしたいの。ベッドもあれば、時間だってたっぷりあるんだから」すると彼はあとずさり、戸惑い顔になった。そこでわたしから迫り、仰向けにさせると、膝で彼の腰を挟んだ。

それからわたしは股間を前後にこすりつけだした。彼のお腹から太ももへ、前へ後ろへ、まずはゆっくり、次第に激しく。やがてふたりの体の接点で何か熱いものが生まれ、喉まで一気にせり上がってきた。初めての感覚だった。

ベルンは呆気《あっけ》に取られた顔で、両手をシーツについたまま、ずっとわたしを見つめていた。こちらの動きを妨げまいとしていたのかもしれない。彼のそんな顔を見たら、また熱いものが弾けた。

終わってから、まず思ったのは、もしかして騒がしかったのではないか、わたしは——または彼が——大きな声を出してしまったのではないかということだった。途中から、そんなことはまるで意識しなくなっていたのだ。

「想像していたのとは違ったよ。こっちは動くこともできなかったし」

「ごめんなさい」

「いや」彼はあわてて言い足した。「よかったよ」

わたしは彼の鎖骨に額を載せていた。そのまま眠ってしまいたかったが、彼の筋肉からまだ力が抜けていないのもわかっていた。

「もう俺は行かないと」ベルンは言った。

わたしはベッドから、服を着る彼を眺めた。自分が裸のままなのは恥ずかしくなかった。でも、帰り支度《じたく》をする彼をまだほしいと思ってしまうのが恥ずかしかった。

「玄関から出てもいいよ」わたしは言った。

でもベルンはもう窓によじ登っていた。わたしは窓に近づいた。彼は半メートルほど下りてから、もう一度、こちらを見上げて言った。

「ニコラのやつ、格好よかったろう？　あいつ、みんなを守ってくれたんだ」

彼は家の石壁の突起に足を乗せると、飛び降りた。そしてプールの横まで来ると、こちらに手を振ってから、駆けだした。

翌日、ファザーノにいる幼なじみのところまでつきあってくれと父さんに頼まれた。行きたくはなかったが、前夜の出来事への罪悪感がわたしにうんと言わせた。

父さんの幼なじみの男性は郊外のテラスハウスに住んでいた。とても太っていて、呼吸も苦しげで、わたしたちがいたあいだ、ずっと肘かけ椅子に座ったままだった。男性の傍らにはわたしと同年配の娘がいて、彼に喉が渇いたと言われれば水を持ってきてやり、しょっちゅう床に落ちるクッションを拾い上げてやり、日差しがまぶしいらしいと気づけば、窓のシャッター式鎧戸を何センチかだけ下ろしてやっていた。そうした仕事を彼女は淡々と、ほとんどうわの空で片づけ、それからまた会話に耳を傾けるのだった。いや、恐らくは何も聞いてはいなかったのだろう。気づけばわたしは、彼女のサロペットから突き出す日焼けした細い脚をまじまじと見つめていた。

父さんの幼なじみはしわくちゃのハンカチに向かって何度も咳をし、そのたび、何かの痕跡を探すようにその表面を確認した。わたしは少し外の空気が吸いたいと言って家を出た。

数分後、あの娘も出て来た。わたしは壁の陰で煙草を吸っていたところだった。

「よかったら葉っぱ持ってるけど、どう？」彼女は言った。乾燥大麻のことだ。

娘は胸のポケットからビニールの小袋をひとつ出した。そしてわたしに煙草を一本求めると、器用な手つきで煙草の巻き紙から中身だけ片手の上にすべて取り出した。彼女の爪はカラフルに塗られていたが、塗ってからもう何日か経っている様子だった。「フィルター作れる？」と訊かれて、こちらが手製のフィルターを用意するあいだ、向こうは乾燥大麻と煙草を混ぜあわせ、最後に丁寧に薄紙で巻いて、大麻煙草《ジョイント》を完成させた。わたしたちはそれを回し飲みした。

「あのひと、だいぶ悪いの？」わたしは尋ねた。

すると彼女は首をすくめ、吸いさしの先端に息を吹きかけ、ぱっと赤く輝かせた。「たぶん死ぬと思う」

わたしは名を名乗り、ややぎこちなく手を差し出した。

「わたしはヴィオラリベラよ」娘は答えた。

「〝自由なスミレ〟なんて、素敵な名前ね」

すると彼女は恥ずかしそうに微笑み、えくぼをふたつ浮かべた。「別の名前があったんだけど、変えたくなったの」

「どんな名前？」

ヴィオラリベラは迷う顔で長いこと目をそらしていたが、「アルバニア語の名前よ」と答えた。それだけ言えばわかるだろう、という口調だった。

わたしは言葉に詰まってしまった。不躾《ぶしつけ》な質問をしてしまったのではないかと不安だった。だからこんなことを訊いた。「あなた、スカーロには来ないの？」

「何それ？」

「海辺の簡単なパブみたいな場所。映画を外で上映してるの。パブといっても、売り物はビールと煮こんだ馬肉のパニーノしかないんだけど」

「馬肉なんて気味悪いな」

「ちょっと脂っこいけど、慣れればおいしいよ」

ジョイントを吸い終わり、わたしたちはぼんやりとしていた。目の前にも、父さんの幼なじみが住んでいるのとまったく同じテラスハウスが一列並んでいたが、そちらはまだ未完成で、外階段が空中で終わっていたり、窓にガラスが入っていなかったりした。まわりはすべて、このあたりではよく見かける、恐ろしげなサボテンの生け垣で囲われていた。

「葉っぱ、少し分けてもらえない？」わたしは訊いてみた。ベルンとみんなが喜ぶだろうと思ったのだ。三人はよく大麻を買おうと言っていたが、いつだってお金がなかった。「もちろんお金は払うわ」

するとヴィオラリベラは先ほどの小袋を取り出して言うのだった。「あげるよ。まだあるから」

彼女は飴玉《あめだま》をひとつ口に入れ、わたしにもくれた。それからふたりで家のなかに戻り、彼女はアーモンドミルクをみなにふるまった。ところが男性は咳のせいで飲み物が気管に入ってむせてしまった。父さんが近づいていったが、どう助ければいいのかわからぬ様子だった。するとヴィオラリベラは父さんに心配いらないと言い、男性の背中を何度も軽く叩き、咳が収まると、カラフを載せたトレーを台所に持ち帰った。そのあいだずっとわたしはどうでもいいようなことで笑いだしてしまわぬよう、顎《あご》を胸に押しつけていないとならなかった。

帰路、悲しげな父さんに、少し海辺を歩かないか、ジェラートでも食べよう、と誘われた。本当はすぐにマッセリアに戻りたかった。出発まであともう何日もないのに、そんなところで時間を無駄にしているのがたまらなく嫌だった。でも今度も父さんをがっかりさせたくなかった。

わたしたちはサンタ・サビーナの砂浜に行った。砂は固く締まっていて、漁師の小舟が岸のそばで並んで揺れていた。父さんが腕を組んできた。

「ジョヴァンニと俺は子どものころ、よくここに釣りに来たんだ」漠然と沖のほうを指差しながら父さんは言った。「魚をバケツいっぱい釣って家に帰ったものさ。あのころはまだ、規則も今みたいにたくさんなかったからな。自分で獲ったものは自分のものにできた」

父さんはジェラートのコーンを指で回しつつ、舐《な》めた。

「いつか俺はこっちに戻ってきたいと思っている。お前はどう思う?」

「ママは喜ばないだろうね」

彼は首をすくめた。防波堤の突端に、電源の入っていないメリーゴーランドがあって、椅子はみんな一本の鎖でひとまとめに縛ってあった。

「ジョヴァンニはお前の友だちの父親をよく知っていたよ」

「チェーザレのこと?」

「いや、もうひとりの若者の父親のことだ。ベルン、といったな?」

父さんはわたしの顔をやけに近くから見つめていた。おばあちゃんがベルンのことを教えてしまったのだろうか? 父さんが話を変えてくれることを祈ったが、そうはいかなかった。「あの男は〝ドイツ人《テデスコ》〟と呼ばれていた。今どこでどうしているのかは誰も知らないが」

「ベルンのお父さんは亡くなったわ。彼がそう言ってたもの」

すると父さんは目くばせをして言った。「あまり正直者には見えないがね」

「パパ、もう帰ろうよ」

「そうあわてるな。あの男がどうしてテデスコなんて呼ばれていたのか、知りたくないか？　面白い話なんだ。盗掘とか墓荒らしって聞いたことあるだろう？」

わたしは歴史の教科書に載っていたコラムを思い出し、口をつぐんだ。

「このあたりは掘れば色々なものが出てくる土地だ。矢じりとか、黒曜石とか、壺《つぼ》のかけらとかな。多くはたいした価値もないが、例外もある。昔は俺だって面白いものをいくつか集めたよ。さっきも言ったが、自分で見つけたものは自分のものだったからな。ただテデスコとその仲間たちにとってはそうじゃなかった。連中はここにバカンスに来ながら、海には行かず、考古学に熱中していたんだ。もちろん、ただの考古学じゃないぞ」

父さんはべたべたになった唇と指をコーンを包んでいた紙ナプキンで拭くと、それを丸め、投げ捨てた。

「連中はいつも夜に掘った。そして発掘品がたくさん溜まると、テデスコはそれをバントラックに全部積みこんでドイツに売りに向かうんだ。結構、儲《もう》けたらしいぞ。ある年、あの男はいつものベンツに乗ってスペツィアーレにやってきた。ところが憲兵隊が自分を探し回っていると知ったんだな。テデスコはどうしたと思う？　たった一度の盗掘でばかでかい古代の共同墓地《ネクロポリス》を空っぽにしたんだ。そして立ち去ると、もう二度と戻ってこなかった。スペツィアーレは大騒ぎだ。想像つくだろう？　とにかくみんなその噂《うわさ》で持ちきりだったってジョヴァンニが言ってたよ」

鴎の群れはわたしたちが近づいても逃げようとせず、鳴きわめき、苛々と翼を打ち鳴らした。

「お願いだから、もう帰ろうよ」わたしはひと息に告げた。

認めるのは嫌だったが、わたしはその話の何かに心を乱された。テデスコと盗掘の話で父さんはわたしをベルンから遠ざけようとしている？

だからベルンと葦原に戻った時も、我を忘れることができなかった。背中を引っかく葦の根も不快なら、肘が土で汚れるのも不快だった。ふたりに無数の目が注がれている感じまでした。

戦闘機が一機、葦の上の大空を横切った。そのあと何かの物音がした気がして、ぱっと頭を上げたわたしは、葦が何本か揺れているのに気づいた。急いで遠ざかっていく足音も聞こえた。ベルンにもそう言ったが、本気にしてくれなかった。

「どうせ猫か、何かの勘違いだろう？」

わたしたちはマッセリアのパーゴラの下に向かい、残りふたりが来るのをいつもどおりに待った。トランプでスカートをやるために待っていた、というふりをするのだ。トンマーゾはまともに挨拶をしてくれなかった。彼とわたしは、どちらのほうがベルンの関心を引けるか、そればかりを争うようになっていた。

少しするとチェーザレもやってきた。あのひとはわたしになんだかあいまいな笑顔を見せてから、三人に告げた。「鶏の檻《おり》を掃除しなきゃならないんだが、誰が手伝ってくれるかな？」

ベルンとトンマーゾは暗い視線を交わし、聞こえなかったふりをした。あきらめた声でニコラが答えた。「少ししたら、僕が行くよ」

チェーザレはさらに数秒待ってから、ひとりうなずき、去っていった。

ベルンがシュナイダーを宣言し、勝ち札の組みあわせをテーブルに置いた。彼が山札を積み直すあいだ、わたしは彼の〝シュナイダー〟という発音を思い、スカートで使用されるさまざまなドイツ語の用語を思った。きっと父親から習ったのだろう――そう思ったが、すぐにその疑念を忘れようとした。

　その年、わたしの出発日はトンマーゾの十八歳の誕生日と重なった。最後の晩、わたしたちには祝うべき理由も、騒いで忘れてしまいたいことも、どちらもたくさんあった。

　みんなの着替えを入れた袋を海まで持ってきていたので、わたしは低い塀の陰で裸になると、ロープサンダルを履き、春に母さんと買い物に行って手に入れたスカートを穿き、タンクトップを着た。塩にうっすらと包まれた肌に布地が少しちくちくした。

　男の子たちの格好も覚えている。トンマーゾは芥子《からし》色のTシャツ、ベルンはZOO　SAFARIというロゴ入りの黒いTシャツで、同じ服を彼は十年たってもまだ持っていた。ニコラはとにかく派手なシャツだった。翌朝には出発しなければならないという思いに、どんどんナーバスになっていった自分の気持ちもよく覚えている。

　スカーロに着いた時、空は薔薇《ばら》色に染まっていた。わたしは三人にヴィオラリベラの葉っぱを見せた。ニコラはすぐに試したがったが、もっと遅くなるまで取っておこうということになった。ニコラとベルンはトンマーゾに内緒でプレゼントを用意していた。ジンのボトルを一本とパイナップルジュースを一本、店にキープしてあったのだ。わたしたちは二本をカラフで混ぜた。でき上がったカクテルはあんまり強烈で、三十分もせぬうちにみんなビーチチェアにひっくり返っていた。おかげで気づいた時にはもう真っ暗だった。

　空き地の中央に設置されたスクリーンでは白黒映画がかかっていて、俳優たちがぎくしゃくと動いていた。トンマーゾの誕生日のせいでこちらの出発が忘れられてしまうだろうことは端《はな》からわかっていたから、今夜のうちにほかのふたりの前でベルンにキスしてもらわないといけないとわたしは決心した。このまま手ぶらでトリノに帰るわけにはいかないではないか？

葉っぱを吸うためにわたしたちは目立たぬ場所に移動し、ひとりひとり、成人したトンマーゾのために願いごとを言った。わたしは早く彼女ができますようにと祈った。トンマーゾは礼を言ってくれたが、なんだか皮肉っぽい笑みを浮かべていた。ベルンは最後に口を開き、こう言った。「お前がどんな高さからも海に飛びこめるようになることを祈るよ」

でも同じベルンがわたしに対してはずっと冷淡だった。彼はニコラと一緒にトンマーゾのためだけに何度も乾杯し、そのたび弟分を両脇から抱き上げた。パイナップルジュースが終わってしまったので、わたしたちはジンを割るのをあきらめた。やがて回ってきたジンのボトルをトンマーゾは二度と放さなかった。そしてちびちびと飲んでは、むせていた。

それからベルンが、みんなで見張りの塔に上ろうと言いだした。わたしに見せたいものがあるという。ニコラは、もう行ったことがあるから、僕はいいと断ったが、トンマーゾはしぶしぶベルンに従った。わたしたちをふたりきりにしたくなかったのだろう。

三人は廃墟を取り囲む鉄条網に接近した。遠くの電灯の明かりで、看板の立入禁止の文字がなんとか読めた。ベルンが金網の支柱を一本抜いて、侵入口を開いた。刺草《いらくさ》の茂みを横切らないと塔には着けなかったが、わたしは脚が剝き出しだったので、こんなところ歩いたらかゆくてどうしようもなくなるとベルンに言った。でも彼は構わず歩きだしてしまった。

塔に入る階段は地面から一メートル半の高さまで崩れていた。わたしたちはそこまでよじ登り、ひどく急な階段を十段ほど上って、内部に侵入した。海側の壁に銃眼が開いていたが、見えるのは黒い長方形だけだった。ベルンが懐中電灯を点けて、言った。「こっちだ」

わたしたちはまた階段を進んだ。ただし今度は下りだ。周囲の壁はいたずら書きだらけで、サンダルの下でガラスの破片が音を立てた。汗のしずくが体を伝って滴りだした。もう帰ろうとベルンにせがんだが、君を底まで連れていってやりたいんだと言って、聞いてくれなかった。

「そんなのいいから、帰ろうよ」わたしは泣き声を出した。

「もうすぐだから、落ちつけって」

背後ではトンマーゾが酒臭い息をはあはあ言わせているのがずっと聞こえていた。わたしはベルンのTシャツをつかんで引っ張ったが、階段を下りるのをやめてくれなかった。

そして階段は終わった。そこが部屋なのはわかったが、ベルンが周囲をぐるりと照らすまで広さはわからなかった。

「着いたぞ」

彼の持つ懐中電灯の明かりが、片隅の床に直接置かれたマットレスの上で止まった。マットレスのまわりには空き瓶と空き缶が何個もきちんと並んでいる。ベルンはかがんで缶を一個、手に取ると、色褪《あ》せたラベルの文字をわたしに示した。

「日づけを見ろよ、一九七一年だぞ？　信じられないよな」

暗がりでも彼の瞳は興奮に輝いていた。でもわたしはそんな缶にも、残りの一切にも興味が持てず、足元の暗がりでうごめくごきぶりの姿を想像していた。

「もう行きましょう」わたしは懇願した。

ベルンは空き缶を元に戻した。

「時々、テレーザってわがまま女になるよな」

姿は見えなかったが、わたしの後ろでトンマーゾがにやりとした気配があった。

ベルンが急に階段に戻った。置き去りにされたわたしは、目の前に突然現れる壁にぶつからぬよう、両手を前に突き出して進んだ。外に出ると、わたしは刺草の上に夕食を吐いた。ベルンは何も言ってくれず、駆け寄ろうともしてくれなかった。彼はただ、懐中電灯を親指で点けたり消したりしながら、こちらを値踏みするように冷たく見つめていた。鉄条網の下をくぐる時になってようやく手を差し伸べてきたが、わたしは無視した。

戻ってみると、スカーロはひとでいっぱいになっていた。わたしたちは踊りだした。自分だけ盛り上がれないような疎外感は強まる一方だったが、最後の夜を台無しにしたくなかったのでこらえた。ロバート・マイルズの曲が流れていた。歌のない、寂しげで、夢見るような音楽だった。誰かすぐに曲を替えてくれやしないかと思うと同時に、このまま永遠に続いてほしいとも思った。わたしは完全に分裂していた。

そうして踊っているうちに、トンマーゾがいきなりベルンに飛びつき、相手の腹に額を押し当てて、泣きじゃくりだした。ベルンは両手でトンマーゾの頭を挟むと、膝を折って、弟分の耳元に何かささやいた。トンマーゾは額を押しつけたまま、首を強く横に振った。

「あっちに行こう」ニコラに誘われた。

ふたりでビールを二杯頼んだ。さっき吸った葉っぱとこれまで飲んだお酒が全部ミックスされたらどんな影響が出るのだろう、明日のトリノまでのドライブは大丈夫だろうか？　とも思ったが、そのうちどうでもよくなった。ベルンとトンマーゾは即席のダンスフロアの中央にまだいたが、トンマーゾはもう立ち上がっていて、ふたりはスローダンスでも踊っているみたいに抱きあっていた。

「あのひと、どうしちゃったの？」わたしはニコラに尋ねた。

すると彼はうつむき、答えた。「飲みすぎただけさ」

一カ月後にニコラはバーリで大学に通い始めることになっていた。大学生活が始まるという事実、そして、ベルンたちよりもひとつ年上だという事実が、その夏のあいだじゅう彼をみんなから少し遠ざけているような印象があった。

「三時過ぎだよ」ニコラは言った。「もう帰ろう。チェーザレはかんかんだろうな。テレーザのお父さんだってきっと同じだろう」

そのころにはトンマーゾとベルンはスカーロを離れ、海のほうに向かっていた。ふたりが磯辺《いそべ》に座り、地べたに寝転がるのが見えた。まるで高波に呑まれるのを待っているみたいだった。

「待ってあげようよ」わたしは言ったが、自分の声とは思えなかった。それほど落胆した声だったのだ。

「あいつらなんて放っておこう」

ニコラはわたしの腕をつかんで去ろうとした。わたしはその手を振りほどき、ベルンの元へ急いだ。彼とトンマーゾのふたつの頭は隣りあっていたが、どちらも口もきかず、ただ空を見上げていた。

ベルンはわたしに気づくと、しかたないなとでも言いたげなあきらめ顔で立ち上がった。わたしたちは少し歩いて、さらに暗い場所に移った。

「そろそろ帰るわ」わたしは言った。不安をどうにも抑えきれず、全身がぐらぐらしていた。

「それじゃあ、明日は気をつけて」

「言うことはそれしかないの？　明日は気をつけて?」

ベルンはトンマーゾをちらりと見やった。先ほどと同じ場所にいた。そしてひとつ深呼吸をした。わたしは不意に確信した。葉っぱもジンも、ベルンの意識にはちっとも作用していない、と。

「テレーザ、君はトリノに帰れ。家に帰って、学校のお友だちのところに帰って、素敵な暮らしに帰ればいいさ。こっちのことなんて心配しなくていい。来年、戻ってきても、きっと何ひとつ変わっちゃいないから」

「どうして絶対にみんなの前ではキスをしてくれないの?」

ベルンは二度、うなずいた。両手はポケットに突っこんでいた。それからこちらに迫ってきて、わたしの腰をつかんだ。

それは適当なキスでもなければ、ぶざまなキスでもなかった。それどころか彼はわたしをぎゅっと抱き寄せ、自分に密着させた。片手が背中をさかのぼり、髪をつかまれた。でもなんだか、誰か別の男のひととしているみたいなキスだった。それもまったく知らない誰かだ。そして思った。これは誰かのキスを完璧に模倣したキスだ。

「こういう風にしてほしかったんだろう?」ベルンは言った。

トンマーゾは目を閉じたままだったが、それでもわたしとベルンのあいだに介在していた。ベルンのわたしを見る目に怒りはなく、むしろ、残念そうだった。まるでわたしが既に猛スピードで走り去る車に乗っていて、窓のなか、手の届かぬ場所にいるみたいに。わたしは彼を見つめたまま少しあとずさりし、踵《きびす》を返して走りだした。置き去りにされた彼の背後には、塔の廃墟があり、波の花に濡れた磯があり、静かな海があった。そして、そのすべてを包むようにして、無慈悲なまでに澄み渡る南部の夜があった。

トリノに戻るたび、町が出発前よりよそよそしく見えるのはもう毎年のことで、わたしも慣れていた。大通りはどれも広すぎる気がしたし、白い空はビニールの大テントみたいで息が詰まりそうだった。ある時、チェーザレが言っていた。「最後には人類の築いたものなど全部、厚さ一センチ足らずの埃《ほこり》になっておしまいだ。わたしたちはそれほどちっぽけな存在なんだよ。ただ神を思う気持ちだけが、人間を尊厳ある生き物にしてくれるんだ」中心街の建物の狭間にいると、よくその言葉を思い出して、何もかもが頼りなく、嘘臭く思えた。自分のそんな気持ちにしても一時的なものにすぎないのは百も承知だった。空腹感と吐き気の中間的な、この胸がざわつく感じだって、一、二週間もすれば消えてなくなり、きっと日常が戻ってくる。いつだってそうだった。ところがその年は、例年よりも悲しみがかなり長引いた。クリスマスになっても、まだスペッツィアーレが懐かしくてたまらなかった。

高校の仲間たちはずっと興奮しっぱなしだった。ひとりまたひとりと十八歳の誕生日を迎えるたび、その成人を祝すのが彼らにとってはやたらと重要なことのようだった。ひとり目はウンベルト・ヨナだった。彼は将校クラブをパーティー会場に借り、町に二台しかないリムジンまで借りた。会場に向かうリムジンのなかでみんなでプロセッコを飲んだのを覚えている。男子はタキシード、女子はロングドレスを着ていた。母親とワルツを踊ったあとでウンベルトは、バルコニーにいたわたしのところに来た。そして、そんな風にひとりで煙草とグラスを手に立っていると、憂鬱に取り憑《つ》かれたお姫さまみたいだね、なんてことを言った。それから、僕、実はポケットにエクスタシーを持っているんだけど、とつけ加えた。

翌朝、わたしの違和感はほとんど絶えがたいほどだった。ベルンのアーモンドがまだあったなら、探し出して、両手を突っこんで、アーモンドがまだ発しているかもしれない熱を感じたいところだったが、ずいぶん前に捨てられてしまった。彼のものは、毎日薄れていく記憶と、最後の夜にあんな風に無理やりキスをさせたのを恥じる気持ち以外、何ひとつ残っていなかった。

わたしの生まれた六月が来ると、父さんから少し心配そうに、どんな風にお祝いをしたいかと尋ねられた。わたしはゆっくり考えてみると答え、二度とその話題に触れなかった。それは父さんも同じだった。そして誕生日、わたしは自分の枕の上に、紙幣の入った封筒と一枚のカードを見つけた。カードには、歪んだハートマークがペンで描かれ、その真ん中に18という数字があった。お金はフランス語辞典のページに挟んで隠して、丸一日、ベルンからの電話を待ったが、かかってこなかった。でも誕生日の日づけはあらかじめ彼に伝えてあり、何週間か前に書いた手紙でも――こちらも返事はなかったが――改めて知らせたはずだった。

やがて彼ではなく、おばあちゃんから電話があった。ベルンとトンマーゾとニコラはどうしているかと訊くと、彼女はあわてた声を出し、三人は〝行ったり、来たり〟だと答えた。それはいつかと同じ答えで、どこかわざとらしかった。

学年末の成績表が学校で掲示され、自分が問題なく進級できるとわかった時も、祝う気分にはなれなかった。七月、仲間たちは相当前から計画していたスペイン旅行に出かけ、わたしはようやく、間近に迫ったスペッツィアーレ行きのことだけを考えて過ごせるようになった。

ある午後、わたしはフランス語辞典のなかのお金を全部使った。まずはバナナ・ムーンのビキニを買って、残りはチュニジア人の若者に渡し、小さな大麻樹脂《ハシシ》の塊をひとつ、かわりに受け取った。家に戻ると若者の指示どおり、ふたつに割った石鹼《せっけん》に空洞を掘り、そこにハシシを入れ、石鹼をひとつにあわせて隠した。ベルンはあの時、わたしに約束してくれた。今年も去年ときっと何ひとつ変わらない、と。

自動車専用道路の最後の区間は、バーリを過ぎたあたりから植木屋が何軒も並んでいて、金網の向こうに背の高い椰子の木がずらりと列をなしていた。昔からその眺めはスペツィアーレまであと少しだという印だった。椰子の木が売り物なのかどうかは知らなかったが、あんな大きな植物をほかの場所に運べるとはわたしにはとても思えなかった。ところがその年は、椰子が一本残らず短く切り揃《そろ》えられて、熊手の歯のようになっていた。何があったのかと父さんに尋ねると、そちらにぼんやりと目を向け、答えた。

「さあね。剪定《せんてい》したんだろうよ」

おばあちゃんの家の入口に植わっていた二本の椰子も枯れていた。コジモは、根っこを掘り出すのにショベルカーが必要だったと説明した。

「憎たらしい犯人を見せてあげよう」と彼は言った。

父さんとふたりで離れに来るよう誘われたが、わたしだけついて行った。いろんな道具が乱雑に積んである棚から、コジモはガラス瓶をひとつ取り出した。瓶の底には毒々しい赤色をした昆虫が一匹転がっていた。カーブした長い口吻《こうふん》のある虫だ。

「ヤシオオオサゾウムシだよ」わたしの目の前で瓶を揺らしながら、彼は言った。「こいつが樹皮のなかに潜って、卵を産む。ひとつの卵から何千という幼虫が生まれて、椰子を内側から食べちまう。そして食べ尽くすと、ほかの木に移る。中国のやつがこんな面倒な害虫を送りこんできたんだ」

それから何時間か、わたしはベルンの元に駆けつけたい気持ちをこらえ続けた。夕方になってもおばあちゃんと父さんと一緒にテラスで過ごし、終わった学年の思い出話を延々と語り、ついには自分でも自分の声に聞き飽きてしまった。おばあちゃんは辛抱強く耳を傾けてくれた。彼女にしては珍しいことだった。わたしはずっとテラスの手すりに背を向けて座っていたが、夕食の食器を片づけようと立ち上がると、すぐにマッセリアの方角に目をやった。するとオリーブの木々の向こうに、小さな黄色い光点がぽつんと見えた。ひどく弱々しい光で、はてしなく遠く思えた。

翌朝、空は薄曇りだった。快晴の一日にベルンと再会するところばかり想像していたので残念だった。おばあちゃんに、ちょっと散歩に出かける、もしかしたら三人にも会ってくるかもしれない、とことづけた。白いサンドレスの下にはバナナ・ムーンのビキニを着ていた。おばあちゃんに気づかれないか不安なくらい、体が震えていた。ベルンに会いたくてたまらず、頭がどうにかなりそうだった。麦わらバッグにはハシシを隠した石鹸が入っていて、彼に会ったらすぐに渡すつもりだった。驚かせてやりたかったし、家に置いておくのは危険だという理由もあった。おばあちゃんの家はローザが隅々までなんでも勝手に触るからだ。

ところがおばあちゃんに止められた。「朝食を済ませてからにしなさい」

見ればテーブルの上に、さくらんぼ《アマレーナ》ジャム入りのクロワッサンと牛乳の入ったコップが用意されていた。わたしはためらってから、椅子に浅く腰かけた。彼女も向かいに座った。わたしはクロワッサンをひとつまみ千切ると、咀嚼《そしやく》した。

「おいしい？」おばあちゃんに訊かれた。

「好物なの知ってるでしょ？」

これでなかに戻って歯を磨かないといけない。また時間が無駄になる。そう思った。

「よかった。たくさんお食べ、トリノじゃ、こんなにおいしいのはまずないからね」

テーブルにはおばあちゃんの好きな推理小説が一冊あった。ひっくり返して表紙を見ると、『皮膚の下の頭蓋骨』というタイトルの本だった。

「面白い？」とりあえず何か言うためにわたしは尋ねた。

すると彼女は手をひらひらさせて答えた。「まだ読み始めたばかりよ。悪くはなさそうだけど」

「読んでると、いつも犯人はわかるもの？」

「たいていはね。でも、この手の小説って時々いんちきするから」

どこかすぐ近くに蟬《せみ》が一匹隠れていたらしく、わたしがちょっとでも動くといったん鳴きやみ、またそのうちあのうんざりするような声を張り上げる、ということを繰り返した。

少し向こうではコジモが庭のスプリンクラーと格闘中で、その時は、あちこちで噴き上がる水の真ん中で腕組みをしていた。

わたしはクロワッサンを黙って食べ終え、牛乳を飲んだ。おばあちゃんがそんな風に朝食につきあってくれたのは初めてのことだった。普段なら、ひどく朝寝坊な孫娘を遠くからきつい目でとがめるところだ。ところが今朝の親切な態度はどうだろう？　昨日の夜も妙に優しかった……。おばあちゃんは本の表紙の片隅を折った。

「マッセリアに行ってもあの子はいないよ」彼女はやがて言った。

「えっ？」

べとべとしたパンのかけらが指にくっついて不快だったが、ナプキンは見当たらなかった。サンドレスを汚さないように、ふくらはぎで拭いた。

「ベルンのことだよ。あの家にはいないの」

わたしはテーブルに片肘を突いた。曇り空だが日差しは強く、目が痛かった。クロワッサンの脂っこい味がげっぷと一緒にせり上がってきたが、こらえた。おばあちゃんが本を置き、こちらに手を差し伸べてきたが、わたしはその手を避けた。

「誕生日にお前、わたしに電話であの子のことを訊いたろう？」

「うん」

「わたしがマッセリアの人間とはしばらく誰とも会っていない、というのは本当だったんだよ。ベルンともうひとりの……」

「トンマーゾ？」

「いいや、トンマーゾじゃない。ヨアンさ」

「ヨアンなんて男の子いないわ」

「お前は会ってないのかもしれないね。去年の夏の終わりに来た子だから。ヨアンとベルンは十二月、うちのオリーブの収穫を手伝ってくれたんだ。ベルンは見たところ、華奢《きゃしゃ》な感じだけど、あれでどうして、オリーブの実を叩き落とす熊手を何時間もぶっとおしで握るから、驚いたよ。コジモまで感心してたっけ。ヨアンは木の下に網を広げて、集めた実を箱のなかに空ける役だった。本当においしいオイルができてね。ああ、でも、それはお前も知ってるね。そっちにも送ったから……」

「それで？」

おばあちゃんはため息をついた。

「収穫のあとはあまり仕事もなかったから、ずっと呼ばなかったの。でもちょっと前に、あの子たちがどうしてるか気になってね。前にベルンが数学が苦手で困ってるって言ってたから、わたし、教えてあげるなんて言っておいて、連絡のひとつもせずに悪いと思っていたし。だからマッセリアに行ってみたんだ。もう七月になっていたと思う。でも、フロリアーナさんしかいなくてね。それであのひとから……事件があったって聞いたのさ」

父さんが家の角から顔を出した。でもわたしたちがそこにいるのを見ると、また消えた。

「事件ってなんなの、おばあちゃん？」

「どうもベルンが面倒を起こしたらしいんだよ」彼女はわたしを見つめ、こう続けた。「どこかの娘さんを相手にね」

わたしは人差し指でパン屑《くず》をひとつひとつ集めると、何も考えずに指をくわえ、吸った。

「面倒ってどんな？」

おばあちゃんは悲しげな笑みを浮かべた。「テレーザ、女の子が相手だよ？　決まっているじゃないか、子どもができちゃったんだよ」

わたしはぱっと立ち上がった。椅子が後ろに倒れ、床のタイルにぶつかった。おばあちゃんがびくっとした。「わたし、見にいってみる」

倒れた椅子を起こすことなんて考えもしなかった。

「行っては駄目」

「自転車はどこ？　ねえ、いったいどこにしまったの？」

鉄棒のゲートは閉まり、錠前がかかっていた。わたしは自転車を放り出し、下をくぐった。すると右手に黄色い梨がたわわになった木があった。たくさんの梨が地面に落ちて、腐臭を放っていた。

マッセリアには誰もいなかった。わたしは今にも壊れそうなブランコに腰かけ、揺らさずにじっとしていた。そのまま一時間以上は待ったと思う。

〝ベルンが女の子を妊娠させた〟

壁沿いに歩く猫をわたしは見つめていた。去年はいなかった猫が何匹かいた。茶色い巨大な一匹が長いことこちらから目をそらさなかった。

〝ベルンが女の子を妊娠させた。でも、どうして相手はわたしじゃなかったの？〟

車の音が近づいてきても、わたしはじっとしていた。チェーザレとフロリアーナはよそ行きの格好で、彼は青いコットンのスーツにネクタイを締め、彼女は柄入りのチューブドレスを着ていた。ふたりの後ろには、うつむいて歩くひとりの少年の姿があった。やはりきちんとした格好だったが、ネクタイはしていなかった。チェーザレの髪は短くなっていた。駆け寄りたい気もしたが、わたしは動かなかった。

「久しぶりね、テレーザ」フロリアーナはわたしの両腕を取って広げた。全身をよく見せておくれとでもいうように。「ミサに行ってたの。ずいぶん待ったんじゃない？　この暑いのに。すぐに冷たいお茶を持ってくるから」

「お茶はいいわ、ありがとう」

心臓がどきどきして、彼女に手首の脈で気づかれやしないか不安だった。

「何言ってんの。少しぐらいお飲みなさいな。すっきりするわよ。昨日作ったの。砂糖のかわりにアガベを使ったから、体重のことなら気にしなくても大丈夫。そう、ヨアンに会うのは初めてよね？」

彼女はさっさと家のなかに姿を消した。ヨアンはわたしに向かって無言でおじぎのような真似をすると、やはり行ってしまった。チェーザレは暑さにうんざりした声を出しながらネクタイを緩め、テーブルの下から椅子を出すと、わたしの前に置いた。

「いい教区を見つけてね」とあのひとは言った。「場所はロコロトンドで、ここからはちょっと遠いんだが、神父が変わっててね。お決まりの貧弱な知識で凝り固まった神父じゃないんだよ。ヴァレリオ神父というんだ。頭のやわらかな男で、わたしのことも高く買ってくれているようなんだ。ヨアンはとてもいい影響を受けているよ。あの子は実は正教徒なんだが、まだそれがどういうことかわかっていないようでね。なんにしても教会には喜んでついてくる。いつかテレーザも神父に会わせてやりたいな。こっちには、今年もしばらくいるのかい？」

彼の話し方にどこか違和感を覚え、わたしは余計に落ちこんでしまった。こちらがマッセリアにいるのを見ても、チェーザレとフロリアーナは感激らしい感激をしてくれなかった。近づいてくるふたりを待ちながら、一瞬、向こうは再会を喜んでいないのではないかと思ったほどだ。

「こんな天気で残念だね」チェーザレはまだ話していた。「昨日までは最高だったんだが……今日はやけにじめじめしてるし、晴れる気配もない」

「ベルンに会えればと思ってきたんだけど」

わたしは言い、それだけでは失礼なのでこうつけ加えた。「それにニコラにも」

チェーザレは両手で膝を打った。「うちのニコラのやつか！　大学に行くようになってから、こっちにはまるで帰ってこないんだ。でも頑張ってるよ。私法以外の試験は全部パスしたようだし。まあ、私法は難物だからな。何百ページと暗記しなきゃならない」

「で、ベルンは？」

チェーザレは聞こえなかったような顔で、指を唾で湿し、シャツの染みを取ろうとした。何か前とは違うと思ったら、ひげもきれいに剃《そ》ってしまっていた。さっぱりした丸い顔はなんだか子どもっぽかった。

「ニコラは四日後に来ることになってるんだ」あのひとは言った。「それで一週間ここにいる。たぶん、勉強するつもりなんだろう。このところ、あの子は口を開けば『勉強しないと』だからね。でも、君に会えたら喜ぶと思うよ」

フロリアーナが冷たいお茶の入ったコップを持って戻ってきた。コップのふちは石灰で白く汚れていた。普段のわたしなら気にしないところだが、その時は絶対に口をつけまいと決めた。色々なことが裏切りの証みたいに思えた。チェーザレの変貌も、少しくらいわたしたちの相手をしてくれてもいいのに、木と木のあいだに張った紐にさっさと洗濯物を干しだしたフロリアーナも、よそ行きの服を脱いで半裸になり、何も言わず畑のほうに逃げていったあの新顔の少年、ヨアンも。

みんなにマッセリアで会える日をずっと夢見てきたこちらの気持ちも知らないで。

またベルンのことを尋ねるのもしゃくだったので、トンマーゾはどうしているかと訊いてみた。

「トンマーゾも大人になったさ。もう自立したよ。マッサーフラにある金持ちのためのリゾートホテルで働いている。フロリアーナ、なんという名前のホテルだったかな？」チェーザレは声を上げて妻に問いかけた。

「ルレ・デイ・サラチェーニよ」

「そう、〝サラセン人の宿〟という意味だ。ホテルの名前を決めた人間はおおかたこのあたりでサラセン人が悪業の限りを尽くしたことなんて知らなかったんだろうな」彼はくすくすと笑い、わたしもつられて笑ってしまった。

ベルンが女の子を妊娠させたって本当なの？——思いきってそう訊いてしまえば済む話には違いなかった。でもチェーザレの頬を打つような真似はしたくなかった。あのひとは椅子に背を預けると、ひとつ深く息を吸った。

「今日は、うちはお昼抜きだな。暑すぎるからね。でも、君はいてくれても構わないよ」

「ううん、帰るわ」

どこかでヨアンがアーモンドの木を叩いて、実を落としている音がした。叩かれた枝葉が立てる乾いた音に、あられがざっと降るような音が続いた。チェーザレが顔を強くこすった。「じゃあ、テレーザがこっちに来てるって、ニコラに伝えておくよ」

それからの日々、自分がおちいった精神状態をどう説明したものかよくわからない。幼いころに夜ごと覚えた恐怖にもどこか似ていた。眠れずに電気蚊取り器を見つめていると、そのうち部屋が膨らんだり縮んだりして呼吸をしているのがわかるようになる、あの恐ろしい感覚だ。それ以上スペッツィアーレに滞在すべき理由などなかった。ひょっとするとベルンが戻ってくるかもしれないという、はかない、非現実的な希望を除けば。それでも、ニコラの到着を待ってみようと決めた。

わたしは膨張式のマットレスに寝そべり、何時間もプールで過ごした。壁を軽く蹴り、端から端へと漂っては、そこで三人の少年が潜って遊んでいたあの夜をよく思い出した。プールの水はあれから何度も抜いては満たされ、塩素と殺藻剤が幾度となく投入されたけれど、もしかしたらベルンの皮膚の分子の何個かくらいは生き残っているかもしれない。そう思って手を濡らし、腹と肩をこすったことも一度や二度ではなかった。

おばあちゃんはわたしが到着した日からずっと優しかった。わたしにつきあおうと、愛用のソファーをわざわざ離れ、プールサイドのデッキチェアに寝そべって本を読んだりもした。パラソルの落とす四角い影のなかでいつも彼女は身をすぼめていたが、ある時など水着まで着てきた。もう何年も目にしたことのなかった脚は肌がしなび、血の気がなく、茶色い染みがあちこちにできていた。その午後、おばあちゃんは本を閉じたまま、何か考え事でもするみたいにずいぶん長いことぼんやりしていた。でもそのうち決意した様子でこちらを向くと、こんなことを訊いてきた。「あなたのお父さん、お母さんに会う前に、別の女性と結婚しそうになったって知ってた？」

わたしは梯子《はしご》につかまって、マットレスの回転を止めた。

「そのひとと会った時、あの子、今のあなたと同じくらいの年だったわ。マリアンジェラっていってね。きれいな娘さんだった」

わたしはマットレスを降り、浅いところに立った。

「マリアンジェラと結婚したいって言われた時は、驚いたわ。わたしは反対だった。でもあの子は頑固だからね。お前も知ってるだろう？　だからひとつ約束したの。まずは大学を卒業すること。そのあとなら結婚してもいいってね」

わたしはマリアンジェラという娘を想像してみようとしたけれど、うまくいかなかった。そこでおばあちゃんは家のほうをちらりと見て、何か悩むような顔をした。父さんに聞かれるんじゃないかと不安だったのだろうか。それとも本当にわたしに明かしていいものか、まだ迷っていたのかもしれない。

「それでお父さんはトリノの理工学部に行ったの。夏休みでこっちに帰ってきた時、あの子はマリアンジェラの元に飛んでいったわ。でもね、ひと目見たとたんにわかったみたい。ふたりのあいだはもう終わってしまったって。ふたりはその日のうちに別れたわ。家族の誰にとってもひどい夏になったっけ」

おばあちゃんは脚を伸ばし、左右の足を上にそらした。

「お母さんと出会ったのはその次の年だった」彼女は無感情にそうつけ加えた。

「あのひとはそのこと知ってるの？」

「お母さん？　どうかな。たぶん知らないと思う」

「パパ、言ったと思う？」

「テレーザ！　そんなことわからないよ。結婚したからって、相手に何もかも白状するわけじゃないんだから」

わたしの手足の爪はおばあちゃんのと同じで甲が丸まっていた。それがはたして美しい爪の印なのか、あるいは欠点なのか、わたしはまだ決めかねていた。彼女は、年を取ると爪が肉に食いこんで痛いと嘆いていた。

「何が言いたかったかというとね」おばあちゃんはそう続けた。「どちらかがそう願うだけで、ふたりの人間の違いが消えてなくなるなんて思ったら、大間違いだってこと。おかげでお父さんは何年も無駄にしたわ。ずっとましに使えたはずの時間をね。あの子もマリアンジェラと一緒になれば、幸せだったでしょうに。それはまず確かね」

「幸せだった？」

「不幸せだった、よ。あのふたりが一緒になったら、不幸せになったろうって言ったの」

「幸せって聞こえたけど」

おばあちゃんは首を横に振り、太ももを撫でた。

「ご覧、みっともない膝よね……」彼女はそう言って左右の膝をオレンジでも握るようにつかむと、こちらを向いてにこりとした。

「他人の人生ってね、いつまで経ってもわからないことだらけなの。きりがないのよ、テレーザ。むしろ、なんにも知らないほうがよかったってこともあるわ」


ある晩、ニコラが会いにきた。ローザと並んで立つ彼を窓から見たが、身長差がいちじるしくて、彼女がやけに小さく見えた。ローザが何か説明しているらしく、ニコラは何度もうなずいていたが、わたしにふたりの言葉は聞き取れず、会話の内容にも興味はなかった。彼のことは少し待たせておき、服を着替え、まつ毛にマスカラを塗った。

ニコラの態度が以前と違うことにはすぐに気づいた。わざとらしい落ちつきぶりがやけに鼻についた。元々三人のなかでもおとなしいほうだったが、ほかのふたりがいないと彼の真面目っぽいところが余計に目立った。ニコラは散歩に行こうと提案してきたが、わたしはもっと遠くに行きたいと無理を言った。おばあちゃんの家に何日もずっといたので、監獄に閉じこめられているような気分だったのだ。

スカーロにはあまり客がいなかった。わたしたちは空き地の中央のテーブルに座った。海は北風で荒れていた。ニコラがビールを二杯買いにいった。自分がどんなに女性に親切かをようやく披露できるのが得意らしく、いかにも〝君とふたりきりになれて嬉しい〟という感じだった。でもこっちは不愉快だった。

彼にそんなところまで連れてこさせたのをすぐに後悔した。何を話してもちっとも会話が盛り上がらなかったのだ。

「ニコラは大学で成績優秀だって、お父さん言ってたわ」わたしは投げやりに言ってみた。

「誰にでもそう言ってるみたいだ。でも、僕の成績は人並みだよ。バーリに行ってみたい？　よかったら近いうちに連れていくよ」

「いいわね」

彼の両手はちょっと印象的だった。大きくて、甲がやけにすべすべしていたのだ。それに香水をつけすぎだった。

「向こうで彼女はできた？」わたしは尋ねた。ふたりの今後について彼に勝手な妄想をしてほしくなかったし、バーリ行きだってあり得なかったからだ。

ニコラは表情を曇らせた。「まだだね」

明かりの灯ったイルミネーションが風に揺れていた。いくつか球が切れた電球もあった。一年前の夏と同じ飾りだろうか？　そんなことが気になった。

「そういう君は？」彼に訊かれた。

「特別な相手はいないわ」

でもニコラに哀れんでほしくなかった。さんざん待ち続けた揚げ句、結局そのひとには会えなかったなんて言えない。だからこうつけ加えた。「遊び相手ならいたけど」

「遊び相手ね」がっかりした声でニコラは繰り返した。

「ベルン、今どこなの？」

ニコラはゆっくりとビールを飲んでから、答えた。「僕は知らない。消えてしまったから」

「消えた？」

「出ていったんだ。去年の夏からあいつ、少し変だったろう？」

「そんなことないと思うけど」

どうして自分がそうもつんけんしてしまうのか、わたしにもわからなかった。何もかもがニコラの責任と言わんばかりの態度だった。

「変ってどこが変だったの？」

「なんて言うか……苛々しっぱなしでさ。特にチェーザレに対する態度はひどかった」

そんな風にニコラが自分の両親を名前で呼ぶことに、わたしは以前から違和感を覚えていた。

「チェーザレは寛大だから、他人を侮辱しない限り、ひとはそれぞれ好きなようにすればいいって考え方だ。でもベルンは……チェーザレを挑発しっぱなしだった。それも怪しげな本をやたらと読んで、チェーザレの鼻先に突きつけるようになってからは最悪だった」

「怪しげな本って何？」

「神様を批判した本ならとにかくなんでもよかったみたい。ほとんど毎日のように一冊、テーブルに置いてあってさ。チェーザレに読ませようとして、特に罰当たりな部分をわざわざ蛍光ペンでマークしてあるんだ」

ニコラは自分のベンチに落ちていた小枝を手に取ると、テーブルの白い天板に縦線を何本も刻みだした。

「あんなこと許されていいわけがないよ」そこで彼はちょっとためらってから、こう続けた。「チェーザレがね、一度、なんと言ったと思う？」

「何？」

「ベルンは心を魔にやられてしまったんだって」

「魔？」

「悪魔だよ、テレーザ。ベルンのなかに悪魔が潜んでいるのはチェーザレも知っていたから、毎日、そいつが目を覚まさぬようにと祈っていたらしい。でも駄目だった」

「ニコラ、本当にそんなこと信じてるの？」わたしは腹が立って訊いた。

彼の握っていた小枝が折れた。二本になった小枝を不満げににらむと、ニコラはそれを投げ捨てた。

「あいつの正体を知っていれば、君だって信じたはずさ」

ベルンのことならよくわかっていた。あの葦原でともに過ごした仲なのだ。わたしの上であんな風に舌を使った彼なのだから。

「チェーザレが言ったからって、本当だとは限らないでしょ？」

「ベルンがチェーザレを嫌っていたのは、トンマーゾが出ていったからなんだ。チェーザレがトンマーゾを追い出したんだって言い張ってね。でもそうじゃない。成人したらマッセリアを出て、自活するのが普通なんだ。そういうしきたりなんだよ。チェーザレがいなかったら、トンマーゾなんて、いまだに刑務所のそばのあの孤児院にいたはずなんだよ？　それでもベルンはチェーザレを許さなかった。ベルンとトンマーゾは昔から一心同体だったからね。トンマーゾの誕生日の晩、あのふたりが一緒に泣いてたの、覚えてるかい？」

あの晩、ベルンとトンマーゾが寝そべっていた場所をわたしは思わず振り返った。今は平たい岩場があるばかりだ。その向こうには鉄条網が見え、刺草の茂みが見え、見張りの塔が見えた。茂みで何か動物でも動いたような気配があった。

「彼、女の子とどうかしたって？」わたしは尋ねた。

ニコラはわたしの顔を眺め、どこまで知っているのか探ろうとした。こちらから切り出さなければ、ちらとも触れずに済ませようとしたはずだ。彼は首を横に振った。改めて言うべきことは何もないという風に。

「それって誰なの？」

ニコラはグラスを口に近づけてから、もう空っぽだと気づいた。少し動揺しているようだった。もっと楽しい夜を期待していたのかもしれない。ほとんど口をつけていない自分のグラスをわたしが差し出すと、彼は感謝の印にうなずいた。

「僕は彼女とは何回かしか会ってないんだ。ずっとバーリにいたからね。あの子はお金に困ってて……それに、たぶんだけど、麻薬中毒だったみたい。彼女が妊娠した時、チェーザレはマッセリアに受け入れてやった。ほかに行くところがなかったからね」

彼はこちらの反応をうかがった。わたしはできるだけ無感動を装いつつ、ハシシを隠した石鹼を思った。一連の出来事に完全に意表を突かれた今となっては、そんな自分の冒険が本当に愚かしかった。そしてニコラは言った。「変な名前だったな。ヴィオラリベラだ」

今にもひっくり返ってしまいそうな気がして、わたしはベンチをぎゅっとつかんだ。

「ヴィオラリベラ」わたしは繰り返した。

「彼女は……」ニコラが何か言おうとして、口をつぐんだ。

わたしは啞然《あぜん》としていた。きっと顔も真っ青だったはずだ。

「彼女は何？」

ニコラは大きな手の一方をわたしの顔に伸ばしてきて、額の髪をかき分け、頰を撫でた。彼にしては思いがけず優しい仕草だった。「テレーザ、君の気持ちを考えると胸が痛むよ」

「帰りましょう」

「今すぐ？」

「そう、今すぐ」

「わかった」

でもわたしたちが立ち上がるまでにはもうしばらくかかった。スカーロは相変わらず客の入りが悪く、飲み物をテーブルまで運ぶ役目の娘は暇そうにトレーラーハウスの窓口に寄りかかっていた。わたしはニコラの肩越しにずいぶん長いこと彼女と目をあわせていた。でもそのうち、何をじろじろ見ているんだ、という風ににらまれてしまった。

翌朝、わたしは父さんにトリノへ帰ると告げた。父さんが素知らぬ顔で理由を尋ねてきたので、こちらも同じ調子で、新学年に備えてルドヴィーカと勉強をしたいのだと嘘をついた。本当はルドヴィーカは彼氏とスペインのフォルメンテーラ島に行っていた。父さんは最初、そんな長い時間、お前ひとりで列車に乗るなんて論外だと言っていたが、おばあちゃんに説得されたようで、お昼のあと、わたしを連れて駅に向かい、次の日の夜の特急の切符を買ってくれた。

わたしは荷造りに取りかかった。時々、吐き気に襲われ、座って深呼吸をせねばならなかった。ジーンズが一本、洗濯機のなかだと言いがかりをつけて、ローザに当たった。すると一時間もせぬうちに、アイロンをかけて、きちんと折り畳んだジーンズがベッドの上、スーツケースの横に用意された。

次の朝、ローザとコジモが車で出かけるのをわたしは目撃した。その奇妙な計画を自分がはたしてその場で思いついたのか、眠れぬ夜のあいだに練ったのかは覚えていない。わたしは予備の鍵を使って離れに侵入すると、道具の棚からヤシオオオサゾウムシの死骸が入った瓶を取った。そして自転車にまたがり、マッセリアまで全力でペダルを踏んだ。

チェーザレは長靴にゴム手袋を身に着けて地面にひざまずき、下水処理用の腐敗槽のそばで何か作業をしているところだった。ヨアンはその横で、柄の長いスコップにもたれて立っていた。腐敗槽からひどい悪臭が漂っていた。

わたしは寄生虫の入った瓶をチェーザレの鼻先に突きつけ、問い詰めた。「これもそうなの？　こんな虫のためにもお葬式をすべきなの？」

あのひとは驚いた顔でこちらを見た。

「どうなの？」わたしは答えを催促した。「この虫にだって魂はあるはずでしょ？　じゃあ、埋めてやらないと駄目じゃない？」

チェーザレはゆっくりと立ち上がり、手袋を脱いだ。「もちろんだとも、テレーザ」彼は静かに答えた。

わたしはフロリアーナとニコラの参列も求めた。チェーザレは人差し指で小さな穴を掘ると、ゾウムシをそこに入れ、大きな声で『詩篇』の詩を唱えた。「我らのすべての日は、あなたの怒りによって過ぎ去り、我らの年の尽きるのは、ひと息のようです」

続いてフロリアーナがギター抜きで歌った。その無防備な声はわたしの涙を誘った。

墓穴は埋め戻され、わたしは誓った。これで終わりにしよう。ベルンを思って心をむしばまれるのはもうたくさんだ……。

そのあとニコラとふたりで外を歩いた。どちらもしばらく口を開かなかった。

「トリノに帰るわ」やがてわたしは言った。「スペッツィアーレにはもう二度と来ないと思う」

そして、残酷すぎるだろうかと迷いながらも、こう続けた。「戻ってくる理由が何もないもの」

わたしたちは半ば崩れた石垣に沿って進んだ。わたしは、石の隙間に咲いたケーパーの花を見つけて足を止め、それを摘むと、指のあいだで二、三度、回してから、投げ捨てた。

土手をひとつ越えたら、いきなり葦原の前に出た。

「どうしてこんなところに来たの？」わたしは尋ねた。

ニコラは片手をオリーブの木の幹に突き、地面の一点を見つめていた。そこは、ベルンとわたしがいつも横たわっていた場所からごくわずかに右にずれた場所だった。

「どうしてここに来たのかって訊いてるの」わたしは質問を繰り返した。動揺で声がまともに出なかった。

「ベルンとトンマーゾは僕にとって兄弟も同然だった。あのふたりは一心同体だったかもしれないけれど、僕だってあいつらの兄貴みたいなものだったんだ」

「だから何？」

「僕たちはなんでも分かちあってきた」彼はわたしの目をまっすぐに見つめた。「そう、何から何まで。でもベルンは、君のことだけは分かちあおうとしなかった。『テレーザは俺ひとりのものだ』と言ってね」

彼は髪をかき上げた。小川は小さな水音を立てて流れていた。あの水はいったいどこから来て、どこに消えてゆくのだろう？「列車の時間があるから行くわ」わたしはそう言うと、踵を返し、マッセリアに向かって急ぎ足で歩きだした。ニコラは追ってこなかった。

かなり遠ざかってから振り返ると、彼はまだ同じ姿勢で、片腕をだらりと脇に下げ、逆の手はまだ木に突いたまま、葦原のほうを向いていた。体を重ねるベルンとわたしの亡霊をまた盗み見ようとしていたのか。あるいはベルンとヴィオラリベラの亡霊か、わたしが愚かにも自分だけの場所だと思いこんでいたそこで抱きあう、とにかく誰かの亡霊か。

列車に乗ったわたしは、指紋で汚れた窓越しに過ぎゆく街灯を眺め、どこまでも続く真っ暗な田園地帯を眺め、聞いたこともないような土地の駅名を告げる看板を眺めた。やがてアブルッツォ州か、もしかしたらもうマルケ州まで来たかというころになって雨が降りだし、あっという間に窓が曇って、コンパートメントの空気はむっと湿気を帯び、息が詰まりそうだった。おしっこに行きたかったが、わたしは席を立たなかった。金縛りにでもあったようだった。そんなに苦しい思いをするのは初めてのことで、毒でも大量に注射されたみたいな気分だった。ベルンとヴィオラリベラが一緒にいるイメージが頭を離れず、朝までひたすらにふたりのことを思い続けた。平原からぼんやりした太陽が昇った時も、わたしは一睡もできぬまま、まだ起きていた。

高校最後の一年はひたすらに勉強した。ほかに何をすればいいのかわからなかったのだ。千キロも離れたスペッツィアーレまで心がひとっ飛びしてしまうのを防ぐには、それ以外、手だてがなかった。ニコラとは何度か手紙をやりとりしたが、彼の手紙もわたしのそれも負けず劣らず退屈で陳腐だったので、そのうち返事を書くのをやめた。

眠っていても、頭のなかにはいつも同じ、一連のイメージが浮かんでいた。プールで遊ぶ三人の少年。イルミネーションがきれいだったオストゥーニの広場の真ん中にいるわたしたち四人。葦原での密会。そして、トリノまでの長い長いドライブのあいだ、『ステッラ・スタイ』を二度続けて聞きたがった父さんと、憂鬱を隠しきれずにいるわたし……。あのころは朝、よく机に突っ伏して寝ているところを母さんに見つかって、顔を撫でられて起こされた。寝違えた首の痛みは何時間もしないと消えなかった。

二日に一度は夜、市営プールに行って、くたくたになるまで泳いだ。プールを出て吸う一本目の煙草は必ず変な味がして、そのたび驚かされた。燃やしたビニールの煙みたいな味だった。

高校卒業資格試験では最高点を取って、色々なひとに褒められた。でもわたしの正体を見抜ける者はいなかった。二年前に激しい恋をしたものの、相手の若者が別の女を孕《はら》ませて姿を消してしまい、その彼を忘れようとしてかなわずにいるガリ勉女。それがわたしだった。

八月、父さんはひとりでスペツィアーレに向かった。出発の朝、わたしは見送りのために起きようともしなかった。続く日々も、さんざん迷ったものの、一度も父さんに電話をしなかった。

父さんが帰ってきても何も質問はすまいと心に決めていたが、向こうからわたしの部屋に入ってきた。何時間も運転し続けてきたせいだろう。汗のにおいも一緒についてきた。わたしはMTVでスカンク・アナンシーの『シークレット・トリー』の音楽ビデオを観ているところだった。

「今年はいつもより暑かったよ」父さんは言った。

「ニュースでもそう言ってたわ」

「年寄りも覚えていないくらいの干魃《かんばつ》でね。オリーブにはちょうどいいはずだ」そう言って父さんはわたしのベッドに腰を下ろした。「何度か泳ぎに行ったが、海は完璧だったぞ。波もなく、穏やかで、きらきら輝いててね。水はスープみたいに熱かった。マッセリアは……」

わたしはテレビのほうを向き、画面に集中しているふりをしたが、父さんは出ていってくれなかった。映っているのは、三人の登場人物がモーテルの客室をめちゃくちゃにしているシーンだった。

「おい、テレビをちょっと消してくれないか？」父さんに言われた。

わたしはリモコンを探し、スイッチは切らずに、音量だけ限界まで下げた。

「マッセリアの話だったな。すっかり荒れはてていてね、〝売ります〟の看板がかかっていた」

わたしは、チェーザレはどうしているのか、と小声で尋ねた。

「どこかに越したらしい。集落でも尋ねてみたんだが、誰も詳しいことは知らなかった。ほとんど世間と関わろうとしなかったからな、あの連中は」

父さんは〝あの連中は〟というところだけ、意味深な口調で言った。まるで宇宙人の一団の話でもしているみたいだった。

「あの物件を売るのは簡単じゃないだろうな。家は全部取り壊して、建て直さなきゃならんだろうし。実際問題、建て直しだって正式に認められるか怪しいものだ。あの家の大部分は違法建築だろうからね。それにあんな土地、誰がほしがる？　おばあちゃんが言うには、あそこは昔から、畑から出た石を捨てる場所だったらしいんだ」

父さんはようやく立ち上がり、ズボンの埃をはたいた。

「シャワーを浴びてくるよ。もうへとへとだ。ああ忘れてた、おばあちゃんがこれをテレーザにって」

父さんは包みをひとつ渡してくれた。感触で本だとわかった。

「今年はお前が来なくて残念がってたぞ」

わたしは想像していた。誰もいないマッセリア、閉ざされた窓にドア、〝売ります〟の看板……。

父さんが部屋を出ていった。

『シークレットリー』の映像は無音で続いていた。最後のシーンだ。テレビを消し、おばあちゃんの包みを開けてみた。中身は彼女の推理小説コレクションのひとつ、マーサ・グライムズの『宝探し』（邦題『「鎮痛磁気ネックレス」亭の明察』、一九八六年）だった。馬鹿馬鹿しい……。わたしはページをめくろうともせず、本棚にしまった。

2

それからかなりの歳月が過ぎて、あのころの夏を振り返るのはトンマーゾとわたしのふたりだけとなってしまった。ふたりはもう大人で、どちらも三十を過ぎていたが、わたしはまだ彼との関係を友人同士とみなしたものか、その正反対とみなしたものかわからずにいた。いずれにしてもわたしたちふたりが人生の長い時間を――それも恐らくは一番大切な時間を――ともに過ごしたのは確かであり、多くの思い出を共有しているという事実も、本人たちが認めたであろう以上にふたりの距離を縮め、似た者同士にしていた。

トンマーゾと会うのは久しぶりだった。前にも一度だけ会うには会ったが、その時はなんの前触れもなく彼の家を訪れて追い払われ、こちらもついかっとなって、ベルンに何が起きたかをまくし立てておしまいだった。ところが、二〇一二年のクリスマスイブ、わたしはこうしてまた、ターラントにあるトンマーゾの部屋に来て、飲みすぎた彼が横たわるベッドの傍らの椅子に座っているのだった。トンマーゾは腕が軽く震えるほどの泥酔ぶりで、ひとり娘の世話もできず、しかたなくわたしを呼んだ。彼にとっては誰よりも助けを求めたくない相手のはずだが、クリスマスイブに彼同様ひとりでいると確実にわかっていた、ただひとりの人間でもあったのだ。

十一時ごろ、アーダがソファーで眠ったので、鍵をかけておいたトンマーゾの部屋にわたしは戻った。彼は起きていた。手助けの代償を求められることになるだろうと覚悟していたのかもしれない。わたしはあの、ヴィオラリベラという娘を巡る事件の真相を一切合切――十五年遅れで――彼に説明してもらうつもりだった。

トンマーゾは今、あきらめた表情でシーツの折り返しを眺め、どう話を切り出したものかと考えているところだ。愛犬メデーアはベッドの足元のほうで丸くなって寝ている。ベッドの両脇のナイトテーブルのランプは、わたしたちがいる側とは逆のひとつだけが点いていた。部屋の明かりはそれから日の出のころまで、知らなかった事実の数々が意地の悪い羽音を立てて飛びかう頭を抱え、わたしがふたたび立ち上がるその瞬間まで、ずっとそのままだった。

「施設は」長い沈黙のあとで、トンマーゾが口を開いた。「野蛮な場所だった」

彼は食い縛った歯の隙間から苦しげに言葉を吐いた。深酒のせいで肌の色が灰色がかっている。

「施設ってどの施設？」

「親父が逮捕されてから、僕が入れられた施設だ」

「今そんな話、関係があるの？」

わたしは何も彼のいた施設の話を聞くためにそこに腰を下ろしたわけではなかった。ずっとお預けになっていた、もっと重要な話を聞くためだ。それはベルンとニコラとチェーザレに関連し、みんなでマッセリアで過ごした初期の夏に関連し、わたしの人生に時おり思い出したように顔を出す、あの、ヴィオラリベラという名前に関連した話だった。

「僕にとっては、何もかもがあの施設から始まったんだ」

「わかったわ」わたしは苛立ちを押し殺して答えた。「話を続けて」

トンマーゾはまた口を開く前に、その真っ白な頰《ほお》に両手を二度、押しつけた。自分の体の触感に自分で驚いているようだった。

「施設はいつだってひどく臭かった。特に廊下だ。スープのにおい、小便か消毒薬のにおい。時刻によってにおいは違った。だからベンチに座って待つあいだ、僕は自分の肘のひんやりした内側に鼻を押しつけ、肌のにおいを嗅いでいた」

彼の声はひと言ごとに少しずつはっきりしてきた。肺も喉も口蓋も、酩酊《めいてい》から徐々に覚めていくみたいだった。

「お袋は、僕がこんなににおいに敏感なのはアルビノだからだって言ってた。なんにつけ『お前はアルビノだから』って決めつけられたものさ。でもその時は、お袋も何も言えなかった。もう死んでいたからね」

トンマーゾはさっとこちらに目をやり、反応を探った。でもわたしは同情なんてしなかった。以前は同情したこともあったかもしれないが、遠い昔の話だ。今はとにかく話を先に進めてほしかった。

「だからふたりが来た時も、姿を見るよりも先ににおいでわかった。ふたりって、チェーザレとフロリアーナのことだよ。石鹼《せっけん》にミントキャンディーのにおいがして、少しおならのにおいもした。僕はちょっと震えていたんじゃないかな。今思えば、当たり前だよね。たった十歳で、自分を連れ去る赤の他人を待っていたんだから。フロリアーナは隣に腰かけると、僕の手をつかもうとはしないで、ただそっと撫《な》でた。チェーザレは立ったままだった。僕は肘に鼻をくっつけたままで、ふたりを直接には見ずに、床から壁に伸びるチェーザレの影だけを見ていた。すると彼は僕の顎《あご》に触れ、顔を上げさせた。まだひげを伸ばしていて、何か気持ちが高揚するとよく撫でていたな。あの時も名前を名乗ってから、チェーザレはひげをしごいた。でもこっちはふたりの名前ならとっくに知っていた。ソーシャルワーカーが話をしてくれたから。黄色い壁の前で抱きあうふたりの写真を見せられてね。〝信心深い夫婦〟だって言ってたよ。

それからチェーザレがフロリアーナに言った。『この子、ちょっと大天使ミカエルみたいじゃないか？　グイド・レーニの描いたミカエルに似ているよ』そして僕に向かって小声で言ったんだ。『大天使ミカエルは恐ろしい龍を打ち負かしたんだ。あとでミカエルの物語をきちんと聞かせてあげよう。車に乗ったら時間はたっぷりあるからね。さあ、荷物をまとめなさい』

でも車に乗っても、彼は大天使ミカエルの話を続けてくれなかった。ただ自分たちの家がミカエルラインの上にあるって言っただけ。ミカエルラインっていうのは、エルサレムからモンサンミシェルまで続く一本の線のことだけど、もしかしたらそれだけの話だったのかもしれない。

僕は道順を覚えようとした。親父のいる方向も。でも、同じような木に石垣ばかりが延々と続く風景を見ているうちに、わけがわからなくなった。車を降りた時には、僕の居場所なんて誰にも見つけようがないと思った。

『鞄《かばん》はわたしが片づけるから、君は兄弟を探しにいっておいで』

『兄弟なんて僕にはいません』

『そうだね。わたしの勇み足だ。許してくれ。あの子たちをなんと呼ぶかは、自分で決めるといい。ともかく、早く探しにいきなさい。近所にいるはずだよ。あの夾竹桃《きょうちくとう》の向こうだ』

僕は夾竹桃の垣根を抜けて、オリーブ畑をしばらくうろついた。最初は家から離れないようにしていたけど、そのうちどんどん遠ざかっていった。なんの根拠もないのに、まだ逃げられる、施設はそんなに遠くない、そう思いこんでいたんだ。僕は田舎には不慣れだった。そろそろ家のほうに戻ろうかと思っていたら、誰かに声をかけられた。

『ここだ、上だよ！』

あたりをぐるりと見回してみたけれど、誰もいなかった。木が間隔を空けてずらりと並んでいるだけだ。

『桑の木の上だって』先ほどの声が言った。

『どれが桑だか、わかんないんだよ』僕は答えた。

沈黙に続き、足音がしたかと思うと、ベルンが影のなかから飛び出した。

『ほら、これが桑だ』彼は言った。

僕は桑の木に近づいた。木の下は暗くて、涼しかった。梯子《はしご》があって、枝と枝のあいだに作った小屋まで上れるようになっていた。ベルンは僕をしげしげと眺め、片方の頬にそっと触れてから、言ったんだ。『お前、真っ白だな。凄く華奢《きゃしゃ》な感じがするぞ』僕は全然華奢じゃないと答えた。それから、彼に続いて梯子を上った。

小屋のなかには、あぐらを組んで、ニコラが座っていた。

『見たか、こいつの色？』そうベルンに訊かれても、ニコラは僕をちらりとしか見なかった。

『とりあえず、ここまで上ってくる勇気はあるみたいだな』

実際のところ、小屋はかなり不安定な感じだった。君たちが作ったのかと尋ねてみたけれど、ふたりは僕の質問を無視した。

『トランプのスカートって遊び、知ってるか？』ニコラに訊かれた。

『ポーカーなら知ってるけど』

『なんだそれ？　俺たちがスカートを教えてやるから、座れよ。ちょうど三人目が足りなかったんだ』

ニコラとベルンはスカートのルールをめちゃくちゃな順番で並べ立てて、しかもふたりが同時にしゃべるから大変だった。それから夕方まで僕たちはスカートの話だけをして過ごした。そのうち、お祈りの時間が来たとふたりが言った。施設でもお祈りの時間はあったから、そのこと自体は意外じゃなかった。ただ、マッセリアのそれは、思ってもみなかったようなお祈りだったけどね。

僕たちはひとりずつ梯子を下りた。夾竹桃の垣根を抜けると、パーゴラの裸電球が点いているのが見えた。そこでベルンが肩を組んできたけど、僕は逆らわなかった。元々ひとりっ子だったし、その日まで、自分がそこまで兄弟に飢えていたなんて知らなかった」

トンマーゾは言葉を切った。マッセリアに着いた日の思い出を語るうち、彼の体のなかに穏やかな気持ちが広がっていくのが目に見えるようだった。それはわたしにも覚えのある感覚だった。あの場所、そしてチェーザレにまつわるあらゆる記憶が持つ、危険な安らぎだ。

「チェーザレのまなざしには、すべてを輝かせる力があった」トンマーゾがまた口を開いた。「マッセリアとまわりの土地はもちろん、幼かった僕たちだってそうだ。僕たちが授業中にちょっとため息でもつけば、必ずチェーザレに片腕をしっかりとつかまれた。あの手につかまれると、まず逃げられなかったな。そして、『ついてきなさい、少しふたりで話そう』と言われるんだ。

あの常磐樫《ときわがし》の下であのひとはいつも、こちらが何か言葉を発するまで、どんなヒントでもいいからそれを声にするまで、三十分だって待った。十歳の子どもには耐えがたいことだよ。大人のそばでそんなに長いあいだ、じっと黙ってるなんて。僕は毎回、ほかのみんなのことを思った。みんなは昼食のテーブルを前にして腹ぺこで僕たちを待っていたんだ。チェーザレがこちらに何を期待していたのかはけっしてわからなかった。それでも彼は待つんだ。いつまでも待った。薄目を開いてね。居眠りをしながら待っていたこともあるのかもしれない。でも、僕の肩をつかむ片手はずっと緩まなかった。するとそのうち不意に、何か言葉がこの唇を割って出てくるんだ。まるで唾の泡が膨らむみたいに。チェーザレがうなずき、僕を励ます。また次の言葉が最初の言葉に続き、ついには全部、ひと息に出てくる。それからはあのひとの番だ。こちらが何を告白しようとしていたか最初から知ってたみたいに、あのひとは必ず長い意見を述べた。そして一緒に主の慈悲と知恵を讃《たた》えるお祈りをしてから、みんなのところに戻るんだ。それから何時間かは心が軽くなって、自分が清潔になった気がしたね。

でも桑の木の小屋にいる時だけは、チェーザレの目を逃れることができた。枝葉が密だったから、下の彼には上にいる三人がよく見えなかったんだ。チェーザレはいつも木の根元まで来て、『大丈夫かい？』なんて声をかけて、底板の隙間から小屋のなかを覗《のぞ》こうとしたけれど、底には道具置き場で見つけたシートを敷いてあったから、結局はあきらめて、行ってしまうのが落ちだった。

時々、あの小屋に堕落をもたらしたのは僕だったんじゃないかと思うことがある。汚い言葉をいくつもベルンとニコラに教えたのは間違いなく僕だ。施設の食堂で覚えた言葉だった。ふたりは僕に教わった言葉を交互に繰り返しては、その響きを楽しんでいた。持ち物チェックで見逃された僕の電子ゲームも、ふたりは夢中になって、電池が切れるまで遊びまくった。三人で一時期、度胸試しだって言って、マッセリアの敷地に生えているありとあらゆる植物の葉に根っこ、実に種、花を食べまくった時のことはよく覚えている。みんな、誰が最初に毒に当たるかと思ってどきどきしてたよ。食べたあとは桑の実を口いっぱいに頬ばって、苦味をごまかしたものさ。

ある日の午後、ベルンが薪小屋の近くで手負いの野兎《のうさぎ》を見つけた。兎は、きらきらしたガラスみたいな瞳に不安の色を浮かべてこっちを見ていた。三人が三人とも興奮してしまった。『殺そうぜ！』ってベルンは言った。

『罰が当たるぞ』とニコラは反対した。

『いや、神様に捧《ささ》げれば大丈夫だ。トンミ、そいつを持ち上げてくれ』

僕は兎の耳をつかんだ。耳の軟骨は妙な感触だったよ。兎の心臓の凄く速い鼓動を指に感じた記憶があるけど、あれは僕の鼓動だったのかもしれない。ベルンははさみを開いて、一方の刃を兎の首に滑らせた。でも力がこもっていなくて、切れなかった。兎はびくりと跳ねて、危うく逃してしまうところだった。

『ちゃんと切れよ！』ニコラが叫んだ。そのころにはあいつも猛り狂った目をしていた。

するとベルンが兎の怪我をしていないほうの脚を下に引っ張った。そうして横に伸ばしてみると、兎はやたらと長かった。ベルンははさみを閉じ、短剣みたいに喉に突き立てた。刃先が反対側の毛皮を突き破れず、押すのが見えた。はさみを引き抜き、どす黒い血が噴き出しても、兎はまだもがいていた。ベルンははさみを握ったまま動かなくなってしまった。今や哀れな動物は、早く刺せ、さっさと殺してくれと彼に懇願しているようだった。するとニコラがベルンを肘で押しのけ、はさみを喉の傷口にまた刺して、いきなり開いたんだ。血飛沫《ちしぶき》が僕の顔にまで跳ねた。

僕たちは兎をマッセリアからできるだけ遠い場所に埋めた。ベルンと僕が手で穴を掘り、ニコラは見張り役だった。それから二、三時間してそこに戻ってみたら、二本の棒切れを交差させた十字架が地面に立っていた。チェーザレは何も言わなかったけど、その晩のお祈りの時、あのひとは『レビ記』のこんな一節を、思わせぶりに、やけにゆっくりと読んだ。『駱駝《らくだ》、これは、反芻《はんすう》するけれども、ひづめが分かれていないから、あなたがたには汚れたものである。野兎、これは、反芻するけれども、ひづめが分かれていないから、あなたがたには汚れたものである。豚、これは、ひづめが分かれており、ひづめがまったく切れているけれども、反芻することをしないから、あなたがたには汚れたものである。あなたがたは、これらのものの肉を食べてはならない。またその死体に触れてはならない。これらは、あなたがたには汚れたものである』」


「これらは、あなたがたには汚れたものである」トンマーゾはそう繰り返してから、もう一度、ささやくようにして言った。「汚れたもの、か」

彼は両の拳を握り、何かをぼんやりと見つめる顔をした。そしてすぐに話を再開した。

「でも、あの雑誌を手に入れたのはニコラだった。時々、フロリアーナはニコラを村の中心まで買い物に行かせた。ベルンはえこひいきだと言って許さなかったね。買い物のお釣りでニコラがジェラートを買い食いしていたのを知っていたから。でも、ベルンの嫉妬は元々、ジェラートなんかのせいじゃなくて、ニコラとフロリアーナのあいだにあった暗黙の了解が原因だったんだ。チェーザレもその点は目をつぶっていた。フロリアーナは本当、色々なやり方で実の息子を特別扱いしたよ。ただ僕は構わなかった。つま弾きにされないだけでも御の字だったからね。それに月に一度は僕も、親父に会いに町に行くのを許されていたから。ベルンだけが、あるようでないようなマッセリアの境界をけっして出なかったんだ。ニコラか僕が短い旅から戻ってくると、凄い目でにらまれた。それでも口では『外がなんだっていうんだ？　どうせたいして面白いこともないんだろう？』なんて言ってたけど。

ニコラが問題の雑誌を見かけたのはキオスクの棚だった。ちらっと目をやっただけ、自分ではそう思ったらしい。でも店主の男に持っていけと言われたんだ。『二冊やるよ、金はいらないから』って。ニコラは逃げようとしたんだけど、相手はしつこかった。『安心しろ、親父さんに言いつけたりなんてしないからさ』

桑の木の小屋で僕たちは雑誌を開く前に長いこと話しあった。そして、一日二ページだけ見ようってことに決めた。そのほうが罪は軽いだろうと思ったのさ。普段から罪については三人でよく話しあったよ。十戒とか、原罪とかについても。チェーザレの教えようとした信仰って、特にそういうことを重視していたからね。でも、もしかするとそうじゃなくて、僕たちにはそれぐらいしか理解できなかった、ということかもしれない。

なんにしても僕たちは決まりを守れなかった。あの午後のうちに二冊とも全部見た。それもページを行ったり来たりして、こわばった顔で、興奮して、貪欲に、暗い地獄をまっすぐ見つめるように。もうそのころから僕は、自分がみんなと違う、いけない部分に注目してしまうことに気づいていた。あの雑誌の写真にしてもふたりとは別の見方をしていたんだ。でも、気づかれずに済んだ。

やがてベルンとニコラはズボンを下ろした。六月の頭で、小屋の板も、僕たちの肘も膝も、つぶれた桑の実で紫色に汚れていた。

『お前もやれよ』ベルンは僕に命令した。

『嫌だよ』

『お前もだ』また言われて、僕は従った。

それで雑誌は捨てた。もう必要なかったし、二度と手に入れることもなかった。互いに顔を見あわせるだけでもう恥ずかしかった。夜、夕食の時、みんな恥ずかしさのあまり黙りこくっちゃって、チェーザレは困っていたね。

三人以外にも男の子が何度か引き取られたけれど、名前は誰が誰だったかな。チェーザレは一緒に遊ばせようとしたよ。でも僕たちは打ち解けようとせず、誰も小屋に入れてやらなかった。それにどうせ、そうした子たちは短い期間しかいなくて、ある朝、なんの予告もなしにいなくなってしまうから。

最後にはあの小屋も狭くなってしまった。幾冬も越すうちにまず床板が駄目になって、次に、板を留めていたロープが駄目になった。最後に上ったのはニコラだった。あいつ、枝のあいだにスズメバチの巣があるのに気づいて、びっくりしちゃって、仰向けにひっくり返ったんだ。そうしたら床板が割れて、そのまま地面に落っこちて、鎖骨を折ってしまった。それからは、いつか新しい小屋を作ろう、もっと広くしよう、できれば違う木の上にいくつも作って、チベタンブリッジで行き来できるようにしよう、なんて話だけはしょっちゅうしていたんだけど、そのうち時がどんどん過ぎるようになって、うやむやになってしまった。そして九七年の九月……」

トンマーゾはそこで黙り、非常にゆっくりと、指折り数えだした。単純な計算さえ、アルコール漬けになった脳には過剰な努力を要するみたいだった。わたしの一部はそんな彼を急かしたがっていたが、別の一部は、彼がマッセリアで過ごした最初の数年の思い出話をもっと聞きたがっていた。自分にも覚えがある、懐かしい温もりを感じたかった。

「いや、あれはまだ九六年だった」トンマーゾが口を開いた。「九六年の九月だ。ニコラはブリンディジの文科高校に編入した。最終学年だ。遅れを取り戻すために、ペッツェ・ディ・グレーコから家庭教師もあらかじめ呼んだ。部屋もそれまで三人で分けあってきた部屋から、勉強に集中できるようにということで、ひとりだけ別の部屋に移動した。チェーザレが描いた油絵をしまっていた部屋だ。そこはいつも鍵がかかっていた。あのひとは絵をひとに見せるのを恥ずかしがっていたからね。ニコラが言うには、チェーザレも昔はマルティーナ・フランカの市場で自分の絵を売っていたんだけど、通りがかりの誰かが漏らした感想を耳にして以来、誰にも見せたがらなくなってしまったらしい。もちろん僕たちはその部屋に何度も忍びこんだから、絵のテーマがいつも同じなのも知っていた。緑の草原に赤い花が点々と咲いていて、オリーブの木も生えているんだけど、手前に一本だけ、ほかの花よりもずっと背の高い花が描かれているんだ。あの巨大なポピーは彼さ。チェーザレを示していたんだ。わかりきった話だよね？　でも、あのころの僕がちゃんとわかっていたかどうかは、正直自信がない。

さて、ニコラは今じゃ、真新しい何冊もの教科書に加えて、自分専用の英語の辞書にラテン語の辞書まで持っていた。ところがベルンと僕はそれまでどおり、ぼろぼろな辞書を引いていた。一冊が三冊に割れてしまって、文字なんてかすれてまともに読めない辞書だよ。教科書は高いからと言って、ニコラは、僕たちが手を触れることさえ許してくれなかった。

あいつは毎朝、フロリアーナの運転するフォードで高校に向かい、お昼のあとにバスで帰ってきた。午後は勉強があるからって、ひとりだけ畑仕事まで免除されて、その分ベルンと僕の負担が増えて、こっちの授業時間が犠牲になった。なんにしてもチェーザレのほうも、僕たちの相手をする意欲は薄れていたんだろう。作文を書きなさいと言われて、よくベルンとふたりで長いこと自習させられたけど、せっかく書いても、向こうが読むのを忘れることもしばしばだったくらいで。

それからコンピューターがやってきた。台所のテーブルに置かれたふたつの堂々たる段ボール箱が、トーテムのように謎めいて見えたね。技術者の男のひとがカッターで箱を開いて、発泡スチロールで保護された構成部品をあれこれ取り出した。チェーザレの元で何年も過ごすうち、僕はテクノロジーにはすっかり不慣れになっていた。あのころはラジオすらなかったからね。それが突然、コンピューターのご登場だから驚いたよ。うちにコンピューターが来たぞ！ って。

ところがニコラは、壁のコンセントを指差す男のひとに向かって、『僕の部屋に運んでください』なんて言うじゃないか。

ベルンは怒ったね。『なんでだよ？』

彼は男のひとの前に立ちふさがり、危うくつまずかせるところだった。それでも相手が足を止めないのを見て、疑問を口にした。『俺たちも使っていいんでしょ？』

するとチェーザレは老眼鏡をかけて、段ボール箱に記された小さな文字を読んでみようとした。しかし困ったように眉をひそめる様子を見るに、あのひとには理解不能な文章だったらしい。

『俺たちも使っていいの？　駄目なの？　どっちなのさ？』

チェーザレはひとつ深く息を吸うと、ベルンをまっすぐに見つめ、語りかけた。チェーザレの顔にベルンを恐れる色はなかったけれど、あのひとのあんなにあいまいな口調を聞いたのは、その時が初めてだった気がする。『コンピューターはニコラのものだ。担任の先生が……』そこでチェーザレはいったん黙り、こう続けた。『我慢してくれ。お前たちの番もきっと来るから』

フロリアーナは台所の調理台にもたれかかって、口を固く閉じたまま、夫を見つめていた。僕にはわかったよ。これは夫婦で決めた話なんだって。

ベルンはもう泣きそうだった。コンピューターはもはや、僕とベルンが入ることを許されていない、ただひとつの部屋に据えられてしまったから。ほんの少し前まで知りもしなかった猛烈な物欲にベルンは苦しんでいたんだろう。

『それって、どんな原理原則に基づいて決めたことなの？』彼は尋ねた。

でも誰も答えなかった。男のひとはコードをあれこれつないでいた。

『チェーザレ、どんな原理原則なのさ？』ベルンは粘った。

その時、あのふたりのあいだで何かが壊れたんだ。問いかけとそれに対する答えのあいだに空いた、あのちょっとした間に。チェーザレは言った。『あなたは隣人の妻をむさぼってはならない。また隣人の家、畑、しもべ……』でも、玄関のドアが激しく叩《たた》きつけられる音で、その声は途切れた。

そのあと僕たちの部屋で、ベルンは僕に向かって怒りをぶちまけた。『不公平だよ。あいつは自分の部屋だってもらったんだぞ』

『ニコラは僕たちより大きいからね』僕は答えた。

『一歳だけな』

ベルンには黙っていたけど、僕にとってはむしろ好都合な変化だった。親父と一緒にいるいつもの悪夢でまた真夜中に目を覚ましても、それでもうニコラの目を気にすることなく、眠るベルンをじっと見つめることができるようになったし、遠慮なく彼のベッドに近づいて、寝息に耳を澄まして心を落ちつけることだってできたから。

『お前はニコラが高校に行くのに、俺たちはここに閉じこめられていても構いやしないんだろう？』ベルンはそう言って、僕を非難した。『何ひとつ学ぶ気もなければ、なんにも興味がないんだな』

でもそんなことはなかった。闇のなかでベルンと語りあうこと、あるいは口を閉じて、夕立のあと軒蛇腹《コーニス》から垂れる水滴の音に耳を傾けること、僕はそうしたことに興味があったし、生まれてこの方、こんなに素敵なものは手にしたことがないと思っていた。どうしてベルンはそれじゃ満足できないのだろうかと逆に不思議だった。

『トンミ、ニコラの家庭教師代をあのふたりがどうやって払ってると思ってるんだ？』彼はこだわった。

『知らないよ。フロリアーナのお給料じゃないの？』

何かが顔にぶつかったと思ったら、丸めた靴下だった。投げ返したけど、ベルンには当たらなかった。

『おめでたいやつだな。じゃあ、あのコンピューターを買った金は？』

『やっぱりフロリアーナのお給料だろう？』

『チェーザレはお前をここに置いてやるかわりに、金をもらってるんだよ』

その話は聞きたくなかった。補助金。里親制度の書類ではそう呼ばれていた。補助金ってやつは新しい下着の値札みたいに僕にぴったりくっついている。いつもそんな気がしていた。

『だから何？』僕は言い返した。

『何って、うちの母さんだってチェーザレにお金を送っているんだ。あいつの実の妹なのにさ。毎月、送ってるさ。で、チェーザレはその金を使いこんでるんだ』

ベルンの影がベッドに座るのが見えた。

『明日からストライキに入るぞ』彼は宣言した。

『それ、どういう意味？』

『木のぼり男爵が木の上に逃げた時みたいにするんだ』

『そんなの無意味だよ。チェーザレにすぐ木から下ろされちゃうに決まってる』

僕はそう答えたけど、ベルンに頼まれたら自分はきっとやるだろうとわかっていた。彼のためならばなんだってやる覚悟だった。二度と地上には戻れないと言われても従ったろう。

『そうだ、木のぼり男爵みたいにやってやるんだ』彼はもはや独り言のように続けた。『男爵を手本にしよう。明日からは授業も、お祈りも、作業も一切やらないぞ』

僕は壁に目をそらした。その何年も前のある夜、流れ星が見たいからという建前で僕たちは桑の木の小屋に泊まったことがあった。ところが明け方になったら、寒くてしかたなくて、しかも湿気が凄かった。三人で抱きあってみても耐えられなかった。だから結局、家に戻った。みんな裸足で、僕なんて、大きなナメクジを一匹、親指でぐにゃりと踏んでしまった。チェーザレはあの時、凍えた僕たちのために温かいカモミール茶を淹《い》れてくれた。あのひとはずっと親切にしてくれた。ほかの誰よりも親切な大人だった。僕に反抗されるいわれなんてチェーザレにはなかった。

『で、どうする？』ベルンに尋ねられた。

『よし、ストライキだ』僕はその言葉の響きを味わいつつ、ゆっくりと答えた。

翌朝、賛歌を唱えるためにみんなで常磐樫の下に集まった。チェーザレは朝でなければ、礼拝用の白いチュニカを着ることを僕たちに許さなかった。目覚めてすぐのお前たちは普段より清浄だから、という説明をされた覚えがある。

チェーザレは『エゼキエル書』のどこかを読んだ。僕はうわの空で、まともに聞いていなかった。もう大丈夫だ、ひと晩寝たらベルンは気持ちが晴れたみたいだぞって、ほっとして、そんなことばかり思っていたんだ。

次にチェーザレはベルンに向かって『マタイによる福音書』からゲッセマネの園のくだりを探すように言った。フロリアーナから聖書を受け取ったベルンはそれを開いた。彼は、指示された聖書の節を見つけるのが僕とニコラよりも速かった。今やチェーザレよりも速いくらいだった。ベルンは開いた聖書を自分の前に置くと、読みだそうとするように息を吸ったが、その唇からはなんの音も出てこなかった。

『どうした?』チェーザレがうながした。

ベルンはちらりと天を見やってから、また聖書に目を戻した。そして本を閉じると、『僕は読まない』と言った。

『読まない? どうしてまた?』

ベルンの頰が真っ赤になった。彼がよりによってそこでコンピューターの話を蒸し返しませんようにと僕は祈った。そんなことをすれば、僕の目にさえ彼があんまり間抜けに映っただろうから。いずれにせよチェーザレは理由を察した。あのひとは組んでいた脚を解き、手を伸ばしてベルンの前の聖書を取ると、僕に渡した。

『トンマーゾ、今朝はお前に読んでもらおうか。頼むよ』

僕たちはオリーブの木々にあらゆる方向から囲まれていた。ゲッセマネに集まった使徒たちもあんな感じだったのかもしれない。

『〈ルカの福音書〉だっけ？』のろのろとページをめくりながら僕は尋ねた。

『マタイだよ』チェーザレに指摘された。『二十六章三十六節だ』

僕は該当箇所を見つけた。ベルンが僕の忠誠を期待しているのはわかった。でも、どう転んでも彼なら許してくれるはずだ。そうだ、そのうちベルンの怒りも収まるだろう。そう思った。お尻の下敷きになったふくらはぎが痺《しび》れていた。

ところがベルンが叫んだ。『読むんじゃない！』

その口調に傲慢なところはなく、むしろ悲痛な懇願に近かった。

『トンマーゾ、読みなさい』チェーザレに急かされた。

『それから、イエスは彼らと一緒に、ゲッセマネというところに行かれ……』

『やめろ、トンミ』ベルンがさっきより静かに言った。僕がもう自分の掌中にあるのを知っていたのだろう。

僕は聖書を置いた。チェーザレはそれを取ると、苛立ちをあらわにすることなくニコラに手渡した。ニコラは読みだしたが、気まずかったようで、何度もつかえ、ひどくぎこちない読み方だった。あいつがまだ読み終わらぬうちにベルンがさっと立ち上がり、首の後ろで手を交差させてチュニカをたくし上げ、頭から脱ぐと、ぼろきれみたいに投げ捨てて、パンツ一枚になった。彼の肩が上下しているのを見て、やけに呼吸がせわしないのに気づいた。その姿はひどく無防備で、しかも怒りに満ちていた。

風に揺れる木の葉の音しか聞こえなかった。身をかがめて僕もチュニカを脱いだ。でもベルンみたいに勢いよく脱げなかった。いずれにしてもチェーザレは僕たちふたりのことなどもはや無視して、目を閉じて『ハレルヤ』を歌いだした。二番からニコラとフロリアーナも声をあわせた。あのふたりもやっぱりまぶたを閉じて、裸同然の姿になった不信心な僕とベルンを見ることを拒否していた。やがてベルンが祈りの輪を断ち、家に戻っていった。僕もあとを追ったけど、背中を追いかけてくるニコラとその両親の責めるような歌がつらかった。ただ途中で僕は振り返り、あの木の下にまだ座っている三人を見た。そして何秒かそのまま、三人とベルンの中間で、急に分かれてしまったふたつの家族の狭間で立ち尽くしていた。その時、気づいたんだ。ふたつの家族のどちらも、本当の意味で僕の家族となることはけっしてないんだって。

ストライキは初夏まで続いた。最初の一週間はチェーザレも一時のわがままだろうという希望を捨てなかった。きちんと積み重ねた本を前にしてパーゴラの下に座ったあのひとが、こちらをちらちら見るんだ。その視線が心苦しくて、僕は吐き気すら覚えた。でもそのうちうんざりしたのだろう、チェーザレは僕たちを待つのをやめた。

やがてあのひとは変な咳《せき》をするようになった。ある日、あんまりずっと激しく咳きこんでいるものだから、僕はベルンに内緒で、コップ一杯の水を持っていってあげた。チェーザレはコップを受け取ると、僕の手をつかんで、自分の胸にぎゅっと当て、こう言った。

『トンマーゾ、愛とは不完全なものだ。お前ならわかるだろう？　人間は誰しも不完全だ。どうかあの子の目を覚ましてやっておくれ』

　僕はあのひとの手を振りほどき、その場を離れた。それ以降、チェーザレは僕の助けを求めなくなり、僕たちに構うのも完全にやめた。ベルンと僕がみんなと同じテーブルで食事することも許せば、僕たちのコップに水を注ぎ、以前からの習慣どおり、赤ワインのしずくをそこに垂らして赤く染めることもやめなかったが、あくまでも他人扱いをされた。僕とベルンは誰とも口をきかず、歌わなかった。

　ある晩、自制心を失ったニコラがベルンの頬を張ったことがあった。ところがベルンは反撃せず、ゆっくりと顔を横に向けて、まだ打ちたければ打てと誘った。その唇には冷笑が浮かんでいた。チェーザレは息子の腕を止め、謝らせたが、フロリアーナは自分の皿の料理を半分残し、台所に姿を消した。彼女がそんな真似をするのを見たのは初めてだった。

『あとどのくらい続けるの？』その夜、ベッドに横になってから、僕はベルンに訊いた。

『いくらでも必要なだけ続けるさ』

　僕たちはお祈りはまだやめていなかった。みんなに内緒でふたりで祈ってたんだ。ベルンは何も読まずに聖書の文句を唱えることができた。主に『詩篇』の詩だった。情熱的で、こちらの胸が痛くなるような激しい祈りを捧げることもあった。でもそうして何週間か過ぎるうちに、彼の胸に新しい願望が生まれたらしい。夜中に目が覚めたら、ベルンが窓の前に立っているということが何度もあった。どこか遠くで開かれているお祭りの音に耳を澄まして、地平線で上る無音の花火を見ていたんだ。そこで何が待っていようと、行ってみたくてしかたなかったようだ。

　彼はそのたび、窓の外を見つめたまま僕に言った。『心配するな。お前のことは俺が守ってやるから』」

トンマーゾは水を少し飲んだ。飲みこむ時に痛そうな顔をしたのは、話しっぱなしで喉がかれたのだろう。

「それから椰子《やし》の木が枯れだしたんだ」彼は続けた。「すると農民のあいだで、『椰子の木の寄生虫がオリーブの木まで枯らすから、予防のために椰子は切り倒さないといけない』という噂《うわさ》が広まった。マッセリアにも椰子の木が一本あった。毎年、デーツがなることはなるんだけど、べたべたしていて、とても食べられたものじゃなかった。チェーザレはしばらく悩んでいたね。木のまわりをぐるぐる回ったり、あちこち観察したりして。あのひと、植物に本物の魂があるとまでは考えていなかったけれど、大きな植物には昔から本能的な敬意を感じていたから。七月、猛暑がやってきた。乾燥しきった大地が砂埃《すなぼこり》になって、サハラから吹く熱風《シロッコ》に巻き上げられてね。チェーザレがそれを自分の待っていた合図と考えたのか、それとも風が南から寄生虫を運んでくるのを恐れたのかは知らない。ともかくある朝、僕たちはチェーンソーのうなり声を聞いた。そしてパーゴラの下から、椰子の木に立てかけた梯子のてっぺんにいるチェーザレの姿を見た。あのひとはまず、椰子の葉を一枚ずつ切り落としてから、幹に取りかかった。チェーンソーの刃が樹皮で何度も滑って、今にもチェーザレを傷つけそうで、思わず目を閉じた場面も二度ほどあった。

左右の拳をテーブルに置いたまま、ベルンは言った。「無理だ、切れっこないよ」

しかしチェーザレは幹に最初の傷をつけることに成功した。そのあと本格的な切れこみを入れるまでは早かった。椰子の木はさらに数秒だけまっすぐ立っていたけど、やがて切れこみの反対側に向かって倒れ、地面に叩きつけられた。

チェーザレは幹の下にロープを一本通すと、それを自分の腰に結んで、椰子の木の骸《むくろ》を引っ張ろうとした。どこか広いところで焼くつもりでいたらしい。でも幹が数メートル動いたところで、あのひとは悲鳴を上げて、ひざまずいた。力尽きた様子だった。

『助けてあげようよ』僕は言った。心臓が狂ったように脈打っていた。パーゴラから冷淡に見物する僕たちの目の前で、チェーザレが腰を痛めたらどうする？　でも足を一歩、前に踏み出したところで、ベルンに腕をつかまれた。『まだ駄目だ』

チェーザレは立ち上がり、腰のロープを肩に移すと、雄牛のようにまた引っ張りだした。幹はわずかに音を立てたが、彼はふたたび倒れ、猛烈な咳の発作に襲われた。

『このままじゃチェーザレ、どうにかなっちゃうよ！』

するとベルンは急に目が覚めたような顔をした。そこで僕たちは、倒れているあのひとのところまで行ったんだ。ベルンは手を差し出してチェーザレを立たせ、額の汗を手でそっと払ってやってから、こんな要求をした。

『俺たちもニコラみたいに学校に行かせてくれ』

『学校なんて行ってなんになる、ベルン？』

チェーザレの声が苦しげなのは、疲れと激しい咳のためだけではなさそうだった。

『学校に行かせてくれ』ロープのこすれた赤い痕があるあのひとの胸を撫でながら、ベルンはまた言った。

『わたしはいつだってお前のために祈ってきた。主よ、あの子の心をまた光で照らしてください、とな。〈伝道の書〉を覚えているか、ベルン？　知恵を増す者は憂いをも増すとあっただろう？』

ベルンはあのひとの汗を首から、胸から拭い続けた。僕も同じように触れてほしい、そう思ってしまうほど優しい仕草だった。

『行かせてくれるね？』

チェーザレは、熱風にひび割れた唇を嚙《か》み、ささやくように答えた。『それがお前の望みならば』

でもベルンの望みはほかにもあった。『俺たちもニコラと遊びにいきたい』彼は続けた。『夜も含め、いつでも好きな時に出かけたいんだ。それにあんたが養育費として受け取っている金も少し分けてほしい』

チェーザレの瞳を何かが横切った。『結局はそれなのか？　金がほしいだけなのか？』

『約束してくれるかい？』もうロープを体にかけながら、ベルンは改めて確認した。

『約束しよう』

『トンミ、物置きから、ロープをもう一本持ってこい』

道具の山を引っかき回しながら、僕は疑問だった。はたしてベルンは知っているのだろうか、それとも気づいているのは僕だけなのだろうか？　チェーザレの彼に対する愛は、実の息子を含めた誰に対する愛よりも深いという事実を。それはフロリアーナにさえ告白できず、あのひと自身が認められず、恐らくは神様が相手でも告白しがたい事実だったはずだ。ベルンとチェーザレは血縁自体は薄かったが、魂はそっくりもいいところで、まさに瓜《うり》ふたつだったからだ。チェーザレとニコラのあいだにそんな縁《えにし》はまったくなかった。ひとの子どもを実の息子よりも深く愛してしまうなんて、ひとりの親にとっては耐えがたい罪だ。そしてその息子にとって、自分が父親の胸のなかで二番手にすぎないと気づかされるのはあまりにむごいことだ。

その日から休戦状態が始まって、ある程度までは普通の生活が帰ってきたけれど、以前とは何もかもが違っていた。今や祈りのあいだに手をつなぐのもみんなためらいがちだった。フロリアーナは苛立ちを隠さなくなった。今にして思えば、きっとチェーザレに僕たちをふたりとも追い出そうと提案して、断られたんだろう。ある日の午後など、みんなでトマトを収穫している途中で、熟しすぎたトマトを彼女がやけににらんでいるなと思ったら、憎々しげに握りつぶしたこともあった。

ベルンと僕は桑の木の小屋の残骸を壊した。もはや僕たちの希望は、あの野道の入口をふさぐ鉄棒のゲートの向こうにしかなかった。

三人だけで車に乗って出かけた初めての午後は、百六十キロ以上も離れたサンタ・マリア・ディ・レウカ岬まで行った。どこまで遠くに行けるものか試してみたかったんだ。灯台のそばまで歩いていった時、ベルンはアルバニアが見えるなんて言ってた。帰り道、マリエのあたりの、道がややこしいところで迷ったのを覚えてるよ。

それからは夕方になるたび、三人で祭りを探して出かけるようになった。スペッツィアーレにいても何も面白いことはなかったし、地元の人間は僕たちをよく思ってなかったし。一度、音楽が聞こえるほうに走っていったら、ボルゴ・アイエーニの食祭りにたどり着いた。立ち並ぶ屋台から漂う煙は、脂身を焼く強烈なにおいがした。ベルンとニコラは鼻をふさいだ。ひとの波や活気、生バンドに興味を引かれていなかったら、ふたりはさっさと退散していたろう。焼いた肉の香りに僕は食欲を大いにそそられた。肉は親父との面会に出かけるたび食べていたし、それ以外の時もずっと食べたくてしかたなかった。でもそんなこと、まだみんなは知らなかった。

ベルンは僕の目つきから何かを察したらしい。『俺、食べてみるよ』彼はもう我慢できないという顔で言った。そんな貪欲な一面を見せることがベルンは時とともに増えていた。『やめろよ！』ニコラは止めようとした。

でもベルンはもう、鉄板の上でひき肉を焼いているおばさんに話しかけていた。

僕はパニーノひとつでやめたけど、彼はまるで中毒患者みたいにもう一個、また一個とおかわりを繰り返して、唇も顎も脂でてかてかだった。

ニコラは暗い顔をして、すっかり興が冷めてしまったようだった。『お前たちは野蛮人だ』って車に戻る途中で言われたよ」

それから少しのあいだ、トンマーゾは両手の指先をくっつけることに集中した。小指と小指、薬指と薬指という具合に。酔いがどこまで覚めたか確認したかったのかもしれない。「そして僕たちはスカーロを見つけたんだ」やがて彼は淡々とした声で言った。

トンマーゾが指を鳴らすと、メデーアがさっと起き上がり、主人の手に鼻面を寄せ、においを嗅いでから、舐《な》めた。彼は濡《ぬ》れた手をなんとなく毛布で拭いた。

トンマーゾの休憩時間が終わるのを待つあいだ、わたしはベルンたちがあの夏、夜ごと音楽に惹《ひ》きつけられて、三匹の野良犬のようにあちこちさまよった末、初めてスカーロにたどり着いた場面を想像してみようとしていた。

でも話の続きは、その晩からではなかった。

「突然の自由でベルンが得たものは、そんな夜遊びと肉食だけじゃなかった。オストゥーニの市立図書館に好きな時に行き、本をどんどん借りられるようにもなったんだ。あの熱中ぶりはマッセリアの誰にも理解できなかった。お昼のあとベルンは必ず家の裏手にひとりで向かい、そこの壁に寄りかかって本を読むようになった。とげとげしい、集中した顔でね。その時間、僕のほうはニコラの部屋に忍びこんで過ごすのが常だった。例のコンピューターはゲームをするために買ってもらったものではなかったけど、いくつかのゲームは最初からOSにインストールされていたし、スカーロでできた新しい友だちにもらったものもあった。ニコラと僕は交替でゲームをやった。ジョイスティックはなかったからキーボードで、隣の部屋で寝ていたチェーザレとフロリアーナに気づかれないように、矢印のキーをそっと叩いてね。『プリンス・オブ・ペルシャ』でひとつ、全然クリアできないレベルがあった。骨の山が組み上がって一体の骸骨になり、プレーヤーが先に進むのを妨げる場面だった。何度挑戦しても僕たちは交互に骸骨に殺された。そんなある日、ニコラが失敗してこっちの順番が来るのを待っていた僕は、窓の外で動く何かに気づいた。それで君たちを見たんだ」

トンマーゾはわたしをちらりと見た。

「君たちを見た、ですって？」

彼が何を言わんとしているのかはわかっていた。正確にどの日の出来事なのかはともかく、それがわたしとベルンのふたりの午後のことで、ふたりの秘密の時間のことなのはわかった。

「君たちは、あの家と夾竹桃の垣根のあいだにあった、地面が干からびて何も生えていない、小さな荒れ地を横断しているところだった。あの時の光景ははっきりと覚えているよ。ベルンの日に焼けた背中と突き出した肩甲骨、君の肌は彼よりちょっと白くて、オレンジ色のサンドレスを着ていた。ニコラは例によってゲームに夢中で気づかなかった。僕は『見ろよ』と言おうとしたけど、何かがそうさせなかった。そして君たちは垣根の向こうに消えた。あっちには何もないはずだった。オリーブ畑と隠れ家を除けば。

『さあ、頑張れ』その時、ニコラの声がした。

『なんだって？』

『お前の番だ。骸骨野郎をやっつけろ！』

『続けてくれていいよ。今日はもういいや』

僕は自分の部屋に戻った。ベッドに横になってみたけれど、目を閉じれば、赤茶けた土の上を君と歩くベルンの姿がまぶたに浮かんだ。だから結局、飛び起きて、階段を下り、外に出た。

窓を見上げると、ニコラは先ほどと同じ姿勢のままだった。トカゲが一匹、僕の前を大急ぎで駆け抜け、木の幹をよじ登った。僕は桑の木の下に向かった。君たちはそこにいるに違いないという自信があったんだ。でもそうじゃなかったとわかって、なぜかほっとした。じゃあ、キイチゴの茂みにでも向かったんだろうと思った。

肩を日焼けしたくなくて、木陰から木陰へと進んだ。もう君たちを完全に見失ったものと確信したころになって、葦原《あしはら》のなかに立つ誰かの人影に気づいた。もっと近づいてみると、それはチェーザレだった。あのひとは葦のあいだの何かを見ていた。あのずんぐりした体がぶるっと小さく震えたようだった。パンツ一枚にサンダル履きという姿で、昼寝の途中でそのまま出てきたに違いなかった。声をかけようとしたら、いきなりチェーザレは振り返り、葦をかき分け、まさに僕のいる方向に走りだした。

そう、チェーザレがこっちに向かって駆けてきたんだ。普段あのひとは絶対に走らなかったから、それはとても奇妙な眺めだった。僕に気づいて、チェーザレは動揺していたよ。ふたりは真っ向から向きあった。ほんの一瞬のことだった。でも、彼の性的興奮の印は真昼の太陽によって容赦なく剝《む》き出しになっていた。チェーザレは前を片手で覆うと、右に抜けていった。僕から見て右だ。

それでも僕はまだ、葦の鮮やかな緑色の壁の向こうにいったい何が隠されているのかわからずにいた。ところが、ベルンと君がその小さな茂みから出てくるじゃないか。僕がニコラの部屋の窓から見た時と同じように、君たちは緊張しているようだった。でも、雰囲気がなんだか前とは違っていた。どちらも戸惑い顔でぐったりしていて、何か一緒にしでかしたって感じだったんだ。まるでふたりで沖まで泳いで戻ってきたばかりみたいに。そっちに気づかれぬよう、僕はオリーブの木の後ろに隠れた」

トンマーゾの声はか細くなり、やがて黙った時、このひとの声は静寂にすっかり吸いこまれてしまったのではないかとわたしは思った。十代のころの出来事だというのに、わたしも彼も、今になってそれを恥ずかしく思うなんてことがあっていいものだろうか？　いや、そういうものなのだろう。現にわたしはこうして、とにかく話を先に進めてほしい、葦原での自分とベルンのことは放っておいてほしいと願っているではないか。トンマーゾにわたしの大切な思い出に土足で踏みこむ権利はなかった。

彼はひとつ咳をして話を続けた。

「その日はそれからチェーザレも僕もお互いに会うのを避け、会ってしまえば目をそらした。自分ひとり、みんなに裏切られている気がしたよ。君とベルンにも、葦のあいだに隠れていたチェーザレにも、バーリで新生活を始めることになっていたニコラにも。

夕食の時、チェーザレはいつもより長いお祈りをした。フロリアーナの手を握って、ぎゅっとまぶたを閉じて。目を開いた時、こめかみの血管が浮き上がっていたくらいだから、相当に強く閉じていたようだ。ズボンのポケットを何か探っていると思ったら、折り畳んだ紙が出てきた。

『ひとつみんなに聞いてほしい説教がある。今日、久しぶりに思い出したんだ』

あのひとはそこで、また口を開く前に、ちらっとこちらを見た。少なくともそんな気が僕はした。今となっては、もう記憶に自信がないけれど。

チェーザレは説教を読み上げた。『神ですら無感動ではいられない。我々が天に祈る時、神は哀れみを覚え、同情してくださる。神は愛の苦悩さえご存じで、その大いなる性格を考えればあり得ないような弱さをお持ちだ』あのひとはそのまま何秒か、みんなが座っているなかでひとり立ち尽くし、迷う顔を見せてから、こう続けた。

『そうした弱さはわたしたちの誰もが持っている。例外なくね。時にわたしたちはその弱さに抵抗できなくなる。どれだけ強く、キリストのようにありたいと念じていても……』

でもそこでまた言葉に詰まってしまった。時が経つにつれ混乱の度合いが増すようだった。

『もう遅いね。いただこうか』

チェーザレは胸で十字も切らずに椅子に座った。そんなことはそれまでなかったし、それからもなかった。

あのひとがその説教を僕のために選んだのはこちらもわかっていた。言い訳のつもりだったのだろうか？　僕に許しを求めていた？　そんな必要はなかったのに。僕がどれだけチェーザレに連帯感を覚えていたか、本人はきっと想像もできなかったはずだ。みんなはもしかしたらあのひとのことを絶対に正しい人間だと考え、それゆえ愛したのかもしれない。でも僕は違った。無条件に彼のことを愛していたんだ。

その晩、スカーロで僕はトレーラーハウスの裏に隠れて、やけ酒をあおった。家に帰るまでの記憶はない。でも、部屋に戻ってからのことは覚えている。ベルンがベッドに近づいてきて、僕の額に手を置いてから、レモネードはいらないかって訊いてくれたんだ。放っておいてくれと言って、断ったけど。

翌朝、チェーザレに常磐樫の下から手招きをされた。礼拝用のチュニカをまとい、ベンチに腰かけたあのひとは、絶好調な日の表情を浮かべて、自分の隣の空席をぽんぽんと叩いた。

『今日はとても早起きをしてね。まだ暗い時間だ。お前たちが帰ってきて間もなかったと思う。わたしはまずニコラの部屋に入り、それからお前とベルンの部屋に行った。本当に久しぶりのことだ。そうして眠るお前たちをしばらく眺めていた。眠る人間の純真なさまには毎回、驚かされるね。奇跡的な眺めだよ。お前たちは今もそんな純真さを映す鏡なんだ。自分ではまさかと思うだろうが、そうなんだよ。頬にひげが生えるようになった今も、そこは同じなんだ』

それは嘘《うそ》だった。僕の体毛は女の子たちのそれみたいに、逆光でなければ見えないような産毛ばかりだったから。

『わたしは、フロリアーナと一緒にお前を迎えにいった時のことを思い出していた。あの時、わたしはあいつにこう言った。この子には特別な未来が待っているに違いないってね』あのひとはチュニカの脚のほうを撫でて、両膝のあいだの裾をつまんだ。常磐樫の下では何か尋ねられるまで、僕たちは口を開いてはいけないことになっていたから、僕は沈黙を守っていた。

『まるで昨日のことのようだが……あれから何年になるね？』

『八年だよ』

『八年か、驚いたな！　そして、まもなくお前は成人する。この社会ではあらゆる意味で立派な大人だ。そのことについては前にも話しあったね？』

『うん、たぶん』

『よろしい。つまりトンマーゾ、お前にも、自分の道を見つけ、ひとりで進むべき時が来たということなんだ』

全身の力が抜けていくのがわかった。『学校が終わるまでは、つまり、卒業資格試験に合格するまではここにいるつもりだったんだけど』

するとチェーザレは僕の肩に腕を回し、言うのだった。『もちろん、そうすることだってできたと思うよ。もしもわたしがお前の、いや、お前たちの里親を続けていればね。しかしお前もベルンも学校に行きたいんだろう？　心配しなくていい、その気持ちはよくわかるんだ。主だってきっとわかってくださる。もしかしたら、主にも何か特別なお考えがあって、お前たちをそんな気持ちにさせたのかもしれない。ならば、わたしたちに逆らえるはずがあるまい？　よく考えてみれば、お前の年にはわたしは最初の旅行を計画していたよ。お金なんてまるでなかったが、ヒッチハイクでコーカサスまでたどり着いたんだ』

あれは、楽に座り続ける方法というものがひとつとしてないベンチだった。考えてみれば、それもあのひとが僕たちをそこに呼ぶ理由のひとつだったのかもしれない。しかしチェーザレの言い分はこうだった。お前たちは辛抱が足りない。だからそうして筋肉がむずむずしてくるのさ……。

『お前も今後はひとりの大人として本物の学校に通うからには、ここに残るべき理由はもう何もないんだよ。そこで知りあいのナッチという男に相談をしてみた。マッサーフラの大農園主でね。美しい農園だよ。わたしの好みからすると少々派手かもしれないが、素晴らしいところだ』

『マッサーフラっていったら、ここからバスで一時間以上もかかるよ？』

『向こうにだって学校はあるさ。心配はいらない』チェーザレは笑顔で答えてから、またいきなり真剣な顔になった。前の日に見せたあの表情、僕の前で凍りついたあの一瞬の表情を思い出した。

『もう話はついているんだ。来週には引っ越してきていいとナッチは言ってる。待遇だっていいぞ。きつい仕事はさせないと約束してくれたしね。だから昼間はお金を軽く稼いで、夜は町の夜間学校に通えるというわけだ』

『フロリアーナはこのこと知ってるの？』僕は尋ねた。彼女がチェーザレを説得してくれれば、もうしばらくマッセリアに残れるんじゃないかと期待したんだ。

『知ってるも何も、マッサーフラ行きはあいつのアイデアだよ！　わたしは思いつかなかったね』

『ベルンたちは？』僕は小声で訊いた。

『ふたりにはあとで教えようか。わたしとお前で一緒に伝えるというのはどうだ？　さあ、握手をしよう』

力なく開いた僕の手をあのひとの手がつかみ、握りしめた。このひとの手の汗に触れるのは本当にこれで最後なのだろうか。僕はそんなことを思った。喉元まで〝葦原でのことはみんなには絶対に言わないよ、約束するから！〟という言葉が出かかっていたけれど、それは、あの常磐樫の裁きの枝の下でチェーザレに向かって発していい種類の言葉ではなかった。『新たな門出を祝して祈ろうじゃないか。主が常にお前のそばにありますように』

でも僕はそんな祈りになんて耳も貸さずに家のほうを見ていた。ブランコに座ったニコラ、それを揺らしてちょっかいを出しているベルン、壁に吊《つ》るされた保存用のトマトと玉葱《たまねぎ》の束。地面に投げ出されたままの鍬《くわ》。人生がそんな風にまた、いきなり終わってしまうなんて、まったく信じられない気分だった」

「それでルレで働くことになったのね」わたしは言った。

でもトンマーゾは聞き流し、表情をこわばらせると、こう続けた。「マッサーフラにはフロリアーナが連れていってくれた。あのトロピカル・プールを初めて見た時は――小さい橋がいくつもかかっていて、大きな噴水が真ん中にあるプールさ――自分の目を疑ったよ。何から何まであんまり派手なんだもの」

彼はそこでひとつ深呼吸をした。

「初日、ナッチは、チェーザレに引き取られることになるなんて、僕の家族はどんな問題を抱えていたのかと知りたがった。だから簡単に説明すると、あの男は言ったよ。『なんてこった《ジェス・クリスト》！　どうして自分のかみさんにそんな真似ができるんだ？』その言葉を聞いて、ああマッセリアからずいぶん遠くに来てしまったな、と思ったよ。あの家では誰も、神様やイエス・キリスト《ジェス・クリスト》をからめた汚い言葉は使わなかったからね。何もナッチにひどい扱いを受けた、という話じゃないんだ。ただチェーザレとは違ったということ。それはすぐに理解した。あの男は僕に対して父親めいたふるまいはまったくしなかった。夜学に入りはしたけれど、僕は最初の授業にも行かなかった。それでも学校に行けとは言われなかった。そもそも学校に行ってないことに気づいてなかったのかもしれない。そんなわけで僕はあの男を〝ナッチさん〟なんて呼んで、ルレで働き始めた。そして……」

そして、事件の夜がやってきたのね。わたしは胸のなかでつぶやいた。トンマーゾの言葉が途切れたのは、そのためだろうという確信があった。でも彼はあの夜を事件の夜とは呼んでいない可能性もあった。なんと呼んでいるのだろう？

「僕は社員寮で寝泊まりしていた」彼は続けた。「パーティーの多い夏とぶどうの収穫がある秋は、同じ部屋に七、八人、二段ベッドで詰めこまれることもあった。窓には網戸がなかったから、蚊を叩く音が夜通し聞こえていた。腕とか首筋を叩いてしまってから、僕はマッセリアを思い出した。あそこではどんなに小さな虫も殺してはいけないとされていたから。耳元でまた羽音が聞こえた時は少しほっとしたよ。やがてナッチは、僕が仕事がまるでできないのに気づいた。僕はプールの管理もしたことがなかったし、給仕もできなかった。植物の世話ならちょっとはできたけど。それであの男は僕をコリンに引きあわせて、必要なだけずっと彼女にくっついてろと命じた。〝必要なだけずっと〟とは言ってたけど、ここまで長くなるとはさすがに思ってなかったはずだよ」

トンマーゾはにやりとしてから、シーツの端を引き寄せてしっかりとくるまった。自分の皮肉な冗談から身を守ろうとしたのかもしれない。

「コリンの第一声はこうだった。『あんたって映画の〈ブレードランナー〉に出てくる、あのいかれたレプリカントみたいね』冗談を言う風じゃなくて、むしろ真剣で、冷たい声だった。彼女が少し向こうに行った時、ナッチが僕にささやいた。『あいつの言うことを全部真に受けることはないぞ。それに、あんまり信用しないほうがいい。ヤク中だからな』

コリンは僕に、テーブルを巡る時は背筋を伸ばすこと、手にしたトレーの中身を招待客に勧める時は逆に軽く腰をかがめること、などと教えてくれた。実演の時、彼女はいつも客役で、しかも何かと難癖をつけては僕をいじめる厄介な客を演じた。『こういう扱いにも慣れなきゃ駄目だよ、ブレード。あんたに飲み物を勧められただけで、自分のほうがあんたよりも上等だって勘違いするような連中ばかりだからさ』

ワインの栓の抜き方、抜いた栓のにおいの確かめ方、水の注ぎ方なんかも教えてくれたけれど、僕のほうが彼女よりなんでもうまくできたから、コリンは腹を立てて、授業はおしまいだと宣言した。

十月、僕は初めて制服を着た。ルレではその日、ある女優の結婚披露宴が開かれた。知らない女優さんだったけど、ざわざわした会場で彼女はなんだか戸惑っているように見えた。料理を何も口にしていないのを見て、僕はそっと、カットフルーツの盛りあわせを載せた小皿を持っていって、『せめてこれだけでも召し上がってください。気分が悪くなりますよ』と勧めたんだ。彼女はお礼の印に歯並びのきれいな笑顔を見せてくれた。

厨房《ちゅうぼう》に戻ったら、コリンにいきなり背後から声をかけられた。『どうしてあんなことしたの?』

『あんなことって?』

『〈せめてこれだけでも召し上がってください。気分が悪くなりますよ〉なんて言っちゃって』彼女は不満げに僕の真似をした。

『まずかったかな?』

コリンは呆《あき》れたように天を仰いだ。『ブレード、あんたって本当、馬鹿ね! なんでも本気にしちやってさ』そう言って彼女はこちらの腹にパンチを食らわせた。強烈な一発だった。若い男がふざけてやるような仕草だったけど、このパンチは僕に触れるための口実じゃないかなと思った覚えがある。披露宴が終わったのはずいぶんと遅い時間で、更衣室で彼女と会ったのも深夜だった。コリンは着替えをもう済ませていて、僕がジャケットを脱ぎ、シャツを脱ぎ、ズボンを脱ぐのを、ベンチに座ってじっと見ていた。

『面白い場所、連れていってあげようか?』やがて彼女は言った。

僕は壁の時計を見た。

『何、疲れたの? じゃあいいわ』コリンは立ち上がり、行ってしまおうとした。例のつっけんどんな態度でね。いつだってそうだった。そして当時から僕はそんな彼女に逆らえなかった。

『わかったよ、行こう』

彼女は薄暗い部屋をいくつか通って、地下室に下りるドアまで僕を連れていった。『地下室なら、僕だってもう行ったことあるよ。それに鍵がかかってるだろう?』

コリンはジーンズのポケットをまさぐり、鍵をひとつ取り出した。『じゃじゃーん!』

『なんで持ってるの?』

『ここの元担当者にちょっとね』そう言ってコリンは鍵を回し、ドアをわずかに開いた。そこまでの作業を彼女は物音ひとつ立てずにやってのけた。『ナッチに告げ口したら、ブレード、喉をかき切ってやるから。嘘じゃないよ』

色々な機械とスチールタンクのあいだを僕たちは進んだ。

『そこに座って』やがて彼女にそう命じられた。

『床に?』

『あんた神経質なの?』

コリンはそこにあったタンクの後ろを何やら手探りしだした。そしてコップをひとつ見つけると、タンクの基部にある蛇口を開いてコップになみなみと注いだ。彼女はそれをひと息に飲み干し、またコップを満たした。『あれだけたくさんの人間にワインを出してると、自分も飲みたくならない?』

『これってなんなの?』コップを受け取りながら僕は尋ねた。触れてからわかったのだが、コップはペットボトルの底を切り取ったものだった。

『モストよ』ワインになる前の、ぶどうを絞ったジュースのことだ。

ひと口だけ飲んでみると、コリンに『全部飲んじゃいなよ』と急かされた。『どうせいくらでもあるんだからさ』

そこでまた飲んだ。暗がりからこちらを観察する彼女の視線を感じた。やがてペットボトルの底を返すと、こんなことを言われた。『あんたたちエホバの証人って、アルコールは禁止かと思ってた』

『僕がエホバの証人だなんて誰に聞いた?』

『みんなの噂だよ』

『でも僕は違う。信者じゃないよ』

『あんたがなんだろうと、わたしは構わないよ』コリンはこちらを向き、まっすぐに僕の目を覗いた。

『そっちだってあれこれ噂されてるじゃないか』僕は言い返した。

すると彼女は鼻に噛みつこうとするみたいに、ぐっと顔を寄せてきた。でも僕は尻ごみもせず、顔をそむけもしなかった。コリンは小声でひと息に言った。『わたしのこと怖い、ブレード?』

僕が無言でじっとしていると、そのうち彼女はくすくす笑いながら後退した。『好きなように言わせておけばいいの。連中はただの知りたがりだし。それに嫉妬してるんだよ、わたしに。いいよ、何か質問してよ。何が知りたい？　わたしが注射器で麻薬《ヤク》を打ってたかどうか？　それで、同じ注射器でほかのヤク中と回し打ちしてたか？』

『そんなこと興味ないよ』

『みんなは興味あるんだよ。わたしがヤクの回し打ちをしていたのか、どこで金を手に入れていたのかってなことにね。ひとって妙な勘ぐりをするもんさ。ブレード、あんたも妙な勘ぐりをするほう？』

『いいや』

僕はもうコリンの顔から目をそらしていた。だから彼女の片手がこちらの首筋に触れてきた時、びくりとしてしまった。そっと撫でられただけだったのだけど。

『みんなも、あんたみたいだったらいいのにね』

彼女は立ち上がり、コップにまたモストを注いだ。それから僕たちはしばらく黙って、ひとつのコップで回し飲みして、なくなればまたタンクから注ぐ、ということを繰り返した。

『ジャカルタに行ったの？』やがて僕は訊いた。

コリンは顎をスウェットのパーカーに押しつけて答えた。『ううん。いつも親父がくれるの。ハードロックカフェが好きだって言ったら、それからはずっと、どこかの町に行くたびに一着送ってくれるの。もう五大陸のパーカーが揃《そろ》っちゃった』そして、やや不満げに彼女はつけ足した。『親父、外交官なの。十三になるまで、わたしも、あちこちで暮らしたんだ。ええっと、思い出してみるね……』

コリンは指折り数えだした。『ロシアでしょ、ケニアでしょ、デンマークでしょ。あとはインド。どこも何カ月かだけだけどね』

マッセリアにあった世界地図のテーブルクロスでそれぞれの国を示していた色を僕は思い出した。今、目の前に広がっているみたいに、あのテーブルクロスの全体がはっきりと見えた。

パーカーの生地に浮き彫りになった黄色い円をコリンは指でなぞりだした。『好きだって言ったの、もう三年も前なのに、親父、まだ土産に買ってくるんだよね。ジムに行くのに着てるけどさ』

コップの残りを飲み干すと、彼女はまた立ち上がった。でも蛇口を開こうとしたところで、手を止めた。『もっと手っ取り早く酔っ払えるやり方、教えてあげる。立って。ほら、早く！　で、ここ上って』

僕は言われたとおりにタンクの梯子を上った。てっぺんまで着くと、コリンは蓋の開け方を教えてくれた。『頭は後ろにそらしておいて。最初にうわっと出るガスが目に入ったら、失明するからね。それからゆっくりと吸ってみて』

ガスを吸ったら、一気にくらっと来た。もう少しで背中からひっくり返って落ちるところだった。前にニコラとふたりでフロリアーナのためこんだ蒸留酒をこっそり飲んだ時もびっくりしたけれど、モストの発酵ガスの強烈さときたら、まるで比べ物にならなかった。僕は改めて身を乗り出し、ガスガスを吸いこんだ。そのあと、どうやって梯子を下りたのかは覚えていない。でも大笑いを始めたことだけは覚えている。あんまりげらげら笑ったもので、コリンに手で口をふさがれたくらいだ。それでも笑うのをやめなかったから、彼女は僕の頭を抱いて、自分の胸に押しつけた。僕たちは抱きあったまま床に倒れた。

『いい加減にして！　みんな起きちゃうじゃない！』

僕は彼女のパーカーの生地とHard Rock Cafeのざらついたロゴ越しに息を吸いこんだ。興奮しているのをコリンに気づかれたくなくて、僕は抱擁を逃れた。

『あんたって本当にコントロール不能だね、ブレード』僕を解放しつつ、彼女は言った。『いったいどんな惑星からやってきたのよ』

そして冬が来た。雨が降りっぱなしの冬だった。うんざりしたぶどうの葉が枝を離れ、落ちてしまうほどの降水量だった。僕は時々、ナッチの農園のぶどう畑に散歩に出かけ、十分遠くまで来てから讃美歌を歌った。地面にゴム長靴をめりこませて、『神の小羊《アニュス・ディ》』とか『元后あわれみの母《サルヴェ・レジーナ》』とかをずぶ濡れの若枝のあいだで歌い、ベルンを思った。ベルンからはたまに手紙が届いたけれど、僕はなかなか返事が書けなかった。書いたのは例の女優の披露宴のこと、新しく任された仕事のこと、そうした仕事を僕がどんなに早く覚えるか、そんな話くらいで、あとはろくに書けなかった。彼の文章に比べると自分のそれがあんまり幼稚に思えてならなかったんだ。それでもベルンは飽きることなく手紙を送ってきた。まるでこちらの苦労を察していたみたいに。考えてみれば馬鹿みたいだよね。とっくに携帯電話も普及していたし、しかも互いに五十キロも離れていなかったのに、文通なんてしてたんだから。

ベルンの手紙は必ずこんな一連の問いかけで終わっていた。それが実は僕に向けられた問いではないと気づくまでに結構、時間がかかった。『今も神を信じているか、トンマーゾ？　自分に無理強いする必要もなく？　それと、夜は祈っているか？　どのくらい長く祈る？』

でもそのうち突然、ベルンの手紙から神が姿を消した。跡形もなかった。何が起きたのか訊こうとは思ったけれど、やっぱり勇気が足りなかった。彼のことが心配だった。信仰を捨てた元信者の抱える孤独ほど深い孤独はこの世にないし、ベルンほど無条件に神を信じる人間を僕はほかに知らなかった。彼に比べればあのチェーザレさえ、結構、疑問を抱えているようだったからね。

原因は学校、そして外の世界の有象無象どもだった。九月にベルンはブリンディジの理科高校の最終学年に入るための編入試験を受けたんだ。彼の話によると、古代ローマの詩人オウィディウスの『変身物語』の一節をそらで引用して、試験委員たちをあっと言わせたそうだ。チェーザレは僕たちにオウィディウスのあの物語をとことん教えた。輪廻《りんね》転生《てんせい》説を先取りした作品だと考えていたからだ。常磐樫の下で僕たちはうんざりするほど『変身物語』について議論しあった。でも一行一行、すべてのページを暗記したのはベルンだけだった。彼が物事を習得する時のやり方はとにかく変わっていて、体のなかになんでも丸ごと呑みこまずにはいられなかったんだ。どんなに食べても栄養不足みたいに、いつだって贅肉《ぜいにく》ひとつなかったあの体にね。

でもラテン語のあとは、数学の試験が待っていた。ベルンは言われた数式を黒板に書くことができなかった。サイン、コサイン？　彼にとっては初めて聞く言葉だったんだ。『コリアノーさん、ここは理系の高校ですよ。もしかして知りませんでした？』数学教師にそう言われたそうだ。

結局、五年じゃなくて三年に編入することになった。二歳の年齢差のせいでクラスメイトのなかじゃ、ひとりだけやけに背が高くて、野生のアスパラガスみたいに目立っていたそうだ。あの高校にはブリンディジの郊外出身の少年グループがいて、どうもベルンとそりがあわなかったらしい。それがどんな連中だか僕には見当がついた。幼いころは僕も似たような地区で育ったから。でもベルンにはなんの予備知識もなかったから、少年グループに狙い撃ちされた。こっちは状況が目に見える気がした。ベルンはきっと、シナゴーグで医師たちに囲まれたキリストのようになんの備えもないまま、言葉で連中をどうにかしようとしたに違いない。いつかなんて『僕は怒りにはち切れそうだ。彼らのために遺憾に思うよ』なんて書いてきたこともあった。あのころの彼はまだ『遺憾に思う』みたいな表現をよく使ってた。連中がそんなベルンをどう思ったかは火を見るより明らかだ。

『相手にするな』僕は手紙で何度もそう訴えたが、聞き入れてもらえなかった。彼がいったいどんな風にいじめられたのかはわからずじまいだ。向こうの人数はたったふたりだったのか、五人だったのか、それとももっと大勢だったのか。ベルンは忍耐さえあれば勝てると信じていた。最後には連中も彼のことなど飽きてしまうだろう、と。ところがそのわずか数ヵ月後、降参したのは彼のほうだった。少年たちのせいでもあれば、一部の容赦ない教師たちのせいでもあった。過去にまったく学んだことがないことも、普通とは違うかたちで学んだことも、ベルンは多すぎたんだ。

『学校は俺にはあわない。自分で勉強するほうがずっといいや』一月の手紙にはそうあった。あとは、全然関係ないことばかり努めて書こうとしたような文面だったよ。チェーザレがマッセリアで預かった新しい少年、ヨアンのこととか、ヨアンがどんなに無口でびくびくしているかとか、君のおばあちゃんの家にヨアンと一緒にオリーブの収穫に行ったとか。『今年のオリーブは特別に果汁が多い』そんな説明もあった。でも悲しみのせいだろう、いつもの切れ味が文章のどこにも感じられなかった。手紙の最後になってほんの少しだけ自分の失望をこんな風に告白していたよ。『お前に凄く会いたい。俺はまだ祈ってるよ。でも何を祈ったものかわからない時のほうが多い』

『チェーザレに相談してみなよ』僕はそう答えた。『あのひとに悩みを打ち明ければ、きっと理解してくれるし、助けてくれるから』

するとすぐに返事が来た。文面はたったの一行だった。『チェーザレはお前を追っ払った。俺とあいつはもう無関係だよ』

疑われないように、ベルンはそのころも毎朝、マッセリアから出かけてはいたそうだ。でもブリンディジに向かうバスには乗らず、農地や野原を横切って、歩いてオストゥーニまで通っていた。そして一日じゅう市立図書館にこもっていたんだって。蔵書をアルファベット順に全部読んでやろうと決めたらしい。彼らしい計画だよね。木のぼり男爵みたいに木の上で暮らそうとした時とか、マッセリアの敷地に生えている植物の種や根っこや葉っぱを片っ端から僕たちに食べさせた時とか、コンピュータのためのストライキに僕を巻きこんだ時と同じだ。

蔵書読破計画は三カ月続いた。そのあいだ手紙はあまりくれなかったし、くれても文面は本の話だけだった。Gか、もっと先まで行ったんじゃなかったかな。ところが結局、ベルンは図書館の司書と友だちになって、その男に計画を中断されて、別の計画を提案されることになった。

『彼に、今まで名前も聞いたことのないような作家をたくさん教えてもらってるんだ。トンマーゾ、俺たちは実際、ひどい無知だったんだな！　でも今、自分の知識を洗いざらい、徹底的に見直している。全部、根本からさ。生まれ変わるような気分だよ』

司書の男はアナーキストだとベルンは教えてくれた。その言葉は僕にとってほとんどなんの説明にもならなかったけれど。『マックス・シュティルナーの作品を彼と一緒に読んでいるんだ。ページをひとつめくるごとに視界が広がるね。兄弟、俺たちはずっと闇のなかにいたんだよ』

ベルンは自分のあらゆる疑問をシュティルナーの本を起点に見つめ直すようになっていた。彼はその本を『唯一者』と呼んでいたけれど、それが題名の一部にすぎないことを僕はしばらく知らなかった。でもベルンには、こっちが何を知っていて何を知らないかなんてもう知りようがなかったし、知っていたとしてもどうせ気にしなかったはずだ。彼は手紙で『大いなるエゴイスト』を名乗ったり、便箋の真ん中に大きな文字で『俺たちの使命は天の襲撃だ！』とか、『俺たちは天をむさぼるんだ！』なんて書いてくるようになった。

もうベルンの言葉はまるで僕には向けられていない。そう思えば、かつて覚えがないほど寂しかった。彼の便りがしばらく途絶える前の、最後の一通にはこんな言葉があった。あの本をとことん学んだ揚げ句、彼がたどり着いた到達点なのだろう。『トンマーゾ、うまく祈れなかったのは俺のせいじゃなかったんだ。ようやくわかったよ。間違っていたのは俺じゃない。神なんて人間が思いついた陳腐な嘘だったんだ。生きている者だけが正しいんだ』

「ベルンの本、まだここにあるよ」トンマーゾが顔を上げて言った。

彼の手はわたしの左側を指していた。「そこだ、その棚の上」

あんまり急に立ち上がったもので、めまいがした。メデーアがすぐに鼻面を上げ、警戒したが、わたしが棚のほうに向かうのを見て、また横になった。棚の本はすべて一方に倒れていた。

「背の色は……」

「あったわ」

正式な題名は『唯一者とその所有』だった。かつてベルンのものだった、そうわたしが知っているものに共通の温もりがその本からも伝わってきた。トンマーゾに手渡すと、ぱらぱらとページをめくってから、こう言った。

「見ろよ、こんなにたくさんアンダーラインを引いて。ほとんど全部の行だ」

彼は聖遺物にでも触れるように慎重な手つきで本を持っていたが、やがて元どおりに閉じると、ナイトテーブルの隅に斜めに置いた。

「頭が割れそうに痛い」彼はこぼした。

「薬でもあれば取ってこようか？」

「たぶん、もう残ってないと思う。何か持ってない？」

「ないわ」

「じゃあ、あきらめるしかないな」

トンマーゾは額をさすった。手を離した時、額には赤い痕が残っていた。そしてまた語りだした。まるでわたしなんていないみたいに、彼は追憶に没頭していった。

「コリンとはあれからもよく一緒に地下室に行った。仕事が終わったあとでね。あのぼろコップで回し飲みしながら長いことおしゃべりをして、最後にタンクに登るんだ。そこまでくるともう頭はかなりぼんやりしていた。僕が繰り返し登りたがると、かかとをコリンに引っ張られて、『ブレード、いい加減にして！　死にたいの？』なんて言われたよ。でも僕は相手にせず、気管なんてもう焼けそうなのに、何度でもガスを吸いこんだ。そのうち、あのアルコールのガスみたいに体が軽くなって、ふわふわしてくる。そして最後に彼女が毎度、『あんたって本当にコントロール不能だね、ブレード』って言うんだ。それは『今日はここまで』という合図みたいなものだった。それ以上一緒にいたら、ふたりはもっと先に進まなきゃならなかっただろうし、こっちはやり遂げる自信のないことをする羽目になったろう。そのあとは地下室の階段を僕が先に上って、数日はお互い距離を置く習慣だった。

ある晩、僕はナッチに呼び出されて、こう言われた。『うちの人間に聞いたんだが、お前、トランプのギャンブルが好きらしいな』ナッチは手を机の上で組み、僕は背中で組んでいた。

『そんなのデマです』

『俺に嘘はつくな、トンマーゾ。何も悪いことじゃないさ。誰だって気晴らしは必要だ』

彼は引き出しからトランプの束を取り出した。『それで、何ができる？』

『スカート、ブリッジ、あとはカナスタですね。スコーパも知ってますが、あまり得意じゃないです』

『ポーカー好きだと聞いたんだが』

『ええ、ポーカーもやります』

『嘘をつくなと言ったろう？　ブラックジャックはできるか？』

僕はためらった。

『できるのか、どうなんだ？』

『二十一のことですか？』

二十一を教えてくれたのは親父だった。トランプはどの遊び方もみんな親父に習ったんだ。でもスカートだけは違う。あれはベルンのもので、桑の木の小屋のものだった。

『そうだ。呼び方はどっちでもいい』ナッチは言った。

『じゃあ、できます』

彼はこちらにトランプの束をよこした。つやつやしていて、弾力性のある新品のカードだ。『切ってみろ』

普通のやり方でカードを切る僕の手をナッチは注意深く見ていたが、やがて言った。『そうじゃない。アメリカ式はできるか？』

僕は束をふたつに分け、机の上に置いてから、混ぜてみせた。

『どれか一枚、てっぺんに残しておく切り方はできるか？』

『それっていかさまですよ』

『どっちなんだ？』

僕はできるところを見せようとしたが、一枚床に落としてしまい、『すみません』と小声で謝った。『ぎこちないし、のろい。だが、改善の余地はあるな』ナッチは言った。『金曜の晩、俺の友だちが何人か遊びにくる。トランプ仲間だ。お前には一日分、余分に給料をやる。あとディーラーとして勝った分の一割もお前のものだ。いいな？』

もちろん文句なかった。僕はその週から毎週金曜日、ディーラーを務めるようになった。客がポーカーをやりたいのに四人目が足りない時も、ナッチが回してくれた元手を持って僕が参加した。でも普通は、あいつもその友人もブラックジャックをやりたがった。みんなほとんど口をきかずに、煙草をひっきりなしに吸って、水がわりにジェムソンをストレートで飲んだ。面白い仕事だったよ。カードの山にそっと手を伸ばそうとした誰かが、僕にやめるように言われたとたん、おどおどするのを見るのも楽しかった。夜明けが近くなると、みんな、トイレに行く頻度が増えた。もうドアも閉めずに用を足すようになってね。僕は眠くなるということがなかった。もしかするとディーラーをやる夜はお酒を飲まなかったからなのかもしれない。あと昔から、トランプをやると妙に興奮するんだ。そのせいもあったんだろう。

疲れはてた客たちがのろのろと貴賓室をあとにすると、僕は後片づけをした。緑のクロスはきちんと畳んで引き出しにしまい、チップをケースに戻し、灰皿は空にして、グラスをすすぐんだ。それから社員寮に戻る前に、いつもぶどう畑まで散歩に行くことにしていた。そんな朝早くに起きているのは、野生の動物だけだった。

やがてディーラーの報酬と給料の残りで、ちょっとした貯金ができた。そこである日、お札をみんな丸めてポケットに入れると、僕はマッサーフラの商業地区に向かった。それで歩道に小型バイクを並べて売っている自動車修理工場を見つけた。バイクはどれもおんぼろだったけど、そこは気にならなかった。だから店主に札束を見せて、どれなら買えるか訊いてみた。

『免許は持ってるんだよな？』疑わしげに訊き返された。

僕はもう一度、有り金を見せた。それで駄目なら別の店に行くつもりだった。

『そうだな。こっちは知ったこっちゃない話だ』店主は言い、札束をつかむと、一枚一枚、数えだした。小銭の一万リラ札と五千リラ札ばかりで、まるで煙草屋で強盗でもしてきたみたいだった。向こうは本当にそんなところだろうと思っていたはずだ。

『あれなんかどうだ』そう言って男は一台を指差した。『アタラのマスターだ。書類もきちんと揃ってるぞ』

僕は新しい生活に慣れつつあった。普段の仕事があり、ディーラーとして過ごす晩もあれば、コリンと過ごす晩もある。そして今、好きな時にあたりを走り回ることのできるアタラも手に入れた。悪い暮らしじゃなかった。そんな生活をずっと続けることだって、僕にはできたはずだ。

でもなんの前触れもなく、ベルンがルレの庭先に現れたんだ。黒いブーツとズボンが沼地でも横切ってきたみたいに泥だらけだった。彼の姿を見た僕は、運んでいる途中だったかごの取っ手をきつく握りしめて、声をかけた。『どうしてここに？』

僕はかごを地面に置いた。兄弟を抱きしめたいところだったが、向こうがそうしてくれるのを待った。ところがベルンはその場を動かず、こんなことを言った。『お前を解放しにきたんだ。荷物をまとめろ、出発だ』

『出発？　どこに行くつもり？』

『見てのお楽しみだ。さあ急げ』

そこへナッチがやってきた。ベルンを友だちだと紹介すると、あの男は駐車場に目をやった。ところが車が停まっていなかったので、こう尋ねた。『お前さん、ここまでどうやって来たんだい？』

『歩いてきました』

『歩いてって、どこから？』

『ターラントの駅から』

それを聞いてナッチは大笑いを始めたが、途中で相手が本気だと気づいてやめた。『どこの誰だかわかったぞ。チェーザレとフロリアーナの甥《おい》っ子だな？　ふたりがよく言ってたよ、変わった小僧だって』

ナッチはベルンにどうしても夕食を食べていけと言って聞かなかった。僕があの男の家で食事をしたのは、その時だけだ。でもあの晩、ナッチはベルンとばかり話をしていた。

『友だちを寝床に案内してやれ』ナッチは最後に席を立ちながら僕に命じた。『疲れはてて今にも倒れそうじゃないか。じゃあ、フロリアーナとチェーザレによろしく伝えてくれ』

隣室でテレビの点いた音がするや否や、ベルンはぱっと立ち上がり、残ったパンを紙ナプキンで包み、次いで皿の上の残り物も包み、僕にも同じようにしろと目でうながした。さらに彼は冷蔵庫を開き、コカコーラの缶を何本かとヨーグルトをひと箱つかむと、パーカーのなかに突っこんだ。

『何してるんだよ？』僕は問い詰めた。

『これだけだよ。あとこれも』彼はそう言って卵をひと箱手にした。

『駄目だよ、ベルン！』

『誰も気づくもんか。こんなにたくさんあるんだもの』

僕たちはナッチの家をこっそりと脱け出し、寮に向かった。ベルンは僕の大部屋の入口に立って、なかをじろじろと眺めた。

『僕のベッドはあれだ』そう言って僕が指差しても、興味なさそうな気配だった。

『急げ』彼は言った。

『僕はマッセリアには戻れない。チェーザレにはっきりそう言われたんだ』

『マッセリアなんて行かないさ』

ベルンは歩きだそうとした。しかし、すぐに膝から崩れ落ちそうになり、入口の縦枠につかまった。

『ちょっと腰が痛むだけだ。少し座らせてもらう』

『どうしたんだ？』

ところが彼は、並んだふたつのベッドを跨《また》いで横になり、天井を見つめて深呼吸を繰り返した。シャツの裾が少しめくれていて、ずいぶんと痩せているのに僕は気づいた。

『いったい何があったんだい、ベルン？』僕は尋ねた。

『あいつ、俺の本を全部台無しにしやがったんだ』
『あいつって誰？』
『チェーザレだよ』
ベルンはそこでいったん黙ったが、こちらの予測どおり、また言葉を続けた。『チェーザレのやつ、いつかの晩に俺たちの部屋に入ってきて、本棚の本をみんな叩き落としたんだ。〈お前はこの家を汚した！〉なんて怒鳴りながら。それから床の本を一冊拾って、ページを破りだした。すぐには俺も止められなかったよ。呆気《あっけ》に取られちゃってさ。いや、もしかすると、どこまでやる気か見てみたかったのかもしれない。あいつ、本を次々にふたつに裂いていったよ。でもどれも俺のじゃなくて、図書館の本だったんだ。だからこっちもはっとして、あいつが持っていた本を取り返そうとしたんだけど、放そうとしないんだ。〈ベルン、みんなお前のためなんだ。主の救いを受け入れろ！〉とか言っちゃってさ。それから、びんたを一発食らった。チェーザレ、壊れかけの本を握ったまま、自分でも驚いた顔して俺を見てたっけ』
そう言うベルンの左の目尻に、ひと粒の涙が浮かぶのが見えた。僕は兄弟の隣に寝そべった。頭と頭がくっつきそうなくらい近くに。すると彼がこちらを向き、また口を開いた。その息は酸っぱいにおいがした。『あの晩から、あいつとは口をきいてない。もう絶対に話してやるものかと誓ったんだ』
僕たちはそれ以上言葉を交わさず、黙って手をつないでいた。
バイクの後ろでベルンは僕の腰にぎゅっとしがみついていたけど、そのうち片耳を肩に押しつけてきた。それから一方の腕を横に伸ばして、僕たちにぶつかってくる空気の流れを止めようとでもするみたいに手を開いた。残り物を詰めたビニール袋がばたばたと風に揺れた。

あんなに長く運転したのは初めてだった。スペツィアーレの近くに来るころには、腕がどちらも痛んだ。それでもベルンは言うんだ、『海のほうへ行ってくれ、スカーロに行きたい』って。

『今は春だ、行っても誰もいないよ？』

『いいから、行こう』

こうして僕たちはオストゥーニの丘をぐるりと迂回《うかい》する道を進んだ。町の眺めがやけに新鮮だった。何度も見たことがあるはずなのにね。道が下りだすとブレーキレバーを放して、海辺まで下り坂に運んでもらった。灌木《かんぼく》の茂みの前でアタラを降りて、そこから歩いた。スカーロまでの小道は踏み跡もはっきりしなかったけれど、ベルンは確かな足取りで進んだ。

途中で彼は例の見張りの塔のほうに方向転換した。そして金網の支柱を持ち上げ、刺草《いらくさ》のあいだを進むと、ポケットサイズの懐中電灯を点けて、壁の上をジグザグに照らした。『入り方、覚えてるか？』

先に彼がよじ登り、僕が登りやすいように上から照らしてくれた。それでも膝を片方、でっぱりで引っかいてしまった。

何もかも記憶のままだった。でも、外から音楽が聞こえてこないのが心細かった。静かだと、塔のなかは幽霊でも出そうな雰囲気だったから。ほとんど底まで下りた時、僕たちを照らすひと筋の光があった。

『ここにいるぞ』ベルンが告げた。

わかってるよ、そう答えかけて、僕に言っているのではないと気づいた。塔の底の部屋には、充電式のランタンに照らされて、ニコラと見知らぬ娘がいた。ふたりともあのマットレスに座ってた。彼女はあぐらを組み、彼は両脚を伸ばして。

『よう、トンマーゾ』ニコラが声をかけてきた。自分がそこにいるのはごく当然なこと、とでも言いたげな口調だった。

『これが例の三人目？』娘は尋ねたが、立ち上がろうともしなければ、僕に握手を求めてもこなかった。そのくせ、残り物入りのビニール袋に手を伸ばして、彼女は訊くんだ。『何を持ってきてくれたの？』

ベルンは袋をマットレスの上に落とした。すると娘は中身を無我夢中で引っかき回し始めた。『スニッカーズがないじゃない？』

『それしかなかったんだよ』ベルンは投げやりに答えてから、僕に説明した。『ヴィオラリベラはスニッカーズが好物なんだ。できれば、次は何本か持ってきてやってくれ』

『じゃあ、ここには残らないのか？』ニコラがベルンに訊いた。

『ああ。今の居場所が気に入ってるんだってさ。オリーブの木がどれも置き物みたいにきれいに刈りこんであったっけ』

するとヴィオラリベラが言った。『テレビで観るような女優も来るって本当？』

僕はうなずいた。でも、まだ呆気に取られていた。

『どんな感じ？　やっぱりみんな、おっぱい大きいの？』

ニコラがくすくす笑った。

『普通だよ』

『何さ、あんた女優が嫌いなの？』ヴィオラリベラに問い詰められた。彼女は巻き毛をカチューシャでアップにしていた。凄いボリュームの髪だった。『みんな、わたしよりずっときれい？』そこでベルンが言った。『ヴィオラリベラは一ヵ月前にここに来たんだ。こんな場所、普通は誰もいやしないと思って入ってくるだろう？　いてもせいぜいが鼠《ねずみ》くらいなもんだろうって。ところが』『鼠は本当にいたわ、一匹』娘が口を挟んだ。
ベルンは彼女を無視した。『ところが、死ぬほど驚かされたよ。こいつ、真っ暗ななかで寝てたんだ。こっちは懐中電灯で照らすまで気づかなかった。しかも目が覚めて、俺を見ても、これっぽっちも驚かないんだからな』
そのころには彼もマットレスの上に寝転がっていた。彼女のすぐそばだ。まだ立っているのは僕ひとりだった。
ヴィオラリベラはヨーグルトを箱から直接、口に流しこみ、箱の内側を下品に舐め回した。そうか、かびのにおいだ……。僕は部屋のにおいの正体に気づいた。
ベルンは片手を彼女の太ももの上に置いていた。手を開けば、もう指が股間に触れそうな位置だった。彼女は別のヨーグルトの蓋も開けると、少し飲んでからニコラに手渡し、こう言った。『もうひとり分の場所なんてないよ』
ヴィオラリベラの太ももに置いた手にベルンが力をこめたような気がした。「さっき言ったろう？こいつは泊まらないの」
僕は頭がくらくらしてきた。座りたかったが、マットレスの上にはもう隙間がなかったし、地べたに座るのも嫌だった。

『ベルンはここに泊まるの？』僕は尋ねた。

『その気になればな。気の向くままにやればいいのさ』

それを聞いてニコラがにやりとした。白い歯並びがランタンの明かりできらめいた。どこか普段のニコラとは違う気がした。妙に興奮して見えたんだ。

『あんたって、あそこも真っ白なの？』ヴィオラリベラが言った。

『もっと白いさ』ニコラが答えた。

『つまり、これが例の三人目なのね』彼女がまた言った。

ベルンが残り物の包みを開いた。紙ナプキンが脂でべとべとになっていた。『さあ、全部食っちゃえよ』彼にうながされ、ニコラとヴィオラリベラが勢いよく手を伸ばした。

『ニコラも泊まるの？』僕はニコラに訊いた。

『次の日の午前に授業がない時だけね』

『気の向くままにやればいいのさ』ベルンがまた同じことを言った。そしてがらくたの山からカセットプレイヤーを取り出した。

『最初からかけて！』ヴィオラリベラが声を上げた。

ベルンはテープを巻き戻した。音楽がかかった。音はひび割れていた。テープがすり減っている上、スピーカーがあんまり小さかったから。ヴィオラリベラがぴょんと立ち上がり、片手をベルンに、逆の手をニコラに差し伸べた。するとふたりとも素直に立って、彼女にぴったりくっつくようにして体を揺らしだした。ニコラは彼女の耳の後ろ、髪のなかに鼻をうずめた。彼にキスでもされたのか、ヴィオラリベラはくすぐったそうに肩をすくめた。

それから彼女は、僕の膝の傷に爪先で触れて言った。『何ぐずぐずしてんの？』ベルンは片手を彼女の腹に置き、逆の手は頭の上でひらひらさせていた。ヴィオラリベラに近づいてみたら、抱き寄せられた。ニコラとベルンは僕と彼女のために少し場所を空けてくれた。僕は彼女の髪のにおいを吸い、その口から漂う、ヨーグルトのちょっと酸っぱい残り香を吸った。するとベルンたちが僕とヴィオラリベラを囲むように抱きついてきた。

『でも僕は……』僕はつぶやいたが、それ以上は言葉にならなかった。

ベルンがささやいてきた。『もう俺たちは誰の指図も受けないことにしたんだ』

そして誰かが僕の服をはぎ取りだした。あるいは僕が自分で脱いだのかもしれない。音楽が壁を引っかいて鳴り響くなかで、僕たちは互いの服を脱がし、からみあいながらマットレスに倒れこんだ。

僕の目の前にはヴィオラリベラの乳房があった。隣のニコラがその乳房を吸っているのを見ていたら、なんだか自分もそうしなければいけない気がしてきた。そこへベルンが割りこんできて、僕と彼の体の、ありとあらゆる部分が触れあった。何秒か金縛りにあったように動けなかった覚えがある。

僕たちは噴水の水でも飲むみたいに、かわるがわる彼女の乳首を吸った。誰かが、恐らくは彼女自身が、僕の手を取り、下へと導いた。するとそっちも四人が四人とも裸で、昂《たかぶ》っているのがわかった。僕は導かれるがままに手を動かしていたが、やがて誰かの手がどこかに行ってしまってからも、やみくもにまさぐり続け、ついにベルンを見つけた。彼の禁じられた部分を握った時、僕は恐ろしくて震えていた。それはかつて何度も何度も空想し、しかも実現は絶対にあり得ないと信じていた行為だったからだ。ところが彼は気づかなかった。とにかくみんなもみくちゃだったから。または気づいていたのに、止めようとしなかったのかもしれない。ふたりきりだったら、ベルンだってそんな真似はさったろう。それは僕もわかっていた。でもあの場所では、あの塔のなかでは、なんでもありだった。

体を離す前にベルンが微笑んでくれたので、僕はほっと息をついた。ニコラはどうしているかと思ったら、ランタンの光で青ざめた、大きなすべすべの背中しか見えなかった。ニコラの顔は相変わらずヴィオラリベラの体に埋もれていて、彼女のほうはどんどん息を荒らげて、両腕を開き、両目も大きく開いて、天を仰いでいた。もう抵抗する意思は失ったって感じにぐったりしていて、まるで僕たち三人が、頭と手足がいくつもある一頭の巨大な異形の動物か何かで、彼女の上と中で暴れるものだから、それでうめいているみたいだった。

彼女の視線の先をちらりと眺めてみたけれど、重苦しくのしかかる灰色の天井しかなかった。壁の向こうにまだあるはずのものを僕は思い描いてみた。刺草の茂み、泡で磨かれた磯《いそ》の岩、あたりを包む夜闇。でもそのどれより、自分がいる塔の底のほうがずっと価値があると思った。僕たちは守られていて、四人きりで、誰の手も届かなかった。このまま永遠に終わらなければいいのに、そう思いたくなるような時間だった」

わたしとトンマーゾはほんの一瞬、現在に戻った。大人になったふたり、今はクリスマスイブで、彼の娘は壁の向こうで眠っている。トンマーゾが首を後ろにそらしたので、わたしもつられて天井の同じあたりを見上げたが、そこには何もなく、ランプの明かりが光の輪を描いているだけだった。もちろん彼の目にはもっと違う何かが見えていたのだろう。

わたしは椅子の上で姿勢を変えた。吐き気めいたものを覚えていた。吐き気と信じがたいという気持ち。それに、とても口にはできない思いもあった。わたしだってみんなと一緒に塔のなかにいたかった、という嫉妬だ。もうたくさん、あとは聞きたくないわ、そう言おうかとも、ちらりと思った。何もかも知ったところで今さらなんになるというのだ？　しかし彼がゆっくりとまた前を向き、ふたたび語りだした時、わたしは止めなかった。

「〝こんなことをしていいはずがない〟僕だってそう思っていたよ。〝これはいけないことだ。いかがわしいことだ〟ってね。でも機会があるたび、僕は塔に向かうようになった。とはいっても、結局、そう何度も行かなかったはずだ。せいぜい四回か、五回かな。うん、五回だ。いや、六回だったかな……。マッサーフラでの仕事が終わるとアタラにまたがって、マルティーナ・フランカ経由で海に向かうんだ。一刻も早く、塔に着きたかった。

『どこかの娘さんといい仲になったんだろう？』僕が何度目かの遠出の許可を求めた時、ナッチにそう言われた。僕は返事をしなかった。つまるところ嘘ではなかったし。『いいなあ、若いってのは。二度とはない日々だ』あの男はそう続けると、ポケットにあった五万リラを差し出した。『彼女をレストランにでも連れていってやれ』

僕はそのお金でパスタにベーコン、スニッカーズを何本かとプリミティーヴォを二本買った。そして塔のなかで、キャンプ用のガスコンロを使ってパスタを作った。煙が少しでも外に出ていくように、階段の近くで料理した。塔の外では日が伸びつつあったけど、それが嫌でたまらなかった。いつでも夜みたいな塔の底とランタンの冷たい明かりのほうが好きになっていたんだ。

あの晩はニコラがバーリの蚤《のみ》の市で買ってきた水煙草をみんなで回し飲みした。林檎《りんご》味だった。ふざけて煙を吹きつけあったりしてね。それから影絵をやって遊んだ。ニコラは犬の横顔、ベルンは鼠、僕は蝙蝠《こうもり》、ヴィオラリベラは孔雀《くじやく》。四人の動物の影が壁の上で触れあったり、つつきあったりした。でも僕たちは、そんな動物にも劣る生き物だった。

ある日、パーティーの途中でコリンに袖をつかまれた。前菜を載せたトレーを危うくひっくり返してしまうところだった。『あんた、もう酔っ払うのは興味なしってわけ？』彼女はそう言った。

『えっ、そんなことないけど。どうして？』

『ずっと地下室に来ないから』

『ちょっと疲れてたから。それだけだよ』

『いつもどこに出かけてるの？』

『どこって別に』

会場の客たちはもう靴を脱いで、芝生の上、蘇鉄《そてつ》のあいだを歩き回っていた。

『彼女ができて、ペッツェ・ディ・グレーコに通ってるって噂だけど』コリンは追及を続けた。

『まさか信じてるの？』

『だって、信じちゃいけない理由ある？』

彼女は恨めしい気持ちを隠しきれないようだった。

『そんなの嘘だよ』僕は弱々しく否定した。

『どうせ〈お前には関係ないことだ〉って思ってるんでしょ？』彼女は鋭く言い放ち、僕の目をまっすぐにらんだ。『そうなんでしょ、ブレード？』

そして石垣の隙間に煙草の吸い殻《がら》を押しこむと、『好きにするといいわ』と言って、僕に肩からぶつかりつつ、脇を抜けていった。

おかげで今度は本当にトレーを落としてしまった。小海老のカクテルサラダが入ったミニグラスが床に散らばった。盛りつけのまだきれいなグラスだけトレーに戻すと、僕は客にそれを配って回った。

しばらくしてから、僕はパーティーの残り物を包んだ。肉団子、茄子《なす》のオーブン料理、あとは野菜の揚げ物だ。揚げ物なんて紙ナプキンの包みのなかで冷えきって、しなしなになってしまうに決まっていたけど、構わず僕たちは食べるだろうとわかっていた。

六月で、そろそろスカーロも営業を再開する時期だった。平らな岩場の上にはもうテーブルと長椅子が山積みになっていて、出店がわりのピンク色のトレーラーハウスも海を背に鎮座していた。

そのころには僕も懐中電灯の助けなしに塔の入口をよじ登り、ざらざらした壁を手探りしながら階段を下れるようになっていた。

『今日は揚げ物だぞ』僕は肩のリュックを下ろしながら言った。返事がなかったので、もういっぺん繰り返した。

最初に目に入ったのはニコラの姿だった。マットレスに座って頭を抱え、僕のことなんて見向きもしなかった。蛾《が》が一匹、ランタンの上で翅《はね》をばたつかせていた。あんな下までどうやって来たんだろうね。

ベルンは床に仰向けに寝そべり、胸の上で両手を組んでいた。僕はリュックから残り物の袋を出して、彼の前で振ってみせた。

するとニコラに止められた。『よせよ、腰が痛いんだってさ』

ベルンは身じろぎもせず、目を閉じていた。もうだいぶ前に彼は祈るのをやめたはずだと知らなかったら、祈っているようにしか見えなかっただろう。でも今にして思えば、あの時だけは、本当に祈っていたのかもしれない。

『ヴィオラリベラはどこ？』僕は尋ねた。

ふたりとも返事をしなかった。実を言えば、彼女がいないのを見て、僕はほっとしていた。久しぶりに、昔みたいに三人だけというのも悪くなかったからだ。ベルンを見ると、自分の胸を指で押していた。

『きっと湿気のせいだよ。骨をやられたんだろう』僕は言った。

『トンマーゾ、金はいくらある？』ニコラに訊かれた。

僕はズボンのポケットを探り、ランタンの明かりに向けて財布を開いた。『一万五千リラ。何を買うの？』

『貯金はどれくらいある？』

『いつもみんなのために食べ物を持ってきてるじゃないか』

お金を出すのはずっと僕だけだった。ニコラは両親からの仕送りをバーリでの生活費とガソリン代に全部使ってしまい、ベルンとヴィオラリベラは無一文だったから。

『金をもらってギャンブルをしてるんじゃなかったのか？』

『何も遊んでるわけじゃないさ。ディーラー役だよ』

その時になってようやく僕は、ニコラの瞳が濡れていることに気がついた。僕が貯金の額を告げると――実際の額の半分程度だったが――彼はまた頭を抱えてしまった。

『なんに使うのさ？』

答えはやはりなかった。先ほどの蛾はランタンの一番明るい部分に止まって、身震いするような動きをしていた。しばらくしてベルンが天井を見上げたまま、口を開いた。苦しげな声だった。『ニコラ、教えてやれよ』

『そういう自分が言ったらどうなんだ？』

『ふたりともなんだよ？　どうしてお金がいるの？』

『どうも俺たち、へまをやっちまったらしい』ニコラが答えたと思ったら、いきなり隠れ家じゅうに反響する大笑いを始めた。『ああ、へまもいいところさ』

そしてまた急に笑うのをやめ、今度は震えだした。蛾がランタンを離れ、円を描いてちょこまかと飛び、僕の顔をかすめた。

『あいつ、妊娠したんだ』ベルンが床から告げた。

落ちつきを取り戻したニコラが僕の目をにらんで言った。『父親はお前なんじゃないか？　眉毛の真っ白なガキが生まれたりしてな』そしてまたヒステリックな笑い声を上げた。

ベルンがゆっくりと起き上がり、あぐらを組んでから、肩を動かしてみようとした。本人の説明によれば、あの慢性的な痛みはいつも左右のこめかみから始まって、二本の枝がひとつになるみたいに背骨を下りて、股ぐらまで来るとのことだった。ひどい時は一週間続くこともあった。ああ、でもそれは君も知ってるね。

『外に出よう』ベルンは言った。

僕の手を借りて彼は立ち上がり、階段を上った。外の階段の崩れた部分は滑り下りた。刺草の茂みを横切り、僕たちはトレーラーハウスの牽引《けんいん》用アームに腰かけた。ベルンはゆっくりと語りだした。

『ブリンディジにひとり、医者がいてね。そいつが完全に秘密で全部やってくれるって話なんだが、百万リラも取るらしい』

僕はまたヴィオラリベラの行方を訪ねた。ニコラが泣きだした。そんなあいつをベルンは冷めた顔で見ていた。

『今のところ俺たちには二十万しかない』ベルンは続けた。口を半分しか動かしていなかった。『フロリアーナが来週、ニコラに二十万くれることになってる。それとお前の貯金で、だいたい五十万だ』

ニコラはパニックにおちいっていた。『チェーザレがなんて言ってたか、お前たち覚えてるか？　ええ？　どうなんだよ？』

そんなに大声を上げげたら誰かに聞かれてしまうのではないかと僕は不安だったが、実際には近くに別の人間などいなかったし、聞いていたのは茂みの下に隠れているやもりと、岩の割れ目に潜んでいる蟹《かに》くらいなものだったろう。

ベルンはニコラの腕をつかんだけど、振りほどかれてしまった。『生まれる前に殺された子どもがどうなるのか、お前たち忘れちゃったのかよ？』

『非論理的なことを言うな。輪廻転生も神罰もないし、そもそも神なんていないんだよ。もう話しあったじゃないか。お前も〈唯一者〉を読んでいれば……』

『うるさい！　あんな本のせいで俺たちはこんな目に遭ってるんじゃないか！』

『魚だ』僕はつぶやいた。

チェーザレは前に言っていた。どこかの部族は死んだ赤ん坊を川に投げ捨てる。赤ん坊にはまだ魂がないが、魂なしでは生まれ変われない。だから魚の餌にすることで魚の魂を授からせるのだ、と。

『みんな地獄行きだ』ニコラはすすり泣きを始めた。

客をもてなさぬ者は亀に生まれ変わるだろう。チェーザレはそうも言っていた。動物を殺す者は心神喪失者になるだろう。肉を食らう者はテントウ虫か狐《きつね》みたいな赤い生き物になるだろう。盗みを働く者は地を這《は》う生き物になるだろう。人間を殺す者は何よりも醜い生き物に生まれ変わるだろう……。あのひとはそれから、こうまとめるんだ。『神に祈って、慈悲を乞いなさい。絶え間なく祈り、許しを乞いなさい』

『僕は二十万持ってる。さっきのは嘘だ。マッサーフラに二十万リラの貯金がある』僕は白状した。

『じゃあ全部で六十万だ。あと四十万足りない』

『もしかしたら二十四万はあるかも。数えてみないとわからないけど』

ニコラが弾けるように立ち上がった。『俺の話を聞けよ！　全部忘れちゃったのか？　このままじゃ神に憎まれるぞ！　いや、神はもうお怒りだ！』

今度もベルンは冷静に答えた。『そんなに不満なら、まだ第二の選択をとることもできるぞ』

ニコラは一瞬、戸惑った顔であたりを眺めた。そして僕たちから数歩遠ざかり、足を止めた。茫漠《ぼうばく》たる空間がどこまでも続いていた。

『ほらな？』ベルンが言った。『ここにいるのは俺たちだけ、大いなるエゴイストたちだけなんだ。俺たちを憎む神なんて存在するもんか』

彼の落ちつきぶりが僕にはほとんどニコラの絶望よりも恐ろしかったけれど、もしかするとあんなに冷静沈着に見えたのは、こわばった腰のせいだったのかもしれない。声を絞り出すようにしてベルンは続けた。『チェーザレの話は嘘っぱちだ。人間の一生なんて単に……』でもそこでニコラが飛びかかってきて、ベルンを激しく揺すぶった。

『チェーザレは俺の父親だ！　わかってんのか？　この馬鹿野郎！　嘘つきはお前のほうだ、ベルン！　俺たちがこんなことになったのも、全部お前のせいじゃないか！』

僕はニコラの首に腕を回し、ベルンから引き離した。手を緩めると、ニコラは咳きこみだした。

『足りない分もなんとか手分けして集めよう』ベルンが結論した。

そうと決まると僕たちは不意にどっと疲れを覚えた。磯の岩場に目をやった僕は、誰かが水辺に立っているのに初めて気づいた。周囲の闇よりもほんの少し暗い人影が、かなり遠い場所にぽつんと見えた。ヴィオラリベラだった。

手前には僕たちが一年前の夏に踊った砂地があった。でもそんなこと誰が覚えてる？　気楽に踊っていられたあの時代は急に終わってしまった。幸福な時も、青春も、すべてぱっと消えてしまった。

夜は寝るためにある——そう、チェーザレはそんなことも言っていた。毎晩、僕たちの部屋の電気を消す前に。薄暗闇のなか、おやすみの祝福をしてくれる前に。夜は寝るためにある。そうかもしれないけど、僕たちはいつだって寝たくなんかなかった。だからあのひとの足音が遠ざかるのを待ってから、懐中電灯を点けてベルンのベッドの上に集まった。そしてあの筏《いかだ》の上で夜遅くまで遊び続けた。どれもたわいない、男の子らしい遊びだったけど、内容は毎晩少しずつ大胆に、少しずつ危険になっていった。

突然、磯に立っていた人影がぴょんと跳ぶのを僕は目撃した。海に落ちた音はほとんど聞こえなかった。『海に飛びこんだぞ』僕は言ったが、動けなかった。

ベルンとニコラはさっと振り返り、ヴィオラリベラの名を呼びながら、磯へと走りだした。僕もふたりを追った。三人とも岩場の水際に立って、彼女の名を叫んだ。波が磯にぶつかるたび、泡が打ち上げられた。幸い月明かりがいくらかあったので、やがてニコラが水面の一点を指差した。『いたぞ、あそこだ！』

でも彼は飛びこむのを躊躇《ちゅうちょ》した。かわりにベルンが跳んだ。水面下に何があるかも確認せず、ベルンは足から飛びこんだ。

『畜生！』ニコラが怒鳴った。

僕も飛びこんだ。水はあんまり冷たくて、息が止まるかと思った。底にあった何かにぶつかった。水面に浮かび上がり、ベルンのほうに向かって泳いだ。彼はヴィオラリベラを既に捕まえて、頭を水の上で支えていた。ニコラも泳いできて、僕たちは三人で彼女を支えた。でもそのうちヴィオラリベラが、『いいから、もう放して！　放してってば！』と騒ぎだした。

みんなで岸まで泳ぎ、手を貸しあって磯によじ登った。僕は二度も引き潮に持っていかれそうになってから、なんとか上がった。

寒くて体ががたがた震えた。ヴィオラリベラが、服を脱がないと肺炎になると言うから、僕たちは言われたとおり、服を脱いだ。すると今度は、くっついて暖めてくれと言うから、三人はまた言われたとおりにした。彼女は笑いだした。

『ねえ、驚いたでしょ？』とヴィオラリベラは言い、僕たちの肌の水滴を手で、唇で、髪の毛で拭いてくれた。

僕は尖《とが》った岩場にひざまずいていたんだけど、そのうち仰向けに寝そべった。恐怖のせいでみんな興奮していた。誰かに顔を覆われる前に、僕は空を見上げた。月夜にしては星がやけにたくさん見えたな。

その翌日、僕はブリンディジの大聖堂の前でニコラと落ちあった。

『バイクはここに置いていけよ。歩いていこう』開口一番、彼は言った。

『後ろに乗ればいいじゃないか？』

すると彼はアタラを馬鹿にした顔で眺めた。『そんなものに乗れるかよ』

『でもこんなところに停めておいたら、盗まれちゃうし』僕は言い返したが、彼はもう歩きだしていた。エンジンを切ったアタラを押しながら、僕は懸命について行った。

僕たちは海岸通りを進んだ。彼とふたりでそんなところを真っ昼間に歩くのは、なんだか奇妙な感じだった。そのうちニコラが急にこんなことを言った。『俺、考えてみたんだけど、ベルンはあの隠れ家で俺たちよりも長い時間を過ごしているよな？　そう、ずっと長くいたはずなんだ』

『それがどうしたの？』

『どうもしないんだけどさ。ともかくあいつが一番、ヴィオラリベラと一緒にいた。それは事実だ。俺たちのいぬ間にふたりで何をしていたかなんて、わかったもんじゃないだろう？』

『隠れ家には僕たちだっていたんだよ、ニコラ』

『でも俺のはずがない。それは確かだ』

『いや、わからないね』

ニコラは忌ま忌ましげにこちらを見やった。『どうせお前はベルンの味方だろ？　だから、あいつがあんなに変わったのも気づかないんだよ』

『ベルンがどう変わったって言うのさ？』

『極端な考え方ばかりするようになったじゃないか。それも、とにかくチェーザレを挑発したいばかりにさ』

『そうかもしれないけど、チェーザレだって……』

するとニコラがいきなり立ち止まり、僕たちはぶつかりそうになった。『チェーザレだって、なんだよ？　そうやってお前たちは、なんだってチェーザレのせいにして。わざわざ引き取って、育ててくれた恩人だろう？　チェーザレがいなければ、今ごろお前もベルンも……』でも彼は途中で口をつぐんだ。

『ベルンの本を片っ端から破ったそうじゃないか』

『片っ端から？　あいつがそう言ったのか？　二冊だよ。たった二冊だ』

『二冊か』僕は小さくつぶやき、ベルンがルレの社員寮でなんと言っていたか思い出そうとした。でも、二冊だろうと百冊だろうと違いがあるかい？

それでもニコラは言うのだった。『チェーザレがあいつにどれだけ苦しい思いをさせられたか、お前は知らないんだ。いつだって神を冒瀆《ぼうとく》する言葉を投げつけて、あざ笑って。今度のことはベルンが全部あがなうべきなんだ。あいつが始めたんだから』

そうこうするうちに目当ての住所にたどり着いた。旧市街の一角だ。バルコニーのひとつからサボテンの枝があふれ出し、手すりに触手のようにからみついていた。ニコラはポケットに折り畳んでしまっておいた紙に記された番地を確かめた。

『ここだ。呼び鈴を押せよ』

『どうして僕が？』

『いいから押せって！』

　ドアを開けたのはひとりの老女だった。僕たちを見ても何も言わず、ドアの隙間をわずかに開いたまま、あとずさりをした。それから、疲れた仕草でソファーを指差すと、自分は近くの肘かけ椅子に座り、テレビで午後のバラエティ番組の続きを観だした。僕は今度も架空の恋人を言い訳にナッチから休みをもらってきていた。画面に映った女優たちを見ていたら、初めてルレが恋しくなった。コリンにも会いたかった。

『どうぞ』後ろで男のひとの声がした。

　よく手入れされた濃いひげを蓄え、透明なフレームの眼鏡をかけた男性だった。彼は僕たちを台所へ押しこむようにしてから、『娘さんはどこ？』と訊いた。

『今日は連れてきませんでした』

『それじゃ、君たちのどっちかを診察しろってことかい？』

『いえ、そうではなくて……』ニコラは言いかけ、恥ずかしそうに黙ってしまった。

『何週目なんだ？』

『まだまだ、じゃないかと思います』僕は間抜けな回答をした。

『で、どっちが父親？』

　今度は僕も口をつぐんだ。医師は流しのほうを向き、蛇口の水でコップをひとつ満たすと、ひと息に飲み干した。それからすすぎもせずに、コップを水切り棚に戻した。僕たちには何も勧めてくれなかった。そして『なるほど』とつぶやいた。『彼女は未成年なんだろう？』

『十六歳です』

『一刻も早くここに連れてくることだ。わかったね？』医師はうんざりした声で言った。自分の言葉に嫌悪感を覚えているようだった。隣の部屋からテレビ番組のおしゃべりが小さく聞こえていた。家のなかには老人に特有な饐《す》えたにおいが漂っていた。『手術の料金は百五十万リラだ』彼はそうつけ加えた。

『百万だって聞いてきたんですけど』急にあわてた調子でニコラが言った。

医師はうっすらと笑みを浮かべた。『誰が父親で、妊娠何週目かも知らないくせに、料金だけは知っていますってかい？　悪いが、百五十万だ。手術ができないようだったら、百三十万は返そう。診察料だけもらう』

『手術ができないようだったらって、どういうことです？』ニコラがおうむ返しに訊いた。

『先生』そこで僕は口を開いた。

『なんだね？』

『どういう手術になるんでしょう？』

するとと医師は黙って僕を少し見つめてから、踵《きびす》を返し、引き出しを開けてナイフを一本出した。そしてそれを持ち上げて僕によく見せてから、波刃をテーブルに当てて、こするようにした。表面のニスか何かを削り取るような動作だった。『こんな感じだ。わかったかな？』

ニコラは顔が真っ青だった。

『悪いのは君たちだよ』医師は言った。『わたしじゃない』

スカーロに戻った僕たちふたりは食欲も失せていた。外からはぼんやりと音楽が聞こえていた。ヴィオラリベラが紙切れを手に取り、ライターで火を点けると、つまんだまま燃えるに任せた。あっという間に燃え尽きたその炎の輝きは、僕がその穴蔵で見た光のなかでも最も明るいもので、数秒間、僕たちの打ちのめされた表情をあからさまにした。

もう一度、みんなでお金を数え直した。九十万リラあった。僕の貯金も既に一銭残らず差し出したあとだった。

『百五十万なんて絶対に無理だ』ニコラがこぼした。またヒステリーの発作を起こすんじゃないかと僕は心配だった。

『お前が借りてくればいいじゃないか』ベルンが言った。

『名案だな。誰に借りろって言うんだよ?』

『大学のお仲間にさ。連中、金持ってるだろう?』

『そういう自分がどうにかしてみたらどうなんだ? お前はずっとここにいて、あれこれ命令するばかりで、具体的にはなんにもしてないじゃないか』

ベルンはにやりとした。『法律のお勉強でずいぶんと口が達者になったじゃないか』

それを聞いてヴィオラリベラが遠慮なく笑った。あの晩はおへそが丸見えのタンクトップを着ていた。それから彼女は部屋の中央にいたニコラに向けて素足を伸ばすと、その太ももに触れ、股間に触れた。

ニコラは彼女の足を乱暴につかむと、突き返した。『お前、どうかしてるよ』

そこでベルンは僕のほうを向いた。腰痛は回復も悪化もしていなかったが、彼は一切泣き言を漏らさなくなっていた。今やベルンの注意は常時ヴィオラリベラに集中し、飲み物はあるか、快適かと気を使っていた。彼女をひとりにしないために、マッセリアにも一切帰らなかった。そのことをチェーザレとフロリアーナがどう思っているのか、死ぬほど心配しているのか、そうでもないのかは僕にはわからなかった。ベルンが話題にしなかったからだ。彼はあの塔の不潔な内部を新たな家とした。しかも自分はマットレスの上でヴィオラリベラと一緒に眠ろうとはせず、彼女が楽にできるようにと、悪い腰を床に押しつけて横になった。

『足りない分、お前に集めてもらわないといけないな』ベルンは僕にそう言った。

『でも、どうやって？』

『ルレには現金の蓄えがいつもあるはずだ』

『盗めって言うのかい？』

僕の正面に座る彼は痩せ細り、顔色も悪かった。『客の多い日を待って、レジからちょうだいするんだ。あんまりたくさん盗っちゃいけないよ。怪しまれない程度にするんだ。その辺はうまいことやらないといけない。必要とあれば、何回か繰り返してもらわないとな』

『ベルン、駄目だよ。勘弁してくれよ』僕はつぶやいた。

彼は床の上で尻を滑らせ、マットレスに近づいてきた。そして隣に座ると、僕の頭を自分の肩に載せ、耳から首あたりを撫でながら言った。

『悪いな、トンマーゾ。お前にはみんな心から感謝してるよ』

『ベルン……』

僕のうなじを優しく叩きながら彼は言った。『わかってくれるな？』

そのままの姿勢で僕は確か少し泣いた。でも涙はひと粒も出なかった。誰に悟られることもなく、僕は胸のなかで絶望したんだ。

あの常磐樫の下で、今とはまるで別の時代みたいなあのころ、チェーザレから十戒について教わったことがあった。あのひとは僕たちにこんなことを尋ねた。主はモーゼに『あなたはわたしのほかに、何者をも神としてはならない』と告げたが、よりによってその戒めを最初に告げたのはどうしてだろうか？　たとえば『殺すなかれ』みたいに、ずっと大切そうな戒めがほかにもあるのに、真っ先にそれを告げたのはなぜか？　チェーザレは僕たちを順繰りに眺めたけれど、みんな黙っていた。だからあのひとはいつものように自分で答えた。『心のなかで主を置き換えるような真似をすれば、ひとは無限の転落を始め、どこまでも堕ちていき、残りの戒めもきっと破ってしまうからだ。心のなかで主を置き換えるような真似をすれば、ひとは必ず、誰かを殺めることになるんだよ』

ヴィオラリベラの妊娠がわかったころ、僕は刑務所の親父に会いにいった。面会室には僕と親父、そして看守のほかは誰もいなかった。部屋に並ぶほかの机とまったく同じ、何も上に載っていない、きれいに磨かれた机の向こう側に親父は座っていた。座っているのに汗をかいていたな。僕たち親子は手を伸ばして触れあう、ということがなかった。それは親父が収監される前からそうだった。時々、向こうはそうしたいんじゃないか、できるものならこちらに身を乗り出してこの手に触れたいのに、あえて我慢しているんじゃないか、そんな印象を受けることはあった。でも僕は、触れたければ触れればいいと思っていた。以前なら嫌だったかもしれないけれど、そのころには、親父が僕の手を取り、自分の手のなかに収めるのを許してもいい気がしていたんだ。

『皿を何枚も山積みにして運べるようになったか？』あの日、親父は僕に尋ねた。

『いっぺんに三枚までならね。四枚もいけるけど、誰かに重ねてもらわないと無理だ』

『四枚か。俺だったらみんな落として、割っちゃうだろうな』

親父は僕との面会の時、いつも同じ、チェック柄のシャツを着ていた。胸元は必ず第二ボタンまで外していて、胸元で華奢な銀の十字架が揺れていた。

『お前、なんだか悲しそうだな』親父は言った。

『そんなことないよ』

『女の子の悩みか？　マッサーフラにいい子でもいるのか？』

僕はうなずいた。すると親父は拳を握っていた両手を軽く開いた。白い指に血が通うのがわかった。でもすぐにまた握ってしまった。

〝親父、もしかしたら僕がその子を孕《はら》ませてしまったかもしれないんだ。僕かどうかはよくわからないけど、僕もあそこにいた。彼女なんかよりほかのふたりがほしかったんだけど、とにかく僕も一緒だったのは間違いないんだ〟

何かを察したように親父は言った。『心配いらないぞ、トンマーゾ。お前は俺のような真似はしないから』

そこで看守が僕たちのテーブルに近づいてきた。時間切れだと告げることもなく、壁の時計を指差すこともなかった。毎度の手順を三人とも心得ていたからだ。僕が先に立ち上がった。親父は感動した顔だったが、明らかに勘違いをしていた。

その翌日、ルレの庭園はどこもかしこもピンクと白の二色で派手すぎるくらい派手に飾り立てられた。僕は庭師たちを助太刀してつげの生け垣を刈りこんでから、テーブルをもう一度、最後に確認して回った。銀の受け皿とナイフにフォーク、床まで垂れたテーブルクロス、そして各テーブルの中央にはフラワーアレンジメントがひとつ。すべての席に白鳥の形に折ったナプキンがあるかどうかも確認した。フロリアーナに習った手芸は思いがけず役に立つことがあったが、ナプキンの白鳥はとりわけナッチのお気に入りだった。

パーティーは午後四時前後からなんでもありの状態になり、子どもたちは庭を走り回り、音楽も大音量になって、招待客の居場所はダンス会場の大テントとバールに分かれた。蒸留酒や食後酒は別料金となっていた。それがナッチの一番の儲《もう》け口だったからだ。バールの仕事はコリンと僕が交互に担当した。いつかの喧嘩《けんか》以来、僕たちはまだ口をきいていなかった。

混乱に紛れて、僕はレジの引き出しを開き、お札をひとつかみズボンのポケットに入れた。

パーティーの主役は、その朝、教会のミサで初めて聖体を拝領した八歳の女の子だった。その子がプレゼントの包みを開け始めると、誰もがそのまわりに集まったので、僕はその隙にもう一度、レジのお金を盗んだ。さっと周囲を見回すと、ガラス窓の向こうからこちらを見ているコリンと目があった。彼女は首を横に振ることもなければ、なんの合図もしてこなかったが、見たわよ、という風に数秒間こちらを見つめてから、庭に出ていった。

社員寮でポケットのお金を出してみたら、汗でびっしょりになっていた。その夜、安全なスカーロの塔のなかに戻り、そこで兄弟と一緒になるまで、盗ったお金は数えなかった。やみくもにつかんだお札の合計は思っていたよりもずっと小額だった。それでもニコラが友人数名に借金を頼んだとかで、僕たちの資金は百二十万リラになっていた。

ランタンの電池が切れかけ、明かりは頼りなく震えていた。ベルンは僕に訊いた。『次のパーティーはいつだ？』

『一週間後だと思う』

『もっと盗ってこいよな』ニコラに愚痴を言われた。

『もっと盗ったら、気づかれてたよ』

『あんまり遅くなると、あの医者に断られるぞ。急げって言ってたじゃないか』

　ヴィオラリベラはいかにも調子が悪そうだった。時々、吐いてもいたんじゃないかと思う。ただ、僕たちが持っていく食べ物にはほとんど手をつけなかった。彼女がもう何日前から体を洗っていないのかは見当もつかなかった。

『みんな、こっちに来い』ベルンが言った。『全員だ。もっとそばに来るんだ』

　僕はいつものように彼の声に従い、身を寄せた。ベルンは悪い腰を壁に押しつけ、じっとしていた。ヴィオラリベラは僕と反対側から彼につかまると、ニコラに命令した。『あんたもよ』

『嫌だ。そんなことしてる場合かよ？』ニコラが言い返した。

『来て』ヴィオラリベラは構わず誘った。

　するとニコラは急に降参したように近づいてきて、彼女の太ももに頭を預けた。

『ずっとばらばらだったのがよくなかったな』ベルンは言った。彼の声はひとりで僕たち全員をしっかり抱きしめているみたいに響いた。

　そこで僕は言った。『チェーザレに会ってくるよ』

『会って、なんて言うつもりだ？』ベルンに訊かれた。

『とにかく会ってくる』僕はまた言った。

　みんなは黙って僕の約束を受け入れた。ヴィオラリベラが四人の体の狭間に僕の手を見つけて握ってくれた。これで全員の体がほかの三人の体と接触した。これぞ僕たちのゲームではなかったろうか？　体じゅうの筋肉と神経をみんなとつないで、彼女を隅々まで、表面もなかも外も、余すところなく探索する。そうではなかったか？　彼女の今にも折れてしまいそうに細い手首がリズミカルに脈打つのを僕は感じていた。はたしてこれはお腹のなかにいるものと同じ鼓動なのだろうか？

〝あなたがたによく言っておこう。わたしの兄弟のうち最も小さき者のひとりにしたことは、すなわち……〟

でも神なんていないのだから、裁きもないはずだった。ランタンの明かりはちらつきだし、電池は限界だった。

僕が目を覚ました時、四人はまだそんな風にくっついたままだった。ランタンは消えていた。ヴィオラリベラの寝息が前腕にそっと吹きつけていた。でも、一番うるさいのはニコラのいびきだった。僕はベルンの太ももから頰を離した。太ももは僕の汗か、彼の汗で湿っていた。からまりあったみんなの脚と腕からそっと脱け出すと、僕は四つんばいのまま階段まで進んだ。そして外に出た時、いつもと同じ驚きにはっとさせられた。外の世界がまだ存在している、という驚きだ。

数日のうちにイオニア海とアドリア海のあいだを小さいバイクで何往復もしたものだから、熱くなったゴム製のグリップのせいで、手には二度と消えないんじゃないかと思うような痕ができていた。それでも日曜の早朝の田舎の空気は新鮮で、元気が出た。八時前にはもうマッセリアに到着した。

僕がマッセリアを出ていったのはまだほんの十カ月前のことだったけど、元住人を迎えるあの場所の態度は早くもよそよそしかった。乱雑に積まれた薪の山、ろくに剪定《せんてい》もされていない木々、好き勝手にからみあう菜園の胡瓜《きゅうり》のつる……。もはや僕はルレのお行儀のいい庭園にすっかり慣れてしまっていたんだ。

チェーザレだけが起きていてくれればいいがと思っていたけど、そうはいかなかった。あのひとはパーゴラの下で、フロリアーナとブルガリア人の少年と並んで朝食中だった。『トンマーゾじゃないか、いきなりで驚いたぞ！　しかも、こんなに朝早く。さあ、こっちに来なさい。一緒に食べよう。ヨアン、そこの椅子をひとつ持ってきておくれ。それにしても今日はどうした？』

そう言ってあのひとは僕を抱きしめた。ああ久しぶりのこの感触、誰とも似ていないこの温もり、思わずほっとするいつものひげのローションの香りときたらどうだ？　僕は腰を下ろした。フロリアーナは僕の片手をそっと撫でてから、パン切れが一枚載った皿をよこしてくれた。『バターを塗りなさい』とチェーザレに言われた。『このバターはアプルッツィの敷地の少し向こうにある農園で作ってるんだ。ここから一キロも離れていないのに、今までわたしたちは知らなかったんだよ。ヨアンがたまたま前を通りかかってね。実際、目の前にあるのに見えないことってまだまだあるんだろうな！　その農園には立派な家畜がたくさんいてね。雌牛がまたどれも真っ白で、よく肥えているんだ』

どんどん上がっていく気温でやわらかくなったバターの塊をナイフで切ると、僕はそれをパンに塗った。自分が死ぬほど空腹だったことにその時まで気がつかなかった。『もっと塗りなさい。それから砂糖を載せるんだ。バターも砂糖も、お前の年なら我慢する必要はないだろう。わたしのほうは気をつけるべきだが、どうしようもないね。昔からの食いしん坊は直らないよ』チェーザレは言い、僕がパンにかぶりつくのを眺めた。それからにやりとして、こうつけ足した。『そうか、ルレではさんざんおいしいものを食べさせてもらっているんだろうな。ナッチは元気かい？　去年の夏から電話もしていないな』

『いつも仕事、仕事だよ』僕は答えた。『披露宴とかその手のパーティーで』

『今の時代はとにかくなんでも派手に祝うからな。フロリアーナとわたしなんて披露宴だって自分たちで用意したものだ。会場だってここだった。まあ、式の前に新郎がマニキュアを塗るような今と比べてもしかたないけれどね』そう言ってチェーザレは僕に目配せをした。

『話があるんだ』僕は彼に言った。妙に硬い声が出た。

『トンマーゾ、遠慮なく話しなさい。聞こうじゃないか。ミサに行くまであと三十分はあるから』

僕はフロリアーナを見やった。彼女は唇を内側に引っこめていた。僕の右手ではヨアンが、バターを塗ったパンを物凄い勢いで食べ続けていた。

『ふたりで話したいんだ』

するとあのひとは立ち上がった。『いいだろう。じゃあ、いつもの場所に行こうか』

僕たちは常磐樫のほうに向かった。チェーザレが前、こちらはその数歩後ろだ。よりによってあの場所に連れていかれるのは嫌だったけど、僕はベルンの言葉を胸で念じた。〝チェーザレの説教はどれも嘘っぱちで、こちらをだますトリックで、洗脳だ。この世界には俺たちしか存在しない〟そして、僕はあの色褪《あ》せたベンチに座った。こんなものはありふれた木の板にすぎないという態度を努めて保とうとした。

『まずは祈りを捧げることにしようか？』

知らぬ間にうなずいていた。チェーザレは軽く目をつぶり、前と変わらぬ優しい声で『詩篇』の第百三十九篇を唱えだした。『主よ、あなたはわたしを探り、わたしを知り尽くされました。あなたは我が座るをも、立つをも知り、遠くから我が思いをわきまえられます。あなたは我が歩むをも、伏すをも探り出し、我がもろもろの道をことごとく知っておられます』

聖なる詩の言葉に僕は心をいきなり激しく揺さぶられた。まったく思いがけぬ反応で、平静を装うのに苦労した。長年、僕は自分がマッセリアでただひとり神の言葉に無反応な人間であることを恥じもすれば、ありがたい文句を兄弟たちほど深く感じられずにいるのではないかと疑いもし、その常磐樫の下で、しばしばチェーザレに対してそんな不安を告白してきた。そんな時、あのひとの答えはいつも同じだった。『トンマーゾ、祈るのが得意な者なんていないんだよ。その祈りたいという気持ちが既にお前の祈りなんだ』

『さて、こんなに早い時間にここまで来るなんて、何があったんだい？』やがてチェーザレに尋ねられた。

僕はひとつ息を吸ってから、口を開いた。『お金が必要なんだ』

あのひとは背を伸ばし、眉をひそめた。『これは驚いた。本当だよ。ナッチからきちんと給料をもらっているかと思っていたんだが。足りないのかい？　そういうことなら、わたしから話してやってもいいぞ』

『六十万リラ、必要なんだ』どうしてそんな額を口にしたのかは自分でもわからない。実際はその半分で足りるはずだったのだから。でも、僕は不意に、まさに同じベンチに座ってチェーザレと交わした最後の会話を思い出していた。マッセリアを出ていくように言われたあの会話だ。

チェーザレは頬を膨らませ、しばしそのままでいた。『いや、本当に驚いたな。もしかして何か厄介ごとでも起こしたのかい？』

『理由なんてどうでもいいだろう？』

昔から僕はあのひとに向かってそんな口をきいたことはなかったし、そんな日が来るだろうなんてそれまで思ってもみなかった。でもチェーザレは落ちつきを失わなかった。

『まったくお前たち若者というものは予想がつかないな。謎だね。もしかしてベルンがからんでいるのかな？　もう何日も姿を見せないんだ。大きくなればなるほど、あの子がわからなくなるよ』

もしもそこでチェーザレと目をあわせていたら、心のなかの真相をすべて読み取られていたはずだ。だから僕は強情に足元の石ころや草をにらみ続け、脅し文句をはっきりと伝えた。『お金をくれないなら、みんなフロリアーナにばらすからね』

しばし沈黙が下り、ふたりの頭の上の枝葉に隠れた鳥の声だけが聞こえた。

『フロリアーナに何を言うつもりだ、トンマーゾ？』小声でチェーザレが尋ねてきた。

『わかってるくせに』

『いや、わたしにはわからない』

僕は深呼吸をした。『葦原でベルンとテレーザを覗き見していたことだよ』

目をあわせるな、僕は心で繰り返していた。あの石、あの草を見るんだ。

『お前が哀れでしかたないよ、トンマーゾ』

『六十万リラ。木曜の夜に取りにくるから』

そう言ったらすぐに立とうと決めていたが、脚の筋肉が言うことを聞いてくれなかった。おかげで僕はそこに座ったまま、昔のように、赦罪の宣言を待つような格好になってしまった。

『それは脅迫だぞ？　お前はそんな人間になってしまったのかい？』

『木曜の夜だよ』僕はもう一度言い、ようやく立ち上がった。

僕は振り返ることなくアタラに向かって歩いた。スタンドがなかなか上がらず、みっともないところを見られてしまった。野道に戻るためにバイクを半周させたところで初めて、バックミラーに映るチェーザレを見た。まだ常磐樫の下に座ったまま、驚きに目を瞠《みは》っていた。ベルンが言っていたとおり、単なる敗者にしか見えなかった。にもかかわらず帰り道はずっと、そこから早く遠ざかろうとしてスピードを上げれば上げるほど、ますます強くなる風に羞恥心を余計にあおられる気がした。

ルレに戻った時は雨が降っていて、昼間なのに夜みたいに暗かった。寮の部屋に入ってすぐ、自分のベッドの中央にコリンのコップがあるのに気づいた。ペットボトルの底を切ったあのコップだ。どういうことかわからぬまま手に取ったら、なかで地下室の鍵が光っていた。

僕は部屋を飛び出した。大理石の床が足跡で汚れるのも構わず、パーティー会場の大広間を横切り、更衣室でコリンのロッカーを開けた。空っぽだった。リーボックのボストンバッグもなければ、制服もなくて、彼女がいつもそこにストックしていたキャンディーもなかった。僕はノックもせずにナッチのオフィスに入った。あの男は目を上げてこちらをいぶかしげに見ると、『誰かさんは傘も持たずにお出かけしたらしいな』と言って笑った。

『コリンはどこです？』

ナッチはいかにも嫌そうに片手を振り、『出ていったよ』と答えた。

『出ていったって、どういうことですか？』

『あれはヤク中だ。前にも説明したはずだがな。あの手の連中は救いようがない。悪い癖が抜けないのさ』

背中に張りついたびしょ濡れのTシャツのせいで悪寒が走った。ナッチはため息をついた。
『あいつ、バールの稼ぎを猫ばばしたんだ。今にして思えば、これまで何度やられたかしれないよな。ただ昨日は売り上げの計算があまりにもあわなかったもんで、ばれたんだ』
『コリンが自分で白状したんですか？』
ナッチはまた不思議そうに僕を見返した。『自分が悪かったと自白するヤク中なんて、お前、聞いたことあるか？　だが俺が問い詰めても、あの女は否定しなかった。だから盗った金を返すか、今すぐ出ていけと言ってやった。もちろん、出ていくほうを選んだよ』
『あいつはもう二度とやりませんよ』僕は蚊の鳴くような声でかばった。
でもナッチは机の書類に目を戻してしまった。『あの女がこれから何をしようがしまいが、俺にはもう』そう言ってあの男は腕時計を見た。『二時間ほど前から関係ない。あいつの親父さんにどうしてもと頼まれて、雇ってやっただけだったしな。そういう意味じゃ、お前の場合と似たようなもんだ』何か愉快な共通点でも見つけたみたいに、ナッチは小さく肩を揺らした。『さあ、体を拭いてこい。植物のランタナと同じだ。ああいう女はうちの土には根づかないんだよ。ああ、どうせもう濡れてるんだから、やっぱりお前、芝生に蚊よけの毒を撒《ま》いてくれ。あん畜生ども、雨が降るたび卵を産むからな』
嵐はやんだが、遠くでまだ雷鳴が聞こえていた。雲の切れ間から差した最初の日差しは火傷しそうに熱かった。噴霧器のタンクの背負い紐《ひも》が肩に痛いほど食いこんで、液体が左右に揺れて歩きにくかった。植えこみという植えこみ、花という花、草の一本一本に僕は毒を撒いていった。でも昆虫たちの大虐殺のことなどちらりとも考えなかったよ。目の前にチェーザレの顔が見えて、その顔が同じ問いをひたすら繰り返していたんだ。『お前はそんな人間になってしまったのか？』って。

その晩、僕はベッドで、コリンがお別れの印に残していったプレゼントのふちを何度も唇にこすりつけた。大雨と過ちだらけの一日の終わりに彼女を思うと、感じたことのない懐かしさを覚えた。

次の週は、仕事がなければベッドに横たわり、窓の向こうの杏《あんず》の木の赤い枝先を眺めながら、考えていた。チェーザレははたして今この瞬間にも祈り、主の導きを求めているのだろうか、そして僕は本当に、脅し文句のとおりのことをフロリアーナに対して言えるのだろうか？　どんな言葉で？　計画が失敗したら、またナッチから盗んでやる。そして親父みたいに刑務所行きになるんだ……。できるものならそんな大胆な妄想に心をゆだねてみたかったけど、そのうち必ず吐き気に襲われた。

そのくせ、木曜は妙に気軽にマッセリアに向かうことができた。アタラは鉄棒のゲートのところに停め、そこからは歩いた。梨の実はもう色づいていた。夕日の沈むころだった。昔はその時刻になるたび、自分はこの四角い敷地の外ではけっして生きていけない、そう思ったものだ。

ドアを叩くと、チェーザレの声が、入ってくるように言った。今度もあのひとがひとりでいてくれればと思っていたけど、やっぱり今度もフロリアーナと一緒にテーブルを前にして座っていた。座るように言われ、ワインを勧められたが断った。フロリアーナは挨拶ひとつしてくれなかった。

『今日はお金のために戻ってきたんだね』チェーザレは言い、僕の返事がないのを見て、『そうだろう？』とつけ足した。

『外に出ない？』僕は言ったけど、無視されてしまった。

『トンマーゾ、お金をやるわけにはいかないんだ。悪いな。フロリアーナと話しあったんだ。全部、打ち明けたよ。その点、お前には礼を言わなくてはね。こんなことでもなければ、わたしも勇気が湧かず、心に重荷をずっと抱えて生きることになったろう。羞恥心というやつには、誰しも自分のなかの最悪な部分を引き出されてしまうから』
『お前なんて、ただのがめつい悪ガキだよ！』フロリアーナに罵られた。チェーザレは妻の腕に触れて落ちつかせると、目を閉じてすぐに彼女の罵倒をあがなう文句をつぶやいた。そして言った。『さあ、お前にも同じ機会が訪れたんだよ、トンマーゾ。何があったのか説明してみなさい。助けてやれるかもしれない』
でも僕はそれ以上、そこにいられなかった。家を飛び出て、庭を横切り、野道を駆けた。そしてアタラにまたがり、走り去った。
スカーロに着いた僕は、なんの警戒もせずに塔に向かった。隠れ家ではベルンとヴィオラリベラが眠っていた。ふたりともほとんどずっとそうして寝ていた。塔の底にばかりいたためか、相当に衰弱していたんだ。ランタンは点いていた。ニコラが新しい電池を持ってきたんだろう。不潔なTシャツ姿のベルンを僕は揺すぶった。彼はつらそうに目を開けた。『トンミか』
『お金、もらえなくなっちゃったよ』
ベルンは唇が乾ききっていて、きつい口臭がした。額に触れてみた。『熱があるよ、ベルン』
『たいしたことないさ。起きるの、手伝ってくれ。今日は腰がどうにも言うことを聞かない』
ヴィオラリベラはまだマットレスの上に横向きになって寝ていた。
『ビールを二杯、買える金はあるか？』彼に訊かれた。『ちょっと飲みたくてさ。少し外に出たい』
でもそれから行動に出るまでに、僕たちはまだかなり長いこと隠れ家にこもっていた。小声で話していたのか、それともずっと黙っていたのか、はっきり思い出せない。でも、とにかく、短い時間じゃなかったはずだ。だって、熱で火照ったベルンの体を僕がようやく立たせようとしたら、そこへチェーザレが現れたからだ。それこそ闇から生まれたみたいに。

『ベルン』あのひとは呼びかけた。

ベルンは僕から離れようとして、危うく転びかけた。支えてやると、とてつもなく悲しげな声で『どうして連れてきた？』と問い詰められてしまった。

『僕が連れてきたんじゃない』

『ベルン、わたしの助けを受け入れておくれ』チェーザレは言い、こちらに一歩近づくと、ベルンの腰を抱きしめた。すると彼も観念したらしく、あのひとの抱擁にぐったりと身をゆだねた。失神してしまったんじゃないか、僕なんてそう思ったくらいにね。

『どうか許しておくれ』チェーザレはベルンの耳にささやいた。

ヨアンがどこかに隠れていて、マッセリアを逃げ出した僕を追ってきたんだと思う。そしてスカーロに着いてから、チェーザレに電話をした。それで今あのひとは塔の底にいて、ベルンはその胸で嗚《お》咽《えつ》を漏らしている、ということだったのだろう。

そうこうするうちに目を覚ましたヴィオラリベラのことは、説明の必要もなかった。チェーザレは何も問わず、ただこう言ったんだ。『みんな、わたしと来なさい。まとめて面倒を見てあげるから』あのひとは彼女に向かって身をかがめ、びっくりしているその顔を撫でると言った。『君も一緒だよ。さあ、立って』

こうして僕たちはおとなしくチェーザレに従い、最初の階段を上り、ふたつ目の階段を下った。刺草の茂みであのひとは、片腕でベルンを、反対の腕でヴィオラリベラを支えて歩いた。僕は隠れ家を出る前に、みんなで集めたお金をポケットにしまった。

僕たちはスカーロの若者たちのあいだを抜けて進んだ。声をかけてくる者もいた。みんなをフォードに乗せると、チェーザレは何も言わずにマッセリアを目指した。いや、ひと言だけ、ヴィオラリベラに向けて発した言葉があった。『今から行く場所だけど、きっと君も気に入るよ』彼はそう言ったんだ。

それを聞いて思ったよ。このひとはもう知っているんだって。

彼らの計画が僕の想像よりずっと複雑なものであったことを証明するように、マッセリアではフロリアーナだけじゃなく、ニコラも待っていた。今にして思えば、僕たちの隠れ家をチェーザレに教えたのもニコラだったのかもしれない。おかしなものだけど、今日までそんな可能性は考えたこともなかったよ。でもチェーザレに問い詰められて、真相を白状してしまう人間がいたとすれば、確かにそれはニコラだった。

なんにしても、あいつはパーゴラの下から僕に向かって意味深な視線を送ってきた。あの目つきは今もはっきりと覚えている。

フロリアーナはスペツィアーレの医者に電話をして、ヴィオラリベラの往診を頼んだ。もう遅い時間だったけど、すぐに来てくれと言ってね。

ヴィオラリベラの世話はあのひとたちに任せて、ベルンとニコラと僕は家から歩いて遠ざかった。オリーブ畑の真ん中あたりまで来た時、ニコラがいきなり激昂して、僕に怒鳴った。『この馬鹿野郎、チェーザレに何を言った？　お前、何考えてんだよ？』

『こいつは何も言っちゃいないさ』僕のかわりにベルンが答えた。『ヴィオラリベラのことなら、おおかたチェーザレも察したんだろ』

『頼むよ、俺を巻きこまないでくれ。後生だ。ほしいものがあれば、なんでもやるからさ』

僕たちにそう懇願するニコラの顔は、恐怖で歪《ゆが》んでいた。ベルンに有無を言わせぬ声で黙れと命じられると、あいつは口をつぐんだ。

やがてベルンがこう続けた。『俺たちのうち、誰が父親か決めないといけないな。医者が来たら、知りたがるだろう。チェーザレとフロリアーナにしたって同じだろうし』

『俺じゃないぞ』ニコラが涙声でこぼした。

ベルンは何かを探してあたりを見回してから、言った。『よし、こうしよう。そこにある石をひとり一個ずつ拾って、それをあの辺の木に向かって投げるんだ。それで、石が一番手前に落ちたやつが父親を名乗ることにしよう』

『お前、正気か！』ニコラが金切り声を上げた。

『もっとましなアイデアがあれば聞かせてもらおうじゃないか。ないだろ？　だと思ったよ。じゃあ、石を拾え。だいたい同じ大きさにしよう。これにあわせろ』

僕は自分の石を拾い、表面にこびりついた土を親指で削り落とした。『でも、違ってたらどうする？　負けたやつが本当の父親じゃなかったら？』

『真実は死んだのさ』ベルンは平然と答えた。『そんなものはただの文字で、言葉で、俺が利用する素材にすぎないんだ』

『でもヴィオラリベラが反対したら？』

『あいつは賛成してくれたよ。ただひとつ、お前たちに約束してほしいことがある』

『約束？』

『これで父親が決まったら、今のことも、塔での出来事も、二度と話題にするな。他人に教えるのも駄目なら、俺たちのあいだでも金輪際話しちゃいけない。わかったか？』

『わかった』僕は答えた。

『死ぬまで約束は守ります、と言うんだ』

『死ぬまで約束は守ります』ニコラが誓った。

『死ぬまで約束は守ります』僕も誓った。

『ニコラ、まずはお前が投げろ』

ニコラは大きく息を吐いてから、また吸いこみ、背中をそらすと石を投げた。石はとても高く、遠くまで飛び、三列目か四列目のオリーブの木より向こうに落ちた。僕の目でぎりぎり見えるというくらい遠かった。石はそこで小さくひとつ跳ねると、見えなくなった。

『次はお前だ、トンマーゾ。いや、この石を使え』そう言ってベルンは、僕の石よりもすべすべした石を手に載せてくれた。

『助けるなんて、ずるいぞ』ニコラが抗議したが、すぐに黙った。どうせ僕にはあんな遠くまで投げられないとわかっていたからだ。自分の石が二十メートルあるかないかという位置に落ちたのを見た時、この競争は罠《わな》ではなかったかと僕は疑った。僕は三人のなかでその手の競争じゃいつもびりだったし、しかも、ベルンの決めたことにはまず逆らわなかったから。あの桑の木陰で出会った午後以来、僕は初めて彼の不運を願った。

はたしてベルンがわざとあんなことをしたのかどうか、僕にはわからない。腰痛のせいだったのか、熱のせいだったのか。あるいは純粋なミスだったのだろうか？　本当にわからない。それに例の約束があったから、彼に実際はどうだったのかと尋ねることも、死ぬまでできないことになっていた。ベルンは石を持った手を頭の上に振りかざした。でも、そこで痛みに襲われたみたいにいきなり動きを止めたものだから、石が手からすっぽ抜けてしまったんだ。落下地点は一番手前のオリーブの木をなんとか越えた場所だった。三人が三人とも黙りこみ、そこを見つめた。ずっと前にも、野兎の墓の上に突き立てられた棒切れの十字架をそうして一緒に見つめたように。

やがてベルンが言った。『どうやら、俺みたいだな』

マッセリアに戻ると彼は、目の前の空っぽの皿を凝視しているヴィオラリベラに近づき、その肩に片手を置いた。あの子はなんの反応も見せなかったけど、フロリアーナとチェーザレにも状況を把握させ、僕たちの誰が罪を背負っているのかを理解させるにはそれで十分だった。

チェーザレはヴィオラリベラの隣に椅子を置いた。ベルンの席だ。それからあのひとは、誰も想像していなかった行動を取った。家をいったん出ると、すぐにまた、昔、僕たちがメロンを冷やすのに使っていたたらいを持って戻り、流しの水でそれを満たし、ベルンとヴィオラリベラの前の床に置いてから、運動靴を脱がせ、靴下を脱がせて、ふたりの裸足を水に浸けたんだ。

『何するの？　臭いわよ！』彼女はくすくす笑ったが、チェーザレが真剣なのを見ると、すぐに口を閉じた。

あのひとはふたりの足をひとつずつ、きれいになるまでこすった。隣りあって並ぶ四つの足は、花嫁と花婿の足みたいにぴかぴかだった。ヴィオラリベラが足をたらいのなかでばたつかせ、水があたりに少し飛び散った。それを見てみんなが笑顔になった。汚れが水に溶けたように緊張も解けた。僕たちのかわりになんでも決めてくれるひとが戻ってきてくれたのだから。

それからチェーザレはふたりの足を雑巾で拭いた。あんまり長いことひざまずいていたものだから、テーブルの天板につかまらないと立ち上がれなかった。

『お前たちがどうするつもりだったかはわかってる』と、あのひとは言った。『だがそれは恐怖の生んだ考えだったんだ。もはや過去のことだよ。この子は生まれるだろう。さあ、みんなで手をつなごう。こうだ。そしてわたしと一緒に祈ってくれ』

医師はそれから三十分後に来た。ヴィオラリベラを僕たちの部屋で診察し、栄養失調だと診断した。そして絶対安静を命じ、薬をいくつか処方した。次の日にチェーザレとベルンが彼女を産婦人科に超音波検査のため連れていくことになった。ニコラと僕もまだ残っていて、台所にいたけど、そのころには見物客みたいな感じだった。

あと何時間かしたらルレの芝生を刈らなければならなかったので、僕は出ていった。アタラのミラーのなか、マッセリアはどんどん小さくなっていって、やがて消えた」

トンマーゾの声はつらそうだった。疲れのためか、あるいは喚起された記憶のせいなのか。
その長い夜のあいだ——彼が語り、わたしは耳を傾け、向こうはダブルベッドの半分を占め、こちらは座り心地が悪くなる一方の椅子の上で耐えていた、そのあいだ——わたしたちの視線はほんの数回しか交差しなかった。お互い、ベッドカバーの一部とか、開けっぱなしのたんすからあふれ出した服とか、メデーアの湿った鼻なんかを順繰りに見つめているほうが気楽だったのだ。でも今や、わたしは彼の瞳から目をそらせなかった。疑問が次々に湧いてきてどうしようもなかった。このひとはいったいどうやって、あの青白い顔の背後にこれだけのことを今まで隠しおおせたのか？　それも、こんなにも長いあいだ？　ベルンにしたって、どうしてずっと……。しかし、いずれの疑問も喉から先には出てこなかった。わたしは彼のコップに残っていた水を飲み干し、喉で立ち往生していた言葉たちと一緒に、たらいのなかで仲よく並んだベルンとヴィオラリベラの足のイメージも、その子――彼らの子ども――の父親となることを黙って受け入れたベルンの姿も飲み干してしまおうとした。それに、塔のなかにいる彼とヴィオラリベラの姿も、オリーブ畑にいるチェーザレの姿も、彼らの乱交のイメージも、何もかも。

　彼らの乱交。

「それからの顚末《てんまつ》を僕に教えたのは、ニコラだった。あいつから電話があったんだ」トンマーゾが話を再開した。「ルレの畑でサヤインゲンを収穫していたら、給仕の女の子が電話だって呼びにきてね」

　トンマーゾはそこでため息をついた。「たぶん、ヴィオラリベラは葉っぱ十枚くらいがちょうどいいと思ったんだろう。そのくらいなら赤ん坊は死んでも、自分は大丈夫だろうって。ニコラの説明だと彼女、夾竹桃の葉を煎じた茶に砂糖を入れて飲んだらしい。そしてマッセリアを出て、葦原まで歩いた。見つかったのはそれから何時間も経ってからで、発見者はヨアンだった。救急隊が駆けつけた時も、病院に着いた時も、まだ息があったけど、晩には死んでしまった。それを知ってベルンは塔に逃げた。でも今度ばかりはチェーザレとフロリアーナも彼を連れ戻しにいかなかった。

　君がやって来たのはその何週間かあとだ。ニコラがスカーロへ君を連れてきた時、僕はベルンと一緒にそこにいたんだよ。塔のそばの、一番暗い場所に隠れていたんだ。君はずっとこっちに背を向けていたけれど、一度だけちらりと振り返った。まるで僕たちのほうを、いや、僕たちをまっすぐ見つめているみたいだった。あの時、自分が何を考えたか覚えてるよ。彼女、においでも嗅ぎつけたみたいだって思ったんだ。こっちが手を振りでもしたら、君は気づいていただろうな。実際、ベルンなんか明るいほうへ歩きだそうとしたくらいだもの。でも僕が引き止めた。厄介事はもうたくさんだったからね。そして、君はまたニコラのほうに向き直った。

秋にはチェーザレとフロリアーナもマッセリアを出ていった。家のなかのものはほとんどそのままで、フォードのトランクに積めるだけ積んで去ったらしい。野道のゲートすら閉めなかったって。まるでヴィオラリベラの死によってあの土地が永遠に呪われてしまって、チェーザレがどんなに祈っても浄化には足りないみたいにね。ちなみにヨアンがその後どうなったのか、僕は今も知らない」

トンマーゾはわたしがそうした情報もしっかり吸収する時間を与えるように、数秒黙った。

それからこうつけ足した。「彼女、両手首をロープで木に縛りつけていたんだ。ベルンと僕が椰子の幹を引っ張ったあのロープだった。子どもが確実に死んでしまうまで、自分が思わず駆けだしたり、助けを呼びにいってしまったりするのを防ごうとしたんだね。あんな結び方、どこで覚えたんだろう？　誰でも知ってるような結び方じゃないんだ。木に縛りつけられたままだったから、自分の上に吐いてしまっていた。夾竹桃の茶を飲んだあとって、痙攣《けいれん》はすぐに始まるけど、毒が心臓に達するまでに何時間もかかるみたいなんだ。心臓の鼓動がほとんど止まりかけるくらい遅くなって、それからまた尋常じゃない勢いで速くなるんだって。ヨアンがニコラに話して、ニコラが僕に話してくれたんだけど、ヴィオラリベラの体はあんまり軽くて、楽々持ち上げることができたそうだ。ヨアンは彼女を腕に抱えたままマッセリアに駆け戻ると、ブランコに寝かせた。フロリアーナがまぶたを開いたら、完全に白目を剝いていたって。ベルンはそこにいて、その場面を見ていたのに、茫然《ぼうぜん》自失という感じだったらしい」

トンマーゾはナイトテーブルからシュティルナーの本を取ると、開いた。

「少し前に初めて読んだよ。恐ろしく退屈な本だ。退屈で、混乱している。もしかすると僕のほうが、理解するには頭が悪すぎるのかもしれない。なんにせよ、オリーブ畑でベルンが石を投げる直前に言った言葉を見つけたんだ」

そう言うと彼はページをめくりだし、やがて探していた箇所を見つけた。

「〝真実は死んだ。そんなものはただの文字であり、言葉であり、わたしが利用できる素材にすぎない〟ここまでがベルンの言った言葉だ。でもね、続きがこんな風だったんだよ。〝すべての真実は素材であり、うまい野草とまずい野草のようなものだ。それがうまいかまずいかは、わたしが決めることなのだ〟うまい野草とまずい野草だって。まるで予言みたいだろう？　本当、びっくりしたよ」

「そんなのたまたまでしょ」そうは答えたものの、わたしはやっとの思いで言葉を紡ぎ、口を動かしていた。

「そうだね。きっと君の言うとおりなんだろう」

トンマーゾはナイトテーブルに本を戻すと、またちょっとだけ目をやってからこう言った。

「僕たちは三人とも約束を守った。ヴィオラリベラのことは誰にも明かさなかったし、僕たちのあいだでも二度と口にしなかった。少なくとも今夜までは、ね」

第二部

砦《とりで》

3

おばあちゃんが死んだのはわたしが二十三の時だった。高校最後のあの夏休みのあと、彼女とは一度しか会っていなかった。喉か耳の検査でトリノに来て、ホテルに二泊した時のことだ。おばあちゃんはひと晩だけうちで夕食を食べ、母さんとひどく空疎でよそよそしい会話をした。その帰り際におばあちゃんから、父さんに託したあの本は気に入ったかと訊《き》かれた。わたしはほとんど忘れかけていたが、がっかりさせたくなくて、気に入ったと答えた。

「じゃあ、もっと送ってやろうかね」彼女はそう約束してくれた。でも、どうやらその約束は忘れてしまったらしかった。

おばあちゃんがいつから朝に海へ泳ぎにいくようになったのかは誰も知らなかった。父さんでさえ初耳だったらしい。

「二月だぞ！　二月に海水浴なんて！」父さんは怒りをぶちまけた。「二月の海がどれだけ冷たいかお前たちにわかるか？」

父さんが恐ろしいくらいにぶるぶる身を震わせている横で、母さんはその背広の袖を撫《な》でていた。

おばあちゃんの遺体は、ジネプリの入り江で磯辺《いそべ》に繰り返し打ちつけられているところを漁師に発見された。あの入り江はわたしもよく知っていたから、知らせのあった午後は、岩肌に荒々しく叩《たた》きつけられる彼女の体のイメージがずっとまぶたを離れなかった。引き上げられた時には何時間も水に浸かっていたせいで顔も指も肌がしわくちゃで、生前ひどく恥ずかしがっていたあの膝は、浅瀬によく群れている小魚につつき回されたあとだったそうだ。

父さんはその日のうちに出発することにした。車内では誰も口をきかなかったから、わたしは後部座席でうつらうつらしていた。スペツィアーレに着いたのは日の出のころで、野にはうっすらと霧がかかっていた。

わたしはぼんやりとおばあちゃんの家の庭を歩き回った。口のなかは嫌な味がしていた。プールに近づいてみると、水面を覆うカバーの中央に石灰分が固まってできた白い輪がきらめいていた。プールのまわりのクッションをひとつ踏んでみたら、水をぐっしょりと吸っていた。何を見ても、打ち捨てられたような気配が漂っていた。

弔問客の往来は夕食の時刻まで続いた。おばあちゃんの生徒も数人、見覚えのある顔がいた。みんなもう立派な青年になっていたが、例外なく母親につき添われていた。人々はおばあちゃんのことを〝先生《ラ・マエストラ》〟と呼んで懐かしがり、彼女のお気に入りだったソファーにかわるがわる座り、父さんに向かって小声でお悔やみを告げた。

窓はすべて開け放たれ、冷たい突風が部屋を何度も吹き抜けた。部屋の中央に蓋を開けて置いてあるお棺にわたしは近寄らなかった。上にほんのちょっと突き出た両足を見るだけでもう十分だった。ローザは弔問客に小さなグラスに入ったリキュールとアーモンド菓子をふるまい、コジモは両手を組み、打ちのめされた様子で壁に寄りかかっていた。彼のそばにはうちの母さんがいて、何やら話しかけていた。

その母さんが突然、コジモの元を離れ、まっすぐわたしのところに来ると、「来なさい」と言って、腕を引っ張った。

連れていかれた先はわたしの部屋だった。部屋の様子は最後にそこで夏を過ごした時から何ひとつ、本当に何ひとつ変わっていなかった。

「遺言状があるって、あなた知ってたの？」

「遺言状って？」

「テレーザ、ごまかさないで。ふざけたら許さないから。あなたがあのひととやけに仲がよかったとくらい、ママだって知ってるんだから」

「そんな、わたし、おばあちゃんには電話だって全然してなかったでしょ？」

「全部、あなたに遺したの。この家。家具も土地も全部。コジモとあの鼻持ちならない女が住んでる離れまで」

とっさには母さんが何を言っているのかわからなかった。遺言書、コジモ、家具？　わたしは寝具がきちんと用意されていた自分のベッドを見て、不意の大きな感動に包まれていたところだったのだ。

「よく聞いて、テレーザ。この家はすぐに売りましょうね。パパの言うことなんて構っちゃ駄目よ。あちこちにがたの来てるただのぼろ家だけど、コジモが買いたいって言ってるの。だからママに任せてちょうだい」

翌日、葬儀があった。スペツィアーレの教会は参列者全員を入れるには小さすぎて、多くの人々が戸口に押し寄せ、日差しを遮った。ミサが終わると教区司祭が、うちの家族が並んでいる長椅子に近づいてきて、わたしの手を握った。

「テレーザだね？　おばあさんがよく君の話をしていましたよ」

「本当に？」

「驚いたかい？」司祭は訊き返してにこりとし、わたしの頰《ほお》をそっと撫でた。

それからわたしたちは棺のあとについて墓地まで来た。壁龕《へきがん》式の墓地で、おじいちゃんの眠る壁龕の隣のそれが口を開いて待っていた。その周囲にはわたしにはなんの知識もない先祖たちの壁龕も並んでいた。いよいよ墓堀り人がこてを握り、棺がリフトで持ち上げられると、父さんがまたすすり泣きを始めた。それで目をそらしたら、彼の姿が見えた。

彼はひとり離れて、柱の陰に隠れていた。その服装はわたしたちがどんなに成長してしまったかを何よりもよく示している気がして衝撃的だった。あの彼が黒いコートを着て、その下にネクタイを締めていたのだ。ベルン。こちらと目があうと、ベルンは片手の人差し指で眉毛の上を撫でた。でもわたしには、それが気まずさゆえの仕草なのか、それとも自分にはもはや解読できない何か秘密の合図なのか、判別がつかなかった。それから彼は、どこかの一族の礼拝堂に早足で向かい、そのなかに消えた。おばあちゃんの棺に目を戻すと、壁にこすれ、きしみながら、壁龕のなかに押しこまれてゆくところだった。わたしはあまりに混乱し、ぼんやりしていたもので、おばあちゃんに最後のお別れを告げるのも忘れてしまった。

参列者が立ち去り始めると、わたしは母さんに、挨拶したいひとが少しいるから帰りは遅くなるとそっと告げ、墓地のまわりをできるだけゆっくりと歩いた。ふたたび入口に戻るともう誰もいなくなっていたので、またなかに入った。ひとり残った墓掘り人が、大理石の板で壁龕を封印しているところだった。先ほどの礼拝堂を覗《のぞ》いてみたけれどベルンの姿はなかった。わたしはひどく動揺してしまった。

駆けるようにして集落に戻った。そしておばあちゃんの家ではなく、マッセリアを目指した。入口の鉄棒のゲートは開いていた。そうして野道をあの家まで歩くのは、幼いころの思い出に全身で浸かるような体験だった。思い出は少しも損なわれることなく、そこでずっとわたしを待っていてくれたのだった。木々の一本一本、石ころの割れ目のひとつひとつにいたるまで、何もかもに見覚えがあった。

ベルンはパーゴラの下に座っていた。彼はひとりではなかった。わたしは近づくのをまたためらった。なぜなら今度も彼は、こちらの姿に気づいても、歓迎するそぶりを見せなかったからだ。でもほどなくして、わたしはみんなの前に立っていた。ベルン、トンマーゾ、コリン、ダンコ、ジュリアーナ——続く歳月をともに過ごすことになる仲間たちだ。あれは間違いなく、我が人生最良の日々だった。そのあとには最悪な日々が控えていたが、そんなことは知る由もなかった。

ベルンはわたしを淡々と紹介した。このひとは例の亡くなった先生の孫娘で、トリノに住んでいて、昔はバカンスでよくこっちに来ていたんだ、という具合に。それだけだった。彼とわたしがかつてどんなに親密な関係にあったかなどということは、ちらりともにおわせなかった。一応は立ち上がって、椅子を持ってきてくれはしたが。トンマーゾはわたしと目をあわさず、もごもごとお悔やみを言った。真っ白な髪の毛を毛糸の帽子で覆い、寒さで頬が真っ赤な彼が苛々と脚を揺らしている様子を眺めているうち、どうやらこのひとはわたしがここにいることを喜んでいないらしいという、昔と同じ予感がした。

やがてテーブルに瓶ビールが並び、ジュリアーナがビニール袋からどっとばらまいたピスタチオをめいめいひとつかみ取った。

「マッセリアが売りに出ていたのは知ってたけど」わたしはとりあえず口火を切った。「あなたたちが買ったとは知らなかったわ」

「買った？　そんな説明をしたのか、ベルン？」ダンコが訊いた。

「説明なんて何もしてないよ」

「テレーザ、がっかりさせたくはないんだが、俺たちはここを買ったわけじゃないんだ。買おうにもそんな金、誰もないだろうし」

「コリンならあるでしょ」ジュリアーナがダンコの言葉に異を唱えた。「パパに電話一本すればいいだけじゃない。違う、コリン？」

コリンはジュリアーナに向かって中指を立てた。

「じゃあ、借りてるってこと？」

今度はみんなが楽しげに笑った。でもトンマーゾだけは笑わなかった。

「私有財産について君はなかなか古典的な考え方をするようだね」ダンコが言った。

するとベルンがちらりとわたしを見た。彼はコートのポケットに両手を突っこんで、椅子に背をもたせかけ、じっとしていた。

「不法占拠、俺たちのしていることはそう定義することもできるんだろうな」ベルンは面倒臭そうに説明した。「ただし、チェーザレは俺たちがここにいるのを恐らく知ってるよ。でも、もうあのひとはこの家に興味ないんだよ。今はモノーポリに住んでるし」

「不法占拠なものだから、電気もないの」コリンが言った。「本当やんなっちゃう」

「発電機があるじゃないか」ダンコが言い返した。

「一日に一時間しか点けてくれないじゃない！」

「ソローは電気がなくても、凍った湖の横で暮らしていたぞ」ダンコが続けた。「ここなんて、気温が十度より低くなることが絶対にないじゃないか」

「ソローの頭がこんなケツまで届く長髪じゃなくって残念！」

コリンはそう言って立ち上がると、トンマーゾに近づいていった。すると彼は椅子ごと後ろに下がり、彼女を膝に乗せた。「わたし、今だって凄く寒いもん。ねえ、強くこすって暖めてよ」コリンは彼の胸で丸くなりながら言った。「強くこすれって言ったでしょ、小猫じゃないんだから！」

自分のセーターについた何かをむしり取りながら、ジュリアーナが言った。「なんにしても長い電線さえあれば、電力公社の鉄塔から引っ張ってこれるのにね」

「その案についてはもう話しあっただろう？」ダンコが反論した。「みんなで投票だってしたはずだ。電気を盗んでるのがばれたら、ここを追い出される。絶対にすぐばれるって」

コリンがダンコを冷たい目でにらみつけた。「殻《から》を地面に捨てるのやめてくれない？」

「殻は土に還るだろ？　セイブンカイセイってやつだ」ダンコは挑発的な笑みを浮かべると、ピスタチオの殻をまた後ろに放り投げた。

ずっとジュリアーナの視線を感じていたが、わたしは彼女のほうを見まいと頑張っていた。ビールの瓶をゆっくりと唇に運んで、気まずさをごまかそうとした。

「それで、トリノで何をしてるの？」ジュリアーナが尋ねてきた。

「大学に行ってるわ」

「専門は？」

「自然科学。海洋生物学者になりたいの」

するとダンコがくすくすと笑いだした。コリンがパーカーの袖に隠した手で彼の胸を叩いた。

「昔は水中に棲《す》んでいたテレーザが海洋生物学者か」トンマーゾがぼそりと言った。

それを聞いてコリンが天を見上げた。「また出た！　その前世はなんだったゲーム、いい加減やめてほしいんだけど」

「馬にも興味はあるかい？」ダンコが真面目な顔に戻って尋ねてきた。

「動物ならなんでも興味あるけど」

その答えに五人が視線を交わすのをわたしは目撃した。でも誰も何も言ってくれなかった。そしてダンコが「それは結構だ」と言った。わたしが何かのテストに合格したみたいな口ぶりだった。

それからしばらく、コリンがトンマーゾの耳の後ろをくすぐっていじめている横で、みんな黙ってビールを飲んでいた。そしてわたしが口を開いた。「ニコラはどうしてるの？」

ベルンが一気にビールを飲み干し、瓶をテーブルに叩きつけるようにして置いた。「あいつはバーリでよろしくやってるさ」

「大学はとっくに卒業したはずよね」

「大学はやめたんだ」ベルンはますます暗い声になった。「おまわりの仲間入りがしたくなったみたいだ。あいつの性格にあってたんだろうな。たぶんだけど」

「おまわり？」

「警察だよ」ジュリアーナが口を挟んだ。「トリノじゃおまわりのこと、なんて言うの？」

「もう二年になるな」トンマーゾが言った。

「いち、に！　いち、に！」ダンコが左右の腕をぎこちなく振りながらふざけた。「警棒をかかげろ！　野蛮人のように叩きまくれ！」

「警官は行進なんてしないでしょ」コリンがけちをつけた。

「でも警棒は絶対に持ってるさ」

ジュリアーナが煙草に火を点け、箱をテーブルの上に放った。

「また吸うのか？」ダンコが不満げに訊いた。

「今日はまだたったの二本だけど」

「なるほど。たった十年のプラスチックごみをまた一本ってわけだな」彼は嫌味を言った。

ジュリアーナは煙草を長々と吸いこんでから、濃い煙をわざと彼に向かって吐いた。ダンコは彼女の辛辣な視線を平然と受け止めた。

それから彼はわたしのほうを向いた。「一本の煙草が分解されるまでにかかる時間を知ってるかい？　およそ十年だ。問題はフィルターなんだ。ジュリアーナもそうだけど、いくら吸い殻をばらばらにして捨てたってまるで無意味なんだ」

わたしは彼女に一本くれないかと頼んだ。

「マッセリアの第一のルール」ジュリアーナは煙草の箱をテーブルの中央に向けて押し出しながら言

った。「ここでは何をするにも許可を求める必要がないの」

「今までの所有の概念を忘れることだね」ダンコがつけ加えた。

「そんなことがあなたにできれば、だけどね」と彼女が結んだ。

するとコリンが言った。「ねえ、お腹減っちゃった。言っておきますけど、またピスタチオでお昼を済ますのは嫌だからね。今日はあんたの番よ、ダンコ。さあ、早く用意して」

ところが彼らはわたしがいることなど忘れたかのように、自分たちだけでおしゃべりを始めた。わたしはベルンに顔を近づけて、家までつきあってくれないかと小声で頼んでみた。彼はちょっと考えてから、立ち上がった。ふたりが歩きだしても、誰も気にする様子はなかった。


こうしてわたしたちは十代のころに歩いたのと同じ野道をまた並んで歩いていた。冬の野畑は夏と違い、ずっと憂鬱で、わたしにはなじみがなかった。八月ならば埃《ほこり》っぽくて赤い大地が、背の高い、つやつやした草で覆われていた。ベルンが黙っているので、わたしは言った。「似あってるじゃないの、その服」

「ダンコのだよ。でも、ちょっと大きいんだ。ほらね？」

そう言って彼はコートの袖を裏返してみせた。短く見せるために内側に折り返し、安全ピンで留めてあった。わたしは微笑んだ。

「どうしてお葬式のあと待っててくれなかったの？」

「あまり姿を見られたくなかったんだ」

「誰に？」

　でも彼は答えてくれず、相変わらず地面から目を離さなかった。

「ずいぶんいっぱいひとが来たよね」わたしは言った。「びっくりしちゃった。だっておばあちゃんはいつもひとりでいたから」

「心の広いひとだったな」

「あなたに何がわかるの？」

　ベルンはコートの襟をいったん上げ、また下げた。そのコートを着ているだけでずいぶんとエネルギーを消耗するようだった。

「しばらく勉強を手伝ってもらったから」

「うちのおばあちゃんに？」

　目はやはり野道に向けたまま、彼はうなずいた。

「どういうこと？」

「高校四年の編入試験を受けたかったんだ。結局あきらめちゃったけど」

　ベルンは歩みを速めた。そしてため息をつくと、こう続けた。「勉強を教えてもらうかわりに、こっちはコジモの農作業を手伝った」

「でもどこで寝起きしてたの？」

「ここだよ」

「ここ？」

　めまいがした。でも彼には気づかれずに済んだ。

「チェーザレとフロリアーナが出ていったと聞いて、戻ろうと決めたんだ。それまではスカーロにしばらく住んでた。あの塔だ。一度、連れていったことがあったよね」

彼はここに住んでいた。わたしがずっと想像していたとおり、マッセリアに。ヴィオラリベラと子どもと一緒に……。およそそんなことを思った覚えがある。『どうもベルンが面倒を起こしたらしいんだよ……』彼女と子どもは今どこにいるのかという疑念は間違いなく抱いた。でも言葉にはできなかった。

「知らなかったわ」気づけば、わたしはそう小声で答えていた。「おばあちゃんも教えてくれなかったし」

ベルンが一瞬、こちらを見つめた。「本当？」

わたしはうなずいた。すっかり気が沈んでいた。

「変だな。絶対にテレーザは知ってると思ってたよ。ただ、もうこっちには来る気がないんだろうってね」

少し間を置いてから彼はこう続けた。「かえってそれでよかったのかもしれない。君のためには」

「あのひと、なんで教えてくれなかったの！」

「落ちつけよ」

でも、とても落ちつけなかった。ヒステリーの発作が出て、なんで、なんで、とそればかり繰り返していたら、ベルンに肩をぐっと押さえられた。

「テレーザ、落ちつくんだ。ちょっとここに座って」

わたしは石垣にもたれ、あえいだ。彼は隣で我慢強く待っていたが、そのうち身をかがめて、雑草の葉を一枚むしると、両手で揉《も》んで団子にして、わたしの鼻に近づけた。「においを嗅いでみて」

鼻から強く息を吸ってみたけれど、わたしが感じたのは草のにおいではなく、彼の肌のそれだった。「銭葵《ぜにあおい》だよ」自分でもにおいを嗅ぎながら、ベルンは言った。「神経の緊張を解いてくれるんだ」

石垣に並んで座り、わたしたちはしばらく静かな緑の野畑を眺めていた。気分はだいぶ落ちついたが、同時にひどい疲れも覚え、哀惜の念らしきものまで湧いてきた。

「おばあちゃん、もう泳ぎにいってたんだって？」わたしは訊いた。

「時々、俺も海までつきあったよ。こっちは砂浜に座ってたけどね。あのひとはいつも背泳ぎで、沖まで泳いでいった。ついにはスイミングキャップがピンク色の点にしか見えなくなるほど遠くまで。岸に戻ってくるのを見計らってバスタオルを開いて待っていると、あのひとは言うんだ、『あなたも来ればいいのに』って。毎回、言ってたな」

急に、もっと彼を見つめ、その体に触れたくてたまらなくなった。恐ろしいほどの欲望が胸に渦巻いていた。わたしは腕をからめ、しなだれかかった。

「痛いよ」彼は言った。

わたしはあわてて両手を上着のポケットにしまった。なんの権利があって抱きついたりしたのだろう？

「いや、やめてくれってことじゃなくて、手を緩めてほしかっただけなんだ」

でもわたしはポケットの手を出さなかった。そして立ち上がり、前より早足で歩きだした。つい見せてしまった自分の弱さから逃れるように。やがて目の前の風景がぱっと変わった。ふたりが立っているのは、オリーブよりも背が低い、丸裸の木々が並ぶ畑の前だった。木々の枝先では白い花が咲いていた。

「着いたぞ」ベルンは言った。元々そこに連れてくるつもりだったらしい。

「なんの花なの？」

「アーモンドだ。花が咲いているのは見たことがないだろうと思って。今年は開花が早かったんだ。この寒さで全部いっぺんに駄目にならないといいのだけど」

わたしたちは果樹園に足を踏み入れた。靴のかかとがやわらかな土にめりこんだ。

「よかったら枝を一本折ってやろうか？」

「ううん、こうして見ていたほうがきれいだし」

「アーモンドの殻の山に紛れてウォークマンを置いていってくれた時のこと、覚えてる？　スカーロの塔で時々寂しくなると、よく君のカセットを聞いたよ。いつも最初から最後までね。ついには擦り切れちゃったけど」

「ひどい音楽だったよね」

ベルンは何を言うんだという顔でこちらを見た。「素晴らしい音楽だったよ」

そこから何分か歩くと、いきなりおばあちゃんの家の門の前に出た。わたしは方向感覚を失っていたらしい。ヒステリーを起こしたせいか、今さらわかった真相の数々があまりにショックだったためか、あるいは単にあの土地に心をかき乱されただけなのか。

「向こうにはいつ戻るの？」

「今日よ。もう少ししたら」

ベルンはうなずいた。高速道路で千キロも遠ざかれば十分だろうとわたしは思った。トリノでは山ほどの用事が待っているのだ。大学の授業も試験もたくさんあるし、新しい授業も始まる。卒論のテーマだって選ばないといけない。だから大丈夫、きっといつもの生活が戻ってくる……。ところがよりによってそこでベルンが顔を上げ、あの軽い寄り目がわたしに少女時代と同じ効果をもたらした。玄関の外と内に立っていたふたりの視線が初めて重なったあの時と同じだった。わたしは自ら身を乗り出して、彼の唇にキスをした。この記憶はまず確かだと思う。

「どうして？」こちらのキスを受け入れてから、彼は無邪気に尋ねてきた。その顔に浮かぶ物憂げな笑みに、わたしは余計に混乱した。どうして？　どうしてって、わたしはこれだけを望んで生きてきたから。マッセリアにあなたを探しにいったのに見つからなかったあの日からずっと。あれ以来、何もかもが中断されてしまったみたいだった。そんな望みをいつかわたしは忘れてしまったけれど、その気持ちはまだここにあって、生きていて、どこも損なわれていないから……。

でもわたしは本音を打ち明けるかわりに、こう尋ねていた。

「子どもがいるって、本当？」

彼はさっと小さくあとずさりすると、一瞬だけ目をそらした。

「いや、子どもなんていないよ」

「でも彼女はどうしたの？」

わたしはあの娘の名前を口にできなかった。

「彼女なんていないさ、テレーザ」

わたしはベルンの言葉を信じた。全身の線維の一本一本が信じたがっていた。それを最後にわたしたちはその話題には二度と触れなかった。

「どこに行ってたのよ？」家に戻ると、母さんに叱られた。「パパがすぐに出発したいんですって。かわいそうに、まるで眠れなかったみたい。わたしが運転しなきゃいけないんだろうな。ローザがパニーノを作ってくれたから、車で食べましょう」

客間の物がいくつか見当たらなかった。並んでいたはずの銀の写真立てもなければ、二頭の象が鼻で支えていた置き時計もない。玄関の手前に口の開いたバッグがあって、なかで真鍮《しんちゅう》がきらりと光るのを見た。母さんがわたしの視線に気づいた。

「あなたも、持っていきたいものがないか見てきなさい」

部屋でわたしは持ってきた数着の服をトローリーバッグにしまった。窓から庭を見下ろすと、両親がコジモとローザと一緒にいて、車のドアがもう開いていた。父さんはこちらに向かって目を上げたが、わたしには気づかなかったようだった。少し息苦しくなり、ベッドの上、もう蓋を閉じたトローリーバッグの隣に座って、少しじっとしていた。その数分間で、わたしは決めた。まともな理由なんてなかったが、とにかく決めた。階段を下りる時、なんだか体がふわふわして、足が段をまともに踏まず、そっと触れるだけみたいな感じがした。

「荷物はどうしたの？」母さんに訊かれた。

「上よ」

「どうして持ってこないの？　ぐずぐずしないで！」

「わたし、ここに残る」

父さんがさっと振り向いたが、口を開いたのはまたしても母さんだった。「馬鹿なこと言ってないで、急ぎなさい！」

「残るわ。二泊くらいしようかな。ローザとコジモだって、別に迷惑じゃないでしょ？」

管理人夫婦はうなずいたが、ちょっと信じられないという顔をしていた。

「でも、残って何するつもり？　暖房だってコジモがもう止めちゃったのに」母さんは許してくれなかった。

「彼に会ったんだね」その時、父さんが言った。

その声に苛立ちの色はなく、あるのはひどい疲れだけだった。おばあちゃんが亡くなったとわかってから、ずっと寝ていないのだから無理もなかった。

「彼って誰よ？」母さんに追及された。「テレーザ、いい加減にしないと本気で怒るわよ」

しかしわたしは彼女の言葉なんてまるで聞いていなかった。母さんはこの土地のことを何も知らない。だからわかりっこないし、いつまでも理解できないだろう。でも、父さんは違う。父さんはわかってくれる。なぜならわたしたちはどちらも同じようにスペッィアーレに取り憑《つ》かれているからだ。

「会ったのか？」

わたしは父さんの目をまともに見られなかった。

「車に乗りなさい、テレーザ」

「二泊だけよ。トリノには電車で帰るから」

「今、みんなで一緒に帰るの！」

コジモとローザはわたしたち三人の様子をうかがっていた。片手でドアにもたれる父さんは、まぶたの色が紫がかっていた。

「知ってたのね」わたしはささやくように言った。

すると父さんはこちらを向き、一瞬だけ、目をかっと開いた。

「彼がここにいるって知ってたのに、教えてくれなかったのね」

「俺は何も知らなかった」言い返したその声にはしかし、若干の揺らぎがあった。

「ひどいわ」

「マヴィ、もう行こう」父さんが母さんに言った。

「この子を置いてくつもり？　気は確かなの？」

「いいから乗れよ」

父さんはローザとコジモのふたりとそそくさと握手を交わし、いくつか念を押してから、運転席に座った。

「家で待ってるからな。長くても二日だぞ」

エンジンをかけてから、父さんは考え直したような顔をした。シートの上で身をよじり、ズボンのポケットから財布を出すと、何枚か紙幣を抜き、数えもせずに渡してくれた。

そしてすぐにふたりは出発した。わたしは管理人夫婦と庭に残され、野の静けさに包まれていた。

明日まで待ったほうがいい、すぐに戻っちゃいけない、さもないと彼のために出発を先延ばしにしたと思われてしまう……。そうは思ったが、おばあちゃんの家には時間をつぶせるものもなく、気が急くばかりだったので、二時間もするとわたしはまたマッセリアに戻った。

すると、みんな外にいて、傘を逆さにしてアルミで覆ったような、奇妙な物体を囲んでいた。

「せめて彼女にはこれがなんだか当ててほしいもんだね」ダンコは言った。彼はわたしが戻ってきたことに少しも驚いていなかった。

「パラボラアンテナ？」

「ほらね！」コリンが叫んだ。「絶対わからないって！」

「もう一度、挑戦してみようか。頑張れ」ダンコに励まされた。

「巨大なフライパン？」

ジュリアーナが、馬鹿じゃない？　という仕草をした。

「惜しい」とトンマーゾ。

コリンが苛々して「いいから教えてあげなよ！」と言った。

「テレーザ、これは進歩の成果なんだ。先端技術と環境保護の意識の融合だよ。パラボラ型の集光装置なんだ。この真ん中に卵を落とせば、太陽の光だけで調理ができるという道具だ。夏ならば、だけどね」

「二月で残念ねぇ」コリンが茶々を入れ、わたしがたいして感激した様子もないのをいいことに、彼をさらにつついた。「ほらね？　くだらないって思われてるよ」そして次はわたしに向かってこう言った。「ダンコね、共同資金を使ってこんなもの買ったの。それも、わたしたちになんの相談もなしに」

「くだらないなんて思ってないわ」わたしは力なく否定した。

「まだ返品できるんじゃないかな」トンマーゾが提案した。

「妙な真似したら許さないぞ」ダンコが脅した。

ベルンはじっとわたしを見つめていた。でも、どこか朝とは違っていて、何かを不意に思い出したとでも言いたげなまなざしだった。

「じゃあ、帰るのはやめたんだね」彼はそっと言った。

やがてダンコが仕事に戻る時間だと告げ、それぞれ持ち場に帰れという風にみんなに向かって腕を大きく振った。

「フード・フォレストの作業を手伝ってくれる？」ベルンにそう訊かれて、わたしはなんの話だかわからぬまま承諾した。

「ここ、夾竹桃《きょうちくとう》の垣根がなかったっけ？」家を離れつつ、わたしは彼に尋ねた。

「一昨年の夏にわざと枯らしたんだ」彼は答えた。「あんまり水を食うものだから。チェーザレはこの手の問題に関しては驚くほど軽薄だった。とにかく殺生さえ避ければ、救われると思ってたんだから」

「救われるって、何から？」

ベルンは冷淡な一瞥《いちべつ》をこちらに投げた。「深刻な水不足なんだ。この一帯の掘り抜き井戸が全部いっぺんに水を汲《く》み上げたらどうなるか知ってる？」もちろんわたしは知らなかった。「帯水層の水が空っぽになってそこを海水が満たすんだ。このままだとここは砂漠になってしまう。だから今なすべきは環境の再生なんだ」彼は〝再生〟という言葉を強調するようにゆっくりと発音した。

電気がなければ、井戸水を汲み上げるポンプもどうせ使えないじゃないかと思った。おばあちゃんの家も停電のたび、蛇口の水が出なくなったからだ。どうしているのかと訊いたら、ベルンはこちらを振り返って、後ろ歩きを始めた。

「大地から水を盗めないとなったら、どこからもらう？」彼はわたしに問いかけ、空を指差した。

「雨水だけでなんとかしてるってこと？」

彼はうなずいた。

「でも飲む分は？　雨水ってばい菌でいっぱいじゃないの？」

「麻布で濾過《ろか》してるんだ。よかったら、あとで見せてあげるよ」

おしゃべりをしているうちに、桑の木のところまで来ていた。完全に葉が落ちていて、わたしの見慣れた姿とはだいぶ違っていた。桑の木の周辺にはさまざまな植物が一見、めちゃくちゃに生えていた。色々な若木に雑草、アーティチョーク、かぼちゃ、カリフラワーなんかだ。

「手で直接にやったほうがよさそうだ」ベルンが地面に腰をかがめながら言った。「こういうのを全部、どかさないといけないんだ」

彼は腐ってどろどろになった落ち葉をつかむと、自分の背後に移動させた。「とりあえずここに山積みにしよう。あとで手押し車を持ってくるから」

「どうしてこんな風になっちゃったの？」わたしは尋ね、少々抵抗を覚えつつも彼の横にひざまずいた。ジーンズはそれ一本しかなかったので汚したくなかったのだ。

「こんな風って？」

「畑よ。めちゃくちゃじゃない？」

「めちゃくちゃなもんか。これで完璧なんだ。このフード・フォレストはダンコが何カ月もかけて設計したんだよ」

「つまり、木も草も全部わざとこんな風に植えたってこと？」

「話している時も、葉っぱをどかす手は止めちゃ駄目だ」こちらの手を見ながら彼が言い、ひとつ深く息を吸ってからこう続けた。「桑の木は夏に木陰を確保してくれる。俺たちも、枝ができるだけ外に広がるように樹形を整えた。まわりの若木はみんな果樹で、下草は、窒素を固定してくれるマメ科の植物なんだ」

「まるで専門家みたい」

ベルンは肩をすくめた。「全部、ダンコのおかげさ」

落ち葉の下の地面はほんのりと温かかった。ジーンズの膝が汚れてしまったので、思いきってもっと楽な姿勢を取ったのだ。わたしは落ち葉を腕いっぱいにかき集め、どんどん後ろの山に投げていった。

「俺たち、ほとんど自給自足なんだ」ベルンは言った。「それにもうすぐ収穫の一部を売ることだってできるようになる。今見れば何もない畑だと思うだろうけど、夏の生産量は潤沢だよ」

「潤沢ね」わたしは小声で繰り返した。

「そう、潤沢だ。何か変？」

「別に。ちょっと忘れてただけ」

「何を？」

「あなたの独特な言葉遣いよ」

彼はうなずいたが、何を言われているのかよくわかっていない風だった。

「でもどうして今、この落ち葉を取り除かなきゃいけないの？」わたしはそう訊きながら、なぜだかおかしくてたまらなかった。

「根囲い《マルチング》は春が来る前にどけたほうがいいんだ。気温が地表に届くようにね」

「ダンコがそう言ってたんだ」

「ダンコがそう言ったのね」

わたしは皮肉のつもりだったが、彼は大真面目に答えた。「そう、ダンコが言ってたんだ」

それから三十分ばかりは無言のうちに過ぎた。ベルンはどうやら少年時代と同じで、これまで会えずにいた歳月、こちらが何をしていたか尋ねるつもりはないらしかった。彼から――その桑の木からも――あまりに遠くで起きたことは、まるで存在しないか、どうでもいいことに決まってるとでもいうかのように。わたしはそれで構わなかった。彼のそばにいられる、ふたり並んで畑の葉っぱをかき集め、じっとりと湿ったその空気を一緒に吸える。それだけでよかった。

わたしはマッセリアに夕暮れまでいて、もうすぐ帰ろう、今度こそ帰ろうと思いながら、夕食の時間まで居残った。出てきたのはコリンが作った卵とズッキーニのオーブン料理で、まるで塩気がなかったが、みんなはおいしそうに食べているので黙っていた。食べ終えてもまだお腹が減っていた。でもほかに何も出てこなかったので、パンをいつまでもつまんでいた。何口食べたかジュリアーナに監視されているような気がした。

夕食の終了と同時に、一日一度しかない電気の時間も終わった。わたしたちは暖炉の前に移動した。暖炉の火のほかは、蠟燭《ろうそく》の明かりしかなくて、半分床で溶けてしまっているものも幾本かあった。どれだけみんなでくっつきあっても、毛布で肩を覆っても、寒かった。それでもわたしは本気で家に帰りたいとは思わなかった。ベルンと残り四人にさよならを言い、みんなの瞳に映っている炎とお別れをする気にはなれなかった。

八時ごろ、ダンコが毛布を払いのけ、行動の時間だと言った。すると、みんなも立ち上がった。しばしひとりだけ座っている格好となったわたしを見下ろし、ダンコは尋ねた。「君も来るかい？」どこへ？　と訊き返す間もなく、ジュリアーナが、ジープにわたしを乗せる余裕はないと反対した。でも彼は無視して、こう続けた。

「テレーザ、君は絶妙なタイミングでここに来たんだよ。今は特別週間でね。今夜は行動が予定されているんだ」

「行動ってどんな行動？」

「車で説明しよう。上下とも黒い服に着替えてくれ」

ほんの少し前までぼんやりとして、今にも眠ってしまいそうだった五人が、今では野性的なエネルギーを漲《みなぎ》らせていた。

「黒なんてお葬式で着てた喪服しか持ってないし」わたしはますますわけがわからなくなって、答えた。「おばあちゃんの家よ」

「喪服を着てこられちゃかなわないね！」ジュリアーナが文句を言った。「テレーザ、あなたはここに残ったほうがいいよ。悪いこと言わないからさ」

そう言ってわたしの頰を撫でた彼女をダンコがぴしゃりと黙らせた。「いい加減にしろ、ジュリ。話しあって決めたことだろう？」

コリンがわたしの腕をつかんで言った。「おいで。服なら、上のたんすにいくらでもあるから」

女三人で二階に上がった。コリンは雑巾のように丸まった服の山を漁り始め、ジュリアーナは服を脱ぎだした。

「誰の服なの？」わたしは尋ねた。

「わたしたちのよ。つまり、みんなのものってこと。ここは女物の部屋なの」

「服はいつも、こんな風にごちゃ混ぜにしておくの？」

ジュリアーナが皮肉っぽい笑い声を上げた。「そうよ、ごちゃ混ぜにしておくの。でも心配いらないわ、ちゃんと洗ってあるから」

そのあいだにコリンが黒のレギンスを山から引っ張り出し、「これ、試してみて」と投げつけてきた。彼女はさらに自分が着ているのとよく似たパーカーを掘り出して、「あとこれも」とよこした。

コリンはセーターを脱ぐわたしから一瞬も目を離さなかった。

「こりゃ見事なおっぱいだね。ジュリ、あんたの胸もせめてこの子の四分の一もあれば、男に間違えられないで済むんだけどね」

レギンスは似あわないのだ、という文句は言わずにおいた。肌にぴったりした服は体形的に不向きだと母さんにずっと言われていたのだ。こんなものを着て出かけたら、きっと風邪を引くと思ったが、それも黙っておいた。

「鏡はもういいでしょ？　ファッションショーに出るんじゃないんだからさ」ジュリアーナにけちをつけられた。

ジープの後部座席にわたしたちは四人ですし詰めになった。女三人とトンマーゾだ。彼は、自動車専用道路の路肩の向こうに広がる暗い農地をひたすら見つめていた。

「目的地はどこなの？」わたしは尋ねた。

「フォッジャだ」ダンコが答えてくれた。

「えっ、三時間以上かかるじゃない？」

「だいたいね」彼は動じなかった。「少し眠っておいたほうがいいよ」

でも眠りたくなかった。わたしはしつこく質問を続け、ついにダンコも折れて、みんなが〝行動〟と呼ぶものの中身を説明してくれた。彼が小声で話すので、こちらは意識を懸命に集中させなくてはならなかった。なんでもサン・セヴェーロに食用馬の厩舎《きゅうしゃ》があり、馬たちがヨーロッパ中から何千キロという道のりを、水も食事も与えられずにそこまで運ばれてくるのだという。しかも処理方法がまた恐ろしいらしい。

「首に拳銃で一発撃ってから、ばらすんだ。即死できそうで結構じゃないか、なんて思うかもしれないけれど、自分の番を待っている馬がみんなそれを見ているんだよ。馬たちは当然、動揺する。すると連中、馬を棍棒《こんぼう》で殴って、おとなしくさせるんだ。テレーザ、俺たちが向かっているのは、そんな場所なんだ」

「そこに着いたら、わたしたち何をするの？」

するとダンコはバックミラー越しにわたしに笑いかけた。「馬を放してやるに決まってるだろう？」

目的地に着いたのは深夜だった。カーステレオの単調なジャズを聞いていても緊張で眠くならなかった。五人についてきて本当によかったのかどうか、前ほど自信がなくなっていた。

ジープを木立のなかに隠すと、わたしたちは畑に沿って歩きだした。月明かりが若干あったおかげで、つまずかずに済む程度には足元も見えた。

「気づかれたらどうするの？」わたしはベルンにそっと尋ねた。

「気づかれたことなんて一度もないよ」

「でも万が一ってこともあるでしょ？」

「大丈夫だって」

目当ての厩舎が遠くに見えてきた。前が広場になっていて照明に照らされていた。

「あのなかだ」ダンコが指を差した。

不意にベルンがわたしのうなじに手を置き、「震えてるね」と言った。

門の南京錠は簡単に破れた。わたしたちは塀の内側に沿ってそろそろと侵入した。湿った夜気がレギンスの薄い生地越しに伝わってきた。一瞬、疑問を抱いた。トリノでわたしを知っている人間が今、この姿を見たらどう思うだろう？　何やってるんだろう、わたし……。でもそんな躊躇《ちゅうちょ》から突如として熱狂的な喜びがほとばしった。

わたしとジュリアーナは経営者の家を見張るように命じられた。どの窓も真っ暗だった。

「ベルンと前はつきあってたって本当？」ふたりきりになったとたん、彼女に訊かれた。

「うん」と、わたしは認めたが、実際どうだったのか自分でもよくわからなくなっていた。

「でも、どのくらい会ってなかったの？」

「かなりになるわ」

背後でボルトカッターを握る三人が苦闘しているのがわかった。厩舎の南京錠が正門のものより頑丈らしく、悪態をついている。

「そっちはダンコとつきあっているの？」

するとジュリアーナはとぼけた顔で答えた。「時々ね」

そこで、今までとは違う、かちっという乾いた音がして、コンクリートの上にチェーンが落ちる音が続いた。とっさにわたしたちが振り向くのと、扉が開き、アラームが鳴り響くのは同時だった。家の明かりがすぐにひとつ、ふたつ、三つと点いた。ベルンたちの姿はもうなかった。

「ぐずぐずしてないで！」ジュリアーナが鋭く叫び、わたしの腕を引いた。

気づけば薄暗い厩舎のなかにいた。ダンコとベルンとトンマーゾとコリンは馬房の入口をひとつずつ開き、馬に向かって逃げろと怒鳴ったり、脇を叩いてけしかけたりしていた。はっと我に返り、わたしも同じようにしたが、馬は一頭も逃げだそうとせず、アラームの音に苛立って、その場で足踏みするばかりだった。

「来るよ！」コリンが大声を上げた。

そこでトンマーゾが何かをした。〝ボルトカッターで馬をちくりとつついたんだ〟あとで彼はそう教えてくれた。アドレナリンの放出で興奮し、誰の話の途中だろうがお構いなしにしゃべりまくるわたしたちを乗せ、高速道路をめちゃくちゃに走る車のなかで。

つつかれた馬が厩舎の外に向かって駆けだすと、大混乱となった。ほかの馬も互いにぶつかりながら、あとに続こうとしたのだ。わたしはつぶされないように、そこにあった柱に張りついた。やがてベルンが隣に現れた。激しく揺れるたてがみと脚の波のどこをどうくぐり抜けて来てくれたのかは謎だ。

わたしたちは最後の数頭に続いて厩舎を飛び出した。前の広場には、駆けつけた男たちの姿があったが、馬を止めたものか、侵入者を止めたものか迷っていたので、その隙にこちらは逃げおおせた。わたしたちは畑を走った。ダンコが先頭で、コリンが続き、みんな無事だった。

銃声が何度か聞こえた。馬は余計に興奮したが、ぐるぐるとその場を回るだけだった。塀の外まで追い立てる時間がなかったため、大半の馬は厩舎の前を離れず、こちらの意図を理解して塀の外まで逃げたのはほんの数頭だった。

男たちはわたしたちを追うのをあきらめた。ひとりが正門を閉じようとし、別のひとりが逃げた馬を追って走るのが見えた。わたしたちは何秒かだけ、その自由のショーを楽しんだ。

「やってやったぞ、ざまあ見ろ!」トンマーゾが甲高い声を上げた。そんな彼を見るのは初めてだった。

帰路、興奮もいくらか冷めたころ、幾人かは目を閉じ、隣に座る者の肩に汗まみれの頭をがっくりと倒した。わたしの頭はベルンの肩にもたれていた。彼はそのまま、こちらの目を覚ますまいとして、ぴくりとも動かずにいてくれた。

わたしは自由になった馬たちの夢を見た。一頭残らず解放された馬の群れが何もない荒野を駆け抜ける夢だ。馬たちの立てるもうもうとした砂埃はあまりに濃くて、空中で波打っていた。馬はみんな黒駒で、わたしは単にその走る姿を見ていたのでもなければ、そのうちの一頭でもなくて、それ以上の存在だった。わたしは群れ全体だった。

翌朝は、頬を優しく撫でる手で目が覚めた。あたりには昨夜の興奮の名残がなんとなくまだ漂っていた。みんなで台所でワインを飲んでからの記憶はかなりあいまいで、まずトンマーゾとコリンが出ていき、次にダンコとジュリアーナが出ていった気がしたが、逆だったかもしれない。とにかくベルンとわたしはふたりきりになり、無我夢中で階段を上り、彼の部屋に駆けこんで、冷えきった彼のベッドに飛びこんだようだ。

一方、それから起きたことははっきりと覚えていた。彼がわたしにしたことも、わたしが彼にしたことも、どんなに熱く抱きしめられたかも、彼の興奮の激しさにこちらは痛いばかりだったことも、そしてふたたび求められた時、今度の彼がどんなに穏やかで、几帳面《きちょうめん》と言ってもいいくらいだったことも。わたしたちはあの葦原《あしはら》でしていた秘密の仕草をそれぞれ繰り返し、ふたりの肉体にまつわる息を呑むような記憶を甦《よみがえ》らせたのだった。

そして今、彼はわたしの額の髪を整えようとしていた。ともに過ごしたあの最後の夏の髪形を再現するみたいに、真ん中で分けてくれた。

「みんなはもう下にいるよ」ベルンは言った。

こちらは眠気のあまり、まともに口もきけなかった。それに、恐らく彼も感じているであろう口のなかの異様な味が気まずかった。

「今、何時?」

「七時だ。ここじゃ、ちょっとでも明るくなるともう起きだすからね」彼はわたしの前髪をヘアピンで耳の後ろに留めると、ようやくうまくいったという風に微笑んだ。「行水用の水は冷たいんだ。悪いね。よかったら少し鍋で沸かしてもいいよ」

わたしは彼をしげしげと見つめた。あんまり近くて胸が苦しかった。

「わたし、トリノに帰らなきゃ」

するとベルンは毛布から脱け出し、裸のまま、こちらには背を向けて窓の前に立った。相変わらず不安になるくらい痩せていた。

「そういうことなら、さっさと支度《したく》しろよ」

「風邪引くわ。毛布を被って」

「気晴らしはお気に召したかい？」

床に投げ出された服をつかんで脇の下に抱えると、彼は部屋を出ていった。

数分後、彼の声がジュリアーナのそれと交互に聞こえてきた。わたしは手探りでナイトテーブルの上の携帯電話を探した。前日の午後にバッテリーを節約するために電源を切ったままだったのだ。電波は弱かったが、画面を通知でいっぱいにするには十分だった。メッセージは十通以上、すべて父さんからだった。最初の数通は単に居場所を尋ねるだけの文面だったのが、だんだん心配そうになり、ついには激怒していた。最後の一通ではたったひと言、親不孝者め、とあった。

わたしはすっかり動転して返信メッセージを打った。〝ごめんなさい　電池が切れてたの　明日までこっちにいる　明後日には絶対帰るから〟送信が終わってすぐ、携帯は電源がオフになってしまった。

みんなはまたしても、まるでわたしがもうそこに住んでいるみたいに、ごく当たり前に迎えてくれた。暖炉が点いているのに、昨夜よりも寒かった。コリンがコーヒーの入ったカップを渡してくれた。見れば、フロリアーナがセットで揃《そろ》えていたカップだった。

「おお、ついにテレーザが来たぞ。彼女なら俺たちの審判役を務めてくれるかもしれない」ダンコが言った。

「どうかな」トンマーゾがさも忌ま忌ましげに疑念を呈した。

「トンミのやつ、今日の月齢がまだ満月に向かって大きくなる途中だから、チコリアの種を蒔《ま》くにはふさわしくないとか言うんだ。俺は、月の満ち欠けが農作物の生育に影響を及ぼすなんて説には科学的根拠がまったくないと説明してみたんだけどね」

「何千年も前から農民は月が欠けていく時期を待って、チコリアの種を蒔いているんだ」トンマーゾが口を挟んだ。「何千年も前からだよ？　それなのに、自分のほうが物知りだというのかい？」

「ほらな！　思ってたとおりだ！　どうせそのうち出てくるだろうなと思ってたんだ。やっぱり、また伝統だろ？」ダンコはひどく興奮して立ち上がった。「伝統の名のもとに、このあたりじゃほんの何十年か前まで、呪いを祓《はら》うとか言って、オリーブ油を頭からかけてたんだぜ？　伝統の名のもとに、人類は殺しあいばかり続けてきたじゃないか」

ダンコはトンマーゾとこちらを交互に眺めた。

「愉快そうだね？　嬉《うれ》しいよ」彼はわたしに言った。「俺だってできれば笑いたいさ。もう十回以上、こんなやりとりをしているんじゃなければね」

「別に〝風習〟と呼んだっていいよ、そっちのほうが好みなら」トンマーゾがやり返した。

「よく聞け。まず第一に、お前が引きあいに出す善良なる農民のみなさんのうち、この俺みたいに物理学の学位を持つ者はゼロだ」

「あんた、卒業してないじゃない！」コリンが嘴《くちばし》を突っこんだ。

「足りないのは卒論だけだよ」

「卒論だけ足りないってやつ、わたし山ほど知ってるんだけど」

「第二に」ダンコが声を張り上げた。「俺はまだ、お前がちょっとでもまともな科学的根拠を述べるのを待っているんだが？　でも幸いなことに、こうしてテレーザが来てくれた。そうだね？　もしかしたら彼女ならば月について、俺が習い損ねた何かを自然科学から学んだ、ということもあるかもしれない」

わたしは肩をすくめた。真剣な回答を求められているとは思わなかったのだ。その議論はあくまでゲームにすぎず、ふたりはわたしを参加させたがっている、それだけの話かと思っていた。わたしは顎《あご》をコーヒーの湯気にさらした。

「どうなんだい？」ダンコに答えを催促された。

トンマーゾはこちらをじっと見つめ、何かを思い出そうとするような顔をしていた。

「確か、月の光は太陽光よりも地面を貫通する力が強くって、それが種の発芽を助けるって話があったような。でも、ちょっと自信ないわ」

「ほら見ろ！」トンマーゾが勢いよく立ち上がり、敵に人差し指を突きつけた。

ダンコは痙攣《けいれん》にでも襲われたみたいに椅子の上で身をよじった。

「地面を貫通する力が強い、だって？　なんだよ、その貫通する力って？　ここは魔法使いの巣窟なのか？　この調子じゃ、そのうちみんなで雨乞いのダンスまでする羽目になるな。テレーザ、俺は君が来るのを楽しみにしていたんだ。やっと味方ができるぞってね。なのに君まで月齢の力を擁護するとはね。貫通する力ときたもんだ！」

「彼女、そういう力に興味津々みたいだしね」ジュリアーナが茶々を入れると、場が急に静まり返った。

わたしは恥ずかしくて死にそうで、ベルンはもちろん、誰の顔も見られなかった。やがてジュリアーナが言った。「何よ、冗談も言っちゃいけないわけ？」

朝食のあと、わたしとベルンはビニールハウスでトンマーゾを手伝ってチコリアの種を蒔いた。彼らのやり方は奇妙で、効果があるとは思えなかった。粘土を指でこねて団子にし、それを並んだ鉢の上からでたらめに落としていくのだ。

「これは風の働きを真似ているんだ」ベルンが大真面目に説明してくれた。もう怒ってはいないようだったが、悲しげだった。

最後にトンマーゾがズボンを両手ではたいてから言った。「これで芽なんか出るもんか。次は君たちも僕の言うとおりにするさ」


彼は間違っていた。チコリアは無事に育ち、フード・フォレストに苗を植え替える時になってもわたしはまだマッセリアにいて、初夏、肉厚の大きな株に育った時もやはりそこにいた。最後に電話で話した時、父さんには、家に帰ってくるまでお前とは二度と口をきくものかと言われてしまった。

父さん以外は、以前の生活もトリノの町も、何も恋しいとは思わなかった。でもそうしたことは、母さんにも、わたしに連絡をしてきて急な雲隠れの理由を問う人々の誰にも説明しようと思わなかった。どうせ理解してもらえないからだ。とにかく大切なのは、夜、ベルンと一緒に寝ること、朝、彼が傍らにいること、まだ眠気に包まれた彼のまぶたを見つめること、窓から木々と空しか見えないふたりだけの部屋で過ごすことだった。そして何よりもセックス、無我夢中なセックスだった。最初の数カ月、ふたりは熱病にでもかかったみたいにひたすら体を重ねた。

でもそれだけではなかった。ようやく本当の友だちができたという興奮もあった。いやそれどころか、兄弟と姉妹に出会えたような喜びだった。もちろん、家の外にあるバイオトイレにも、それにともなうプライバシーの欠如にも、決まった時間にしか電気が使えない生活にも、嫌な味のする水にも、慣れるまでには時間がかかった。役割当番にしてもそうだ。掃除係、料理係、ごみ焼却係……。それでも今、振り返ってみると、その手の苦労はあまり思い出せない。まぶたに浮かんでくるのはむしろ、パーゴラの下にみんなで座り、ビールを飲んだり、トランプをしたりして過ごした、長い休憩時間のほうだ。

そもそもわたしたちが実践していたのは〝何もしない〟農業だった。自然が自分でやってくれることはわざわざしない、というスタイルだ。自然の英知を理解し、最大限に利用することをわたしたちは目指していた。そして再生だ。暴力的に消費されてきたかの地の環境を完全に再生することを六人は強く希求していた。

ダンコはわたしたちを指導し、同時にひとりひとりを観察した。一度など、ジャムの瓶を食べ終わらぬうちに次の瓶を空けてしまうトンマーゾの悪癖を出発点に、彼の性格について非常に複雑な分析をしたことがあった。聞いてもわたしにはほとんど何も理解できなかったが、トンマーゾがうろたえているのはわかった。実際、コリンは彼をかばおうとして、ダンコをこんな風に責めた。「何さ、今度はわたしたちのジャムの食べ方まで見てるわけ？　あんたって本当、変態だね」

五人の話の断片を組みあわせて、わたしはダンコがどうやってジュリアーナとマッセリアにたどり着いたか、ことの次第を次のように再構築した。

ベルンはマッセリアに一年ほどひとりでいた。うちのおばあちゃんを時々手伝っては、勉強を教わっていたあの時期だ。それからトンマーゾが移り住んできた。コリンもその時、一緒に来た。「でも退屈で死にそうだったよ」と彼らはそのころの暮らしを評して言うのだった。「そこへ幸いダンコとジュリが来たんだ」

ふたりとの出会いの場はブリンディジの商業地区だった。ベルンたちは節約のためによくそこの格安スーパーマーケットで買い物をしていたのだ。運命の午後の顛末《てんまつ》については、五人それぞれ異なる説を持っていて、わたしがマッセリアに住みだしてしばらくは、あんな話もこんな話も聞かされた。彼らにとって、そのスーパーマーケットの駐車場での出会いは既にひとつの伝説であり、やがてはわたしにとってもある程度までそうなった。

「ひと目惚《ぼ》れってやつね」ジュリアーナは運命の出会いをそう定義した。

彼女とダンコとその他数名――名前は聞いたが忘れてしまった――はその時、スーパーマーケットの駐車場で抗議活動をしていた。それで店から出てきたベルンを捕まえ、ダンコがこう尋ねたのだ。

「今、何を買ったか見せてくれないか？」

トンマーゾとコリンは構わず立ち去ろうとしたが、ベルンはもう相手の接近を許し、おとなしく買い物袋を開いてしまった。中身を探りながらダンコは尋ねた。「どうしてこんなものを買うんだい？見たところ、君はまともな人間のようだけど。ちなみにどんな仕事をしてるの？」

「生きるのが仕事だよ」ベルンはそう答えた。

「それから？」

「それだけだ」

ダンコはその答えに深く感銘したらしい。そこで彼はベルンに対して、プラスチックで包装されたチーズは体に悪いこと、包装そのものが毒物であること、何千キロの彼方、はるかモロッコで栽培された輸入トマト同様、地球全体を破滅に導くだろうことを説明した。

「たかがトマトにいちいち大げさだっての！」話がそこまで来ると、コリンがいつも興奮気味に口を挟んだ。

「ひとつ君に提案がある」と、ダンコはベルンに言ったそうだ。「こういう話に興味があったら、明日もここに来てくれ。『お前の話は一から十まで嘘《うそ》っぱちだ。俺は今までどおりに生きるからもう構ってくれるな』と言いにくるだけでもいいから。来てくれたら、渡したいものがあるんだ」

その晩、マッセリアでベルンは夕食に一切手をつけなかった。翌日ブリンディジに戻ってみると、駐車場で待っていたのはダンコひとりだった。彼がベルンのために持ってきたのは『わら一本の革命』という本だった。しかも自分が読み終えた一冊ではなく、わざわざその朝に買い求めたものだった。

ふたりはそれからも会い、やがてベルンがダンコをマッセリアに招待した。当時のダンコはまだはっきりとした計画を持たず、模索している段階で、新しいスタイルの農業に従事する者たち――大半は彼と同じ大学ドロップアウト組――と接触中だった。それがマッセリアでトンマーゾのささいな家庭菜園を見て、自分のなすべきことを悟った。それがすべての始まりだったというのだった。

それからだいぶ月日が過ぎて、わたしもやってきた。

そしてそのころになっても、ダンコはほぼ毎晩、わたしたちにあの本を読み聞かせていた。『このわらは軽くて小さい……このわらの真価を多くの人々が知れば、人間革命が起こり、国家社会を動かす力となる』

彼が最後まで読み終えれば、わたしたちはもう一度最初から読んでくれとせがんだ。なかでも序盤の数章、作者の福岡正信が眠れぬ夜を過ごしたあとで自らの使命を悟るというくだりがお気に入りで、逆に、退屈このうえない米作りの部分は飛ばしてくれと頼んだ。だって、ここ、プーリアで米を作ろうと思う人間なんているわけないではないか？　それでもダンコはどうしても全文きちんと読み通すと言って聞かなかった。さもなければわたしたちが重要な気づきの数々を得られないというのだ。だが実は、わたしたち五人が理想の追求に対してどこまで真剣であるかを彼は試したいだけなのだった。いよいよ『自然農法の四大原則』の章に来ると、わたしたちは声をあわせて四つの原則を斉唱した。熱心な信奉者をふざけて演じつつも、そのくせ、みんな心の底からその原則の正しさを信じていた。

「土を一切耕さないこと！　化学肥料を一切与えぬこと！　除草を一切せぬこと！　農薬に一切依存させぬこと！」

自分たちは新しいことを始めようとしている。これはひとつの変化の始まりなのだ──みんなそんな気持ちだった。一秒一秒が目覚めの時のように爽やかだった。


行動はあとふたつやった。まずは、いくつもある不法投棄現場のひとつで、夜、暗い色のシーツを被ってみんなで待ち伏せし、ごみを持って近づいてきた人間を死ぬほど脅《おど》かしてやった。でも不法投棄よりも腹立たしかったのが、芝生だった。バカンス客向けの貸し別荘の前に広がる、あのイギリス庭園風の、やたらと完璧で、やたらと場違いな芝生だ。マッセリアでは水を徹底的に節約していた。六月の酷暑の日々でさえ、わたしたちの畑の野菜は地面の水分だけで育たねばならず、枯れる直前になっても放っておいたし、時には本当に枯れてしまうこともあった。それが正しい選択だったからだ。ところがあの手の装飾用の緑ときたら、地下水を常にたっぷりと浴びているのだった。

わたしたちはカロヴィーニョ市のコンドミニアムに目をつけ、数日監視をした結果、まだ借り手は誰も来ておらず、週に二度ほど農民がひとり見回りにやってくるだけだと知った。機械室には鍵すらかかっていなかった。スプリンクラーの制御盤を破壊するのは――ジュリアーナだけはやってしまえと主張していたが――あまりに乱暴だろうとみんな思った。そこでダンコがドライバーを取り出し、丁寧に分解を始めた。そしてメインの回路基板を取り出すと、それだけ壊し、元どおりにカバーを取りつけた。最終的に制御盤は見かけ上、わたしたちが来た時とどこも変わらない状態になった。

二日後に戻ってみると、芝生は黄色くなっていて、あと四十八時間もすれば完全に枯れそうだった。でも農民が気づいてなんとかしたらしい。次にまた見にいってみたら、ちょうどスプリンクラーが全開で水を撒《ま》いているところだった。芝生の色もとっくに元に戻っていた。

ただ時が経つにつれ、わたしたちは滅多に行動に出なくなった。大成功を収められなかったせいもあったのかもしれないが、みんな、マッセリアでの自然農法計画のほうが面白くなって、敷地の外で起きることに興味を失っていったせいもあったのだろう。外の世界では無力なわたしたちも、少なくともその小さな世界くらいは変えることができたからだ。

ジュリアーナが手に入れたスーパースカンクという大麻の種をトンマーゾが家の裏手に蒔いたこともあった。香水茅《こうすいがや》の茂みに覆われて目立たない場所だった。とてもよく育ったので、わたしたちは、たくさん咲いたねばねばした花を乾燥させ、煙草と混ぜた。ブリンディジに住む知人に売ったら、ちょっとした稼ぎになった。でも大麻栽培はけっして大がかりにはやらなかった。金持ちになることが目的ではなかったからだ。

「金はこれ以上必要ない、必要なのは知識だ」それがダンコの口癖だった。わたしたちが金を見下せば見下すほど、金を話題にするにもかかわらず、金は常に悩みの種だった。

る時間も増えた。たとえばそれまでより安いビールを買うなどしてさらなる節約を試みたとたん、ジープのバッテリーが駄目になったりした。しかも数カ月前に交換したばかりなのに。

「この車がスクラップだから悪いのさ！」とコリンが馬鹿にすれば、「口のきき方に気をつけろ！このウィリスジープは第二次大戦を戦ったんだぞ」とダンコが言い返した。

そしてバッテリーを再度交換してから一週間後、今度はジュリアーナの小臼歯のインプラントが外れてしまい、分割払いのできる歯医者を探し回る羽目になった。

定職があったのはトンマーゾひとりだった。毎朝、彼は小さなバイクでルレ・デイ・サラチェーニまで通い、夜遅くまで帰ってこない日も多かった。時期によってはあんまり疲れてしまって、向こうで泊まることもあった。稼ぎは全額みんなのために提供し、給料日のうちにダンコに渡した。それでもトンマーゾが愚痴を言うのをわたしは聞いた覚えがない。


八月。トッレ・グアチェートの浜辺を乾いた海草が覆い、小さな蟹《かに》が何匹も砂地から顔を出しては引っこめ、出しては引っこめする季節。観光客の遊泳が禁じられている入り江にみんなで忍びこんだことがあった。わたしたちは観光客などではなかったし、そもそも規則という規則がわずらわしかったからだ。

そこでダンコがひとつの試練を提案した。「交替でひとりずつ、みんなの前で裸になるんだ。全員で一度にじゃないぞ。簡単すぎるからな。一度にひとりだけだ」

「あんたの前で裸になるわけがないだろ！」コリンが拒否した。

ダンコは我慢強く答えた。「その水着が何を隠していると思ってるんだ？　何かの神秘かい？　違うよな、誰だって想像のつくものだ。人体、それだけさ」

「よく言うよ。なら、好きなだけ想像してればいいじゃないか」

「君が自分の体をどんな風に認識しているか、コリン、それだけの問題なんだよ。そのたった数センチ平方の化学繊維の布切れの下に、この上なく個人的なものがある、今までそう信じこまされてきたんだ。君の心の限界を象徴しているな。だけど本当はそんなに個人的なものなんてありゃしないんだよ」

「ダンコ、要するに、あたしのおっぱいが見たい、ってことだろ！」

「そうじゃない。君にも、みんなにも、先入観から自由になってほしいんだよ」そう言いながら、ダンコは海水パンツをかかとまで下げた。そしてわたしたちが彼の性器のまわりの赤味がかった陰毛に見慣れるまで、太陽を背に、みんなの前でそのまま立っていた。

「コリン、見るんだ。みんなも見ろ。遠慮するな。隠すものなんか何もないさ。できるものなら腹を開いて、内臓だって見せてやりたいくらいだ」

そこで五人もあとに続いた。ひとりずつ、まずは男子から、そしてわたしたち女子も脱いだ。指が震えてしまって背中の紐《ひも》をなかなかほどけずにいたら、ベルンが助けてくれた。ついにはみんなの水着が古い皮膚の切れ端のように海草の上に散らばった。

でも恥ずかしさは消えるどころかいや増す一方で、結局、わたしたちは明るい青緑色をした海へ飛びこんだ。

「ビーチを裸で走ってみようよ！」すっかり興奮した様子でジュリアーナが提案した。

「警察に通報されちゃうよ」

「走り抜ければ問題ないさ」ダンコが言った。「でもみんな一緒に走るんだ。誰も置き去りにしちゃいけないぞ」

水着を手につかむと、わたしたちは磯の岩場によじ登り、それから一群の原始人みたいに砂浜に下りていった。あちこちにパラソルが刺さった長い長い砂浜だった。これを端まで走るなんて、とても息がもたないのではないかと思った。

砂浜に寝転がる海水浴客はこちらをよく見ようとして肘をついて顔を上げ、子どもたちはきゃっきゃっと大騒ぎをし、いいぞと囃《はや》すような口笛も聞こえてきた。みんなとても足が速かった。コリンとジュリアーナが先頭で、駝鳥《だちょう》みたいに優美だった。わたしだけ少し遅れてしまった時、ひとりの男性の言葉が耳に飛びこんできた。顔は見えなかったが、それから何カ月もあとで、もはや何もかもが暗転を始めたころになって、わたしはその言葉を思い出すことになる。男性はこう言ったのだ。「哀れな連中だよ。何を見せつけてるつもりなのかね」

九月、コジモがマッセリアにやってきた。彼はトラクターからふたつ、明るい色の液体で満タンのポリタンクを降ろした。ベルンはコジモに椅子を勧め、ワインをグラスに注いだ。あのふたりの関係は常に礼儀正しくも、冷え冷えとしていた。互いに一応、好意は抱いているのだが、初めて出会った時――おばあちゃんの家の庭での追跡劇、父さんがやみくもに投げた石――の印象を拭い去るにはまだ足りないという感じだった。

コジモは片手を上げてワインを断ると、言った。「ジメトエートを持ってきたよ。こんな夏は蠅《はえ》が大量に湧くからな。お宅らのオリーブも、金網のそばのやつはもう実に穴が開いてるぞ」

「ご親切にありがとうございます」ダンコが席を立ちつつ、言った。「でもそのタンクは持ち帰ってください。いりませんから」

コジモはぽかんとした顔で訊き返した。「もう薬は撒いたということかね？」

ダンコは胸の前で腕を組んで答えた。「いいえ、うちのオリーブにはジメトエートの散布をしていません。殺虫剤の使用は避けたいんですよ。除草剤も、農薬も一切使わないつもりです」

「でもジメトエートを使わなきゃ、蠅のやつに実をみんな食われてしまうぞ？　こっちの畑からうちにだって飛んでくるだろう。味気のないオイルしかできなくなっちまう」

それから、気おくれを隠しきれぬ口調でコジモはこうつけ加えた。「みんな使ってるぞ」

ベルンもわたしと同じ気まずさを感じていたのだろう。コジモの元に駆け寄ると、ポリタンクの把っ手をつかみ、彼は礼を言った「わざわざありがとう」

ところがその背中にダンコの命令が矢のように突き刺さった。「ベルン、タンクをそこに降ろせ。そんなものをうちに入れるわけにはいかない」

ベルンは友人の目を見つめ、すがるような顔をした。礼儀として受け取るだけだ、なんの損もないじゃないか、どこかにしまうだけしまって、使わなければいい……そんなつもりだったのだろう。ところがダンコは無表情のままだった。ベルンはしかたなくあとずさりをし、ぼそりと言った。「悪いね」

わたしたちはコジモに恥をかかせてしまった。長年農業をやってきた白髪頭の男が、うぬぼれた若者の一団に屈辱を与えられたのだ。コリンは手の爪の下から何かを取り除くのに熱中していた。ジュリアーナはライターの火打ち石を執拗《しつよう》に弾き、握った拳から小さな火花を撒き散らしていた。

「待って、手伝うよ」ベルンはそう言ってまたポリタンクの上に身をかがめたが、今度はコジモに乱暴な仕草で止められた。

「ひとりでできるから、いい」

コジモはポリタンクを元どおりトラクターに載せると、タイヤで泥を少し跳ね上げながらUターンした。そして、非難に満ちた一瞥をわたしに投げてから、野道を帰っていった。

「いくらなんでも失礼よ」コジモが遠ざかってから、わたしはダンコを責めた。まだトラクターのエンジン音が途切れ途切れに聞こえていた。

「君はあんなものをかけたサラダを食べたいのかい？　発癌《がん》性以外になんの取り柄もない毒物だぞ？ジメトエートなんて、自分の畑の井戸にでも放りこめばいいんだ！　じゃなきゃ、かみさんと一緒に飲んじまえ！」

「わたしたちを助けようとしてくれただけなのに」

「じゃあ、コジモさんには次回また挑戦してもらいましょうか。次こそ当たりが出るかもしれませんよ」ダンコは愉快そうに言った。

自分の冗談にみんなもつきあってくれるものと思っていたようだが、にやりとしたのはジュリアーナだけだった。そこでダンコはまた真面目な顔になり、こう続けた。「ああいう手あいはDDTだって使うだろうよ。今でもスーパーで売っていたとしたら、だけどね。有害な化学薬品をあたり構わず撒き散らすタイプだ。そのくせ、なかに何が入ってるのかも知らないんだろう。こっちが〝農薬〟と言った時のあいつの顔を見たか？　そんな言葉、聞いたこともないって感じだったぞ！」

「でも蠅はどうする？」トンマーゾが疑問の声を上げ、近くのオリーブの木からもいできた、まだ小さな実をテーブルの上にばら撒いた。「もう蛆《うじ》がいるよ」

ダンコは実に触れてから言った。「蜂蜜と酢の溶液を使う。一対十の割合で混ぜるんだ。有機農業では昔から使ってる常套《じょうとう》手段だよ。蜂蜜で蠅をおびき寄せ、酢で殺すんだ。要するに罠《わな》だ」

わたしたちはさっそくその日の午後から作業に取りかかった。五十本ほどのペットボトルを溶液で満たし、さまざまな高さの枝先にぶら下げた。作業が完了すると、オリーブ畑はパーティーの準備ができた会場みたいに華やかになった。横から差しこむ夕日の光でプラスチックの筒が輝き、たくさんのランタンみたいだったのだ。

夕食のあと、ダンコはみんなに急いでテーブルを片づけさせた。そして、四角い段ボールの紙を一枚と最近の作業で余ったペンキの缶をそこに置いた。

「君が書いてくれ」と言って、彼はわたしに刷毛を渡した。「〝マッセリア　毒物とは無縁な大地〟ってね」

わたしの書いた看板は、元々あった〝売ります〟の看板のかわりに鉄棒のゲートの真ん中に針金でくくりつけられた。そして長いこと、何年ものあいだ、そこにかかったままとなり、日光と風雨で次第に色褪《あ》せ、季節が巡るごとに少しずつ読みづらくなり、少しずつ場違いになり、少しずつ嘘っぽくなっていった。

罠はどれも蠅でいっぱいになった。秋を通じてわたしたちは何度もボトルを空にし、また溶液で満たした。オリーブは豊作だった。自分たちの畑の収穫を終えると、わたしたちは他人の畑の収穫を手伝うようになり、プロ集団の半額という破格の料金で収穫を請け負い、競合に打ち勝った。北はモノーポリ、南はメザーニェまで遠征した。ダンコは昔の友人たちからジープにつなぐトレーラーを手に入れ、トンマーゾはチェーザレの使っていたオリーブの実と枝葉をより分ける機械の修理に成功した。朝七時に出張先の畑に到着するわたしたちの姿はきっと奇抜で、みすぼらしく見えたのだろう。農園主の顔を見れば、その目には必ず〝この連中はいったいどこから湧いて出たんだ?〟という疑問が浮かんでいた。それでもわたしたちはみんな若くて、息がぴったりあっていて、驚くほど元気だったから、一日が終わると、しばしばおまけのチップまでもらえた。

雨が降らなければ、昼はオリーブの木陰に座り、家で作ってきたパニーノをみんなで食べた。農園主がそばにいなければ、ジュリアーナが持ってきた大麻煙草《ジョイント》をみんなで回し飲みしてから、ふわふわした気分でへらへらと仕事を再開したが、いったん笑いだすとどうにも止まらなくて困った。シーズンの終わりにダンコが計算したところによれば、わたしたちは少なくとも百トンのオリーブを収穫していた。

そうして稼いだお金で(期待していたほどの額ではなかった)わたしたちは中古の養蜂用の巣箱とそこに棲ませるための蜜蜂を買った。飽き飽きするほど長い議論の末に、巣箱は葦原のそばに置くことになった。家から十分に遠く、北風からも守られていて、天然の湧き水を利用して花を育てることもできる場所だったからだ。しかし第一世代の蜜蜂は一週間足らずで全滅してしまった。昔の癖でトンマーゾとベルンは穴を掘り、ダンコの冷たい視線を受けながら、縞《しま》模様の死骸をそこに全部ひっくり返した。ただし祈りの文句が唱えられることはなく、自分たちはいったいどんなミスを犯したのかという、前回よりも激しい議論だけが続いた。

結局はベルンがオストゥーニの図書館から持続可能な養蜂技術のマニュアルを借りてきて、それをわたしが研究し、みんなに技術指導することになった。これがうまくいった。おかげでダンコは毎朝、濃い茶色の蜂蜜が入った瓶に満足げにスプーンを突っこむたび、どうだ、うまくいったろう？　と作戦を自画自賛するようになり、わたしはしばらくジュリアーナから嫌味っぽく〝蜜蜂の妖精〟と呼ばれるようになった。

二月、みんなでわたしの到着一周年を祝った。わたしがトローリーバッグのプラスチックの車輪を野道で削りながらマッセリアに引っ越してきたあの日は、マッセリアの共同体の創設記念日になっていた。ダンコが胸を打つスピーチをしている横で、わたしはもう一年かと信じられない思いだった。

その晩、わたしたちは大いに飲んだ。やがて酔ったベルンが打ち明け話をしだした。スカーロの塔でひとりで寝ていたころの話で、波の音がうるさくて眠れない夜もあったが、そんな時はテレーザからもらったウォークマンのイヤホンを耳に着け、ボリューム最大で音楽を聞くと落ちつくことができた……そんな話だった。

ベルンがしゃべっているあいだ、わたしは心のなかで、せめてそれくらいはふたりの秘密にしておいてくれと懇願していた。でも彼は話をやめてくれなかった。マッセリアでは、思い出の私的所有さえ廃止すべきだと考えられていたからだ。

「あのカセットテープは一ミリ残さず、完全に擦り切れるまで聞いたよ」ワインで黒く染まった唇を動かし、粘っこい声で彼は言った。

「なんのテープだったんだ？」やや疑わしげにダンコが尋ねた。そうして自分以外の誰かが長い時間、注目の的であり続けると彼はいつも不機嫌になった。

「色々な歌手が入ってたな。でも、俺は名前は知らなかったし、今もわからない。テレーザ、あのアルバムはなんてタイトルだったんだい？」

「知らないわ」嘘だった。「ただのコンピレーションよ」

ベルンはなお語った。感極まった顔だった。「特に一曲、大好きな歌があったんだ。それを聞いては、テープを曲の頭まで巻き戻して、また聞いたもんだ。ついには巻き戻しボタンを何秒押せばぴったりかもわかるようになった」

そして彼は目を軽く閉じ、無防備なまでにうっとりとした表情を浮かべて、その歌のメロディーを口ずさんだ。彼の歌声を聞くのはマッセリアで過ごした初期の夏休み以来だったから、もっと聞いていたかったのに、コリンが大声を上げた。「それ知ってる！　ほら、あの女よ。なんて言ったっけ？ほらテレーザ、誰だっけ！」

「忘れちゃったわ」

ダンコがお得意の派手な笑い声を上げた。「ああ、赤毛のあいつか、ピアノ弾き語りの！」

わたしはトンマーゾの視線を感じつつ、ベルンを見つめて、〝今すぐなんとか言ってダンコを黙らせて、何もかもを台無しにされてしまう前に〟と今度も無言でお願いした。

ところがベルンは何も言ってくれず、こちらに視線を返す余裕すらないみたいだった。ダンコに立て続けに「これまた感傷的なお話だね！」と囃されると、彼は固唾を呑んでから、自分の新しい兄弟であり、新しい導師である男に向かって、ひどく従順な、はにかんだ笑みさえ浮かべた。

春、わたしはトリノに帰った。帰省はあとにも先にもそれ一回きりだった。ベルンはわたしの出発に反対したが、必要な旅だった。もうずいぶんと長いこと両親に会っていなかったからだ。わたしを思い留まらせることはできない、そう悟ると、彼はこう警告した。「実家に残れと言われても説得されちゃいけないよ。指折り数えて待ってるからね」

列車に乗ってからは不安がつのる一方だった。トリノで降りた時には、父さんに力ずくで引き止められ、叩かれ、家から出してもらえず、麻薬中毒患者みたいに閉じこめられてしまうに違いないと確信していた。以前、コリンが両親からそうしたひどい扱いを受けたことがあったのだ。プラットホームを歩き、利用客の足音やざわめきが反響するポルタ・ヌオーヴァ駅のホールを抜けるころには、人波に不慣れになっていたこともあり、父さんとの対面を思うだけで腰が砕けそうだった。

ところが予想外の展開が待っていた。向こうのほうがわたしに会うのを避けたのだ。父さんが自分で決めたことだと母さんは言った。

「何を期待してたの、テレーザ？　歓迎会？」

わたしは母さんとふたりきりで昼食をとった。奇妙な体験だった。わたしはずっと、彼女の肩越しに朝食用のクッキーが入った箱を見ていた。昔から同じ棚の上にあるブリキの缶だ。中身はドリア社のブーカネーヴェに決まってる。父さんがふざけて両手の小指にあの穴開きビスケットを三つずつはめ、顔を愉快に歪《ゆが》めて食べるのを見るのが、子どものころは好きだった。

昼食のあいだ、二度ばかり、マッセリアの話をしてみようかとも思った。雌鶏を数羽買ったから、今では毎朝、新鮮な卵が手に入るようになったとか、次に帰ってくる時は、よかったら少し卵を持ってきてあげるし、桑の実のジャムも持ってくるとか。みんなでお金を貯めてソーラーパネルを買ったから、来週からは一日じゅう電気が使えるようになるの、クリーンでお金のいらないエネルギーが必要なだけ手に入るんだよ……そんなことを教えてやりたかった。本当に聞いてほしかったのだ。ダンコの話が時々苦痛で、自分がなんだか意見をまるで持たない空っぽな人間に思えてしまうことなんかも。

それに何より、ベルンの話をしたかった。一度しっかりとこちらの話を聞いてくれさえすれば、母さんもきっと彼のことが大好きになって、父さんを説得し、つまらぬ腹いせでだんまりを決めこむのはよせと言ってくれるはずだった。今はきてれつにしか思えぬだろう娘の暮らしぶりだって自然なものに思えてくるはずだった。でもわたしの口からはそうした話題は一切、出てこなかった。急いで食べ終えると、わたしは自分の部屋に退散した。

わたしの部屋。居心地はいいが、ひどく子どもっぽい部屋だった。壁にかかった写真はどれももはやわたしにとってなんの意味もなさなかった。大学の教科書がまだ机の上にきちんと積み重ねられていた。わたしは本当にこんな風に教科書を積んで出ていったのだろうか？　それともこれもうちの両親からの暗黙のメッセージなのだろうか？　実家はどこもかしこも感情の罠だらけだった。蜂蜜で蠅をおびき寄せ、酢で殺す、というわけだ。

わたしはゆっくり風呂に浸かる贅沢《ぜいたく》を自分に許した。ただ、資源の浪費を責めるダンコの声がわずらわしかった。頭のなかでは彼の声が以前に増して頻繁に聞こえるようになっていた。それはこの上なく厳格で、反論を許さない、新たな良心の訴えだった。でもお湯は心地よくて、ラベンダーの香りまでして、わたしの体はその温もりにうっとりしつつ、とろけた。わたしは考えるのをやめた。

まだ裸足で、バスタオルを頭に巻いたまま、わたしはマーサ・グライムズの本を棚から抜いた。何年も前におばあちゃんが父さんにゆだねて送ってきたあの本だ。そして床に座り、洋服だんすに背をもたせかけた格好でページをぱらぱらとめくっていき、また逆にめくってみた。すると真ん中あたりのページに、一枚の付箋が挟まれているのに気づいた。そこに記されていたのは、おばあちゃんの字だった。生徒のノートの片隅に感想を書きこんでいたのと同じ筆跡だった。

〝愛するテレーザ、わたしはよく考えてみました。このあいだのあなたの指摘は正しかったわ。プールのそばであなたとおしゃべりした時、わたしは〈不幸せ〉という言葉をその反対語とごちゃ混ぜにしてしまいました〟

メッセージは裏に続いていた。

〝これまでの人生を通じてわたしは、同じ間違いを犯すたくさんの人々を見てきました。あなたにはそうなってほしくありません。少なくともわたしのせいでそんな目に遭わせるのは嫌です。ベルンがマッセリアにいるのを見ました。あなたには知る権利があると思います。でもみんなには内緒よ。愛をこめて、おばあちゃんより〟

読み終えてから少し泣いた。主に怒りの涙だった。どうしてもっと単純な方法で伝えてくれなかったの？　推理小説の読みすぎで自分まで登場人物のひとりになりきってたの？　そんな怒りだ。ただしそれは、おばあちゃんは裏切り者ではなかったのだという、思いがけない、圧倒的な安堵《あんど》の涙でもあった。ようやく見つけた彼女の言葉が、今の自分の生活を祝福してくれているのも嬉しかった。

ほどなく自分がそこにいるのが馬鹿げたことに思えてきた。過去のわたしのエゴばかりが目立つこんな部屋で、何をしているの？　今のわたしはこの部屋で育ったテレーザとは別人なのだ。一刻も早くマッセリアに帰らないといけない。

母さんに一番大きなスーツケースを借りた。必ず返すと約束したが、郵便で送るとつけ加えた。また戻ってくるものと勘違いされたくなかったからだ。

なかには服を詰めこんだ。コリンたちの前で気まずい思いをしないで済みそうな服を選び、ブランドものは避けた。翌日、わたしはまた列車に乗っていた。もうすっかり元気だった。自分はもはやスペツィアーレの人間なのだ。マッセリアから北へ、トリノを目指したあれは、わたしの亡霊にすぎなかったのだ。父さんには会えなかったがどうでもいい。向こうが会いたがらなかったのだから……。わたしはおばあちゃんのくれた小説を読んで気を紛らせようとした。でも頭がいっぱいで無理だった。結局あきらめ、窓の外を真っ暗になるまで眺めていた。

とうとうわたしたちは一日じゅう電気が使えるようになった。土に肥しを与えるために雌鶏を好きな場所に移動できるチキン・トラクターも手に入れた。野菜は一年じゅう収穫できるようになり、水に関してはほぼ自給自足を達成した。スクランブルエッグを作れる太陽光フライパンもあれば、雨水の浄化に効果があるという小さなセラミックパイプまであった。これはダンコが見つけたもので、日本人の発明品らしい。

それでもわたしは気づいてしかるべきだったのだ。水面下を静かに漂う、いくつもの敵意ある力の存在に。たとえば、そのころにはもう、ジュリアーナとわたしはほとんど言葉を交わさなくなっていた。出会った当初に彼女が示した本能的な嫌悪は和らぐことがなく、逆に強まる一方で、一年以上が経ったあとも、わたしに対する邪魔な新入り扱いは変わらなかった。さらにダンコのリーダーとしての地位はますます揺るぎないものとなってきていたが、残りのみんなの大半は——つまりベルン以外は——その権威に対し、あこがれる気持ちとうんざりする気持ちのあいだで揺れ続けていた。

でも最大の懸念すべき兆しといえば、コリンとトンマーゾの関係だった。ふたりは日々、相手に対する怒りの時期と病的な愛情の時期を交互に繰り返していた。トンマーゾは次第にルレに泊まることが増え、コリンも、わたしたちと夕食をともにせず、ひとりで何も食べずに朝まで部屋にこもってしまうことが多くなった。

ある日、もう八月末だったと思うが、コリンにどきりとさせられたことがあった。彼女とふたりで朝食の食器を洗っていた時だ。

「何回くらいしてるの、あなたとベルン？」いきなりコリンにそう訊かれた。

質問の意味はわかったが、わたしはとぼけた。

「なんの話？」

「週に一回以上？　それともそれより少ない？」

彼女はじっとうつむき、流しのコーヒーカップの山を見つめていた。

「だいたいそんなところよ」わたしは答えた。

「そんなところって？　週一回ってこと？」

ずっと多い、そう答えてしまいそうになったが、彼女が傷つくだろうと思ってやめた。

「うん」

するとコリンはぱっと後ろを向き、テーブルの上のスプーンをひとまとめに握ったかと思うと、コーヒーカップに叩きつけた。

わたしは思いきって言ってみた。「でもトンマーゾは仕事が大変だから」

「何それ、慰めのつもり？　いったい何様気取り？」

見れば、彼女の両手は流しのふちをぎゅっとつかんでいた。

「とにかくあんたたち、もうちょっと静かにやってくれない？　吐き気がするわ！」

コリンは蛇口を全開にし、すぐにまた閉じた。

「ジュリアーナのやつ！　本当、自分で洗えって感じ。煙草をカップで消すなって、あれだけ口を酸っぱくして言っても駄目なんだから。ここの連中ってみんな最悪！」


こんなこともあった。パーゴラの下、トンマーゾを除く五人で朝食をとっていると、にわかに悲鳴が聞こえたのだ。それも、立て続けに三度。

最初にさっと立ち上がったのはベルンだった。ベルンは家の裏手へ、オリーブ畑の方向に駆けていった。彼は行くべき場所を知っているようだった。何が起きたのか正確にわかっているか、実際に目の当たりにしたみたいに。ダンコがすぐそのあとに続き、それからわたしも駆けだした。コリンは異様なくらい目を瞠《みは》り、ひどくうつろな表情で一瞬、身をこわばらせたが、やはりわたしたちに続き、ベルンのあとを追った。

一方、ジュリアーナは、めちゃくちゃになったトンマーゾの体を支えたわたしたちが戻ってくるまで、そこを動かなかった。コリンはヒステリックに泣きわめき、ベルンは紙でできた養蜂用の防護服をまだ着ており、頭から足まで白一色だった。

わたしたちが発見した時、トンマーゾはひざまずき、自分の頭上でぶんぶんと音を立てて飛び回る蜂の大群を追い払おうとして、両腕を振り回しているところだったが、そのうち失神して地面に崩れ落ちた。身につけた青赤二色の大きめのチェック柄の半袖シャツは、へその高さまで前が開いていた。蜂は彼を解放しようとしなかった。こんなにも巨大な動物を自分たちがやっつけたなんて信じがたいと当惑しているみたいだった。

ベルンはトンマーゾに近づくことをみんなに許さず、自分は道具小屋へと急ぎ、駆け戻ってきた時には紙の防護服を着ていた。そしてトンマーゾの髪に服、全身にくっついた蜂を手で払い落としていった。ふたりの背後には、あたかも舞台背景のように、カラフルな巣箱が並び、さらさらと音を立てる葦原の幕があった。コリンの悲鳴があんまりうるさいので、わたしは彼女の口を手でふさぎたくなった。

やがてベルンがトンマーゾの両脇を抱え、わたしたちのほうに引っ張ってきた。トンマーゾの肌は見る間に膨れていった。まるで蜂が皮膚のなかにまで侵入し、そこから出ようと内側から押しているみたいな有り様だった。鼻は倍に、まぶたは十倍に膨れ上がり、唇は歪み、片方の乳首など、周囲の腫れた皮膚に完全に埋もれてしまっていた。パーゴラの下で待っていたジュリアーナが彼を見た時の表情に、わたしたちはそれまで完全には把握できずにいた事態の恐ろしさにやっと気づいた。

オストゥーニの病院まではわたしが運転した。赤信号も一時停止も無視して飛ばした。助手席ではコリンが前方からまるで視線を動かさず、目をますます大きく瞠っていた。彼女は泣きやんでいたが、何も言葉を発さなくなっていた。ベルンとダンコは後部座席で自分たちのあいだにトンマーゾを座らせていた。ジュリアーナはひとり車の外に残され、わたしたちが勢いよく出発するのを見送った。ただし彼女はその前に、朝食でパンを切るのに使ったテーブルナイフを大急ぎで持ってきて、後部座席のふたりに一本ずつ渡した。にんにくだ、にんにくを持ってこい！　ベルンにそう命じられた彼女は、その場で無意味に一周してから、にんにくも見つけてきた。そして今、ベルンはナイフの背でトンマーゾの傷を削るようにして、毒針を抜いているところなのだった。ダンコはひとつにんにくの皮を剝《む》いてから、ベルンに尋ねた。「でも本気なのか？　俺には農民の迷信にしか思えないんだが」

「いいから、肌をこすれ！」

何カ所刺された？　二十ヵ所？　それとも三十だろうか？「五十八ヵ所ありました」病院でわたしたちはそう教えられた。髪の毛の下の頭皮はおろか、片耳のなかまで刺されていた。パンツに潜りこんで出られなくなった蜂も何匹かいて、服を脱がしたら飛び出した。ただし、そうしたことはあとになってベルンがみんなに教えてくれたことだ。救急医療室のスイングドアの向こうまで担架を追っていったのは、彼ひとりだったからだ。まだ紙の防護服を着たままだった。

そのころわたしたちは同じドアのこちら側で、事故について嘘を重ねていた。いいえ、わたしたちは養蜂なんてやっていません、許可が必要なことくらい、もちろん知っています……トンマーゾは雨どいを掃除中に蜂の巣に出くわしてしまったんです……物凄く大きな巣でして、ええ、あんなに大きな巣を見るのは僕たちも初めてでした……。

それから、命の危険はないと告げられるまでには何時間かかかった。命の危険はないが、今は麻酔が効いている、このまま容体を見守るつもりだ、とのことだった。わたしたちはほとんど次の日の朝になるまで病院の待合室でひたすらに待ち続け、床にボルトで留められたプラスチックの椅子の上、蛍光灯の下で過ごした。

ようやく一切が片づき、また全員でパーゴラの下に集まれた時、ダンコがトンマーゾを責めた。

「いったい何をしていたんだよ？」

「いきなり蜂のやつが飛び出してきたんだ」

「いい加減なことを言うな！　ひとを馬鹿にするんじゃないぞ、トンマーゾ。巣箱に手を突っこんだのか？　どうするつもりだったんだ？」

「巣箱に手なんて突っこむもんか」

「しかもシャツの胸を開けっぱなしで！」

「もういい、ダンコ。放っておいてやれ」ベルンが口を挟んだ。彼の声は昔の確固としたそれに戻っていた。まだ子ども同然のころに、おばあちゃんの家の玄関でうちの父さんに刃向かった時と同じ声だった。ダンコは素直に従った。


それからまたオリーブの実を日々、何百キロと収穫する季節がやってきた。雨続きで、実を落とす木の下に敷く網も、長靴も、わたしの髪も泥まみれだった。家のなかには腐った卵のにおいが漂っていたが、原因は誰にも見当がつかなかった。家のなかに閉じこめられて過ごすうちに、みんな怒りっぽく、とげとげしくなった。それにわたしたちは疲れていた。疲れはいや増す一方だった。

ベルンが腰痛で十日間、寝こんだことがあった。そのあいだに彼はひげを伸ばした。「それってダンコの真似なの？」わたしは不安になって尋ねた。

「違う。君のあそこのにおいを長持ちさせるためさ」

わたしにはそれが真面目な答えなのか、からかわれているのかわからなかった。

その年はダンコの罠が役に立たなかった。蠅のあいだで噂《うわさ》が流れたのかもしれない。激しい口論の末、多数決でジメトエートを買うことに決まったが、既に手遅れだった。収量はわずかで、できたオリーブオイルの質も極めて低かった。三十リットル売れたかどうか、というところで、自分たちでも使うのが嫌になるくらいまずかった。

でも虫害が不運であったとしても、太陽光発電パネルの一件まで運命のせいにはできなかった。ある朝、目が覚めたら電気が来ていなかった。ダンコが発電装置を確認に行ってみると、パネルの表面に泥を混ぜた接着剤がべたべたに塗りつけられていた。それから何時間もわたしたちはいったい誰の仕業か、幾多の推理を重ねた。元々は別の誰かがやっていた農作業を請け負ったり、自分たちの作物や製品を売ったりすることで、わたしたちは周囲に数多くの敵を作ってきたからだ。

おんぼろ発電機はもう動いてくれず、こちらもたいして真剣に修理を試みなかった。わたしたちは初めて、やりきれぬ敗北感に包まれていた。

そしてコリンがヒステリーの症状を起こした。トンマーゾは一時間近くかけて彼女をなだめたが、そのあいだ、ずっとこんな言葉で責めたてられた。「あんたが責任取ってくれるの？　よりによってこんな寒い時期に、髪を洗ったあと、電気なしでどうしろってのの？」

その晩、ベルンはわたしを寝室に連れていくと、こう言った。「コジモに助けを求めないと駄目だな。君が行ってくれ。今度の問題が片づくまで、あの家の分電盤に電線をつながせてほしいと頼むんだ。電気代の超過分は払うからって」

「絶対、断られるわ。あのひとがここに来た時、みんなでどんな失礼な真似をしたか、覚えてないの？」

「テレーザの頼みなら聞いてくれるさ。コジモもおばあちゃんのことは好きだったからな」

わたしはなんとか考えを変えてもらおうとした。「お願い、ベルン。行きたくないの」

「トンマーゾを一緒に行かせるからさ」彼はそう言って、なんだか動物の首でも撫でるみたいに荒っぽい手つきでわたしのうなじに触れた。「でもダンコは遠ざけておいたほうがいいな」

わたしはひとりで行くことにした。どこかで焚《た》き火でもしたのか、あたりには焦げ臭いにおいが漂っていた。わたしはコジモとローザの名を大声で呼んだ。そこからはふたりの住む離れは見えなかったが、こちらの声は聞こえるはずだった。ヒキガエルの飛び跳ねる音まで聞こえそうなくらい静かな夜だったからだ。でも誰の返事もなかった。

そこの塀はとても乗り越えられないほど高かったので、わたしはマッセリアの敷地に戻り、境界沿いに歩いて、昔、三人の少年が侵入した場所まで来た。金網に足をかけると、わたしの重みで大きく揺れた。懐中電灯をズボンの後ろのポケットに差して――光は無意味に天を照らした――金網を乗り越えた。

離れのドアをノックすると、ローザが開けてくれた。彼女はナイトガウンの前をぎゅっと寄せて、わたしの背後をうかがってから、入れてくれた。コジモは肘かけ椅子でテレビを観ていた。わたしに気づくと、背もたれで寝癖のついたわずかな髪を整える仕草をした。

わたしは太陽光発電パネルの故障について彼に説明した。誰かがわざと壊したらしいという点にはあえて触れなかった。解決策が見つかるまで、しばらくここの電気を貸してもらえないだろうか？

「ここは、お前さんのものだ」低い声でコジモは答えた。「なんにしても、何百メートルという延長コードが必要になるがね」

「パネルに使ってたコードで足りると思う。足りなきゃ、もっとつなぐわ」

すると彼は顔を上げた。わたしを見るその目は思いがけず優しかった。

「なかなかやるじゃないか。ここの地下室にも少しはコードがあったはずだ」

「ありがとう。電気代はきちんと払うから」

そこでわたしは出ていこうとしたが、コジモに手を握って止められた。

「お屋敷をどうするか決めるべき時だよ、テレーザ。ローザと俺が手を入れてはいるが、誰も住まなきゃ駄目になってしまうからね。それにこっちだって、いつまでもただ働きというわけにもいかない」

「わかったわ」わたしはうなずいたが、みんなのところに帰りたい一心で適当に答えただけだった。

ローザがわたしのために、ジャムや瓶詰めの保存食を詰めあわせたかごを用意してくれていた。

「あたしが自分なりに作ったものだから、ひと様の口にあうかわからないけどね」

帰り道はコジモがマッセリアのゲートまで送ってくれた。

「あの連中は、特に巻き毛の男だが……」敷地の境界線に着くと、彼は口を開いた。

「ダンコね」

「俺がどうこう言うべき問題じゃないのは承知している。でも、お前さんはきちんとしたお嬢さんだ。あいつらは違うぞ、テレーザ。あの手の連中は生まれ育ちが悪いから、根っこがやたらと短い。だからそのうち大風に引っこ抜かれて、飛ばされちまうに決まってるんだ」

ただ、コジモはわたしたちの知っていることを知らなかった。植木鉢のなかで大切に育てられた植物は、長い根こそ持ってはいるが、その根は鉢のなかでぐるぐると回ってしまい、地面に植え替えようとしてもうまく育たない。むしろ根を自由に伸ばして育ち、しかも冬に引き抜かれた若い苗だけが適応できるのだ。まさにわたしたちのように。

「明日の朝、みんなでコードを引きにくるわ。でも、なんの心配もいらないから」

わたしの言葉に彼はうなずいた。暗がりだとやけに老けて見えた。

「おやすみ、テレーザ」

幾日かして、自分がおばあちゃんの家の持ち主であることをわたしはみんなに打ち明けた。恐れていたような怒りの反応はなく、むしろ五人が示したのは奇妙な驚きだった。しばしの沈黙のあと、ダンコに訊かれた。「コジモはいくらで買うって言ってるんだい？」

「十五万ユーロ」

「あの家はもっと値打ちがあるぞ」

「それがあのひとの全財産ってことだと思うの」

「そんなこと、こっちには関係ないね」

「どういう意味？」

しかしそこでジュリアーナが口を挟んできた。「ダンコ、どのくらい高く売れると思う？」

「最低でも二倍だな。大ざっぱに見ても」

「あんた、いつから不動産の専門家になったの？」コリンが馬鹿にした。

ダンコは相手にせず、続けた。「がたは来てるが、歴史のある家だ。敷地はどれだけある？　三ヘクタールくらいか？」

わたしは首を横に振った。見当もつかなかったのだ。

「でもコジモは電気を分けてくれたじゃない？」わたしはもうダンコが何を言わんとしているのかわかっていた。

「電気代はちゃんと払った」

「でもわたし、約束したもの」

「どんな約束があるにせよ、俺たちの置かれた今の状況でそんなものに価値があると思うか？」わたしはベルンの助けがほしくて、視線を求めた。ところが彼はこう言うではないか。「もしもテレーザのおばあちゃんがコジモにあの家を遺したいと思っていたなら、自分でそうしていただろうね」

「じゃあ、今までさんざんしてきた私有財産の廃止を巡る議論ってなんだったの？」

ダンコはわたしに向かって、君は哀れだね、という風に微笑んだ。「テレーザ、君はもしかすると何か誤解をしているのかもしれないな。公正に生きることと愚かな行動をとることはまったくの別物だよ。俺たちは誰かの手玉に取られるような愚か者じゃない」

興奮がみんなのあいだに広まっていくのがわかった。

「テレーザちゃんは宝物を大事にだいじに隠してきてました、ってわけね」ジュリアーナがぼそりと言った。


今振り返ってみても、そのあとの展開に自分がどうやって引きずりこまれたのか、正確には説明することができない。わたしはそれほど無防備で、混乱していたのだろう。ともかくわたしたちはオストゥーニの不動産屋に連絡をし、業者の男性がおばあちゃんの家を見学に来た。そのひとが写真を撮り、わたしに対して答えようのない質問ばかりしているあいだ、ローザは玄関に棒立ちになっていた。四十年に渡り自分が手入れをしてきた家に足を踏み入れることを突如として禁止された、という顔だった。コジモは姿を見せなかった。男性はわたしに家具はどうするつもりかと訊いた。どれも状態はそこまでよくないが、ひとまとめに売れば、買い手もつくはずだというのが彼の見こみだった。それから、管理人の離れもちょっと見せてほしいと言われた。

やがて不動産屋は、コジモから十六万ユーロで買いたいという申し出を受けた。それを受け入れるべきかどうか、マッセリアでわたしたちが議論を重ねていると、ミラノの建築家から十九万ユーロで買うという別の申し出があった。

「多数決で決めようか？」ベルンが提案した。

みんながわたしを見ていた。だから答えた。「そうね、そうしましょう」

数週間後、建築家と公証人事務所で会った。あとはわたしがサインするばかりとなった契約書をこちらに差し出しながら、男性は言った。「おばあさまのお屋敷は実に素晴らしい。手放されるのはおつらいでしょうな。修復に当たっては元々のよさを必ず守りますからご安心ください」

「ありがとうございます」わたしはつぶやいた。

ベルンはそこまでつきあってくれたのに、事務所には入りたがらず、近くのバールで待っていた。

「ここは神の恩寵《おんちょう》を受けたように美しい土地ですな」建築家は言い、契約書から目を上げて、こうつけ加えた。「あの管理人夫婦はどんな感じですか？　信頼のできる人間でしょうか？　引き続き任せてもいいかなと思っているのですが」

ところがその数日後、コジモとローザは出ていってしまった。そしてその一週間後、警察がマッセリアに来た。警官が――わたしたちよりやや年上の女性で、制帽の下からポニーテールが飛び出していた――不法居住者がいる旨、通報があったと告げた時、わたしはたいして驚かなかった。当然の結末ではないか？

トンマーゾとわたしは彼女が上着の内ポケットから手帳を出し、ページをめくるのを見た。

「ここに住んでいるのは全部で六人、そうですね？　残りのお仲間も集めてもらえます？」

全員、パーゴラの下に集合すると、彼女はみんなに身分証明書の提示を求めた。

「もしも嫌だと言ったら？」ジュリアーナが刃向かった。

「確認のため、署まで同行をお願いすることになります」

こうして三組のカップルは、上の階にあるそれぞれの寝室に向かい、わたしたちが――なんだかんだ言っても――文明社会に属していることを証明する書類を探し回る羽目になった。

「逮捕されちゃうのかな？」ふたりきりになった短い間にわたしはベルンに訊いてみた。

すると彼はわたしの頭にキスをして、「馬鹿を言うな」と答えた。

婦警は六人の情報を書き留めていった。そのあいだに彼女と一緒に来た、もっと年上の無口な男性の警官がその場を離れた。ジュリアーナは男性のあとを追い、スーパースカンクを植えた一角からなんとか遠ざけようと手を尽くした。相手の気をそらすべく、彼女は地面から引き抜いた二十日大根を食べてみろと勧めさえし、結局は自分で食べた。何もあなたを馬鹿にして勧めたわけじゃないと証明したかったのかもしれない。

そうして待たされるのも不安だったが、最悪だったのは、わたしたちには奇跡とすら思えたマッセリアという場所に、外からやってきたこのふたりがちっとも驚いていない、そう気づかされた時だった。

婦警から、この土地を占拠する権利を主張できる者はここにいるかという質問があると、ベルンが前に出て、こう答えた。「地主が僕たちに住んでもいいと許可をくれたんですよ」

するとと彼女はまた手帳をめくって、訊き返した。「地主というのはベルパンノさんのことですか?」

「チェーザレ・ベルパンノは僕のおじです」わたしがマッセリアに移り住んで以来、チェーザレとの血縁関係をベルンが自ら強調するのを聞いたのはそれが初めてだった。

「ベルパンノさんとは今朝、電話で話したばかりです。この家に住人がいるなんて知らなかったようですよ。ここは売り地で、無人のはずだと証言しています。看板を替えたのはあなたたちですか?」

「看板なんて見たこともありません」ダンコが嘘をついた。

彼の証言を警官はメモした。わたしたちに不利な調書を書くためだろう。わたしは内心でつぶやいた。すると、なんの前触れもなく父さんと母さんの非難の声が——トリノからひとっ飛びで——空から降ってきた。

「当然、令状はあるんでしょ?」ジュリアーナが辛辣な声で尋ねた。

「お嬢さん、我々は家宅捜索をしているわけではありませんので」婦警は落ちついたものだった。

「それに仮に令状が出ていたとしても、状況から判断するに、令状を提示すべき相手はあなたじゃなさそうですね」

「誤解なんです」あの澄んだ声でベルンが介入した。「おじと話をさせてください。今すぐ誤解を解いてみせますから」

「ベルパンノさんは、一週間以内にこの土地を出ていくようにと要求しています。さもなければ被害届を出すとのことです」

彼女は手帳をテーブルに置いた。そして、それまでよりも優しい声になって、できるものなら自分だってあなたたちに味方したいのだ、とでも言いたげに、こう続けた。「あのね、こっちにはもう証拠写真が何枚もあるの。高圧電線からの違法な引きこみの証拠もあれば、やっぱり違法な太陽光発電設備の証拠もあるわ。それにたぶん、わたしが向こうのほうに歩いていけば——と言って彼女は正しい方角を指した——無許可の養蜂の巣箱にマリファナの畑まで見つかるんじゃないかしら」

「畑なんてそんな大げさなものじゃありませんよ」トンマーゾがうかつにも指摘し、みんなににらまれた。

その自白を彼女は聞こえなかったふりをした。

「だから一週間してわたしたちが戻ってきた時、もうここには誰も残っていない、というのが一番なの」

彼女はちらりとベルンを見やり、なぜか驚いた顔をした。家にそっと戻っていたコリンが蜂蜜の瓶をふたつ持ってきて、ふたりの警官の前のテーブルに置いた。

「どうせわかってるんでしょ？　うちで作った蜂蜜よ」

「蜂蜜で買収するつもりかよ？」ダンコがぎょっとした声を出した。「お前ってどうしようもない馬鹿だな」

すると婦警は言った。「きっとおいしいんでしょうね。でも受け取れないの」

それから彼女はまたベルンを見た。「あなただったのね。いつか例の女の子について話を聞かせてもらったわ。つまり、ここがあの現場なのね」

そう、あのひとは確かにそう言った。でもわたしの耳はふさがっていた。わたしは自らの意思で、あくまで聞くまいとしていたのだ。

「ひと違いですよ」ベルンは婦警をじっと見つめて答えた。「あなたとなんて会ったことがありません」

数分後、わたしたちはまたいつもの六人で、わたしたちのパーゴラの下に座り、わたしたちの家の壁のそばにいて、わたしたちの土地に囲まれていた。そのどれもが、かつてはわたしたちのものだったのに、不意にそうではなくなってしまったものばかりだった。

ベルンはテーブルに瓶ビールを六本並べた。でも、誰も自分の瓶に手を伸ばそうとしなかった。

「みんな、そんな顔をするなよ」彼は言った。

「お前はまるで気にならないみたいだな」ダンコがけちをつけた。

「テレーザがあの家を売って稼いだ金がある。それでチェーザレからマッセリアを買えばいい。だって売り地なんだろう？　これで堂々と住めるじゃないか？」

「そのチェーザレとやらは、ここをいくらで売るつもりなんだ？」ダンコが疑わしげに訊いた。

「いくらだろうと、こっちが用意した額で売ってくれるさ。買い手が俺たちなら間違いない」

「お前にそこまで優しいおじさんだとはとても思えないがね」

売買契約書にサインを済ませたわたしが、このお金はみんなのものだと宣言すると、五人は大喝采で喜んでくれたし、そのあとでベルンなどわたしのうなじに顔を押しつけながら、君を誇りに思うとまで言ってくれた。にもかかわらず、その日以来、わたしたちは以前に増して出費を惜しむようになった。あたかもそれなりの大金を手に入れたことで、お金が聖なるものに変わったみたいだった。あるいは、このすぎた幸運がみんなの関係を変えてしまうのではないかとそれぞれ心の底で怯《おび》えていたのかもしれない。

ベルンは、マッセリアを購入するかどうかを多数決で決めようと提案した。「この土地を本当に俺たちのものにすることに賛成な者は手を上げてくれ。永遠にみんなのものにしようじゃないか」

わたしは手を上げた。ところが手を上げたのは、わたしを除けば、あとはベルンだけだった。

「なんだよ?」彼は残り四人に迫った。「どういうことなんだ?」

するとコリンが瓶ビールを一本つかみ、ライターの底で苛々と栓を抜いて、ひと口飲んでから、両手で握りしめた。

「わたしたち、みんなに話があるんだ」彼女は口を開いた。「いつか別の機会に、と思ってたんだけど、ちょうどいいから話すわ。トンマーゾとわたしは、ここを出ていくよ。わたし、妊娠したの」

悲しい乾杯でもするような調子で、彼女は瓶を持ち上げてみせた。トンマーゾの顔は真っ青だった。

「妊娠したって?」ベルンは夢うつつの表情で訊き返した。

「何さ、何をどうすればいいのか教えろってわけ?」

しかし彼にコリンの皮肉を理解する間はなかった。その知らせに猛烈に感動していたのだ。

「妊娠か!　最高のニュースじゃないか!　みんな、わからないのか?　新しい時代が始まるぞ、子どもがどんどん増えるんだ。テレーザ、ダンコ、ジュリアーナ……わからないのか?　俺たちも急いで作らないと。この家で、みんなの子どもが一緒に育つんだよ」

牧歌的な光景をぱっと想像したのだろう。ベルンは喜びに全身を震わせていた。彼はトンマーゾとコリンを背後からまとめて抱きしめると、ふたりの頰にキスをした。

「妊娠か！」トンマーゾがますます泣きそうな顔になるのにも気づかず、ベルンは同じ言葉を繰り返した。

「何カ月目だ？」ダンコが質問した。

「五カ月よ」コリンは答え、わたしたちの目を順に見つめた。

ベルンは止まらなかった。「どうして今まで黙っていたんだよ？　これで多数決の必要もなくなったな。ここを買い取って、子どもたちの理想郷にするんだ。おじさんもおばさんも兄弟もわんさかいる家だよ」

そこにいたって、コリンがベルンをはねのけた。

「ちゃんと聞いてよ！　ベルン、わたしたちはここを出ていくって言ったの！　さよならなの。こんなところでわたしの子どもを育てろって？　なんのために？　結核にでもかかるのが関の山じゃないの！」

与えられた情報を彼が吸収するまでには何秒かかかった。わたしとダンコとジュリアーナは最初から理解し、トンマーゾのがっくりと落ちた肩もずっとそうだと言っていたのに。

「ふたりで出ていってしまうのか」ベルンは言った。

コリンは片耳のピアスをいじりだした。「親がターラントに部屋を見つけてくれたの。実家に近いから、手も貸してもらえるし。そんなに大きな部屋じゃないけど、町中なんだ」

「でも俺たちはどうなる？」ベルンが尋ねた。

コリンは我慢の限界にきたようだった。「いい加減にしてよ、ベルン！　あんたって本当、頭のねじが何本か抜けてんじゃないの？」

しかしベルンはもう彼女には構わず、弟分を見つめ、相手が視線を返すのを待った。でも、ベルンがその名をまずは小さな声で呼んでも、次にもう少しだけ大きな声で呼んでも、トンマーゾは身じろぎひとつしなかった。

そこでベルンはわたしの隣にまた座り、静かにビールを飲み干すと、ダンコに語りかけた。「どうやら、俺たち四人でどうにかするしかないみたいだな」

ダンコは頬に溜《た》めた息を吹き出した。「この家を買うなんて馬鹿げてるよ。ひどい状態じゃないか。見ればわかるだろう？　土だってよくない。買えば、死ぬほど苦労することになるだろうな」

「何言ってんだよ？　今日はみんなどうかしてるぞ？　ここにはフード・フォレストがあるじゃないか。雌鶏もいれば、蜂だっている。なんだって揃っているのに」

ダンコが首を横に振った。自分のなかで何かと闘っているような仕草だった。

「警察が来たんだぞ、ベルン？　警察とのもめごとは、俺は一切ご免なんだ。それに太陽光パネルだってあんなことになっただろう？　あのコジモの野郎にしたたって。結局、俺たちは招かれざる客なんだよ」

「そんなことは最初からわかっていたことじゃないか」

わたしはベルンの手を取った。冷たくて、指がちょっと震えていたので、ぎゅっと握ってあげた。

ダンコは両手のひらをジーンズでこすると、ジュリアーナに訊いた「ジュリ、どうする？　どうも引っ越しの時が来たみたいだぞ」

返事のかわりに彼女は舌を鳴らした。そうするしかないでしょ、という意味なのは明らかだった。ベルンは、集団で背信行為に出た四人をなすすべもなく見つめていた。

しかしダンコにはさらに言うべきことがあった。「お屋敷を売った金だけど、六等分するのは不公平だと思う。そもそもはテレーザの家だったんだから。でも俺たち五人にも、何がしかの分け前があってしかるべきじゃないかな？　まあ、退職金みたいなもんだ。全員がここで働き、投資をしてきたんだから。どう思う、テレーザ？　君が自分で、あの金は共同資金に入れると言ってくれたわけだが。もちろん、こうして状況が変わったからには、前言撤回もありだと思うよ、しかし……ともかく、俺たちだって貢献はした、ってことだ」

どんなに頑張っても、今のダンコには普段の明快な物言いができず、理系の勉強を通じて身につけたという公平な態度も守れぬ様子だった。

「ここを出ていく者は二万ユーロを受け取り、ほかには何も要求しない、というのはどうだろう。あっ、ひとり二万ユーロということだよ」ダンコはあわててつけ足した。「残りはすべてベルンとテレーザのものだ。十万ユーロは残るな。マッセリアの購入費には十分だと思う」

「それって今、思いついた話なのか？」ベルンは厳しく問い詰めた。彼がダンコに対してそんな態度を取るのを見たのは初めてだった。

「じゃなきゃ、何か問題か？」

「今、思いついたのか、それともとっくに計算済みだったのかと訊いてるんだよ、ダンコ」

ダンコはため息混じりに答えた。「ベルン、人間だって所有は許されちゃいないんだよ」

「お前の説教なんて聞きたくないね」

ダンコは鼻を鳴らした。「じゃあ勝手にしろ。テレーザ、どうする？　俺の提案に賛成してくれるかい？」

「テレーザは賛成だよ」ベルンがわたしのかわりに答えた。わたしはまだ彼の手を握っていた。

「よし。じゃあ、乾杯しようか。このたび世界人口がさらなる増加を見ることを祝して。でも、少しいいワインを出そう」

残りの時間、ベルンは感情を押し殺して耐えた。みんなとグラスをぶつけあい、ダンコのそれとすらぶつけた。みんなの新たなスタートやコリンの妊娠やその他もろもろを祝すふりをしつつも、わたしたちは内心、それが何よりも終わりを告げる乾杯であることを知っていた。パーゴラの下で夜通し語りあった日々の終わりであり、六人の友情そのものの終わりとなる可能性もあった。そしてひとつの夢の終わりだ。それが本当に実現し、しかも持続し得るなんて、ベルンを除けば、わたしたちの誰ひとりとして信じていなかった、不透明な夢の終わりだった。

それからの日々。ベルンのなかでは恨みっぽい暗い感情が渦巻いていたようだ。彼はトンマーゾと一緒にいることが多くなった。新たな別れを前に、昔、スカーロで迎えたあの晩と同じ痛みを感じていたのだろう。でも今回のふたりの態度はあの時とは違っていた。彼らはひたすらに散歩をした。一度だけ、フード・フォレストに点在するチリメンキャベツの巨大な結球のあいだで抱擁するふたりに出くわしたことがあったが、こちらもいつかのような嫉妬は覚えず、彼らのことがひどく哀れに思えただけだった。

わたしたち三人の女のあいだで行われた服の分配は、喧嘩《けんか》もなくスムーズに終わった。三人のうちの誰かのものだった服は元の持ち主に返却された。あたかもそれまではずっと、三人の女の子がパーティーで互いのおもちゃを一緒くたにして使っていただけだったみたいに。わたしたちは一着ずつ自分の服をプレゼントしあったり、この服はお腹が大きくなったらコリンには着られないだろうと彼女をからかったりもした。

最初に出ていったのはダンコとジュリアーナだった。ふたりは南に向かったが、当人たちも正確な目的地は知らぬようだった。荷物を満載したジープの前でダンコは最後にもう一度、一緒に来いとベルンを誘った。彼の答えをわたしは固唾を呑んで待った。悲しみのあまり、承知してしまうのではないかと不安だったのだ。ところがベルンは友の手を握り、こう答えた。「ここを離れたら、俺は死んでしまう。もうわかったんだ」

警察の最後通牒《つうちよう》の期限まであと二日という日に、ベルンとわたしはふたりきりになった。わたしたちは常磐樫《ときわがし》の下のベンチに座った。もうずいぶんと前から誰も使っていなかった。ふたりしか座れない短いベンチだったからだ。ベルンはわたしを抱き寄せた。あたりの野畑があんまり静かで、動くもののひとつなかったので、自分たちが地球上の人類最後の生き残りか、最初のふたりにでもなった気がした。彼も似たようなことを考えたらしく、「アダムとイブだね」と言った。

「林檎《りんご》の木がないけど」

「チェーザレは、あれは本当は無花果《いちじく》だったと言ってたよ」

「それならうちにもあるわ」

彼の胸は膨らんではへこみを繰り返していた。やがてその指がわたしの指をそっとさかのぼってきて、袖のなかを通り抜けようとし、途中で布地に阻まれた。

「明日、チェーザレに会いにいこう。マッセリアを売ってほしいとふたりで頼むんだ」彼は言った。

「でもそれでお金、なくなっちゃうね」

「別にいいじゃないか」

わたしは敷地を眺めた。これからはすべての仕事をたったふたりでやらなければならないと思うと心細かった。心のどこかでわたしがなお、自分はいつか大学の勉強を再開し、接ぎ木でもするように過去の自分を今の自分とつなげるのだと考えていたとすれば、そんなことはけっしてないだろうと悟ったのは、まさにその時だった。ベルンとわたしがいて、マッセリアがあって、それでおしまいだった。わたしは二十五歳で、そんな風な生き方をするためには自分が年を取りすぎているのか、逆に若すぎるのかを知らなかったが、どちらであろうと構わなかった。その瞬間、わたしはかつてないほど強くベルンを愛していた。突然の孤独によってやっとふたりの愛情は、大きく広がって隅々まで独占できる空間を得たらしかった。

だから彼が、「俺たちもトンマーゾとコリンのように、子どもを作らないとな」と言った時――そう、〝ほしいな〟でもなければ、〝できればな〟でもなく、ほかに道はないみたいに〝作らないとな〟と言った時――わたしはそのとおりだと納得して、「ええ、作りましょう」と答えたのだった。

「今夜？」

「ううん、今すぐ」

でも、わたしたちが意を決し、家に戻り、二階に向かうまでにはさらに数分を要した。常磐樫の下で過ごしたその静かな合間に、彼とわたしは目の前にひとりの女の子の姿を見ていたからだ。それはわたしたちの娘だった。どうして女の子だったのかはわからない。わたしたちの娘はふたりのすぐそばで踊り、短命な庭草のあいだからタンポポの花を一本摘むと、こちらに差し出した。それはあくまで空想が見せた幻だったし、わたしたちは互いに何を見たかを告白しあうこともなかった。それでもわたしは当時も今も変わらず確信している。あの時、わたしたちは娘の姿をはっきりとそこに見た。しかも、それはまったく同じ姿だった。なぜなら、あのころのベルンとわたしには、そういうことがよくあったからだ。時とともに言葉に頼ることが減っていったふたりだが、何か実在するものを一緒に見て、同時に目に見えぬものまで、暗黙の了解のうちに思い描くことがまだできたからだ。

4

ベルンがマッセリアの外壁に何か描いているところにわたしは出くわした。北向きの壁だ。褐色のペンキは、ドアの塗り替えに使った茶色いニスの余りで、白い漆喰《しっくい》の壁にはよく目立った。朝はもう寒くて、どこも朝露でたっぷりと濡《ぬ》れていた。わたしはセーターのとっくり襟で顎《あご》の上まで覆った。

「そう、男根だよ」彼は振り返りもせずに認めた。

「だと思った」わたしは努めて驚きが伝わらぬようにしながら答えた。「家の壁に巨大な男根が一本。お隣さんはさぞ喜ぶでしょうね」

「チベットじゃ幸運をもたらすとされているんだ」

その時になって初めて、地面に置かれた写真入りの本にわたしは気づいた。オストゥーニの図書館で借りてきたのだろう。彼が時おり、何日か連続で午後を過ごすことのあった図書館だ。男根はその本から模写していたのだ。

写真と結果を比較すべく、わたしは近づいていった。ベルンの描いた男根は単純化されすぎていて、どちらかといえば、いたずら小僧の卑猥《ひわい》な落書きみたいだった。

「つまり、また神秘主義に逆戻りってわけ？」彼の肩に片手を置きながら、わたしは尋ねた。

ベルンはにやりとして答えた。「ダメモトでやってみようと思ったんだ。善き精霊を呼べるものなら呼びたいじゃないか。僕たちの理想を実現するためだよ」

わたしたちの理想。つまり、あの幻の娘のことだ。あの子はもはや、ふたりのあらゆる会話にあらゆる思念、あらゆる願望を支配するまでになっていた。わたしたちが彼女の姿を初めて想像し、その幻覚めいた姿を追って階段を上り、ベッドに入り、本物の娘に変えようとしたあの午後から二年ほどが過ぎていた。

二階には既に子ども部屋が用意されていた。かつてトンマーゾとコリンが使い、その前はチェーザレとフロリアーナの寝室だった部屋だ。ベルンはオリーブの木の株をくりぬいて揺りかごまで作った。でも揺りかごは空っぽで、揺りかごをぽつんと真ん中に置いたその部屋も、同じくがらんとしていた。

「手伝ってくれてもいいじゃないか」やがて彼は言った。「俺より絵はうまいんだからさ」

わたしはニスの缶を手に取り、刷毛を握ると、輪郭の修正を試みた。ベルンはそんなわたしを背後で見つめていた。

「ずいぶんとよくなったよ」最後に彼は言った。

「こんな絵、どう思われるかな」

「どう思われようが構わないよ。それに誰が見るって言うんだい？　客なんてずっと来やしないじゃないか」

それは言えていた。トンマーゾとコリンすらもう来なくなっていた。アーダが生まれてからというもの、あのふたりはコリンの父親が家賃を出している屋根裏部屋《アティック》に閉じこもり、夜泣き続きでへとへとになりつつも、誰よりも満ち足りた暮らしをしていた。ベルンとわたしは結構頻繁に彼らに会いにいったが、こちらの子作り失敗が慢性病的様相を示すようになって以来、会いたい気持ちは弱まる一方だった。でも仮に、ターラントまで車を走らせるのはやめよう、行っても嫉妬に苦しむだけだと決めたとしても、アーダの武勇談は電話で届くに決まっていた。アーダのやつ、ベビーベッドの枠につかまって立ち上がったんだ。アーダのやつ、手を振って挨拶をしたんだ。アーダのやつ、自分の乳歯をいじくるんだ……。

ダンコとジュリアーナもほとんど姿を見せなくなっていた。だからこそベルンとわたしは——まだ若いのに、すっかり自信を喪失したふたりの地主は——異教のトーテムをそうして仰いでいるのだった。

わたしは言った。「ひょっとしたらご利益あるかもよ」

「だといいね」

「ねえベルン、やっぱりいい加減、お医者さんに診てもらおうか?」

彼はさっとこちらを振り返った。「どんな医者さ?」

「もしかしたら何か問題があるのかもしれないし。わたしのほうに、ってことだけど」

「問題なんてないよ。俺たちはもっと試してみるほかないんだ」

彼に手を引かれ、家のなかに戻った。わたしは朝食の支度《したく》をした。十一月で、椋鳥《むくどり》の大群が一帯に飛来し、オリーブの実を盗み食いしていた。遠くで猟銃の音が聞こえた。窓に目をやると、驚いた鳥たちの黒い扇子が何秒か空に広がってから、また何事もなかったかのようにひと塊にまとまるのが見えた。

壁画は役に立たなかった。生理は残酷なまでに正確な周期で訪れるのをやめず、ベルンはそのたび失望と苛立ちを深めた。ついにはこちらも、使った生理用品を隠してごまかそうとしたが、いずれにしても夜、彼がわたしの背に胸を貼りつけてきて、新たな一撃を試みようとすれば、ばれてしまうことだった。今日は駄目だとわたしは彼の顔も見ずに告げ、向こうはマットレスに元どおり横になって、次の再挑戦まで何日待たねばならないか計算をした。

何より変わったのがセックスだった。以前であればふたりとも野性的に抱きあったのに、今やベルンはわたしのなかのどこか正確な一点を探すように、軍隊的な規則正しさで腰を前後させるようになった。以前の彼であれば、自分が先に達したあとも、こちらの下腹部が激しく痙攣《けいれん》するまで指で続けてくれたのに、今や、進行中の生理的プロセスを邪魔したくないとでもいうように、すぐに体を遠ざけてしまうのだった。以前のふたりであれば、力尽き、ぼんやりと並んで寝転がっていられたのに、今や彼から腰を十分間持ち上げていろと指示されるようになった。ベルンは時計で経過時間を数えながら、わたしの姿勢をあれこれ修正した。高く上げすぎても駄目だ、これでいい、膝から首まで一本の直線になるようにするんだ……。寒い部屋で、お腹を剝《む》き出しにしてじっとしていると凍えそうで、シーツで覆ってほしかったが、弱音を吐くなと叱られそうで頼めなかった。

助言をもらえそうな産婦人科医はもちろん、そもそもどんな種類の医者にも伝手《つて》のなかったわたしたちは、電話帳を調べるためにスペッツィアーレのバールに向かった。そして、自分たちが何をしているところなのか誰もが承知しているみたいに周囲の目を気にしながら、ブリンディジ県内の産婦人科医の電話番号を四つか五つメモした。

電話はマッセリアに帰ってからかけた。ベルンがそうしろと言ってくれたので、かける相手はわたしが選んだ。常磐《ときわ》樫《がし》と家のあいだを円を描いて何往復もしながら、わたしは医師に対し、もう何カ月も子作りに励んでいるが失敗続きだと説明した。そうしてしっかり声にしてみると、それまではぼんやりしていた恐れが不意に具体的になった。医師はわたしに立て続けに質問をした。いずれも、続く数週間のあいだに聞き慣れたものとなる質問ばかりだったが、そうして初めて尋ねられた時は、どれもわたしたちを非難する言葉に聞こえた。ふたりの年齢は？（二十七と二十八）、ふたりの病歴は？（なし）、わたしの生理周期は？（規則的、大目）、避妊をやめたのはいつ？（約二年前）、どうして今になるまで医者に電話をしなかった？

いずれにせよ不妊治療は自分の専門ではないと電話の医師は最後に言い、サンフェリーチェという名の同業者を紹介してくれた。ブリンディジではなく、フランカヴィッラ・フォンターナに診療所を持つ医師で、彼の紹介で来たと言えばいいとのことだった。

こうしてわたしは電話をかけ直すことになった。今度はもっと慣れた調子で、しかし前より臆病になって、ほとんど同じ順序で投げかけられた同じ質問に対し同じ答えを返した。わたしがやはり常磐樫と家のあいだを往復しながら電話をしているあいだ、ベルンは折り返し地点に立ち、わたしのひと言ひと言を記憶し、黙って応援してくれた。

翌日、わたしたちはサンフェリーチェ医師の診療所の待合室にいた。彼に好印象を与えられるか否かが成功を左右するとでもいうように、ふたりともきちんとした格好をしていた。壁には女性の生殖器官のポスターが貼ってあり、卵管、子宮頸《けい》部、大陰唇、小陰唇といった名称が黒い線で該当部位とつながっていた。ほかにもふた組の夫婦が待っていたが、お腹が大きいのはひとりだけだった。どちらの女性もわたしに向かって優しい笑みを向けてくれた。初めて来たのが雰囲気でわかったのかもしれない。

サンフェリーチェ医師はわたしを診察台に横たわらせると、ラテックス製の手袋をはめ、こちらの尻をぽんと叩《たた》いて、リラックスするように言った。

「奥さん、前に産婦人科医の診察を受けたのはいつになりますか？」

「何年か前です。よく覚えていません」

ゾンデを動かしながら、医師はひっきりなしに話し続けた。わたしたちについて唯一、彼が記憶に留めた情報は――あるいはそれぐらいしか興味を持てなかったということかもしれないが――ふたりが野中の一軒家に住んでいるという事実だけだった。自分も郊外に別荘を持っているとサンフェリーチェは言った。ただし、イトリア谷の一等地で、九ヘクタールもの敷地があるとのことだった。標高が高いために井戸を掘るのが大変だった、三度目の掘削でようやくきれいな水を掘り当てた、全部で一万五千ユーロ近くかかった……。わたしはベルンが井戸や帯水層についての議論をふっかけやしないかと冷や汗ものだったが、彼はじっと耐えていた。幸い医師の話題は自分の畑でとれたオリーブ油の実の搾油工程に移り、自分は作業に最初から最後まで立ち会うと強調し、わたしたちのオリーブ油の酸度を尋ね、うちの油のほうが酸度が低いと自慢した。

「おふたりはどの程度の頻度でセックスをされていますか？」ふたたび三人で机を挟んで向きあってから、医師に尋ねられた。「まさかと思われるでしょうけど、診察にいらっしゃるカップルのなかには結構、困った方が多いんです。たとえば、もう一年も試しているんですけど、とおっしゃるから、年に何度くらい？と確認してみると、少なくとも五、六回はしてます！なんて答えが返ってくるとかね」

彼は小話の落ちを語るみたいに笑ったが、すぐに真面目な顔に戻った。わたしたちの表情が少しも緩まなかったためかもしれない。

「こんな質問をするのは、とりあえずテレーザさんのお体には特に異常が見当たらないからなんです」

「毎日しています」ベルンが答えた。

「毎日ですか？」医師は目を剝いた。「一年以上前から？」

「はい」

サンフェリーチェは難しい顔になり、虫眼鏡をちょっといじってから、元の場所に戻すと、わたしに向かってこう言った。「そういうことであれば、徹底的な検査が必要ですね」

「何が原因なんでしょう？」ベルンが質問した。

「ご主人の精子の運動率が低いか、数が少ないか、あるいはその両方か。または奥様の卵巣の問題かもしれません。線維腫は見当たりませんでしたがね。最悪の場合、子宮内膜症の可能性だってあるでしょう。しかし、色々な種類の検査の結果がすべて出るまでは、こんな話、するだけ無駄ですな」

医師は検査に必要な診察指示書を書きだした。ずいぶんな枚数だった。ペンを握る彼の手をベルンはじっと見つめていた。

「検査結果が揃《そろ》ったらまた来てください」医師はわたしに指示書の束を差し出しつつ言った。「精液検査の分は書きませんでした。ここでできますから。採取日は火曜です。やり方はここに説明がありますーーそう言って彼は一枚のプリントを追加したーー費用は百二十ユーロです。価格は調べていただいても結構です。うちよりも安いところはまずないはずですよ」

「解決できるものですか、先生？」席を立ってからベルンが尋ねた。

「もちろんですとも。もう二十一世紀なんですから。医学にできないことなんて何ひとつありません！」

フランカヴィッラ・フォンターナの中心街では、街灯に照らされた通りを人々がゆき交い、方々の商店に出入りしたり、食前酒《アペリティフ》を楽しむべくバールに入ったりしていた。出店でオレンジピールの砂糖漬けが売っていたので、ベルンに一袋買ってくれと頼んだら、こんな答えが返ってきた。「今晩はレストランに行こうか！」

彼とふたりきりで外食をしたことはまだなかった。なんだか心の準備ができていないような、奇妙な緊張をわたしは覚えた。

「お金のかかる検査が山ほどあるんだよ？」

「先生も言ってただろ？　医学にできないことなんて何ひとつないんだってさ。つまり、もうすぐ俺たちにも娘ができるってことだ。だからお祝いしよう！　テレーザの言うことを聞いて、もっと早くに来るべきだったんだ。店は君が選んでくれ」

わたしは広場の中心でぐるりと周囲を眺めてみた。初めて大きな町を見た田舎の少女みたいに目を輝かせながら。輝く街灯も、バロック様式の町並みも素敵だった。

「あそこがいいわ」わたしは指差した。

うっとりした顔でわたしはベルンの腕にしがみついた。ふたりには縁のなかった初めてのデートにでも来たみたいだった。そして、彼に導かれるがままにレストランに向かった。ふたりはどこにでもいる恋するカップルだった。少なくともその晩だけは。

極めて高価で時にみじめな一連の検査の結果——たとえばベルンが自慰のためにトイレにこもり、数分後に乳白色の精液のサンプルを持って出てくるのを見るのはたまらない気分だった——問題は皆無であると判明した。ベルンの精子は数も豊富なら、元気旺盛で、何ひとつ異常がなかった。そして、わたしのプロゲステロンにプロラクチンにエストラジオールのレベルも、LE、TSH、FSHといった、まだ意味もわからなかった略号の値も、とりあえず正常だった。それでもわたしは妊娠しなかった。あたかも問題はベルンとわたしという組みあわせそのものだとでも言われているみたいだった。サンフェリーチェ医師も胸の内ではそう思いながら、あえて勧告を避けていたのかもしれない。「さっさと解決してしまいましょう」机の上に並んだ診断結果を眺めながら医師は言った。「人工授精をワンクール、それでなんとかなるでしょう」

でもその前に、排卵誘発の段階を踏まねばならなかった。厳格に時間を守って投薬をする必要があり、この場合も医師には、手順を説明するプリントの用意が既にあって、励ますような笑顔で渡してくれた。

このころベルンは、桑の木の小屋を以前とまったく同じところに作ろうと決めた。娘が喜ぶはずだと言って、彼は小屋の再建計画を最優先事項のように語った。桑の木にふたりの娘が登れるようになるまでには最低でも四、五年はかかると言って止めても、まるで聞いてくれなかった。ベルンは板をたくさん抱えてマッセリアに現れ、何時間も敷地を歩いて、屋根を葺《ふ》くためのしなやかな枝を探し回った。

要するに、わたしが卵巣に卵子を作らせようと必死に努力している横で、自分だけぶらぶらしているのがベルンは耐えられなかったのだ。そんな風に彼が父親になる夢でふわふわしているあいだ、こちらは重くなった下腹部、硬くなった乳房、いきなり太ももに現れたセルライトのでこぼこにげっそりしていた。

「こっちを見ないで」夜、服を脱ぐたびにわたしは言った。

「どうして？　いつも見てるじゃないか」

そうは言っても、自分の視線がわたしを分析し、その手の劣化のひとつひとつを記録していくのを彼自身、止められないのは明らかだった。

「とにかく見ないで」

わたしに注射をするのはベルンの役目だった。手慣れていたのは、フロリアーナに昔、習ったのだろう。それに、片手のひらに飲み薬を載せ、反対の手に水が入ったコップを持って登場するのも彼の役目だった。薬を飲めと催促されるたびにわたしは苛々した。彼の慰めがありがたいのと同じくらい腹が立った。自分が余計に惨めになり、魅力ない女に思えてくるからだ。

「できるものならかわりに治療を受けてやりたいよ」こちらの感情のもつれがどれだけ複雑かを察して、ベルンはよく言った。

「そんなの無理だし」わたしは辛辣に答え、それから後悔して、こうつけ加えるのが常だった。「自分のビタミン剤で満足しなさいな」

ビタミン剤はサンフェリーチェがベルンの精液の質を改善するために処方したものだった。何かの役に立つとは思えなかったが、ベルンはそのビタミン剤にふたりの挑戦の成否がかかっているとでもいうように真面目に飲んでいた。

ある日、ニコラがマッセリアにやってきた。彼とはかなり前から連絡が途絶えていた。わたしが把握していたニコラの近況は、二年ほど前にマッセリアを買い取るためにフロリアーナと少し会った時、彼女から得た情報だけだった。フロリアーナは多くを語ろうとせず、ニコラは元気だ、としか言わなかった。そしてわたしもそれ以上は追求しなかった。

ニコラが来たのはよく晴れた五月の日曜の朝で、こちらは卵巣刺激治療の真っ最中だった。彼はぴかぴかに磨いたスポーツカーに乗って現れたが、本人も見違えるように洗練されていた。足元には革靴、真っ白なシャツを着て、少し開けた胸元からは日焼けした肌が覗《のぞ》いていた。最後に会った時より、ずっと男っぽくなったと思った。いい意味で男っぽくなっていたのだ。それに少年時代にいつも漂わせていた、あのだらしない感じも、どことなく不機嫌そうな感じも消えていた。前よりもチェーザレに似てきて、筋骨たくましいところもそうだが、父親のあの輝きまでいくらか身につけたようだった。

わたしは彼の目に自分がどんなにぶざまに見えるか、心のなかで問題点を数え上げた。少し汚い縛った髪、野良着にしていたベルンのショートパンツ、汗ばんだ額、そして、もっと目立つ脇の下の汗の染み。全身の肌からにおい立つ性腺刺激ホルモン。

「いきなりじゃ迷惑だったかな」ニコラは言った。「ちょっと近くまで来たものだから」

「今、わたししかいないの」きっとベルンに会いにきたのだろうと思い、わたしはそう答えた。

ニコラはあたりを見回した。両手を腰に当て、満足げな顔だ。「チェーザレは、きっと何もかも変わってしまっているはずだ、なんて言ってたけど、そう変わったようには見えないな。あのブランコまであるじゃないか」

「座っちゃ駄目よ。壊れかけだから。家のなかは少しいじったわ。それに庭の畑も、あっちには前はなかったでしょう？　レモネードでも飲む？」

　飲み物を持って戻ってくると、ニコラはテーブルを前に座り、携帯電話でメッセージを打っているところだった。彼は携帯をしまうと、レモネードをひと息に飲んだ。わたしはもう一杯、注いでやった。

　やがて彼は家の側壁の何かを愉快そうに指差した。子宝祈願の壁画はもうあんまり長いことそこにあったので、わたしの目には入らなくなっていた。一度は白いペンキで塗りつぶしたものの、ペンキが乾いたとたん、黒い輪郭がまた浮かび上がってきていた。

「いちかばちかの賭けだったの」わたしは壁画の由来を説明したが、当然、顔は真っ赤だった。

「どうやら、賭けには負けたみたいだね」ニコラは言った。

　かつては彼の前で戸惑うようなことはなかった。戸惑うのはいつだって向こうの役目だった。ところが大人へと変わる過程で、わたしたちのあいだには目に見えぬ追い越しもあれば、逆転もあったらしい。わたしは年を追うごとに、久しぶりの再会というものが苦痛になっていた。

「今も警察官なの？」次々に湧いてくる思いを止めたくてとりあえず尋ねた。

「はっ、ベルパンノ巡査長であります」彼はおちゃらけて、シャツにつけたごく小さな金バッジを見せてくれた。

　ダンコがいたら、さんざん皮肉を言われたことだろう。

「警察の仕事は気に入ってるの？」

ニコラはコップを半周、回した。それは、少年時代の彼を彷彿《ほうふつ》とさせる仕草だった。

「僕は昔からルールにはちょっとうるさかったと思う。三人のなかで一番、型にはまった人間だったのは間違いないね。年上だったからかな」

あたかもベルンとトンマーゾと彼の三人組がまだ存在するみたいな口ぶりだった。あのふたりが彼の名をけっして口にしなくなったのを知っているのだろうか？　そう、ニコラとわたしの共通点はまさにそこにあった。とうに手遅れになっても、相変わらず忠実であったという点だ。

「最初、チェーザレは喜んでくれなかったよ。ほら、僕が銃を持つことになるのが気に入らなかったんだな。でも銃はあまり関係ない仕事だってそのうちわかってくれた。むしろ、ある種の理想を追求する仕事なんだよ」ニコラはいったん口を閉じ、自分の今の発言を振り返るような顔をしてから、首を横に振った。「僕にはあのひとの考えるような自由がしっくりこないんだ。君こそどうなんだい？ここでの暮らしは気に入ってるの？」

わたしは胸の前で腕を組んだ。

「楽じゃないわね。農作業から製品の販売までたったふたりで全部やるんだから。でも別の暮らしなんて今は考えられないわ。時々、奇妙な感覚に襲われるの。自分がここの風景の一部になっちゃったみたいな。植物や動物みたいに。ニコラのお父さんが言ってたのとちょっと似てるかも」

どうしてわたしはこんなことを彼に打ち明けているのだろう？

「ふたりとも時々町に出たほうがいいよ。うちでよければ、お客さんを泊める部屋もあるし。君にはステッラを紹介したいね」

「ニコラの恋人？」

「つきあって二年になる。でも同棲《どうせい》はしていない」

招待を受けるか、断るか、こちらのなんらかの反応を彼は期待していた。ベルンとわたしでバーリに行く。そして、ニコラの家を訪れる……。

「気を悪くしたかい？」彼に訊《き》かれた。

「何が？」

「ステッラがいること。僕と彼女がつきあっていることさ」

わたしは椅子の向きをまっすぐに直した。「どうしてわたしが？」

「別におかしなことじゃないよ。君とベルンのことを知って、僕は残念だった」

「わたしは嬉《うれ》しいわ、あなたが幸せなら。クッキーでもどう？　アーモンドの粉で今、クッキー作りに挑戦中なの。まだ凄くおいしくはないけど、まあまあいけると思う」

ニコラは礼儀よく待っていてくれた。でも彼が皿から一枚取って、噛《か》んだとたんにクッキーはぼろぼろに砕けてしまった。

「そう、もろすぎるの。それは承知よ」

彼はにやりとした。「コツさえつかめば、きっとなんとかなるよ」

相当久しぶりに会うのに、それでもう話が尽きてしまった。いや、そうではなかった。語るべき過去ならあった。その同じテーブルで一緒にトランプをした時のこと、少年少女のころにみんなを結んでいた複雑な関係のこと、サンゴのブレスレットを彼にもらった時のこと、そのブレスレットは一度も身につけたことがないのに今も持っていること、彼の手紙にわたしが返信をしなくなった理由……。でもあまりに危険すぎる。どちらもそう感じていた。

「わたしたち、子どもがほしくて」わたしは言った。

それはなんの計算も考えもなく出てきた言葉で、言ってから恥ずかしくなった。

「今、不妊治療中なの。ホルモン剤をあれこれ注射したり、飲んだりして」

「大変だね」ニコラが声を落として言った。

わたしのなかであらゆる感情が突如、暴走を始めたようだった。目には涙まで浮かんだ。「検査結果は完璧なのよ。でも、どうしてもできなくて」

彼は困った顔をした。しかも悲しげだった。たぶん、苛立ってもいたはずだ。

「職場の仲間で、精索静脈瘤《せいさくじょうみゃくりゅう》ができた男がいて、そのせいで……」

「ベルンが戻ってきたわ」わたしは彼の言葉を遮った。

ニコラは椅子の上で体の向きを変え、ベルンに向けて片手を上げたが、向こうは挨拶に応えなかった。ベルンは悠々と野道を歩いてきた。わたしの涙はなお湧き出てきて、どうにも止まらなかったが、こちらもなんだか無理にこらえる気はせず、手首で拭うだけにしておいた。

「なんでお前がここにいる？　テレーザ、君が呼んだのか？　どうして来た？」

わたしは立ち上がり、ベルンの手を取った。「ちょっと立ち寄ってくれただけよ。だって、ずいぶん久しぶりじゃない？　だからわたしもレモネードを出して」

ニコラはベルンとわたしを何を考えているのかよくわからない表情で観察していた。

ベルンは異様に興奮していた。「どうして泣いている？　ふたりでなんの話をした？」

彼はニコラをにらみつけた。「なんの話をしたんだよ？」

「別に何も」ニコラはベルンをにらみ返して答えた。

不妊治療の話をしたと知れば、ベルンはわたしを許さなかっただろう。

「出ていけ」彼はニコラを脅した。「ここはもうお前の家じゃない。俺たちが買い取ったんだ。わかったら、出ていけ！」

ニコラはゆっくりと席を立った。それから椅子をテーブルの下にきちんと戻すと、また周囲を見回した。マッセリアの輝きを最後にもう一度だけ吸収しておこうとするみたいだった。

「会えてよかったよ」彼はわたしにそう告げた。

次に彼はベルンの肩を抱くようにして、相手の頰《ほお》に自分の頰を近づけてから、そのひげにそっと触れた。そこまで長くひげを伸ばしたベルンを見るのは初めてだったのかもしれない。ベルンはじっと動かず、ニコラの好きにさせた。そしてニコラは車に乗り、Uターンと同時に二度クラクションを鳴らして、去っていった。

わたしはレモネードの入った陶器の水差しをつかんだが、どうしたものかわからず、またそこに置いた。

「どうしてあんな風にあしらったの？」

「ここに来る権利なんて、あいつにはないんだ」ベルンは答えた。彼は既に椅子に座っていて、何もないテーブルの中央を見つめていた。

「前は兄弟みたいに仲がよかったのに。最近、あなたもトンマーゾも、ニコラなんて一度も存在したことがないみたいにふるまうじゃない？」

彼は親指の爪でビニールのテーブルクロスを引っかいた。

「あの手のおまわりはこの家に近づけたくないんだよ」

「まるで犯罪者か何かみたいに追っ払って。そっちのほうがおまわりみたいだった！」

ベルンはうなだれてしまった。「俺に憤慨しないでくれ。頼むよ」

その声があんまり無防備で、あんまり可愛らしくて、しかも〝憤慨〟なんて妙な言葉遣いをするものだから、わたしの怒りは一瞬で吹き飛ばされ、残された空隙は、信心にも似たいつもの愛情で隅々まで満たされた。

わたしは腰を下ろすと、テーブルに置いた腕に頭を載せた。するとベルンがすぐにこちらの髪のあいだに指を差しこんできた。

「俺も君もひどく疲れているんだよ。でも、もうすぐきっと全部片づくから」

彼は指でじっくりとリズミカルに頭を揉《も》んでくれた。目を閉じれば、まぶたに五月の末の日差しを感じ、野畑の静けさがあった。そうしたすべてが新たな希望のように自分を包みこむのをわたしは受け入れた。


中学二年の時、かかりつけ医に足の親指の下にあったいぼを焼き取ってもらったことがあった。施術の前に医師は冗談めかして、「さて、この子にひとつ溶接でもするとしようか」と言った。父さんはわたしの手を握り、「下は見るな、パパと話すんだ」と、そればかり繰り返していた。それ以来、わたしは治療らしい治療を病院で受けたことがなかった。だから、採卵日に衝立の陰で服を脱ぎ、ごわごわしたみっともない紙のガウンを着ながら――ベルンとサンフェリーチェ医師の声が交互に聞こえていた――わたしは震えていた。それこそ診療所の空気が急に冷えきってしまったみたいに。

でも、卵胞の採取はすぐに終わった。サンフェリーチェは、麻酔の効いたわたしの空洞のなかで自分がしていた奇跡的な漁の進行状況を逐一、実況した。そうしてこちらを落ちつかせようとしたのだろうが、本音を言えば黙っていてほしかった。わたしはずっと、医師の助手を務める娘を見ていた。マスクの後ろから優しく微笑みかける彼女はわたしと同年配で、そうした治療を受ける必要に迫られることなど未来永劫《えいごう》なさそうだった。しばらく前からわたしは女性をふたつに分類するのが癖になっていた。簡単に妊娠ができる女性と、それ以外のわたしのような女性だ。

「九！」助手にゾンデを渡しながら、ベルンが尋ねた。医師が器用に手袋を脱ぎ、手の指をほぐしてから、カルテに何やら走り書きをするのを彼は魅入られたように眺めていた。

「何が九なんです？」

「卵胞が九個です。大家族が作れるくらいたくさんの卵子を取り出すことができるでしょう。よく頑張りましたね、テレーザさん」

シーツ越しに医師はまた、初診の時のように、わたしのお尻をぽんと叩いた。採卵日の前から彼はわたしを名前で呼ぶようになった。今やわたしたちは同じ戦争で最前線に立つ同志なのだからということらしい。

次の工程は研究所で顕微鏡のレンズの下で行われることになっていた。わたしたちの目の届かない、完全に殺菌された環境の真ん中で、ベルンの液体とわたしのそれが混ぜあわされ、静かなセックスをする。そのあとは自然任せだ。ただしわたしは〝自然〟という言葉を使わなくなっていた。少なくともサンフェリーチェの前では禁句だった。卵管の拡張手術の真っ最中にその言葉の使い方について、こんな風に噛みつかれたことがあったのだ。「自然ですって？　テレーザさん、あなたは何をもって自然だとおっしゃるんです？　あなたの着ている服は自然ですか？　お召し上がりになる食べ物はどうです？　もちろん、おふたりが野菜を作っていらっしゃるのは知っています。前回いただいたあれは、大変おいしかった。恐らくは殺虫剤のたぐいもお使いにならないのでしょう。でも、もしもあなたがご自分のトマトは自然だと信じていらっしゃるなら、率直な物言いを許してほしいのですが、世間知らずもいいところですよ。もう百年以上前からこの地球上に自然なものなどないんですから。何から何まで人間の手が加わっています。例外なんてありません。でも、その点についてわたしがどう思っているかお教えしましょうか？　まさにすべてが人工的であればこそ、神は讃《たた》えられてしかるべきだと思うんですよ。まあ、神なんていませんがね。さもなければ、我々は今なお天然痘で死に、マラリアで死に、ペストで死に、出産で死ぬ羽目になっていたでしょうから」

ベルンは医師の激しい言葉に反論せず、その後もけっして刃向かおうとはしなかった。いったい福岡正信が薬と医師一般について何を書いていたか、ベルンは覚えていないのだろうか——わたしはよく思った——いや、今の彼には、かの福岡さえ存在しないのだろう。子どもがほしいという願望と、サンフェリーチェとその技術に対する全幅の信頼によって、あの日本人は吹き飛ばされてしまったのだ……。

採卵のあと、診療所を出たところでわたしはめまいに襲われた。前の晩から何も口にしていなかったのだ。医師に指示された砂糖入りの茶さえ飲んでいなかった。ベルンに支えられ、転ばずに済んだ。「薬のせいよ。あんなにたくさん飲んだり、打ったりさせられて」わたしは小さく泣いた。するとベルンが歩道の真ん中でキスをしてくれた。ふたりのことなど何も知らぬ人々が次々に横を通り過ぎていった。「もう大丈夫だよ」彼はそう請け合ってくれた。

実際、夕方には体が軽くなった気がしてきた。局部麻酔の影響も薄れ、脚は左右ともにまたわたしの脚にゆっくりと戻り、ホルモン剤の摂取はまだやめていないのに、それまでの日々の疲れが薄れていった。娘への期待がわたしを元気づけていたのだ。もしかしたら顕微鏡の下にあの子はもういるのかもしれない。そして、もうすぐわたしのなかに入ってくるのだ……。

翌日、サンフェリーチェの助手から電話があり、ベルンとわたしは診療所に呼び出された。理由は教えてもらえず、わたしたちは杏《あんず》のジャムを煮詰める作業を途中で投げ出し、煮崩れた果肉を煮汁に浮かばせたまま家を出た。フランカヴィッラまでの移動中、ふたりは電話が引き起こした悪い予感に押しつぶされそうで、ひと言も言葉を交わさなかった。

サンフェリーチェはご機嫌で、まだ二十四時間も経っていないころに自分があれだけ絶賛し、期待できると告げた九個の卵胞が実は空っぽで、卵子がひとつもなかに入っていなかったとわたしたちに告げるあいだも、あくまで明るかった。

例によって例のごとく、わたしはあの医師の言葉をすぐには理解できなかった。「でも、そんなのってあり得ないわ」サンフェリーチェの語る空洞が下腹部に、胸に、喉に広がっていくのを感じつつ、わたしは言った。

「なんだってあり得ますよ」

あの医師には目をぎゅっと閉じ、驚いたようにぱっと開く癖があった。その一連の動作を立て続けに二度見せてから、サンフェリーチェはこう言葉を続けた。「テレーザさん、ここは統計がものを言う世界ですからね。でも、治療法を変更してみようかと思ってます。デカペプチルはあまりお好きではないとのことでしたので、そのかわりにゴナールエフとルヴェリスの組みあわせを試してみましょう。ルヴェリスを処方したことはありましたっけ？　まだですよね。それにお薬の量も少し増やしてみましょう」

「また刺激治療なんですか?」わたしは早くも目に涙を浮かべていた。何週間か前から恥ずかしいほど簡単に涙が出るようになっていた。そうした副作用があるかもしれないということは薬剤の説明書にも書いてあった。いったい何度読み直したことだろう?

「元気出して、奥さん!」医師に肩を揺すぶられた。その声には若干の苛立ちの色が滲《にじ》んでいた。

「大いなる結果にたどり着くためならば、時には多少の努力も必要です。そうですよね?」

彼は質問を繰り返した。「そうですよね?」

わたしのかわりにベルンがうなずいた。

そしてまたわたしたちは表に出て、フランカヴィッラの街角に立っていた。やがてあの時期のあらゆる思い出の背景となる街角だ。診療所の前には一軒の八百屋があって、店主がいつも入口の戸枠にもたれて立っており、診療所に出入りする人間を眺めていた。彼はなかで何が起きていたのかも知っていたのだろうか?

「やり通す自信がないんだけど」わたしはベルンに漏らした。

「大丈夫、テレーザならやれるさ」

彼はもうわたしを薬局の方向に導きつつあった。なぜならわたしたちは新しい薬を必要としていたし、自然——それがどんなものであれ——に対し、本人がまるでやる気のなさそうなことを無理強いする新しい方法を必要としていたからだ。

卵巣刺激の二周目は死ぬほどつらかった。下腹部から横腹から、腰からふくらはぎから、ありとあらゆる筋肉が痛んだ。わたしはほとんどベッドに寝たきりで、野戦病院と化したふたりの寝室を出なかった。部屋は古いものから新しいものまで薬剤の箱や使い捨て注射器の開封済みの袋だらけで、電話でサンフェリーチェに頭痛薬として処方された粉末薬の残りかすが底に溜《た》まったコップもいたる所で山をなしていた。

　ベルンは散らかり放題の部屋をどうにもできずにいた。昼間は彼がひとりで野良仕事をやっていたが、持病の腰痛がぶり返しはしないかとこちらは見ていて不安だった。そんなことになれば、ふたりは深刻な危機的状況におちいっただろう。彼は仕事の合間にちょくちょく寝室に顔を覗かせてくれたが、どんな具合かとはけっして尋ねず、順調かとだけ訊いて、すぐに姿を消してしまった。こちらの答えが恐ろしかったのだろう。そして晩になれば疲れきって、わたしができるだけ広く寝られるように、ベッドの隅っこで眠るのだった。

　ある夜、あんまり痙攣がきつかったので、わたしはベルンを起こした。彼はどうしていいかわからず、まずは下の階に向かい、お産じゃあるまいに熱い湯の入った鍋を持って帰ってきた。わたしに何か怒鳴られて彼はまた姿を消し、今度は冷たい水の入ったたらいを持ってきた。そして自分のTシャツの裾を潤《うるお》し、額を拭いてくれた。

「そんな風に歯を鳴らさないでくれよ」そう懇願された。

　もしかしたらこのまま死ぬのかもしれないとわたしが言うと、彼はパニックにおちいって首を何度も横に振り、「死なせるものか、君は死なせないぞ」とそればかり繰り返した。

　ベルンは救急車を呼ぼうとしたが、そのためには野道をゲートまで歩き、さらにその先の、舗装路との交差点まで行って、そこで待たねばならなかった。そのあいだわたしはずっとひとり置き去りになる。そうでもしないと、救急車にはマッセリアを見つけようがなかったのだ。

やがて彼がこちらの痛みを移そうとでもするように、自分の太ももを叩きだしたのでやめるように言った。わたしはすとんと気分が落ちつき、ある種の哀れみを覚えていた。でも自己憐憫《れんびん》ではなくて、ベルンのことだけが哀れだった。恐怖に歪《ゆが》んだ彼の顔がかわいそうだったのだ。

ついにはわたしも眠った。目を覚ました時には、日の光が部屋にあふれていた。ベルンはまだベッドの傍らにいた。チャービルの花を摘んできてくれたらしく、月桂樹《げっけいじゅ》の小枝と一緒にナイトテーブルの小瓶に活けてあった。頭を撫《な》でられて、わたしは彼ににじり寄った。

「サンフェリーチェと話したよ」ベルンは言った。「今すぐ治療を中止しろって言ってた」

彼はこちらの顔を正視できずにいた。

「でもまだ六日もあるのに」わたしは答えた。

「やめなきゃ駄目なんだ」

「昨日の夜はわたし、大げさすぎたみたい。悪かったわ。でもこれからは絶対に元気になれる気がするの」

ベルンは首を横に振った。ひどく打ちのめされた顔だった。睡眠不足でまぶたは赤く腫れ、伸びすぎたひげは先端が縮れていた。重い敗北感に全身で耐えているようだった。

夜の苦難の名残は、あの奇妙に落ちついた自分だけだった。何か夢も見た気がしたが、ぼんやりとしか思い出せなかった。「ベルンじゃないのよ、問題は」わたしは言った。

彼はこちらを見なかったが、その肩がはっとこわばるのがわかった。

「だから何もあなたが……」

「別の解決策があるんだって」彼が口を挟んだ。「先生は会って説明したいと言ってた。だから着替えてくれ。一緒に会いにいこう」

「今お話ししたクリニックとわたしは長年、協力関係にあります」医師は言った。「場所はキエフです。いらっしゃったことは？　美しい町です。しかも物価がとにかく安い」

彼はわたしたちがかぶりを振るのを待った。

キエフ。

「現地の医師で、不妊治療の世界では非常に評価の高いフェデチコ先生とわたしがコンビを組んでですね、なんと申しますか……従来の生殖補助医療では解決のできないケースに対処しているのです。おふたりはまだまだお若いですが、ここまで来ますと、我々の出番と言えると思います。もしかするとテレーザさんは空卵胞症候群なのかもしれません。珍しい病気ではありますが、滅多にないというほどではありません。いずれにせよ、確認のしようもありませんしね。だって、奥さんは卵巣刺激が苦痛でたまらないようですし。そうですよね？」

医師はわたしをじっと見つめた。否定の言葉を待っているようにも見えた。前夜の苦痛は誇張であり、お芝居であったと認めなさい、とでも言いたげだった。

「ほらね」彼は続けた。「過剰刺激のリスクを冒すわけにはいきませんので。となると、卵子提供しか選択肢はないということになります」

「つまり、生まれてくる赤ちゃんはわたしの子どもではない、ということですね」わたしは静かに言った。

ベルンは理解できずにいた。彼はわたしを見て、それからサンフェリーチェを見て、またわたしを見た。わたしがしばらく前から読んできた本や文書を彼は一切読んでいなかったのだから無理もなかった。ベルンのなかでは、今度の療法にしても、いずれ起こるはずの出来事を手短に起こすためのひとつの手段にすぎない、という思いこみがしぶとく生き残っていたのだ。自分のビタミン剤のように無害なものに決まっている。そう信じていたのだろう。

「馬鹿をおっしゃっちゃいけませんよ、テレーザさん」両手の指を組みあわせてサンフェリーチェは答えた。「みなさん最初はそう思うんです。どれだけの子どもが今や卵子提供で生まれてくるかご存じですか？　そうして子どもを産んだお母さんたちに訊いてご覧なさい、『それは本当にあなたのお子さんですか？』と」

医師はこちらに身を乗り出した。

「子どもは、自分の子宮で育てたひとのものなんです。出産し、育てた女性のね。最近の研究がなんと言ってるかご存じですか？　これは『ランセット』に掲載されたアメリカの研究ですが、卵子提供でできた嬰児《えいじ》は妊婦《ジェスタンテ》の遺伝的資質を何ひとつ共有していないはずなのに、その特徴を想像を絶するほどたくさん継承する、そう結論しているんです。想像を絶するほどたくさん、ですよ？」

「どうして子どもは遺伝的資質を共有しないんです？」ベルンはますます戸惑い顔で質問した。

でもサンフェリーチェもわたしも彼には答えなかった。わたしのほうはまだ〝ジェスタンテ〟という聞き慣れない言葉に引っかかっていた。

「現実にはどうなるか教えてあげましょう。お母さんたちは何年も経ってから、当院にわざわざ立ち寄られてこうおっしゃるんですよ。『先生、うちの子はわたしにそっくりなんです。夫よりもずっとわたしに似ているんですよ』ってね。わたしの返事はいつも同じです。『何も不思議はないでしょう？　だってわたしも約束したじゃありませんか。卵子提供者には、身長、目の色、髪の毛の色といった主な要素があなたとすべて一致した女性だけを選んでいるって。恐らくドナーとなった娘さんは、あなたのそっくりさんだったのでしょう。お会いになることはできませんけど』逆におふたりが赤毛のお子さんとか、とても背の高いお子さんをお望みなら、それはそれでまったく問題ありません。条件にかなうドナーを見つけるまでのことです。過去の患者さんにはひとり、うちの娘は黒人との混血児がいいとこだわる方までいらして、リクエストに応えたことがあります。ミルクコーヒー色の肌をした、それは愛らしい女の子に育ちましてね。もう小学生です」

カタログから商品を選ぶみたいに選ばれた、ということか……。何もかもが想像を絶していた。

サンフェリーチェはそこでベルンに視線を戻した。「それにウクライナの女性について我々イタリア人は先入観を改めるべきなんです。みなさんすぐにロシア人の女性を連想しますが、それは間違ってます。あんなスラブっぽさはないんです。もっとイタリア人に近いんですよ」

医師は椅子の背もたれに寄りかかり、わたしたちの質問を待った。でもこちらはふたりとも動揺のあまり口もきけなかったので、また彼が沈黙を破ることになった。「まさか宗教上の問題で無理とかおっしゃらないでしょうね？　仮にそうだとしても、わたしにはいくらでもキエフ行きをお勧めする理由がありますが。たとえば、フェデチコ先生のクリニックにはイスラエルの正統派ユダヤ教徒だって来るんです。それにイスラム教徒だってたくさん来ます。どうもあの辺の国々には不妊治療のニーズが山とあるようでして」

「非合法な治療なんですか？」わたしは尋ねた。

サンフェリーチェは眉をひそめた。

「さて、なんとお答えしたものやら。人々の考えを変えるには時間がかかります。特にここ、イタリアではね。テレーザさんのご質問が、『わたしの子宮に健康そのものの受精卵が着床した段階になって、誰かにいちゃもんをつけられたらどうなるか』ということであれば、答えはノーです。奥さんのお腹で育つものはなんであれ、奥さんのものです。そのころにはキエフ旅行だってとっくにお忘れになっているでしょう。もうひとりほしくなって当院にまたいらっしゃるとなれば、話は別ですが」

回転式の椅子の上で腰を左右に動かしてから、医師は腕を広げて言った。

「こうした技術がまったくなかった昔を想像してご覧なさい。我々は無限の可能性がある時代を生きているんです！」

それから彼は治療の詳細な手順とかかる時間について説明を始めた。新しいホルモン療法の話もあったが、前回よりもずっと軽くて、〝散歩みたいなもの〟とのことだった。「何せ今度の療法の大きな利点は、奥さんにはひとつの〝袋〟であることしか求められていないという点なのですから」

ひとつの袋。

わたしはまたしても彼の話が耳に入らなくなった。ウクライナという国について、自分は何を知っているだろう？　チェルノブイリの原発事故に、乳牛が被曝したとかでロングライフ牛乳しか買わなくなったうちの母さんの話くらいなものか。放棄された灰色の村々、鉄色の空の下にどこまでも広がる穀物畑……思い浮かぶのはそんな風景だった。

ベルンは椅子の前端に座り、サンフェリーチェに向かって大きく身を乗り出していた。医師の知識が放つ磁力に引きつけられ、その言葉を魔法の呪文か何かのように吸収していたのだろう。

「料金はこれまでどおり、こちらもできる限り勉強して、最小限に抑えましょう」最後に医師は言った。「八千ユーロで結構です。もちろん、フライトとホテルの費用は別になりますが」

しかし八千ユーロはわたしたちの蓄えをはるかに超えた額だった。それまでの蓄えは、失敗に終わった人工授精の試みにことごとく費やされてしまい、今や残りは千ユーロにも満たなかったのだ。ベルンとわたしは診察が始まってから初めて顔を見あわせた。そして、その時点からふたりの懸念は対象が変わった。問題はまたしても、いかに資金を調達するかであって、はたしてそんな人工授精を受けるべきなのかどうか、いったいそれは正しいことなのか、それともあさましく不謹慎なことなのかといった問いにはまるで意味がなく、迷う価値もないみたいだった。そもそもほかにどんな選択肢がふたりにあるというのか？

八千ユーロ。飛行機のチケットにキエフでの宿代に食費を考えれば（精液の採取に冷凍にその他研究所での謎めいた作業に、受精卵の培養にわたしの体内への移植といった生物学的・技術的な時間の都合により、約一週間の滞在が必要だった）、一万ユーロ近くになるはずだった。そんな額を急いでかき集める手だてはなかった。農作物の市場での売り上げは利ざやも極めて薄く、二年か、下手をすると三年はかかるはずだった。しかも予見できない事態も計算に入れる必要があった。マッセリアは始終どこかが故障し、雹《ひょう》に霜、もぐらの害でひと晩のうちに作物がいっぺんに駄目になることもあったからだ。

医師は、わたしたちはもはや第三千年紀に生きている、無限の可能性がある時代だ、キエフでは無菌の白衣に手袋をした男女が、静まり返った部屋で、イタリアでは条件的に許されない作業をしていると言っていたが、ベルンとわたしはまだ千年は前に生きていて、ずっと時代遅れで、太陽と雨と季節次第の生活を送っていたのだ。

ペッツェ・ディ・グレーコにひとり金貸しがいるのをわたしたちは知っていた。でも暴利をむさぼると有名だったので、当てにするのはやめようとふたりで決めた。

ベルンには黙って、わたしは父さんに電話をした。滅多にかけなかったが、かける時はいつもこちらからだった。わたしたちはまた口をきくようになっていた。ただし、向こうは相変わらず、わたしがはてしなく遠い別世界の片隅にでも暮らしているみたいな態度を守っていた。電話に出た父さんは若干の驚きを声ににじませてから、すぐにまたいつものだんまり屋に戻った。

「できたら、お金を貸してほしいんだけど」わたしは単刀直入に尋ねた。「オリーブの収穫が終わったら、きっとまとめて返すから」

「いくらほしいんだ？」

「一万ユーロ。屋根を直さなきゃならなくて」

なんの抵抗もなく父さんに嘘《うそ》をつけたので自分でも驚いた。受話器の向こうからため息が届いた。

「お前の大学の学費だって払わなきゃならないんだぞ。このあいだ振りこみ用紙が届いたよ」

「学費なんて払わなくていいわ」

わたしは少し息苦しくなった。きついホルモン療法の影響がまだ抜けきっていなかった。

「パパ、今は屋根の修理代が最優先なの」

「おばあちゃんの家だったら、屋根もしっかりしていたのにな」

「悪かったと思ってる。前にも謝ったでしょ」

「パパからはびた一文期待するな。ママに頼るのも駄目だ。どうせすぐにわかるがな」

それだけ言うと父さんは受話器を置いた。わたしはそのまま何秒か、片手で受話器を無意味に耳に押しつけたまま、じっと動けなかった。なんだかマッセリアの周囲の土地がいきなりあらゆる方向に向けて何百キロも広がり、ベルンとふたり、ひと気のない平原の真ん中に置き去りにされたような奇妙な感覚に襲われていた。

失望のあまり、電話の顚末《てんまつ》をわたしはベルンに打ち明けた。わたしたちはベッドに横になっていた。彼はきっと腹を立てるだろうと思っていたのにそんなことはなく、父さんの悪口も言わなかった。むしろベルンは黙りこみ、目をぎゅっと細めて、何か考えをまとめるような顔をした。そして、唇を結んだまま微笑んだ。彼にそのアイデアを授けたのは、ある意味、わたし自身だった。

「君の両親は良識的な人間だ」彼の声に悪意や冷やかしの色はなかった。「良識的な人間はしきたりを重んじる。つまり、ふたりがマナー上、嫌とは言えない状況を用意する必要があるんだよ」

「そんな状況ってあるの？」

「もちろんあるさ。わからないかい？」

「ええ」

「テレーザ、僕と結婚してくれ」

それは、そんなあり得ないような流れのなかで発せられた言葉にすぎず、しかもその大切な言葉を口にしたベルンの様子は——あたかも言葉の意味などまるで気にかけず、そのあとに来るはずのずっと重要な何かに気を取られているみたいに——ぼんやりとしていたのに、わたしのほうは、左右の頰でぞわっと粟立《あわ》ったものが、一気に全身に広がるのを感じてしまった。

「結婚なんて社会に都合のいいくびきだって、わたしたちいつも言ってたじゃない？　ダンコと議論になったの、覚えてないの？」

わたしは不安だった。冷静を装うテレーザのなかから、その本性である旧式な娘が今にも飛び出すのではないかと。ダンコがまさに今その部屋にいて、わたしの顔を歪めている愚かな感動の徴《しるし》を見逃すまいとしているような気がした。

ベルンはシーツから這《は》い出すと、半裸で髪もぼさぼさのまま、ベッドの上にひざまずいた。

「俺たちが結婚すれば、あのふたりも贈り物をしないわけにはいかなくなる」

「わたしたちの結婚式を集金パーティーにするつもり？」

「賑《にぎ》やかなお祭りになるぞ、テレーザ！　ここでやるんだ。木には片っ端から白いリボンで飾りつけをしてさ。それが済んだら、俺たちはキエフに行ける。さあ、立って、立って！」

シーツから出ると、わたしはマットレスの上に立った。ベルンは前でひざまずいていた。そうして見下ろすと、彼の寄り目はいっそう魅力的だった。この瞳はまさにあの言葉を発するために、そして今、同じ言葉を繰り返すために、こんな風に創られたのだと思った。繰り返すといっても、今度は真心をこめて、わたしたち若者だけに許された恐れと希望をこめて、ベルンは言った。

「テレーザ・ガスパッロ、僕の妻になってくれますか？」

わたしは彼の頭をつかんで引き寄せ、その耳をこちらのへそに押し当てた。何年も前からそこにはまりこんだままとなっていた返事を、その日までずっとほら穴のなかで待ち続け、今やっとほとばしる言葉を、そこから聞いてほしかったのだ。

「はい、何よりの望みです」

それが単なる方便だろうと、芝居だろうと、詐欺だろうと構いやしなかった。ふたりの結婚は本物だとわたしは心から信じた。ベルンと交わした誓いの言葉には、行く手に待ち受けるキエフ行きの不安さえ遠くかすませる力があった。わたしはキエフのことは考えず、なんとか忘れようとした。本当に久しぶりに幸せだった。

最初に作った招待客のリストは五十人にも満たなかった。仮にみんながみんな異様に太っ腹であったとしても、五十人ではとても足りない。わたしたちは対象範囲を広げた。まずは縁遠くなった者たちを含め、次に忘れかけていた者たちまで含めた。それでも足りなかった。主にわたしの縁者によってリストはさらに拡充された。記憶にある名前を搾り出して、こんな風にベルンに提案していったのだ。「ヴァレットさんがいた」

「誰だい？」

「うちの親の友だちで、夫婦でたまにうちに夕食に来てたわ。娘がひとりいて、夏季学校に一緒に行ったことがあるの。ジネーヴラ。あれ、ベネデッタだったかも」

「じゃあ、その子も入れよう。彼氏はいるかな？」

「プラス一名って書いておいて」

わたしはうまくいくはずがないと思っていたけれど、ベルンは自信があるようだった。「パーティーは誰だって好きだからね。特に結婚式はそうさ」

事実、彼の予測どおり、驚くほど大きな反響があった。会場となるマッセリアはトリノからはひどく遠い上に、あんなにもぎりぎりになって呼びかけたというのに、招待した約二百名のうち、実に百五十名近い人々が参加を希望したのだ。九月に結婚するの？　すぐじゃない？　うん、善は急げって言うでしょ……。なかには驚きを隠さぬ人々もいた。だって、僕たちもうしばらく会ってないじゃないか？　でもわたし、あなたのことはしょっちゅう思い出してたもの……。そう答えれば、自分でもなんだかそれが本当のような気がしてきて、みんなも感動してくれた。式は教会で挙げるの？　ううん、無宗教でやることにしたの。ベルンとわたし、カトリック教会に対して少し懐疑的だから。

それから一番デリケートな話題の番が来るのだった。わたしたち、贈り物をもらうのはやめようって決めたの。本当に何も必要ないから。でも、ふたりでどこか遠くに旅行に行きたいって夢はあって、目的地はまだはっきり決めてないんだけど。大きな壺《つぼ》を旅費のカンパ用に置いておくから、好きな額を入れてね。

わたしたちは九月のプーリアの風景に光、そして海の美しさを喧伝《けんでん》するようになった。少なくともその点については嘘をついていなかった。

頼んでみたら、ベルンは、チェーザレにフロリアーナ、そしてニコラにも、文句ひとつ言わずに電話をしてくれた。恨みつらみも急に忘れてしまったようだった。

「そう言えば、お隣さんがいたな」いい加減、アイデアも出尽くしたころ、彼が言った。「ほら、お屋敷を買ったひとが」

「建築家さん？　あれから一度も会ってないんだけど」

「じゃあ、会ってきて」

こうしてわたしは野菜を収穫し、満杯のかごを下げておばあちゃんの家の入口まで歩いていった。

庭はタイル張りの部分が増え、庭木はどれも周囲に花壇が設けられていた。離れは見まごうまでに様変わりしていて、横長の大きなガラス窓が午後の太陽をまぶしく照り返していた。湿気の染みだらけでぼろぼろだった壁も、すっかりきれいになっている。おばあちゃんが生きていたら気に入ってくれただろうかと疑問に思った。庭のまわりには高さ二メートルほどの壁が巡らされ、砦《とりで》めいた様相を呈し、プールは内側に、野畑は外にと区切っていた。

「夜が来ると、なんだか少し怖いものでね」建築家は庭にわたしを迎えに出てきて、そう言った。

「わたしは小心者なんですよ」

「いきなりすみません」

「いえいえ、歓迎しますよ。いつかそのうち、ここをどんな風に変えてしまったかご披露したいと思っていたんです。テレーザさんでしたよね。わたしはリッカルドです」

「ええ、お名前は覚えてます」

わたしは野菜のかごを差し出した。そんな洒落《しゃれ》た住まいの住人にとってはあんまり単純で不適当な贈り物に思えたが、リッカルドは嬉しそうに受け取り、場所をきちんと選んで庭のタイルの上の日陰に置くと、いいアングルをしばらく探してから、携帯電話で写真を撮った。

「カラフルで実に素晴らしい、これはもう立派な作品ですよ。ブログに掲載させてもらいますね」

「そのあと、食べることもできますから」

「ごもっとも。もちろん、いただきます」

それからリッカルドはなかを案内してくれ、最初の気詰まりな空気も次第にほぐれていった。部屋の間取りは昔と同じだったが、前は古い家具やものでいっぱいだったのに、今はほとんど空っぽだった。特にショックだったのは、〝わたしはここを絶対に動かないよ〟と言わんばかりの態度でおばあちゃんがいつも寝ころんでいた、あの花柄のソファーがなくなっていたことだった。

「実はわたしたちの結婚式にあなたを招待したくて来たの」見学が終わったところでわたしは言った。気づかぬうちに彼とわたしは、ずいぶん気軽な口調で話すようになっていた。

「えっ、君の結婚式に？」

「言ってみれば、ご近所さんだし」

彼は、考えておくよ、と答えてから言い直し、とても光栄だ、必ず行くよ、と約束してくれた。わたしは庭を歩いて門に向かった。贈り物の話も、目的地未定の旅の話も、カンパ用の壺の話もしなかった。つまり、ある意味では、わたしは本来の使命をはたせなかったのだった。でもリッカルドはあまりに正直者に見えたし、わたしの訪問をあんなにも喜んでくれたので、だます気にはなれなかったのだ。

門を出たところで、わたしは草の茎を二本抜いて、マッセリアに着くまで、遠い日にフロリアーナと三人の少年が教えてくれた手順で小さな王冠を編んでみようとした。でもうまくできなくて、途中で投げ出してしまった。

ベルンの予想はうちの両親の反応についても的中した。電話で第一報を受けた時はとっさのことに喜びも示せなかったふたりだったが、ほどなく、娘の決断には今度も反対できないと悟ったらしい。最初のやりとりから三十分後には母さんがかけ直してきて、感動の声さえ漏らした。

「ウェディングドレスは一緒に選びにいくわよ」彼女は言った。「嫌とは言わせませんからね。それにそっちで買う気は微塵《みじん》もありませんから。パパなんてもうあなたのために飛行機のチケットを買いに出かけちゃったんだから」

その言葉にはわたしが選んだ生活と、わたしがわざわざ移住する前から彼女が嫌悪してきた土地に対する不信感がまざまざと表れていた。でもその時は、母さんの声も、その断固とした口調も、やけに心に染みた。だから揺れる気持ちを悟られたくなくて、わたしは黙っていた。

彼女はこう続けた。「彼も来たかったら、来ていいからね。でも、当然だけどドレスは見せられないわよ。花婿が式の前に見たら、あんまり縁起悪いもの」

ああ、ママ！　彼とわたしが既にどんなに不運であるかをあなたに教えられたら！　そして、まさに不運であるがゆえに結婚式を開く羽目になった顛末を教えることができたなら！　わたしは何もかも打ち明けてしまいたくて、胸がどきどきしていた。ただ、キエフ行きは絶対誰にも教えないというのは、ベルンと最初に取り決めたルールのひとつだった。わたしたちとサンフェリーチェのほかにひとりでも真相を知ることがあれば、わたしたちの娘は永久に半分だけしか自分たちのものではなくなってしまうからだ。

ベルンには、トリノについて来てくれとは言わなかった。どうせ来たがらないだろうと思ったし、仮に来たとすれば、うちの両親の重みに加え、彼の重みまで支える自信がわたしにはなかった。

ドレスの生地はあまりに薄くて繊細だったので、指紋がつくんじゃないかと不安で、指が触れないようにして着た。服の正面でリボンが優雅に交差して、背中で蝶《ちょう》結びになっていた。ショールをしないと背中がほとんど丸見えだった。あなたは若いんだから、それぐらいでいいのよ、と母さんは言い、お嬢様の肩甲骨は完璧です、と店員がつけ加えた。

母さんとの午後はあっという間に過ぎた。実家での夕食も、子ども時代のベッドで過ごした夜も同じで、本当にあったこととは思えないくらいだった。

ドレスは郵便でスペツィアーレに二十日以内に届くことになっていた。ベルンには何も言うまい、値段を訊かれても嘘をつこう、そう決めた。ドレスと靴に使ったお金があれば、わたしたちはキエフまで少なくとも千キロは近づくことができただろうから。

それから何週間かして、今度はわたしがベルンを連れて彼の服を選びにいった。一着は買わないと駄目だとなんとか説得したが、最初は、手持ちの服でなんとかする、うちのおばあちゃんの葬式に着てきたダンコのスーツもあるし、あとはトンマーゾに何か借りればいいと言い張って大変だった。わたしは最大限の毅然《きぜん》とした態度を取り、もしも葬式の時と同じスーツとかウェイターの制服を着てきたりしたら、あなたとは結婚しないと誓った。

メザニエの郊外の工場に囲まれたショッピングモールの服屋で、ベルンは子どもみたいに反抗的だった。店員の手からジャケットを取っては値札を確認し、首を振って、試しもせずに突っ返すということを彼は繰り返した。そのうち店員の若者も、わたしたちに何を勧めたものかわからなくなってしまった。

「それより安く済む花婿のスーツなんてないのよ」わたしはほとんど泣きつくようにして理解を求めた。

「二百ユーロだぞ!」なんとか声を押し殺してベルンが言い返した。

「でもベルン、きちんとした格好をしないわけにはいかないでしょう?」

「きちんとした格好? 君は俺を飾り立てたいだけじゃないか!」

急にわたしはひどく疲れてしまい、そこにあった椅子に崩れ落ちるように腰を下ろした。エアコンは入っていたが、暑くてたまらなかった。若者が水を持ってきてくれた。

青ざめた顔をして、意気消沈し、よそよそしくなったわたしを見て、ベルンも思うところがあったらしい。何も言わずにカウンターから二百ユーロの青いスーツをつかむと試着室に入り、二分後、ズボンの裾を床に引きずり、前を開いたジャケットから裸の胸を覗かせて出てきたからだ。彼が腕を広げてぐるりとその場で回った時、褐色の乳首が両方見えた。

店員が白いシャツを一着とモカシンを一足、ネクタイを一本持ってきても、彼は抵抗しなかった。ネクタイはけばけばしかったが、わたしは魔法が破れるのを恐れて黙っていた。ベルンは一式すべての支払いをし、わたしたちは店を出て、ショッピングモールを出て、七月の太陽に溶けかかった、視界の限り広がる駐車場に向かった。

ベルンはダンコと一緒に、祭りに使うようなイルミネーションを調達してきた。巨大な三つの白いアーチで、内側が複雑な形状をしており、そこに何百個と連なった電球がいっぺんに点くと、マッセリアの夜が一気に明るくなった。三つのアーチは並べて組み立てられ、三連の祭壇画のようになった。ロープで引き起こさねばならず、立てておくには支柱まで必要だった。

彼らがそんなイルミネーションをどこで見つけてきたのか、わたしは尋ねなかった。いくつもの木のテーブルにベンチ、テーブルクロス、何十本もの——やはり白い——蠟燭《ろうそく》、そしてその蠟燭を入れて木の枝に吊るすための何十個もの瓶。そうした品の多くを調達できたのはダンコのおかげに間違いなかった。彼はプーリア州のあちこちに知人がいて、頼りになる伝手がたくさんあったからだ。

あれやこれやの準備で忙しくしているうちに式の当日が来た。我に返れば、そこはもうオストゥーニ市役所の階段の上で、わたしは既に妻としてベルンに抱きしめられ、激しいライスシャワーを浴びていた。米粒は髪にからまり、朝に母さんがセットしてくれた頭は細かな粉だらけになった。そのあとは彼と歩いてマッセリアの野道を進んだ。横手で太陽が沈みつつあり、ふたりの重なりあった影は逆の方向に長々と延びて、畑の手前に並ぶ果樹の影にぎりぎり届いていた。こうして野畑とわたしたちはついに一体になれたのだった。

招待客は何グループかに分かれてわたしとベルンを追い、時おり誰かが一番前に出て、ふたりの写真を撮った。トンマーゾだけはマッセリアに残り、臨時のコックとウェイターに扮《ふん》した農業組合の若者たちを指揮していた。

そして夜が昼間の名残を呑みこんでしまうと、わたしたちは煌《こう》々《こう》と輝く何百もの電球の下にいた。

「こんなにたくさんのひとをここで見るのは初めてだよ」チェーザレがわたしの頰に片手を添えて言った。

「気を悪くしないでね」

「どうして？」

「だってあなたはずっとここを安らぎの場にしたいと思っていたんでしょう？」

するとあのひとはわたしの頰からうなじへと手を滑らせた。ほかの人間からそんな親密なタッチをされたら、相手が誰であれ、わたしは思わずあとずさりをしていただろう。でもチェーザレだけは違った。あの日、彼がそこにいてくれたのはとても心強かった。

「わたしはずっとここを聖なる場所とみなしてきたんだよ」彼はわたしの言葉を訂正した。「だから、この土地を褒めたたえるのに、これ以上のやり方は思いつかないね」

チェーザレはにこりとした。こちらの表情に隠されたものを探すような表情だった。

「いつか、テレーザの前世は両生類だってわたしが言ったの、覚えてるかな？」

もちろん、わたしは覚えていた。むしろ、彼のほうがそんなことを覚えていたのに驚かされた。

「あれは間違っていなかった、今はそう確信しているよ。君には色々な世界に適応する力がある。水のなかでも、陸の上でも呼吸ができるんだ」

あとひと押しされたらわたしは、その喧騒《けんそう》のなかでも胸に重くのしかかっていたものを告白してしまっていただろう。

〝わたしたち、女の子をひとり盗もうとしてるの。自分たちの娘を盗もうとしてるの〟

そんな秘密の存在にチェーザレは勘づいていたらしい。視線で告白をうながされたが、わたしは顔をそむけた。

「今日は来てくれてありがとう」わたしは礼を言った。

「待ってくれ、会わせたいひとがいるんだ」

彼のあとについてパーゴラに向かうと、チェーザレが、そこにいた女性の肩に触れた。女性は長い黒髪を下ろし、水色のドレスを着ていて、裾から細い脚を覗かせていた。

「妹のマリーナ、ベルンの母親だ。まだ会ったことはなかったと思うんだが」

でも、説明してもらう前から、わたしには彼女だとわかっていた。こちらを見つめて奇妙な驚きの色を浮かべているその寄り目が、わたしの夫の目と瓜《うり》ふたつだったからだ。事情を何も知らなければ、ベルンのお姉さんかと思っただろう。その時、ひとりの男の子が彼女の脚にしがみつき、マリーナは真っ赤な顔になった。

「ベルンは、この子を連れてくるなって言ってたけど、どこに預けろっていうの？」

「ぜんぜん構いませんよ」わたしは口ではそう言ったが、男の子にもう一度、目をやることができなかった。ベルンがずっと伏せてきた彼の人生のまた別の一面が即座に目の前に浮かんでしまったのだ。彼がけっして語ろうとしなかったその姉のような母親の新しい家族。招待客のリストにもいったんは入れたものの、のちに外され、そのまま短い線一本で部分的に消されたまま、出席でありながら欠席でもあるような扱いになっていた一家。それに、運命が最初からベルンとわたしに味方していたなら、ふたりの娘よりも数歳年上ということになっただろう、彼の種違いの弟。

「マリーナは君に会えてとても喜んでいるんだ」チェーザレが言ってくれた。

でも彼女はもう男の子のほうに身をかがめて、知らないひとの前では行儀よくしなきゃ駄目でしょ、とささやきかけていた。

「こちらには以前にもいらっしゃったことがあるんですか?」とりあえず何か言わなくてはならない気がしてわたしは尋ねた。あのアーモンドの山を思い出した。彼女に約束をすっぽかされたベルンの失望も、アーモンドを懸命に剝いたせいで彼が腰を痛めたことも。

マリーナはうなずき、「あなた、髪に差したそのお花、素敵ね」と褒めてくれた。

もうひとつくらい彼女に何か褒めてほしかった。数分前まで会ったこともなかったのに、マリーナは突如、わたしにとって会場で一番重要な客人となっていた。

でも彼女は明らかに居心地悪そうで、「チェーザレ、もう家に帰ろうよ」と駄々をこねた。

「ケーキを食べたらね」あのひとは優しく答えた。

すると男の子がいきなり走りだし、三人の会話から逃れるように、林立する脚のあいだを駆けていった。マリーナはそそくさとわたしに謝ると、息子のあとを追った。チェーザレはわたしの視線にふっと笑顔で応えてから、やはり立ち去った。

わたしは細切れの会話に次々参加し、冗談を聞けば意味がわからなくても笑った。そして、客がみな楽しんでいて、たっぷり食べたことを確認して回った。時々、視線でベルンの姿を求めたが、彼はいつもほかの客たちに取り囲まれ、ずいぶん遠い場所にいた。でもその距離にわたしは傷つくまいとした。この佳き日の何もかもを、一秒残らず楽しんでやろうと思っていた。

高校時代のクラスメイトたちと一緒にいたら――マッセリアでの暮らしについて底意地の悪い質問ばかりされた――コリンにその輪から引きずり出された。

「あんたのパパ、迷惑なんだけど」怒りに顔をひきつらせて彼女は言った。「ワインがまずいっていちゃもんをつけてるんだ。まあ、それはしかたないよ、本当にまずいワインだから。でもだからって、あんな風にトンマーゾに当たるのはどうかしてるって。味をごまかすためにわざとこんなに冷やして出してるんだろう、なんて言ってさ」

飲み物のテーブルに行くと、確かに父さんがトンマーゾと対峙《たいじ》していた。父さんはわたしの両肩をつかんで言った。

「ああよかった、待ってたんだ。みなさんにほかのワインをお出ししないと失礼だぞ、テレーザ。こいつは毒みたいにまずい。タンポーニさんなんて花壇に吐き出したくらいだ」

タンポーニというのは父さんの勤める事務所の所長だ。市役所で開かれた結婚式の時点から、父さんの注意は誰よりも職場のボスに向けられていた。

「ほかにワインはないのか？」父さんはトンマーゾに尋ねた。

しかし彼は首を横に振った。

「どうしてこんな酒を出すことにしたんだ！」

「たまたま外れの一本だったのかもよ、パパ」

「三本も試してみた。三本だぞ！　だというのに、この男はさっきから馬鹿みたいにへらへらと笑いおって、まったく失礼だ！」

「ね、言ったでしょ？」コリンが、まるでわたしのせいででもあるかのようにこちらに対し文句を言った。

するとトンマーゾが父さんに答えた。「ガスパッロさん、僕にはどうしようもありません。ああ、こうしましょうか？　そこの壺を持ってきてください――彼は旅費カンパ用の壺を指差した――ひょっとしたら、僕にだって水をおいしいワインに変えられるかもしれませんし。もしも駄目だったら、昔みたいに石をぶつけてくださってもいいですよ」

テーブルを飛び越えてトンマーゾにつかみかかる父さんの姿が見えた。興奮したわたしの頭による妄想だ。しかし幸いにも、ちょうどそこへ演奏家の一団が到着した。これもやはりダンコの友人たちで、どこで招集したかも、何と引き換えに呼んだのかも謎だったが、彼からの個人的な結婚祝いだった（ただしベルンとわたしは、ダンコがそこで飽き足らず、壺の狭い口に少しくらいはお金を入れてくれればいいな、と思っていた）。客たちはいっせいに演奏家のいるほうに移動を始め、わたしも誰かに引っ張られ、できたばかりのひとの輪の中央に押し出された。

タンバリンを手にした若者におじぎをされたと思ったら、いきなりベルンが目の前に現れた。彼も戸惑い顔だった。ふたりに対するあちこちからのかけ声に最初に応えたのは彼のほうで、手足を動かしながら、わたしの周囲を回りだした。プーリア伝統のダンス、ピッツィカは彼のほうが上手だった。でも、そんなことはどうでもよいではないか？　わたしは我が夫を見つめ、そのリードに身をゆだねた。

「靴を脱がせろ！」誰かの叫ぶ声が聞こえた。するとベルンは身をかがめ、わたしの靴の細い紐《ひも》をほどいた。わたしは素足で地面を踏んだ。どうやらみんなその時を待っていたらしい。ふたりを取り囲んでいた輪がいっぺんに崩れ、誰もが踊りだしたからだ。

ベルンはわたしの耳に、俺はこの世で一番幸せな男だとささやいてくれた。そして、妻に打ち明けるだけでは足りなくなったか、大声で怒鳴った。「俺はこの世で一番幸せな男だ！」

それからみんながふたりのあいだに入ってきて、わたしは彼の姿を見失い、ほかの人々と踊ることになった。そのうち父さんとまで踊った。誰かに踊りの輪に押しこまれたのだろう。わたしは一種のトランス状態に入って、ずいぶんと長く踊った。ついには目が回り、つまずきそうになったので、みんなが踏まないように注意していてくれた靴を拾い上げ、ひとの山をかき分け、パーゴラまで退散した。

台所はオーブン皿に食べ残しの載った皿、汚れた食器が山積みになっていた。農業組合の若者たちは大混乱の部屋のなかを動き回っていたが、それでもみんな、遠慮がちに微笑んでくれた。

わたしはバスルームに入った。鏡に映った顔は、頭のセットも崩れ、マリーナが褒めてくれた花飾りは一方に偏り、頬なんて真っ赤だった。当初の気品が失われてしまったのも、もはや粗削りな田舎女でしかない素顔が化粧の下からまた浮かび上がってきたのも少し残念だった。わたしはタオルを濡らして顔をこすった。

その時、バスルームのドアが勢いよく開いた。鏡越しに見えたのはニコラの巨体だった。やはり髪が乱れ、ネクタイもほどけかかっていた。出ていくかと思えば、彼は逆に後ろ手にドアを閉じた。

「すぐに出るから」と言っても、ニコラはそこを動かなかった。

息遣いがやけに荒いのが気になった。彼は一歩前に出ると、わたしの左右の肘を後ろからつかみ、うなじに噛みつくようにして顔を埋めた。そのまま荒々しくキスをしながら彼が首筋をさかのぼり、耳まで来たところで、なんとか振りほどくことができた。突き飛ばした弾みに、わたしは片方の手首を洗面台にぶつけてしまった。

「出てって！」わたしは怒鳴りつけた。

しかしニコラはまだ出ていこうとしなかった。今や異様に目を剝いていて、しかもその視線はわたし本人ではなく、鏡のなかのわたしに向けられていた。

「ニコラ、出てってよ！」

すると彼はバスタブのふちに腰かけて、あたりを見回した。その部屋とそこにあるひとつひとつの物体との接点を取り戻しつつあるようだった。それから彼は両手で顔を覆った。肩がひくひく動いていたが、泣いているのかどうかよくわからなかった。興奮で痙攣しているようにも見えたのだ。

絶望する彼をそのまま放っておくのは、なんだか悪い気がした。でも、近づきすぎたら何をされるかわからないという不安もあった。

「どうしたの？」

答えはなかった。

「飲みすぎたんでしょ。どうしてステッラを連れてこなかったの？　連れてくればよかったのに」

彼は首を振り、立ち上がると、蛇口を開けて、ほとばしる水をぼんやりと眺めだした。

「君はいつだってそういう風に単純な感情しかないんだろ?」歯を食い縛ってニコラは言った。「いつだってすっきりしててさ。でもな、まだ何もわかっちゃいないんだよ、テレーザは。俺のことも、この場所のことも。それに自分が結婚した男のことだって、何もわかっちゃいない」

わたしは、彼が使えるように濡れタオルを洗面台に置いた。

「またあとでね、ニコラ」

そう言ってわたしはドアを開け、廊下の様子を右に左にうかがった。誰にも見られなかったこと、裏切りの証人が——こちらは参加を拒否した裏切りだが——いないことを確認したかったのだ。

そしてウェディングケーキの瞬間がやってきた。ケーキはふたりの若者に支えられて、まだぼんやりしているわたしの前を過ぎていった。色とりどりのフルーツで飾り立てられた、ゼラチンでつやつやに輝く丸いケーキだった。ふたりはそれを常磐樫のほうに運んでいった。見れば、そこにテーブルがひとつ用意されていた。ベルンがケーキを配るのにあの場所を選んだとは知らなかった。今度もわたしはそちらへと押し流され、やはりひとの輪に囲まれた。

ベルンはあの木の下のベンチの上に立ち、わたしにも上がれと手を差し伸べた。口笛が響き、拍手が賑やかに起きた。一番騒がしかったのはダンコで、彼がわたしたちにスピーチを要求すると、みんなも声をあわせた。でもわたしは何を話したものかちっとも思いつかなかったし、ベルンなどこちらの背に頭を隠す始末だった。客たちは静かになり、本当にふたりのどちらかが口火を切るのを待っていた。

チェーザレが進み出たのはその時だった。「新郎新婦は感動で言葉もないようですから、わたしがかわりに少しお話をしたいと思います。もちろん、ふたりが許してくれれば、ですが」

常磐樫の幹、ベルンとわたし、フルーツのかけらが丸く並んだケーキ、そしてチェーザレがいて、その向こうにはスピーチを待つ人々──あの瞬間をわたしは今もはっきりと覚えている。恐らくはあの宴のどんな瞬間よりも鮮明に。

「ありがとう、チェーザレ。助かるわ」わたしはすぐに言った。ぼやぼやしていると、ベルンがやめさせようとするかもしれなかったからだ。

チェーザレは考えをまとめるようにしばし黙った。

「テレーザとベルンは主のお導きの下で夫婦として結ばれる、という選択をしませんでした」やがてあのひとはそんな風に口火を切った。「しかしだからといって、神が今、このふたりの上にいない、わたしたちの上にいない、ということにはなりません。たとえ招かれずとも、神はその温かな腕でわたしたちを抱きしめてくださっているのです。みなさんには神の腕が感じられますか？」

あのひとは客たちを振り返り、天の何かを指差すように、片手の人差し指を上に向けた。

「甘美な空気が充ち満ちているのをみなさんは感じることができますか？　わたしは感じます。それこそ、主の腕の感触なのです」

わたしは恐る恐る客の顔を盗み見た。しかし、馬鹿にしたように腕を組んで、皮肉っぽい笑みを浮かべているのは、ダンコひとりだった。残りの人々は早くもチェーザレの言葉とその厳かな間に惹《ひ》きつけられていた。わたしはベルンの手を握った。彼は落ちついていた。

「ある物語をお聞かせしたい」チェーザレは話を続けた。「たぶん、みなさんはご存じのない話です。

それは見張る者たちの物語です」

　こうしてあのひとは、見張る者と呼ばれた天使たちの物語を語りだした。天使の一団がいかに神の命にそむき、人間の女の美しさに魅了されて地上に降りたか。そして見張る者と女のあいだに生まれたのが、どんなに醜い巨人だったか。その巨人の集団がいかに人間に逆らい、大地を血と苦しみで満たしたか。見張る者がいかに人間に対し、自ら生み出した魔物から身を守る方法を教え、魔術を教え、薬草の効能を教え、武器の作り方を教えたか……。パーティーを楽しもうと思い、そして恐らくはわたしたちの奇抜な暮らしぶりをちょっと見てやろうと思ってやってきた人々を前にあのひとは語り、彼らも好奇心のためか、礼儀ゆえか、とにかく耳を傾けた。

　それからあのひとは言った。「さて、眉をひそめていらっしゃる方もおいでですね。どうしてこんな不吉な話をするのか、きっとそうお思いなのでしょう。せっかくのめでたい宴が台無しじゃないか、何が言いたいんだこの男は、とね」

　誰かが笑い声を上げ、チェーザレもにやりとした。今や乗りに乗っていた。

「わたしがお伝えしたかったのは、人間の輝かしい偉業はすべて、違反を犯し、罪を犯すことから生まれる、という事実です。そして、人間同士の結びつきはすべて、今日のふたりの結婚も含め、光と闇の結びつきであるという事実なのです。どうか怒らないでいただきたい。わたしは新郎新婦のことなら、まだどちらも子どもだったころから知っていますし、我が子も同然のふたりです。どんなに清らかな心の持ち主であるかもよくわかっています。それでも預言者エノクはふたりに警告しているのです。お前たちのなかにもある闇に気をつけよ、と。あるいは、そんな闇の存在にはふたりともまだ気づいていない可能性もありますが。テレーザ、ベルン、けっして忘れないでおくれ。結婚によってわたしたちは相手の徳のみならず、その罪とも結ばれるのだよ。今は情熱に目がくらみ、互いの罪など見えないかもしれないが、いつかはわかる時が来る。そのうちきっとね。その時はどうか、今夜のふたりの愛の誓いを思い出してほしい」

そこでチェーザレは目でフロリアーナを探し、彼女の瞳をちょっと見つめた。この話は自分たち夫婦のことでもあり、わたしは大切なことを妻であるお前に伝えようとしているのだとでも言いたげだった。あのひとはそれからまた客には背を向け、ベルンとわたしにだけ意識を集中させた。わたしたちはまだベンチの上で突っ立っており、即席の演壇に立ちっぱなしのその姿はもはや少々こっけいだった。

「君たちは出会った時、まだ子どもも同然だったけど、あのころから恋をしていたんだろうね。フロリアーナともよくそんな話をしていた。そうだったな？ あのふたりはどうも怪しいぞ、ってね。今夜、君たちは、これからはお互いを見守っていくと誓った。よろしい、いつまでも絶えることなくそうしなさい」

そしてあのひとは数歩後ろに下がり、人々の輪の中央から退いた。何人か手を叩く者もあったが、その拍手は自信なさげで、すぐにやんだ。

そんな困惑した空気のなか、ベルンはベンチを下り、テーブルの向こうへ回ると、チェーザレに近づき、その胸に頭を寄せた。するとベルンの黒髪越しにあのひとがわたしにも来いとうなずきかけた。だからわたしもベンチを慎重に下り、ふたりともチェーザレの腕に包まれ、その祝福に包まれた。あのひとの祝福がそんなにも懐かしいなんて、ほんの少し前まで知らずにいたわたしたちだった。

コリンとトンマーゾは最後のほうに帰っていった。彼はひどく酔って、手がつけられなかったので、みんなで車まで連れていき、僕には運転する権利があると言い張るのをなだめなければならなかった。ふたりきりになると、ベルンとわたしはブランコに座った。ふたりの体重で壊れる心配などしなかった。夫と妻。木に結んだリボンが何本か地面に落ちて、泥々になっていた。

テーブルに引き出物の余りがあったので、わたしは立ち上がってひとつ取り、ブランコに戻った。そして中身の砂糖菓子《コンフェット》を一個、歯で割って、ベルンに半分差し出した。ところがその瞬間、彼が嗚咽《おえつ》を始めた。どうしたのかと訊いても、号泣していて答えることもままならぬ様子だった。わたしは彼の頭を両手で挟んでやった。

「ねえ、お願いだからやめて。怖いわ」

ベルンはすっかり動転した顔で、目の下など赤くなって、まともに息もできない有り様だった。

彼はつっかえつっかえ答えた。「凄く素敵だったな……生まれてから今までで最高の日だった……みんな集まってさ……見ただろ？　みんな、いたよ」

同じような日はもう二度とやってこない、早くもそんな予感にとらわれたかのような口ぶりだった。そしてわたしはその時初めて、実はベルンがどれだけみんなに会いたくて、寂しい思いをしていたかを知ったのだった。母親に父親、チェーザレにフロリアーナ、トンマーゾにダンコ、もしかしたらニコラにさえ会いたかったのかもしれない。

わたしは立ち上がった。

「どこに行くの？」心配そうに尋ねられた。わたしまで姿を消してしまうのではないかと思ったのだろうか。

「お茶、淹《い》れてくるから待ってて」

「いらないよ」

「きっと落ちつくから」

家に入ると、わたしは両手でテーブルに寄りかかった。ウェディングドレスは前が汚れ、窮屈だった。寝室に向かい、ドレスを脱ぐと、ジーンズとTシャツに着替えた。いったんはドレスを床に脱ぎ捨てたままにしようと思ったが、やっぱりベッドの上に寝かせた。

ベルンは落ちつきを取り戻し、静かにブランコで揺れながら、自分の前の一点を見つめていた。お茶の入ったカップを差し出すと、彼は受け取り、中身に息を吹きかけた。わたしは元の位置に腰を下ろした。

わたしたちはしばらくそうして座っていた。わたしが脱いだドレスについて彼が何か感想を述べる、ということもなかった。着替えてきたことにさえ気づいていなかったのかもしれない。彼は自分が十分間ぶっとおしで泣いたことも忘れ、マッセリアにひしめきあっていたすべての人々、ほんの少し前まで彼らなしではやっていけない気さえしていたみんなのことも忘れたようだった。やがてベルンは立ち上がり、カンパ用の壺を持ち上げると、コンクリート張りの地面に叩きつけた。激しい物音に蚊柱がしばし途絶えるほどの勢いだった。

ふたりでひざまずき、お札と封筒を分け、小切手と陶器の破片を分けた。それから封筒を片っ端から開けて、お祝いのカードとお金を分けた。カードなんて読みもしなかった。最後にはテーブルの半分がお札でいっぱいになった。北風がそっと吹き寄せて紙幣を揺らし、数枚が地面に落ちた。

わたしたちはお金を数えだした。チェーザレはマッセリアで金のやりとりが行われるのを嫌っていたが、ベルンとわたしはがつがつと紙幣をつかみ、互いに手渡した。招待客もふたりの結婚初夜がどれだけ想像と異なるものであったかを知ったら、みんなきっとたまげたことだろう！　白い木綿のテーブルクロスの下にはまだ、フロリアーナが敷いたビニールのテーブルクロスがあった。世界地図はオーブン皿の丸い焦げ跡があちこちにできて、もうぼろぼろだった。

「九千三百五十だ」わたしから最後の数枚を受け取ってからベルンが言った。そしてこちらに顔を寄せて、やっとキスをしてくれた。「やったぞ」

わたしたちは狂躁《きょうそう》的な喜びに包まれた。お金がこんなにたくさん。それも全部ふたりのものだなんて。

家に戻り、ひとりずつバスルームにこもった。シャワーのあとで体も拭かず、ベルンがわたしにのしかかり、入ってきた。唇に唇を押しつけたまま、荒々しく道を開いて。ふたりのセックスは既に意味を失い、失敗を恐れる気持ちと大量のホルモン剤注射によって損なわれてしまっていたが、九月のその夜だけは違った。葦原《あしはら》の湿った地面に寝転がっていたころと比べればふたりの動作はずっと自信に満ちていて、こちらの舌を吸ってくるベルンの舌使いもおなじみなら、わたしのオーガズムが突然なのも、彼が自分のそれをこらえきれなくなって歯を食い縛るのもいつものことだったが、ふたりの体が見せた突然の熱狂はかつて覚えのないもので、ほんの数秒だけ、わたしたちは未来を恐れるのをやめた。夜のひと時、世界にはふたりしか存在しなかった。でもそれが最後だった。

数日後、サンフェリーチェに引き出物の砂糖菓子《コンフェット》を持っていった。医師はひとつまたひとつと、コンフェットをどんどん噛み砕いた。そして砂糖でべとついた指でカレンダーをめくると、キエフ行きは一月まで待つ必要があると告げた。十月はわたしの生理周期と都合があわず、十一月は予約がいっぱいで、十二月は彼が妻子を連れてスキー旅行に出かけるからとのことだった。一月は予約がいふたりの失望を見て取ると、サンフェリーチェは盛り上げようとしてさらに饒舌《じょうぜつ》になった。一月は完璧ですよ！　雪がたくさん積もったキエフも素敵です！　雪は幸先いいんですよ、成功率がぐっと上がりますから……。そこで医師は、黙っているわたしたちを放り出し、コンピューターに入っていたグラフを探し当てると、モニターをこちらに向けた。

「ほら、二〇〇八年二月のデータです。妊娠率百パーセントですよ」

ベルンもわたしも、雪が一般に幸運をもたらすという話なのか、それとも彼だけ特別に幸運に恵まれるという話なのかは、あえて問わなかった。まともな理由や科学的根拠なんてあったのだろうか？　わたしたちは不安と希望でないまぜで、あまりにも混乱していた。百パーセントなんて凄いじゃないか、雪は幸先がいいと先生がおっしゃるのだから……。わたしたちはその言葉を鵜呑《うの》みにした。そこまで来ると、なんだって信じたい気分だった。

「うちの秘書とホテルについて話は済んでますか？　提携ホテルなら、とてもお得な特別料金がありますので。わたしはプレミア・パレスが定宿ですが、高すぎるという方も時々おいでです。スパもあって、いい宿なんですけどね。テレーザさんなんて、受精卵を移植する前にマッサージを受けるといい効果がありますよ。組織のリラックスを助けるんです。でも、ご主人のほうはマッサージはいりません。スタミナさえつければそれで十分。さあ、頑張りましょう！　そして雪がたっぷり降ることを祈りましょう！」

続く数カ月のことはあまりよく覚えていない。もう一度、ホルモン剤治療を受けたが、過去のそれとは異なり、ずっと楽だったことくらいなものか。あと、医師の秘書が飛行機のチケットのことで電話をしてきた。彼女がキエフ行きのすべてを担当するとのことだった。「それじゃ、本当に別のホテルになさるんですね？　よろしいんですか？　宿泊費は大差ありませんし、プレミア・パレスのほうが先生もいらっしゃるから、心強いと思いますけど。町のガイドツアーはいかがなさいます？　火曜日（採精日だ）から土曜（こちらは受精卵移植日）の午前中まではたいしてやることもありませんから。先生はみなさんにツアーをお勧めしています。キエフの魅力を過小評価される患者さんが結構多いんですよ」

大晦日《おおみそか》はコリンとトンマーゾのところで過ごしたが、ふたりはなんだかおかしかった。家で負ったちょっとした怪我のせいで入院していたアーダが退院したばかりで、赤ん坊のことで頭がいっぱいらしく、ベビーモニターから聞こえるくぐもった物音にずっと神経を尖《とが》らせており、交互にぱっと立ち上がっては、隣の部屋にいる娘の様子を確かめに向かった。

ダンコがずっと会話を支配していたが、ついに彼も黙ってしまうと、もう誰にもその空隙を埋めることはできなかった。ジュリアーナは年が明ける前から無遠慮にあくびをしだし、彼女の眠気が残りのみんなにも伝染した。

ベルンとわたしは新年を祝う乾杯が済むなり、そそくさと車に乗った。どちらも腹を立てつつ羨望も覚えていた。「あいつら、電動かき氷機まで持ってたぞ」彼は言った。「あんな機械のために電気がどれだけ無駄に消費されるか想像できるか？」

それでも旅の支度をする時がやってきて、とうとう出発となった。空港に着くと、ベルンは驚きいっぱいの顔で構内を歩き回った。初めて見るものばかりだったのだろう。おかげでチェックインカウンターにも、保安検査の列にも、わたしがなかば無理やり引っ張っていかねばならなかった。わたしたちのスーツケースがベルトに載って移動し、穴に吸いこまれていく様子を彼は熱心に見つめていた。搭乗ゲートに着くと、ガラス窓の向こうで動く一機のボーイングを見ろと誘われた。滑走路で加速し、軽やかに離陸するボーイングを眺め、ベルンは子どもみたいににっこりした。二十九歳で初めて飛行機に乗る人間なんて、今時いるんだろうか？　わたしは疑問に思った。

機上では窓側の席に座らせてあげた。すると彼は着陸までほぼずっと、泡みたいな雲の絨毯《じゅうたん》を眺めていた。「あの上を歩けたら楽しいだろうな」雲を指差しながらそんなことを言っていた。

お金を節約するためにわたしたちが選んだ便は乗り継ぎがひどく不便で、フランクフルトでおよそ九時間も待たねばならなかった。いくつもあるファストフード店のひとつに入ろうと思ったが、ベルンに嫌だと言われてしまった。絶対に集中家畜飼養施設で生産した肉を使っているから、という理由もあったが、単に値段が高すぎたのだ。わたしたちはまずチョコレートを買って食べ、次に胡瓜《きゅうり》とマスタードしか載っていないパンを食べた。ようやく次の飛行機に乗った時、あんまり空腹だったわたしは客室乗務員の差し出したサンドイッチをむさぼるようにして食べ、眠ったベルンのテーブルに置かれた彼の分まで立て続けに食べた。

それからはカニューレのことばかり考えていた。何日か前、サンフェリーチェが受精卵の移植に使うカニューレというカテーテルの一種をわたしのなかに試験的に差しこんだのだ。「これはサーキットでの実走テストです」と彼は言い、エコー検査用の画面でカニューレの前進具合をチェックしながら、全然関係のない話ばかりしていた。あなたも観たらいいと画面を向けられたが、わたしは目を閉じてしまった。痛くはなかった。ただなんというか、横たわったベッドに敷かれた紙を鷲《わし》づかみせずにはいられない感覚だった。「奥さんの子宮頸《けい》部とのジムカーナみたいなものです」医師は言い、しばらくして誇らしげに叫んだ。「よしここだ！　本番もぴったりここに、卵子のやつを植えつけてやりましょう！」

次もこんなに簡単に成功するのだろうか……。受精卵を何個まで移植するかは既に話しあって決めてあった。いっぺんに三つだ。双子か三つ子ならなお結構ではないか。

はっと目が覚めたのは、着陸前だった。食べたものが腸をいたぶり、マスタードの酸っぱいげっぷが胃からさかのぼってきた。

「準備はいいかい？」ベルンが尋ねてきた。深刻な顔だった。目を覚ましてから何か一心に考え事でもしていたみたいだった。

わたしは腹痛を隠して答えた。

「もちろん」

ボルィースピリ空港の外に出ると、細かな氷のつむじ風があちこちで立っていて、鋭い結晶が顔にいくつもくっついた。わたしは指がかじかんで、手袋をするのにかなり苦労した。つき添い役のナスチャは数歩前を歩いていたが、わたしたちみたいに吹雪から顔を守るためにうつむきもせず、平然としていた。

「今は一日で一番暖かい時間なの」ややがさつなイタリア語で彼女は言った。不自然な赤色に染めた短髪に、一本だけ長い房を横に垂らしたナスチャは、下品な笑い声を上げてからこう続けた。「昨日なんてマイナス二十度。ふたりとも、ウクライナは初めてみたいだね」

その時、ベルンが催眠術にでもかかったみたいにふらふらと、駐車場の中央にあるロータリーへと向かった。ロータリーには十センチほどの雪が積もっていた。サンフェリーチェが請け合っていたようなたっぷり積もった雪などなく、硬くなった残雪がわずかにあるばかりだった。ベルンは雪に素手をついた。

「雪がこんなだなんて忘れてたよ」彼は言った。

でもわたしは、雪を見た彼の驚きにつきあう気にはなれなかった。脚も顔も凍えそうだった。しかもあの女が車の横で待っていて、腸が二本のやっとこでねじり上げられたみたいに痛むというのに、そんな気分になれるわけがないではないか。

車に乗ると、ナスチャはわたしたちに話しかけるため、斜めに腰かけた。「ユサールって誰か知ってる？」彼女のイタリア語はSの発音が妙に鋭かった。「馬に乗って戦う士官のことで、みんなひどい酔っ払いなの。ひとつ小話を聞いて。ユサールの隊長が部下たちを娘のお誕生日パーティーに呼びました。でもパーティーの前に隊長は部下たちに命令したの。馬みたいに酒を飲むな、豚みたいにがっつくな、汚い言葉は使うなってね。だから夕食のテーブルに着いたユサールたちはみんなすっかりかしこまっちゃって、ぷんぷんしてたの。だって、食べられもせず、飲めもせず、ひと言もしゃべれなかったから」

彼女に〝そうでしょ？〟という顔をされて、ベルンはうなずいた。

「そこへ隊長の奥さんがやってきたの。この奥さんというのが声が凄く小さくてね。はらわたの煮えくり返ったユサールたちに挨拶をしてから、彼女は言ったの。『わたくし、ベルギー蠟《ろう》を使ったこの素敵なお蠟燭とヴェネツィアのこんなにきれいな燭台《しょくだい》を買ったんですけれど、ひとつ困ったことがございますの。だって蠟燭は十九本あるのに、燭台の穴が十八個しかありませんの。余った一本はどうしたらよろしいのかしら？』その瞬間、隊長は立ち上がって怒鳴ったんですって。『一同、ご静粛に！』」

ベルンはにやりとした。わたしには彼がナスチャにも、その下品なしゃべり方にも魅力を覚えているように見えた。

「なんだかふたりとも不安そうね」彼女は表情を改めて言った。

「そんなことないけど」

「そんなことあるって。びくびくしてるって感じ。ちょっと、これ見て」そう言ってナスチャはバッグのなかを引っかき回し、携帯電話を出すと、男の子ふたりの写真が映った画面をわたしたちの目の前に突き出した。「ふたりともフェデチコ先生にお願いしたの。うちの主人、タラスっていうんだけど、精子が酔っ払いだから」

彼女は頬を膨らませて夫の精子の物真似をした。写真のふたりは札束がたくさん載ったトレーを一緒に持って、嬉々《きき》とした表情をしていた。

「千三百ドルよ。カジノで勝ったの」ナスチャが興奮した声を出した。「タラスって、男の子ばっかりほしがってね。男だ、男だって。あなたたち、セックス・セレクションはした？」

窓の外は郊外の巨大なアパートが延々と続くようになった。こんなコンクリートの塊のなかに暮らしている娘たちが、お金と引き換えに卵子を提供しているのだろうか？

ベルンは凍結したドニエプル川の眺めに歓声を上げた。

「見ろよ、ほらあれ！」彼はわたしの手首をこすりながら言った。丘の上に金色の尖塔《せんとう》がいくつも見えた。

「ペーチェルスカ・ラヴラよ」ナスチャが口を挟んだ。「明日、観にいきましょ。あっちのでっかいのは鋼鉄の女ね、ソビエト時代最後の像で、ニキータ・フルシチョフが作らせたの。おっぱい、でっかいでしょ？ ロシア女のおっぱいだから」そう言って彼女は両手でいやらしいジェスチャーをした。

腹痛は広がり、今や腰全体が痛かった。すぐにトイレに行かないと、大変なことになりそうだった。

「どうした？」ベルンが訊いてくれた。

「ホテルはまだ遠いの？」

ナスチャはあいまいな感じで前方を指差した。「橋が終わったら中心街よ。ユサールの小話、まだ聞きたい？」

「今はやめておこうか」ベルンが穏やかに答えた。その目は心配そうにこちらを見つめていた。

ナスチャは独り言のように言った。「うん、やっぱり、ふたりとも凄くびくびくした顔してる」


ホテルのロビーの柱はどれも大理石を模したビニールの壁紙で覆われていた。床はどこもかしこも赤いカーペットが敷き詰められていた。全員制服姿のボーイたちはロビーのあちこちの隅で眠そうに座っていて、わたしたちがパスポートをフロントで渡し、チェックインの書類に氏名を記し、ナスチャから最後の指示を受けるのをぼんやりと眺めていた。

「ここに五時に集合しましょう。精液がたっぷり入った容器を忘れないでね」彼女のアドバイスは、採取前にウォッカを一杯――一杯だけ――飲み、〝サーロ〟という塩漬けのラードをひと切れ食べろ、というものだった。それで最強の精子が出る、これがタラスの秘密だ、というのだった。

ベルンとわたしはスーツケースを押してエレベーターを目指した。なんだか誰も彼もがわたしたちの滞在目的を知っている気がしてならなかった。

その三階の部屋は窓がひとつしかなくて、眼下には瓦礫《がれき》が山積みの駐車場があった。駐車場を挟んだ向かいには、崩壊してしまったのか、一度も完成したことがないのかよくわからない建物があった。ベロア調のベッドカバーにベルンが背中から倒れるのを見ながら、わたしはバスルームにこもった。バスタブを湯で満たし、ふやけて溶けそうになるまで浸かっていた。蛇口から出てくる水も、残りの何もかもと同様に汚染されているような気がした。それでも少なくとも湯はきちんと熱くて、体の震えを鎮めてくれた。

ベルンはナスチャの言葉を真に受けてしまった。わたしは部屋に留まり、毛布を被って待っていたかったのに、彼にどうしてもと言われてまた服を着た。サーロを探そうというのだった。

ホテルの外、フレシチャーチク通りに出ると、冷たくて固い、シベリアの寒気の柱が次々にぶつかってきた。まずは公園沿いを進み、それから鉄道駅へと向かう大通りを下って、三十分以上は歩いた。駅前広場は危うげな一枚の巨大な氷の板になっていて、しかも広場にいるのが帽子を目深に被った男ばかりだったので、わたしは怖くなり、ベルンに早く離れようとせがんだ。

そこで同じ道を戻り、カフェに入った。前世紀から時間が止まっているような店で、窓にはレースのカーテンがかかり、四方の壁は木製のパネルで覆われ、クリスマスの電飾が点滅していた。ベルンは身振り手振りでサーロの注文に成功した。店の女性はラードの塩漬けを厚めにスライスしたものに胡瓜の漬け物を添えて持ってきた。

「なんだかまずそう」わたしは言った。

「大義のためさ」愉快そうに彼は答え、ラードをひと切れ指でつまむと、口のなかに落とした。それを見て、わたしの腸がまた不満を漏らしだした。ベルンは出されたラードをきれいにたいらげた。

まだ時間があったので、ベルンはもっと歩きたがった。彼にとっては初めての海外旅行で、スペツィアーレからそんなに遠くまで来たことがなかったのだ。一応は父親とドイツで、謎の一年間を過ごしたこともあったようだが、記憶に留めるにはまだ幼すぎて、混乱した思い出の細切れくらいしかなかったらしく、いずれにせよ、まず話題にしなかった。ベルンはふたりの口から出てくる真っ白な息にさえ驚嘆していた。結局、わたしも彼と一緒にはしゃぐことにした。つまるところそれはふたりの新婚旅行であったのだから。突飛で、不安でいっぱいな旅行ではあっても、新婚旅行には違いなかった。ダンコもみんなも、わたしたちはそのころブダペストを観光しているものとばかり思っていた。せめて観光客のふりくらいしてみても罰は当たらないはずだった。

ホテルに戻ると、ほかのカップルはみな、ロビーの応接セットのところでナスチャのまわりに集まっていた。彼女はこちらに向かって腕を広げ、恥ずかしいくらい大きな声で言った。「ああ、これで全員揃ったわ。容器、早く持ってきて！」

それから彼女はベルンに雑誌か写真は必要かと尋ねた。バッグにたくさん入ってるというのだ。彼は断りながらも、ナスチャの開けっ広げな態度に魅了された顔をした。そして、わたしにそこで待っているように言った。

ナスチャはわたしを応接セットのほうに連れていき、たったひとつだけ空いていた肘かけ椅子にほとんど無理やり座らせた。すると隣の女性がこちらを向き、話しかけてきた。「昨日ね、わたし、子宮内膜の厚みが十四ミリあったんです。サンフェリーチェ先生は完璧だっておっしゃってたわ」

女性は自分の名も告げなければ、握手も求めず、会話を切り出す時にたいてい用いる常套句《じょうとうく》さえ用いず、そうして単純に自らの子宮内膜の厚みを告げると、こう続けた。「わたしたち、ここに来るのはこれで七回目なんですけど、でも今まではどんどん薄くなる一方だったの。それにご覧になって？ 道にはあんなに雪がたくさん積もってるし」

そこで彼女はまたこちらに背を向け、みんなの中央で立っているナスチャの話に耳を傾けた。数時間前、わたしがこれっぽっちも笑えなかった例のユサールの小話だった。だから、ホールの奥に並ぶエレベーターの閉じた扉をずっと眺めていたら、ベルンが出てきた。彼はがらんとした空間を横切り、みんなの前で、少しも恥じらうことなく、ナスチャに精液のサンプルを手渡した。

「遅刻ね」彼女は言い、サンプルの容器を光にかざした。「いいわ、たっぷりあるじゃない？ キエフのことわざをひとつ教えましょうか。暗い日に備えていつでも備蓄しておきなさい、よ。だって遅かれ早かれ、暗い日、〝チョルニー・デン〟はきっと来るから」


翌朝、一部のカップルはいったんイタリアに帰った。飛行機で何度も行き来するだけの余裕がある人々だ。残りのカップルはベルンとわたし同様、ホテルのなかをうろついていた。ぼんやりした、期待に満ちた表情までわたしたちふたりと同じだった。そのくせみんな、ほかのカップルとはあまり口をきこうとしなかった。なんだか黙って競争でもしているような雰囲気だった。

吹雪のせいで二日間、部屋に閉じこめられた。風があんまり強くて、窓ガラスがきしむほどだった。風は〝ブラン〟、雪嵐は〝プルガ〟と言うと知ってベルンは面白がり、ブラン、プルガ、ブラン、プルガと飽きずに繰り返していた。

わたしは何もする気がしなかった。ベッドに横になったまま、湿気が壁紙に残した染みを見つめ、元はどんな色だったのだろうかと考えていた。そんなわたしの横でベルンはガイドブックを読んでいた。本を読む時はいつもそうだったが、完全に没頭していた。時には声に出して読み上げてから、鉛筆を探し、興味を引かれた箇所に線を引いたりもした。

ところが三日目、受精卵移植の前日になって、太陽が燦々《さんさん》と輝いた。日差しに熱はなかったが、雪のせいで目にまぶしかった。ナスチャが観光ツアーにわたしたちを連れ出すべく、ロビーで待っていた。わたしは行きたくなかったが、ベルンが納得してくれなかったのだ。せっかく来たのに、見所がいっぱいある町なのに、こんなに天気がいいのに……。

「さあ元気よく、出発！」わたしたちを見て、ナスチャが言った。

キエフの町は第一印象とまったく変わらず、非友好的で、恐ろしい場所にわたしには思えた。ひと気のない店ばかりが並び、酔いつぶれたホームレスたちが寝そべる地下道も、さらに下の、あんまり長い上に角度が急なもので、地球の中心まで行ってしまいそうな地下鉄のエスカレーターも、あの理解不能な文字で記された駅名も恐ろしかった。ベルンとナスチャは常にわたしの数歩前を歩き、何やらひっきりなしにおしゃべりをしていたが、こちらはとても参加する気にはなれず、そんな余力もなかった。どこも屋内は息が詰まるほど暑いのに、外は麻痺《まひ》しそうに寒くて、わたしはマフラーで口と鼻もできるだけ覆った。

アンドレイ坂では二度も転びかけた。わたしを振り返ったベルンの表情は妙に無関心で、うんざりしているようにも見えた。彼は坂に立ち並ぶ露店に興味を引かれ、冷戦時代のガスマスクを買うと言い張り、ナスチャも値引き交渉を手助けした。

「ダンコが気に入ると思うんだ」彼はそう言ったものの、ふたりには金があまりなかったし、ブダペストに同じようなガスマスクが売っているかどうかもよくわからなかったので、結局あきらめた。

わたしは若い女性たちを眺めていた。サンフェリーチェの説明どおり、みんなきれいで、すらりと背が高く、痩せていて、髪は黒く、肌は真っ白だった。通りがかったひとりの娘の澄んだ瞳と目があった時、もしかしたらこの子なのかもしれない、と思った。名はなんというのだろう？　ナタリア？　ソロミヤ？　それともリュドミラ？　子どもはいるんだろうか……。そんな疑問が次から次に湧いて止まらなかった。でもベルンには打ち明けなかった。馬鹿を言うなときっと責められただろうし、昔よく『詩篇』の詩を引用したように、今度はサンフェリーチェの言葉を何か聞かされる羽目になりそうだったから。

ホテルへの帰りはタクシーに乗りたいとベルンを説得した。奥さんは翌日のために休まねばならないと言って、ナスチャも賛成してくれた。

並木道の大通りをさかのぼる途中で、カーラジオから知っている歌が流れた。わたしは小声でちょっとだけ歌った。

「なんて歌？」ベルンが訊いてきた。

「ロクセットの『ふたりのときめき』。十代のころよく聞いたわ」

すると運転手が話の内容を察したらしく、こう言った。「ロクセット、イヤー！　ユー・ライク・ミュージック・ナインティーズ？（九〇年代の音楽は好きかい？）」

わたしはイエスと答えた。でも、せっかく喜んでいる男性をがっかりさせたくなかっただけだった。

「アイ・オルソー（僕もだよ）」運転手はルームミラー越しに澄んだ瞳でわたしを見つめながら言った。「リッスン（聞いてくれ）」

それから先はフレシチャーチク通りに戻るまで、彼はわたしのために次々曲を選んでくれ──『ドント・スピーク』『やさしく歌って』『ワンダーウォール』──そのたび、この曲は好きか？　と確認された。わたしはずっと窓の外を眺めていた。日はもうだいぶ前に沈み、歩道の、街灯から遠い部分は真っ暗だった。

ホテルの玄関前でナスチャが言った。「明日はお金、忘れないでね。ユーロ、現金よ」

クリニックの入口の引き戸の上にはコウノトリが一羽、止まっていた。石像だったのだが、あんまりよくできていたので最初、本物かと思ってしまった。サンフェリーチェは女性の名字のアルファベット順で移植手術を進めることにし、わたしたちは三番目のカップルだった。

引き戸の向こうはモダンな空間で、何もかもが古びて見える地区のなかでそこだけぽつんと未来だった。わたしはナスチャに腕をつかまれていた。逃げだすとでも思っていたのだろうか？　ドアマットの向こうに進む前に、小さめのビニール袋をふたつ手渡された。

「靴に被せて。あなたもよ」ナスチャはそう言って、わたしたちのあとを黙ってついて来ていたベルンにも袋を渡した。ベルンに対するナスチャの態度は前日よりもずっとぶっきらぼうで、そこまできたら彼など邪魔者でしかないとでも言いたげだった。

わたしは水色のビニール袋を靴に被せた。そうした衛生への配慮は普通なら安心材料となるはずなのに、緊張は高まる一方だった。きれいに掃除されたぴかぴかの階段を上った時も、別れを告げる間もなくベルンが別の廊下に連れ去られた時も、文法上の間違いだらけの英語で記されたプリント――受精卵を凍結保存し、十年後に廃棄することへの同意を求める文書だった――に必要事項を記入した時も、わたしはどんどんナーバスになっていった。

看護師はみなウクライナ語で会話をしていた。もしかするとロシア語だったのかもしれない。こちらのおどおどした視線と思いがけず目があうようなことがあれば、彼女たちはとても礼儀正しい笑顔を見せてくれたが、その表情はなんだか温もりに欠けていて、向こうにとって自分は種の異なる生物なのではないか、そんな気分にさえなった。

やがてわたしは手術室で横たわっていた。さまざまな機器や照明があって、壁は天井までタイルで覆われていた。片方には金色の口ひげを蓄え、とても背の高いフェデチコ医師が立ち、反対側にはサンフェリーチェが立っていた。サンフェリーチェは例によって陽気だったが、そこでは同僚のほうが立場が上らしく、いつもより神妙な顔をしていた。

「レースに出せそうな最高の胚盤胞《はいばんほう》ができましたよ」サンフェリーチェは言った。「どれも3AAグレードです。たとえば、先ほどの奥さんなんて、内細胞塊も栄養外胚葉《はいよう》もみんなB止まりでしたからね」

その横でフェデチコ医師はわたしの内部で進みやすい道を探り、カニューレを前進させていった。サンフェリーチェがテストした時よりもずっと操作は繊細だった。手術はあっという間に終わった。ふたりの医師はわたしを褒めてくれたが、何を褒められたのかよくわからなかった。こちらはじっと動かずにいただけだったし、実を言えば、そこで起きたことはまったく自分には関係がないか、関係があったとしてもごくわずか、そんな気がしてならなかった。

それから別の、もっと小さな部屋に連れていかれた。大きな窓のある部屋だった。そしてしばらく待たされたが、それがやけに長く感じられた。窓からは雪を被った丘が見え、その真っ白な風景の中央にペーチェルスカ・ラヴラの金の尖塔があった。前日にわたしたちも見物に行った教会だが、そうして遠くから、蜃気楼《しんきろう》のように眺めたほうが魅力的だった。

寒かった。ベルンはいったいどこ？　もうこの建物のなかにはいないんじゃないか、もしかするとキエフにすらいないのかもしれない……。不意に何もかもが遠く、丘の上のペーチェルスカ・ラヴラのミニチュアのように、自分にはけっしてたどり着けない場所に思えた。

やがてドアが大きく開かれ、サンフェリーチェにフェデチコ医師、二名の看護師が入ってきて、そのあとから、なんだか縮こまって、ベルンも来た。ただし彼はベッドに近寄ろうとはせず、ふたりきりになるのを待った。それから、わたしが立ち上がり、服を着るのを手伝ってくれた。どういう魔法か、手術室に入る前に脱いだ服がその部屋の洋服だんすに入っていたのだ。

もう誰につき添われることもなく、ベルンとわたしはいくつもの廊下を進んだ。ひとりでいるあいだに彼が道順を覚えておいたのだ。コウノトリ印クリニックの迷宮を探検して過ごしていたのかもしれない。階段を下ると、そこはロビーだった。ナスチャがかがみ、わたしの足元を包んでいたビニール袋を外してくれた。そして彼女は、外で待っている車を指差した。

マッセリアの緑は冬の寒さにうたた寝をしていた。樹液は草木のなかをゆっくりと流れていた。ベルンとわたしも、まわりの自然と同じく活動休止中だった。彼は黙ってわたしを観察し、こちらの体に、新陳代謝に、睡眠に、何か変化はないかと探ってばかりいた。わたしはつまらぬことでよく彼と口喧嘩《くちげんか》をした。たとえば、庭のコンクリートを彼がきちんと掃除しなかったから、排水溝に落ち葉が詰まってしまった、というような話だ。でも本音を言えば、わたしは怒鳴りつけてやりたかったのだ。いちいちついて来ないで！　具合はどうだとそればかり訊くのもやめて！　こっちが移動するたびに目で追うのもやめて！　どうせ赤ちゃんはお腹の奥に宿るんだし、外から見たって無駄なんだから……。でも、わたしのほうも、こんなに神経がぴりぴりしていて、感覚が鋭くなっているからには、ほんの少しでも体に変化があれば、きっと気づくはずだという自信があった。そして実を言えば、まだなんの変化も感じていなかった。わたしは元のわたしのままで、ただ前より怠け者になり、怒りっぽくなっただけだった。

だからサンフェリーチェが子宮鏡をぐるぐる回し、ごちゃごちゃした影だらけのモニターを観察してから、何も見当たらないし、動くものも見つからないと告げた時もまったく驚かなかった。

「残念です。あんなに見事な胚盤胞ばかりだったのに。なんにしても次のキエフ行きは三月ですから」

ベルンはその日の検診にはつき添ってくれなかった。〝普段と何も変わらない一日、ということにしておこうか〟それが彼の言い分だった。

わたしはベルンに電話をかけた。彼はマルティーナ・フランカの市場にいた。電話に出た彼はわたしを待たせ、客への応対をまず済ませようとした。わたしはそのやりとりに耳を澄まし、それから彼がかがんで、少しでもプライバシーを確保すべく露店のテーブルの下に隠れるところを想像した。彼もわたしも、なんにつけそうやってこそこそふるまうのが癖になっていた。

「どうだった？」小声でベルンが尋ねてきた。

わたしは結果を包み隠さず報告した。残酷なくらいにまっすぐに。でもすぐに後悔して、こうつけ加えた。「がっかりしないでね」

「問題ないよ」と彼は答えたが、鼻息が荒かった。

「本当、同情するわ」わたしはまた言った。

「どうしてそんな言い方をするんだ？　なんで俺のほうが同情されなきゃいけないんだよ？」

「今になってやっとわかったんだけど、だってそうなんだもの。自分のことなんかより、わたし、あなたがかわいそうでしょうがないの」

「そんなの嘘だよ、テレーザ。君は気が動転しているだけだ。そんなの嘘に決まってる」

「ほかの女の子を見つけたほうがいいと思う。わたしより体がまともな子を」

続いた沈黙のあいだに、わたしは自分の言葉が正しかったことを察した。ベルンが、そんなの嘘だ、そんなこと言っちゃいけない、馬鹿げているよ、と答える前に気づいてしまった。それはごくわずかな間で、一瞬のためらい以上の何物でもなく、やや深く息を吸う程度の短い時間だった。ただ彼はそのあいだに、こちらが提示した可能性を検討してしまった。わたしを望む気持ちと子どもがほしいという悲痛な思い、そんな比べようのないふたつの重りをベルンはとっさに天秤《てんびん》にかけてしまったのだ。あり得ぬ話ではなかった。誰だって生きていれば、互いに相いれない望みがいっぺんに胸に生じることはある。正しいことではなかったが、避けようもない話で、それがわたしたちにも起きてしまったのだった。

彼の躊躇《ちゅうちょ》のおかげで、ふたつの望みのどちらが勝ったのかがはっきりした。市場の真ん中でする通話が許す限りの感情をこめて、今さらどんなに必死に否定をしてみても無駄だった。でも、わたしはベルンに腹を立てていたわけではなかった。むしろその逆で、あの痙攣の夜のように静かな気分だった。実際、わたしの心はもはや何も感じていなかった。

わたしは告げた。「もしかしたら今のベルンにはわからないかもしれないけど、五年もしたら、ううん、十年とか二十年かもしれないし、何年後でもいいんだけど、とにかくそのうちあなたはきっと、わたしに何を奪われたかに気づいて恨むことになるの。人生を台無しにされたって」

「大げさだよ、テレーザ。絶望がそんなことを言わせているんだ。今すぐ帰っておいで。家に帰って、休まなきゃ駄目だ。それからまたキエフに行こう。もう一度、試してみよう」

「いいえ、キエフなんてもう二度と行かないわ。わたしたち、やりすぎてしまったのよ。それにどうせ無駄だから。どうしてわかるかなんて訊かないで。とにかく、わたしにはわかるの」

ベルンの周囲から市場のざわめきが聞こえていた。テーブルの下で膝を抱え、ますます縮こまっていく彼の姿が目に浮かんだ。

「俺たちは夫婦なんだぞ、テレーザ」

彼は厳しい声で告げた。そのひと言で議論を打ち切れるとでも言いたげな声だった。こんなやり方では埒《らち》が明かなかった。きっとベルンは粘り、必要とあれば哀願さえするだろう。そしてわたしたちは家で対決することになり、彼は自分のミスをいつもの正確な弁舌でひと言ごとに挽回《ばんかい》していく。わたしは結局、彼の黒い瞳が発する光に圧倒され、ふたりはまた一からやり直す羽目になる。また馬鹿げた資金集めに奔走し、また治療を受け、世界で一番よそ者に冷たい土地まで無駄な旅をし、またがっかりさせられて……。延々とその繰り返しで、やがてわたしたちはどちらも駄目になってしまうに違いなかった。

キエフのホテルのロビーで隣の椅子に座っていた女性の無表情な顔を思い出した。あれはきっと執着のせいで年々変わってしまった顔なのだ。あんな風にはなりたくなかった。わたしたちはまだ若いのだから。

だから言った。「わたしたち、間違ってたのよ」

「やめてくれ！」

ふたりのあいだで奇妙な役割交替が起きていた。まったく思いがけない、予期せぬ展開だった。最初からずっと、捨てられる覚悟でいたのはこちらのほうで、ベルンがほかの娘と厄介なことになっていた時も、千キロも離れた場所から彼を馬鹿みたいに愛し続けたのはわたしのほうだった。もしかすると、封印され、押し殺されてきたあの夏の記憶があればこそ、わたしは今、どうすればいいのかを知っているのかもしれなかった。トンマーゾとコリンに子どもを授かったと打ち明けられ、ベルンとわたしが自分たちの娘を夢想しだしたあの瞬間に始動し、ふたりを引きずりこんだ悪循環を断ち切る方法をわたしは知っていた。そう、ベルンに彼の自由を返還し、わたしも自分の自由を取り返す方法がたったひとつだけあった。

「わたし、つきあってるひとがいるの」わたしは言った。

「つきあってるひと？」彼はささやくようにして繰り返した。

彼の性格を熟知すればこそ、それがとり得るただひとつの道であることはわかっていた。わたしはどこまでも冷静だった。わたしは疲れはて、怒りに満ち、悲しみに胸が張り裂けそうだった。躊躇は許されなかった。

「そう、恋人がいるの」

「そんなの嘘だ」

わたしはあえて答えなかった。答えれば、嘘がばれてしまう。すると彼の声が変化した。ほんの数秒でベルンは別の生き物になった。それはわたしのまだ知らなかった、怒り狂った何かだった。

「あいつだな？　そうなんだろ、テレーザ？　やっぱり、あいつなんだろう？」彼の怒号が響いた。

「誰だっていいでしょ？」

相当あとまで、それがふたりの交わした最後の言葉となった。そう、〝誰だっていいでしょ？〟は、わたしたちの短く、不運で、常識外れな、にもかかわらず最高だった結婚生活の、ほぼ最後の言葉となったのだった。

マッセリアには帰らなかった。わたしは車で何時間もさまよい、日が暮れてもまだ走っていた。後日、振り返ってみても、どこを走ったのかよく思い出せなかった。まずはフランカヴィッラの郊外を走り、それから農村部に網の目のように張り巡らされた未舗装路を何本も走ったのは確かだ。そうした道がいきなりどこかの家の門で行き止まりになり、金網まで駆け寄ってきた番犬に狂ったように吠《ほ》えたてられたことも何度かあった。

スペツィアーレまでは戻ったが、マッセリアには帰れなかった。きっとベルンが待っている、そんな予感がした。彼ならば、こちらが電話で言ったことが本当かどうか、声だけではなく、本人に会って見極めようと思うはずだった。わたしの告白したありもしない浮気話は、その晩を家の外で過ごしてようやく信憑性《しんぴょう》を帯びることができるはずだった。

〝あいつだな？〟

〝やっぱり、あいつなんだろう？〟

マッセリアに続く野道と交差する前に、わたしはおばあちゃんの家へとハンドルを切った。呼び鈴を鳴らし、電動の門が大きく開くのを待った。門柱の上で点滅する警告ランプの明かりで、周辺の畑がぱっぱっぱっと浮かび上がった。

リッカルドはスポーツウェアの上下を着て現れた。わたしは、離れで構わないから、ひと晩泊めてくれないかと頼んだ。無遠慮で、ほとんど冗談みたいなお願いだったが、こちらの様子がかなり動転しているのに気づいたのだろう。こんな答えが返ってきた。「もちろんいいとも。でも離れは物凄く冷えるよ」

「別に構わないわ」

「お客さん用の部屋が空いているよ。さあ入って。僕はシーツを取ってこよう」

お客さん用の部屋、というのは、わたしの部屋のことだった。わたしにシーツとタオルを手渡し、何も食べたくないと言われると、リッカルドはおやすみと言って部屋のドアを閉じた。あと一瞬でもそこに居座れば、自分がこちらにとって耐えがたい存在となってしまうことを察してくれたようだった。

こうしてわたしは出発地点に戻ってきたのだった。子ども時代の自分の部屋に。おばあちゃんの家は何時間も前から闇に包まれていたが、わたしはまだ起きていた。眠気はなく、ただ疲れていた。震えるほど強烈な疲れで、とっくに眠るのはあきらめ、すべてが始まったベッドにただ横たわっていた。やがて薄明かりが闇から滲《にじ》み出た。月が出たところなのだろう。まずはそう思った。でも月ではなさそうだった。光が揺らめいていたのだ。わたしはベッドを出ると、窓を開いて、冷たい夜気に身をさらした。すると炎が見えた。さまざまに色の変わる炎の輝きと、風がないためまっすぐに立ち昇り、黒い空に消える煙も見えた。よりによってマッセリアのある場所だった。火事の音もにおいもせず、ただ木々の影越しにそんな光の傷がちらちらと見えるだけだった。

反射的にマッセリアに飛んでいきたくなったが、すぐに考え直した。あの炎は信号であり、ベルンが夜空に放った最後の呼び声にすぎないと気づいたのだ。こちらが彼の元に駆けつけ、電話での告白を取り消すのを期待したものに違いなかった。炎にこめられたメッセージはこうだ。〝この炎が燃えているあいだは、俺はここで待つ。君に何を聞かされても俺は信じ、一切を忘れるだろう。でも炎が消え、炭も冷えたその時、俺はもうここにはいないだろう。そして君の言葉は永遠に真実であり続けるだろう〟

何に火を点けたのかが気になった。道具小屋か、ビニールハウスか、それとも家そのものか？　わたしのものも、彼のものも、一切合切燃やしてしまったのか？　翌日になってから、彼が火を点けたのは薪で、薪の蓄えをすべて燃やしてしまったと知ることになるのだが、おばあちゃんの家で、昔の自分の部屋にいたわたしにはまだわからなかった。その時はただ眺めているしかなかった。冷えきった石の床に足をつけたまま、ベッドの毛布をつかんで肩にかけようともせず、わたしはひたすらに眺め続けた。もはや明け方となり、火の勢いが弱まって、ついには完全に消えてしまうまで。

衝撃的な不意の別れの二日後、わたしはトリノに帰った。スペツィアーレ時代はこれで終わった。そんな気がしたのだ。もはや年を取りすぎてしまったが、まだ若すぎた自分が投げ出したすべてを再開しようと思っていた。

しかし一ヵ月も耐えられなかった。都会の冷え冷えとした効率的なメカニズムもつらければ、雨もつらく、明るく切ない三月の昼間もつらかったが、両親が警戒しつつも示す寛大な態度と、娘の失敗に対する暗黙の喜びようが何よりも耐えがたかった。だからいつも苛々していた。自分の居場所はもうプーリアのほかにないのだと気づいて、わたしはマッセリアに戻った。少女時代の胸の昂《たかぶ》りも、近年の安堵《あんど》も覚えず、わたしにはもうほかに選択肢がないのだというかすかなあきらめとともに戻った。ベルンはいないだろうと確信していたが、実際、そのとおりだった。

怖くて眠れない夜もあった。いつか聞いたその一帯にまつわる不吉な物語で頭がいっぱいになってしまうのだ。たとえば、ひとりの男が手足を縛られて、真っ赤に焼けた鉄の棒で何時間もいたぶられた、というような話だ。間違いなく作り話だろうが、静まり返った夜闇に包まれていると、平静ではいられなかった。ある晩、金属質の物音が外から、それも家の真横から聞こえてきたことがあった。わたしは震えながらドアを開いた。すると一匹の犬が、倒れたゴミ箱に鼻を突っこんで漁っていた。犬は数秒こちらをにらむと、逃げていった。

それでも最後には慣れてしまった。ある意味、ダンコとみんなが立ち去ってからの日々はゆっくりと孤独に慣れる訓練期間で、いよいよ本番が来たようなものだった。自然の武骨な慰めがありがたかった。寂しさを少しでも紛らわせようと、雌山羊を一頭買い、敷地で放し飼いにした。もっとスペッィアーレの集落にも出かけるようにし、レクリエーションクラブにも登録して、アマチュアバレーのチームにも、教会の合唱団にも参加した。マッセリアに電話線も引き、インターネットもできるようにした。電話会社のよこした技術者は長髪をポニーテールにまとめた若者で、占い棒で水脈や探し物を見つけるダウザーみたいに金属の棒を支えながら敷地を歩き回り、アンテナが最適な通信エリアをキャッチできる位置を探してくれた。アンテナの設置を終えた若者は、わたしがコンピューターにまるで暗いのを見て呆《あき》れはてて、必要な手順を説明してから、困った時は呼んでくれと名刺を置いていった。

やがて、おばあちゃんの元生徒で、今は小学校で教えていた女性が、マッセリアでの社会科見学を思いついた。あなたたちがマッセリアで実践してきた生活には大きな価値がある。伝統と大地に対する敬意を子どもたちに伝えてほしい、そう彼女は言うのだった。わたしは最初、自分にそんなことができるものかと懐疑的だった。教職は経験がなかったし、みんなが従っていたマッセリアの運営原理にしてもすべてベルンとダンコが決めたもので、わたしなどふたりの真似をしていただけだったからだ。でも蓋を開ければ、思っていたよりも簡単だった。わたしは子どもたちを前に、根囲《マルチング》いをすることでどうして水を九割も節約できるのか、そして水の節約がどうしてそこまで重要なのかを説明したり、彼らが見慣れている四角い畑に比べてどうして渦巻き形の畑のほうが効率的なのかを説明したり、その場の思いつきで生徒に目隠しをして、触感と嗅覚でハーブの種類を当てるゲームをしたりした。種まきや水まきも体験させ、子どもたちをむっとさせてやりたくなれば、バイオトイレの仕組みを教え、それが畑の肥料作りにどう役立つかを解説した。悪臭漂う堆肥《コンポスト》の穴の上に身を乗り出すのは、いつだって勇気のある子だけだった。

一方、ベルンはどうしていたかといえば、しばらくはあちこちをさまよっていたが、そのころには、やはりコリンと別れたトンマーゾと一緒に、ターラントのアパートで暮らしていた。そう教えてくれたのはダンコだったが、わたしはみんなの誰にも電話なんてかけなくなっていた。ある日、ダンコのほうがマッセリアにやってきたのだ。ベルンに頼まれてきたと言って、持ち帰るべきもののリストを手にしていた。

「自分で来ればよかったのに」思わずわたしはこぼしてしまった。「君にあんな目に遭わされたあとでか？」

彼も言いすぎたと思ったのだろう、こうつけ加えた。「なんにせよ、俺がどうこう言うべき話じゃないけどな」

ダンコはまだそこが自分の家でもあるかのように、なんの気兼ねもなく、こちらの部屋からあちらの部屋へと歩き回り、時おりベルンのメモを確認した。

「彼、どうしてる？」わたしは尋ねた。

「元気だよ」

その知らせにこちらは安心すべきところだったが、わたしはそこまでできた人間ではなかった。急に疲れを覚えてしまい、台所のテーブルを前にして座ると、引き出しを次々に引っかき回すダンコを眺めた。

「ベルンってやつは、何か大きな目標を追求するために生まれてきた男なんだ」やがて彼は言った。「俺たちにそんなあいつを邪魔する権利はないんだよ」

「わたしが彼の邪魔をしたっていうの？」

ダンコは肩をすくめた。「わからないけど、君がマッセリアに来るまで俺たちにはいくつも計画があった。今ようやくそれを再開できるってわけだ」

「教えてもらおうじゃないの。どんな計画？　今度は牛を逃がすの？　それとも羊？」

彼はわたしを振り返って、答えた。「この世には俺たちひとりひとりよりもずっと大切なものがあるんだよ、テレーザ。君はいつだって身勝手な幸福の概念に縛られていたけどな」

でもわたしはダンコのご高説に耳を傾けるつもりはなかった。もううんざりだった。

「でもそういう計画って、うちのおばあちゃんの家を売ったお金でやるの？　コーヒーメーカーに触らないで！　わたしが買ったんだから、わたしのものよ。ベルンがリストに入れたなら、勘違いね」

彼はコーヒーメーカーを元の場所に戻した。「わかったよ」

わたしはダンコが任務を終えるのを待った。後悔めいた感情にとらわれ、自分を愚かしく思いながら、ずっと座っていた。

やがて彼は挨拶がわりに手だけ振って、出ていった。パーゴラの下のテーブルに、リストの紙が残されていて、裏にトンマーゾの新しい住所が書いてあった。

それからベルンの近況を何も知らぬまま、一年が過ぎた。そしてある朝、野道をやってくるタイヤの音でわたしは目を覚ました。まだ夜が明けたばかりだった。

誰かが躊躇なく玄関のドアを叩きだした直後、わたしはもうその内側に立っていた。そして誰何《すいか》もせずにドアを開くと、コートかけの厚手の上着をつかみ、ネグリジェの上から着た。

刑事のひとりが名乗ったのは覚えているが、名前は思い出せない。そもそも耳に入らなかったのかもしれない。とにかくそのひとはわたしにこう尋ねた。「コリアノー夫人ですか？」

「はい」

「ベルナルド・コリアノーの妻、そうですね？」

わたしはまたうなずいた。ただ、彼の名を夜明けの寒さのなかで聞くのは奇妙なものだった。

「ご主人はご在宅ですか？」

「もうここには住んでいません」

「ここ数時間のうちに来ませんでしたか？」

「もうここには住んでない、そう言ったでしょ？」

「では、今どこにいるか見当はつきませんか？」

どういうわけか、わたしの口は知らないと答えていた。保護本能のようなものか。ダンコが置いていった住所を記したあの紙切れはどこかにまだあったはずで、何度も読むうちに住所だってすっかり覚えてしまっていたが、わたしは知らないと答えた。

〝今夜、君たちは、これからはお互いを見守っていくと誓った……いつまでも絶えることなくそうしなさい〟

「なんでしたらなかにお邪魔して、座ってご説明してもいいんですが？」

「いいえ、立っているほうが楽なので。このままで結構です」

「ではお好きなように。恐らく、今夜発生した事件のことはまだお聞きになってないと思うのですが」刑事は気まずげに額を拭った。「どうやらご主人が、殺人事件に関係しているようでして」

上着の内側の縫い目が首をこすって不快だった。ハイネックのセーターを着るか、マフラーでもしないと、この服は駄目なのに。

「何かの間違いでしょう？」思わずひきつった笑みを浮かべつつ、わたしは答えた。

「オリーブの木の伐採を巡って衝突があったんですが、ご主人は、抗議グループのメンバーだったたんです」

とても現実とは思えない瞬間だった。野畑に広がる光は白っぽくて、まだおぼろだった。

「誰が殺されたんですか？」わたしは尋ねた。

「それが警察官でして。被害者の名前はニコラ・ベルパンノです」

5

トンマーゾはベッドカバーの上に両手を置いたまま動かなかった。顎《あご》は引かずに目だけを動かして、自分の手を眺めているその様子は、まるで手の下にある布地に描かれた幾何学模様——赤と青の菱形《ひしがた》——を透視して、なぞることができるみたいだった。十本の指は〝話はこれで終わりだ。これ以上、君が知るべきことはない。今度は僕も何もかも包み隠さず打ち明けた〟とでも言いたげに大きく広げられていた。

つまり、わたしが知っていた物語に加え、もうひとつ、秘密の物語があったのだった。秘密の物語ではひとりの娘とその赤ん坊が死んだ。でもわたしは、そんな話はベルンからこれっぽっちも聞かされていなかった。彼はトンマーゾとニコラとの約束を最後の最後まで守ったことになる。物語はひとつではなく、ふたつあった——わたしは胸でそう繰り返していた——しかも、どちらも事実なのだ。暖房が何時間も前に止まった部屋にこうして一緒にいるわたしとトンマーゾ同様、本当にあったことなのだ。立方体の一対の対角と同じで、想像力を駆使せぬ限り、両方の物語をいっぺんに見ることはできない。わたしはその手の想像力をベルンとヴィオラリベラについて、ふたりの子どもについて、トンマーゾとニコラについて働かせることをかたくなに拒んできた。わたしは現実に対して目を閉ざし、耳をふさいだのみならず、何かそれ以上に愚かな真似をしてきた。わたしは意地っ張りだった。頑固だった。

それでもわたしは口を開かなかった。そうだったの、とすら言わなかった。オリーブの木に縛りつけられたヴィオラリベラの姿がトンマーゾの描写でまぶたに浮かんでから、ずっと黙っていた。そして今は彼も黙っていた。そのまま五分は過ぎた。もっとだったかもしれない。

それから彼は言った。「アーダの様子を見てきてくれないか？」わたしはなかば救われる思いで立ち上がった。

わたしはソファーに近づき、アーダの胸のあたりで上下するかけ布団の動きで、ゆっくりとした寝息を確認した。幼子の呼吸は深い安らぎに満ちていた。自分の気持ちまで安らぐのを待ってから、トンマーゾのところに戻った。拷問用の椅子にまた座るべきか、そのまま立っているべきか迷った。

「よく寝てるわ」わたしは告げた。

すると彼は、あの血の気のない両手――永遠の子どもの両手――を引き寄せて、折り返したシーツの上で組みあわせた。

「できたら、もうひとつ頼みたいことがあるんだ」彼は言った。「メデーアを散歩に連れていってくれないか」

ベッドの下のほうで丸くなっている犬をわたしは見やった。トンマーゾの足の真上で寝ているのかもしれなかった。

「ぐっすり眠っているみたいだけど」

「やっぱり僕が行こう。大丈夫だ」

彼はかけ布団を一方にのけると、床に片足を下ろした。Tシャツの下は白いトランクス一枚だけという格好で、真っ白な二本の脚を突然見せつけられ、わたしは一瞬、動揺した。彼は立ち上がったものの、すぐにバランスを崩した。

「やめておいたほうがよさそうだ」ベッドにまた横になりつつ彼は言った。「体の向きをちょっと変えただけで、元の木阿弥《もくあみ》だよ。ひどく目が回る」

ナイトテーブルにぶら下がっていたリードをわたしは不承不承つかんだ。金具《カラビナ》が立てたほんのかすかな音にメデーアは耳をぴんと立て、ベッドを飛び降りると二度吠《ほ》えて、トンマーゾに叱られて黙った。

「ほかの犬を見かけたら全力で押さえてくれ。柵の向こうにいる犬でも油断は禁物だよ。こいつは驚くほど高くジャンプすることがあるからね」

わたしは港を目指した。メデーアは歩道のふちに鼻を寄せつつ歩き回った。彼女よりも前にそこを通ったほかの犬の、目には見えない痕跡か、毎朝水揚げされる魚のにおいでも嗅いでいるみたいだった。それは、かつてわたしが過ごしたなかでも一番奇妙なクリスマスだった。

リードを引かれて、わたしもぐっと引き返した。ただ力をこめすぎて、首輪が食いこんだらしく、メデーアにちらりと恨みっぽくにらまれた。もしもあの時、ヴィオラリベラが赤ん坊を産もうと決心していたら？　もしもあの朝、みんなが彼女をひとりにしなかったら？　もしも彼女が夾竹桃《きょうちくとう》の毒液をひと口含んだだけで、あんまり苦くて、残りは流しに捨ててしまっていたなら？　自分の運命が他人の選択によって左右され、そのひとの心の迷いによって決定されてしまったと気づくのは奇妙なものだった。詐欺に遭ったような失望があった。〝わたしは、思い、言葉、行い、怠りによって、たびたび罪を犯しました〟と祈りの言葉にはあるが、自らの怠りを気にかける者などまずいないし、ベルンとわたしだって気にしたこともなかった。

それでも、メデーアと港を散歩しながら――そこにはひとっ子ひとりいなかったが――わたしは本当に久しぶりに孤独を忘れていた。一連の事実を知った今や、自分の人生が後ろにも横にも広がり、それこそあらゆる方向に広がって、ヴィオラリベラの人生とベルンの人生の垣根を越え、トンマーゾとニコラの人生の垣根さえも越えたかのようだった。初めて三人を見たあの夜のプールに、ようやくみんなと一緒に飛びこめたような気分だった。ベルンならば、こんな気持ちももっとうまく表現できたことだろう。

メデーアが歩道の真ん中に落とした黒い塊を見て、わたしは覚悟を決め、腰を折ると、リードに結んであった袋の一枚を使った。

トンマーゾは座ったままうとうとしていた。そのあり得ないような夜の始めに、あらかじめ彼から、それ以外の姿勢で寝ると、目を閉じたとたんに部屋中の家具が落ちてくるのだ、と説明されていた。腕をさすっても目を覚まさなかったので、もっと強く揺さぶった。

「なんだい？」

「要するに確信はなかったのね？」

「あのね、グアンタナモの収容所だって、さすがにこんな状態の人間を寝かすまいとはしないよ？」

「誰の子だか、あなたたちにはわからなかった」

「三人が三人とも自分の子どもだと思っていたし、同時に違うと思っていたんだよ。そうとしか言いようがないね」

「それで、石投げで父親を決めることにした」

トンマーゾは身じろぎもしなかった。それはとうに説明済みの事実で、こちらが単に彼をもっと苦しめるべく繰り返しているのが明白だったからだろう。

「でもベルンはわざと負けた」と、わたしは続けた。「子どもを自分のものにしたかったから」

〝あるいは彼女を〟——しかし、ふたりともその言葉は口にはしなかった。

メデーアは元どおりベッドの下のほうで丸くなっていて、そこから動いたことなどなかったみたいだった。

「ただ、ヴィオラリベラは何も言わなかったの？　彼女だって自分はどうしたかったのか、言う権利はあったでしょう？」

「ベルンが前もって説明したんだろう。そのはずだよ。しなかったはずがない」

「もしかしたら彼女、三人の誰でもよかったのかも。あなたが選ばれることだってあったかもよ？」

トンマーゾがこちらに顔を向けた。それまで話の途中でそんな風にまっすぐわたしを見ることはなかったから、どきりとした。彼はゆっくりと視線をベッドカバーに戻した。頭を急に動かしたせいで、激しい頭痛に襲われたのかもしれない。

「ベルンはヴィオラリベラに自分がどうするつもりか話したんだと思う。わざと手前に石を投げるって。ふたりが一緒に始めたことだから、ふたりで一緒に終わらせようって、そんな約束をしたんじゃないかな。本当のところはわからないけどね。あのころは僕もあまり考えないようにしていたし。今はこう思ってるよ。ヴィオラリベラはあとになって、逆に、三人の誰が父親でも嫌だって気づいたんだ。とにかく凄く変わった子だったからね。何をしでかしてもおかしくないってタイプだったよ」

トンマーゾは顔をこすり、両手のひらをまぶたに当てた。

「砦《とりで》の話を聞かせて。あの夜のことも知りたいの」わたしは言った。

「僕はあの場にはいなかった」

「でもベルンはここで寝起きしていたんでしょ？　あなたと一緒に。警察はマッセリアに捜しにきたけど、あそこに行く前、彼はこの家にいたんでしょ？」

「もう二時だよ」

でもわたしは立ち上がらず、トンマーゾもこちらの意思の固さを悟ったようだった。だから、少し長めの沈黙のあと、彼は降参した。「わかった。でも、ワインを取ってきてくれ。流しの下に飲みかけのボトルが一本あるはずだ。もう空けちゃった可能性もあるけど」

「冗談でしょ？」

「大丈夫だよ。僕はプロの酒飲みだって言ったろ？　それにほら、今夜はクリスマスイブじゃなかったっけ？」

わたしはボトルを見つけ、彼のコップに注ぐと、部屋に戻った。ドアは元どおりわずかな隙間を残して閉ざされ、ナイトテーブルには同じランプが灯っている。ずっと血の気のなかった彼の乾いた下唇が、今は赤く汚れていた。

「蜜蜂の事件があった日のこと、覚えてるかい？」

「砦となんの関係があるの？」

「その前の日の夜、コリンに打ち明けられたんだ。妊娠したって。アーダのことだけど。そうやってなんでもことが済んでから教えるのが彼女の悪い癖でね。ナッチのお金を僕が盗んだ責任を彼女が被って、僕に暗黙の貸しを作った時だってそうだった。そうでもしなければ、こっちは彼女を探しにいかなかっただろうから、そうしたんだ。今となっては恥ずかしくもないから言うけど、さもなきゃ僕だって、コリンがそのころ泊まってた宿まで探しにいくこともなかったろうし、彼女をマッセリアに連れていくことも、ベルンに恋人だなんて言って紹介することもなかったろうね。正確には、彼女が勝手に僕の恋人を名乗ったんだけどさ。初めてふたりでマッセリアに行った日だった。コリンが僕の頭を押さえて、自分のほうに向けると、唇を無理やり重ねてきたんだ。これでわたしはあんたの恋人よ――あれはそういう意味だった。あんたはわたしに借りがあるんだから、ってね」

「あなたはコリンのことが好きなんだと思ってた」

トンマーゾは深く息を吸った。

「どうもある種の問題は一部の人間にとっては、君が思うよりずっと複雑になってしまうみたいなんだ。なんにしても、コリンはピルを飲むのをやめた。僕に断ることもなく、例によって勝手に、見境なく、きっぱりと。でも子どもが、つまりアーダが、コリンの本当の目的じゃなかったんだ。これも実に彼女らしい話でね。ひとの性格ってほんの少し理解するだけでも、やたらと時間がかかるもんだな。嫌になっちゃうよ」

「ひとは光と闇と結ばれる」

「そうだね。その点、チェーザレは正しかったんだろう。あのひとの言うことは結構よく当たった。

ともかく、コリンは子どもがほしいと思ったこともなければ、そもそも子どもに興味なんてなかった。妊娠は単に、僕をマッセリアから完全に引きずり出すための一番手っ取り早い方法だったんだ。ずいぶんなことを言うと思ってるんだろう？　わかってるさ。きっと最近、彼女からあれこれ僕のひどい噂《うわさ》を聞かされただろうし」

「もうしばらく会ってないわ」

「本人は自覚してなかったけど、コリンは実はマッセリアが大嫌いだったんだよ。父親への当てつけになった最初のうちはよかった。でもそのあとは、あの場所の真の姿が見えてしまったんだ。住みづらくて、みすぼらしくて、何かと不便で。悪く思わないでほしい。君とベルンが頑張ったおかげで、ずいぶんとよくなったよ。でも僕がコリンを連れて戻った時は、しばらく誰も住んでなかったから、本当に住みづらくて、みすぼらしくて、不便だったんだ」

彼はまたどこか慎重な語り口に戻ったが、もう黙る気はなさそうだった。

「それにコリンはダンコのことが耐えられなかった。あの傲慢で、やたらとひとに難癖をつけるところがさ。ただ彼女は、単にそうしてくれと頼まれただけじゃ、僕があの場所を出ていかないことをよく知っていた。そのころにはもう僕だってコリンのことを完全に自分の恋人とみなすようになっていたし、彼女との関係がどう始まったか、ほとんどまず考えなくなっていたけどね。特に君が来てからは、まるで思い出さなくなった」

「そこでどうしてわたしが出てくるの？」

親指の爪でトンマーゾは、ベッドカバーの菱形をひとつなぞった。

「あれで、僕たちはみんなカップルになったろう？　でもコリンは、僕に出ていこうと頼んでも無駄なのを知っていた。だからそんなことはおくびにも出さず、かわりにピルを飲むのをやめたんだ。一週間か、二週間か、何カ月もだったのかはわからないけど。とにかく必要な期間だけやめた。そして生理が五日、六日と遅れても、こちらには黙っていた。これもあとから気づいたことだけどね。コリンは急に機嫌がよくなって、なんにつけ不満を滲《にじ》ませるのもやめた。おかげで僕も前よりずっと心穏やかでいられた。

妊娠検査薬で確証を得ても、コリンは何も言わなかった。まずは自分の両親に相談して、素直に産婦人科に連れていかれたらしい。それも三人一緒に、仲直りした家族全員で行ったらしいよ。僕たちが住むことになるアパートにしてもそのころ、三人が選んだものだ。それからようやく彼女は、赤ちゃんができたと僕に報告したんだ。後ろめたさなんてほんのちょっとで、まあ、得意満面だったな。マッセリアなんて早く出ていきましょうよ、新しい家は——屋根裏部屋《アティック》は——二、三週間もすれば用意ができるし、いくつか足りない家具もあるけれど、それはふたりで選びたい、なんて言ってたっけ。それから彼女はこう続けたんだ。『なんにも心配はいらないわ。うちの親父が全部手配してくれたから』そんな簡潔なひと言で、つまりコリンは、それまで僕に聞かせた自分の父親に関するひどい話を全部忘れるように命じたんだ。あの晩、僕は、別の寝室にいる君たちの存在をはっきりと感じながら、心でこう繰り返していた。〝何もかも記憶に留めておけ、お前がここで過ごす夜はもう数えるほどしかないんだから……〟コリンのお腹のなかにいた——とりあえずはまだ、ひとつの宣告でしかなかった——命の呼吸がもう聞こえる気がしたよ」

トンマーゾがますます意識を集中させて語る横で、わたしはこんなことを考えていた。そうか、命はこんな風に選ぶんだ。選ぶことなく選び、別のどこかではなくある場所で、命は偶然に芽生える。

コリンとトンマーゾとふたりの欠陥だらけの愛情は選ばれた。ベルンとわたしは、駄目だった。

「次の日は日曜だった」と彼は言葉を継いだ。「日の出のころにマッセリアを出て、職場に向かってしまえば、絶望をごまかせるかもしれない。こうしてベッドの上で、コリンの横で、悲しいことばかりあれこれ考えているのはもう嫌だ。そう思った。自分はもうすぐマッセリアを出ていくのだと思いながら、みんなとパーゴラの下に座るのも恐ろしかった。だから僕はベッドを飛び出すと、服をつかんで家を出た。行く当てもなく少し歩いていたら、そのうち葦原《あしはら》に出た。朝日が葦の葉のあいだに差しこんでいた。そして蜂の巣箱に気づいた。本当にたまたまだったんだ。巣箱のひとつの蓋を開けた時も、本気であんなことをするつもりはなくて、箱のなかの蜂たちがざわつき、ねっとりとうごめく様子に心を奪われていた。蜂は驚かなかったよ。ただ、いきなり雲の影にでも覆われたみたいに、みんなちょっとだけ苛っとしたようだった。僕は慎重にまず片手を差しこみ、次いで逆の手も入れた。蜂は何かを探すみたいに、こちらの指に、手首にしがみついた。そこで僕はぱっと両手を握ったんだ。あとのことは何も覚えていない。ベルンがベッドの横に座っていたことだけは覚えている。病院でね、ちょうど君が今そうしているみたいに。反対側だったけど。彼を見るために顔を右に向けていたからね。全身が脈打っていたけど、痛みは感じなかった。それにベルンの姿はぼやけて見えた。頬骨《ほおぼね》の肉とまぶたも膨れ上がっていたから。彼に何か言おうとしたけれど、舌が痺《しび》れていた。そんな僕を見てベルンはしゃべっちゃいけない、とにかく落ちついて、また目を閉じろと命じた。それから、お前が寝ても、どこにも行かないと約束してくれたんだ。僕はベルンさえいてくれればよかった。ほかには誰もいらなかった。悪く思わないでほしいんだけど」

トンマーゾの話を聞きながらわたしは気分を害し、嫉妬していたのだろうか？　そんなことはなかったと思う。わたしは初めて彼に嫉妬を覚えなかった。思えばわたしたちも馬鹿馬鹿しい競争をしてきたものだった。あたかも我々の心のなかには、誰かひとり分の場所しかないとでもいうかのように。ベルンの心は蜜蜂の巣みたいに入り組んでいて、洞窟が数えきれないくらいあり、わたしのための場所もあれば、トンマーゾのための場所もあったというのに。

「いいから続けて」わたしは先をうながした。

「屋根裏部屋《アティック》には洋服だんすがたくさんあって、僕とコリンの服を全部入れても、半分も埋まらなかった。それからの一カ月、僕たちは買い物ばかりしていたよ。僕がルレから帰ってくると、彼女が待っていて、一緒に中心街に繰り出して、店をあれこれ覗《のぞ》いて歩くんだ。買うのはベビー用品が主だったけど、自分たちの服も買ったし、電気製品も結構買った。台所もほぼ空っぽだったからね。ミキサーにトースター、ヨーグルトメーカーにポップコーンメーカーまで買った。お金は全部、コリンが払った。真新しいクレジットカードで。ふたりとも前とはすっかり別人みたいだった。それにマッセリアのことも、君たちのことも、僕たちは一切話題にしなかった。僕はけっして不幸じゃなかった。むしろあの部屋で、ある種の解放感を覚えていた。ダンコの決まりを何から何まで放棄する生活だったからね。それに町の生活も、ごちゃごちゃした雰囲気も、本当に久しぶりで、懐かしかった。コリンの陽気な顔、幸せいっぱいな顔、意地悪な顔を見るのも好きだった。あいつはマッセリアではそんな顔にはなれなかったから。僕たちは生まれてくる娘の名前を選び、アーダと呼ぶことに慣れていった。一日また一日とアーダは具体的になっていって……いや、違うな。そんな単純な話じゃないや——トンマーゾは前言を撤回した——僕はばらばらだった。そう、ばらばらだったんだよ」

彼の表現が次第に抽象的になっていくのが、わたしには耐えがたかった。疲れのせい、疲れと大量のアルコールのせいに違いなかった。

「僕はコリンとベルンに属していたからね」彼はそう言い足すと、いきなり大笑いした。

「アーダが起きるわ」

「いや、そうじゃないな」彼はまだ笑いながら、また言い直した。「僕が属していたのはベルンだけだ。それこそ、僕の本音なんだよ。でもあのころの僕はやたらと混乱していた。こんな話は嫌かな？　実際、君には腹を立てる権利が十分ある」

　彼は額をこすった。別の思考のために場所を用意するような仕草だった。

「あのころは毎朝、鷗《かもめ》の声で目が覚めた。傍らに横たわるコリンを見ながら、僕は心のなかで繰り返したものさ。〝考えるな。じきに始まるいつもの一連の動作に身を任せろ。そうすればきっとうまくいくから。この先、死ぬまでお前の人生はこんな感じだぞ。毎日がこんな感じなんだ〟なぜかといえば……そう、妊娠したコリンの横で僕は週を数えていたんだ。出産予定日まであと何週かを数えていた。あと五週となった時、自分に言い聞かせた。〝あと五週だぞ。五週過ぎたら、また新しい方法を見つけないとな〟君にはなんの話かわからないかもね。セックスさ。セックスの話だよ。何もかもそれなりにうまくいったはずなんだよ、セックスさえなければ。でもカップルにとってそれは、けっして無意味な話なんかじゃない。そうだよね？　そうなんだ。ちなみに、ひとつ教えてあげる。僕は君とベルンのそれがどんなだか、何度も何度もよく想像していたんだ。ひどいのはわかってる。でも、この際だから言っておくよ。全部が全部、混じりっけなしの本当の話だ、テレーザ。僕は君とベルンがどんな風だか想像していた。ただしやたら細かいところまで病的に想像していたわけじゃない。そういうことじゃないんだ。そうした想像をすることもたまにはあったけど。でもそれよりむしろ、自分が味わえずにいた感覚を想像していたんだ。あんなに幸せで完璧な相思相愛の関係に我を忘れるというのはどういう感じがするものかって。

だから僕は、自分たちの休戦期間が終わるまであと何週間あるかを数えていた。だって僕はコリンのことを深く愛することができたけど、あくまでそれはセックス抜きならという前提つきだったから。そんな愛に意味があれば、だけどね。それは彼女だってわかっていたと思う。たぶん、マッセリアにいたころから。でも、コリンは僕を変えられる、まともに直せると思ってたんだ。彼女自身には変えられなくても、習慣が僕を矯正してくれるはずだって。普段はきっぱりした子で、何かの言葉や話題で怯《おび》えるようなことはなかったけれど、あの話題だけは、セックスの話だけは絶対にしなかった。

まだ五週間ある、僕はそう思っていた。でもそれが四週間になり、三週間になり、やがて休戦期間は終わり、またある晩、同じ部屋で、前と同じようにふたりきりになって、コリンがいかにも不安そうに僕に触れてきて、こう訊《き》かれることになると思っていた。『ねえ、ちょっとしてみない？』」

トンマーゾはこちらを見て言った。「気まずい思いをさせちゃったな」

「そんなことないって」わたしは嘘《うそ》をついた。

彼はもう一杯ワインをコップに注ぎ、唇に近づけたが、まだ飲まず、いったんコップを宙で止めた。話を続けるべく、息を整えているようだった。

「ある晩、僕たちはコリンの両親を夕食に招いた。彼女の言い分はこうだった。『あのふたりにはこの家から何からプレゼントしてもらったのに、わたしたち、まだ一度も正式に招待したことがないじゃない？』その〝正式に〟という言葉が僕にはおかしかった。いかにも彼女の一家らしい言い回しだったからだ。コリンの両親って、正式な招待とそうではない招待をはっきり区別するタイプの人種だからね。

彼女は少なくとも十ぺんは僕に何を作るつもりか尋ねた。かなり心配そうだった。どうやら父親に対して僕の料理の腕前をやたらめったら自慢してしまったらしい。でも僕はコリンを責めなかった。もう臨月で、脚の痙攣《けいれん》にひどく悩まされていて、いつだって今にも倒れそうだったから。

両親は白い花とピンクの花の花束を持ってやってきた。父親は赤ワインのボトルを持ってきて、今すぐ栓を抜くよう僕に言いつけた。夕食に用意したのは魚料理だったから反対したんだけど、『でもこれが飲みたいんだ。いいじゃないか、トンマーゾ』ってこだわってね。

料理のできは悪くなかったよ。でもコリンは必要以上に両親の称賛を求めて、ふたりのほうも娘の期待に応えて料理を褒めちぎった。そのうち僕は父親と目があったんだが、その意味深な目つきはこう言っていたね。〝この子の望みとあればつきあうほかないじゃないか。そうだろう？〟やがて父親は、少し前に中心街の新しい高級レストランに妻と夕食に行った、と言い、トンマーゾはあの店に履歴書を送ってみてもいいんじゃないか、なんて提案までした。

『外交官が単なるウェイターの才能に舌を巻くなんて、きっと前代未聞の出来事だな』彼女の両親が帰ってしまってから、僕はコリンに言った。

テーブルの上のパン屑《くず》を指でかき集めながら、コリンは答えた。『いつも言うけど、あんたって自分の才能を低く見積もりすぎだよ』その声は悲しげで、特別な夕べに自分が何かミスを犯したらしいことに今さら気づいたという風だった。

『お義父さんの口調があそこまで大げさじゃなかったら、こっちも危うく本気にするところだったよ』

すると彼女は怒りに目を瞠《みは》って僕をにらみ、テーブルの椅子から苦労して立ち上がると、寝室に行ってしまった。

そしてアーダが生まれた。予定日よりふた晩早かった。僕とコリンが朝の四時に車に飛び乗ってから一時間もしないうちにあの子はもう彼女の腕のなかにいた。僕が下の階で書類にあれこれ記入しているあいだの出来事だった。

アーダは僕に思いがけない喜びをもたらしてくれたけれど、長続きはしなかった。何週間か、よいところ数カ月といったところかな。とはいっても、そのあとはちっとも嬉《うれ》しくなくなったということじゃないんだ。それは違う。でもあの子が生まれた当初の夢見心地はどんどん薄れていった。驚きは毎日一グラムずつ減り、不幸な気分が一グラムずつ増えていった。で、僕の本来の性格がまた優位に立ち始めた。あのころはよく心のなかで、チェーザレが常磐樫《ときわがし》の下で僕たちを慰める時に使った常套《じょうとう》句《く》を念じていたよ。それはこうだ。〝これまで無数の人間がまったく同じ問題に遭遇し、まったく同じ道のりを歩んできた。それにもかかわらず人類はまだ存在している。だからお前にだって、このつらい夜を乗り越えることはきっとできるはずだよ〟

コリンとの休戦状態は終わり、僕たちはまた互いに傷つけあって過ごすようになった。まるで彼女の両親が来たあの夕べからどちらも一歩も動くことなく、僕はずっと流しの横に立ち、彼女はずっとテーブルのパン屑を集めていたみたいに。僕は絶え間なく自分を問い詰めるようになった。お前はコリンを愛しているのかいないのか？　愛しているとすればどの程度まで愛しているのか……。誰かを愛しているか否かを自問し続けるだけで、ひとは正気を失ってしまうことがあるんだ」

トンマージはしばし黙り、自分の放った最後の暗示が、既に多くの告白で飽和した空気をさらに満たすのを待った。

「たとえば一時間のあいだに二度も三度も、世界の誰よりも彼女のことが愛おしくなるのに、二度と会いたくない、今、目の前で消滅してほしい、いや、できれば僕のほうこそ消してほしいなんて、やっぱり二度も三度も思ったりもした。コリンがアーダにおっぱいをやっているところを僕はよく盗み見た。彼女の剝《む》き出しになった鎖骨とか、誰も見ていないと思ってあの子にささやきかけるところとか。そんな時はあいつの前に、いや、ふたりの前にひざまずいて、許しを乞いたくなった。でもコリンが僕の存在に気づくだけで――こちらの物音に気づくとかじゃなくて、ひとの視線が生むわずかな気圧の違いみたいなものに勘づくだけで――それこそ彼女がほんの少しばかり必要以上に急いで顔を上げるだけで、僕の憧憬は拒否に変わってしまうんだ。僕はルレにいる時しか落ちつけなかった。家とふたりから遠い場所にいる時しか」

「残念ね」わたしは言った。

でもトンマージは聞いていなかった。今や完全に記憶の闇のなかにいるらしかった。

「夜は僕がアーダを抱いて、あやして寝かせたり、ごくわずかに体重が増えたのを感じたりした。あの子の頰の色を見つめるたび、信じられないような気持ちでいっぱいになった。自分が作った子どものはずがないと思ったんだ。あんなに普通で、あんなに完璧で。あの子の体を隅々まで調べたよ、まだ灰色の瞳をまじまじと見つめたりしてね。でもそのうち自分のやっていることが怖くなって、またベビーベッドに戻すんだ。泣いている時は、コリンに任せた。

そのうち僕はアーダのことも盗み見るようになった。敵か何かみたいに。でもね、あとでずいぶんと復讐《ふくしゅう》されたよ！　ありとあらゆる手で侮辱されたな。とはいっても、あの子が生まれてからの最初の一年間に僕がコリンに向けた憎悪に比べればどうってことないけどね。妊娠のせいで彼女は目の下に派手な隈《くま》ができていた。あれだけ眠れぬ夜を過ごせばしかたないよな。なのに僕は容赦ない視線を浴びせた。あの下品な座り方も、あの滅多に洗わない髪の毛も、ワニみたいなあのあくびも、フォークをやたら後ろのほうで握るあの持ち方も、あのでかい声も耐えられなかった。気にしないで済む方法はたったひとつ、酔っ払うまで飲むしかなかった。そうすればあの部屋での生活も、なんとか耐えられるレベルに戻った。最初は家に戻る前に、通りのバールで少し飲むぐらいにしていた。あの店じゃいつもピーナッツの小鉢を出してくれるんだけど、僕はまず手を触れなかった。薬じゃあるまいに毎度、ロゼを三杯飲んで、それからまた車に乗ってね」

「なんだか言い訳を聞かされてるみたいだけど」

「かもしれない。実際、これは言い訳なのかもしれない。でも、僕は自分に何が起きたのか説明もしているつもりだ。いつかの夜、ベルンにもちょうどこんな風に語ったよ。とても厳しいことを言われた。恥ずべきことだって、お前は自分の幸運がわかっていないって。いや、恥ずべき《ヴェルゴニョーゾ》とは言わなかった。いかにも彼が好きそうな、相手の肉に深々と食いこませるために選んだような形容詞のひとつだった。そう、〝嘆かわしい《デプロレーヴォレ》〟だ。それから、娘の存在を喜べないなら、お前にアーダはもったいなさすぎる、とも言われた。あのころは……君たちの問題も始まっていた。僕ももう耳にしていたけど、でも、そうやってベルンに批判されるまで、ふたつの状況を結びつけて考えたことは一度もなかった。誓ってもいいよ」

「わたしたちの問題ってなんのこと？」わたしは訊いた。

トンマーゾはそれからしばらく沈黙した。答える意思はないという意味らしく、顔はうつむき加減だった。

「どの問題のこと？」わたしは質問を繰り返した。

「余計なことを言っちゃったな」

「余計なことって何？」

血の気のない、彼のぶよぶよした両手をつかみ、八つ裂きにしてやりたかった。

「人工受精とか、キエフとか、その辺の話だよ」

わたしは立ち上がった。メデーアが鼻面をぱっと上げた。

トンマーゾはこちらを見たが、その顔には同情も後悔もなかった。「座ってくれ。頼むから」彼は言った。

ほかに行けるところが本当になかったので、わたしは言われたとおりにした。メデーアも落ちつき、鼻面をまた前脚の上に置いた。

わたしは言った。「なんだか秘密の価値ってまちまちみたいね」

「ベルンと僕は隠し事を一切しなかったから……」

「なんでも打ち明けあった。わかってる」

トンマーゾは咳《せ》きこみ、それから喉の調子を整えた。

「週末を乗りきるため、いつも家に酒を蓄えてあった。だいたいウォッカだった。その点、うちの親父とは違ってたな。あのひとは度数の高い酒には手を出さず、ワインしか飲まなかったから。ワインは親父をゆっくり酔わせて、ぐでんぐでんにした。息子の僕の酔い方はある意味、ひとつの進歩と言えるね」

そこで彼は皮肉っぽい笑みを浮かべてこちらを見たが、わたしは相手にしてやらなかった。

「あの時のベルンの言葉を僕はたびたび思い出すようになった。だから乾杯の文句まで思いついた。〝神の恵みと嘆かわしい人間どもに乾杯!〟ってね。すっかり癖になっちゃって、今でもやるよ。胸のなかで唱えるんだ。

コリンがどこまで知っていたのかはわからない。たぶんだけど、聞かれればこちらが認めるつもりでいた範囲以上のことを知っていたんじゃないかな。でもコリンは何も言わなかった。時おり、彼女がいつかみたいな怯えた表情をふっと浮かべるのにはこっちも気づいていた。本当に意外だった。コリンでも何かに怯えることがあるなんてね。ただ、こんな僕だから、彼女が怖がるのも当然だと思っていたよ。

ベルンにあれこれ打ち明けたあの夜のあと、長いこと彼とは会わなかった。前なら不安でしかたなくなったと思う。でも初めて、ベルンのことがそれほど気にならなかった。あのころはあれこれぼろぼろと崩壊中だったし、彼との友情もそうして剝《は》がれ落ちたかけらのひとつでしかなかった。それに酒の量さえ調節すれば、そんな寂しさだって忘れられた。

ところがある日、ベルンが前触れもなくやってきたんだ。初夏だった。コリンは両親とアーダと一緒に海に行って家を空けていた。

『ビールでいいかい?』僕は尋ねた。

『すぐに帰るからいいよ』

『何も急ぎの用事なんてないんだろう?』

僕たちは急に、互いを隔てている距離と不信感の無意味さに気づいた。僕は彼を抱きしめたくなり、向こうもこちらの気持ちに気づき、にやりとした。それからソファーにどかっと座ると、喜んでビールをもらうよ、ただしよく冷えていればな、と言った。僕たちはしばらく黙って、ビールをラッパ飲みした。打ち解けた空気になじもうとするように。落ちついた、いい気分だった。

『桑の実が熟したぞ』やがてベルンは言った。するとマッセリアのあの大きな木が目の前に浮かび、高いところになった実を摘もうとしている少年時代の三人の姿が見えた。懐かしくて、僕は心のなかで彼に感謝した。

『ジャムか何か作るの?』

ところがベルンは桑の実の話は脇によけて、こう続けた。『テレーザと結婚することにしたんだ。式は九月なんだけど、お前にひとつ頼みたいことがある』

きっとふたりの結婚の証人になってくれと頼まれるぞ。そう思った。僕は引き受ける。当然じゃないか。そして立ち上がり、兄弟のようにベルンを温かく抱きしめる。まさに、ふたりの大人ならば、こうした状況ではそうすべきという感じで。

しかしベルンの言葉は予想を裏切るものだった。『披露宴を仕切ってほしいんだ。ただ俺たちにはあまり金がない。節約式で全部なんとかしなきゃならないが、お前、そういうの得意だろう?』

『もちろんだよ』僕は自動的にそう答えていた。それは元々、別の質問に答えるべく用意していた答えだった。

『テレーザがもうアイデアを温めてるから、直接会って、相談してもらったほうがいいかもしれない。

残りの準備は俺とダンコがやってるから』
彼が去った時、太陽は海面で真っぷたつになった、汗ばんだボールみたいで、部屋中をオレンジ色に染めていた。僕はそのまま立ち尽くし、暗くなると、今度はわけもなくきびきびと行動を始め、家じゅうのすべての電灯を点けて回り、全部の部屋を巡ってしまうと、次にあらゆる家電のスイッチを入れて回った。洗濯機、食器洗い機、エアコン、掃除機、換気扇もみんなスイッチをオンにして、ミキサーも最高速で回した。それから白ワインのボトルを一本、冷蔵庫から出し、扉を開けっぱなしにした。冷蔵庫にも苦痛のうめき声を上げさせたかったんだ。そこでソファーに戻った。両手でボトルを持って座る僕のまわりでは、僕の暮らしをすっかり贅沢《ぜいたく》に刷新し、めちゃくちゃにしてしまった一切合切が振動し、騒音を上げていた。
あれは実際、不思議な披露宴だったよな！ 陽気な狼狽《ろうばい》に満ちたパーティーだった。気を悪くしないでほしいんだけど、本当、今でもはっきりと印象に残ってるよ。たぶん僕が変わった場所から会場を眺めていたからだと思う。飲み物のテーブルの後ろに控えていただろう？ 会場のなかにいると同時に外にいるみたいな感じで、参加者というよりは観察者だったから。それに、マッセリアに着いた時には、僕はもうかなりでき上がっていた。言い訳をでっちあげて、ターラントからスペツィアーレまでコリンに運転してもらわなきゃならなかったほどに。ベイリーズか何か、甘い酒をがぶがぶ飲んだんだ。今にも吐きそうだった。彼女がベルンに猛烈に腹を立てていたのは幸いだった。『ダンコをあんたのかわりに証人に選ぶなんて、いかにもあいつみたいな最低男が考えそうなことだよ』彼女はそんなことばかり言ってた。何よりかにより、ベルンが僕にその晩、働いてくれと頼んできたことに彼女は怒っていた。その時ばかりは僕も嬉しかったよ。彼女がマッセリアと君たちみんなをこき下ろすのを聞くのも、僕の味方でいてくれたのも。だから僕はコリンの手に手を重ね、やがて彼女が黙ってもそのままにしていた。

君とベルンが式を終えてマッセリアに戻ってきた時――幸せ半分、疲れ半分って顔だったな。葦原から出てきた君たちもそんな感じだったっけ――僕はまだ酔っていた。招待客が三々五々、どの席に座ればいいのかと尋ねてきたけど、相手が何を言ってるのかろくにわからないくらいだった。やがてすべて順調に流れだしたのを見て、僕は持ち場を離れ、少し踊った。君とも踊ったな。そのうち、裸足で歩き回っていたコリンに、ネクタイを引っ張って捕まえられた。僕は彼女にキスをしたよ。それまでにふたりが交わしたどんなキスよりも迷いのないキスだった。僕たちは人波のなかでそのまましばらく動かなかった。あの時、自分が何を思ったか今も覚えているよ。〝これでいいんだ。前は無理だと思っていたけれど、どうにかなりそうだ。明日から僕は変わる。そう、明日から。ベルンの言うとおり、僕は非難されてもしかたのない人間だったんだ……〟そして僕は彼女をそこに残し、ビュッフェのテーブルに戻った。

ニコラがやってきたのはその時だった。こっちが一時的とは言え、あんなにうわの空でなかったら、あいつの登場にああも不意を打たれることはなかったはずだし、もっと違ったかたちで状況に対処できたんじゃないかと思う。気づいたら、ニコラがテーブルの下を覗き、何かを探していたんだ。

『何を探してるんだい?』僕は尋ねた。

『ああ、いたのか』立ち上がりながらあいつは答えた。妙にそわそわした感じだった。『強い酒はどこにあるんだ?』

上着の内ポケットに入れておいたフラスクボトルを渡してやると、『お前はやっぱり悪いやつだな、ここに来れば絶対になんとかなると思ってたぜ』なんて言った。やけに優しい声だった。ニコラはひと息に飲み干すと、げっぷをした。

『ありがとう、ウェイターさん』僕の目を見つめたまま、あいつは続けた。『いや、ウェイターに礼を言うのはマナー違反だな。そうだろう？　だって自分の仕事をやっているだけなんだから』

そんな風にニコラがこちらを挑発したくなったのはたまたまだと思う。僕の何かがあいつを苛立たせたんだろう。テーブルの上には、ちょうどふたりの中間に、栓を抜いたワインのボトルが二本あった。あいつはそれを見やると、二本とも倒した。一本ずつ人差し指で、ボーリングのピンみたいに。ワインはテーブルにあふれ、僕のズボンと靴まで濡《ぬ》らした。

『ありゃりゃ』とニコラは言った。

『何するんだよ』

『誰かさんにまた新しい服を買ってもらえばいいじゃないか』

いったいこちらの暮らしぶりをあいつがどうやって知ったのか、その時はわからなかった。もうずいぶん長いこと会っていなかったから。あとになってようやくわかったんだけど、実はニコラは僕たちみんなをずっとこっそり監視していたんだ。マッセリアに住んでいたころも、そのあとも。

あいつは言った。ウェイターがワインで服を汚すなんて物凄く気の毒だ、ベルンがお前じゃなくてほかの人間を証人に選んだのは実際、運がよかったって。ニコラはこっちの性格を知り抜いていたから、どこを突くべきかも心得ていた。僕は黙っていたけれど、服を拭いていたナプキンをあいつに投げつけた。ところがたったそれだけの反撃に、あいつは猛然と前に飛び出し、倒したボトルの一本をつかむと、こちらの頭に叩《たた》きつけようとするみたいに振りかぶったんだ。数秒はそのままの格好でいたな。でもそれから全部冗談だったみたいに、あいつは笑いだした。

ベルンが来たのは、そのタイミングだった。彼は最後の、ニコラが笑っているところしか見ていなかったらしい。警戒した様子もなければ、戸惑った様子もなかったからね。三兄弟が何年ぶりで揃《そろ》った瞬間だった。状況さえ違えば、僕だって大いに感激しただろう。

ニコラはベルンの首にしがみついた。『やあ、幸せ者が来たぞ。新郎、万歳！』あいつは大声を出した。『ウェイター、さっさとグラスを三つ用意しろ。新郎に乾杯だ！』

三人は本当に乾杯をした。ベルンは夢心地で、ニコラはますますハイになっていった。そのうちあいつが言った。『お前たち、ここでずいぶん面白おかしくやってきたみたいじゃないか。そのくせ兄貴の俺を一度だって夕飯に誘ってくれたことがないんだから、冷たいよな』

ベルンは何も言い返さずにうなだれた。するとニコラはあたりを見回し、何かを探すような顔をした。

『あの辺だったよな、俺たちが石を投げたのは、そうだろ？　そう、あそこだ。間違いない。トンミ、お前の石はあのオリーブのあたりに落ちた。そうだよな、ベルン？　違ったっけ？』

『ニコラ、今はよせ』僕は頼んだ。ベルンはまだ口をつぐんでいた。

『どうして？　どうして今は駄目なんだ？　美しい思い出話に花を咲かせる絶好の機会じゃないか！さあ、もう一度、新郎に乾杯だ！　酒を注げよ、酒を！』

一杯目よりやや苦労して、また僕たちはワインをぐっと飲み干した。

『さて、新郎さん、聞かせてもらいましょうか』ニコラは目に見えないマイクをベルンに突きつける真似をした。『この呪われた場所で愛を誓うのはどんな気分ですか？』

ベルンはひとつ深呼吸をすると、グラスをテーブルに置き、みんなが踊っているほうへ去ろうとした。しかしニコラのほうはまだ気が済まなかったらしい。あいつは急に真面目な顔に戻ると、ベルンに問いかけた。『少なくとも彼女は知ってるんだろうな？　自分がどんな場所でお前と夫婦になろうとしているのか』

『あの時の誓いを忘れたのか？』ベルンは静かに問い返した。

ニコラは一歩、彼のほうに近づいて言葉を続けた。『もしも知らないなら、俺から説明してやってもいいんだぜ？』

すると今度はベルンのほうから近づいていき、ニコラをぐっと見上げた。まるで臆する様子もなく、ベルンは噛《か》んで含めるようにこう言った。『ひと言でもテレーザに余計なことを言ったら、俺はお前を殺す』

脅し文句はたいていどこかあいまいな響きをともなうものだが、ベルンの言葉にはそれがなかった。いかにも彼らしく、その響きはあくまでも冷たくて、ひとつひとつの言葉が正確にその本来の意味を示すために選ばれていた。

ニコラはひきつった笑い声を上げた。『おい、俺は警官だぞ』

電球の点いたバロック文様のイルミネーションを背にして、ふたりはもうしばらくにらみあった。それからベルンがまた立ち去ろうとして、踵《きびす》を返した。でもニコラがしつこくからんで、あんなことを言ったんだ」

トンマーゾはそこで黙った。もしかすると、なんとか取り繕って、最後の言葉をなかったことにしたかったのかもしれない。

「あんなことって何？」

「今となっては、どうでもいいことだよ」

「教えて、トンマーゾ」

「あいつはこう言ったんだ。『お前たち、夫婦でなんだか困っているんだって？』って。ベルンは振り返らなかった。でも、左右の腕を脇から少し遠ざけた格好で足を止めた。『もしかしたらあの時、俺たちは見当違いをしていたのかもしれないな。手助けが必要だったら、いつでも呼んでくれ。昔みたいに楽しもうぜ』ベルンはそれでも振り返らなかった。その最後の一撃を正面から受け止めまいとするみたいに。さらに数秒が過ぎてから、彼は物凄くゆっくりとまた歩きだし、客たちのあいだに姿を消した。チェーザレのスピーチはそのあとだった。『エノク書』についての例のたわごとだ。本当の意味がわかる人間がどれだけいた？　ベルンとニコラと僕の、三人だけさ。だって天から堕ちた天使なんて、僕たち三人のたとえに決まってるじゃないか？　堕天使の、見守る者たちというのは、チェーザレがせっかく造り上げたあの天国から堕ちて、姦淫《かんいん》に溺れた僕たちのことだったんだよ。このままじゃお前たち三人は永遠に救われないだろう、ってことさ。あれはチェーザレからのメッセージだったんだ。自分はまだ忘れていない、お前たちが思っているよりもわたしは多くを知っている、意地になって秘密を守り続ける限り、罪をあがなうすべはないぞ、ってね。あのひとの山上の垂訓、最後の説教さ。ああ、いいパーティーだったよ。ケーキだって食べたし、チェーザレの話も聞けたし、打ち上げ花火だって見たし、その燃えかすが真っ暗なオリーブ畑に落ちていくのも見た。でも僕はもう何も楽しめなかった。せっかく明日からはいい方向に自分を変えていこうと思っていたのに、そんな気持ちも消えてしまった」

「ニコラがずっとみんなを監視していたってどういうこと？」

わたしはまだそこにこだわっていた。続きも聞くには聞いたが、ろくに理解していなかった。

「僕たちがダンコとマッセリアを不法占拠していたころ、あいつはみんなをこっそり見張っていたんだよ。君とベルンだけになってからも、たぶん続けていたと思う」

「そのあとも、かも」その言葉はトンマーゾに向けてというより、自分に向けたものだった。

ベルンが出ていってしまったあと、彼がたったひと晩で薪山をすべて燃やしてしまったあと、そしてわたしが野畑の色々な物音に囲まれ、それよりも恐ろしい静寂に囲まれて、ひとりで寝るようになったあと、誰かが外にいる、誰かがこの家を見つめている、そんな感覚に襲われることがしばしばあった。それは、わざわざ外に出て確認せずとも、間違いないと確信できる感覚だった。既に澄ましていた耳をさらに澄ます必要もなかった。ただわたしは、あれはきっとベルンなのだろうと思っていたのだ。どんなにプライドを傷つけられても彼は、披露宴でチェーザレがわたしたちに言い渡した戒律をまだ守っているのだろう、と。

わたしはそんな思考のいくばくかを声に出していたらしい。トンマーゾがこう言ったからだ。「いや、それはベルンじゃない。彼は僕の知る限り、マッセリアには一度しか行ってない。その時にはもうここに住んでいたよ。ベルンは野道の手前の道路脇にニコラの車が停めてあるのを見たんだ。でも車のなかにあいつはいなかった。だから彼は確信したんだ。君とニコラはやっぱり……」

「やっぱり何？」

「いや、僕がどうこう言うべき話じゃなかった」彼は言葉を濁した。「なんにしても僕は、そんなはずないってベルンを説得しようとしたよ」

隣室のアーダの寝息に変化が生じた。前よりもうるさくて、大人が寝ているみたいだった。

「何がなんだか、もうさっぱりわかんないんだけど」わたしは言った。

「君が順番どおりに話させてくれないからだろう？」トンマーゾは今までよりもきつい口調でそう言い返すと、自分の口元に手をやり、次の言葉が出てくるのを助けるみたいに、血の気のない唇を何度かぽんぽん叩いた。

「いつだか太陽光パネルを壊されたことがあったろう？　僕たちはどこかの農家か、誰か商売敵の意地悪だろうと思っていたけれど、あれはニコラの仕業だったんだ。あいつが職場の仲間とやったことだったんだよ」

「そんなの、あなたがニコラが嫌いだったから言ってるだけでしょ？　ベルンと同じで」

トンマーゾは穏やかに首を横に振った。

「じゃあ、どうしてわかったの？」

「本人に聞いたんだ。ニコラに。君たちの結婚式から何週間かしたころに、あいつがルレに来た。なんの予告もなく、いきなりだった。注文を取ろうとして、テーブルに近寄ったら、そこにいたんだ。笑顔で、薄茶のカジュアルなジャケットを着て。あいつは僕を同じテーブルの三人に紹介した。その口調がやけに芝居がかっていて、まるでバーリからはるばるこの僕に会うために来た、とでも言いたげだった。冬も間近だったと思う。テーブルがみんな室内に並べられていたから。十一月かな？　それはともかく、あいつは僕の腕を引っ張ると、三人の同僚に言ったんだ、『こいつが俺の弟だ』って。それからこんな説明をした。僕たちは父親も母親も別々なら、血縁関係もまったくないけれど、そんなことは重要ではない、なぜなら僕たちは血を分けた兄弟よりもずっと強いきずなで結ばれているのだから……。『だって俺たち、三人一緒にマスをかいてたんだぜ』彼がそんな与太を飛ばすと、三人は大喜びした。そのうちのひとりが僕のことを評して、肌の色から見るに、あまり出かけないようだが、今もマスばかりかいてるんじゃないかと言ったから、みんなもっと笑った。ニコラも笑っていた。でもあいつは最後に、馬鹿を言った仲間に人差し指を突きつけて、俺の弟をこけにしたら誰であれ許さないって脅したんだ。よくわからなかった。最後にあの披露宴で会った時は、僕を挑発しっぱなしで、ベルンとはあと一歩で殴りあいになりそうなところまでいったのに、どうして今度はわざわざ僕の職場で、私服姿の警官たちを前に、兄貴分の役なんて演じているんだろう？

四人はヴーヴ・クリコを二本注文した。ルレでそんなシャンパンを頼む客はまずいなかったよ。恐ろしく高かったから。その晩は働きながら、ずっと落ちつかない気分だった。ニコラが片時もこちらから目を離さないような気がしてね。でも、もしかすると逆に、僕のほうがあいつの存在を忘れられなかっただけなのかもしれない。遠くからあいつの姿をそっと眺めては、僕は、その晩の陽気な男と、君たちの披露宴の時の正気を失った男と、少年時代のニコラという三人をなんとか一致させようとした。

やがて店から客の姿が消え、残っているのはニコラたち四人だけになった。もう相当に遅い時間だった。グラッパのボトルを二本、食後酒としてサービスで出したんだけど、連中は二本とも空けるつもりみたいだった。そのうちナッチに呼ばれた。『お前の友だちがトランプをやりたいと言ってるぞ。話しちまったのか？』

ニコラはスカーロ時代に僕が話したことを覚えていたらしい。ナッチはちらりと四人を見た。

『いったい何を考えてるんだ？　あいつら警官だぞ、まったく！　まあ、いいだろう。貴賓室にご案内しろ』

『僕はもう帰らないと』

ナッチがぐっと迫ってきて、こう言った。『いいか、お前のせいでこんな厄介なことになってるんだぞ？　それに、あれだけシャンパンを空けたあとで、お友だちが遊びたいと言うんだ。がっかりさせるわけにはいかないだろうが？』

こうして僕はニコラと三人の警官のためにディーラーを務めることになった。ブラックジャックばかり、朝の五時までやった。連中、少なくともひとり頭二百ユーロは負けたはずなのに、最後はいかにも楽しそうに出ていったよ。僕は車のところまで四人を見送った。朝霧が周囲の畑から立ち昇っていた。ニコラは僕の頭を両手で挟むと、僕の唇にぎゅっと唇を押しつけてきた。何か優しい文句、それも聞いていて胸がむかむかするような甘い言葉までかけられた記憶がある。あいつ、そのころにはめちゃくちゃに酔っ払っていたから。

ニコラたちはそれからというもの、土曜のたびにルレに来るようになった。レストランで夕食、それからトランプというのがいつものパターンだった。ナッチは四人をひいきにするようになり、しばしばあいつらのギャンブルにつきあうようになった。そして僕には残業代に加え、ディーラーの勝ち分の一部が支払われるようになった。つまり、以前と同じだ。

もちろんコリンは毎週の残業にいい顔をしなかった。ギャンブルのことは彼女にも打ち明けた。でも、ニコラのことは黙っていた。なぜだろう？　もしかすると、何よりも厄介なのはギャンブルでもアルコールでもなく、夜更かしをさせられ、日曜日の昼間を――日曜は週にたった一日しかない、妻と娘のために丸ごと使える日だった――ほとんど寝て過ごす羽目になることですらなくて、自分の兄弟のひとりがそんな夕べの中心人物であることだと僕は感じていたのかもしれない。

数週間が過ぎたころ、我慢の限界に達したコリンが僕との対決を決意した。日曜の午後で、こっちはまだ寝てた。彼女は寝室に入ってきたけど、ベッドのそばまでは来なかった。『ねえ、どうしてそんな仕事をあんたがやらなきゃならないわけ？』

『金になるからさ。我が家にとってもありがたい話じゃないか』

『別にお金なんてもういらないし。使うより貯まるお金のほうが多いくらいだもの』

『貯まる金が多いのは君だけだよ。僕の口座にはいつも同じ額しか入っちゃいないさ』

僕は恐ろしく冷たい声でそう告げた。わざとだ。コリンは部屋の真ん中で立っているのに、こっちは横になったままでいた。〝君のためにわざわざ起き上がる必要なんてないだろう？〟と言わんばかりに。閉ざされたカーテンを外から日光が押して、周囲からの侵入を試みていた。

コリンは泣きだしたみたいだった。暗くてよく見えなかったけど。なんにしても、彼女がついに出ていくまで、僕はそのままじっとしていた」

トンマーゾは片足を布団の下で動かした。メデーアがびくっとしたが、目は覚まさなかった。彼は愛犬に向かって力なく微笑んだ。

「連中は楽しみ方をよく心得ていたよ。ニコラとお友だちの話だ。ある晩、そのうちのふたりが便所でコカインの細い筋を交互に鼻から吸っているところに出くわした。僕も吸うように勧められたけど、こっちは答えるかわりにナッチを探しにいって、見たばかりの光景を説明した。きっと僕はまだ心のどこかで、あいつらをルレから遠ざけたいと思っていたんだろう。

『なんだ正義漢きどりか？』それがナッチの答えだった。『楽しませておけばいいさ。それとも何か、お前、警官を警察に突き出すつもりなのか？』

自分の冗談に笑いながらナッチはどこかに行ってしまった。でも彼の答えは僕のなかで邪《よこしま》な祝福めいた効果を発揮し、その晩からは僕も誘惑に身をゆだねるようになった。しょっちゅう自分の金でポーカーをやり、負けがこんで残業代がほぼ帳消しというのが常態になった。酒があれば遠慮なく飲み、ナッチの専用バスルームに連中が列をなして向かうたび、いそいそとついて行くようになった。

そのバスルームで、ニコラにあのことを打ち明けられたんだ。後悔ゆえの告白でもなければ、僕を挑発しようと思ってのことでもなさそうだった。そのころになると僕とあいつのあいだには、何か、凶暴なまでに裏表のない関係とでも呼ぶべきものができ上がっていた。過去の恨みつらみはみんな水に流して、いつだってベルンに邪魔されていたふたりの兄弟愛がようやくそこで出会った——そんな感じだった。

『太陽光パネルを壊されたことがあったろう？　あれは俺とファブリッツィオがやったんだ。二時間ばかりかかったな』

『でもどうして？』

『お前たち、一度だって俺を呼んでくれなかったじゃないか。あんなに長いあいだ、たった一度も。でもこっちはお前たちを見てたんだ。夜、パーゴラの下に集まって、みんなで何をしているかよく見てた。マッセリアは俺の場所でもあったからな』

クリスマスの直前に連中はルレを借りきって、盛大なパーティーを開いた。準備をするニコラに僕は手を貸した。もはや僕は、ひとのパーティーの準備ばかりやたらと得意な男になりつつあった。ふたりで魚料理のメニューを決めて、DJをひとり見つけて、ある朝、ガッリーポリ郊外の問屋にもつきあった。その店で僕たちは酒という酒を買い占めて、折ると蛍光で輝く棒とか、ふわふわした動物の耳がついたヘアバンドとか、爆竹とか、金や銀の仮面なんかも大量に買った。あいつとふたりでまるでガキみたいに仮面を被って、会計に行ったのを覚えてるよ。楽しかったな。

その帰り道、ニコラはそのころつきあってた彼女の話を聞かせてくれた。ステッラという子だった。やたらとプライベートな話までされたよ。僕を驚かせたかったのかもしれない。なんでもふたりのあいだにはひとつ特別な約束があるって言うんだ。ひと月ごとの交代制で、どちらかが相手に対して絶対的な支配権を持つことができるんだって。つまりニコラが支配者の月なら、あいつはステッラになんでも好きな時に命じることができて、ステッラが支配者の月はその逆ってことだ。もちろんふたりの命令はほとんど全部、セックスに関係したそれだった。ほかのカップルとか、特に相手のいない若い男女を有料でゲームに加えたりもよくしたそうだ。そんな話をしながら、あいつは勝ち誇る様子もなければ、ふざけている感じもしなかった。本人の頭のなかでは、どうやら極めて真剣な問題だったらしい。ニコラは心の重荷を下ろしたくて僕に告白していたんだ。

『そういうゲームって、ニコラは好きなの?』やがて僕は訊いた。

ニコラは目を細め、ぶどう畑のあいだをくねくねと曲がる道を凝視すると、答えた。『そうでもしないと何も感じないんだ。まるっきりね』ひどく悲痛な声だった。それからあいつはこう続けた。『お前もそうじゃないのか?』

でも僕は問いかけをはぐらかして、訊き返した。『彼女のこと、チェーザレとフロリアーナには紹介したのかい？』

するとニコラはげらげらと笑いだした。『あの女を親に紹介しろって？　あり得ないって！　馬鹿馬鹿しくて、考えるだけでも笑えてくるよ』

『じゃあ、まだあの子のことばかり考えてるってこと？』

ニコラと自分の話題が相当にデリケートな領域に入りこんでいたことに僕はまだ気づいていなかった。前から僕はあいつのことを、繊細な恋愛感情なんて持てない人間だと決めつけていたからだ。でも、ずっと誤解していたらしい。考えてみれば、僕は一度だってあいつという人間を理解してみようとしたことがなかった。

あの子のことばかり考えているのかって尋ねた時、僕はヴィオラリベラの話をしているつもりだった。ところがニコラはこう答えたんだ。『もうベルンの野郎と結婚しちまったからな。今さらどうしろって言うんだ？』

わたしはぱっと立ち上がった。「ちょっと窓開けていい？　この部屋なんだか息苦しくて」

「好きにしてくれ」トンマーゾは答えた。

冷たい外気が顔を叩いた。ほんのりと潮の香りがした。そこから海は見えず、目に入るのは明かりの消えた建物ばかりだったが。何秒かそんな空気を吸ってから、わたしは窓を閉め、また座った。トンマーゾはややぼんやりした顔でじっと待っていてくれた。

「大丈夫かい？」

「うん」

「なんだったら、ここでやめてもいいんだよ？」

「続けて」

「君も少しくらいワインを飲んだほうがいいんじゃないかな」

「続けてって言ったでしょ」

「パーティーには八十人ばかりが参加した。全員警官で、みんな恋人を連れてきていた。夕食のあいだは連中もそれなりの節度を保っていたよ。ほとんど気まずげで、特に若い警官たちは落ちつかない風だった。でも、そのうちＤＪが音楽のボリュームを上げて、照明が暗くなり、例の蛍光を発する棒と動物の耳つきヘアバンドが配られると、みんな立ち上がって踊りだしたんだ。ナッチは会場の入口に立って、自分の前を通過する、ヴーヴ・クリコのボトルを入れたアイスペールの数を数えてたっけ。ニコラとその仲間はテーブルの上に上がって、まるでお立ち台みたいに踊ってた。ステッラもいたよ。ニコラが話していたようなことができる子にはとても見えなかったな。

あの晩、いつごろ、どうやって自分が宴に引きずりこまれたのかは覚えていない。僕はへとへとだった。ナッチの洗面所に蓄えのあったコカインを勝手に吸って、客のグラスに残っていたワインも、グラスを逆さにして食器洗い機に入れる前に数えきれないほど飲んだ。こんなことを思った覚えがある。コリンの父親にこの雄姿を見せたかったな。きっとびっくり仰天しただろうに。目を閉じて自分の鼻に触ることもできないくらいぐでんぐでんなのに、三十個のグラスを載せたトレーをまだ運べるんだから……。

気づいたら僕はお立ち台がわりのテーブルの上にいた。誰かに無理やり持ち上げられでもしたみたいに。もしかしたら本当にそうだったのかもしれない。何千回とあらゆる方向に歩いたはずの広間なのに、その高みからの眺めはとても新鮮だった。

やがて、後ろで踊っていたニコラが、僕の両手をつかんで操り人形みたいに動かした。僕はあいつとステッラのあいだで押しつぶされた。彼女は自分がしていた耳つきのヘアバンドを外して、僕の頭にはめた。それからほかにも何人かテーブルに上がってきた。胸がぱつんぱつんになったシャツを着た、物凄く体格のいい若者ばかりだった。そのころには僕は自分の筋肉で動くのをやめて、押しつけられるいくつもの体に動かされていた。

そのあとの記憶は何時間かすっぽり抜けている。どこかのアパートの、廊下みたいに狭くて長い部屋に入ったのはかろうじて覚えている。黒く塗った壁があって、そこにはチョークで落書きをしてもいいことになっていて、僕も何か書いて、みんなを笑わせた。外はもう明るかったけど、日の出はまだだった。僕たちは五人だった。少なくとも朝、起きた時には五人だった。

目が覚めたらカーペットの上だった。スカーロの塔で過ごしたころみたいな現実離れした気分だった。でもあのころと違って、ある種の恐ろしさも感じた。

僕は外に出た。ごく普通の日曜の朝のようだった。十二月にしては明るくて、暖かい朝だった。よく見れば、そこは家からたった数ブロックの場所だった。適当なバールに入って、洗面所で身なりを整えようとした。視界が少しぼやけていた。

帰ってきた僕を見ても、コリンはかなり長いこと口をきく気にもなれぬ様子で、部屋から部屋へとひたすら移動を続けた。

『十一時よ』ようやく彼女の口を出た言葉がそれだった。まるで一時間ごとにそうして時報を告げていたような口調だった。

『パーティーが長引いたんだ。君を起こしちゃ悪いと思って、ルレに泊まったんだよ』

『わたしを起こしちゃいけないと思った？　へえ！　八時に電話したけど、トンマーゾならだいぶ前に帰ったって言われたよ』

僕はコリンに近づき、両腕に触れた。でも彼女は僕のことが死ぬほど怖いみたいに身をこわばらせた。

コリンは言った。『わたし、もう行かないと。アーダのおむつを替えてやって。あの子の世話、頼んだからね』

そして彼女は自分のバッグやら何やらをつかむと、妙にうわの空のまま出ていった。

僕はひどく混乱していた。それに疲れてもいた。手まで震えていた。二日酔いならいくらでも経験があったけれど、それだけならともかく……コカインだ。どれだけ吸ったか、まるで覚えがなかった。しかも夜の記憶の細切れなフラッシュバックまであった。ソファーに腰を下ろした。そして、そのまま崩れるように眠ったんじゃないかと思う。子ども部屋から聞こえるアーダの泣き声で目が覚めた。実際はもう泣き声なんて可愛いものじゃなくて、金切り声だった。何時間も前から泣いていたのかもしれない。ベビーベッドから持ち上げて、抱きかかえた。僕は腹が減っていた。パーティーの前から何も食べていなかったから。でも床に下ろそうとしたとたん、アーダがまた泣きだしたので、抱いてやるしかなかった。鍋に水を入れて、ガス台で火にかけ、冷蔵庫から余り物のパスタソースを出し、パスタを探した。アーダは左腕だけで抱えていた。何百回とやった動作だった。たぶん、あの子が急に動いたんじゃないかと思う。とにかく頭から仰向けに落ちたんだ。僕が開けっぱなしにした戸棚の戸の上に。

血がたくさん出たよ。傷口も見えないくらいだった。救急病院の先生には何秒も酸欠状態でいたはずだと説明された。頭を強く打ったせいじゃなくて、強烈な悲鳴を上げすぎたせいだって。つまり、あの子はあんまりびっくりして窒息しかけたんだ。そのころにはコリンも、彼女の両親も病院に来ていた。どうしてそこにいるんだかわからないような面々の姿もあった。誰かが自販機の紅茶を持ってきてくれた。レモンの濃縮エキスの味がした。ひと口だけ飲んで、あとは冷めるのも構わず放っておいた。どうしてコリンは僕を責めないんだろうって、そればかり考えていたよ。担当医は彼女に状況を説明しただけで、〝心配はいりません〞とも、〝どうかお気を確かに〞とも言わずに行ってしまった。それが残念だったのを覚えている。ふとチェーザレを思い出して、痛いくらい会いたくなった。チェーザレならきっと何か、その場にふさわしい言葉を聞かせてくれたはずだった。

夕方になると、アーダの頭は腫れが引いた。だからコリンは家に帰って休んだ。看護師にちょっと病室を出るように言われて出たら、廊下にコリンの父親がいた。しわひとつないスーツを着て、ひげもきちんと剃《そ》って。彼は僕の肩に手を置いた。そんな風にはっきりと触れられるのは初めてだったんじゃないかな。それからほとんど晴れやかな顔で、優しく語りかけてきた。これぞ腕利き外交官だ、そう思ったね。演説の名人というのはこういうものかって。彼は言ったよ。今朝はあと一歩で取り返しのつかないことになるところだった、って。それから事件の顚末《てんまつ》を手短に振り返った。こっちが何も覚えていないとでも思ったんだろうか？　気まずかったよ。何よりもあんなにみっともない格好で、ひどいにおいを漂わせて、彼の隣にいるのがたまらなかった。コリンの父親はこう続けた。最近の、こんなにも不幸せな娘の様子を見るのは自分も初めてで、思春期の最悪な時期だってここまでじゃなかった……。彼はコリンのことをけっして名前では呼ばず、いつも〝うちの娘〞と呼んだ。それが、そのうちこんなことを言いだした。そろそろ君は治療を受けるべきだ。君の問題は懸念すべき水準に達してしまったからね……。君の問題、だってさ。『今は君も後悔しているから、しっかり穴埋めをしようと思っているだろうし、今日の恐ろしい体験がその気持ちを後押ししてくれるはずだ。だが現実はそう甘くない。うちの娘に頭を下げて、もう二度とこんなことは起きないと約束することだってできるだろう。でも、君とわたしはそれが嘘だと知っている』

それから彼は急いでまとめ上げたという解決策を提示した。たぶん、本当はもっと前から用意してあって、機会を待っていたんだと思う。とにかく、ちょうど空いたばかりのいい貸し部屋を見つけたと言うんだ。僕たちが今いる、この部屋のことだ。そしてこう続けた。『もう家賃を少し先払いして、念のために部屋を押さえておいた、その金は返してくれなくていい、君が再出発するための手助けだと思ってくれ、もちろん孫とはこれまでどおり会うことができる、全部きちんと裁判官の前で冷静に決めよう。もしかしたらわたしの妻がしばらく立ち会うことになるのが君は気に入らないかもしれないが、それも最初のうちだけだ。君の調子がすっかりよくなるまでの話さ。それにこっちだって本気で君の邪魔をするつもりならば、あれだけのことがあったんだから、凄く簡単なのはわかるだろう？でも事故でひとを罰するのは間違っているし、いくら悪い癖があるからって、子どもから父親を奪うのはよくない。そもそも誰だって弱みのひとつやふたつあるものだ、そうじゃないかい？』

そんな温情ある提案の代価としてあの父親が求めてきた交換条件は、今の話の内容をコリンには伝えないこと、責任を持って計画を遂行することだけだった。彼は言った。『うちの娘も最初はしばらく苦しむだろう、でも最後にはきっと今度の決断を評価してくれるはずだ、なぜなら女は男が勇断を下せば、必ずそうと気づいてくれるものだからね、ただし、わたしなら、家を出るのは、少なくとも二週間は待つかな、あの子が衝撃から立ち直るまで。わたしなら、新年まで待つね、だがそれ以上、遅くなってはいけない、さもないと、誰にとってもことはややこしくなるから、あと、わたしなら……』そして僕は、〝彼ならばそうする〟という意見をすべて受け入れたんだ」

トンマーゾはまた沈黙した。何かじっと考えているようだったが、やがて、煙草を一本持ってきてくれと頼まれた。

「余計に気分が悪くなるんじゃないの？」

「いや、余計に気分が悪くなったりはしない」

わたしは隣室に向かい、煙草の箱を見つけ、戻ってきた。まずは彼のために一本火を点け、次に自分のためにも点けた。灰皿には彼のコップを使った。

「つまるところ、それは僕の望みでもあったんだ。あの生活から脱け出して、コリンを厄介払いしたかったし、彼女にあれこれ期待させてがっかりさせたことだって忘れたかった。いつかの借りはとっくに返したからね。それでも最初の何週間かは悲しかった。ルレで働いていない時は、港の前のバールで飲んでいた。アーダとはその店で、コリンの母親の立ち会いのもとで会うことになっていた。何度かそうして会ってから、コリンの母親に言われたよ。『お部屋に行っては駄目かしら？　この子も、パパが今どんなところに住んでいるのか見ておいたほうがいいと思うの。じゃないと、パパには居場所がないんだと思っちゃうじゃない？』

『パパには居場所がないんですよ』こっちがそう答えると、あのひとはあきらめたようだった。そんな風に三人で会うのはつらかった。アーダだけはなんとも思っていなかったかもしれないけれど。あの子は店のテーブルのあいだをうろちょろして、客も笑顔で相手してくれたから。コリンの母親はいつもいくつかおもちゃを持ってきた。実はどれも僕が前に買ったおもちゃだったのだけど、彼女は知らなかった。コリンにどんな説明をされたんだろう？　ともかくあのひとは毎回、おもちゃの使い方を説明してくれた。ただ、僕は見ているだけのほうがよかった。ふたりが帰ってしまうと、必ずすぐに酒を頼んだ。

二ヵ月ばかりがそうして過ぎた。でもこうして振り返ると、もっと凄く長い時間だったような気がする。あのバールでじっと座って、スロットマシーンの画面でトランプのカードがぐるぐると回るのを眺めて過ごした。そしてベルンが来たんだ。例によって急に、気づいた時にはもう、彼は店のなかにいた。この世で一番、ベルンに似あわない場所だと思った。彼は何秒か店の様子をうかがってから、ようやくこっちに来た。そして言ったんだ。

『こんなとこ、出ようぜ』

『どうして？』

『いいから行こう』

僕は席を立った。彼に言われたとおりに。最初からそう命令してもらうだけでよかったみたいに。それともやはり、命令したのがベルンだったからなのだろうか？

『なんでここだってわかった？』店を出ると、僕は尋ねた。

『コリンに聞いた。心配してたぞ』

『怪しいもんだね』

『部屋はどこだ？　バッグを車に置いてきたんだ。ただ、暗くなる前に車はダンコに返さなきゃいけなくてさ』

こうしてベルンは僕との約束をはたしたんだ。昔、夜中に彼が、マッセリアの部屋の窓の前に立って、『お前のことは俺が守ってやる』って言ってくれた、あの約束のことだ。

次の日、僕たちは、ぼろぼろだった壁紙を剝《は》がしていった。状態の悪い家具は粗大ごみの収集所に持っていって、安売り店で新品を買い直した。ベルンは本当によくしゃべった。しゃべりっぱなしと言ってもいいくらいだった。それでわかったんだけど、彼は少し前から、ダンコのいたキャンプみたいな場所に住んでいたらしい。〝砦〟って呼んでたな。ピアス病が流行しだしてから、ダンコとその仲間たちは、ピアス病の病原菌のキシレラにやられたオリーブの木の伐採を防ぐために反対運動を始めたんだ。活動家グループみたいなもんだね。みんな、とある農家のまわりにテントをいくつも張って寝泊まりしていた。そもそもその家に暮らす農民にダンコたちは説得されたんだ。病んだオリーブをいくら切り倒しても無意味だ、今度の伐採の陰には、絶対に何かの利権がからんでるって。そういう本人は、病んだ木々に、硫酸銅と消石灰を混ぜた伝統薬を散布していた。

ベルンはそんな話をずいぶん熱くなって僕に語ったよ。声は彼の声だったけど、まるでダンコが話しているみたいだった。そうやって話しながら、ベルンの手は壁紙をひと筋またひと筋と引き剝がしていき、それから、剝き出しになった壁をど派手なピンク色に塗っていった。アーダがきっと喜ぶだろうって言ってね。ねえ、どうしてそんな顔で僕を見るの？」

「別に、普通の顔のつもりだけど？」

トンマーゾはコップの底で煙草をもみ消すと、間にあわせの灰皿を膝に置いた。

「いや、違うね。僕がベルンと君に関する話を全然しないからだ。確かに彼に聞かされた話はまだしていない。でもね、ベルンはそういうことはあまり語らなかった。そうなんだよ。たった一度だけだ。夜、ふたりでじかに床に座って、テイクアウトの中華料理を食べていた時だった。『自分勝手な望みを追いかけたせいで、俺たちはずたずたになっちゃったんだ』彼はそう言った。それから、君たちのかかっていた医者のせいだと言いだした。その何日か前に診療所に会いにいったらしい。ずいぶん派手に騒いだんじゃないかな。また変な難癖をつけて脅したんだと思う。お前のやっていることを世間に全部ぶちまけてやるとか、マスコミに伝えるとか」

「ベルンがそんなこと言ったの？　サンフェリーチェを脅しにいったって？」

「少し恥ずかしそうだったよ。たぶんだけど。それとも、そうでもなかったのかな。なんにしても診療所に行った時は普通じゃなかったんだと思う。だから、あんまり細かいことは教えてくれなかった。ただ、誰かの診察の真っ最中に、秘書の女のひとに止められそうになったけど、構わず診察室に入ってやったって言ってた。それで医者をさんざん責めたてたって。僕たちはピンクのペンキまみれで床に座っていた。もうすっかり固まってしまった中華麵の入ったポリ容器を渡したり、受け取ったりしながらね。それからベルンは言ったんだ。『テレーザはあいつと寝た。ニコラだよ。あいつの車がマッセリアの外に停めてあるのを見たんだ。何日か前の夜だった』」

「それを聞いて、なんて答えたの？」わたしは尋ねた。

トンマーゾは窓に視線をそらした。

「何も言ってくれなかったの？　あなた、ニコラとはもう話していたはずでしょ？　あのひとがマッセリアを覗き見していたって知ってたんでしょ？　どうしてベルンに説明してくれなかったの？」

トンマーゾは身じろぎもしなかった。そうしていれば、こちらの声が彼に触れることなく、傍らを通り過ぎるとでもいうかのように。わたしが腕をつかむと、彼はさっと引っこめた。

「こっちを見て、トンマーゾ！」

振り返ったトンマーゾは目つきが変わっていた。前より大きく見開いたその目は、怒りか、あるいは恐れに満ちていた。

「どうして本当かどうかわからなかったの？」

「本当かどうかわからなかったからさ」彼はあやふやに答えた。

わたしはひとつ深呼吸をしてから、ひと息にまくし立てた。

「嘘。ニコラのことを教えなかったのは、秘密にしておきたかったからでしょ？　黙っていたのは、ベルンに勘違いさせたままにしておきたかったからよ」

トンマーゾはまだ目を瞠り、こちらの目から視線をそらさずにいた。

「そうなんでしょ？」

「たぶん、そうだ」

わたしは立ち上がり、台所に行ってきれいなコップをふたつ見つけ、そのどちらにもワインを注いだ。本音を言えば、コートを着て出ていきたかった。もう何も聞きたくなかった。でも今度ばかりはそうもいかなかった。徹底的に何もかも、最後の最後まで聞いてやろうと思った。部屋に戻ると、トンマーゾにコップを渡した。彼はそっとワインをすすった。

「で、それから？」

「何も起きなかったよ。少なくともしばらくは静かなものだった。二週間もすると僕の部屋は、アーダを受け入れる環境が整った。コリンの母親が調べにきたんだけど、ベルンが――〝ベルンおじちゃん〟が――アーダに高い高いしてやるのを離れた場所で静かに見ていたと思ったら、もう自分はここには不要な人間だってあのひとは言った。ベルンはアーダを溺愛し、あの子もおじちゃんを溺愛した。ほかの誰かだったら間違いなく僕は嫉妬しただろう。でもベルンに対してはそんな気持ちにならなかった。幸せだったよ。たぶん、今までで最高の日々だった」

「夢がかなったって感じね」わたしは恨みっぽく言った。

その時だった、トンマーゾが泣きだしたのは。相変わらずベッドに入ったまま、彼は片手で目を覆い、嗚咽《おえつ》を漏らした。わたしはしばらくその姿を見つめてから、謝った。

「ごめん。悪いことを言ったわ」

声を押し殺して泣く彼が顔から手を離すのを待った。

「ひとそれぞれよね、ほら……」わたしは言いかけて、途中でやめた。

トンマーゾはワインを少し飲み、唇を手の甲で拭った。

「ベルンは僕を砦に連れていった。キシレラに感染した木は、幹のなかほどに赤いペンキでばってんがついていて、切り倒されるのを待っていた。でも、ダンコと仲間たちは絶対に誰も近づけるものかと意気ごんでいた。

その晩は、みんなで空の下、脂で真っ黒になった網でハンバーグを焼いて食べた。実のところ、たいしてやることはなかった。さしあたり対決すべき敵もなければ、計画もなかった。彼らのほとんどは大学生で、開いた教科書を腹に伏せてごろごろしているだけだった。あたりが闇に包まれると焚《た》き火をした。ダンコがお得意の演説を一席ぶったが、なんだか何が言いたいのかよくわからなかった。

それでもみんなダンコよりも若かったから、ちりばめられた引用に感心してた。僕は家に帰りたかったのに、ベルンが砦に泊まっていけと言って聞かなかった。彼はダンコとジュリアーナのテントで眠った。僕は見知らぬふたりと一緒のテントで、汗臭い寝袋で寝た。

翌日、ベルンと僕は朝早く、まだみんな寝ているうちに砦を出た。魔法瓶に残っていた冷たいコーヒーを分けあって飲んだな。

『気に入ったか？』車のなかで彼に訊かれた。

『オリーブの木を倒すのはもったいないね』

『もったいないどころか、れっきとした犯罪だよ』道路から目を離さずにベルンは言った。

こうして僕には、ベルンと娘と家で過ごす夜、砦で過ごす夜、ニコラとその仲間たちと過ごす放埒《ほうらつ》な夜と、三種類の夜ができた。三重生活だけど、どの生活も互いの存在をちっとも知らなかった。僕の得意技だ。

キシレラはかなりのスピードで北に向かって蔓延《まんえん》していった。記者がふたり砦にやってきて、ダンコにインタビューをしたこともあった。僕もその場には居あわせた。規則では、キシレラにやられたオリーブの木の周辺、半径百メートル以内に生えている木はすべて伐採することになっていた。被害地域が相当に拡大した今や、それはプーリア州のオリーブの木を一本残らず切り倒すことを意味するはずだった。ダンコは熱くなり、記者に向かって、そんな話はみんな嘘っぱちだと叫ぶように主張し、多国籍企業とロビー活動の影響を語った。僕たちには説得力のある話に聞こえた。

その晩はみんなで農家に集合した。キシレラのニュースは報道番組の最後のほうになってようやく流れたけれど、ダンコの演説はわずか数秒にカットされ、キシレラはメディアの捏造《ねつぞう》だ、という部分だけになっていた。画面に映った彼は顔が真っ赤で、狂信者めいて見えた。ダンコの次は農林省の役人が意見を求められ、被害拡大の規模を説明する細かなデータを示した。

僕たちは敗北感とやるせなさを抱えてテントに戻った。ベルンはオリーブの木の下に腰を下ろし、目を瞠って、ずいぶんと遅くまでそのままでいた。

六月、アーダはった。アーダは三歳になった。まずコリンとその両親があの子の誕生日を祝い、次に僕とベルンもを祝ってや三歳になった。僕たちはケーキを用意して、きちんとスーツを着た。少しこっけいだったけど。夕食が終わると、僕は電気を消して、ケーキを持ってきた。そしてキャンドルから甲高い音で流れるハッピーバースデーをベルンと歌った。恥ずかしげもなく声を張り上げる僕たちを見て、アーダは大喜びだった。ベルンが買ったプレゼントは、アルファベットと数字が刻みこまれた積み木だった。でもあの子があまり興味を示さなかったものだから、がっかりしていた。僕のプレゼントした人形に対するアーダの反応を見ると、彼は余計に顔を曇らせ、忌ま忌ましげに言った。『そんなのプラスチックの塊じゃないか』

そして彼は僕とアーダを残して、出ていってしまった。何日かして戻ってきたけど、誕生日の件は互いに話題にしなかった。

そんな風にして夏が過ぎ、秋も過ぎた。ベルンは次第に砦にいることのほうが多くなったけれど、それでも時々、来てくれた。砦で何が起きているかはまったく話さなくなり、こっちもたいして興味を持たなかった。肩に包帯を巻いて現れた時も、どうしたのか尋ねたけれど、はぐらかされてしまったし。でもその時はいつもより長くここで過ごした。今こうして振り返れば、何もかもがわかりきった話に思えるよ。ベルンが何をたくらんでいたのか、僕は気づけたはずなんじゃないかって。

十二月、キシレラの被害はルレ・ディ・サラチェーニにまで広がった。といっても、ナッチは自分の畑のオリーブの木を一度も検査させず、自分で観察して、黄色くなった枝を僕に見せただけだった。原因は単なる日焼けかもしれず、水不足かもしれなかった。それでもあの男は、保護地区のオリーブ畑を一部伐採すると決めた。もう業者の予約も済ませたとのことだった。

『キシレラの特例法があるから、保護指定を受けたオリーブでも切り倒せるんだってさ』僕はある晩、ベルンとダンコに説明した。

『でもどうして？』ダンコは声をうわずらせて言った。『意味ないだろう？　そいつにとっても損じゃないか』ナッチになんの得があるのか、いくら考えてもわからなかったらしい。そこで僕はこう続けた。『伐採の本当の理由は、ゴルフ場が作りたいからなんだよ』

沈黙が下りた。ダンコとベルンは顔を見あわせていた。やるべきことがやっと見つかった気分だったのだろう。あのふたりは、幹に描かれたペンキのばってんを消して回るのにも、ろくにものも知らない農家の男と一緒に安いビールを飲み、なんの当てもなくただ待つばかりの日々にもうんざりしていたんだ。それはふたりが待ちに待った、派手で、真剣で、具体的な行動のチャンスだった。

その晩を最後にベルンはしばらく姿を見せなかった。音沙汰もなく二ヵ月は過ぎたと思う。だってある日、僕がここに帰ってきたら、例によっていきなり彼がいたんだけど、それはもう二月のことだったから。ソファーの横に見慣れない段ボール箱があるのに僕はすぐに気づいて、中身は何かと彼に尋ねた。

『まあ、ちょっとね』そんなあいまいな答えが返ってきた。『でも、手を触れないでくれ。できるだけ早く持ち出すようにするからさ』

もちろんひとりきりになると、僕はすぐに中身を確認した。元どおりに貼り直せるよう、ガムテープをそっと剝がして。なかには硝酸アンモニウムの袋がいくつか入っていた。ルレで肥料に使っていたから、それがどういうものかは僕もよく知っていた。

次にベルンが戻ってきた時、僕はアーダと家にいた。二週間くらいあとのことだ。彼は上着も脱がず、まっすぐ段ボール箱のところに行った。翌日にはブルドーザーがルレにやってくるという日だった。

『お前も一緒に来るか？』彼は僕に尋ねた。

『無理なのは知ってるだろう？　僕はあそこで働いているんだから』

その時、僕は悟った。ベルンがいないうちに、段ボール箱の中身はすべて捨ててしまっておくべきだったと。

『その箱、ここに置いていきなよ』僕は言った。

『お前は俺たちの仲間じゃなかったのか？』

『馬鹿な真似はやめてくれ、ベルン』

すると彼はうつむき、答えた。『そういうことなら、トンミ、これはもうお前には関係のない話だ』

僕は子どもみたいに箱の上に座って抵抗した。

『どけよ』

彼の声色はそれまでの厳しいものから、感情の昂《たかぶ》った、つらそうなそれに変わっていた。常磐樫の下で『マタイによる福音書』を読むなと僕に懇願したあの時、ルレの売り上げを盗んでくれと僕に頼んだあの時と同じ声だった。

彼は僕の両手を取ると、立ち上がらせた。それから箱に向かって腰をかがめた。『俺と来いよ、今度もふたりで一緒にやろうじゃないか。俺たちの一世一代の大作戦になるぞ』

いや、一世一代の大作戦なら僕にはほかにあった。見れば、アーダはソファーに座り、テレビのアニメを無心に眺めていた。

『駄目だ』僕は答えた。

ベルンはうなずいた。その腕は危ういバランスで箱を抱えており、ドアは既に開いていた。

『悪いけど、エレベーターを呼んでくれないか？』

僕は彼の脇を抜け、呼び出しボタンを押した。エレベーターが来るまでの時間、僕たちは言葉を交わさなかった。ドアが開き、ベルンが乗り、ドアが閉まった。彼と会ったのはそれが最後になった」

トンマーゾはいきなりシーツをはねのけ、血の気のない両脚をさらすと、立ち上がった。

「危ないよ」わたしは注意した。

にわかに体の自由を取り戻したようで、彼は裸足のまま寝室を出ると、バスルームにこもった。まず小便の音がして、水を流す音が続き、最後に蛇口の水音がしばらく聞こえた。これ以上、トンマーゾから聞くべき話はなかった。残りの部分は、ベルンとダンコに対する裁判で彼がした証言でよく知っていた。その他すべての証人の証言と新聞の報道でも。

あの晩、トンマーゾはニコラに電話をした。パニックにおちいった彼は、ニコラくらいしか助けを求める相手が思いつかなかったのだ。ニコラならば逮捕に頼らず、ベルンと呰の仲間を説得できるかもしれない。ひとりの友として。それに兄として。結局のところ、ニコラはまだベルンの兄なのだから。

ニコラは同僚のファブリッツィオと一緒にルレに向かった。どちらも非番で、どちらも拳銃を持っていた。現地では既に作業の準備ができたブルドーザーが並び、砦の若者たちは手をつなぎあって人間の鎖を作り、毛糸の帽子を目深に被って、マフラーで口を覆い、寒さに震えていた。

ふたりは、ナッチがダンコに手を出したまさにその時にやってきた。そう、先に手を出したのはナッチで、ダンコの口元からマフラーを下ろそうとして、相手の顔に向かって手を伸ばしたのだ。それでダンコがナッチを突き飛ばしたところへ、ニコラが割って入った。ニコラは自分は警察の人間だと名乗り、ダンコの両腕をつかんで手錠をかけようとした。するとベルンがニコラに飛びかかり、ダンコを逃そうとした。それを見たファブリッツィオがベルンに飛びかかった。ナッチは走ってルレに帰った。

そうこうするうちに活動家たちの人間の鎖にはあちこちでほころびが生じた。二台のブルドーザーの運転手はそれまでどちらも遅れに苛立ち、眠そうにしていたが、エンジンをかけて、開いた突破口から前進した。あわてた若者のひとりが——裁判ではそれが誰だかわからずじまいだった——爆弾を起爆した。彼らがぎりぎりになって大急ぎで作り、戦略的に重要な箇所に設置した爆弾のひとつだ。その威力は二台のブルドーザーをひっくり返すほど強くはなかったが、その足を止め、若者たちがオリーブ畑へと姿を消す隙を与えるだけの勢いはあった。砦のふたりが怪我をしたが、軽傷だった。

ニコラと同僚は本来、携帯すら許されていないはずの拳銃を抜いた。ファブリッツィオは若者たちを追いかけ、ニコラはベルンとダンコと対峙《たいじ》した。あとはみんな逃げだし、三人だけがそこに残るかたちとなった。

続く数秒のあいだに起きた出来事を目撃したのは、ブルドーザーの片方に乗っていた男性ただひとりだった。とはいえ、土埃《つちぼこり》と煙の幕がまだ消えず、ぼんやりとしか見えなかったらしい。

男性は、地面に倒れたベルンと、その上にひざまずき、銃を突きつけるニコラを見た。それから衝撃音をひとつ聞いた。ただし銃声ではなく、鈍い音だったという。そして今度はニコラが横たわっているのが見え、その横でまだスコップの柄を握っているダンコを見た。ダンコは何秒かスコップの柄をぎゅっと握ったのち、それを放り出した。

そこで男性はブルドーザーを降りて、ニコラの救援に駆けつけた。そばまで来た時には、ダンコはとっくに逃げだしていたが、ベルンは立ち尽くし、信じられないという顔で、ニコラの体をぼんやりと見下ろしていたという。男性はせめてベルンだけでも捕まえようとしたが、彼も駆けだし、なだらかに下るオリーブの森に逃げこんだ。まもなく消滅し、やわらかな芝生が青空の下で輝くゴルフ場に成りはてる運命にあったその森へ。

トンマーゾはバスルームを出た。でも、そのまましばらく居間に留まった。眠るアーダを眺めているのだろうとわたしは思った。寝室に戻ってきた彼からは、少し歯磨き粉のにおいがした。

「少し眠ろうか」彼が言った。

「もう帰るわ」

「遅いし、泊まっていきなよ。ベッドのそっち半分は見た目ほど汚れてないから。メデーア、ほら下りろ」

わたしは疲れていた。車に乗ったら、目を開けているのに家までずっと苦労する羽目になりそうだった。それに、あと何時間かして、クリスマスの朝だというのにまたひとりぼっちで目を覚ますのも嫌だった。しかも、こんなに色々と聞かされたあとで。

一方、トンマーゾはベッドの上に四つんばいになり、シーツからメデーアの毛を取り除く作業を終えつつあった。

「よし、できたぞ。それに少なくとも一週間は、南京虫にもお目にかかってないしな」

「なんですって？」

「冗談だよ。安心しろって」

彼は、自分がほぼ夜通し銀色の頭を載せていた枕の下敷きになってつぶれていたもうひとつの枕を手にすると、なんとか形を整えようと無駄な努力を重ねた。

「それで結構よ。ありがとう」わたしは言った。

彼は元いた側に横になった。できるだけ広いスペースをこちらに与えるべく、ぎりぎり端っこに寝た。わたしは靴こそ脱いだが、シャツとジーンズは着たまま、布団に入った。

ベルンとダンコとジュリアーナはオリーブの森を逃げ惑いながらも、どうにかして落ちあった。もしかするとあらかじめ集合地点が決まっていたのかもしれず、計画は検事が説明したようないい加減なものではなかったのかもしれない。三人の服の一部はスカーロの塔のなかで発見された。

トンマーゾはこちらに背を向けていた。眠ってしまったみたいにじっとしているが、まだ起きているはずだった。出会った日からわたしのライバルだったトンマーゾ。わたしは片手を彼の肩に置いた。そんなことをする権利はなかったし、自分でも思いがけない動作だったが、とにかくそうした。トンマーゾはわたしの手をしばらくそのままにしておいてから、手を重ねてきた。それでわたしたちは、少し眠ることができた。ほんの数時間のことだったけれど、何年ぶりかという深い眠りだった。ナイトテーブルのランプはわたしの横でまだ点いたままになっていた。やがて朝日が昇っても、わたしは気づかなかった。

第三部

ロフトへトリル

6

ふたり組の刑事がやってきたあの朝のことで真っ先に思い出すのは静けさだ。いつもと違う、妙な静けさがあった。まるで鳥たちも黙り、トカゲたちも草のあいだで動きを止めて、やがて何もかもを変えていくあの言葉に耳を傾けていたみたいな静けさだった。〝どうやらご主人が、殺人事件に関係しているようでして……被害者の名前はニコラ・ベルパンノです〟

あの刑事はわたしに、家に入ってもいいかと許可を求めた。断るべき理由は見当たらなかった。でもわたしは戸口をふさいだまま、すぐにどこうとはしなかった。おかげで彼は同じ要求を繰り返し、こちらの肩とドアの縦枠のあいだをすり抜ける羽目になった。その同僚もあとに続いたが、気まずそうにうつむいていた。

ふたりの目に家のなかがどう映るだろうと思って見回してみた。テーブルの上は前夜のまま散らかっていて、ひとりで食べた跡があり、泥まみれのブーツはカーペットの上に脱ぎっぱなしで、ソファーの上にはしわくちゃの毛布。客なんて絶対に来ないと思っている人間ならではの、だらしなさ全開の部屋だった。

「上の階も見ていいですか？」

「まだベッドを直してないんですけど」我ながら間抜けな返事だと思った。

わたしは暖炉の壁に寄りかかった。本当ならこう言ってやりたかった。この家にはなんの秘密もありません、おふたりが探しているようなものは何ひとつ出てきませんよ……。実際、もう相当前からベルンはどの部屋にも足を踏み入れていなかった。ただわたしは、ひとりで眠りに落ちる前に、それこそ毎晩のように、家のなかを歩き回るベルンの姿を想像し、あの大股でさっそうと歩く彼の姿をそこに見て、話しかけるのが癖になっていた。そう、わたしはいつもはっきり声に出して彼に話しかけた。でも刑事には何も告げず、ふたりが静かに動き回り、階段を上っていくのを見送った。

〝どうやらご主人が……被害者の名前はニコラ・ベルパンノです〟

別々にならば、ふたつの文句の意味はほぼ理解できた。ところが両者のつながりがどうにも見えてこなかった。半分に割れたふたつの異なる壺《つぼ》のかけら同士のようなもので、いくら組みあわせようとしてみても、断面の凹凸が一致しないのだった。

わたしはふたりの刑事にコーヒーはおろか、水の一杯も勧めなかった。単に思いつかなかったのだ。

ふたたび三人で玄関に立った時、ひとりだけこちらと口をきく権利があるらしい刑事が言った。

「もっと細かい捜索のためにまた戻ってくることになると思います。恐らくは今日中に。なので、今日はできるだけご自宅を離れないようにしてください」

そしてふたりは行ってしまった。

わたしはブランコに座った。何も考えられなかった。頭のなかはさまざまな思いであふれていたはずだが、思いは錯綜《さくそう》するばかりで、なんの意味もなさなかった。初めて経験する奇妙な動揺が時ともに激しさを増していった。自分ではじっとしていたつもりなのに、ブランコの壊れかけの支柱がきしみ、音を立てた。

のんびりしていられるのも今のうちだと頭ではわかっていたが、その時はまだ何事も起きていなかった。そこにはわたしがいて、マッセリアがあるだけで、あとは、発せられた言葉の残響、別の空気のなかに吐き出された空気があるばかりだった。

〝……殺人事件に関係しているようでして〟

九時ごろ、家の電話が鳴りだした。ほら始まったわ、そう思った。でも、わたしはまだ動かなかった。なぜか急に、前日の夜までは無意識にしていたはずの動作をひとつひとつ意識するようになっていた。わたしは立ち上がり、歩き、受話器をつかみ、答えた。

どこかのコールセンターの若い娘だった。わたしは彼女の口上を最後まで聞き届け、その内容をすべて記憶し、テレビのスポーツ番組の視聴料とデコーダーの貸出料金の割引に関するどうでもいいような情報を逐一、心に留めた。それからうちにはテレビがないことを彼女に告げた。こちらの声の何かに怯《おび》えたらしく、娘はそそくさと会話を切り上げた。

沈黙する電話をわたしはしばらく見つめた。正しい電話を待つように。それからパーゴラに戻って腰を下ろした。刑事は家を離れるなと言った。だから離れまいと思った。ずっとここに座っていよう。夜明けに聞かされたあの馬鹿げた情報が誤報であったと明らかになるのを待とう。

〝被害者の名前はニコラ・ベルパンノです〟

警察は昼過ぎに、車三台で戻ってきた。どの車も無闇にタイヤを鳴らしてから停まった。今度は家宅捜索の令状があり、態度も朝とは異なり、ずっと決然としていて、ほとんど攻撃的だった。

彼らがありとあらゆるものに触れ、ひっくり返し、開き、中身を空にするあいだ、わたしは外で待つことにして、常磐樫《ときわがし》の下のベンチに腰を下ろした。そうしていると、木の葉のなかに黄色い斑点の出ているものがちらほらあるのに気づいた。何枚か摘んで、日に透かしてじっくり眺めた。

朝に話したあの刑事がやってきて、わたしの隣に座った。「質問を最初から繰り返しますが、よろしいですか？」

「お好きなように」

「今朝、奥さんはご主人がこちらのお宅にはもうずいぶん前から来ていないとおっしゃいましたね？」

「三百九十五日になります」

彼は驚いたようだった。当然、驚いたのだろう。わたしはこんなことを考えていた。結婚披露宴の晩、今、このひとが座っているそこに、ベルンは立っていた。

「つまり、おふたりは別居状態にあるということになりますね？」

「そういうことになるんでしょうね」

「それでも戸籍を確認すると、今もご主人の現住所はこちらになっているんですよ。要するにおふたりは離婚へ向けた正式な別居の手続きを取っていない」

本当ならば、一から説明してやるべきだったのだろう。ふたりの別れはもちろん宣言済みだ、深夜に薪の山を丸ごと燃やして、天を衝くような炎を上げることで宣言されたのだ、と。よく地面を見れば、まだ焚《た》き火の跡だってあったはずだ。それに、こうも言ってやらねばならなかった。ベルンは世界のどこにも住所を移すことができない、なぜならあのひとの魂は今もこの場所に、ここの木々のあいだに、ここの石ころのあいだにぴったりとはまったままだからだ……。でもわたしは口をつぐんだ。

刑事はボールペンで手帳をとんとんと叩《たた》いた。

「ここ一年ほどご主人がどこに住んでいたか、ご存じですか?」

わたしは嘘《うそ》をついた。数時間前にも同じ質問に対して、やはり嘘をついた。でも朝は漠然とした警戒心から〝ここは嘘をつくべきだ〟と思ったのに対し、今度は意図的に嘘をついた。ベルンを守るためだ。どんなことをしたにせよ、守るつもりだった。

「知りません」

その答えを境に、刑事の質問のテンポが速くなった。彼が努めて友好的にふるまおうとしているのはわかったが、明らかにわたしたちは敵対関係にあった。ご主人が過激派の環境保護活動家グループとつきあっていたのはご存じでしたか? 奥さんもそのグループに関わったことは? どこかご主人がよく通っていた場所はありませんか? よく話題に上った場所は? よく話題にしていた人物の名は? 武器を作っているところをご覧になったことは? 以前から彼は爆弾作りに興味を示していましたか?

いいえ、違います、知りません……わたしの口からは否定の言葉しか出てこなかった。遠くから眺めれば、刑事とわたしの姿は、順番にチェーザレの隣に座っていた少年たちのそれと大差なかったはずだ。彼が話す横でこちらは押し黙り、視線は自分の正面か足元から動かさず、時々、簡単な答えを返すだけなのだから。刑事の手帳のページは尋問の最初から真っ白のままで、ただひとつ、あの神秘の数字〝395〟が一番上にぽつんと書きこまれていた。

「奥さん、ご協力いただけないと困りますね。それがご自分のためですよ」

「協力しています」

「つまり、ベルナルド・コリアノーは過激派とは無関係だと?」

「無関係です」

「では、ダンコ・ヴィリオーネは? 彼はどういう人間です?」

「ダンコは平和主義者です」

「おや、よくご存じのようですな」

「ここで、二年間、一緒に生活しましたから」

「なるほど。あなたとベルナルド・コリアノー、ダンコ・ヴィリオーネ、ほかには誰が一緒でした?」

「ダンコの恋人です。あと別のカップルがもうひと組」

「ジュリアーナ・マンチーニ、トンマーゾ・フォリア、コリン・アルジェンティエリですね」

「知ってるなら、どうして聞くんですか?」

しかし刑事はこちらの質問を無視した。

「うーん、奇妙ですね。ヴィリオーネを高く買っていらっしゃるようだ。あの男がよりによって平和主義者ですか。だって前科者ですよ?」

わたしは思わず息を呑んだ。「前科ですって?」

「ああ、ご存じありませんでしたか」

刑事は手帳の数ページ前に戻って、読み上げた。「まず二〇〇一年に重大な器物損傷罪、それから二〇〇二年にローマで公務執行妨害です。とある国際会議であの男、仲間と一緒に丸裸になったんですよ。面白いでしょ？　奥さんの同居人は幾晩も拘留されたことがあるんです。どうやら、お聞きになっていなかったようですな」

誰かがわたしの寝室を探っていた。窓の前を行き来する姿が見えたのだ。でもそこで見つかるのは、せいぜいがわたしの思い出くらいなものだろう。

「一方、ジュリアーナ・マンチーニのほうは」と、刑事は続けた。「二度ほどヴィリオーネと一緒に逮捕されていますな。しかし、あの女にはコンピューター犯罪の前科《まえ》もひとつあるんです。今はやはり行方をくらましています」

そこで彼は背を伸ばした。そして、武器を放棄するように、手帳を太ももの上に伏せた。

「ひとつ、教えていただけませんか？　あなたがたは、正確にはここでいったい何をしていたんです？」

「オリーブの実の収穫を手伝ったり、うちで作ったものを市場で売ったりしていました」

〝理想郷を築こうとしていたんです〟それが本音だったが、言わずにおいた。

「要するに農業で食べていた、と。ちなみにご主人、ベルナルド・コリアノーも平和主義者ですか？」

「ベルンは色々な信条のあるひとです」

「もっと具体的に教えてください。彼は何を信じている人間なんです？」

彼は何を信じている？　わたしの知っていたベルンはすべてを信じてから、すべてを信じることをやめてしまった。今の彼がどうなっているかなんて見当もつかなかった。

だからこう答えた。「あのひとはダンコをとても信頼しています」

するとと刑事がこちらを見た。その目に勝利を喜ぶ色が一瞬宿るのをわたしは見た。もしもベルンがダンコの信奉者であり、そのダンコが前科者ならば、ベルンも危険人物に間違いないからだ。わたしは回答の選択を誤ってしまったわけだが、もはや取り返しはつかなかった。刑事は沈黙していた。もしかしたらこちらがまた何か、もっと踏みこんだ告白をするのを待っていたのかもしれない。しかしわたしは黙っていた。常磐樫の下、あたりには樹液のにおいが漂っていた。

「どんな死に方をしたんです？」とうとうわたしは尋ねた。

「脳天を叩きつぶされたんです。スコップでね」

刑事はわたしの非協力的な態度に業を煮やし、わざと残酷な表現を使ったのだろう。狙いは的中し、こちらの目には、スコップでつぶされたニコラの頭の強烈なイメージが浮かんだ。そのイメージはそのまま二度とそこを離れなかった。

「彼の父親とはもう話しました？」

「ベルパンノ巡査長のお父上のことですか？　ええ、今は誰かがあの気の毒なご夫婦につき添っているはずです。でも、どうしてです？」

わたしは刑事の目をまっすぐに見つめた。

「えっ、巡査長のお父上をご存じなんですか？」刑事に訊《き》かれた。

彼はぽかんとしていた。まるで見当違いの相手と話していたことにやっと気づいたような顔だった。

「ニコラとベルンは兄弟も同然でした。一緒に育ったんです。ベルンがニコラを傷つけたなんて、絶対に何かの間違いです。ニコラのお父さん、チェーザレに訊いてみてください。きっとわたしの言うとおりだと認めるはずですから」

刑事はわたしにそこを動かないようにと言うと、常磐樫のそばを離れ、電話で誰かと話しだした。電話を押しつけていないほうの耳には人差し指を突っこんでいた。彼はそのままこちらには戻ってこなかった。

それからほどなくして警察は引き上げていった。朝と同じ、轟《とどろ》くような静けさが戻ってきた。わたしは雌山羊の柵を開き、雌山羊が外に出て、冬の野草をのんびりとはむのを眺めた。ほかの草に隠れたホタルブクロの花を探して食べているようだった。

わたしは家に入った。きっとしっちゃかめっちゃかになっているだろうと思ったら、きちんと片づいていた。わたしの流儀とは違う、冷え冷えとしたところのある片づけ方だった。作業に当たった警官たちに自分のずぼらさを指摘されたような気分だった。わたしはコンピューターの前に座った。『コリエレ・デル・メッゾジョルノ』紙のホームページのトップ記事のタイトルは、〝伐採反対デモで警官一名が殺害される。容疑者一味は逃亡中〟だった。

そのタイトルをクリックすることもできれば、関連記事――〝デモの現場〟〝キシレラ被害マップ〟〝公務に捧《ささ》げた生涯〟――のどれかをクリックすることもできるようになっていた。

ニコラとベルンの血縁関係について触れたニュースはなかった。わたしはトップ記事を読みだしたが、体がにわかに震えだし、座っていられなくなってしまった。外に出て、何分も行ったり来たりしていたら、ようやく震えは収まった。

また電話が鳴ったのを聞いて、わたしは受話器に飛びついた。そうして母さんの声を聞くのは変な感じだった。ベルンがマッセリアを出ていってから、つまりベルンという障壁がなくなってから、わたしと彼女は少なくとも週に二度は電話で話すようになっていたが、その日はいつもの電話の日ではなく、時刻も普段とは違っていた。

「どうしてなの、テレーザ！　どうしてこんなことに！」

母さんは泣いていた。お願いだから泣かないでくれとわたしは頼んだ。そうでもしないと、こちらも危うい均衡が崩れてしまいそうだったのだ。巨大な、取り返しのつかない何かが自分のなかで爆発する寸前で、彼女の嗚咽《おえつ》をこれ以上聞かされたら破滅はまず避けられない。そんな確信があった。

「ラジオでもニュースになってたわ」母さんは言った。

「でしょうね」わたしは口ではそう答えながらも、うちの親はどちらもラジオなんて聞かなかったはずだが、と心では思っていた。わたしのいないあいだにふたりにも色々と変化があったのかもしれなかった。ラジオだって聞くようになったのかもしれない。

「テレーザ、こっちに帰っておいで。旅行会社でチケット買っておくから」

「今は駄目。警察に家からあまり離れないようにって言われてるの」

〝警察〟のひと言で母さんはヒステリーを起こした。でもわたしは今度は平然とやり過ごすことができた。

「パパ、いる？」

「寝たわ。精神安定剤を飲むように言ったの。動転しちゃって大変だったから」

「ママ、もう切るわ」

「待って！　パパにね、テレーザに伝えてくれって念を押されてるの。あのね、パパもママもあんな話、信じてないから。嘘に決まってるわ。わかった？　わたしたち彼のことならよく知ってるし、誰かを傷つけるなんてあり得ないもの」

翌日は風が雲を吹き飛ばした。わたしは前日と同じ薄曇りの、雨がぱらつく一日を期待していた。自分のどんよりした気分にふさわしい、そんな風景のほうがよかったのだが、空は晴れわたり、野畑に燦々《さんさん》と降り注ぐ日差しが新たな温もりをもたらした。春の訪れだ。例年より一週間は早かった。

スペツィアーレのキオスクの外には小さな立て看板が出ていて、大きな文字で〝スペツィアーレの一家に悲劇〟と記されていた。前日には報道されなかった情報も報じられている、ということらしかった。

「どの新聞に載ってる?」わたしは店主のマウリッツィオに尋ねた。

「どこだって載ってるさ。でも特にこれだな」

わたしは『クオティディアーノ・ディ・プーリア』紙と『ガッゼッタ・デル・メッゾジョルノ』紙の記事のタイトルをざっと読んだ。どちらも一面には、わたしが前日にネットで見たのと同じニコラの写真があった。わたしはバッグの底に小銭がないか探った。

「今日はサービスするよ」マウリッツィオは新聞を畳みながら言った。

「そんなわけにはいかないわ」わたしは五十ユーロ札を渡した。「大きいのしかないけど」

「じゃあ今度でいい」

「駄目よ」

彼はレジからお釣りを出した。そうこうするうちに店にはほかの客が数人入ってきていた。わたしも向こうも互いに顔を見知っている者ばかりだった。彼らの視線を感じた。視線は新聞記事のタイトルからこちらの顔にさっと移り、またタイトルに戻った。マウリッツィオはやけにゆっくりとお釣りを数えた。そしてようやく上げた顔には、先ほどとは違う表情が浮かんでいた。彼は言った。「うちの親父がよく言ってたよ。ガキのころ、あいつらはこの店に来るたびに、売り物を端から端まで食い入るようにして眺めていたそうだ」

車のなかで、わたしは動揺を覚えながら『ガッゼッタ』の記事を読んだ。こちらの知らない事実はほとんど記されておらず、例外は逃亡犯の捜索範囲がプーリア州全域に広がったという一点だけだった。でも、その〝逃亡犯〟という言葉がショックだった。紙面にはベルンとダンコとジュリアーナの写真が掲載され、情報提供が求められていた。

ニコラの年齢が間違っているのにわたしは気づいた。三十二歳なのに三十一歳になっていた。誕生日は前の月にあったばかりだった。二月十六日だ。わたしは携帯電話でお祝いのメッセージを送り、彼は！マークのたくさんついたありがとう《グラツィエ》のひと言を送り返してきた。もう何年もわたしたちのあいだには、その手の無意味なお祝いメッセージのやりとり以上のつきあいがなかった。

わたしは訃報欄を探した。ニコラのものが最初にふたつ並んでいた。まずは両親による追悼文、その下に警察の同僚たちが出した追悼文があった。葬儀の日取りは一切記されていなかった。次に『クオティディアーノ・ディ・プーリア』を開き、同じニュースを読んだ。やはりニコラの年齢が間違っていたが、こちらには葬儀は司法解剖があるために先送りされたとの説明があった。紙面から目を上げた時、とある年配の男性の姿に気づいた。スペツィアーレの広場でよく見かける老人で、いつもの自転車にまたがって、わたしの車から数歩離れたところで立ち止まり、こちらをじっと見ていた。

マッセリアに戻ると、家の前にスクールバスが停まっていた。子どもたちはバスのまわりにいて、お昼のお弁当が入った小さなリュックサックをめいめい背負っていた。朝に社会科見学の予定が入っていたのをわたしはすっかり忘れていたのだった。エルヴィーラ先生とその同僚はパーゴラの下で落ちつかぬ様子で待っていた。わたしは遅刻を詫《わ》び、不測の事態の発生をそれとなく伝えたが、その言葉は我ながらこっけいに響いた。

「わたしたちも今日は無理かな、とも思ってたのよ」エルヴィーラは言った。

「ううん、大丈夫だから」

「きっと今に何もかもはっきりするから、テレーザ」

彼女はそう言って、わたしの腕にそっと手を置いた。思いがけぬ接触にどきりとして、わたしは振り返り、子どもたちに呼びかけた。「みんな、山羊さん見た？　昨日、柵を開けて出してやったの。さあ、探してきてちょうだい。たいていはあっちに行くから」わたしが雌山羊の行く先を手で示すと、子どもたちは言われた方向に駆けだした。

しばらく経ってから、わたしはみんなにカボチャをくりぬかせ、オレンジ色の果肉をなかから取り除かせたり、一粒ずつ配られたニンジンの種を子どもたちが自分の指で掘った穴に入れ、いかにも楽しみという顔で埋め直す様子を見守ったりした。芽が出たら大切に世話をするからね、と口では約束したが、胸のうちでは、絶対に水なんてやらないし、全部どうせ枯れてしまうのだと思っていた。

「さあ、あとは好きにして。駆けっこでも、木登りでもいいし、木の葉っぱをむしってもいいから」

教師たちの挨拶にも応えず、わたしは家に入ると、ドアを閉め、ソファーに倒れこんだ。野道をスクールバスが遠ざかる音がしても、眠気のかけらも覚えることなく、そのまま倒れていた。

当初の推測とは異なり、ニコラの死因は後頭部に加えられたスコップの一撃ではなかった。司法解剖の結果、その打撃は割と軽度な脳震盪《のうしんとう》を起こしただけだと判明したのだ。それよりも地面の尖《とが》った石との衝突がずっと深刻な内出血を引き起こしていた。しかもその衝突の勢いは、被害者が単に倒れただけでは説明できない激しさであったという。〝何か別の要因が被害者の頭部を問題の石に対して激しく圧迫したものと思われる〟警察の公式発表にはそうあった。何か別の要因。傷痕の反対側のこめかみには、がっしりした靴の靴底によるものと思われる痣《あざ》ができていた。長靴か、軍用ブーツのようなごつごつした靴底のものだ。誰かが彼の頭をその石の上で踏みつぶしたのだ。

葬儀の日取りが発表されるのと時を同じくして、ダンコのジープが海辺で見つかった。草ぼうぼうの空き地に停めてあったそうだ。オンラインの記事にはこう記されていた。〝一帯は冬こそ人足も途絶えるが、夏は常に賑《にぎ》わっている。若者に人気のスカーロと呼ばれる盛り場がすぐそばにあるためだ〟それを読んでわたしはめまいがした。自分とニコラが何年も前にスカーロへ行った時の情景が目に浮かんだ。わたしは彼とふたりきりなのが不満で、逆に彼はなんとかしてわたしを引き止めようとしたあの時。

捜査当局は、ベルンとダンコとジュリアーナの三人組が海から逃げたのではないかとにらんでいた。そして、三人に航海術の心得はないから、誰か共犯者の助けを借りたのだろうと推測していた。ジープから数百メートルの位置にある崩れかけた塔の内部からは、衣服の入った袋がひとつと食事の跡も憲兵隊によって発見された。逃亡によって三人は暗に自らの罪を認めたも同然だと記者は断じていた。しかも隠れ家――記者はあの塔のことを繰り返しそう呼んでいた――の存在こそは、計画的犯行の証拠だというのだった。

チェーザレのことが頭を離れなかった。やっぱり電報を送るべきなのだろうか？　もう遅いのだろうか……。ネットにはお悔やみの文例を並べたリストがたくさんあって、いくつも繰り返し読んでみたが、しっくり来るものがまるでなかった。

〝ご家族のみなさまのご心痛、お察しいたします……〟

〝故人の忘れようにも忘れられぬ思い出を……〟

母さんは尋常ではない頻度で電話をかけてきて、お悔やみの電報は出したか、まだ出していないのかとそればかり訊いてきたが、彼女にしても実はどうしたらいいのか自信がないのではないかとわたしは疑っていた。一連の出来事に押し流されてわたしたちがたどり着いたその場所には、守るべきエチケットなどもはやなかったからだ。やがてわたしは電報を送るのを完全にあきらめ、母さんも話題にしなくなった。

葬儀への参列もわたしはぎりぎりまで迷った。式の始まる一時間前になってもわたしはまだマッセリアで野良着のまま無闇にうろついており、時間がいっぺんに三時間くらい先まで跳躍してくれないか、いや、できるものなら十年くらい過ぎてくれ、なんてことを願っていた。そのせいで結局、ありえないような猛スピードで自動車専用道路を飛ばす羽目になった。しかもひどいどしゃぶりがなかなかやまず、わたしは額の濡《ぬ》れた髪の毛をかき上げ、幾日も前から自分の顔を歪《ゆが》めていた心労の跡を拭い去りたくて、まぶたをこすりながら運転した。

地元の警察署はニコラの国葬に固執した。国の警察に対する明確な支持の証を求めたのだ。結果、オストゥーニの大聖堂の長椅子は最前列から最後列まで満席で、廊下もすべて立ち見の参列者で埋まった。家族連れの警官たち、儀礼服を着た憲兵たち、義憤ゆえに集まってきた一般市民たちだった。

こちらの顔に気づきそうな人間は誰であれ避けた。とりわけチェーザレとフロリアーナにだけは近づきたくなかったが、いずれにしてもあのふたりには――花に埋もれたニコラの棺のまわりのがらんとした空間と背後の参列者の人垣に挟まれたふたりには――ほぼ近づきようがなかった。

わたしはトンマーゾの姿を見つけた。教会の反対側の柱に寄りかかっていた。彼も自分のことは誰にも気づかれたくないと思っている風だったが、その不自然なまでに血の気のない肌と木綿のように白い頭のせいでこちらよりずっと目立っていた。向こうもわたしに気づいて、ふたりは視線を交わすことになった。しかしそれは普段と同じ、悲しみよりも敵意に満ちた視線だった。なぜならわたしたちの互いへの不信感はなお健在で、下手をすると、事件に受けた衝撃で余計に強くなっていたからだ。

葬儀のミサは粛々と進められた。あたかも天から監視でもされているかのようにみな静かだった。やがて司教が自分より年下の教区司祭を説教壇に呼んだ。そのヴァレリオという名の司祭が口を開き、「わたしはニコラとその両親が暮らしていた家を何度も訪れ、毎年、あの家を祝福してきました」と言うのを聞いてから、わたしはようやく思い出した。八月の、蒸し暑いある日、ロコロトンドにヴァレリオ神父という友人ができたとチェーザレが言っていたのを。

これがそのヴァレリオ神父というわけだった。狭い額が聖書台の向こうになんとか見える、というくらいに背が低く、黒い目が活き活きと輝く男性だった。神父はマッセリアを小さな理想郷であったと評し、悪の入りこむ隙などあの場所にはなかったと言った。そして、しかしながら悪は蛇に化けてエデンの園にすら忍びこんだと続けた。

司教は腰を下ろし、目を閉じてヴァレリオ神父の説教に耳を傾けた。神父は言った。「ここにひとつ、わたしたちには受け入れがたい事実があります。主はわたしたちに対し、子孫を通じた永遠の命を約束してくれたはずではなかったでしょうか？　ところがこうして、主がその約束を取り下げるような事態が起きてしまった。今やチェーザレとフロリアーナには神を疑う権利が立派にある、そんな気はしませんか？　しかしわたしは、ふたりはそんな真似をしないだろうと確信しています。なぜならこのふたりは、信仰をその一挙一動の礎《いしずえ》としてこれまで生きてきたからです。この悲しむべき日に、我々とともに天まで涙するこの日に、チェーザレとフロリアーナはわたしたちに何を教えようとしているのでしょうか？　それは恐らくこうです。この地上でわたしたちが過ごす時間、その一分一秒は、キリストと永遠の命を信じて初めて意味を持つ。信心を捨てるならば、いっそどこかの片隅で膝を抱えたまま、死んでしまったほうがいい——そういうことではないでしょうか？」

神父はそこでしばらく沈黙した。司教は頭《こうべ》を垂れた。改めてトンマーゾを探してみたが、見当たらなかった。ヴァレリオ神父はマイクスタンドのアームを下げ、マイクを口元に寄せた。だがふたたび口を開いた時、その声は先ほどよりかすかで、今にも力尽きてしまいそうだった。「このところ、色々な噂《うわさ》を耳にします。非難の声も多い。今度に限った話ではありませんが、人々はしばしば自分が何を言っているのかも知らぬまま、無闇にしゃべるものです。誰だって噂話は好きなもの。そうじゃありませんか？　誰かの非業の死なんてまさに最高の話の種ですよね？　ところでわたしはかつて、ニコラと、ニコラが弟とみなしていた少年と一緒に会ったことがあります。そう、ベルナルドのことです」

ベルンの本名は衝撃をもたらした。大聖堂にすし詰めになった群衆に戦慄が走り、あちこちで木のベンチがきしみ、咳《せ》きこむ者もあった。

「初めて会った時、ふたりは誰かを傷つけるなんてとてもできなさそうな少年でした。ましてや互いに傷つけあうなんてことは。ふたりは愛情に恵まれ、悪に脅かされることのない人間となりました。もちろん、わたしの目に狂いがあったのかもしれません。最初に申し上げたとおり、蛇はアダムとイブさえもたぶらかしたのですから。でもみなさん、どうかご慎重に。まずは真実が明らかとなる時を待とうではありませんか。今はまだその時ではありません。今は死者を悼み、祈りを捧げるべき時です」

ヴァレリオ神父のあとにもうひとり、ニコラの同僚の言葉があった。男性は震える手で原稿を開くと、つっかえつっかえ追悼の辞を読み始めた。そこで描写されるニコラの姿は現実のそれとはあまりにかけ離れていた。わたしは思わず、本物のニコラがわたしたちに会いにマッセリアに来た時の記憶をさかのぼり始め、男性の話が聞こえなくなってしまった。あの日のニコラはとても明るくて、たくましかった。だから魅力さえ感じて、自分が恥ずかしくなったくらいだ。でもあの時も彼には例のごとく、幸福なんてどこかに置き忘れてきたとでも言いたげな憂鬱の影が漂っていた。結婚式ではわたしのうなじに吸いつき、わたしを侵していた――と彼の信じこんでいた――毒を吸い出そうとした。そうすることで、自分が彼のものであったことにようやくテレーザも気づくとでも言わんばかりに。でもわたしは、彼のものであったことなどただの一度もなかった。ニコラはいつだってわたしの日々の背景にすぎず、そうして祭壇の手前で横たわっている彼のほうが、過去のどんな彼よりも、ずっとリアルで存在感があった。

警官は祭壇の階段を下り、席に戻った。それからしばらく、司教が棺の木材に祝福を与えているあいだ、屋根を打つ激しい雨音しか聞こえなかった。アーチを描くとても高い天井の下に、不正義に対する人々の怒りが充満していた。

あの絶叫が爆発したのはその時だった。それは野獣めいた叫び声で、恐ろしく深い場所から聞こえてきた。その声はローカル局のニュース番組でその夜のうちに放映され、次の日もその次の日も、延々と流されることになった。見れば、前へ飛び出そうともがくフロリアーナの両腕をチェーザレが押さえていた。亡き息子の棺に向かってというより、彼女にしか見えない何かに飛びかかろうとしているようだった。

じっと動かぬ群衆をかき分け、何事かと不平を言われながら、わたしは進んだ。といってもフロリアーナのほうへではなく、逆のほう、ひとの山にふさがれた出口のほうへ進んだ。

ひとの山は外に出ても続いていた。わたしは人々を押し分け、連なる傘の下を進んだ。司教がまた説教壇に立ったようで、スピーカーから声が聞こえだした。「主よ、彼に永遠の憩いを与えたまえ……」

不意に一本の手に背後から肩をつかまれた。振りほどこうとしたら、余計に強くつかまれた。振り返ると、コジモが尋常ではない目つきでこちらをにらんでいた。

「あんたら、何をした？　あの哀れな若者にいったい何をしたんだ？」

コジモは紅潮した顔をこちらの顔の間近まで寄せてきた。白髪頭がずぶ濡れで、背広の肩パッドもスポンジみたいに雨を吸っていた。

「わたしは関係ないわ」

彼の手はまだこちらの肩を放さなかった。すぐそばでわたしたちの様子をうかがっている年配の女性がいたが、何も言ってくれなかった。

「あんたらみたいな連中は絶対に地獄行きだからな！」

わたしはなんとか手を振りほどいた。あるいは向こうが力を緩めたのかもしれない。それでもコジモの声はどしゃぶりの音に混じって、まだわたしの背を追ってきた。「地獄に堕ちろ！　あんたも、あの連中も、地獄に堕ちろ！」

ひとだかりを抜けた。そこまで来ると、わたしもずぶ濡れだった。傘は教会のなかに忘れてきてしまったが、取りに帰ろうとは夢にも思わなかった。タイル張りの地面が雨のせいでつるつるしていたので、一度足を滑らせ、足首をひねってしまった。誰かが手を貸そうと近づいてきたが、その時にはもうわたしは立ち上がり、余計に危なっかしい足取りで駆けだしていた。

マッセリアに向かって運転しながら、葬儀のあいだに頭のなかに堆積した思いをすべて忘れようと努力した。フロリアーナの人間離れした悲鳴も、ヴァレリオ神父の言葉も、コジモの言葉も、棺の上に置かれた濡れた花輪も、全部忘れたかった。ワイパーは一番速いスピードでフロントガラスを拭いていたが、とても間にあわなかった。凄まじい量の水が降り続け、道もまともに見えなかった。

続く数週間のことはあまり覚えていない。雨続きだったのは確かだ。最初は大雨だったのが、やがて降ったりやんだりするようになり、ついには地面のあちこちに水たまりが残るばかりとなって、それも乾いてなくなった。すると今度は、誰にも止められない蛙《かえる》の大合唱がひと晩じゅう続くようになり、わたしはベルンと出会った最初の夏をよく思い出した。

四月。スペツィアーレの表通りの壁に誰かが〝NICOLA　VIVE（ニコラは生きている）〟という落書きをした。その数日後、二番目の〝V〟が赤いペンキで〝L〟に書き換えられ、〝VILE（卑怯者《ひきようもの》）〟となって、意味が〝ニコラは卑怯者だ〟に変わり、しかも〝NICOLA〟の〝A〟

が赤い円で囲まれ、アナーキストのシンボルマーク〝Ⓐ〟になっていた。

五月。わたしは時間が止まったような状態で生きていた。熱い南風《シロッコ》が何週間も吹き続け、この夏は一帯の農地が干ばつに見舞われるだろうと早くも噂だった。やけに暑くて乾燥した異様な春のせいで、わたしの停滞感はいや増す一方だった。

警察の家宅捜索によって発掘された過去の名残がいくつかあった。たとえばベルンたちが使っていた聖書もそうだ。わたしはしばしばあの聖書を読んで過ごした。ページの余白には、三つの異なる筆跡のとても小さな字で難しい用語の意味が記されていた。

異邦人（ほかのくにのひと）
ディアデマ（かんむりのようなもの）
臭穢《しゅうわい》（とてもくさいこと）
岩窟（ほらあな）
滴《したた》る（しずくがおちること）
薄命（ながいきできないうんめいにあること）
端綱《はづな》（うまのロープ）
背徳的（ただしくない、わるいかんがえをもつにんげんのこと）
災禍（たいへんなわざわい。かみがばつとしてあたえることがおおい）
流浪者（いばしょをなくし、ひとりむなしくせかいをさまようひとのこと）

流浪者——わたしはその言葉を飽きることなくつぶやいたものだ。ベルンはどこに行ってしまったのだろう？　そればかり考えていた。彼が帰ってこないことには、時間にせよ、季節にせよ、正常な流れ方には戻らないと思っていた。

あのころは盗聴器がわたしの友だった。実を言えば、そんなものはひとつも見つけたことがなく、探したことすらなかったが、絶対にあるのはわかっていた。警察が家じゅうに仕かけていったのだ。うちの電話が盗聴されているのも知っていたし、私服刑事が時おりゲートまで車で来て、そこでしばらく待機してから、また出発するのも知っていた。当然と言えば当然だ。警察が意気ごむのも無理のない話だった。何せわたしの夫は警官殺しの容疑者として指名手配中で、国際逮捕状さえ出ていたのだから。

しかしながら、盗聴器にキャッチできたのはたわいもない情報ばかりだった。ベルンがそこへ姿を見せることもなければ、電話をかけてくることもなかったから、というのもあったが、なんといっても盗聴器には、マッセリアが本質的に現在はどういう場所であり、過去はどんな場所であったかをとらえる術がまったくなかったからだ。警察はわたしの会話に暗号化された手がかりを探したり、物音を解析したりしていたのだろう。しかしそれでは、かつてそこにあった無数の幸せなひと時をとらえることはできず、わたしとベルンがともに過ごした歳月も、ふたりでベッドで迎えたいくつもの朝も、長い長い食事も、窓の向こうでさらさらと揺れる胡椒木《こしょうぼく》を一緒にぼんやりと眺めた時間も何も、つかめっこなかった。それに輝かしい混乱のなかで六人が共同生活を送っていた当時の熱狂した空気も、少なくとも当初はそれぞれが仲間のひとりひとりに対して抱いていた強い思いも、チェーザレの時代からマッセリアに染みこんでいた希望も、盗聴器にはとらえられなかったはずだ。隠しマイクに検出できたのはせいぜい、わたしの孤独な日々の音のスケッチぐらいだろう。皿や食器ががちゃがちゃとぶつかる音、蛇口の水音、コンピューターのキーボードを叩く音。そして、そうした物音のあいだの狭間に横たわる、はてしなく長い静寂。

最初にテレビに登場したのはジュリアーナの父親だった。彼はわたしがとっくに知っていたことしか言わなかった。つまり、娘とは十年来会っていない、という事実だ。しかしダンコとジュリアーナは人々の関心をあまり引かなかった。注目の的はやはり、かつては一心同体の仲だったのに、やがて殺意を抱くほど憎しみあうようになった、いとこ同士のふたり組、ベルナルドとニコラであり、ニコラとベルナルドだったのだ。ふたりの名を並べるだけで、イタリア全国の誰でもなんの話だかわかるほどの知名度だった。あるいはスペツィアーレの地名を出すだけでもよかった。マッセリアを中心に噂話の黒い雲がもくもくと湧き上がっているような状態だった。あの劇的な殺人事件の揺籃《ようらん》の地がどこか明らかになってからは、リポーターとカメラマンが我が家の戸口までわんさと押しかけてきた。追い払ってからこっそりと外の様子をうかがえば、たいてい連中は敷地のなかを歩き回り、家を撮影するためのベストアングルを探していた。わたしの写真まで撮りたがり、撮影に成功した者もふたりばかりいた。

かかってくる電話も多かったが、マッセリアの社会科見学案内用に作ったホームページへのメールも多かった。たいていはテレビ局からの問いあわせだったが、恥ずべき罵詈《ばり》雑言《ぞうごん》も時々あった。うちの両親にはまたトリノに戻ってこいと言われた。こっちのほうがいくらかは気が休まるだろうし、状況が落ちつくまで実家にいればいい、と。

スペツィアーレのキオスクでは、ベルンとニコラを取り上げた週刊誌の表紙が相変わらず店の外に、倒錯的な誇りをもって飾ってあった。わたしは店の前を通るのをやめ、そのうち集落に出るのもやめた。買い物は何キロも離れた、移民が経営するスーパーでするようになった。それだって客足の途絶える時間を選んでいくようにした。

よりによって事件関連のニュースも尽き、ベルンとニコラに対する関心もやっと薄れだしたか、というころになって、フロリアーナがテレビ番組に出演した。水曜のゴールデンタイムに放映され、百万を超える視聴者がおり、ゲストに対して——CMの時間を差し引いても——約一時間のインタビューが行われる番組だった。

マッセリアにはテレビがなかったので、その晩、わたしは知人が皆無なサン・ヴィート・デイ・ノルマンニまで車で出かけた。一方通行の街路はどこも渋滞していた。あるバールの前を通った時、壁にかかった薄型テレビがガラス窓越しに見えたので、車を停めた。店内には男の客しかいなかった。唯一の例外が太った女性バリスタで、ぴったりとした黄色のタンクトップを着て、腕にはタトゥーが入っていた。テーブルのあいだを進むわたしを彼らは黙って観察した。

テレビに一番近い席に、みんなに背を向ける格好で座っても、背には執拗《しつよう》な視線をまだいくつも感じた。コーヒーを一杯頼んだものの、バリスタがテーブルに運んできたコーヒーにわたしは気づかなかった。なぜならフロリアーナがもう画面に映っていたからだ。肩の下まで映った彼女の背後には、見た覚えのない調理用薪ストーブがあった。

フロリアーナが女性司会者の挨拶に応えてうなずくと、司会者はこう切り出した。「もしかしたら視聴者のみなさんの多くはフロリアーナさんのことを覚えていないかもしれません。でも、わたしは覚えています。七〇年代に二十台前半だったわたしの世代の女性にとって、彼女はひとつのシンボルでした。フロリアーナ・リゴーリオさんは、出身地であるプーリア州で、悪徳仲介業者による強制労働的搾取という恥ずべき習慣に反旗を翻した最初の女性のひとりでした。フロリアーナさん、当時の問題のおさらいをお願いできますか？」

「あのころは畑で若い娘がたくさん」あらかじめ回答を用意していたのか、フロリアーナはすぐに答えたが、そこでいきなり詰まってしまった。

「娘さんがたくさん、どうしたんですか？」司会者が助け船を出した。

「畑で働いていたんです」彼女は続けたが、最初の勢いはなかった。「主にトマト畑でした。十二時間ぶっ続けで働かされることまであって。人夫頭の男に叩かれたり、暴行を受ける女性もいました。移動中に暑さのあまり命を落としたり、押しつぶされて亡くなるひとも少なくありませんでした。九人乗りのバントラックに二十人も詰めこまれて運ばれたんです。でも表向きは交通事故死として処理されていました。だからわたしは運動団体を作ったんです」

フロリアーナと司会者が交互に映し出された。

「それで団体ではどんな活動をされていたんです？」

「道路の真ん中に立ってバントラックを停め、働き手の女性たちに車を降りるよう勧めていました」

「降りてくれましたか？」

「ほんの一部しか降りませんでした。みんな貧しくて、仕事を失うのではないかと恐れていたんです。職場だけじゃなく、家でも殴られるんじゃないかと不安がる娘もいました」

「それでもみなさんは活動を続けたんですね。一度など、人夫頭が警察を呼んで、フロリアーナさんは逮捕までされました」

フロリアーナはうなずいたが、何も答えなかった。なぜならそれは本当の意味での質問ではなかったからだ。事実、司会者は直接、視聴者に向かってこう話しかけた。「当時、有名になった一枚の写真があります。その写真をわたしたちは見つけました。こちらです。警官に腕をつかまれているこの女性、これがフロリアーナさんです」

数秒間、その写真が画面全体を占め、そのすぐあとに、ふたりの女性のあいだにあるテーブルの上に置かれた小さめの写真が映し出された。

「この写真を今見るのは、どんな気持ちですか？」

「自分たちは正しいことをしたな、と思います。いくつもの命を救いましたから」

「正義のためならば時には闘いも辞さないということですね、フロリアーナさん？　警官が相手でもそうすべきなのですか？」

「わたし、あの警官に腕をつかまれたんです。だから振りほどこうとした、それだけの話ですよ」

「当時のインタビューでは、写真の警官のことを〝悪党〟呼ばわりしていましたね？」

「あれは正しい闘争でした」

「ただ、どう思われますか？　今、似たような写真が撮影されたとしたら、この若い娘の腕をつかんでいるのは、ご子息のニコラさんでもあったかもしれませんよね？」

フロリアーナがさっと顔を上げた。「あの子がそんなことをするはずがありません」

「生前、ニコラさんとはうまくいってましたか？」

「日曜になれば、うちにお昼を食べにきてくれました。非番であれば、ということですが」

「でも親子で衝突するようなこともあったのでは？　だってどう考えても、ニコラさんとご両親は考え方が違っていたわけですよね？　あなたは抵抗運動のシンボルであり、ニコラさんは警官になったのですから」

「母親は、息子の選択を受け入れられるものです」

司会者は目の前に置かれた数枚の書類の束の一枚目を取り、脇において、メモに目をやった。

「ニコラさんの職場のお仲間、数名の証言によりますと、ご子息との関係は、彼が警察に入ってからほとんど途絶えたままだったとか。たとえばこんな証言があります。そのまま読んでみますね。〝彼の決断を両親はいつまでも許しませんでした。ニコラはそのことでずいぶんと悩んでいたようで、よく嘆いていましたよ〟」

「いったいなんの話？」フロリアーナは言ったが、か細い声だった。

「ニコラさんが日曜のたびにお昼を食べにきたというのは本当なんですか？」

「たまに来てくれました」

「最後はいつでした？」

「よく覚えてませんが、たぶん、クリスマスです」

黄色いタンクトップのバリスタがわたしのテーブルまでやってきて、コーヒーに何か問題でもあったかと尋ねた。わたしは問題なんて何もないと答えた。

「じゃあ、なんで飲まないのよ」彼女はデミタスカップを手に取って言った。

画面では司会者がフロリアーナの苛立ちに気づいた顔をした。自分で苛立たせておきながら、彼女はフロリアーナに向かって、わたしはもちろん、視聴者の誰もがあなたの味方であり、あなたの大きな苦しみ、尋常ではない悲劇に心から同情している、と言って慰めた。

「それでも今日は、せっかくこうして来ていただいたんですから、今回の事件にまつわるあらゆる要素をはっきりさせてみたいと思っています。だからフロリアーナさん、どうか頑張ってください。さて、殺害現場に居あわせたデモ参加者が多くの証言を残していますが、彼らはニコラさんとその同僚一名が到着したところも目撃しています。その際、ふたりの態度は攻撃的で、挑発的であったとされています。罵られたという証言もありますし、拳銃を下げたベルトをニコラさんがわざとらしく、ずっといじっていたという証言もあります」

それを聞いてフロリアーナは自制心を失った。「殺されたのはうちの息子のほうですよ。ニコラが、テロリスト集団に殺されたんです。あの子は死んだんですよ！　わたしはその話をしに来たんです！」

「つまりあなたは、彼らをテロリストとみなしているんですね？」

「じゃなきゃ、なんだと言うんです？」

「わかりました。フロリアーナさん、この点について掘り下げてみましょう。CMを挟んで、ここから話を再開します」

CMになり、ややボリュームが上がった。いつの間にか店内は客でいっぱいになっていた。ズボンにも顔にも乾いたペンキの跡だらけの、図体の大きな男が方言で笑い話をぶつと、バリスタは品のない笑い声を上げた。

わたしは画面のほうに椅子を近づけたが、それでもよく聞こえなかったので、立ち上がって耳をそばだてた。番組が再開した。司会者はそこまでの話の内容をまとめてから、視聴者に対し、ニコラ・

ベルパンノ殺害の主な容疑者はダンコ・ヴィリオーネとベルナルド・コリアノーのふたりで、後者は被害者のいとこだと説明した。画面にはダンコとベルンの写真が表示された。それから彼女はフロリアーナに、ベルンの過去には何かのちに彼が凶暴な若者へと成長する予兆めいたものはあったか、覚えている出来事があったら聞かせてほしいと言った。

「子どもなんてみんなそうですけど、風変わりなところはたくさんありました。ただ、あの子は実の親に育ててもらえなかったんです」

「ベルナルドはみなしごだったんですか?」

「ちょっと違います」

「では、どう違うのか教えてください」

「チェーザレの妹のマリーナは……」

「チェーザレさんというのは、あなたのご主人ですね?」

「はい」

「つまり、義理の妹さんの話ですね。いえ、テレビの向こうの視聴者のみなさんがわかりやすいように説明したかったので。どうぞ、話を続けてください」

「マリーナはとても若い時に妊娠をしたんです。ほんの十五歳でした」

「十五歳?」

「ほかに行き場のなかった彼女は、わたしたちのところに来ました。だって親の前で妊娠したなんて告白したら……義理の父母はとても厳しいひとたちでした。当時、ニコラは生まれたばかりで、わたしたちは田舎にあの小さな家を買い、修繕して住んでいました。まだ井戸もありませんでした。毎日、わざわざ集落の噴水まで行って、ポリタンクに水を入れてこなければなりませんでした」

「おふたりはヒッピーだったんですか？」

「いいえ。というか、自分たちではそうだとは思っていませんでした。ヒッピーは神を信じませんし」

「ところが、フロリアーナさんとご主人はとても信心深い」

「ええ」

「ご主人は新興宗教団体まで作りましたね」

「あのひとはそんな風に言われるのを嫌ってますけど」

「義理の妹さんのマリーナさんに話を戻しましょう。彼女は助けを求めておふたりの家に来た。たった十五歳、それもあの年代の南部イタリアでは……簡単なことではなかったでしょうね」

「マリーナは解決策を探していました」

「解決策って、どんな？」

「あの子はまだ十五歳で、怯えていました」

「子どもを堕ろしたかった、ということですか？」

「チェーザレは妹をとても哀れんでいました。マリーナにとって十歳上の兄は、あの一家では……ずっと父親がわりみたいな存在でしたから。とはいっても、チェーザレもまだ若かったんです。みんな若くて、貧乏でした。ある晩、チェーザレはひとり出かけていき、そのまま外でひと夜を過ごしました。次の朝、戻ってきた彼はわたしに言ったんです。マリーナの子どもはわたしたちがなんとしてでも育てようって」

「彼はその晩、外で何をしていたんですか？」

「祈っていたんです」

「ご主人はよくそんな風に、外で一晩中、祈ることがあったんですか？」

「時々、ありました」

「おふたりのご子息が亡くなった時も？」

「はい」

「チェーザレさんは妹に子どもを産ませようと決めた。あなたの意見も、マリーナさん本人の意見も聞かずに。ただこうしろとあなたがたに告げた」

「あのひとはそういう指示を受けたんです」

「指示を受けた？　神からの指示、ということですか？」

「つまりベルナルドはご主人の祈りによって生まれた、そう言ってもよさそうですね」

「はい」

「そうです」

「ということは、ご主人の祈りが、三十年後にひとり息子の命を奪う定めにあった男の子の命を救ったわけですね？」

フロリアーナは眼鏡の透明なフレームにそっと触れた。眼鏡がまだそこにあることを確認するような仕草だった。数秒の沈黙があり、司会者は書類の位置を変えた。

「前の質問に戻りたいのですが、ベルナルドは子ども時代、特に変わったところはありましたか？　警戒すべき予兆と解釈することもできた点、変わった行動、事件などは？」

「とても落ちつきのない子どもでした」

「落ちつきのない子どもは珍しくありませんね。具体的には？」

「ある時、野兎《のうさぎ》を捕まえて、はさみで喉をかき切ったことがありました。どんなだか試してみたい、というだけの理由で。ニコラは泣きながらわたしのところに来ました。すっかり動転していましたよ。わたしに話したこと、ベルンには内緒にしておいてくれって言って。ばれたら自分まで喉を切られるんじゃないかと怖かったみたいで」

「その手の行動が原因で、おふたりはベルナルドをドイツにいる実の父親の元に送ることにしたんですか？」

「それはもっと前のことです。ベルンの父親に、少しはベルンを預かってくれと頼んだんです。彼はフライベルクに住んでいました。環境の変化はあの子のためにもいいんじゃないかと思いました」

「ベルナルドの母親も賛成でしたか？」

「マリーナはチェーザレを信頼していましたから」

「チェーザレさんの言いなりだったと？」

「チェーザレは兄ですし」

「それでベルナルドをドイツの、父親の元に送ることになった。どんな男性でした？」

「わたしたち、あのひとのことはよく知りませんでした」

「それなのに男の子を預けることにした」

「なんといっても、父親ですから」

「それからフライベルクで何が起きましたか？」

「ベルンはすぐに意地を張ったようです。新しい生活になじもうとしませんでした。二、三カ月もするとテデスコが手紙を書いてきまして……」

「ドイツ人《テデスコ》？」

「ベルンの父親のあだ名です」

「手紙ですか？　電話ではなく？」

「マッセリアには電話がなかったんです」

「ちょっと待ってください、一九八七年の話ですよね？」

「ええ、だいたいそのくらいだったと思います」

「一九八七年にもなって電話がなかったんですか？」

「その手の汚染はマッセリアの外に遠ざけておきたかったんです」

「汚染？　電話をすることが汚染、ということですか？」

「外の世界から届くあらゆる汚染のことです。電話でも届くんです」

「つまりベルナルドはドイツにいた時、あなたたちと話すことはできなかったんですね？　電話がなかったから」

「手紙は書いてました」

「母親とは話せたんですか？」

「彼女とも手紙でした」

「八歳の男の子が手紙を書きますか？」

「ベルンは文章を書くのがとても上手なんです。早かったですよ、読み書きを覚えたのも」

「ドイツに話を戻しましょう。ベルナルドは父親と一緒でしたが……」

「ベルンです。わたしたちはみんな、昔からあの子のことをベルンと呼んでいます。ベルナルドなんて誰も言いません」

「ベルン、なるほど。すみませんでした。それで当時、ベルンはろくに知らない父親とまるで知らない町に暮らし、意地を張っていたんでしたね」

「ある日、あの子は食べるのをやめてしまいました。父親が手紙でそう書いてきたんです。ある朝、シリアルと牛乳をテーブルに用意して仕事に出かけたら、帰ってきた時もまったくあの子は手をつけていなかったって。そしてある晩、ベルンが気を失って倒れているのを見つけて、あのひとはこちらに送り返そうと決めたそうです。そんな手紙が届いてから、ほんの数日であの子は帰ってきました」

「帰ってきた時にはもう九歳だった」

「そうです」

「そのころにはマリーナさんはもう働きだしていた。そうでしたね?」

「ええ」

「彼女にはまだ、ベルンを自分で育てることはできなかったんですか?」

「チェーザレが世話を続けたほうがよかったんです。チェーザレとわたしが、という意味ですけど。マリーナは悪い子じゃないんですが、ちょっと……。子育てはわたしたちのほうが慣れていましたし」

そこでまたCMが入った。しかし番組が再開した時、画面に映ったのはフロリアーナのインタビューの続きではなかった。スペツィアーレの町並みをとらえた映像が流れ、集落をふたつに分ける表通り、バール、食料品店、もう何年も前にうちのおばあちゃんの葬儀のミサが開かれ、わたしも参列した小さい教会が映し出された。

やがて一台の車が、わたしが嫌になるくらいよく知っている、両側に石垣の続く田舎道に入っていった。そして、いくつもあるルートのうちで一番長いそれを進み、マッセリアのゲートの前まで来たと思ったら、リポーターは遠慮なくゲートをくぐって、うちの私有地に侵入し、カメラを引き連れて野道を歩きだし、そのまま家までやってきた。我が家はドアも窓も閉まっていた。

司会者が言った。「ご主人はニコラとベルナルドを自分で教育しようと考えました。それはなぜですか？」

「チェーザレは教養豊かな人間だからです」

「教養豊かな親ならいくらでもいますが、それでも普通は学校に行かせますよね？」

「わたしたちにはわたしたちなりの信念がありましたから。それは今も変わりません」

「つまり、もしも昔に戻れたとしても、もう一度すべて同じようにやるだろう、という意味ですか？」

「そうです。でも、すべてまったく同じように、ではないかも。それはないですね」

「ああした事件が起きてしまった今、そういう世間から隔絶した暮らしがベルナルドの性格を歪めてしまった、とは思いませんか？」

「ベルンよ」

「そうでした。すみません」

「チェーザレは子どもたちに最高の教育を施しました。世間の同じ年ごろの子どもに比べても勝るとも劣らないくらいの」

「聖書の文章を無理やり暗記させていた、というのは本当ですか？」

「そんなの嘘です」

「でも最初に話しあった時、あなたは確かに……」

「わたしが言ったのは、ベルンには聖書のあちこちをそらんじることができたということです。あの子が自分で覚えたんですよ。チェーザレはそんなこと押しつけません。あのひとは最低限必要なだけ、短い聖句を教えようとしただけです」

「最低限必要って、何をするために？」

「理解するためにです」

「理解って何を？　フロリアーナさん？」

カメラが一瞬、司会者の表情をとらえた。眉をひそめている。

「フロリアーナさん、この点ははっきりさせておくべきだと思います。子どもたちは何をそんなにしてまで理解しなければならなかったのでしょう？」

「信仰にまつわる原則です……。行動規範といってもいいでしょう」

「チェーザレさんが必要だと考える知識を身につけることを誰かが否定した場合、その子に対してお仕置きはありましたか？」

フロリアーナは悪寒でも走ったみたいに、ごくわずかに首を横に振った。

「最初の話しあいでは、聞き分けの悪い子どもには厳しい結末が待っていた、そうおっしゃっていたようですが」

フロリアーナは黙っていた。司会者はさらに声をひそめて続けた。

「ご子息、ニコラさんと、ベルナルドは、チェーザレから体罰を受けたことがありますか？」

するとフロリアーナは誰かを探すようにあたりを見回した。そこで映像は乱暴に途切れ、次のコマでは彼女の横に水が半分まで入ったコップが置かれ、上唇が少し濡れているのがわかった。司会者の態度は以前よりもこわばって見えた。

「ニコラさんの死後、あなたはご主人と別居しました。事件の責任の一部はチェーザレさんにもある、そうお考えなんですか？」

フロリアーナは水をひと口飲み、意気消沈した様子でコップをしばし見つめてから、うなずいた。

「今日はなぜ、ここでご自分の体験を分かちあおうと思われたんですか？」

「真実を知ってほしかったからです」

「真実はわたしたちを自由にする、そうお考えなんですね？」

フロリアーナはためらった。その問いかけに、何か思いがけぬ記憶を呼び覚まされたかのように目がやや見開かれ、また元に戻った。そして彼女ははっきりと答えた。「そのとおりだと思います」

「もしもベルナルドが今、この番組を見ているとしたら、彼になんとおっしゃりたいですか？」

「自分の責任と向きあうように、そう言いたいです。そう教わってきたはずですから」

「そして、もしもできるものなら、ですが、ニコラさんには何をおっしゃりたいですか？　フロリアーナさん、ご子息にはなんと？」

「わたし……」

「フロリアーナさんにティッシュをお持ちして。大丈夫ですよ。時間はたっぷりありますから。少しお水をどうです？　続けられますか？　ニコラさんの話でしたね。わたしがご自宅にお邪魔した時、チェーザレさんがカトリックの宗旨についてとても変わった考え方を持っているとフロリアーナさんはおっしゃいました。魂の転生を信じているとか。では、なんでしたら目を閉じてくださっても結構ですが……目を閉じてください、フロリアーナさん。想像してみてください。ご子息はどんな生き物に転生をはたしたと思われますか？」

フロリアーナの口が開きかけたと思ったら、画面はいきなり音楽番組の映像に変わった。

わたしはカウンターに向かった。でもバリスタはこちらのことなど構わず、ペンキが顔まで跳ね飛んだ例の男の話にまた夢中だった。話に割って入ったら、ふたりににらまれた。

「お願い、さっきのチャンネルに戻してください」

「あんなの誰も興味ないじゃん？」

「わたしはあるわ。だから観ていたんです」

カウンターにはリモコンが置いてあった。つかみ取ってやろうかという考えも心をよぎった。

「コーヒー一杯で何を偉そうに。家で観ればいいじゃないか」彼女はそう言うと、男のほうに向き直った。

彼のほうは何も言わず、ビールの瓶を唇に寄せると、ぐっとひと飲みした。でも、その目はまだこちらを見ていた。

「わたしもビールをもらうわ」わたしは言った。

「うちの店に金を恵みにきたの？」

「お願い、どうしても観なきゃならないの」

彼女はリモコンを手に取った。が、チャンネルを変えてくれると思いきや、ボトルの並ぶ背後の棚に置いた。

「コーヒーの金はいいから、とっとと出ていってくれよ。あんた、あの連中のダチなんだろ？　ばればれだよ」

わたしは店を出た。サン・ヴィートの街をぼんやりとさまよったが、もはや人影もなかった。ほかにバールは見つからず、西瓜《すいか》を売る夜店の高い場所に小さなテレビがあったが、座っている売り手をちらっと見て、近づくのはやめておいた。その辺の家の呼び鈴を適当に鳴らそうかとも思った。でも馬鹿な真似はもう十分にしたし、疲れていたし、むなしくもあった。

結局、インタビューの最後は観られなかった。それから何ヵ月も経ってから、フロリアーナがあの質問になんと答えたかを知ることができた。彼女はこう言ったらしい。転生なんて一度だって信じたことがなかった。自分は長年、夫にだまされてきたが、もう目が覚めた。主がこの世でわたしたちに授けてくれる人生はたった一度、今のそれだけで、二度目なんてあり得ない。

八月のある午後、わたしは寝室の窓の鎧戸《よろいど》越しにひとりの侵入者を眺めていた。またかと思ったが、男はカメラもテレビカメラも持っていなかった。彼はドアをノックしてから、庭を少し歩き回っていたが、家をぐるっと回っているあいだにいったん姿が見えなくなり、やがてまた現れたと思ったら、まるでこちらがそこにいるのに気づいているみたいに、はっきりと寝室の窓を見た。そしてパーゴラのテーブルを前にして座ると、生い茂ったぶどうのつたと葉になかば隠れた格好で、もうそこを動かなかった。

三十分かもっと経っても、立ち去ろうとする気配がなかった。わたしは急に激しい怒りにかられ、下の階に駆け下りると、玄関のドアを勢いよく開いた。

「出ていって！」わたしは怒鳴った。「ここは私有地よ！」

侵入者はぱっと立ち上がった。一瞬、こちらの指示に従おうとするようにも見えたが、結局、その場を動かなかった。

「君がテレーザかい？」

男はわたしよりも若く、太っていて、無害そうな印象を受けた。ビルケンシュトックのサンダルは底がすり減り、Tシャツは汗の染みが目立っていた。

「すぐに出てって」わたしはまた言った。「さもないと警備会社を呼ぶから」

しかし若者は出ていくどころか、むしろ勇気を奮い起こすようにして、一歩、こちらに近づくと、おじぎでもするみたいに頭を下げた。

「僕はダニエーレ、彼の友だちだ」

「誰の友だち？」

「ベルンのだよ。彼が……」

わたしは相手の口を手でふさいだ。そして、オリーブ畑のほうについてくるよう、手振りで伝えた。家から十分に離れた場所まで来ると、わたしはすっかり興奮して、彼を質問攻めにした。ダニエーレはこちらのそんな反応を予測していたみたいに、辛抱強く答えてくれた。ベルンとは一年以上前にオーリアの砦《とりで》で出会い、それからはずっと行動をともにしてきた。ルレ・デイ・サラチェーニでのあの夜も一緒だったが、事件の瞬間は目撃しなかった……。そんなことを説明しながら、ダニエーレはこちらの視線を避け、ずっとわたしの右側にいるらしい何かに話しかけていた。そして時おり、いかにも暑そうに額の汗を手で拭った。

「ねえ、日陰に入ってもいいかい？」やがて彼が尋ねてきた。

そこでようやく気づいた。わたしは彼を、日を遮るものもない、地面まで燃えるように熱した空き地のど真ん中に連れてきていたのだ。オリーブの木々にまで隠しマイクが仕かけられているはずもないのに。

わたしたちはオリーブの木陰に入った。彼は少しぜいぜい言っていた。どうして今の今まで会いにきてくれなかったのか問い詰めると、こんな答えが返ってきた。

「僕はずっと自宅軟禁だったんだ。四カ月もね。警察は僕が大学で化学を勉強しているものだから、武器工場の責任者だと思いこんだ。証拠は一切なかったけどね。それに化学の勉強にしたって今のところ犯罪じゃないし」

「でも本当なの？」

「何が？」

「あなた、本当に武器工場の責任者だったの？」

〝武器工場〟なんて、口にしてみるとなんだか馬鹿馬鹿しかった。ダニエーレは首をすくめた。

「あんな爆弾、誰だって作れるさ。ネットにいくらでも作り方の説明があるもんね」

彼は周囲を見回し、家の方向に目を細めると、木々の織りなす壁の向こうに家を探すような顔をしてから、ぱっとこちらを振り向いた。

「フード・フォレストって確かこっちだよね？」

「どうして知ってるの？」

「彼がここの話をよくしていたから。そう、マッセリアの話ばかりだった。ずいぶんと細かいところまでみんなに話して聞かせてくれたんだ。向こうの葦原《あしはら》のところで、蜜蜂を飼っていたんだろう？」

葦原と聞いたとたん、わたしはめまいがした。

「今、お金を貯めてるんだ」何も気づかずダニエーレは続けた。「十分に貯まったら、どこかに土地を買おうと思ってる。いや、実を言うと、もう候補地はあるんだ。そこは今のところ廃屋が一軒あるきりなんだけど、直せる家なんだ。マッセリアみたいにするつもりだよ」

「フード・フォレスト、連れていってあげようか？」わたしは尋ねた。

ダニエーレは目を輝かせて答えた。「いいのかい？」

でも、酷暑にしなびた野菜のあいだをふたりで歩いてみたら、どうも彼は既にそこに来たことがありそうな雰囲気だった。恐らくこちらが家を出るのを待っているあいだに、自分で探し当てたのだろう。

「水は絶対にやらないの？　一滴たりとも？」

「ここまで暑いとさすがにやるわ。週に二回くらいね」

若者はひざまずき、小枝を積み上げた畝の上にハーブが育つさまを眺め、その葉をそっと撫《な》でた。

「何もかも彼が言っていたとおりだな」

わたしはダニエーレに年を訊いた。「二十一だよ」という答えが返ってきた。

彼は立ち上がり、こう続けた。「あんなひとに会ったのは僕は初めてだった。だからすっかりあこがれちゃってね」

「わたしをあそこに連れてって」わたしは言った。

そんなことを頼むつもりはなかった。自分でもまったく意外な望みだった。ダニエーレはわたしをいぶかしげに見た。「あそこって？」

「事件のあった場所よ」

彼は首を振った。「あの辺で姿を見られたら、さすがに厄介だからね」

しばしの沈黙のあと、ダニエーレはこうつけ加えた。「オーリアの砦なら、行ってもいいよ」

「砦は壊滅したんじゃないの？」

彼は周囲の様子をうかがってから言った。「とにかく行ってみないか？」

「なんにしても、砦を壊滅させることなんてできないんだよ」車に乗ると、ダニエーレはそう続けた。「いくら追い払われても、僕たちはまだ存在しているからね。ベルンがみんなにそう教えてくれたんだ。もうトリカーゼの近くに新しい拠点だって作った。凝灰岩の石切り場だった場所だ。でもとりあえず僕たちも今は、波風が収まるのを待ってる」

車のフロントガラスはなんとか道路が見える、というくらい埃《ほこり》まみれだった。ダニエーレは前かがみの姿勢で、ハンドルをやけに固く握り、右手でシフトレバーをぐいぐい押した。

「メンバーの多くは今も監視を受けている。私服の刑事が大学までついてきたなんて話もあるよ。その刑事に、有機化学の教授が新入生かと尋ねて、黒板に化学式をひとつ書いて、これがわかるかと質問したんだって。粟《あわ》食った刑事は真っ青になって、ほとんど逃げるように教室を出ていったそうだよ。学生のふりをするためにノートまで持ってたって」

彼がギアを変えるたび、車はがくんと揺れた。ダニエーレはひとつ咳をした。

「でもここは南部だからね。何事もそんなに長いあいだまともに機能するはずがないんだ。僕たち全員を監視するのにどれだけの労力が必要だと思う？　そろそろ私服刑事もみんないなくなるさ。ベルンはきっとあの石切り場を気に入ってくれると思うんだ。彼が来たら、きっと何か天才的なアイデアを思いつくだろうな。僕は全然ひらめかないけど」

　カーステレオからはヘビーメタルの曲が流れていて、ダニエーレは時々リズムにあわせて頭を振り、歌詞をそっと口ずさんだ。やがて彼に尋ねられた。「オーリアで何があったかは聞いてる？」

　わたしは少し動揺し、外を眺めた。何も知らなかった。わたしは何ひとつ聞いていなかった。

「メンバーは全部で四十人くらいいてね」彼は説明を始めた。「いくつものグループに分かれて、昼夜を問わずオリーブ畑を見回っていたんだ。本当、大変だった。でも、完全に見張るには対象となる範囲が広すぎた。何百本というオリーブの木に赤いばってんがついてたんだ。想像できるかい？　ダンコが時間割とか見回りのルートとかあれこれ決めて、とても複雑なシフト表を用意してね。伐採を委託された農協の人間を見つけたら、グループの誰かひとりが走りだして、応援を呼びにいくことになっていた。でもあとに残された数人じゃ、多勢に無勢でとてもオリーブは守れなかった。しかも敵が同時に複数の地点にやってくることもよくあった。要するに僕たちは圧倒されていたんだ」

「まるで戦争の話でもしているみたいね」

　ダニエーレがこっちを向いた。「あれが戦争じゃなきゃ、なんだって言うのさ？」

　道路の横には不法投棄の山が続き、並走する一般道の向こうはトマト畑とオリーブ畑が広がり、地平線には紫がかった霞《かすみ》がかかっていた。

「ダンコの戦略には無理があったよ。どんどん難解な解決策を提案するようになってね。たとえば若手のメンバーを使って全部の木のあいだの距離を測定させたりもした。正確な地図が完成すれば何もかもコントロールできるようになる、なんて言ってたけどさ。そのあいだにもキシレラの感染は広がる一方だった。僕たちは行き詰まっていたんだ」

オルシの町が遠くに見えてきたころ、ダニエーレは車を未舗装の農道に進めた。わたしは本能的に携帯電話を見た。圏外だった。彼はまた静かに歌詞を口ずさみながら、サンダルでアクセルペダルを踏んでいた。見知らぬ男の車に乗って、誰の助けを呼ぶこともできないような、こんな辺鄙《へんぴ》な場所まで連れてこられてしまった。ただ彼がベルンの友人を名乗ったというそれだけの理由で……。そろそろ着くかと尋ねると、ダニエーレはこちらを見ることなくうなずいた。

「ベルンはあまり目立とうとしなかった」少しして彼がまた口を開いた。「まるでダンコの従者か何かみたいに、いつも彼の陰に隠れていた。だから最初は僕もベルンのことなんてほとんど意識もしなかったよ。嘘みたいだけど、本当の話だ」

わたしたちは何もない場所で車を降り、刈り取りの終わった麦畑を横切ると、かつてはオリーブ畑であったろう土地に出た。ただしオリーブの木は切り株と枯れた枝葉の山しか残されておらず、砦は跡形もなかった。

ダニエーレはなお語り続けた。「あれは、みんながひどく意気消沈していたある日のことだった。恐ろしいくらいの沈黙のなか、僕たちは地面にあぐらをかいていた。枝で地面に無意味ないたずら書きをしているやつもいたな。その時だった。ベルンが立ち上がって、急に歩きだしたんだ。まるで心の声に、こっちだ、そこで振り返れ、あと十歩前だ、という具合に指示されているみたいに、木から木へと渡り歩いてね。やがて彼は、古くて立派なオリーブの太い枝にしがみついた。ただしそれは、一番古くて立派な木というわけではなかった」

ダニエーレは振り返り、わたしを見つめた。笑顔だった。そして二十メートルほど前方にある切り株を指差した。「あれがそうだ」

わたしたちは近づいていった。彼は切り株の断面に触れ、年輪のひとつを指でなぞった。わたしもやりたかったけれど、ベルンにまつわる感動を彼と分かちあうのはなんだか恥ずかしかった。

「想像できるかい?」ダニエーレは言った。「とても高い木だったんだ。それをベルンはどんどん登っていってね。彼が上のほうの枝までよじ登るのを僕たちは見上げていたんだけど、ついにはあんまり高くて姿が見えなくなった。彼はそのまま夜になっても下りてこなかった。下りろって数人がかりで説得したんだけど、無駄だった。何を言っても短い返事しか返ってこないか、まるで返事をしないかだったらしい。少なくとも僕はそう聞いている。それというのも、僕は次の朝までこの木の下には来なかったから。でも朝になっても状況はたいして変わってなかった。ベルンはまだ木の上で、ただ別の枝に移っていただけだった。そっちのほうが夜を過ごすには快適だったみたい。今やメンバー全員がこの木の下に集まっていた。もしかするとその事実こそ、ベルンがみんなに伝えたかった最初の教えだったのかもしれない。つまり、ありきたりな行動を何千回と繰り返すより、たった一度の象徴的な行為のほうがずっと効果があるってことさ。でも、今だから言えることだよ。今になってやっとわかったことがたくさんあるんだ」

ダニエーレはしばし沈黙した。まさに今この瞬間にも、以前は見過ごしていた何かを理解しようとしているみたいな顔だった。

「二日も過ぎると、みんなベルンの話題で持ちきりだった。彼が木から下りてこないものだから、食事に水、彼の歯ブラシと歯磨き粉を上まで届けるために、巻き上げ機まで間にあわせの材料で作らなければならなかった。ある晩、急に冷えこんで、朝方にはテントなんてどれも結露してびしょびしょになったことがあった。それでベルンが寝袋をくれと言ったものだから、誰かが言い返した。ほしけりゃ自分で取りにこいって。結構みんな、苛々し始めていた。彼の態度が僕たちの活動すべてを馬鹿にしているように思えたんだろう。ダンコもこの木のまわりは避けて歩くようになって、たいていはテントにこもって、ますますややこしいシフト表を書いたり、見回りの戦略とか、離れた場所同士の連絡方法なんかを考えていた。でも僕は違った。僕はベルンの行為が持つ力に気づいていた。これは何かあるぞって感じたんだ。だから寝袋を彼のところまで持っていった。丸めて、袋に押しこんだ寝袋を持って、よじ登ったんだ。『この枝には乗るな』僕に向かってベルンはまずそう言った。今でもよく覚えてるよ。『この枝は駄目だ。ふたりの体重は支えきれないから』まるでその木が彼の体の堂々たる延長か何かで、誰でも自分の手足の強度を知っているように、彼にもその枝の強度がわかっているみたいな口ぶりだった。僕は言われたとおりの場所に寝袋を置いた。しばらく僕たちは眼下に広がるオリーブの海を眺めていた。じっと黙ってね。ベルンはこちらの存在をろくに意識してなくて、その梢《こずえ》に止まり、飛び立つ鳥たちのほうが彼にとってはずっと重要らしかった。彼の目には何かがあった。決意か、炎のようなものが。下でみんなは夕食の支度《したく》をしていた。でもその高みからは、あくせくと働く彼らの姿が無意味に思えた。やがてベルンは言った、『明日はバケツと石鹸《せっけん》がほしい』って。そうなんだ、〝頼むよ〟もなければ、〝悪いけど調達できるかな？〟もなかった。しかも、次からは登ってくるな、俺をひとりにしてくれという意味で、『巻き上げ機を使ってくれ』と念まで押されてしまった」

ダニエーレは切り株に腰を下ろすと、もう一度、わたしに微笑みかけた。胸がいっぱいという顔だった。そこでわたしも隣に座った。木から奇妙な熱が伝わってくるような気がした。

「僕は彼の地上アシスタントになったんだ。そう、ベルンの助手だ。今ではみんなもそう認めてくれている。彼のやっていたことを最初に信頼したのは僕だってね。僕が協力しなかったら、彼だってやり遂げられなかったはずだ。みんなはきっと食事を与えずに、お腹が減って下りてくるように仕向けたと思う。それとも彼は飢え死にを選んだかもしれない。どうかな？　なんにしても、僕たちはこんな風にはなれなかったと思う。ただね、全部、僕のおかげかと訊かれれば、それも違う気がする。馬鹿みたいに聞こえるだろうけど、ベルンのほうが僕を選んでくれた、そう思うんだ。僕は毎朝、彼に入り用なものを巻き上げ機のかごに載せて、引き上げた。そして、彼がロープを二回続けて引いたら、かごを下に戻す約束だった。降ろしたかごのなかには、次の日にほしいもののリストが入っているんだ。ベルンはバケツを使って自分で服を洗い、細い枝にかけて干していた。昼のあいだはよく何時間も同じ姿勢でじっとしていたね。夜は寝袋に潜りこんで寝る。大雨が降った時もくじけなかった。降りだしてしばらくは濡れるがままになっていたけど、そのうち、細い紐《ひも》をひと玉とはさみがほしいという注文をよこしてきた。〝頼む〟と書いてあったのは、あとにも先にもあれっきりだったよ。ところが適当な紐がどこにもなくて、僕は妙にあわててしまった。向こうが下りてきて雨宿りをすればいいんだ、という風にはもう考えられなくなっていた。そんなことをされたら、僕はひどく裏切られた気分になっただろう。雨は強くなる一方でね。とうとう僕は自分のテントの張り綱を外した。もちろんテントはどしゃぶりのなかでつぶれてしまったけど、とにかくベルンに張り綱を送って、雨に濡れた枝のあいだで動き回る彼を下からそっと見守った。しずくが何度も目に落ちてきて、痛かった。彼は慎重に選んだ枝を何本か折って、それをとても複雑なやり方で編みあわせていった。そうして一時間もすると、寝袋を少なくともいくらかは覆える屋根を完成させたんだ。結構頑丈な屋根で、雨水を一方に集めて、一本の滝のようにして落とす仕組みになっていた。その屋根の下で寝袋に入ると、ベルンはそれ以上、何も要求してこなかった」

　わたしたちは立ち上がり、オリーブの木の残骸のあいだを縫うようにして適当に歩き回った。ダニエーレは前よりも汗びっしょりになっていたが、そのころにはこちらも似たような状態だった。

「連中は真夜中にやってきた」彼は話を続けた。「こっちの不意を突くには何よりの手だ。複数の方角から同時にいきなり襲いかかってきたんだ。向こうの目的ができるだけ多くの木を倒すことだけじゃなくて、僕たちの砦を徹底的に叩きつぶすことにあるのは、すぐに明らかになった。憲兵隊もいて、本格的な奇襲作戦だった。僕たちはそれぞれのテントから飛び出した。ダンコにあらかじめ教えこまれていたから、何をすべきかはわかっていた。班ごとに分散して、各班が戦略的なポイントに位置するオリーブの木を一本ずつ守ることになっていたんだ。「できるだけ広い範囲をカバーしよう」ダンコはいつもそう言っていた。恐ろしく寒かった。地面は露でぬかるんでいて、僕たちは裸足で、なかにはパンツとTシャツしか着ていない仲間もいた。それでもみんな予定どおりに配置についた。班ごとに担当する木に向かい、めいめい背中を幹に押しつけて、隣の仲間と手をつないだ。持ち場から持ち場に向かって僕たちは怒鳴り続けた。連中には罵詈雑言を、仲間たちには声援を送って、サイレンとエンジンの騒音に負けまいとした。やがてチェーンソーが回転を始める音まで聞こえだした。造園業者の覚悟を告げるような音だった。俺たちの歩みを妨げるものはなんであれ真っぷたつにするぞ、お前たちだって容赦しない、そんな風に聞こえたんだ。憲兵隊はまずいくつかの班の排除に成功した。まだ未成年のとても若い仲間が何人かいたんだけど、彼らの場合、親に電話をするぞと脅すだけで十分だった。僕はエンマとペアを組んでいた。彼女は砦の初期メンバーのひとりだ。エンマの手は冷えきっていて、唇も青ざめていたけれど、怒りのあまり寒さも忘れている様子だった。僕が手を放したら、彼女はきっと走りだし、トラクターを殴ったり蹴ったりして、なんとか止めようとするんじゃないかと不安だったよ。実際問題、僕たちは無力だった。だから僕はエンマの手をぎゅっと握り、彼女は無闇にもがき続けた。ふたりにはそうして一本のオリーブの木を守ることぐらいしかできなかったからだ。樹齢何百年という大木が地面に倒れる時に立てる音、テレーザは聞いたことあるかい？あれはただの大きな音じゃない、立派な爆発さ。地面が揺れるんだ。そして急に僕はベルンのことを思い出した。あのオリーブのてっぺんにいるベルン。彼のいる木は僕の場所からも、パトカーの回転灯の青い光に照らされて断続的に見えた。ベルンは間違いなくまだそこにいるはずだった。あの木はダンコとジュリアーナの担当だった。ふたりの元に駆けつけて、ベルンの木の守りを強化したいという衝動にかられた。でも、持ち場を離れるわけにはいかなかった。計画では認められていない行為だ。やがて造園業者たちはチェーンソーを止め、十メートルほど後退した。続いて憲兵隊が防毒マスクを装着してから、催涙弾を撃ち、僕たち全員を幹から引き剝《は》がすことに成功した。今度ばかりは容赦するなという命令を受けていたのだろう。僕たちはテントから毛布と服を持ち出すことを許可された。催涙ガスのせいで目がひりひりして、手探りでなんとかするしかなかったけどね。抵抗する者は手錠をかけられた。エンマもね。僕とダンコには必要なかった。興奮するだけ無駄だともうわかっていたから。安全ヘルメットをかぶり、反射材つきの作業着をまとって、オリーブの木を一本ずつ倒していく造園業者たちを僕たちは眺めていた。今やその仕事ぶりは冷静そのもので、なんだか満足そうな顔をしていたな」

ダニエーレは腕を広げた。

「想像してみて。ここが全部、森だったんだよ。それが今じゃどうだい？　こんなのっぺらぼうになっちゃって。あれから何日かしてベルンは僕に、上から見ているのはどんな気分だったか、木が一本ずつ傾いていくのをどんな思いで眺めていたのか、教えてくれた。最初は泣いたって。でも、そのうち涙は止まって、悲しみの去った空白があっという間に怒りで満たされた。それはオリーブの木を倒す業者に対する怒りでもなければ、催涙ガスを撒《ま》く憲兵隊に対するそれでもなく、もっと大きくて抽象的な何かに対する怒りで、あの連中もまたその犠牲者だって言うんだ。上からは、木を切る人間の姿は見えなくて、木々の梢が目に見えない何かに呑みこまれるようにして消えていく様子だけが見えたそうだ。伐採には何時間もかかった。夜通しの作業だった。そしてついにはまだ立っている木はあと一本だけになった。憲兵のやつら、ベルンの姿にも干した洗濯物にも、雨よけの屋根にも巻き上げ機にも、バケツにも気づいていたんだ。だからあの木を最後のお楽しみに取っておいたのさ。連中が彼のところに戻ったのはもう正午近かった。まずは下りてくるように命じた。さもないと登っていって、逮捕するって。でもベルンは答えなかった。連中の言葉なんて知らないと言わんばかりに、けっして答えなかったんだ。憲兵隊は誰が登るか話しあい、結局ふたりが、先導役の身軽な造園業者に続いてよじ登っていった。そしてだいぶ近くまで登ってきた時、ベルンが動いた。もっと上に、まるで蜘蛛《くも》みたいにするすると上がっていったんだ。そして追っ手の三人がついに彼が待ち受けていた枝の手前まで来ると、枝の先端のほうへ移動を始めた。どんどん細くなる枝を脚に挟んで、両手と両膝で体を支えて。そのうち枝が軽くしなった。先端は子どもだって支えられないだろうってくらいに、本当、細かった。ベルンは追っ手を見つめていた。相変わらず黙っていたけど、何が言いたいかは明らかだった。もう一歩でも進めば、この枝は折れるからな、だ。僕たちは総立ちだったよ。拍手を始めた仲間もいて、みんなで彼の名前をコールした。何度も『ベルン、ベルン、ベルン』って。憲兵隊はぴりぴりしていた。下の連中は上のふたりに、そいつを戻らせろ、死なせるわけにはいかないって命令した。ふたりは命令の内容をベルンに向かって繰り返したけど、自信なさげだった。もう怖くなっていたんだろうね。彼らは慎重に後退を始めた。それこそ葉っぱの一枚も揺らすまいとしていた。ベルンがそんな危険な場所からやっと動いたのは、ふたり目の憲兵も地面に下りてしまったあとだった。彼の勝利であり、僕たちの勝利だった。仲間たちの多くは抱きあって喜び、木の上から気をそらしたけれど、僕は違った。ベルンを見ていた。だから、彼が片手を離して、もう少し前に伸ばそうとしたところで、枝が急に折れてしまった瞬間も目撃した。それまでずっと木が彼のために必死に耐えていたのに、ついに限界が来てしまった——そんな折れ方だった。完全に宙に投げ出される前にベルンはなんとか別の枝につかまった。でも、肩を幹に激しくぶつけてしまった。そうでもなければ、また最初からやり直すことになっていたかもしれない。憲兵たちは木によじ登り、彼は別の枝に逃げ場を求める。そして三度目か、四度目には本当に墜落していたかもしれない。でも肩は痛んだし、そんなことをいつまでも繰り返すなんて無理だった……。これも、あとでマンドゥリアの救急病院でレントゲン検査の結果を待っているあいだに、本人がみんなに教えてくれたことだ。でも、彼が下りてくるのを見た時は僕もがっかりしたよ」

太陽はわたしたちの背後で今にも沈もうとしていた。風がいきなりやんだ。ダニエーレの話の終わりを聞き届けようと、野畑が丸ごと沈黙したように思えた。

「あの木は切り倒された。そのあとはとにかく静かだった。ダンコがベルンに歩み寄り、片腕を彼の腰に回した。そうしてふたりは、敗北のようでもあれば、勝利のようでもある光景を眺めていた。そのあと僕たちはマンドゥリアの病院に行って、またここに戻ってきた。ベルンは包帯を肩に巻き、処方された鎮痛剤を持っていたな。彼はなぜか僕のことをほとんど赤の他人扱いした。冷たくされたわけじゃないんだけど、まるで自分が木の上にいるあいだ、ずっと世話をしてくれたのは別の人間だとでも言いたげだった。少し傷ついたよ。それからベルンは何日か、ターラントの友だちの家に行った。オーリアに戻ってきた時——僕たちはまだここの拠点を捨てる勇気が持てずにいたんだ——ルレ・デイ・サラチェーニで伐採が予定されているというニュースを彼は持ち帰った。とても美しいオリーブ畑なんだって言ってたよ。そこの木が本当はキシレラに感染していないなんてことまで彼は知っていた。そして、今度は今までとは違うぞって言ったんだ」

「違うってどんな風に？」わたしは訊いた。理由はぼんやりとしかわからなかったが、その言葉を聞いたとたんに胃がきゅっと痛んだ。悪い予感のような感覚だった。それも、既に現実のものとなってしまった予感だ。

「もう単に抵抗するだけじゃ不十分だというんだ。『闘争に移るべき時が来た』ベルンは言った。『そして、どんな闘争にも武器が必要だ。そんなのみんな嫌だろうし、そんなつもりで参加したんじゃないかもしれない。だがまわりを見てくれ、あの連中は何をした！』僕たちが彼の新しい思いつき——びっくりするような提案だったけど、まだその時点では僕たちにとってそれはただの思いつきでしかなかった——に慣れようと努力する横で、ベルンは歌いだした。あの木の切り株の上に立ち、僕たち全員の前で歌ったんだ。あんな勇敢な行動、僕は生まれて初めて見たよ」

九月になり、新しい学年が始まっても、マッセリアでの社会科見学は再開されなかった。エルヴィーラ先生に電話をかけても、出てくれなかった。時間を置いてかけ直しても駄目で、次の日もその次の日も駄目だった。ようやく彼女が電話に出た時、わたしは苛立ちを隠しきれぬまま告げた。「秋の授業のスケジュールが知りたかったんだけど」

「ごめんなさい、テレーザ。今期は社会科見学の予定が入ってないの」

「鳥小屋を作ろうと思ってるの。この地域の野鳥をみんな集めて。ジョウビタキとか、カオグロサバクヒタキとか、ツグミとか」

鳥小屋のアイデアは一時間前に思いついたもので、作り方なんて見当もつかなかった。そもそも種類の異なる鳥が同じ檻《おり》のなかで仲よく暮らしていけるものなのだろうか？

「子どもたちがきっと喜ぶと思うわ」わたしは粘った。

「教員会議でマッセリアは今年の課外活動のスケジュールには組みこまないって決まったの。残念だけど」

「最後の見学はがっかりさせちゃったわね。わかってる。畑もしっちゃかめっちゃかだったし」

もっとすがりついたほうがいいのだろうか？　ただ、それで何か変わる可能性なんてあるのだろうか……でも、エルヴィーラは嘆願する暇などくれなかった。急にわたしをこう責め始めたのだ。「生徒の親にいったいどう説明しろって言うの？　社会科見学をよりによって、そんな家で、そんな……」彼女はそこで黙った。人殺しの家、という言葉を口にできなかったらしい。

それから、夏休みのあいだずっと抱えていた恨みを吐き出すように、彼女はつけ加えた。「テレーザ、あなたも黙っているなんてひどいじゃないの」

「黙っているって、何を?」

「だってわたし、そこに子どもたちを連れていったのよ! ひと様の大切な子どもを! 『わたしが責任を持って連れて参ります』って!」

その電話を境にわたしはマッセリアをそれまでとは違う目で見るようになった。雨どいは何カ月も前の嵐で外れてしまい、ランタナは水不足で枯れ、フード・フォレストは荒れはてていた。わたし自身はどうだったかといえば、マッセリアのホームページの写真で、エプロン姿で花輪を持って微笑む女とは、もはやほとんど別人だった。

紅茶の缶のなかに残っているお金を数えてみた。四十二ユーロ。あんまり少ないので、思わず声を上げて笑ってしまった。

報酬の支払いが遅れて、なじみの庭師にも愛想をつかされてしまった。庭師は最後にもう一度だけ来てくれ、常磐樫が病気なのではないかというこちらの疑念を正しいと認め、幹を垂れる樹液を指差した。傷口から血が流れているみたいだった。すぐにではないがきっと枯れる、何年もかかるかもしれないが、と彼は言い、次は切り倒しにこようかと尋ねられた。でもわたしは、このままでいいと答えた。あの木には同じ場所にいてほしかった。同じ場所で、一日また一日と、わたしと一緒に緩慢な死を迎えてほしかった。

まずは鶏をみんな売った。それから蜂の巣箱を売った。農具もいくつか売り、最後にラティアーノの農協にあの雌山羊も売ってしまった。年を取りすぎているから肉にはしない、でも今から種をつければ、来年の復活祭のご馳走《ちそう》用に子山羊を産ませることはできるかもしれない、と言われた。もしも生まれたら子山羊を一頭やろうか、取っておいてもいいぞ、とも言われたが、いらないと答えた。

その夏は日照り続きで、おかげで無花果《いちじく》が豊作だった。わたしはマッセリアの無花果をひとつ残らず収穫すると、おばあちゃんの敷地の木になっていたのも、もいで回った。リッカルドは二週間ほど前に別荘を発っていたから、ばれる心配はなかった。傷のないきれいな実は木箱のなかにきちんと並べ、下と横に葉を敷き詰めて見栄えをよくした。残りの実はジャムにした。晩には指がみんなべとべとで、汚れを除光液でこすり落とさねばならなかった。

次の日、わたしは車に無花果とジャムを積みこみ、オストゥーニとチェリエのあいだにあるロータリーに向かった。そして路肩の広くなったところに車を停め、後ろの荷物入れを開けてそこに売り物を並べてしまうと、自分は日陰のブロックに座った。

こうしてわたしは露天商となったのだった。県道沿いでよく見かける、上半身裸で西瓜を売っているおじいちゃんと似たようなものだった。子どものころはそうした老人を目撃するたび、あんな仕事で生活ができるわけがなかろうと思って、よく父さんに車を停めさせ、何か買わせたものだった。父さんには、あのひとたちは農家のひとで、けっして貧乏人ではないのだ、と何度も説明されたが、わたしは納得しなかった。

車のスピードを落とし、箱の中身を覗《のぞ》くひとはたくさんいたけれど、滅多に停まってくれなかった。無花果の木ならあちこちに生えていたし、喜んでくれそうな唯一の客といえば観光客だが、とっくにシーズンオフだったからだ。ある男など、車の窓を開けると、サングラスをかけたまま、あくまでも礼儀正しい口調で、恥知らずな取引を持ちかけてきた。オート三輪に乗ったスペッツィアーレの農家の男性とその妻も見かけた。向こうもこちらに気がついた。マッセリアと同じ地区に農園を持つ夫婦だった。ふたりは会釈ひとつせず去っていった。

それでも日暮れ前には無花果の木箱はすべて売り切れ、ジャムもいくつかしか残っていなかった。また何か新しい売り物を考えなければならないが、あれこれ切り詰めれば、とりあえずこれで何週間かは困らずやっていけそうだった。

ある晩、例の隣人のオート三輪がうちのゲートの前に停まるのをわたしは遠くに認めた。彼は車を降り、何か地面に置くと、また出発した。雑草が既にあちこちに伸びだした野道を歩き、わたしはゲートの前に残されたかごのなかを覗いた。野菜、パスタが二袋、オリーブオイルが一瓶、ワインが一本入っていた。施しだった。自分にはこの土地を完全に理解することなんていつまでもできないと思った。スペツィアーレのルールも、その住民たちのこともわかる日なんて絶対来ないと思った。憎悪と慈悲のあいだで常に揺れる彼らの心も、彼らが見せる突発的な怒りっぽさも、その晩の施しのような、突発的な優しさも。わたしは、もらった野菜を調理し、パーゴラの下のテーブルで食べた。きちんと座って食事をするのは、何カ月ぶりかというくらいに久しぶりだった。


前の年、マッセリアにはさまざまな変化があったが、少なくともインターネット回線だけは無事だった。接続は不安定でも、回線の速度はそう悪くなかった。しかもわたしは、それ以上の速度を望んでいなかった。新しいページが表示されるまでの待ち時間、画面が真っ白になるその数秒間こそは、純粋な不在のひと時であり、痛みを感じずに済んだからだ。

わたしはよくＹｏｕＴｕｂｅの動画を眺めて過ごした。なんでもいいからまずひとつ眺め、そのあとはもう何も決めず、勝手に次々に再生される動画の、その場限りの連鎖に身をゆだねた。日が暮れて、家のなかが闇に包まれても、わたしの目を痛めつける四角い画面だけは煌々《こうこう》と輝いていた。たいていそのまま夜更けまで動画を眺め続けた。やっとやめるころには頭がひどくぼんやりしていて、なんとかソファーにたどり着き、そこで寝た。

ある朝、野道を近づいてくる車の音で目が覚めた。もう昼近かったと思うが、まだ鎧戸も開けていなかった。わたしは横になったまま、日差しが天井に描く網目を眺めていた。ドアを一度ノックする音がした。ほどなくしてノックは繰り返された。

「お荷物です！」甲高い男性の声がした。

窓に近づき、鎧戸をほんの少しだけ開いて、わたしは玄関の前を見下ろした。太陽がまぶしくてぎゅっと目を細めた。配達人はわたしのほうに向かって小型の箱を振った。「ガスパッロさんですか？　サインをお願いします」

ベルンのTシャツを着て、わたしは一階に下りた。

「起こしちゃったみたいですみません」

「起きてたんだけど、ちょっと風邪気味で」わたしは嘘をついた。

「この道、名前がありませんよね？　探すのに苦労しましたよ」

小箱にはアマゾンのマークが入っていた。

「中身、何かしら？」

「ご注文になった当の本人がわからないんじゃ困りますね」配達人はにやりとした。

「わたし、何も頼んでないんです。アマゾンのユーザー登録すらしてないし」

彼は肩をすくめつつ、受領サインをしてくれとタッチパネルを指差した。「指でサインしてください。字なんてぐちゃぐちゃで構いません」そして機械をズボンの横ポケットに突っこむと「じゃあ、きっとプレゼントですよ。普通はなかにメッセージカードが入ってます」と言った。

ひとりになると、わたしは箱を開けた。小さい薬瓶が入っていた。植木のイラストと拡大表示された害虫とおぼしき虫のイラストがラベルにはあった。園芸用の製品であることは間違いなかったが、説明書の言語はドイツ語と、わたしにはどこの言葉かすらわからぬものしかなかった。

何かの手違いで届いた荷物だと思った。いずれにせよ、やることもなかったので、わたしはコンピューターの前に座り、ドイツ語の文章を根気よくグーグル翻訳の画面に書き写していった。翻訳結果はわかりにくかったが、予想どおり、オーガニックの殺虫剤だということははっきりした。キャップ一杯分を十リットルの水で薄め、二晩に一度、虫にやられた植物に与えること、とあった。最後にはあの庭師にも哀れに思われた、ということか。それがわたしへの慈悲なのか、常磐樫へのそれなのかはわからなかったが。またしても施しだった。さっそく常磐樫に一度目の投薬をすると、それだけで心が軽くなった。

ある日、ダニエーレがマッセリアにまたやってきた。わたしたちは長いことパーゴラの下に陣取り、彼が持ってきたキャロブのリキュールを飲んだ。ようやく立ち上がった時には、ボトルは空っぽになっていた。

すっかり酔っ払ったわたしは彼を家のなかへ引っ張っていき、階段を上って、ベルンとわたしの寝室に引きずりこんだ。ダニエーレは抵抗しなかった。彼がベッドの前で上着を脱ぎ、まずは片足で、次に逆の足でふらふらしながら立って、ズボンを脱ぐのをわたしは眺めた。たるんだ腹を見た時は、つい笑ってしまった。

それからどういうわけか、わたしは彼の顔を舐《な》めたり、肩に嚙《か》みついたりし始め、痛いからやめてくれと懇願されるまでやめなかった。そのあとは全身の力がいっぺんに抜けてしまい、悲しみがどっと降りかかってきた。わたしはベッドに身を投げ、一瞬でその部屋からはるか彼方まで飛んだ。彼にはやるべきことを最後までやらせてあげた。子どものころみたいに、部屋のなかのものが遠ざかったり、近づいたりした。

だいぶ時間が経ってから、わたしはようやく盗聴器のことを思い出した。耳をそばだてている警察の係はどう思っただろう？　テロリストの妻が年下の男を誘惑したあとで、失踪した夫の話を一時間もして、自分は夫の体が恋しくてたまらない、今さっきも恋しくなったと打ち明けるのを聞いて？　それに、わたしのそんな告白を何も言わずに最後まで聞き届け、ずっと髪の毛を撫でていた彼のほうはどう思われたのだろうか？

朝、目が覚めたらひとりだった。ダニエーレは台所にいて、朝食を用意しておいてくれた。夜に使ったコップはみんな洗って、流しの横に伏せてあった。一緒に黙って食べ、食事が済むなり、わたしは彼に向かって告げた。出ていってくれ、そして二度と来ないでくれ、と。彼は理由を問わなかった。車が視界から消えたとたん、わたしは彼を追い出したことを後悔した。

二度目の配達は数週間後にあった。十月だった。荒れた畑の横に斜めに停まっていたのは前回と同じバントラックで、配達人も同じだった。

「結局、登録したんですね」箱をこちらに手渡しながら、彼は言った。

「登録って？」

「アマゾンの会員登録ですよ。また何かの間違いだなんて言わないでくださいよ。そんなの信じられないし」

「でも、やっぱり間違いじゃないかと思うの」

「アマゾンといえば、まずミスをしない会社ですよ？　本当に注文してないんですか？」

わたしは指でタッチパネルにサインをした。

「僕だったらクレジットカードを確認しますね。念のためですけど」

今度は配達人が去るのを待たずに、わたしは箱を開けた。

「プレゼントのメッセージは入ってませんか？」本の表紙を呆気《あっけ》に取られた顔で見つめているわたしに彼は尋ねた。

そして配達人は去っていった。そのうち立ち去ったのは間違いないのだが、それが正確にいつだったのかをわたしは知らない。何分か、記憶がすぽっと抜けているためだ。気づいた時にはわたしはまだパーゴラの下にいて、またひとりになっており、震える両手でまだあの本を持っていて、表紙からどうにも目が離せないくせに、ぱらぱらとページをめくってみることすらできないという状態だった。わたしの知っていたのとは違う版だった。表紙がもっとカラフルで、すべすべしていた。それでもやはりそれは、はるか昔にわたしが読もうとして読み通せなかったあの本で、作者も同じなら、タイトルも同じだった。イタロ・カルヴィーノの『木のぼり男爵』だ。

わたしはコンピューターの前に座り、アマゾンのサイトを訪れた。指が震えてしまって、何度も綴《つづ》りを間違えながら、自分のメールアドレスを入力し、パスワード再設定の手順を踏んだ。わたしではない誰かが選んだパスワードだ。すると再設定用の暗証番号がわたしのメールボックスに送られてきた。メールボックスは未読メッセージであふれ返っており、宣伝や割引特典を約束するメールもあれば、いやらしい出会いを提案するメールもあった。

暗証番号を入力すると、新しいパスワードを設定する画面が開いた。わたしはそのままかなり長いこと画面をにらんでいた。頭が完全に空っぽで、文字と数字の連なりをひとつも思い浮かべることができなかったのだ。それでもついにパスワードを決めると、わたしは自分ではない誰かの開設した、わたしのアカウントのページにいた。

〝注文履歴〟をクリックすると、二件の注文が表示された。オーガニックの殺虫剤と『木のぼり男爵』。本のほうをまたクリックすると、画面が変わり、わたしはその商品を二〇一〇年十月十六日に購入したという情報が表示された。

支払い方法を設定するページがあるはずだと思ったが、見つけるのに結構な時間がかかった。登録されていたクレジットカードはわたしのそれと同じだった。そこだけ表示された最後の数桁が一致していた。

ますますわけがわからなくなって、家を出ると、車でスペツィアーレにひとつしかないＡＴＭに向かった。その夏に牽引用《けんいん》のフックで根こそぎにされるという強盗事件に遭ったＡＴＭだったが、既に新しいものと交換されていた。調べてみると、わたしの預金口座は、自分ではお金を入れた記憶もないのに、残高がプラスになっていた。取引記録を印刷したら、ひと月前に一〇〇〇ユーロの振りこみがあり、それから例のアマゾンの二度の買い物分とカードの会費分の出金があった。振りこみ主は父さんだった。

マッセリアに戻った。例の名刺は棚の上のどこかにあるはずだった。無精に取り憑《つ》かれて以来、なんでもかんでも——レシートも、パンフレットも、食品の空袋も、丸めたビニール袋も——そこに積み重ねて放置してきたのだ。そんなごみの山をわたしは掘り返していった。最初はなんとなく探していたが、そのうち無用なものはどんどん床に捨てることにした。そして目当ての名刺を見つけた。〝情報機器サポート　アレッサンドロ・ブレリオ〟だ。そこに記された電話番号にかけようとして、最後のひと桁のボタンを押す前にわたしは手を止めた。盗聴の危険がある。

一時間後、わたしはブリンディジにいて、修理中のモニターとキーボードであふれ返った店のなかにいた。あのポニーテールの若者はこちらを見て、記憶を探るような顔をしたが、わたしは猶予を与えず、いきなり尋ねた。

「誰かがわたしのコンピューターに侵入して、わたしのかわりに何か買ったりすることってできるのかしら？」

若者はぱっと目を輝かせた。「ＰＣをハッキングされたんですか？　ええ、できますよ。もちろんです」

「犯人はどこにいるのかしら？」

彼はにやりとした。「侵入は月からだってできますよ。よかったら、一度、調べにうかがいますけど。うちの店ではとてもお得なセキュリティ対策サービスをご用意してます」

「わたし、買い物をした犯人を見つけたいんです」

「それは相当に難しいと思いますよ。警察に相談するという手もありますけど、僕の経験からすると、まず相手にされないでしょうね。どうぞ座ってください。サービスのご説明をしますから」

「そんなサービスいりません！」

きっとわたしは大声で怒鳴ってしまったのだろう。彼はぎょっとした顔でのけぞり、椅子の背もたれに背を押しつけた。

少し間を置いてから、若者はまた口を開いた。「よく考えたほうがいいと思いますけど。この手のハッカーは卑劣ですから。下手をすると覗き見されちゃいます。ウェブカムってご存じですか？　画面の上によくついてる小さなカメラです。ほら、これです。PCの電源さえ入っていれば、理屈の上では、連中はここからお客さんを覗くことだってできるんです」

ダニエーレを寝室に連れこんだあの夜、はたしてコンピューターのスイッチが入っていたかどうか、わたしは思い出そうとした。

「どうされます？　やっぱりお宅に点検にうかがいましょうか？」

しかし彼がそう問うころには、こちらはとっくに踵《きびす》を返し、店を出ていくところだった。

帰り道はとてもゆっくりと車を走らせた。しばらくのあいだ、麦わらのロールをいくつも積んだトラックのあとを走った。わらは次々にロールから抜け、宙を舞った。背後に長い車の列ができても、そのトラックを抜こうとは思わなかった。目の前の光景が喚起する懐かしい気分に、できるだけ長いあいだひたっていたかったのだ。

家に着いたわたしはトリノの実家に電話をした。父さんが出た。

「パパは元気にしてるかな、と思って、ちょっと電話してみたの」

「待ってくれ」

父さんが別の部屋に移り、ドアを閉める音がした。

「それにお金のお礼も言いたかったから」わたしはつけ加えた。

もしかしたらわたしはどじを踏んだのかもしれなかった。そんな単純な言葉でも、誰かの耳に入れば最悪な連鎖反応を生んでしまう恐れもあった。それにあの振りこみをしたのがもしも父さんではなかったら？　わたしは内容を把握していない計画のなかをやみくもに動いていた。自分の勘だけが頼りだった。より正確には、勘と、ベルンに対する絶対的な信頼だけが頼りだった。

父さんはひとつ咳をしてからこう言った。「このところお前の手紙のことばかり考えているよ」

そのあと彼が、早口で、恥ずかしそうに告げた言葉はあまりに思いがけないものだった。あんまり驚いてしまって、はたして自分が何か返事をしてから電話を切ったかどうかも記憶にないくらいだ。それは普通の父親と娘にとってはごく当たり前だが、わたしたちふたりにとっては最も不自然な、こんな言葉だった。「あのな、俺もお前のことは大好きだよ」

電話を終えたわたしは、床に散らばった紙切れをそれから何分もぼんやりと眺めていた。まるでそこにも、解読すべき秘密のメッセージがこめられているみたいに。

わたしはプリミティーヴォの栓を抜くと、外に持ち出した。さほど寒くもなく、空気はよい香りがして、枝先で乾燥する胡椒木の実の香りもした。前の年に植えたハイビスカスは家の壁の半分の高さまで伸びていた。あらゆるものがほとんど痛いくらい活き活きして見えた。

そして、ベルンの送ってきた本を読みだした。一行また一行と文章が目の前を流れてゆくがままにして、最後の行にたどり着くまでやめなかった。それが彼の手を経ず、どこかの倉庫の棚からマッセリアまで直接やってきた本であるのはわかっていた。それでもわたしは鼻に近づけ、においを嗅がずにはいられなかった。

立ち上がった時にはもう暗かった。薄明かりのなか、スクリーンセーバーのパズルが組み上がったり、ばらばらになったりしていて、まるで呼吸しているみたいだった。マウスに触れると、画面は何時間か前に見ていたのと同じ状態に戻った。透明でつやつやしたウェブカムの目は消えているように見えた。ベルンはその向こうのどこかにいるはずだった。それがどこなのかは言うわけにいかないのだろうが、彼はわたしにそうと伝えるため、盗聴器に気づかれない唯一の手段を見つけたのだった。まさに今も、こちらを見ているのかもしれなかった。

わたしは上着を脱ぎ捨て、パーカーも脱いだ。Tシャツは脱ぐ前にカメラに背中を向け、セクシーな仕草で脱いでみた。鏡の前でふざけているみたいに、冗談めかして。それからわたしはゆらゆらと揺れだした。踊るというほどではない、かすかな動きだったが、何か歌を聞いているつもりになって揺れていた。

コンピューターの冷たい瞳をまっすぐ見つめながら、わたしはジーンズのボタンを外し、下着だけになり、ブラジャーを外し、パンティも脱いだ。そこまで来ると、ベルンは絶対にこちらを見ていると確信していたから、ウェブカムのレンズが彼の黒い瞳と重なって見えた。わたしは揺らめき続けた。ベルンがきっと喜んでくれそうな、特別な機会に何度か彼に披露したことのある動きを再現しようとした。一瞬だけ、彼の両手を肌に感じた。

わたしは来る日も来る日も次の配達を待った。ところがいっこうに何も届かぬものだから、毎日、アマゾンのアカウントページに行き、何か変化はないかと確認した。でも、二度と何も起こらなかった。

そして十一月末のある朝、ダニエーレがもうひとり別の若者と一緒にマッセリアへやってきた。車を降りようとするダニエーレにわたしは近づいていった。

「もう来ないでって言ったはずでしょ？」

「一緒に来てくれ」

「聞いてるの？　ここは私有地よ？」

「時間がないんだ。乗ってくれ！」

その有無を言わさぬ口調にこちらも嫌とは言えなくなった。彼はもう運転席を前に倒して、後ろにわたしを乗せる準備をしていた。

「荷物なんて何もいらないから、とにかく乗って」戸惑い顔で家を見ているわたしに――バッグも、財布も、鍵も家のなかだった――彼は言った。

急なUターンのせいで、土埃がもうもうと舞い上がった。見知らぬ若者は携帯電話に何やら猛烈な勢いで入力していた。彼はわたしのことはちらとも見なかった。

「ニュースは聞いたかい？」ダニエーレが尋ねてきた。

「なんのニュース？」

「ダンコが逮捕されたんだ」

その時、若者が声を上げた。「向こうはそろそろ着くぞ」

「畜生！」

ダニエーレがカーブの直前で危険きわまりない追い越しをした。反対車線の車がわたしたちの横すれすれをすり抜け、ワンテンポ遅れて非難のクラクションを鳴らした。

わたしは前のふたつの座席のあいだに身を乗り出した。急にひどく落ちつかない気分になったのだ。自動車専用道路は混んでいたが、わたしたちの車はジグザグに走って片っ端から抜いていった。

「でもベルンは？」わたしは訊いた。喉がからからだった。

ダニエーレは首を横に振り、「わからない」と答えた。

若者は画面の上で親指を滑らせ、何か画像を拡大表示すると、ダニエーレに見せた。ダニエーレはうなずき、深く息を吸ってから、ルームミラーでまたこちらを見つめて言った。「ダンコが牢屋《ろうや》にぶちこまれる前に、ブリンディジになんとか到着したいんだ」

残りの時間、ふたりはわたしなどいないみたいにふるまい、何か相談したり、ほかの活動家たちと電話で話しあったりしていたが、隠語だらけの会話で、よくわからない言葉もたくさんあり、実を言えば興味もなかった。シートに身をゆだね、わたしは祈った。静かに、でも熱心に、彼が危ない目に遭っていませんようにと祈った。どうかベルンが無事でありますように、と。

ブリンディジでは若者が車に残り、ダニエーレとわたしは警察署に急いだ。そしてわたしたちが到着してまもなく、二台のパトカーがやってきた。

警察署の入口には階段をふさぐようにして人垣ができていた。てっきり記者かと思ったら、パトカーからふたりの警官に続いて手錠をした男が降り——それがダンコだった——両腕を警官に抱えられながら、無遠慮な笑顔をそちらに向けると、彼らは互いに腕を組みあわせ、人間の鎖を作った。

ダニエーレはわたしの背を押した。でもわたしは動かず、ダンコを見つめ、彼が仲間たちへと歩み寄りながら、浮かべた満足そうな表情を見つめていた。活動家たちは警官に脇にどけという仕草をされても、風に揺れるロープのようにぐらつきつつも、ほんのちょっとのけぞっただけで、一歩も後退しなかった。

ダニエーレにまた押された。「さあ！」

「嫌よ」

こちらに動く気がないとわかると、彼はひとりで仲間たちに駆け寄っていった。対立する両陣営は息を呑み、相手の出方をうかがった。そうしたなか、ダンコだけはまわりの騒ぎもどこ吹く風という顔をしていた。

その時だった。そこにいるのは元々わかっていたという風に、ダンコがぴたりとこちらを向いた。彼は一瞬、わたしを見つめてから、口元を緩めた。それはやけに悲しげな微笑みだった。

やがて二台の装甲車がやってきて、一群の機動隊員が降り立った。機動隊は活動家のバリケードをやすやすと突破して通路を確保し、ダンコは連行され、警察署のなかに姿を消した。

その晩からニュースは毎日、ダンコの沈黙ぶりを報告するようになった。彼は何も語らなかった。今までどこに隠れていたのかも、恐らくは行動をともにしてきた共犯者たちについても、急に出頭を決めた理由も何ひとつ明かさなかった。その頑固さにみんな驚いていたが、わたしはそうでもなかった。

あとになってわかったことだが、ダンコは単に、一世一代の見せ場をずっと用意していたのだった。年も変わってから、ようやく彼は事件について証言すると決めた。裁判官と記者たちを前にして自分で書いた原稿を読み上げるというかたちで、しかも、最初から最後まで黙って聞くこと、という条件つきだった。

その日のダンコは警察署の前で見た時よりもずっときちんとした格好で、髪もひげも短く切り揃《そろ》えていた。グレーのスーツを着て、胸のポケットにはハンカチのかわりにオリーブの小枝を差していた。この小枝はあとで多くのコメンテーターから皮肉っぽい反応を呼んだ。

彼は原稿をしっかりした声で、痛烈な批判をこめて読んだ。手元の紙から裁判官へと行き来するその目には臆する様子がまったくなかった。法廷に居あわせた人々はもちろん、VTRで観ていたわたしたちも含め、聞いているみんなの混乱を意識した上で読んでいた。それはいわば監獄の彼からの手紙だったが、その内容は罪の自白でもなければ、敗北宣言でもなく、あらゆるメディアにいっぺんに送るべく用意されたひとつのメッセージだった。

ダンコはオリーブ伐採の背後に隠された陰謀を語った。なんでも最初の伐採命令にサインをしたのはデ・バルトロメオという名の欧州議会議員で、その直後にこの同じ議員が、現在の品種のかわりに植えるべき新しい品種も指示したのだという。それは遺伝子組み換えを受けた品種で、キシレラに強く、キプロスのとある企業が特許を登録済みなのだが、なんとデ・バルトロメオの妻がその企業の大株主だというのだった。何百万ユーロという利権のからんだ話だ。さらにダンコは、ルレ・ディ・サラチェーニのオーナー、ナッチが、自分のオリーブ畑も伐採計画の対象範囲に入れてもらおうと、デ・バルトロメオに賄賂を贈ったとまで言った。ナッチの畑は完全に健康な木ばかりだったのに、である。こうした一切の悪業は、ますます無分別で、貪欲で、無慈悲になっていく資本主義経済の要求を満たすために行われた。それが彼の主張だった。

ダンコは時おりグラスの水を飲んだ。そのタイミングまで計算尽くに見えた。彼の弁護士はその隣に座っていた。腕を胸の前で組み、挑戦的な態度だった。ダンコは、自分は昔から暴力を嫌悪してきたと言い、だから、ルレ・ディ・サラチェーニであの夜に起きたいくつかの〝残念な〟出来事とも無関係であると説明した。

「なお、ニコラ・ベルパンノの死について」と彼はやはり淡々とした口調で証言を締めくくった。「わたしに証言できるのは、彼の頭を踏みつぶしたのが自分ではないという事実のみです。わたしはあの現場に居あわせ、何が起きたかも目撃しました。しかし、わたしがやったことではありません。この件について申し上げられるのはそれだけです」

冬になるたびコンクリート張りの地面のひびに苔《こけ》が生えた。そのつやつやしたやわらかなクッションは初夏にはぼろぼろに崩れてしまうのだが、また必ず生えてきた。

わたしは家の外壁を塗り替えた。雨の茶色い筋が残り、みすぼらしくなったからだ。ベルンとわたしがいつか描いたあの恥ずかしい絵は、何度も漆喰《しっくい》を塗り重ねるうちにすっかり見えなくなっていた。指で壁をこすり、痕跡を探したが見つからなかった。

ニコラの死に関する正式な証言はダンコが法廷で述べたものが最後だった。検察側は、ニコラの頬にできた痣はダンコの履いていた靴の一方と一致しているとして異を唱えたが、弁護側はあの血腫はひどく不明瞭で、誰の靴でもあり得たと証明してみせた。こうしてダンコの証言が残ったのだった。

間接的な表現ではあったが、その一方的な証言は、ベルンが犯人であると糾弾していた。でもわたしは、ダンコは嘘をついていると確信していた。ベルンの無実は、彼とふたりで過ごした日々同様、揺るがぬ事実としてわたしの体に刻みこまれていた。

わたしはブリンディジの拘置所に対しダンコとの面会を申しこんだ。無数の抵抗こそ受けたが、最終的に申請は受理された。ところがいざ面会室に入ってみると、ダンコが現れなかった。もう一度、挑戦したが、やはり彼は来なかった。三度目は、被告人が面会を一切拒絶していると看守に言われてしまった。

あのころの母さんは電話のたびに同じ台詞を繰り返した。〝あなたはまだ若いんだから〟だ。最初は慰めの文句で、〝あなたはまだ若いんだから、まだまだやり直せるでしょ〟という感じだったのが、時が経つにつれ、不吉な響きを帯びるようになった。〝あなたはまだ若いわ。でもいつまでも若いと思っていたら大間違い。三十一だけど、もうじき三十二よね？　それに何もかも最初からやり直さなきゃいけないんだから〟という風に。だが、いったい何をやり直せと言うのか？

わたしは時間が止まったままみたいな気分でいた。止まったタイミングは、ニコラの死よりも前、ベルンが出ていってしまうよりも前で、恐らくは、自分の子宮はどこかおかしいと理解した時だ。以来、どの時計もその瞬間を指したまま動かなくなっていた。

少なくとも、経済的な状況は改善に向かっていた。たとえば、ノーチ出身の若者ふたり組にコンサルタントとして雇ってもらった。ふたりの夢想家はパーマカルチャーのプロジェクトを立ち上げるつもりだった。はたして彼らがわたしと警官殺害事件の関係を知っているのかどうかはわからなかったが――たぶん知っていたのだろう――事件が人々の話題に上らなくなってもうかなりになるのも確かだった。

近くにいくつか畑を持つ農家に頼まれてビニールハウスも貸した。賃料は安かったが、毎度きちんと払ってもらえた。さらに、父さんも毎月、お金を振りこんでくれるようになった。周囲には、うちの娘は農業の専門家だと言っていたらしい。わたしは長いこと、自分の人生をパズルにたとえたら、父さんこそは、ぴったりはまらない唯一のピースだと思っていた。あのひとがわたしと話すことを拒否していたころは、その問題さえ解決できれば、自分の人生は完璧なのにとも思った。振り返れば、我ながらひどく子どもっぽい考えだった。

約二年間。それがダンコが警察に出頭してから、フランカヴィッラ・フォンターナの旅行会社、メディテッラーネア・トラヴェルがわたしに電話をかけてくるまでに過ぎた時間の長さだった。

「お問いあわせいただいた飛行機のチケットですが、明日の便が確保できました」という電話だったので、「電話番号を間違えてますよ」とわたしは答えた。

すると電話の向こう側の女性は、さっと何かを調べるような間を空けてから、こう尋ねてきた。

「ガスパッロさんですよね？　一九八〇年六月六日、トリノ生まれのテレーザ・ガスパッロさんではありませんか？」

「ええ、わたしです」

「じゃあ、昨日、わたしとお話しされたはずですが。本当に覚えていらっしゃいませんか？　大至急チケットを予約してほしいとのご要望でしたが」

それを聞いたとたん、興奮の電撃が全身を走った。

「そうそう、ごめんなさい、うっかりしてたわ。念のためにフライトの時間をもう一度教えてくださる？」

「ブリンディジ発の二十時十分の便です。マルペンサで二時間のトランジットがあって、次は二十三時四十分のアイスランド航空。レイキャビク到着は一時五十五分です」

電話が鳴った時、わたしはイチゴの鉢の冬越え支度をしていたところだったので、まだ爪の下には、よく肥えた黒土が詰まっていた。

「ちょっとお羨ましいです」電話の女性は言った。「アイスランドにはわたしも二年前に参りましたが、最高の旅でした。海に落ちる氷河は必見ですよ。氷山のあいだを船で巡るツアーがあるんです。三日間は短いですけど、あの氷河だけは是非ご覧ください」

チケットは旅行会社で受け取ればいいのかと訊くと、電子チケットなので、もうお客様のアドレスにメールで送った、必要であれば搭乗券の用意もできるという答えが返ってきた。そして、荷物は機内持ちこみの手荷物ひとつで大丈夫かと確認された。

なんと言って電話を切ったかは記憶にない。たぶん、無言で受話器を置いただけだと思う。すぐに搭乗券をコンピューターの画面で確認した。細かな文字で記された運送約款も全部読んだ。何かそこにも重要なヒントが隠されている気がしたのだ。でも特に何も見つからなかった。座席番号が記され、ブルーラグーンへの入場料割引特典つきのホテルの広告があるばかりで、その傍らにはタオルを巻いた男女が硫黄質の湯煙越しに水平線を見つめる写真が添えられていた。

トローリーバッグのサイズを測り、荷物を詰めて、レイキャビクの最低気温と最高気温を確認すべきだったし、近ごろは料理ばさみで自分でカットしていた髪の毛もどうにかすべきなのかもしれなかった。ところがわたしは家を出て、パーゴラの下に座った。夏はもう終わりに近づき、夜の帳《とばり》がすぐに下りるようになっていたけれど、それでもいつも三十分かそこらは夕焼けが、胸を揺さぶる光の束を野畑の上に放った。

世界地図の描かれたテーブルクロスはもうすっかり色褪《あ》せて、表層のビニールがぼろぼろと剝がれた。薄いピンク色をした、ふちのぎざぎざな染みのようなアイスランドに触れてみた。ぽつんと漂流する、大陸のかけらみたいだった。

7

車輪が滑走路に触れた衝撃で目が覚めた。何秒かうまく首が動かなかった。今回の旅のあいだはずっと起きていよう、ベルンとの再会にいたるまでのあらゆる瞬間を記憶に留めよう、そう思っていたのだが、時刻も遅かったし、与圧された客室の、酸素がやや薄い空気にも勝てなかった。タラップに立ったとたん、からからに乾燥した寒風に不意打ちを食らった。もう深夜なのに空はまだ明るく、水平線の上の低い空には、黄色くきらめく一筋の線があった。それは予期されてしかるべき光景だったが、わたしは真っ暗なレイキャビクに降り立つつもりでいた。

手荷物受け取り場を抜けると、空港の店はどこもシャッターが下りていた。自動ドアを出たら不安で足がすくんでしまった。トリノに帰省する時もよくそんな風になった。変わってしまった何かをこれから目の当たりにするのではないかという恐怖だ。

柵の向こうには到着客を待つ人々の姿があった。みんな山登りにでも行くような格好で、毛糸の帽子は、わたしがそこまで一気に飛んでくる前にいた土地の夏とはあまりにもかけ離れていた。わたしはベルンを探し、彼とその黒ずくめの服装を、けばけばしい色をまとう人々のあいだに探しながら、前進を続けた。まずは最前列の人々を見てから、後ろにいる人々も見た。自分が手にした紙に記された名字はあなたのものではないか――そんな目でこちらを見返すひともふたりほどいた。ちっぽけな空港のなかでわたしはベルンを探していたのに、見つかったのはジュリアーナだった。彼女はひとり、ガラス窓のそばにぽつんと立っていた。

彼女は片手を上げた。挨拶というよりは、〝こっちよ〟という意味のジェスチャーのようだった。そして出口に向かって歩きだした。

わたしは外で彼女に追いついた。空港の電飾看板はどれも驚くほどきらきらと輝いていた。何もかもがこうもくっきり見えるのは、大気を汚す埃《ほこり》が微塵《みじん》もないためではないかと思うほどだった。

「それしか持ってこなかったの？」彼女はうつむき加減で言った。わたしの上着のことを言っているようだった。

「結構暖かいのよ」

わたしはレイキャビクの天候をあらかじめ何度も確認したのに、結局、スペッツィアーレとの温度差をまともに想像できぬまま来てしまったのだった。恥ずかしかった。ジュリアーナのせいだ。彼女の存在がわたしをこんな気分にさせるのだ。そう思った。すると彼女は「車に少し服を持ってきたから」と言って話を切り上げた。

空港の駐車場をふたりで斜めに横断しながら、わたしは懸命にジュリアーナのあとについて歩いた。積もり積もった疑問も、すぐに訊《き》きたいことも山ほどあった。筆頭は〝彼はどこにいるの？〟だ。ところがわたしたちは車に着くまで黙っていた。彼女がわたしのキャリーバッグを手に取って車の後ろに積んだ時も――その時、彼女の指が初めてわたしに触れたが、望んでのことではなかったはずだ―

―そのあと、別のバッグからウィンドブレーカーを引っ張り出し、ほとんど投げつけるようにしてこちらに渡した時も黙っていた。

最初の数キロは奇妙な平原を進んだ。ヘッドライトに照らし出されて、蛍光性の地衣類の連なりと牛乳みたいに白い池がいくつも見えた。今夜は近くのグリンダヴィークという町で泊まることにしたとジュリアーナは言った。それだと最終的な目的地まではやや遠回りになるが、たいした差ではないとのことだった。そこしか宿が見つからなかったのだという。

「目的地は今から向かうには遠すぎるの。そのかわり明日の朝は早いわよ」

それから彼女は、空港で両替は済ませたかと訊いてきた。

「そんな時間なかったわ」

「ゲストハウスは普通、ユーロで払えるけどね」彼女は不機嫌に答えた。「ただ交換レートがめちゃくちゃ悪いんだ」

あるいは髪形のせいでしかなかったのかもしれないが――男みたいな坊主頭で、短い前髪をまっすぐに切り揃《そろ》えており、尖《とが》った頭の形が目立っていた――隣に座る彼女を盗み見ているうちに、ジュリアーナは体形までどこか変わったと確信した。彼女は縮んでしまっていた。赤いスノージャケットの下に隠されているはずの病的に痩せた体と、ハンドルを握る筋張った細い指の続きをわたしは想像した。

車はやがて、そっくりな家々の並ぶ町に入っていった。カラフルなトタン張りの家々はどれもあまりにきちんとしていて、模型の家のようだった。グリンダヴィーク。ひと晩で作ったんじゃないかという印象さえ与える町だった。やはり整然とした港の向こうには、硬質で滑らかな大海原が見えた。

レセプションでは見事な金髪の少年が待っていた。正確には、待っていたというより、まともに相手にされなかった。パスポートをコピーする時も、わたしから宿泊料を受け取る時も、こちらはふたりなのにひとつだけの鍵を渡す時も、ずっとiPadで映画を観ていて、画面からちらとも視線をそらさなかったのだ。

ジュリアーナは少年に、英語ではない言語で流暢《りゅうちょう》に話しかけた。階段を上りながら、わたしは彼女に、アイスランド語を覚えたのかと尋ねた。

「最低限必要なだけね」

「いつからアイスランドにいるの？」

カードをうまく読み取らない磁気式の鍵としばらく格闘してから、彼女は答えた。「一年半になるわ」

やけに狭い部屋で、壁は板張りだった。奇妙なにおいがしたが、カーペットのそれだったのかもしれない。ダブルのベッドは普通よりも小さめだった。バスルームは共同で、ジュリアーナが先に行き、すぐに戻ってきた。

わたしは歯を磨き、顔を洗った。シャワーを浴びようか迷ったが、ビニールカーテンが黒く汚れ、濡《ぬ》れた床の上でくしゃくしゃになっているのを見てしまった。残りの荷物と同じく選択を誤ったパジャマに着替えると部屋に戻った。

ジュリアーナはジャケットと靴だけ脱いで、両方とも床に放り出し、今はベッドの窓側に膝を抱えて横になっていた。こちらには背を向ける格好だ。もう寝てしまったみたいに、じっと動かなかった。起こしちゃ悪いと思ったが、結局わたしは尋ねた。「明日はどこに行くの？」

「ロフトヘトリルよ」

「何それ？」

「北部の地名」

「彼、そこにいるの？」

「うん」

坊主頭の彼女がそうして背を向けて横になると、余計に男みたいに見えた。彼女はこちらを振り返らなかった。そのつもりがないのはわたしもいい加減わかっていた。わたしはベッドに体重を預けた。まずは片膝だけ、そして、ジュリアーナと狭い寝床を分かちあうことに迷いを覚えながらも、逆の膝も載せた。

「どうして彼は来なかったの？」

「来られなかったの。明日になればわかるわ」

今でも、あの時の自分はおかしかったと思う。なぜ彼女をあんな風に激しく揺さぶって、「どうして彼は来なかったの？　理由を教えて、今、教えてよ！」と何度も繰り返したりしたのか。ついには片腕をつかまれ、乱暴にはねのけられてしまった。

「二度とわたしに触らないで」ジュリアーナは言った。

そして枕の位置を整えると、こう続けた。「もう寝て。じゃなきゃ、そこで起きてれば。どっちでもいいから、とにかく静かにしてて」

彼女は眠った。わたしは、明るい色の木材でできた壁板に寄りかかってじっとしていた。空港からそこまで、木を一本も見なかったことに気づいた。天井の煙感知器が緑色の光を一定の間隔で点滅させていた。窓のロールカーテンが半分までしか下りていなかったので、外からいくらか光が差しこんでいた。それは昼でもなければ夜でもない時間だった。そのいつ終わるとも知れぬ黄昏《たそがれ》のなかで、わたしは自分でもなんだかわからないものを待ち続けた。

目を覚ますと、ジュリアーナがトレッキングシューズを履いているところだった。

「六時よ」彼女は言った。「もう出発しないと」

靴紐《くつひも》を結び終えると、彼女は立ち上がり、ドアを開けた。「下で待ってるから」

廊下を歩く彼女の靴音、ジャケットの袖が胴に擦れるナイロン特有の音がした。わたしはしばし凍りついたまま、何もできずにいたが、やがてあたりに散らばった自分のものをかき集めた。出る前にもう一度だけ、部屋を見回してみた。ベッドの上掛けが半分だけ乱れているのは、わたしが途中で寒くなってなかに入ったからだろう。でも覚えていなかった。ジュリアーナのいた側はまだ上掛けもぴんと張ったままで、シーツの折り返しにちょっとしわができているだけだった。

バスルームにまた行くと、数時間前にはなんだかよくわからなかった硫黄のにおいが今度ははっきりとした。下水管からさかのぼってくるのか、水そのものがにおうのか。

一階に下りると、ロビーには誰もいなかった。コーヒーメーカーがあったが電源が入っていなかった。玄関のドアの向こうにジュリアーナの四輪駆動車が停まっているのが見えた。彼女は運転席にいて、苛々とこちらを待っていた。

「朝食はこれで済ませて」彼女は言うなり、こちらの腹めがけてスーパーマーケットの買い物袋を投げた。

なかを見れば、サンドイッチのパッケージがひとつとスナック菓子がいくつか入っていた。菓子のほうは見慣れたものも、見たことのないものもあった。

「何よ、気に入らないの?」

「まさか」

わたしはサンドイッチのパッケージを開けた。ふたつ入りだったので、ひとつ取って、ジュリアーナに差し出した。すると彼女は少し落ちついた表情になり、ひと口食べてから、こう言った。「この国ってろくな食べ物がないんだ。そのうち気にもならなくなるんだけど。でもなんだったら、あとで店に寄ってコーヒーを飲んでもいいよ」

それからの長い時間、彼女と交わした会話をうまくここに再現できる自信がわたしにはない。やりとりされた言葉が全部、ひと塊《かたまり》の記憶に凝縮されて、順序もごちゃごちゃになってしまうのだ。それは何も、しばしば感情的になり、脈絡を失うジュリアーナの話し方だけが原因ではなかった。ゲストハウスでの短い夜のあいだでは解消できなかった眠気にわたしが何度も襲われたためもあった。眠気はいきなりやってきて、わたしは何分か寝ては目覚めるということを繰り返し、こちらが目を覚ますたびにジュリアーナが話を再開するか、あるいはわたしが質問をした。わたしは記憶よりもはるかに頻繁に彼女の話を遮ったはずだが、その声は記憶から抹消されている。彼女とダンコとベルンが三人で逃亡を続けていた時期の回想と比べても、彼女とベルンだけがその島にやってくることになった複雑な顚末《てんまつ》と比べても、わたしの問いかけはあまりに無意味だったからだ。そう、わたしの脳はそうした一連の情報を自分の都合のいいように並べ替えたに違いない。しかし、そんなことはどうでもいい。今となっては、心底どうでもいいことだ。

風景は見直すたびに特徴を失い、似たり寄ったりになっていった。どこまでも続く変化に乏しい平原、茫漠《ぼうばく》とした土地に点在する農場、穴だらけの岩が連なる岩場、フィヨルドの断崖絶壁と火山性の黒い砂浜。そして、あのたった一本の道。ガードレールのたぐいが一切なく、滑らかで、常に軽く傾斜していて、わたしたちの前で延々と蛇行していたあの道。ジュリアーナがこちらを見るより、ずっと喜んで目を向けていたあの道。やがて彼女は「きっとあなたは知りたいんでしょうね」と本当に言ったのかもしれない。それも恐らく意地悪な口調で。そしてわたしも「ええ、知りたいわ」と本当に答えたのかもしれない。

はっきりと覚えているのは、彼女がいきなりぱっとハンドルから手を離したこと、そして歯でも食い縛るみたいに頬《ほお》を震えさせ、こう尋ねてきたことだ。「でも、あなたにどうしてそんな権利があるっていうの？」

そこでわたしは結婚指輪に目を落とし、薬指のまわりで半周させた。指輪の内側にはわたしとベルンの記念日が〝2008・9・13〟と記されていた。

これだ。そう思った。これがわたしの権利の証だ。

「わたしたち、しばらくはじっとしていたの」ジュリアーナが言った。相変わらず重たい口をなんとか開こうと努力しているのがわかった。「こそこそ隠れてね。あのころを思うと、よくも殺しあいにならなかったもんだと思う。三人で、朝も夜もガレージにこもりっぱなしで。それも何カ月も」

「ギリシアね」わたしはそっと口を挟んだ。

「ギリシア？　なんの話？」

「ニュースでそう言ってたわ。あなたたちはゴムボートでケルキラ島に渡ったんだって。じゃなきゃ、アルバニアのドゥラスにでも行ったんだろうって」

ジュリアーナは首を横に振り、辛辣に笑った。「そんなニュースがあったんだ。じゃあ、ダンコのアイデアは結局、効果があったってことね」

「どんなアイデア？」

「ジープを海辺に乗り捨てるってアイデア。わたしはまさか警察がだまされるわけないって思ってたよ。磯辺《いそべ》に救命胴衣を置いておくなんて、あんな見えすいた手が通用するとはね！　いっそのこと〝僕たちこっちに行きました〟って置き書きも残しておいてやればよかったのさ」

わたしは、テレビの報道番組で映ったアテネの町の、紙くずだらけの通りを思い出していた。そんな映像は頭のなかで崩れ落ちるのに任せ、言葉を継いだ。「ということは、三人があの塔に泊まったっていうのも間違いなのね？」

「あそこには一泊もしてない。ギリシアも行ってない。そんなこと考えたこともなかった。わたしたち、最初から北に逃げようって決めてたから」

わたしは黙っていた。話を続けてくれという意思表示のつもりだった。北って、どこへ？　それにどのくらい北？　誰と、いつまで？　そもそも何を見つけるために？

「まずは仲間を通じて、トラックの運転手に接触したの。アドリア海沿いの高速道路を上ったり下ったりしているポーランド人なんだけど、ひと目見るだけで、こっちの運動とは無関係な男だってわかったよ。つまり、環境問題の活動家には到底見えなかった。カーキャリアーに乗っててね」

「何、カーキャリアーって？」

ジュリアーナはこの時もこちらの顔を見なかった。「本当に知らないの？」

説明の前に彼女はちょっとだけ間を置いた。それはわたしの無知のかけらがふたりのあいだに沈殿し、互いの距離をまた少し広げるのに十分な間だった。

「自動車を運ぶトラックのこと。ほら二階建てになってるやつ、見たことあるでしょ？　わたしたちも結構安全な解決策だと思った。カーキャリアーに乗りこむ駐車場までは、あるひとに連れていってもらった」

「誰？」

「ダニエーレよ」

彼女はダニエーレの名を、あなたも知っていて当然、という風に告げた。どういうわけか、そのことの矛盾にわたしはすぐには気づかなかった。

サンドイッチの後味が口のなかを離れず、軽い吐き気を覚えていた。その上、眠気もあれば、抑えきれない興奮も感じていた。

ジュリアーナは続けた。「わたしはまだ何が起きたのか知らなかった。ただベルンとダンコがオリーブ畑の斜面を駆け下りてきて、逃げろ、逃げるんだって怒鳴ったの。それからわたしたちはダニエーレの車に乗った。ダンコは後ろの窓を何度も振り返って様子をうかがってた。でも、助手席のベルンは一度も後ろを見なかった。なんだか妙な感じで、両手を膝に置いて動かさないの。まるで自分の手じゃないみたいに。そのあと、駐車場で、バジリを待っているあいだも、やっぱりおかしかった。姿勢がやけにこわばった感じで。そのうち煙草を一本くれって言われて、差し出した時、ようやくわかったわ。どうして車のなかでずっと両手を膝から離さなかったのか。彼、手のひらに怪我をしてた。もう固まって黒くなってたけど、どっちの手も血糊《ちのり》で汚れててね。ハンカチでこすってあげたんだけど、水がなきゃ落ちなかった。そうしたら、ベルンが自分の手に唾を吐いたの。そうやってこっちに手を預ける態度も変に素直で、らしくなかったんだけど、その手がまた……妙にだらっとしててね。痛むかって訊いたら、大丈夫だって言うから、まず片手の血を拭いて、反対の手も拭いたわ。だけど傷なんてどこにもなかった。わたし、ベルンの目を見つめたわ。でも彼、無感動に見返すばかりで、自分の目から真相が漏れて、こっちの目に伝わるのを黙って待ってた。それでわたしも、何があったかわかったの。このひとたち、なんてことをしてしまったんだろうって思った。わたしも煙草に火を点けて、駐車場の真ん中で、三人で黙ってたわ。わたしとベルンは立ってたけど、ダンコは地面に仰向けになってた。あれは事故だったって教えてくれたのは彼だったわ。『連中のほうが襲いかかってきたんだ』って」

運命の夜に駐車場で吸った煙草の話をしているうちに吸いたくなったのだろう。ジュリアーナはジャケットのポケットに煙草の箱を探し当て、車のシガーライターで火を点けた。白熱する円をぴたりと煙草の先端に寄せる仕草は慣れたものだった。そして最初の一服を鼻から吐き出して初めて、もしかして朝の煙草は苦手か、とわたしに尋ねてきた。

「平気よ」と答えると、彼女は窓を十センチほど開けて、次からはそこに煙を吐くようにしてくれた。「バジリはわたしたちを見ても平然としたものでね」ジュリアーナは話を続けた。「何も訊こうとしなかった。ただ、わたしたちを降ろす目的地の名前を確認しただけ。料金はもう交渉が済んでいて、ひとり二百ユーロ、今すぐ払えと要求された。万が一のことを考えて、三人ともルレにはお金を持っていったの。だから払ったわ。あいつは札を丸めてジーンズのポケットにしまうと、わたしたちの乗りこむ車を指差した。一台にひとりずつだった。なかで横になって、何があろうと絶対に頭を上げるなって言われた。そうしたことをあいつは全部、名詞と動詞の原形を並べただけの片言のイタリア語で説明したわ。どうやってキャリアーの二階に上るかも含めてね。上のほうが安全だったから。車は全部シトロエンだった。わたしのは白いやつ。ダンコとベルンがそれぞれの車に乗るところは見たけど、わたしたち、互いに手も振らなかったし、幸運を祈るジェスチャーもなしで、目だってあわせなかった。シートはビニールで包まれていて、わたしはそこに横になった。カーキャリアーががちゃがちゃと動きだす音を聞く前に、もう眠ってたわ。

そのうち寒くて目が覚めた。出発から二時間か、三時間は経っていたと思うけど、空はまだ明るくて、白い雲が切れ目なく広がってた。車のなかは冷蔵庫みたいに冷えきってたわ。体を丸めて、ビニールで覆ってみたりもしたけど、効果なかった。バジリにはあらかじめ、旅はだいたい十六時間続くって言われていたけど、こうも寒くちゃ持ちっこないと思った。それにおしっこもしたかった。寒さのせいもあれば、緊張のせいもあったと思う。一時間は耐えたけど、もう漏れそうだった。バジリは休憩の話なんてしてなかったし、電話番号も教えてくれなかった。それになんにしても、わたしもベルンも携帯のＳＩＭカードをダンコに没収されてた。電話をかけたくなると困るから念のためだって。しかたないからわたし、前のシートのあいだに体を突っこんで、クラクションを鳴らした。何分も、何分も。漏らすまいと必死で脚なんてもう震えちゃってた。ようやく車がスピードを落として、どこかに停まろうとしているのがわかったけど、そこからまだしばらくかかって、やっとバジリがドアを開けて、物凄い剣幕で怒鳴ったの、『なんのつもりだ！』って。今すぐトイレに行かないとまずいって説明したら、降ろしてくれた。さっさと済ませろって言ってね。

トイレを出たら、ダンコがいた。でもお互いに知らんぷりした。不思議なのよ。なんの打ちあわせも、知らんぷりしようって約束もなかったのに、どちらも本能的にそうしてたの。寒くてしかたないってわたしが身振りで示したら、彼、サービスエリアの店で何か着られるものがないか探してくれた。でも、子ども向けの雨合羽しかなかったわ。スーパーヒーローのイラスト入りの、馬鹿みたいなやつ。ダンコはそれを二着、ラックから取った。わたしはもうお金がなかったから。出口のそばでお菓子に触れて、また元の場所に戻したの。ダンコはまた察してくれて、そのお菓子をいくつかとクラッカーをひと箱買ってくれた。外には別々に出たわ。

大型車の駐車場に戻ろうとしてダンコと建物の角を曲がったら、バジリがふたりの警官と一緒にいるのが見えた。何か身振り手振りで説明しているみたいだった。あんまり恐ろしくて、わたし、そこから一歩も動けなくなってしまった。でもダンコが腕を引いて、角の手前まで引き戻してくれた。ふたりで壁際に貼りついて息を殺していたわ。目の前の角から今にも警官が顔を出すかもしれないと思いながら。ベルンは車から降りてこなかったから、もう見つかっていても不思議じゃなかった。わたしはダンコにそこを離れよう、ガードレールを越えて、野山を走って逃げようって言ったんだけど、ベルンを置き去りにするなんて論外だって反対された。それからまた角の向こうをそっと覗《のぞ》いたら、警官の姿はもうどこにもなくて、バジリがカーキャリアーの横で待ってるだけだった。

わたしはバジリに『警察はなんの用だったの?』って訊いたけど、いいから早く自分の車に戻れって仕草をされただけだった。あいつ、わたしに空のペットボトルを一本よこして、『次はこれにやれ』って言ったわ。それからわたしの持っていたお菓子とクラッカーを指差して、ぼろぼろこぼして車のなかを汚したら、絞め殺してやるからなって仕草をした。本気だったと思う。それでも、もっとまともな助っ人なんて見つけようがなかった。オリーブの木の運命とか、わたしたちの運命とか、とにかく世界の何かの運命に少しは関心を持ってくれそうな助っ人なんて。金だけは、バジリもたっぷり関心を持ってたけどね」

ジュリアーナは吸い殻《がら》をふたりのあいだにあった灰皿に押しつけた。既に吸い殻が小さな山をなしていて、きついにおいが立ち昇った。こちらの視線に気づいたらしく、彼女は言った。「分解に十年、でしょ？　わかってる。それにこの島って煙草が嘘《うそ》みたいに高いの。でも今は禁煙には最悪なタイミングだから」

彼女は灰皿の蓋を閉じた。

「ガム、持ってない？」

「ないわ」

わたしはジュリアーナがやたらと目を細めるのに気がついた。そんな癖は以前の彼女にはなかったような気がした。対向車線のトラックをよけようとして彼女は右端に寄りすぎ、車輪が路面を外れ、跳ね上げられた小石がフロントガラスに当たった。

「チューインガムが分解するまでにどのくらいかかるか知ってる？」

「ううん」

「五年よ。アルカリの乾電池は？」

「知らない」

「適当でいいから、言ってみなよ」

「クイズなんて気分じゃないんだけど」

ジュリアーナは肩をすくめた。「フライベルクじゃ三人でよくやってたんだ。暇つぶしの方法はあれこれ考えたけど、クイズもそのひとつだった」

「フライベルク？」

「ベルンの親父さんのところ。わたしたち、あのひとのところに隠れていたから。バジリに降ろされたあと、ベルンの親父さんが友だちを迎えによこして、自分のガレージに連れていってくれたの」

「ベルンはお父さんとは子どものころに別れたきり、ずっと会ってないって聞いてたけど」

ジュリアーナはほんの一瞬だけこちらを見た。

「会ってなかったかもしれないけど、電話はしてたはずよ。そうでもなきゃ電話番号なんて覚えてなかったろうし。ベルンって話題によってはやけに口が重くなるところあるもの。いや、口が重いどころか、絶対秘密って感じ。親父さんもきっとそんな話題のひとつなんでしょ。気持ちはよくわかるけどね」

そんな風にベルンのことを話すのが――そして、今ではあなたよりも自分は彼のことに詳しいのだとこちらに伝えるのが――ジュリアーナは嬉《うれ》しくてしかたないみたいだった。それでもわたしは、それはなぜかと尋ねずにはいられなかった。

「だってあのひと、理想の隣人とはとても言えないタイプの人間だもの。一応は美術商みたいなんだけど、相当に出所の怪しいものばかり売ってたし」

「盗品ってこと？」

ジュリアーナは親指を口に近づけ、皮をかじった。

「誰かの委託で売ってたんだと思う。じゃなけりゃ、もっと金持ちだろうし。とにかくお宝はいっぱい持ってたわ。特に彫像が多かった。アフリカのやつとか、先コロンブス期のものだと思う。仮面とか壺《つぼ》とか彫像とか。その手のものが山積みのガレージのなかにどういうわけかバスルームもあって、ホテルにあるみたいな小さな冷蔵庫もあった。それにインターネットの回線も来てた。あのひと、結構長いあいだ、あのなかで過ごしたことがあるんじゃないかな。なんにしてもわたしたち、そこにかくまわれてたの。八カ月間もね」

結婚式の前、わたしはベルンに、お父さんを探し出して式に呼ぶ気はないかと訊いたことがあった。彼は自分の人生の父親に関する領域の周囲に恐ろしく高い防壁を張り巡らせていたから、思いきってそう尋ねるまでにはこちらも相当に逡巡《しゅんじゅん》した。ところが彼は呆気《あっけ》に取られた顔でわたしを見つめると、馬鹿なことを言うなという風に首を横に振った。

それなのに、父親はずっとフライベルクに住んでいて、ベルンは電話で連絡を取っていたという。でも電話なんていつかけていた？　わたしと一緒でなかった時？　野畑の呼び声に誘われるようにして、彼はよくひとりでオリーブ畑のなかをふらふら遠ざかっていったが、そんな時？

「それがわたしたちのドイツ時代」ジュリアーナはくすくすと笑った。「フライベルクか。でも、町そのものはほとんど見なかった。時々、交替でひとりずつ出かけることもあったけど、凄く慎重にやる必要があったし。テデスコは喜んでなかったわ」

ドイツ人《テデスコ》。例の盗掘屋……。わたしは不意に悲しくなった。ジュリアーナには気づかれずに済んだ。

「ダンコはあの生活に慣れることができなかった。盗品のせいで良心がとがめたみたい。『こういうものは全部、本来なら博物館に収蔵されるべきなんだ。こんな場所にいたら、俺たちも共犯者になってしまうじゃないか』なんて言ってね。そっちのほうがずっと深刻な問題だとでも言わんばかりに。

ただ彼、あまりまともな精神状態じゃなかったの。よく真夜中に起きては、息ができないって言って、上掛けをぱっとのけて三人とも剝《む》き出しにしてから、ガレージのなかをはあはあ言いながら歩き回ってたわ。大学時代にも、試験前になると似たようなパニック症状が出たけど、今度のに比べたらあんなの可愛いものだった」

「三人で一緒に寝てたの?」わたしの頭はどうでもいいような細部に引っかかっていた。

「ベッドはひとつしかなかったからね」ジュリアーナは他人事のように答えた。

「ダンコは自分が殺したんじゃないって言ってたわ」

そう言い終えてから、自分の頰が震えだすのがわかった。震えはやがて紅潮に変わり、わたしは首も腕も真っ赤になった。

「彼の弁護士に会ったの?」ジュリアーナは尋ねてきた。「パパが雇ってくれた弁護士さん。あのパパ、息子の役に立ちたくてしかたなかったみたい。ダンコにしたって、いざとなれば自分には強力な後ろ盾があるって前から自覚してたし。でも、みんなきっとそうなんだよね。結局はみんな、出発点に戻るんだよ。それってわたしにとっては、結構きついことなんだけど」

そしてジュリアーナは大笑いした。刺のある笑いだった。わたしは彼女がいつかしていた話を思い出した。彼女がコリンとふたりで、どちらの過去のほうが悲惨かを競いあっていた時の話だ。でもわたしはもう、ジュリアーナのそんな過去にはまるで興味がなかった。むしろ、なんでもひとの言いなりだったかつての自分に嫌気が差した。ふたりのいさかいを分別顔で聞いていた自分がたまらなく嫌だった。

「あれって嘘なんでしょ?」わたしは尋ねた。

ジュリアーナは手の指をちょっと屈伸させてから、またハンドルに戻した。

「さあ、どうなんだろうね」

「ごまかさないでよ。あなた現場にいたじゃない？　そのあとだってずっとふたりと一緒だったじゃない？」

「悪いわね。この件に関してはお役に立てないわ。あなたにとって大切な点だというのはわかるけど、こっちにとってはそうでもないから」

取っ組みあいに備えるみたいに、彼女の体のなかで緊張が高まるのがわかった。それとも覚悟を固めていたのは、わたしのほうだったのだろうか？

「そうでもない？　じゃあ、本当は何があったのか、ふたりに一度も訊いたことがないって言うの？」

ジュリアーナはうなずいた。その目は道路を見つめたままだった。わたしは彼女のほうに身を乗り出したと思う。

「八カ月も同じガレージで一緒に暮らして、同じベッドでずっと一緒に寝てたのに、あの夜の話は一度もしなかったの？」

「起きてしまったことだもの。今さらどうにもならないでしょ？　ガレージにこもって、それぞれにふさわしい量で罪を分かちあうべきだったって？　あの晩、ルレにいたのはわたしたち三人だけじゃなかった。ほかに三十人からの仲間がいたのよ？　あれは誰に起きたっておかしくないことだった」

「冗談でしょ！」

「少し興奮しすぎじゃない？　テレーザ」

「ひとがひとり死んでるのよ！　それもわたしのよく知っていたひとが！」

「うん、それはベルンから聞いてる。あの警官とつきあってたんだってね」

「ルレで何があったか、ダンコに訊いたの、訊いてないの？　ベルンには訊かなかったの？」

ジュリアーナはぼんやりと髪を撫《な》でた。少なくとも、残されたわずかな髪に触れた。そしてそれが以前のように長くないことに気づいて、自分でも驚くような顔をした。

「ここで停まるから」彼女は車線を変更し、サービスエリアに入った。「ガソリンを入れないと。まだ現金残ってる？」


サービスエリアでは、ばらばらに行動した。店内にカフェはなく、一角にコーヒーの入った大きな魔法瓶がひとつ置かれ、横に紙コップの塔があるだけだった。レジで支払うべき料金を記した紙もあった。一杯飲んで、知らん顔で出ていっても誰も気づきそうもなかったが、恐らくこの島ではそういうことは起きないのだろうと思った。

わたしは棚を少し眺めて回った。並んでいる商品は、それからの日々に繰り返し見ることになる土産物ばかり――アザラシのぬいぐるみ、伝統文様入りの分厚いウールのセーター、バイキングの角つきの帽子、トロールの小さな彫像――だったが、その時はまだ物珍しかった。

一方の壁にアイスランドの大きな地図が飾ってあった。地図はやや黄ばんでいた。間欠泉に火山、滝といった観光名所が四角い枠で強調されていたが、地名はどれも発音のしようがない綴《つづ》りばかりだった。旅行会社の女性が話していたみたいな氷山の浮かぶ海をとらえた写真もあった。見にいけないと思うとなんだか残念だった。

「ブロンドゥオウスの手前まで来たわね」ジュリアーナの声がした。手にはコーヒーの入った紙コップをふたつ持っていて、ひとつ差し出してくれた。それから彼女は壁の地図を指差し、こう続けた。「今、この道を進んでるの。島の沿岸をぐるりと回る道。で、ここが目的地」

そこには湖があった。島のほぼ中央、北寄りの位置だ。

「マイヴァトン」わたしは湖の名を読み上げた。

ジュリアーナに発音を直され、アイスランド語の言葉の構造について何か説明された。不意に、自分がどんなに突飛な状況に置かれているかに気づいた。そんな地のはての店で、もはやあらゆる意味で他人でしかない人間と一緒に、その二年ほど前にヨーロッパの半分を灰だらけにした大噴火を記念するマグネット――冷蔵庫に貼りつけるやつだ――に囲まれているなんて。それでも、そうしてジュリアーナとそこにいて、地名をまともに発音することもできない目的地に向かって旅をするのは、実に久しぶりに味わう新鮮な体験だった。

「でもどうしてそこなの？」わたしは尋ねた。

「わたしたち、ひとの手でまだ穢《けが》されていない場所を探してたの。何か、傷ひとつないものを見つけたくて」

「それで、見つかったの？」

するとジュリアーナはさっと顔をそむけ、地図にもわたしにも背を向けた。

「ええ、彼は見つけたわ。もう行こうか」

しばらくわたしたちは黙って旅を続けた。わたしは右手の雲塊を眺めていた。その雲は核爆弾のきのこ雲みたいに高く膨れ上がって、じっと空を動かなかった。いくらこちらが前に進んでも、雲塊の位置は変わらぬように見え、こちらからはたどり着くこともできなければ、迂回することも、避けることもできぬ気がした。やがてジュリアーナが口を開いた。「微妙なバランスでなんとかやってたのよ、わたしたち。そこをできれば、わかってほしいの。あんな状況、みんな初めてだったし、想像したこともなかったし」

彼女はひとつ深呼吸をした。ところが間違ってワイパーを作動させてしまい、乾いたフロントガラスをこする甲高い音がした。彼女は一瞬、パニックにおちいりそうな気配を見せた。

「わたしたちが到着して一週間後に、テデスコが挨拶に来たわ。向こうが口を開かなくても、それが誰だかわたしはわかったと思う。ベルンの前に立ったあのひとは、思わず息を呑むくらい息子と瓜《うり》ふたつだったから。例外はテデスコの髪がほとんど真っ白で、目の色が明るかったことくらいかな。テデスコが腕を広げると、ベルンは磁石で引きつけられるみたいに、なんのためらいもなく父親の胸に飛びこんでいった。どうして彼のそんなふるまいに自分が感動したのかよくわからないんだけど、とにかくわたしたち、まだまだ動揺していて、一週間が過ぎてもガレージからは一度も外に出たことがなくて、なんの知らせもなくて、動きようもなくて、誰かが食事こそ持ってきてくれるけど、ひと言も口はきいてくれない、そんな状態だった。そこへいきなりベルンの親父さんが現れて、ベルンは子どもみたいに素直に抱きしめられたの。

テデスコはわたしとダンコと握手をしてから、退屈じゃないかって訊いてくれた。その状況を退屈がってもいいなんて、それまでわたしたち、ちらとも思わずにいたわ。それから、コンピューターは使ったかって尋ねられたけど、そっちもまさか使っていいなんて思いもしなかった。そうしたらあのひと、机の前に座って言ったわ。ネットサーフィンをしてくれても全然問題ないって。ペンタゴン並に強力なファイアウォールもあれば、追跡不可能なＩＰアドレスもあるからって。そういう異様に充実した対策が美術品の違法な売買のためだとは言わなかったけど、こっちは言われなくても理解した。少なくともわたしは察したし、ダンコも同じだと思う。ベルンにはもしかするとよくわからなかったかもしれない。テデスコはコンピューターの前に陣取って、わたしはその後ろ、ベルンはわたしの後ろ、そして最後にダンコの順に立った。ダンコはまだあのひとと距離を保とうとしていたけど、興味を引かれたのね。何しろずっと停滞が続いたあとの、久しぶりの気晴らしだったから。

テデスコはみんなにＴｏｒ《トーア》の使い方を誰か知ってるかって尋ねた。わたしは知ってた。大学時代、たいていは大麻樹脂《ハシシ》を買うためだったけど、みんな使ってたし。にわかでもハッカーを気取れば結構な人気者になれる、そんな時代だったから。

『じゃあ、ここには君が座ってくれ』テデスコはそう言った。『君たちには変装が必要だと思う。このなかに死ぬまでいたいなら話は別だけどね。みんなの顔形までは変えられないが、新しい身元くらいは見つけてあげよう』

あのひとは立ち、わたしが座った。手順は割とシンプルだった。写真を撮って、アップロードさえすれば、何週間かで出来立てほやほやのパスポートが三つ届くって仕組みだった。国籍は好きに選べたけど、完璧に操れる外国語がない限り、イタリア人のままにしておいたほうがいいってアドバイスされた。デジタルカメラもあらかじめ持ってきてくれてね。パスポートは、いつも荷物を受け取るのに使っている私書箱に届くことになってるって言ってた。あのひとがそうして話す声を聞いていると、嘘みたいに安心できた。ほとんど楽しんでるみたいな口調だったから。

テデスコはもう少しわたしたちと一緒にいて、ガレージの作品が鑑定を受けて、オンラインで売却されるまでのシステムを説明してくれた。複雑なシステムで、自慢なのがよくわかったわ。そして最後に、またできるだけ早く会いにくるって約束してくれた。出ていく前にベルンの髪の毛をくしゃくしゃってしてね。普通の父親が息子にやるみたいに。

ベルンはみんな同じ名字にしよう、兄妹みたいでいいじゃないかって言ったわ。三人で話しあったけど、わたしはやめたほうがいいと思った。余計なリスクが増えるだけだから。それから、新しい身元が手に入ったらどこに行こうかって話になった。当然、ヨーロッパの外よね。ベルンとわたしで色々な目的地を考えて、グーグルアースで思いついた場所を探検して、理想の目的地が今度こそ見つかったって毎晩のように喜んだものよ。キューバとか、エクアドルとか、ラオスとか、シンガポールとか。そして毎朝、やっぱり駄目だって考え直す羽目になった。ダンコはそのうち、目的地選びにはつきあってくれなくなった。『偽造パスポートなんて最悪だ。どこかの犯罪組織に助けを求めているのと同じことなんだぞ?』なんて言ってね。絶対に譲れない硬直したモラルに相変わらずこだわってたの。ダンコにはまだ見えてなかった、ベルンとわたしがとっくに気づいていたことが。つまり、三人はそんな段階はとっくに越えてしまったってこと。そこから眺めたら、ダンコのこだわるモラルなんて、惨めでしかなかったわ」

ジュリアーナは後部座席に手を伸ばし、そこにあった自分のバッグの中身をまさぐった。しかし探し物が見つからぬ様子で、結局バッグをつかんで、膝に置いた。

「ほら見て」彼女はそう言って、パスポートをこちらに差し出した。

ページのプラスチックコーティングの白い反射の下にある顔は彼女のもので、既に坊主頭だった。写真の傍らには新しい名前があった。カテリーナ・バッレージ。

「向こうに着いたら、お願いだからそっちの名前で呼んでね」かなり真剣な口調だった。

「彼はなんて名前にしたの？」

「名字はトーマット。フリウリ地方の名字だってわかるひとにはわかるし、ベルンのイタリア語はとてもフリウリ訛《なま》りには聞こえないんだけど。ただ彼が、どうしても洗礼名は変えたくない、ベルナルドのままがいいって言うものだから、売りに出ていた唯一のベルナルドを選ぶしかなかったの。ダンコの場合はもっと面倒臭かった。写真はわたしとベルンで盗み撮りするしかなくて、まともな一枚を撮るのに何日もかかっちゃった。ダンコとベルンの関係は悪化する一方でね。もうダンコのほうは口もきくまいとしてた。ガレージに三人で閉じこもって、そのうちふたりが口をきかないってのはヘビーよ。ダンコ、今度のことはみんなベルンのせいだって思ってたんだろうな」

車はフィヨルドの岬の突端を走っていた。急な切妻屋根のよく似た家が二軒、磯の前に並んで建っていた。すべてから遠く隔絶された二軒だった。

「ルレに向かう前からあのふたりは馬があわなくなってた。武器に頼るっていう考えがダンコは我慢できなかったからね。それまで彼が信じてきた理想にことごとく反する考えだって本人も言ってたし、実際そうだった。それはわたしもわかってたわ。でもね、そんなこと言ったら、わたしにしても、ベルンにしても同じ思いだったし、それどころか、一緒に砦《とりで》にいたほかのみんなにしたって同じだったはず。でも必要になっちゃったんだから、しかたないじゃない？　今まで以上に高い目標を達成するためならば、時には自分の信じる正義さえ乗り越える必要がある、新しい秩序は無秩序を経なければ成立しない――ベルンがみんなに理解させたのはそういうことだった。でもダンコは受け入れようとしなかった」

それを聞いてわたしは思い出した。持ち帰るべき品のリストを持ってダンコがマッセリアにやってきたあの時のことを。何かを思い詰めたような彼の瞳にあった、あの暗い覚悟の意味をわたしは見抜くことができなかった。

「でもある日、オーリアの砦でベルンがダンコを連れ出して、オリーブの切り株のあいだを歩きながら、説得したの」

ジュリアーナは窓を下げると、片腕を出して冷たい風にさらした。それから体をやはり窓に寄せて、顔でも寒風を受けた。

「少なくとも、説得したように見えたんだけどな」苦々しげに彼女は言い足した。「ちょっと運転かわってくれない？」

本音を言えば嫌だった。まだ眠気が抜けず、サンドイッチと先ほどのひどいコーヒーのせいで胃もむかむかしていた。それに、カーブのたびに車が外に放り出されそうなその道を、ジュリアーナみたいに速く走れる気がしなかった。

「三十分でいいから。それだけ目を閉じたらもう平気だからさ」

そこで席を交替した。助手席に乗る前に、ジュリアーナは上半身を前に倒して足首をつかむと、そのまま二十秒ばかりじっとしていた。ジーンズの下で筋肉がぴんと張るのが見えた。バレリーナみたいにしなやかな体だった。彼女は続けていくつかのストレッチをした。何かの武術の型みたいな動作だった。

最初の数キロ、ジュリアーナは目を閉じ、彫像みたいに頭をまっすぐに立てていたが、明らかに眠ってはいなかった。やがてふたたび目を開け、彼女は言った。「オリーブ畑が恋しいわ。というか、ほとんど何もかもが恋しい。特に、暑い夏ね。こっちの夏は一カ月も続かなかった。温暖化のせいよ。グリーンランドの氷が溶けて、メキシコ湾流が冷えちゃったの。だから残りの世界はどこも猛暑にうだっているっていうのに、こっちは八月でも凍えてるってわけ」

「わたし、あなたたちの砦に行ったことがあるの」そこでわたしは言った。はたして彼女を慰めたかったのか、あるいはその正反対で、余計に切ながらせてやりたかったのか。

「知ってるわ」

「どうして知ってるの？」

「ダニエーレが教えてくれたから」

「じゃあ、最近、ダニエーレと話したの？」

ジュリアーナはこちらをちらりと見やった。「ほとんど毎日やりとりしてるわ。さもなきゃ、彼がああしてあなたに会いにいくわけないでしょ？」

そしてすぐに彼女はまた態度をがらりと変え、ずっとやわらかな口調でこう続けた。「ダニエーレと連絡を再開したのは、フライベルクに着いてから二カ月ぐらいしたころだった。初めは面倒この上なかったわ。こっちのハッキングの腕も錆《さ》びついてたけど、彼のほうがその手のことにまるで疎かったから。それに、最初のメッセージを足跡を残さずにどう届けるかが問題だった。そこで思いついたの、アマゾンを使おうって。ダニエーレは自宅軟禁中だったから、ネットで買い物を済ませる可能性が高いでしょ？　だから彼に電動歯ブラシを一本買わせたの。前にふたりで笑いあった思い出のある道具だったから。ダニエーレ、お袋さんにどうしてもって言われて、砦にまで電動歯ブラシ持っててきてて、よくじーじー言わせながらキャンプを歩き回ってたんだよね。彼のコンピューターにアクセスして、カードまで使えるようになるにはちょっと時間がかかった。でも、わたしの注文した電動歯ブラシを受け取った時、向こうはその意味に気づいてくれた。それからは、他人には迷惑メールにしか見えないメールで彼にどんどん指示を出して、ほんの数日でわたしたち、直接メッセージのやりとりができる安全なルートを確保することに成功したの」

彼女は片足をダッシュボードに載せ、腰を前に滑らせて、シートに寝そべった。

「どうしてあなたにこんなこと説明してるのかな、わたし？　イタリアに帰ったら、警察に全部ばらされちゃうかもしれないのにね」

「ベルンも同じことをわたしにしてくれたの」わたしは言った。「植木の薬と本をアマゾンで送ってくれたわ」

「それはベルンとわたしが送ったものよ」こちらを皮肉っぽく見つめながらジュリアーナは訂正した。

「より正確に言えば、最初の殺虫剤のほうは、わたしとベルンとダンコが三人で注文したの。ベルンひとりじゃ、コンピューターの電源を入れるのだって無理だったろうな」

「でもどうして、ダニエーレに言って、居場所を教えてくれなかったの？　もう彼と連絡は取ってたんでしょ？」

「ああ、それは思いつかなかったわ！」

彼女はげらげらと笑いだした。

「じゃあ、どうして？」

「ダニエーレがやめておこうって言ったんだよ。彼、あなたをしばらく観察してから、信頼できないって結論を出したの」

彼はわたしを観察した。そしてベッドまでともにした。

「そっちからこっちの様子は見えてたの？」わたしはだんだん腹が立ってきた。

「そっちの画面が点いている時は見えてたよ。そうそう、あなたのパンティだけど、二、三枚はわたしのだと思うよ」

彼女はまた大笑いを始めた。意地の悪い笑い声だったが、少し無理しているようにも聞こえた。わたしは四輪駆動車のスピードを落とし、道端にあった砂利の空き地に止めた。

「何する気？」

わたしは車を降り、ヒースの茂みに入っていった。不毛な島だった。進行方向には何も見えず、ひたすら空っぽで、障害物に出くわすことなくどこまでも歩いていけそうだった。車のドアがばんと閉じる音が聞こえた。

ジュリアーナが叫んだ。「ねえ、待ってよ！　ごめんね、悪気はなかったの。お願い、戻ってきて！」

でもわたしは止まらなかった。植生の隙間に見える土は黒に近い褐色をしていた。ジュリアーナは走って追いかけてきたのだろう。隣に見えたと思ったら、もう前にいて、行く手をふさがれた。

「まだまだ先は長いんだ。ここでぐずぐずしてたら、明日まで待たなきゃいけなくなっちゃう。明日じゃもう遅いかもしれないのに」

「もう遅いってどういうこと？」

わたしが前進を続けたので、彼女はしかたなくついてきた。

「到着すればわかるよ。だからもう行こう」

「ベルンはどこにいるの？　彼の居場所を教えてくれなきゃ、車には乗らないわ」

「だから、行けばわかるって言ってるでしょ？」

わたしは振り返り、目の前の彼女を怒鳴りつけた。「はっきり答えて！」

「洞窟のなかよ」

「洞窟？」

「なかで身動きが取れなくなっちゃってるの。それにたぶん、もう長くは持たないと思う」

それを聞いてわたしは足を止めた。ジュリアーナも立ち止まった。横殴りの風がふたりを叩《たた》いていた。スペツィアーレの北風のように吹いたりやんだりせず、ずっと吹き続ける風だった。

わたしは驚かなかった。というより、それほどは驚かなかった。ベルンが洞窟のなかにいる——それは十分あり得る話だったからだ。長い歳月のあいだに彼の奇妙な行動にはすっかり慣れっこになっていた。何しろ、崩れかけた塔のなかで暮らしていたこともあれば、電気のない家にも、木の上にも住んでいたことがあるひとなのだ。わたしはただ、「いつからなの？」と訊いた。

「だいたい一週間になるわ」

「でも、出られないの？」

「そう、出られないの」

あのいつまでもやまない強風。岩肌にしがみついて震えていたヒース。ジュリアーナがわたしのジャケットの裾に手を伸ばした。

彼女に導かれるがまま、わたしは四輪駆動車まで戻っていった。彼女が元どおり運転席に座った時も、文句ひとつ言わなかった。助手席のドア側の、彼女からできるだけ遠い隅にわたしは身を寄せ、そこで膝を抱えたが、今度の移動はそう長くは続かなかった。彼女はどこかの建物の前で車を停めた。まわりの建物よりも大きくて、しかも丘のてっぺんに建っていた。

「ここは割とましな料理を出すし、わたしたち、食べておいたほうがいいと思うんだ」


店に入ると火の入った暖炉があった。壁にはぬいぐるみの動物の頭がいくつも飾ってあって、アルプス風のインテリアのパロディみたいだった。本物の動物を剥製《はくせい》にしようなんてきっと誰も思わなかったのだろう。隅のテーブルを選び、わたしが窓を背に座った。全身がくまなく疲れていた。メニューが運ばれてきても、めくる気になれなかった。そんな仕草はあまりにきっぱりしていて、当たり前すぎた。言葉にされず、言葉にしてはならない、ひとつの疑問がわたしのあらゆる動作を妨げていた。

〝もしも出られないなら、彼はどうなってしまうの？〟

ジュリアーナがわたしのかわりに注文を済ませた。店員は彼女をよく知っているようだった。でもたぶんそれはカテリーナという名の彼女のほうで、ジュリアーナではなかったのだろう。若いウェイトレスが――顔立ちもふるまいも一点の曇りもない感じの娘だった――白いクリームスープを二皿持ってきた。スープの表面には何か黒い粒々が浮かんでいた。

「きのこのスープなの」ジュリアーナが言った。「気に入ってもらえるといいんだけど」

わたしは相当に青い顔をしていたのだろう。もしくはそんな顔色よりも悪い、彼女を心配させるような何かがこちらのなかに見えたのだろう。そんな気遣いはまるでジュリアーナらしくなかった。彼女がわたしの手をスプーンに近づけてくれたのか、自然とそうしていたのかは思い出せないが、わたしはひと口またひと口とスープを飲んだ。きのこのかけらは固くて、嚙《か》みしめても味がなく、発泡スチロールの屑《くず》みたいだった。

それで少しは気分がましになったと思ったら、次に出たサーモンはひと口も食べられなかった。見ただけで吐き気がぶり返し、わたしはトイレに駆けこみ、戻した。

そのあとは長いこと鏡の前で見慣れぬ顔を眺めていた。頰が真っ赤なのはレストランの暖かさのためなのか、外の寒さのためなのか、それとも心労のためなのか。ジュリアーナのところに戻ったら、テーブルはもう片づいていた。気分はどうだと訊かれたが、答えなかった。

彼女がウェイトレスの娘に手を振ると、数分後にレシートを持ってきた。ほかの時同様、ジュリアーナはわたしが財布を出し、ふたり分の昼食代を支払うのを待った。小皿に載ったアイスランド・クローナの釣り銭を集めようとしたら、彼女に止められた。

「それはチップにしてあげて」

雨が降りだした。粒が細かくて、やけに軽い雨だった。袖を見て、雨じゃなくてみぞれだと気づいた。八月の末だというのに。ベルンがキエフで、凍結した雪で覆われた駐車場のロータリーに近づき、雪面に手を突いた時のことを思い出した。彼の瞳に浮かんだあの驚きの色。

「どうしてわたしにあんなものを送ったの？」わたしは尋ねた。「殺虫剤とあの本。信頼できないと思ったなら、どうして？」

「ベルンがどうしてもって言ったの。あなたがあんまりつらそうだったから、心配してた。それにあの木のことも。どうしたら木の病気を治せるかってあなたが質問してたネットの掲示板も、いい加減な回答ばっかりだったし。あの殺虫剤はもちろんダンコが見つけたものよ。あんな風に彼がキーボードを前にして、わたしたちと口をきくのは久しぶりだった。もうほとんど何も言ってくれなくなってたから。ダンコ、夜のたびにひどい悪夢に襲われるか、全然眠れないみたいだった。わたし、テデスコに睡眠薬をもらって、細かく砕いてダンコの食事にそっと混ぜたりもしたわ。今考えると、ちょっと恥ずかしいけど、彼のためにしたことだった。本当に狂っちゃうんじゃないかって怖かったから」

「つまりダニエーレはあなたたちの居場所を知ってたのね」わたしはまだそこにこだわっていた。

「わたしたち、とにかく何かしたくてたまらなかった。もうパスポートもあったし、クリーンな身元もあった。ダニエーレはルレ・ディ・サラチェーニのオリーブ畑の写真を送ってきてくれたわ。元オリーブ畑の写真、だけど。オリーブの木がなくなって、クレーターだらけになってた。事件のあと、少なくとも最初の何週間かは、追跡が続いてて、こっちも身の回りに動きを感じてた。でも秋が来たら、退屈でたまらなくなった。『連中が何もかも台無しにしているという時に、俺たちはここでぶくぶく太るしかないのか』ベルンはそんなことを言ってたっけ」

ジュリアーナはため息をついた。あたかもその話はもう何十回と話したことがあり、また繰り返すのは面倒だとでも言いたげに。

「ある日、わたしはナッチのコンピューターに侵入した。ダニエーレとあなたの時と同じようにね。いい加減、慣れてきたし、あいつのパスワードは笑えるくらい単純だったから、五回目か六回目の挑戦で当たりが出た。ハードディスクのなかは汚物という汚物であふれ返っていたよ。なかでも注目は、例の欧州議会議員、デ・バルトロメオとのやりとりね。ゴルフ場建設計画その他もろもろについて、わたしたちが最初から正しかったという証拠だった。もしも誰かがきちんとこっちの主張に耳を傾けてくれていたら、あんな事件だって起きなかったはずなのに」

すべてを白状しようとする彼女の態度がわたしは急に我慢ならなくなった。

「ジュリアーナって結局、何がつらいの？　殺されたニコラのこと？　オリーブの木のこと？　それとも、自分のことだけ？」

するとジュリアーナが初めて戸惑い顔でこちらを見た。

「オリーブの木が最優先だったわ」彼女はぼそりと答えた。

「オリーブ？　本気でそんなこと言ってるの？　殺されてしまったひとよりも、木のほうが大切だった？」

「あの時はそう思ってたわ。わたしだけじゃなくて、みんなそうだったはず。間違っていたのかもしれないけど」

〝そうよ、あなたたちはみんな間違ってたの。当たり前じゃないの！〟

でも、わたしはその思いを口にしなかった。非難の口調だけは同じだったが、実際にはこう言った。

「あなたたち、爆弾まで持ってたのよね？」

彼女は肩をすくめた。そんなこと今さらどうでもいいとでも言いたげに。それから何分か黙ったあと、彼女は話を続けた。「ナッチの悪だくみの調査のおかげで、ダンコは目が覚めたみたいだった。彼はまた突然おしゃべりになって、どうやってこの陰謀をあばけばいいか、あれこれ思い描くようになったの。実はもう出頭を決めていたみたいなんだけど、わたしたち全然気づかなかった。ダンコほど本心を隠すのがうまい人間には会ったことないわ」

ジュリアーナはジャケットのポケットを探り、チューインガムの箱を出すと、ひとつ口に入れた。彼女は左腕の肘を窓に当て、手で頭を支えていた。

「ある朝、ベルンとわたしが目を覚ましたら、ダンコがいなかったの。誰かが出かける前には必ず三人で話しあう決まりになっていたし、テデスコもそうしろって言ってた。そもそもそれは、出勤するひとたちで表はいっぱいで、外出には不向きな時間だった。そのまま二時間くらい待ったかな。わたしたち、どんどん不安になったわ。ついにベルンが我慢できなくなって探しに出たけど、見つからなくて、疲れきって、寂しそうな顔で帰ってきた。ダンコは行ってしまったって、わかったのね。

それ以来、ベルンはどこか変わったわ。理由ははっきりとはわからないけれど、テレビでダンコを見たことが大きかったんじゃないかな。手錠をされて、警察署に連行されていくあの姿を見て、ベルン、わたしに訊いたの、『なんだかあいつ、自由に見えないか?』って。わたし、とぼけたふりで『自由?』なんて訊き返したけど、彼の言うとおりだった。手錠をされたダンコのほうが、そのガレージで身動きできなくなっているわたしたちよりずっと自由に見えた。

でも自分の気持ちなんて振り返ってる暇はなかった。すぐにそこを出ていかなければいけなかったから。ダンコがもう警察に隠れ家の場所を教えてしまった可能性もあったし。だからわたしたち、荷物をまとめたの。テデスコには何も言わずに去ろうってベルンは決めた。あの最初の再会のあと、あの抱擁のあとは、ふたりとも二度と互いに近づこうとはしなかったし、親子らしいところもけっして見せなかった。ベルンもいったんは置き手紙を書いて、それを長いこと見つめていたんだけど、結局、くしゃくしゃに丸めてしまった。彼、父親にまともに別れを告げることもできなかったの。ひどく打ちのめされてたわ」

ジュリアーナはベルンのことが哀れで、思わずぐっと来てしまったらしい。目が潤んでいた。そんな風に感極まり、彼とその父親の思い出にひたっている彼女を見つめているうちに、わたしは悟った。とはいっても、前まで完全に謎であったか、つかみようのなかった何かを理解した、というのではなく、宙を舞うのをずっと視線で追っていた埃の塊をつかむような具合だった。前から知っていたのに認めまいとしていたことを理解したのだ。空港の到着ロビーにできたちょっとしたひとだかりのなかに夫の姿を探し、そのかわりに彼女を見つけた時からわかっていたことだった。

わたしは尋ねた。「どうしてそんな髪形にしたの？」

すると彼女は、前日の夜から幾度も見せたあの仕草を繰り返した。頭に手をやり、あるはずのない長い髪を指で求めたのだ。

「どうしてかしらね」

「カモフラージュのため？」

「ううん」と否定してから、彼女はすぐに言い直した。「でも、そうかも。わたし、思ったの……こっちのほうがいいかもって」

「ベルンの好み、そうでしょ？」

そう、そんな地のはての寒い島に降り立つずっと前から、わたしにはわかっていた。マッセリアに仲間入りしたわたしに対するジュリアーナの態度があんなにとげとげしかったのも、それがいつまで経っても本質的には変わらなかったのも、彼女がベルンをあんなにしょっちゅう見つめていたのも、そのためだったのだ。一日の終わりに彼の肩に両手を置く彼女の悪い癖も、そうして鎖骨と首をマッサージされるたび、彼が目を閉じたのも。そんなのただの友だち同士のスキンシップよ、それ以上の何物でもないわ――そう自分に言い聞かせながらも、そのたびわたしは何かやることを見つけて、ふたりから目をそらし、彼の顔に浮かぶうっとりとした表情を見まいとした。

「彼と寝たのね」

ジュリアーナがまだ何も言わず、否定もせずにひたすら黙っているので、わたしひとりがしゃべり続けた。「前にもあったんでしょう？　わたしがマッセリアに来る前にも」

「そんなこと、今となってはどうでもいいでしょ？」

彼女は煙草の箱を探し、一本くわえて、火を点けた。指が震えていた。

「わたしが来てからは、どうだったの？」

「いい加減にしてよ」

わたしは彼女の腕をつかんだ。めいっぱい力をこめた。苦痛を与えるつもりはなかったが、逃したくなかったのだ。彼女がごまかそうとしている真実が、その肉体に分かちがたく結びついているとでもいうかのように。ジュリアーナは腕に力をこめたが、こちらの手を振り払おうとはしなかった。

「わたしには事実を知る権利があるわ」わたしは静かに告げた。

「二回だけよ。最初のころにね」

わたしは彼女の腕を放し、身を引いた。

「でもダンコは？」

するとジュリアーナは肩をすくめた。ダンコのことなんてもうどうでもいい、とも取れれば、ダンコはすべて知っていた、とも取れる仕草だった。彼がベルンと急に不仲になったのも、ひょっとするとあの逮捕さえ、彼女の裏切りを知っていたことに関係がある、という意味なのだろうか？　ジュリアーナのせいで彼らのあいだで何かが破綻した。オリーブ畑も、爆弾も、はてはニコラの死さえも、何もかもに関係があり、しかも関係がなかった……。

不意にわたしは、あらゆるものが小さくなって遠ざかって見える、あの昔よくあった非現実的な感覚に襲われた。ただ今度はものが遠ざかるのではなく、わたしのほうがとんでもない速度で後ろへ下がっていった。頭のなかでぽっかりと口を開いたトンネルのなかをわたしはどんどん後退していった。「停めて！」わたしはジュリアーナに頼んだが、彼女は停まってくれなかった。同じ言葉を繰り返す間もなく、最初の酸っぱいものが胃からさかのぼってきて口を満たしたので、あわてて手で押さえた。ジュリアーナが急ブレーキを踏んだ。わたしはドアを大きく開くと、スープの残骸を吐き、あの毒きのこも全部吐き出した。

彼女はハンカチを差し出してくれたが、わたしが受け取らないのを見ると、こちらの膝に置いた。わたしはハンカチを取って、口を拭った。

それからわたしはまたシートに背をもたせかけ、目を閉じた。胸の鼓動はゆっくりと通常の速さに戻っていった。彼女に向かってひとつうなずき、もう車を出しても大丈夫だと合図をした。

四輪駆動車が車道に戻り、スピードを上げるのがわかっても、わたしは目を開かなかった。もはや一切が取り返しのつかぬかたちで自分から離れてしまったのを目の当たりにしたくなかった。

湖にはさらに二時間ほどしてたどり着いた。空は雲が切れ、ようやく夏らしい陽気になった。はげ山の裂け目から濃い煙が立ち上るのが見えた。そのあたりも硫黄のにおいがして、ゲストハウスよりもずっと強くにおった。

湖畔の道をしばらく走った。水面は輝き、草に覆われた小島がちらほらあった。ひとけのない奇妙な荒野ばかりを朝からずっと走ってきたけれど、ここの自然のほうがずっと身近な感じで、安心できると思った。

ジュリアーナは、やや傾斜した駐車場に車を入れると、エンジンを切った。

「あそこにトイレがあるから」

わたしは力が出ず、頭もぼんやりしていた。だから、今日はここまでかと彼女に尋ねた。

「ここで車を乗り換えるの。この車じゃ洞窟まで行けないから」

新しい四輪駆動車は、車体のサイズの割に異様に大きなタイヤを履いていた。それこそ誰かがふざけて膨らませすぎたんじゃないかと思うほどだった。それはツアー会社の車で、会社の名前には〝アドベンチャー〟だか〝アウトドア〟だかという言葉が入っていた気がするが、よく思い出せない。でも、車体の側面にラフティングを楽しむグループの写真がプリントしてあって、彼らの笑顔の横で泡立つ水面から水しぶきが上がっていたのは覚えている。

ジュリアーナはガイドのヨウナスを紹介してくれた。手はせいぜい二十五歳という感じの若者で、寒いのに半袖姿で、防水ジャケットを腰に巻いていた。ふたりは早口で素っ気ない英語で何かやりとりをしたが、わたしには聞き取れなかった。それからヨウナスはわたしに対し、今度はこの上なく礼儀正しい口調で、手袋は持ってきたか、今履いている靴しか持ってないのか、と尋ねてきた。どちらの問いにもジュリアーナが、自分の装備を使わせるから問題ないと答えた。するとヨウナスは四輪駆動車のとても高いサイドステップにわたしが上がるのを手伝ってくれた。そのあいだ彼女は下で見守っていた。そしてすぐ出発となった。

先ほどの湖畔の道を逆戻りし、わたしたちがその道に入った地点からさらに三十分ほど進んだあたりで、ヨウナスは、なんの標識も出ていない右手の未舗装路に車を進めた。ジュリアーナとわたしは別々の列に座っていた。全部で十二の席があったが、わたしたちのほかに客の姿はなかった。あたりを眺めているうちに、わたしもだんだんとその雄大な眺めに慣れてきた。この土地を初めて見た時、ベルンはどんな思いだったろう、どんなに驚いたことだろうと思った。彼はいつだって尋常ではない驚き方をしたからだ。

〝わたしたち、ひとの手でまだ穢されていない場所を探してたの。何か、傷ひとつないものを見つけたくて〟

ジュリアーナにもっと詳しく教えてほしかったが、彼女の口からそれ以上、ベルンの話を聞かされるのは耐えられず、今は無理だと思った。

何キロか前進したところで道は険しさを増した。当初の未舗装路は幅が狭まり、やがて、ふた筋の不明瞭な土のわだちに変わった。それは恐らくわたしたちの乗っていたその車の巨大なタイヤが残したものに違いなかった。二本のわだちのあいだに草が生えているのを見て、わたしはマッセリアの野道を思い出した。でもこちらはあの野道よりずっと危険で、手入れの不十分な、洪水にでも遭ったみたいな道だった。溝もあれば穴もあり、尖った岩もごろごろしていて、四輪駆動車はサスペンションの上で大きく揺れ続け、今にもひっくり返りそうだった。

ルームミラーでヨウナスが、天井からぶら下がっているゴム製のつり革につかまれという仕草をしてきたので、つかまったとたん、車輪がひとつ深い穴に落ちて、わたしはシートから落ちそうになった。

そのすぐあとでヨウナスは車を停めて降り、かがみこんでタイヤのひとつを調べだした。それから彼は後ろに回って、リアハッチを開くと、工具箱を持ってタイヤのところに戻った。

「パンクしちゃったの?」わたしはジュリアーナに尋ねた。それでつい彼女のほうを見てから、そんな単純な動作が和解の印と思われてしまうかもしれないと気づいて、すぐに後悔した。

ところが彼女はこちらをちらりとだけ見て答えた。「タイヤのグリップを高めるために空気圧を下げてるの。ここから道が悪くなるから」

ヨウナスがすべてのタイヤの減圧を終えると、また出発となった。これ以上、道が悪くなんてなりようがない、そう思っていたが間違いだった。続く一時間、わたしは片手でつり革を握り、反対の手でシートの下をつかみ続けねばならなかった。

激しい揺れは、わたしの内側で始まった震えと、わたしたちが近づきつつあった場所への恐れをほんの少しだけ隠してくれた。いや、違う。あれは場所への恐れなんかじゃなくて、相当久しぶりにベルンと再会することへの不安だった。その震えは——ほとんど痙攣《けいれん》に近かった——外からは見えないにしても、悪路が急に終わり、車が、やわらかな黒い砂のカーペットの上、火口へと続く斜面のふもとを走るようになってもやまなかった。そこの空は前のそれに輪をかけて奇妙で、色はくすんだ水色で、白い筋がありとあらゆる方向に伸びて交差していた。

ヨウナスは車を降り、今度はタイヤを加圧した。わたしは、火山のふもとに生えるシャクナゲのような灌木《かんぼく》をぼんやりと眺め、やがて遠くに一台のトレーラーがあるのに気づいた。それは、なんにもない大地のまっただなかに残された、ただひとつの人間の足跡だった。

トレーラーのなかには木の板の棚があって、ブーツがサイズごとに並んでいた。反対側には大きな箱があり、泥跳ねで汚れたヘルメットがいくつも投げこんであった。

「靴をわたしのと交換して」ジュリアーナが言った。

「このままでいいわ」

状況的に、もう彼女の世話にはなりたくなかった。でも厳しい声で駄目だと言われ、わたしは腰を折り、アディダスの靴紐を解き、彼女のトレッキングシューズを履いた。

「上のほうの紐は交差させて。もっとしっかり引いて」また有無を言わせぬ調子で命令された。

それからヨウナスに、ブーツとヘルメット、汗臭いウールの厚手の靴下を渡された。洞窟に入る直前にこれを身につける、そこまで歩いて三十分かかる、と彼は説明すると、わたしたちが進むことになる方向を指差した。

「溶岩原《ラーヴァ・フィールド》だ」目の前に広がる大きな平たい岩の連なる平原を指差し、彼は言った。無数の細い溝が年輪のように溶岩に刻まれていた。洞窟はそのどこかにあって、ベルンもそのどこかにいた。

徒歩での移動は予定以上に時間がかかった。ヨウナスが思っていたよりわたしの足が遅かったか、歩きにくいルートを選んでしまったのかもしれなかった。というのは、彼らにしても勘を頼りに進んでいるように見えたからだ。洞窟の位置は正確に心得ているのだが、岩のあいだを縫うルートのほうはこれというものが決まっていないような印象だった。

わたしは疲れていた。いや、それどころかもう体力の限界だったが、気が張っていたのでなんとか動いていた。そのうち変な風に石を踏んで片足をひねってしまった。ジュリアーナが後ろから支えてくれたので転ばずに済んだものの、何分か休まねばならなかった。ヨウナスがわたしの前にしゃがんで、自分の膝の上にひねったほうの脚を載せ、靴を脱がせてから、足首を慎重に動かした。そして、まだ歩けるか、しっかり歩けるようでないと洞窟には入れないが、と尋ねてきた。足首は痛かったが、わたしは大丈夫だと答え、足を引きずっているのをできるだけ隠してまた歩いた。

洞窟の入口ではふたりの若者が待っていた。テントが建っていて、キャンプ用のテーブルでそれぞれの魔法瓶を前に座っていた。自己紹介を手短に済ませると、彼らはジュリアーナと時刻がもう遅いことについて相談し、今日は入るのをやめ、明日にしたほうがいいかもしれない、と勧めた。でもジュリアーナはあきらめなかった。結局、一時間以内に出てくるという条件つきで洞窟入りが認められた。

みんなが話しあっているあいだに、わたしは地面に開いた大穴のふちに近づいてみた。直径十メートルはある穴なのに、到着するまで遠くからはまったく見えなかった。穴の底にはきらきらと輝く苔《こけ》の絨毯《じゅうたん》が広がり、恐らくはその穴が開いた時に崩落した石くれの山を覆っていた。穴の一方のふちに鉄の階段があり、手すりのかわりにロープが張ってあった。もっとよく見たくなって一歩前に出たが、めまいがして、わたしはあとずさりした。

ヨウナスの注意事項はほとんど聞き流してしまった。早く下りたいという気持ちと、一刻も早くここを去り、家に帰りたいという気持ち、どちらの思いも同じくらい強かった。洞窟のなかは氷に覆われていて、ゴムのブーツの底には滑らないようにスパイクが埋めこまれているが、いずれにしても気をつけて歩かないとならない、というのはわかった。閉所恐怖症じゃないかとも尋ねられた。閉所恐怖症という英単語は、二度、繰り返してもらってやっとわかった。

そして彼が先、わたしがそのあとについて梯子《はしご》を下りた。ジュリアーナはついてこなかった。彼女がふたりの若者と一緒に穴のふちに残っているのを見て、わたしは階段をちょっと上り直し、「来ないの？」と尋ねた。

彼女は腕を組み、あきらめたような目をしていた。あるいは光の加減でそんな風に見えただけかもしれない。

「彼はあなたと話したがってるの」彼女は答えた。「それでどうにかしてくれってわたしは頼まれたわけ。だから行って」

それだけ言うとジュリアーナは後ろを向いてしまった。そんな台詞を口にするのがどんなにつらいことか、わたしにもわかった。レイキャビクの空港でわたしを出迎え、同じベッドで寝て、十時間も同じ車のなかで過ごすのはどんなに耐えがたいことだったろう。そのすべてはよりによって、わたしたちふたりが暗黙のうちに長年争ってきたひとのところにわたしを連れていくためだったのだから。彼女が気の毒になった。

階段を下りるともう暗かったが、洞窟の入口を示す金属のゲートが行く手に見えた。ヨウナスは氷の少し手前で足を止め、わたしにウールの靴下とスパイクつきのブーツを履き、ヘルメットを被るように言った。ヘルメットに装着されたヘッドランプは彼が点けてくれた。一着、重ね着用のセーターも差し出された。もう十分暖かかったけれど、どうしても着ろと言われて着た。洞内の気温が零度近いのだという。それがどういうことなのか、まもなくわたしも理解することになった。

洞窟の入口が実は最大の難所だったのだが、わたしはまだ何も知らなかった。つるつるの岩をよじ登り、腹ばいになって高さ五十センチの割れ目をくぐらないといけなかったのだ。ヨウナスが先に手本を見せてくれたが、わたしはうまくできず、五度目でようやく通過した。次は狭いトンネルを腰を折って進んだ。息が詰まりそうで、胸の鼓動が異様に速くなった。もしかしたら、わたしは間違っていたのかもしれない、本当は閉所恐怖症だったのかもしれない。そう思った。ベルンに塔に連れていかれたあの夜の、真っ暗な階段を思い出した。あの時もパニックになって、早く出たいと彼にせがんだじゃないの……。

氷は硬く、ヘッドランプの光に照らされて、なかに閉じこめられたさまざまな形状が浮き上がって見えたり、色鮮やかな小石が透明な層のおかげで輝いたりした。

トンネルが下りにさしかかると、ヨウナスに、ロープにつかまりながら滑って下りるように言われた。下で自分が待っていて受け止めてあげるから、と。わたしの腕はロープを握る手を緩めるのをしばらく拒んでいたが、ヨウナスの励ます声を聞いて――恐ろしく遠くから聞こえた――わたしは滑りだした。

それでようやく広い場所に出た。大きな岩間で、床は凍りつき、天井には黒い岩盤が覆いかぶさっていた。ヨウナスは、床じゅうにびっしりと生えた氷筍《ひょうじゅん》にぶつからぬよう気をつけてくれと言った。氷筍の高さは数センチしかないものから、わたしの額に届くものまで色々だった。何百年という歳月を経てそこまで成長したのだという。でも靴が軽く当たっただけで折れてしまうので、彼が足を置く場所を正確になぞって歩かねばならなかった。

最初は小刻みに歩いていたわたしだが、そのうち滑りやすい地面にもそれなりに慣れた。わたしたちは岩間を横切り、岩に開いた穴から隣の部屋に入った。わたしは頭《こうべ》を巡らせて今度の空間の広さを確認してみた。さっきより狭くて、見たところ、次の間への出口はなさそうだった。洞窟はそこで終わりみたいだった。

ヨウナスは片手を上げ、わたしたちの前方、高い場所にある何かを指差した。それでようやくわたしにも、横長の割れ目が見えた。とても狭い割れ目だった。

「彼《ヒー》は《・イズ・》あそこだよ《ゼア》」

ヨウナスはそう言うと、自分の口元で両手を丸め、ベルンの名前を呼んだ。その名はこだまとなって響き続け、永遠にやまぬかと思われた。

あたりがまた完全に静まり返る前にベルンの声が聞こえた。「イエス」

それでもう、わたしはこらえきれなくなった。胸で炸裂《さくれつ》した涙の奔流がさかのぼってきて、目からあふれた。あとになって――ずっとあとのことだが――その瞬間を振り返ったわたしは、涙は地面に落ちて、あのいつまでも溶けない氷の層とひとつになったのだなと思った。でも、その場ではそんなことは考えなかった。厚さもよくわからない岩の向こうにいるベルンのことしか頭になかった。

ヨウナスの手を借りて割れ目のほうへ二メートルほどよじ登り、彼が指差した石に座った。それより上に登るのは君には無理だが、そこから話せばベルンにも聞こえる、ただし大きな声で話すようにと言われた。彼はわたしをひとりにするわけにはいかないので、部屋の下で待っているとのことだった。

「ベルン」わたしは呼びかけた。

答えがなかった。ヨウナスにもっと大きな声を出せと言われ、ほとんど叫ぶようにして、ベルンの名をもう一度呼んだ。

すると「待ってたよ」という返事があった。

わたしよりも少し低い位置にいるんじゃないか、そんな気がした。声がやけに遠く、ぼんやりしていたからだ。ただの勘違いかもしれないが。さて、次はなんと言えばいい？　わたしは迷った。でも、ベルンが言葉を続けてくれた。「間にあったね。きっと大丈夫だと思ってた。その声を二度と聞けないと思うとやりきれなかったよ」

「どうして出てこないの、ベルン？　お願い、戻ってきて」

寒さで息が続かなかった。洞内の空気は重たくて、呼吸しづらかった。

「ああテレーザ、戻れるものなら戻りたいさ。でも、もう遅いみたいだ。体が言うことを聞いてくれない。ここに落ちた時に、どこかの骨が折れちゃったみたいなんだ。すねの骨だと思う。それに肋骨《ろっこつ》も一本、たぶん折れてる。脇のほうは痛かったり、そうでもなかったりで、ここ何時間かはなんともないけど」

「きっと助けが来るわ。誰かがそこまで入って、出してくれるはずよ」

ヨウナスはどこかの暗がりにいるようだった。ヘルメットの明かりを消して、わたしとベルンを曲がりなりにもふたりきりにしてくれようとしたらしい。

ベルンにはこちらの声が聞こえなかったようだった。

「こっちには、つるつるの高い壁があるんだ。まるで銀の板みたいで、水がうっすらとその上を流れていてね。もうバッテリーがあまり残ってないんだけど、ライトでうまく照らすと、鏡みたいに自分の頭の形がそこに映って見えるんだよ。この美しい眺めを君にも見せてあげられたらな。テレーザ、いいことを思いついたぞ。壁に映った俺の顔を、君の顔のつもりで見つめてみようと思う。ひとつ頼みがあるんだけど、いいかな？」

「ええ、もちろん」わたしはつぶやいた。でもそれでは向こうに聞こえないと気づいて、同じ言葉を大声で繰り返した。

それは人類史上最も奇妙な別れの一幕に違いなかった。ささやきあうのが普通の言葉を、ふたりは怒鳴りあわなくてはならなかったのだから。

「その辺を見回して、ひとの顔に似たかたちの岩か何かを見つけるんだ。俺の顔にそっくりな岩はないかい？」

わたしは荒い息をつきながら、ヘッドランプの光線を洞窟の壁の上で滑らせた。でも見えるのは、尖ったり、でっぱったり、腫れ物のように膨らんだりしている、その恐ろしい空間のでこぼこばかりだった。

ベルンはしばらく黙ってこちらに時間を与えてから、尋ねてきた。「見つかったかい？」

「ええ」わたしは嘘をついた。

「よし、これでそっちも俺の顔が見えるようになったね。ところで、水滴の音は聞こえているかな？少し黙ろうか。そうすれば、きっと聞こえるから。打楽器の、ほら、シロフォンをそっと叩いたみたいな音色なんだ。でも明かりを消さないと駄目だよ。視覚に邪魔されないようにするんだ。ひとはいつだって目に見えるものにすっかり気を奪われてしまうから。しーっ、耳を澄まして」

わたしは言われたとおりにした。ヘッドランプのつまみをいじって明かりも消した。すると洞内は完全な暗闇に沈んだ。かつて体験したことのない圧倒的な暗さだった。

少しすると、しずくの滴る音が聞こえだした。クラベスみたいに乾いた音を立てるしずくもあったが、残りのしずくは、それぞれ均一のテンポで、確かに音色を奏でていた。しかも時が経つにつれて、まるでわたしの耳によって静寂から引き出されたみたいに、新しい音色がどんどん聞こえてきた。そしてついにはどの音も豊かに響きだし、何百という極めて小さい楽器による合奏となった。すると、また周囲が見えるような気がしてきた。ただし視覚とは異なるまったく新しい感覚がまわりの空間を再構築し、それを見ているようだった。

「聞こえたかい？」ベルンの声がした。今やその声は、しずくの音に比べれば轟音《ごうおん》に等しかった。

「こんな凄いものは神にしか創れないよ」

「また神様を信じるようになったの、ベルン？」

「全身全霊で信じてるさ。それを言えば、信心を本当に捨てたことなんて一度もなかった。ただ、前とはちょっと違うんだ。神は俺の体に充ち満ちていて、なかにだって、外にだっている。素直にそう思えるようになったんだ。テレーザ、こんな言い回しを知っているかい？　〝わたしはあなたの手を逃れたつもりが、あなたの手へと帰っていた〟どう、知らない？」

「ううん、知らないわ」わたしは胸がつぶれそうになりながら答えた。

「チェーザレのお気に入りの言い回しのひとつでね。何か悪さをすると、よく言われたよ。俺たちは時々、わざとチェーザレをがっかりさせるような真似もした。でもあのひとは気づかないふりをしていた。どうせそのうちこっちが謝りにくるのを知っていたから。そして実際、三人で謝りにいくと、いつもひとりひとりの耳に『わたしはあなたの手を逃れたつもりが、あなたの手へと帰っていた』ってささやいたんだ」

言葉の切れ目ごとに、ベルンは長い間を置いた。息が持たないようだった。

「マッセリアの話をしてくれないか、テレーザ。頼むよ。どうにも懐かしくてたまらない。ここにいても心残りってたいしてなくて、例外は君に会えないことと、あとはマッセリアぐらいなんだ。出てきた時、あそこはどんな風だった?」

「無花果《いちじく》が熟してたわ」

「無花果か。収穫したかい?」

「ええ、手の届く場所は全部取ったわ」

「常磐樫《ときわがし》はどうした? 元気になったかい?」

「ええ」

「ああ、よかった。とても心配してたんだ。それから? もっと聞かせてくれ」

でもこっちは胸が詰まってしまって、涙でまともに言葉が出なかった。

「石榴《ざくろ》もいっぱい実がついてたわ」わたしは割れ目に向かって叫んだ。

「石榴ね」ベルンはわたしの言葉を繰り返した。「石榴はまだ待ったほうがいいな。少なくとも十一月までは。でもあの木の性格は知ってるだろう? いつも立派な実をつけてこっちを期待させておいて、熟す一週間前になると割れちゃうんだ。チェーザレがよく言ってたよ。あの石榴は根っこにどこか問題がある、胡椒木《こしょうぼく》と近すぎるのかもしれないって。でも、俺は違う気がするけどね。冷えてきたら、あの木は覆ってやってくれよ」

「ええ、約束するわ」

「マッセリアで俺が一番好きだった時間、いつだかわかるかい? 君との散歩だよ。仕事を終えて、夕暮れのころによく行っただろう? いつも少し遅れて家から出てくる君をこっちはあのベンチで待って、それからふたりで野道を歩いたね。ゲートを過ぎたら、たいていは右に折れたけど、必ず右というわけじゃなくて、左に行く時もあった。なんにしても俺たちはそこでどっちに行こうか迷うということがなかった。最初から決めていたみたいに、どちらに進むべきかちゃんと知っていたんだ。沈みかけた太陽がふたりを顔から足元まで照らしていたっけ。まだあの日差しを感じることができるよ。嘘じゃない。ほんのりとだけど、あの温もりは今も思い出せるんだ。無花果の実が熟すと、うちの敷地の外の木だって、構わず収穫したね。だって本当は何もかもがふたりのものだったから。そうだよね、テレーザ？」

「ええ、ベルン」

「みんな、ふたりのものだった。どの木もどの石垣も。それに空だって。あの空だって俺と君のものだったんだよ、テレーザ」

「ええ、ベルン」

わたしは〝ええ、ベルン〟と繰り返すことしかできなくなっていた。気持ちが先走り、彼の声を二度と聞けなくなる瞬間のことでもう頭がいっぱいだったのだ。

こちらを見守っていた暗がりから、出発の時間だというヨウナスの声がした。わたしは聞こえなかったふりをした。こんな時間を終えるタイミングをどうやって決められるというのか？　こんな会話を中断して、ベルンをひとり置き去りにできるわけがないではないか……。でも、自分にはそれ以上、そこに留まるだけの余力がほとんど残っていないという自覚もあった。ブーツのなかの足は寒さにかじかみ、指がもう動かなかった。

「ベルン、ひとつ教えてちょうだい。ニコラのことよ」

彼は少し黙ってから、あくまで落ちついた声で答えた。

「もっと大きな声で話してくれ。よく聞こえなかった」

本当に聞こえなかったのだろうか？　それともわざともう一度、繰り返させようとしているだけなのだろうか？　もしかして、こちらの意志がくじけそうになっているのに気づいている？　誰よりもわたしという人間をよく知っている彼ならあり得る話だった。

それでもわたしは同じ台詞を繰り返すことができた。彼に聞こえぬふりができぬよう、大声で叫んだ。わたしの疑念は洞窟じゅうの岩という岩に反響し、何倍にもなってこの体にぶつかってきた。

「ニコラのことを教えてほしいの。ベルン、あれはあなたがしたことなの？」

闇のなかで見開かれた彼の寄り目、その表情をわたしは思い描いた。彼にそっくりな石を見つける必要なんてなかった。ベルンはわたしのなかに刻みこまれていたから。

「できるものなら、絶対に違うって嘘をつきたいよ。でももう二度と嘘はつかない。俺はそう決めたんだ」

「でも、どうしてあんなことをしたの？　ベルン、どうして？」

「何かが俺の足を押したんだ。とてつもなく大きな何かだった。ニコラの頭は石の上にあって、その力がこの足を持ち上げて、下に押したんだ。主はアブラハムの手を止めたけど、あの日、あのオリーブ畑で、俺のことは止めてくれなかった。あの時、あの場所に神はいなかった。むしろ神と正反対の存在が、俺とともにあって、ニコラの頭の上でこの足を押したんだ。テレーザ、こんなことは全部嘘だと言いたいよ。嘘だと言えたら、どんなにいいだろう」

「お兄さんだったんでしょう？　わたし、わからない」

「あいつは……あいつと君は……」

「違うわ、ベルン！　そんなの嘘！　わたしにはあなたしかいなかった」

「それに、あいつがあんなことを言ったから」

「あんなことって？」

　そこで彼はまた黙ってしまった。

「あんなことってなんなの、ベルン？」

「彼女に葉っぱを渡したのは自分だって。あいつが夾竹桃《きょうちくとう》の葉をむしって、あの子の手に持たせたんだって。全部、あいつが自分の身を守るためにやったことだったんだ」

「葉っぱって？　なんの話をしてるの、ベルン？」

「テレーザ、俺たちは時々、自分を見失ってしまうんだね」

　ヨウナスのヘッドランプが岩間の底で輝き、こちらに近づいてくるのがわかった。「もう出ないと《ウィー・ハフ・トゥ・》駄目だ《リーヴ・ナウ》」とガイドは言った。

「嫌よ《ノー》」

「ウィー・ハフ・トゥ・リーヴ！」

　ヨウナスにその場からどうにかして引き剝《は》がされた。下りはずっと難しかった。寒さと悲しみの両方でわたしは限界で、ヨウナスに言われたとおりに足を岩の溝に置こうとしても、ブーツがどうしても滑ってしまった。手足の感覚が完全に失われていた。結局、滑り落ちて、彼に両手で受け止めてもらった。そして、急いで外に出ないといけない、このままでは低体温症になってしまうと言われた。

　その時、ベルンの声がもう一度、岩間に響き渡った。「また来てくれるかい？」

　わたしは、ええと答え、戻ってくると約束した。それからヨウナスと洞窟を後戻りしていった。壊れやすい氷筍のあいだを抜け、腹ばいで斜面をよじ登り、狭いトンネルでは膝を折って進んだ。そのあいだヨウナスの片手はずっとわたしのジャケットの袖を放さなかった。この手を放せば彼女はいなくなってしまうと恐れているみたいだった。

そのあとのことは、ぽかりと記憶に穴が空いている。気づいた時には、溶岩原の大きな岩のひとつに横になっていた。わたしの上にはまた空があった。あのやけに明るい夜みたいな空だ。それと毛布が二枚重ねでかかっていた。こちらを見下ろすジュリアーナの顔もあった。あなたは鉄の階段を上がる途中で気を失ったのだと彼女は言った。危うく下まで転がり落ちるところだったらしい。

ようやく座れるようになると、コーヒーを少しずつ飲まされた。三十分かそこらは倒れていたようだ。

「ベルンが死んじゃう」わたしは言った。

するとジュリアーナは目をそらした。そして、魔法瓶の蓋にもう一杯コーヒーを注いでくれた。

「もっと飲んで」

「どうしてこんなに何日も生き延びられたの？」

「装備はしっかり持っていったから。食糧も、水も。一週間はなかにいられるだけの用意があったの。それに彼、物凄い体力あるし」

「でも、どうしてあそこから引っ張り出せないの？」

「ほかの誰にもあの割れ目に入る技術がないから。仮に入れたとしても、救助のしようがないと思う」

「岩を壊して、穴を開ければいいじゃない？」

彼女の瞳が熱を帯びた。「この洞窟は保護指定されているの」

「でもベルンがなかにいるのよ!」

するとジュリアーナは片手をこちらの頰に置いた。冷たく、乾いた手だった。「あなたには絶対わからないんでしょうね。違う?」

あのひどく緩慢な夕暮れのなかをわたしたちは湖まで戻った。今度はふたりの若者も一緒に来た。帰りは行きよりも短く感じられた。

ガイドたちの暮らすアパートに、わたしのための部屋が用意されていた。病室みたいに飾り気のない部屋で、ベッドの上に羽毛布団が畳んであった。夕食の時刻は過ぎてしまっていた。ジュリアーナによれば、外に出ても食事のできるような場所はないが、腹が減っているなら、一階にスナック類の自販機があるとのことだった。

わたしはゆっくりシャワーを浴びて、骨の髄まで染みこんだ冷えを追い出そうとした。バスルームを出ると部屋は白い湯気でいっぱいだった。キャリーバッグから清潔な下着を出す気力もなく、裸のまま布団にくるまると、わたしは眠った。

その晩はマッセリアの夢を見た。玄関のドアにかんぬきがかかっていて、こちらはなかに入れないのだが、ベルンがわたしたちの寝室でベッドに横になっているのはわかっていたから、庭から何度も呼んだ。しかし彼の返事はない。そのうち開いた窓から小石がひとつ飛んできた。わたしは落ちた小石を拾い、投げ返した。ベルンがそんな風にこちらとやりとりをしようと決めたのかもしれない、そう考えたのだ。小石はさらに何度か窓から飛んできて、そのうちばらばらとひとまとめに降ってくるようになった。ついには空からも降りだして、猛烈な黒い雹《ひょう》となり、あっという間に家を埋め、野畑を覆い尽くし、見渡す限り広がる荒野の真ん中にわたしを置き去りにした。

翌朝、わたしたちはロフトヘトリルに戻った。わたしとジュリアーナ、ヨウナスに加え、前日、洞窟の入口で見張りをしていたふたりの若者のうち片方が一緒だった。若者は助手席に座り、ヨウナスと道中しゃべりっぱなしで、喉で鳴らす音をよく使う、あの野蛮で、憎たらしい言語の会話が途切れ途切れに聞こえてきた。時にはふたりで笑い声を上げることもあったが、こちらに気を遣ってか、すぐにやめた。

出発前、朝食の時に、ジュリアーナがわたしのテーブルに近づいてきた。わずかばかりの食事を載せた自分の皿を置く前に、「もしひとりで食べたいなら遠慮するけど」とこちらの意思を尋ねられた。わたしは座るように言ったが、優しく勧めたとはとても言えない口調だった。わたしたちはぎこちなく、たわいもない話をした。イタリア人にとって朝から薫製ニシンを食べるなんて――そこに何カ月も暮らしたあとでさえ――いかにあり得ないことか、といった話だ。

意外なことに四輪駆動車の上でもわたしたちは会話に成功した。わたしはジュリアーナに、どうしてアイスランドに来たのか、どうしてあの洞窟だったのか、どうしてあの洞窟のあの狭い割れ目だったのか？　と質問を重ねた。

「きっかけはカルロスのおしゃべりのせいね」

「誰、カルロスって？」

ジュリアーナは両手の袖口を引っ張って、手をなかに隠した。

「バルセロナで会った男。フライベルクのあと、わたしたちバルセロナに行ったの。とあるグループを頼ってね」

「どんなグループ？」

「メンバーは色々だった。カタルーニャ独立派の活動家もいれば、なんでもいいから暴れる機会を待っているブラック・ブロックの連中もいた。向こうまでレンタカーで行ったんだけど、追跡が怖くて、どこにも泊まらないで直行したの。奇跡的に検問には一度もぶつからなかった。それでもバルセロナには長居はしなかったわ。ああいう雰囲気、わたし好きじゃなかったし、ベルンのことがとても心配だったから。彼の不安定なところが爆発しちゃってね」

彼女は両脚をシートの下に伸ばし、しばし見入った。

「彼、アパートから出たがらなかった。『外は何もかもあんなに病んでるじゃないか。本当にわからないのか？　俺たち人間は今や、一切合切、台無しにしてしまったんだよ』なんて言ってね。わたしたち、その手の議論は数えきれないくらいしたことがあったけど、でも今度は彼が何かそれまでとは違うことを、わたしにはつかみきれないことを言おうとしている気がしたの。ある日、トンマーゾたちと昔、木の上で寝たことがあるって話をしてくれたことがあった。流れ星を見ようって言って、ふたりをつきあわせたんだって。それで暗い空をじっと見つめていたら、ベルン、自分のことを、上に存在している何かの一部だって感じたらしいの。凄く細かく話してくれたんだけど、その様子がちょっと普通じゃなかったのも確かでね。その時、わたし気づいたの、ベルンは恐ろしく大きな愛を抱えたひとなんだって。彼が愛したのはオリーブの木々だけじゃなくて、世界の何から何まで愛していて、そのせいでまともに息もできなくて、苦しんでいるんだって。馬鹿げた話だと思う？」

馬鹿げた話だとは思わなかった。それはかつて聞いたなかで一番正確なベルンの描写だった。つまり、ジュリアーナは彼を心から愛していたのだ。でもだからと言って、わたしはもうつらくなかった。素直に受け入れることができた。

「ともかく、そのカタルーニャ人グループのリーダー格のひとりがわたしたちに会いにきたの。それが決定打だったわ。それがカルロス。南極海でグリーンピースの船に乗っていたことがあったみたいで、ベルンと話しこんでね。彼、カルロスの話に夢中だったわ。人新世《アントロポシーン》の話をベルンに初めてしたのもカルロスだった」

「アントロポシーン？」

「わたしたちが生きているこの地質時代のことで、〝ヒトの時代〟って意味。地球上のあらゆるもの、あらゆる場所、あらゆる生態系がヒトの存在によって変質してしまった時代よ。わたしは前にも聞いたことあったけど、ベルンは初めてで、彼にとっては天啓みたいなものだったのね。それからは来る日も来る日も、アントロポシーンの話ばかりしてたわ。そして、せめてひとつくらいは例外を見つけたい、何かまだ誰も見たことがなくて、損なわれていないもの、汚れのないものを見つけたい、そんな望みが彼のなかで生まれ、膨らんでいったの」

「それでここに来たの？」

ジュリアーナは馬鹿にした目でこちらを見た。

「アイスランドは汚れのない土地の正反対の国よ。バイキングが何世紀も前に島じゅうの森を全部切ってしまったから。みんな、無垢《むく》な自然を期待してここに来るけど、ある意味、アイスランドってアントロポシーンの極致みたいな場所なの。カルロスだってそういう文脈でこの島を話題にしたの。たとえば〝アイスランド〟のかわりに〝アマゾンの熱帯雨林〟と言ったっておかしくなかったはずよ。ところがベルンはカルロスの言葉をある種の指令のように受け取ってしまったの。それでわたしたちはここに例外を探しにきた。持っていたお金はあっという間になくなった。二週間もせずにすっからかんになったわ。だからフィヨルド地方の農園で何カ月か働いた。嫌になるくらい人里離れた農園だったな」

嫉妬が一瞬、甦《よみがえ》った。あのカラフルなトタン板で覆われた家に暮らすベルンとジュリアーナ、一帯は霧に包まれ、外は凍てつく寒さだが家のなかは暖かい。愛を交わすふたり……。わたしはそんなイメージを必死に心から遠ざけた。

「冬が過ぎて、わたしたちはこの湖のほうに移り住んできた。それでヨウナスたちと出会った。ちょうどハイシーズンのために少し人手を探してて、なんでもやりますっていう人間が必要だったの。彼らのツアーってたまに危険なこともあるからね。でも、ベルンはまだ自分の計画をあきらめてなかった。ヨウナスと一緒にこの島を隅々まで見て回ったけど、どこもベルンには不満だった。そういう風に簡単に行けてしまう場所だってこと自体、もう失格だったのね。それが、ついにロフトヘトリルにたどり着いたの」

「でもあの洞窟だって、誰でも入れるじゃない？　金属のゲートまでついてるし」

「あなたが行った場所まではね。あの次の部屋に進んだひとはまだいないの。部屋があるのは前からわかっていたんだけど、入口があんまり危険で、難しいものだから」

「そこでベルンが一番乗りを決意した」

「こんなことになっちゃったから、彼が最初で最後のひとりなんじゃないかな」

「どうして誰も止めようとしなかったの？」

ジュリアーナはちらりとこちらを見てから、また外に目を戻した。

「ここのみんなは、できるものなら自分だってベルンと同じ冒険がしたいと思ってるわ。だから彼らにしても、あの壁の向こうがどうなっているのか知りたかったし、少なくとも自分たちも発見に立ち会えると思っていたの。ロフトヘトリルのなかの空気の流れをあれこれ調べた結果、どこかに出口があるはずだ、それは溶岩原のどこかだろうってみんな考えてるみたい」

「つまりベルンにもそこから出てくるチャンスがあるってこと？」

「あんな風に脚を折ってなかったら、ひょっとしたかも。今の状態じゃとても無理よ」

わたしたちはしばらく黙りこんだ。道の荒れ方が最も激しい区間で、車はサスペンションの上で揺れに揺れたが、今度はどんなに強烈な衝撃を食らってもわたしは驚かなかった。

ふたりのあいだに漂いだした不吉な予感を断ち切ろうとしたのだろう、ジュリアーナが口を開いた。

「観光客はこの道に来ると大はしゃぎよ。メリーゴーランドにでも乗ってるみたいにキャーキャー言うひともいてね。ベルンも大好きだった。この島で出会う何もかもに彼は感激してた。最後に洞窟に入っていった時も、笑顔だったわ。彼だって遭難の可能性もあるのは承知していたし、もう筋肉と決意しか残っていないみたいにがりがりだったのに。あんな幸せそうな彼は見たことなかった。もしかしたら、あなたたちの結婚式の時くらいかも」

わたしを喜ばせるためにジュリアーナがそんなことを言ったのかどうかは今もってわからない。でもその時は、彼女の言葉を信じることにした。「がりがりだったって、どういうこと？」

「二十キロ近く体重を落としたの。子どもだって通れないような割れ目だもの。ベルンみたいな大人に通れるはずないじゃない？　でも大丈夫だって自信満々で、本当に通っちゃった。何ヵ月もかけて、連続した動作の組みあわせ方と体のひねり方を研究してたわ。わたしたち、ライトで照らして見える範囲だけでも、割れ目から先の通路とそこにある凹凸のサイズをひとつひとつ測ったの。それで彼、石膏型《せっこう》で通路をそっくりそのまま再現した。アパートの裏庭にそれを置いてね。今もそのままよ、重さが一トンはあるし。そこで練習している彼をわたしよく部屋から眺めたわ」

「ふたりの部屋から見てた、ってこと？」わたしは口を挟んだ。黙っていられなかった。

「そう、わたしたちの部屋からよ」彼女は苦しげな声で答えた。「まるで踊りの振りつけの練習でもしているみたいだった。こまめになんでも手帳にメモして。練習をしない時は、芝生で坐禅《ざぜん》を組んで、ぴくりとも動かずに座ってた。瞑想《めいそう》かお祈りでもしているみたいだったけど、そうして自分の体に残されたごくわずかな脂肪が完全に溶けてなくなるのを待ってたのね。断食は全然つらくなかったみたい。彼のおじさんが若い時に一ヵ月連続で断食をしたとかで、自分だって、一日にスープをマグカップに一杯とフルーツ少々で楽々続けられるなんて言ってたわ。ほかの食べ物は絶対に受けつけようとしなくなってね」

「どうして？」

「どんな食べ物もこれは自然じゃないって文句を言うの。毎晩、人間が周囲の環境を変え、食糧を変質させてきた方法をあれこれ聞かされたわ」

「彼、前からそういうことにはうるさかったわ」わたしは言った。「少なくともダンコと会ってからはずっとそうだった」

それにあなたと会ってからね、とつけ足したいところだったが、やめておいた。やぶ蛇になりかねない。

「前はあそこまでひどくなかったと思う」ジュリアーナが言い返してきた。「このところトマトまで食べなくなってたもの。人間が持ちこむまで、元々アイスランドにトマトはなかったなんて言ってさ。それを言ったら、元々この島には食べられるものなんて全然なかったはずなんだけどね。だから地元産の野草のスープばかり飲んでた。わたしが作る時はこっそり肉も入れたわ。絶対に気づかれてたと思うんだけど、彼は顔に出さなかった。ベルン、やけに従順になってたわ。こっちがちょっとでも間違ったことを言ったら、ぼろぼろに傷つけてしまう、そんな感じだった。単に痩せていたからってことじゃなくてね。それでも、いよいよなかに入る準備ができた時は——さんざん訓練を重ねて、体にできるだけぴったり密着して、しかも暖かいようにヨウナスと一緒に服の改造も済ませて、しかも、岩のあいだでよく滑るようにわたしと一緒に魚油まで服に塗って——彼、本当に幸せそうで、にこにこしてたのよ」

この日もジュリアーナは外で待った。もしかするとベルンとはわたしの到着前に別れを告げたのかもしれないが、結局、どうだったのか確かめなかった。今度もヨウナスがなかまで連れていってくれた。わたしは前日よりもリラックスした足取りで進み、洞窟の奥に着くまでの時間も半分しかかからなかった。例の平らな岩に腰かけると、やたらと声の反響するその奇妙な告解室で、わたしはベルンの名を呼んだ。

三度目か四度目で、ようやく返事があった。こちらは不安でたまらず、胸が張り裂けそうだった。ベルンの声はずっと弱々しくて、遠くに聞こえた。あたかも夜のあいだに氷の斜面を何メートルか滑り落ちてしまったみたいに。そんな場所で闇に包まれている彼の姿をわたしは思い描いた。彼はわたしの名をすぐには呼ばず、まずはこう言った。「凄く寒いよ」脚を動かして立ち上がれるか試してみたか、と尋ねたが、答えてくれなかった。もっと大切な話があって、そちらのほうが気がかりだとでも言いたげに、ベルンはこう続けた。「テレーザ、俺がやりたかったのはこんな冒険じゃない。本当は君と一緒に冒険がしたかったんだ」

でもそこで話しているのは彼ではなかった。ベルンはもはやそこにはいなかった。彼のふりをして話しているのはひとりの亡霊であり、氷と石でできた空洞に取り残された彼の声のこだまに違いなかった。

それから何秒かは水滴の落ちる澄んだ音だけが聞こえていた。やがて叫び声が聞こえた。「許してくれ!」それが彼の発した最後の言葉であり、岩をてっぺんまでよじ登り、あの割れ目を越えて、わたしのところまで下りる力を持った最後の音だった。そのたったひと言を発するために、彼は、前日の夜からその朝まで頑張ったのかもしれなかった。

そのあとわたしは必死にベルンの名を呼び続けた。どのくらいの時間そうしていたかはわからない。やがて傍らに光が現れ、それがわたしの目をまっすぐに差し、肩を二本の腕に抱きかかえられ、力任せに引きずられるかどうにかして、ヨウナスに連れ出されるまで、わたしは彼の名を連呼していた。

ジュリアーナの交渉のおかげで、その朝の観光客向けのツアーは中止されていたが、夏のハイシーズンでもあり、午後からは通常どおりの営業に戻さねばならなかった。事実、午後三時ごろ、十名ほどのグループがやってきた。それぞれヘルメットとブーツを腕に抱えて、溶岩原を一列に並んで歩いてくるその姿を眺めながら、わたしは疑問に思った。自分たちの足元にひとり、瀕死《ひんし》の人間がいるなんて、彼らは知っているのだろうか？

ガイドのひとりが、前日にこちらが聞いたのと同じ、洞窟のなかで守るべきルールを説明しているあいだ、ジュリアーナはわたしの傍らにいた。何か不適切な行為を取らぬよう、彼女に警戒されている気がした。でもわたしがしたことといえば、説明を終えたガイドに近づき、グループと一緒に連れていってくれないかと頼むことだけだった。するとヨウナスが来て、優しいがきっぱりとした態度でわたしにこう告げた。自分の部下が――もうひとりの若者のことだ――ベルンに呼びかける。それでもしも返事があれば、もう一度、あなたをなかに連れていく。

一時間が過ぎた。もっと長い時間に思えた。わたしは土の溜《た》まった溝を小枝でほじくり返し、いったん穴を埋め戻してから、今度はもっと深く掘り直した。戻ってきたガイドは鉄の階段のてっぺんに姿を見せると、わたしではなく、またしてもヨウナスに声をかけた。そして首を振る様子から、ベルンの返事はなかったとわかった。

それからみんなで四輪駆動車に戻った。わたしは一番後ろの席に座った。そして、湖に着くまでずっと観光客のグループに黙って腹を立てていた。彼らの陽気な態度にも、手から手へと渡ってきたチョコレートをこちらに勧める無遠慮さにも腹が立ってしかたなかった。一切合切、無意味だと思った。彼らも無意味なら、わたしの怒りも無意味だった。ジュリアーナは隣に座っていたが、彼女がいてもなんの慰めにもならなかった。

もはやわたしがアイスランドに留まるべき理由はなかったけれど、帰国便は一度のみならず、二度までも予約を変更した。結局、ミーヴァトン湖の静かな水面が見える部屋には二週間滞在した。そのあいだ父さんに電話をして、マッセリアに行って畑やら何やらの世話をしてほしいと頼んだ。こちらの居場所を伝えるわけにはいかず、実際、そんなことはしなかったが、泣きだしたわたしがいつまでも泣きやまないので、ベルンに関係したことらしいと察したようだった。今日のうちに出発すると父さんは約束してくれた。向こうに着いたら、何をしてほしいか改めて教えるとわたしは告げた。

洞窟には二度と戻らなかった。毎朝、洞窟に入るつもりみたいな格好で四輪駆動車の出発地までは行くのだが、観光客が集まりだすと——過酷な気候を愛する若いカップルや、アマチュア洞窟探検家や、恐らくは洞内に入ることもできない肥満した女性などが集まりだすと——決まって気がくじけた。自分が邪魔者に思えてしまうのだ。だからそのたびヨウナスかその日のガイドのところに行って、なかに着いたらベルンを忘れず呼んでくれと頼んだ。最後にはわざわざ言わずとも、向こうから相づちを打って約束してくれるようになった。嫌な顔ひとつされなかった。今にして思えば、彼らも早々に呼びかけを止めてしまったのではないか。でもわたしは、そんなはずはないと懸命に信じようとしていた。そうして粘ることとぐらいしか、自分にできることはもう残されていなかった。

ヨウナスがはたして、ベルンとジュリアーナがロフトヘトリルまで流れ着いた理由を知っているのかどうか、わたしにはまだわからなかった。でも、いよいよという段になっても、ベルンの失踪をしかるべき筋に報告することにあの若者はこだわらなかった。洞窟の禁じられた領域に飛びこんでいった男が、残りの世界にとっては存在せぬも同然の人間であることにもしかすると気づいていたのかもしれない。あの男の失踪について何か言ってくる者など、このわたしを除けば、誰ひとりいないとわかっていたのかもしれない。

苦しみに耐えるため、わたしは湖のまわりを長い時間かけてよく歩いた。午前はある方向に、午後は逆向きに歩いた。たいていひとりだったが、ジュリアーナがつきあってくれることもあった。彼女もこちらの到着直後に保っていた距離を少しは縮めることにしたようだった。わたしはよく水面に身を乗り出し、魚はいないかと目を凝らした。でもいつだって何もおらず、水草が岸辺の水面下で揺らめいているだけで、あとは、あっという間に深くなって黒に沈む湖底しか見えなかった。


出発前夜、誰かが部屋のドアをノックする音で目を覚ました。夢じゃないかとあやふやな気分でベッドに留まっていたら、またノックが始まった。わたしは起き上がり、かけ金を開いた。すると、ジュリアーナがしっかりジャケットを着て、トレッキングブーツまで履いて立っていた。

「何か着て、外に来て。急いでね」

理由を問う間も与えず、カーペット張りの階段を彼女は下りていった。わたしはジーンズを穿き、そこに居座るために買ったフリースジャケットを着た。

若者たちはみな芝生の上に集まっていた。ヨウナスが上を指差すので見上げると、まばゆい緑色のカーテンが空に浮いていた。

「この時期に見えることはまずないの。奇跡みたいなものよ」

みんな携帯電話を手に、夢中になって写真撮影にいいアングルを探していたけれど、その現象を初めて見るのは、どうやらわたしひとりのようだった。緑色の光線は水平線上の特定の一点から放射され、煙のように大気中に広がっていた。

「まるであなたひとりのために現れたみたいね」ジュリアーナが言った。彼女の言葉を聞いて、わたしはそれが真実であることに気づいた。

光の発生源の方角があの洞窟と同じかどうかは彼女にもヨウナスにも尋ねなかった。そうだと確信していたからだ。そのエネルギーは、溶岩原の真ん中に開いたあの丸い大穴から放たれたものに違いなかった。

ひとりまたひとりと若者たちは見物に飽きて、部屋に戻っていった。最後にヨウナスとジュリアーナも去った。天の光はなお輝くのをやめなかった。変化があったとしても、その動きはひとの目ではわからないほどゆっくりとしていた。部屋に戻ったわたしは、まだあの光を見たくて窓のロールカーテンを上げた。朝、目が覚めたら、光は消えていた。


空港の前でジュリアーナと煙草を一本、回し呑みした。別に吸いたくはなかったが、名残惜しかったのだ。

「ここに残るつもり？」わたしは尋ねた。

すると彼女はあたりの眺めを見回した。まるでその場で判断を下そうとしているみたいだった。

「今のところ、ほかの場所はうまく想像できないな。あなたは？　マッセリアに帰るの？」

「今のところ、ほかの場所はうまく想像できないわ」

わたしの答えに彼女はくすりとした。それから吸い殻の火が点いたほうをもみ消すと、残りをポケットに入れた。分解に何年もかかるという例のフィルターのほうだ。必要な時間はものによって異なるが、遅かれ早かれ必ず終わる時が来る。わたしと彼女が分かちあっていた痛みにさえも。

「いつかわたし、いきなりそっちに行くかもしれないから」彼女は言った。

わたしたちはおずおずと頬と頬を触れあわせた。そしてわたしは空港に入っていった。振り返ると、ガラス窓の向こうに彼女の姿はもうなかった。

ポケットにまだクローナの小銭が残っていた。土産物屋を覗くと、アイスランドに着いた初日からどこに行っても見かけたものばかりだった。わたしはトロールの小さな彫像をひとつ買った。しわだらけの老いた小人が杖《つえ》をつき、せせら笑うような顔でそっぽを向いている像だ。

機上のひととなったわたしは、前の座席のあいだからこちらを覗くひとつの目に気づいた。三歳か四歳くらいの男の子だった。わたしもじっと見返してやると、向こうはさっと隠れ、何秒かしてからまた顔を見せて、こちらの反応をうかがった。そんな風にわたしたちはしばらく遊んだ。男の子の目が見えると、わたしはまずは知らんぷりをしてから、突然にらみつける。すると向こうはびっくりしながら、大喜びで隠れる。その繰り返しだ。やがてわたしが飽きても、彼はあきらめず、座席の上に立って、こちらを向いた。でも頭が背もたれの上からほとんど出なかったので、もっと前に身を乗り出した。母親が止めようとしたが、手を振り払われてしまった。わたしたちはしばし、まじまじと見つめあった。やがてわたしが片手を伸ばすと、人差し指をぎゅっと握ってきた。それが面白かったらしくて、あの子はきゃっきゃっと笑った。それでようやく満足した様子で、席に座ると、二度と後ろは振り返らなかった。飛行機を降りる時、男の子は母親の肩越しに手を振ってくれた。

8

マッセリアで、毎朝、父さんは同じ台詞を繰り返した。「俺はもうお役目ご免だな、どうやらママのところに帰ったほうがよさそうだ」だ。でも結局また一日が過ぎ、彼は相変わらずそこにいるのだった。言い訳は、トマトの収穫を手伝ってやらないとな、だったり、ドアのちょうつがいを直してやろう、だったりした。その辺で拾い集めた材料で芸術的な椅子を作りだしたこともあった。アイスランドでの出来事は既に説明してあった。わたしの説明は混乱していて、我ながらその奇妙な内容に驚き、ついには自分の言葉が疑わしくなってしまった。それでも父さんは全部きちんと聞いて、最後に長いこと抱き締めてくれた。わたしはその胸で泣いた。そんな風に父さんの胸で泣くのは初めてではなかったかと思う。

一年前に父さんは退職し、年金暮らしに入っていた。早期退職だった。不景気で勤め先の会社への注文が激減してしまったためだ。電話で母さんは、父さんの鬱病を今や包み隠さず語るようになっていた。だからわたしも、父さんがマッセリアでいつまでもぐずぐずしているのはきっと病気のためなのだろうとは思ったが、それでも心の一部では、いや、娘のそばにいてやろうというただその一心でここにいてくれるのだと信じていた。父さんとふたりきりで暮らすのはそれが初めてだった。おばあちゃんの家でともに夏を過ごしたことならば何度もあったが。

日が短くなり、暗くて作業ができなくなると、ふたりで協力して夕食を作った。食事のあとはどちらも早く寝た。寝室では新たな寂しさが待っていたが、父さんが廊下のすぐ向こうの部屋にいるのはわかっていたし、少し開けたままの二枚のドア越しにいびきだって聞こえた。昔は大嫌いだった父さんのいびきが、今はわたしを守ってくれる。そう思うたび、ロフトへトリルの暗がりで聞いたベルンの言葉を思い出した。〝わたしはあなたの手を逃れたつもりが、あなたの手へと帰っていた〟だ。同じことがわたしたちにも、つまり、父さんとわたしにも起きたようだった。

本当に父さんがトリノに帰っていった時、わたしにはひとりになる覚悟ができていた。ブリンディジまでつき添う途中で、父さんに言われた。「向こうのご両親にも伝えないといけないよ」

「やっぱりそうかな。わたし、わからなくて」

「彼の親御さんだからな」父さんはそう答えた。その事実の前にはどんな異議も無効だとでも言いたげだった。

それから何週間も過ぎた。わたしを訪れてくるひとは少なく、仕事上必要なつきあいに限定されていた。月曜と木曜は野菜の納入先が来て、あとは色々な定期点検の業者と、二日に一度、午後だけやってくる助っ人ひとりだけだった。穏やかな晩夏が続き、秋はなかなか来ず、茄子《なす》は実をつけるのをやめる気配がなく、もはや低木並に背が高くなっていた。わたしはほぼ一日じゅう外で忙しく働いたが、つらくはなかった。手を動かしていればあまり考えずに済んだし、考えたとしても実務的なことばかりだった。それでも、フード・フォレストの真ん中で立ち尽くし、ぼんやりと宙を見つめてしまう時もあった。遅かれ早かれ、ある種の疑問が心をうるさく悩ませるようになるのはわかっていた。これからどうするの？　どこからやり直せばいい？　わたしは三十二歳、まだまだ先は長い。いつまでもこの土地にしがみつき、巡る季節に翻弄されて生きるつもりなのか？

　野道から一台の車が不意に姿を見せたのは、わたしが道具小屋の横に薪を積んでいた時だった。見覚えのない小型車で、衝突でもしたのか前部がややつぶれていた。手袋を外しつつ、わたしは近づいていった。そして車が停まった時、運転手はチェーザレだと気づいた。彼のほうも挨拶の印に手を上げた。隣には妹のマリーナが座っていたが、彼女はとりあえずの会釈もせず、車を降りてわたしと向きあってから、やっと握手を求めてきた。結婚式の晩に見て、わたしが覚えていたとおりの、小さくて、愛らしい手だった。

「なかに入りましょうか？」わたしは言った。「なんだか雨が降りそうだし」

チェーザレは口を大きく開くと、思いきり息を吸った。空気を味わい、嚙《か》みしめるような顔だった。マッセリアならではのにおいを探しているに違いなかった。

「その前に少し散歩に行きたいな」チェーザレは朗らかに告げた。「うん、悪いんだが、どこがどう変わったのか、全部見せてくれないかい？」

　こうしてわたしはかつて彼自身のものだった土地を案内し、いつかベルンとダンコがしてくれたように、変化をひとつひとつ説明して回った。雨水を集めて濾過《ろか》する仕組みも、ハーブの育つ、小枝とわらを積み上げた畝も。そうした情報のひとつひとつにあのひとは深い関心を示し、後ろ手を組んでわたしの話を聞いてから、必ず「素晴らしいね」と言った。

マリーナはわたしたちのあとについてきたが、その視線は周囲をぼんやりと眺めるばかりで、あのひとに意見を求められれば、決まって遠慮した。

「テレーザはこの場所を見事に甦《よみがえ》らせたね」最後にチェーザレはそう言った。別の誰かであればふざけているようにしか聞こえないだろう、例の厳かな口調だった。

わたしたちはパーゴラの下で腰を下ろした。チェーザレは世界地図のテーブルクロスを驚きと戸惑いの入り混じった表情でしばし見つめてから——懐かしさもあったのかもしれない——こちらに同じ目を向けた。

「ほかにぴったりくるテーブルクロスが全然見つからなくて」わたしは言った。「でも、そろそろ替え時かもしれないわ」

水の入ったカラフと栓を抜いたワインのボトル、炒《い》ったアーモンドをわたしはテーブルに並べた。

「手紙をありがとう」チェーザレが言った。「ふたりで読んだよ。マリーナは教えてもらえたことを君にとても感謝してる。そうだよね？」彼は優しく妹の腕に触れた。彼女はやはりはにかみながら、うなずいた。「あれは確かに途方もない冒険をする子だったよ。だがアイスランドの洞窟とはね、さすがに驚いた」

「ニコラのお葬式のあと電話もしなくて、ごめんなさい」

「本物の悲しみは、かたちばかりのお悔やみを何度言われるより、どんな電話より、ずっと価値があるよ、テレーザ。君が悲しんでいるのはわかっていたし、ずっとそばに感じていたさ」

ふたりはワインも水も飲もうとしなかった。こちらから注ぐべきところだったが、どうもぼんやりしてしまっていた。「フロリアーナはどうしてるの？」わたしは尋ねた。

「ああ、わたしのフロリアーナか。苦しみに心を冒されてしまったようだ。特効薬があれば教えてほしいくらいだが、どうしたものかね。我慢するしかないのかな。時間だけが解決するのかもしれない。ただ、これからもずっと離れ離れなんて耐えられないな。主がこの老いぼれの願いをかなえてくだされればよいのだが」

そう言ってチェーザレは微笑んだ。実際、その数年であのひとは顔がずいぶんと老けこみ、額にも口元にもしわが刻まれ、温かな目のまわりはややくぼみ、生え際も後退していた。髪が少し伸びているのは、昔みたいにまた長髪にしようというのではなくて、時々は散髪に行ったほうがいいと言ってくれるひとがいなくなったためらしかった。

「ところで、そっちこそ最近どうなんだい？」今度はこちらが訊《き》かれた。

率直な問いかけにわたしは戸惑ってしまった。「いつも仕事でてんやわんやよ」

チェーザレはひとりうなずいた。わたしの返事に納得したものかどうか迷っている気配だった。

「オリーブはいつ収穫するつもりだい？」

「十一月に始めるつもり。でも大雨が降ったら時期を早めないと駄目かもね。九月の雨はオリーブにはよくないから」わたしは自分の言葉と偉そうな物言いをすぐに後悔した。「ああ、あなたのほうが詳しいのに」

「ひとつ、九月の雨について触れた農民のことわざがあったな」彼はまぶたをぎゅっと閉じた。「どうも思い出せそうにはないが」

どちらにも関係のある際どい話題の手前すれすれで、空虚な雑談に徹するのは楽ではなかった。ましてや、相手はチェーザレなのだ。それでもわたしたちは茶番を続けた。オリーブオイルは木から網の上に落とした実だけで作るつもりか、それとも地面に落ちていた実も使うつもりかと訊かれ、地面の実は搾油工場に売るつもりだとわたしは答えた。

「じゃあ、きっと最高のオイルができるね」とチェーザレは言ったが、そこでふたりは黙りこみ、気まずい空気が流れた。あのひとは妹の許可を求めるようにその視線を求めた。するとマリーナは不機嫌そうに唇を横に伸ばした。

「マリーナとわたしは」チェーザレはふたたび口火を切った。前より重々しい声だった。「ひとつ頼みがあって来たんだ。ベルンは亡くなった状況が状況だけに、亡き骸をここに持ち帰って、埋めてやることができない。それはわたしたちも理解しているよ。でも埋葬がわたしたちにとってどれだけ大切なことかは、テレーザだって知っているね？　埋めてやらないと、魂は解放されず、次の転生先を見つけられないんだ。ここで蛙《かえる》を埋めた時のことは覚えているかい？　あれはマッセリアに君が初めて来た日だったね」

「ええ」

「よし。そこでマリーナとわたしは考えた。ベルンはきっと、ここで象徴的な埋葬をしてほしがっているに違いないとね。それ以上のことはできないわけだし。テレーザはどう思う？」

「まだ死んだかどうかなんてわからないわ」

「あの手紙の内容と文面からして、そうだと思ったんだが」

「埋葬なんて嫌。ごめんなさい」もう一度、今度はきっぱりと断った。ただしわたしの目はチェーザレではなく、マリーナに向けられていた。

「もう動かない体に閉じこめられたままになるのは、魂にとっては非常に苦痛なことなんだよ」チェーザレは粘った。「囚人も同じだからね」

「わかるわ」わたしはいったん躊躇《ちゅうちょ》したが、結局は言った。「でもそれって、あなたの考えにすぎないと思う」

にもかかわらず、あのひとの言葉は、暗い洞窟に横たわるベルンの姿を痛いくらい鮮明に浮かび上がらせてしまった。氷の上で不自然な角度を描く骨折した脚、こわばった顔の皮膚、瞳は大きく見開かれたまま、洞内の空気と岩と同じ色をしている。あらゆる変化とも腐敗とも無縁なベルン。永遠にそのままの彼。

「マリーナ、ちょっと待っててくれるかい?」立ち上がりつつチェーザレが言った。「テレーザ、一緒に来てくれないか?」

「どこへ?」

「せっかく久しぶりに来たのに、まだあの常磐樫を見せてもらってないのを思い出してね。少しあそこで座ろうか」

わたしはあのひとを追った。その後ろ姿を見ているうちに気づいた。以前からの股関節の故障が悪化したらしく、歩き方がぎこちなかった。左足が地につくたび、今にもつまずきそうに体が傾く。

わたしたちはベンチに座った。チェーザレは手を伸ばして、一枚葉をむしると、そのふちを眺め、眉をひそめて幹を見つめた。

「治療はしてるのよ。庭師はもう治ったって言ってるんだけど」

「それはよかった。枯らしてしまうのはあまりに残念だからね」

彼は葉っぱの柄をつまんで、右へ左へと振った。

「ベルンにしてもそうだが、あの子が最後につきあっていた仲間は、木々を特別にあがめていたみたいだね。違うかい？」

わたしはうなずいた。

「なんだかそんなことを新聞で読んだんだが、よくわからない部分もある。彼らは間違っていなかった、そんな気はするんだが、できるものならベルンと話しあってみたかったな。もしかしたら、何か結論にたどり着くこともできたかもしれない。あの子とは色々、有意義な議論をしたもんだ。信仰を巡る問題に関しては、この上なく才能のある人間だったよ。勘がよくてね。ただ、少しせっかちなところがあった。木々には確かに聖なるものを思わせるところがある。それは否定しないが、木々にはわたしたち人間と同じような魂なんてないんだ。とはいえ、どうしてこうも美しいのかな？　見てごらん、実に堂々たるものじゃないか」

見慣れた眺めだが、言われたとおりにしてみた。四季を通じて、何度となく見上げた木だ。

「テレーザ、何かわたしに隠し事があるようだね」

「別にないわ」わたしは返事を急ぎすぎたようだった。

それからふたりはかなり長いこと黙っていた。わたしは家のほうを見ていた。チェーザレは胸を前後に小さく揺らしており、その手には相変わらず常磐樫の葉があった。微笑みを浮かべているようだったが、あえて確認はしなかった。わたしは苛々してきた。

そしてとうとう、あのひとが始めから期待していたとおりのことが起きた。わたしの心が完全に空っぽになり、無防備になったその瞬間、告解の言葉が口を突いて出てきたのだ。「殺したのは彼だったの」

その言葉を声にするのは初めてだった。父さんにすら言えなかった。わたしの言葉は午後の空気に火を放った。

チェーザレが片手をわたしの肩に置いた。「かわいそうなテレーザ。ひとりで重荷に耐えてきたんだね。君にとってはどちらも大切な存在だったろうし」

あのひとは何度か苦しげに息を吸ってから、こう続けた。「やっぱりベルンはここに埋めてほしがってると思うな」

それを聞いて、わたしは混乱し、彼をにらんだ。「わたしの言ったこと、聞いてなかったの？」

「聞いたよ」

「じゃあ、どうして埋めてやろうなんて思うの？　それってどういうこと？」

するとあのひとはまた首をそらして天を仰いだ。そして目を閉じ、やがてふたたび開かれたその目は、感謝の光らしきものに満ちていた。若き日のチェーザレの姿、その体が放っていた優しい知恵の輝きをわたしははっきりと思い出した。

「ベルンだからさ。あれはわたしの息子だ」

「でも彼、ニコラを殺したのよ！　あなたの本当の子どもはニコラでしょ？　許せるはずないじゃない？」

「テレーザ、もしも今、わたしがベルンを許せなかったとしたら、君たちに教えてきたあれやこれやは全部、嘘《うそ》にならないか？」彼はそこで一瞬、言葉を探す顔になり、こんな聖句を唱えた。「〝主よ、兄弟がわたしに対して罪を犯した場合、いくたび許さねばなりませんか。七たびまでですか。するとイエスは言われた、わたしは七たびまでとは言わない。七たびを七十倍するまで許しなさい〟いいかい、七たびを七十倍だぞ？　わたしなんてまだ許し始めてすらいないじゃないか？　だから手を貸してもらえると、本当に助かるんだが」

わたしはなんとか冷静になろうとした。「あの洞窟には出口があるはずだってガイドの若者は言ってたの。絶対にあるって。だから彼、まだ生きているかもしれない」

チェーザレはこちらを見る目に力をこめて言った。「君の気持ちには言葉もないし、主もきっと報いてくださるはずだ。ただ、考えておいてほしいんだ。もしもこの先も状況が変わらず、その時が来たと君が思ったらで構わないから」

「そんなに大切なことなら、わたし抜きでやればいいじゃない？　わたしが参加する必要なんてまったくないでしょう？」

「そういうわけにはいかないよ。君はあの子の妻だ。誰よりも君に、ベルンは立ち会ってほしいと思うはずだから」

「マリーナのところに戻りましょう」

わたしは答えを待たず、パーゴラに向かって歩きだした。

「そろそろ帰ろうか？」チェーザレが妹に声をかけた。

マリーナは立ち上がった。そして、来た時みたいにわたしに握手を求めてから、今度はぐっと身を寄せてきて、頰《ほお》にキスをしてくれた。

「もっとお話ししたかったわ」彼女のささやく声がした。

わたしはアーモンドの小鉢をつかんだ。急いで片づけないといけない、そんな仕草だったが、結局、呆《ほう》けたようにそこを動けず、またテーブルに戻した。マリーナがアーモンドをひとつ口に入れ、嚙み砕いてから、「おいしいね」と言った。

車までふたりを送った。チェーザレはシートベルトを締めると、エンジンをかけた。「さようなら、テレーザ」下げた窓からあのひとは別れを告げた。

でも今度はわたしのほうがまだあのひとを帰らせたくなくなってしまった。

「ベルンがね、夾竹桃の葉っぱの話をしてたの」

チェーザレは眉間にしわを寄せた。「なんのことだろうね」

「もしかしたら、ただのうわ言だったのかもしれないけど、とても大切なことみたいだった。何かニコラも関係のある、恐ろしいことだったみたい」

するとあのひとの視線がオリーブ畑のほうにそれた。それはより正確には――その時のわたしにはまだ知りようもなかったが――葦原《あしはら》の方角だった。木々の向こうに隠れて見えなかったが、そこでさらさらと揺れていたであろう、あの葦原だ。

「するとたぶん、あの娘の話だね。ヴィオラリベラだ」

いつかと同じ爆発が胃のなかで起きた。戸惑いと恐怖だ。

「ヴィオラリベラ？」わたしはそっと聞き返した。

「哀れな娘だったよ。それにうちの三人もまだまだ子どもだった。ベルンはあれを境にすっかり変わってしまったな。しかし、この話はテレーザも、ベルンから聞いているものとばかり思っていたが」

「ええ、もちろん……もちろん知ってるわ」

そしてふたりは去っていった。もしこの世に啓示などというものが本当に存在するならば、それはまさにその瞬間――車は野道の奥に消えても、チェーザレの気配があたりにまだ強く漂っていたその時――わたしに訪れた。きっかけはあの失われた名前、ヴィオラリベラの名を本当に久しぶりに耳にしたことだった。わたしは不意に悟ったのだ。わがままな雑草のようにひょっこり地面から頭を覗《のぞ》かせたその名前にこそ、どうにも解消できなかったわたしたちふたりの行き違いの原因が隠されていたらしい、と。

その晩のうちにわたしはトンマーゾに会いにいった。アイスランドから帰ってすぐにそうすべきだったがまだ会っていなかった。彼にだってベルンに何があったか知る権利があると思ってはいたのだが、その気になれなかったのだ。でも、もう先送りは許されなかった。ヴィオラリベラを巡るすべての疑問をはっきりさせることのできる人間がいるとすれば、それはトンマーゾだったからだ。

怪しかった空模様がついに崩れた。ドライバーはみな突然の雨に戸惑い、車の流れがやや乱れ、ターラントの市街地入口でわたしは渋滞に巻きこまれた。左手に見える潟に波はなく、水面は真っ黒だった。ラジオを点けたが、音楽に苛立たされ、声に苛立たされ、CMに苛立たされて、結局また消し、屋根を打つ激しい雨音が車内を満たすに任せた。

車は適当に停めた。誰かのガレージの入口をちょっとふさいでいたので、ハザードランプを点けた。用事を済ませて、すぐに戻ってくるつもりでいた。アパートの各部屋のインターホンのボタンが並ぶパネルの名札はほとんどが外国人のものだった。スラブ系、アラブ系、中国系の名が、多いと六つも七つもひとつの部屋の名札のまわりに貼りつけてあった。そんなパネルの真ん中に、いい加減に千切った黄色い紙切れがセロハンテープで留めてあり、T・Fのイニシャルがあった。ボタンを押すと、トンマーゾはすぐに入口のドアを解錠した。誰だとも、なんの用だとも訊かれなかった。

どこの階だかわからなかったので、階段を上がっていった。五階に着いたところで、階段の照明が急に消えた。スイッチを押してから一定の時間が経つと消える仕組みなのだ。右手のドアが少し開いていて、赤味がかった明かりが漏れていた。なかから人の声がしたので、覗いてみると、四人の男が、緑色の布を敷いたテーブルを囲んで座り、トランプをしていた。空気は煙草の煙でかすんでいた。そしてトンマーゾがわたしの前に立ちふさがった。片手に紙幣を何枚か握り、困った顔をしていた。

「こんなところで何をしてるんだ？」

「あなたが開けてくれたんでしょ？」

部屋のなかで笑い声が起きた。男のひとりが何か言うと、ほかの者たちもがやがやと言葉を重ねた。トンマーゾは部屋を脱け出した。彼がドアを閉める直前の一瞬、ひとりの女の姿をわたしは目撃した。ホットパンツの下から長い裸の脚が伸び、金髪が背中を覆っていた。女はドアの細い隙間を幻のように横切って消えた。

「帰ってくれよ！」トンマーゾに言われた。

「あのひとたち、誰なの？」

「誰でもいいだろう？　人間だよ」

「人間なのはわかるけど」

「今、仕事中なんだ」

「これがあなたの仕事なの？」

「いったいなんの用だよ？」

トンマーゾはわたしの肩をつかんだ。しかしその接触はどちらをも戸惑わせ、彼はすぐに手を引っこめた。

「ヴィオラリベラの件で来たの」わたしは言い、その名が彼の顔に引き起こす反応を見守った。

「なんの話だかさっぱりなんだけど」

彼はさっとドアを開き、なかに逃げようとした。でも、閉まりかけたドアをわたしは片手でなんとか止めた。

「何があったのか教えて、トンマーゾ」

「ベルンに訊けばいいだろ、そんなに知りたきゃ。帰ってくれ」

「ベルンは死んだわ」

数時間前に自分がチェーザレの前で必死になって否定したことを、わたしはあの晩、トンマーゾに吐きつけるようにして告げた。すると彼の瞳から一気に生気が失われた。彼はわずかにうつむいた。

「二度とここには来ないでくれ」かすかな声が言った。

わたしが手を離すと、彼はドアを閉じた。ピザはどこだと訊く男の声がして、ほかの三人の笑い声が続いた。もうすぐトンマーゾはドアを開けるはずだ。そして、どういうことなのか詳しく聞かせろとわたしを問い詰め、なかに入ってくれと懇願してくるはずだ。もう少し待てば、きっと……。壁のどこかにあるはずの電灯のスイッチをわたしは手探りした。

また数分が過ぎ、また階段の明かりが消え、またスイッチを押した。エレベーターが動きだし、誰かがひとつ上の階で降りて、鍵をいじる音がした。これがあなたの仕事かなんて、どうして訊いたりしたのだろう？　あなたになんの権利があると言うの……。トンマーゾが何をしでかそうと、もはやかなり前からわたしには関係のないことだった。いや、恐らくは、昔からずっと関係のないことだったのだろう。照明がまた消えた時、わたしはそこを立ち去った。

　そうしてトンマーゾに会って以来、わたしはある種の病気にかかった。今ならば、あれは病気だったと自然に言えるが、あの数週間、自分では何ひとつおかしなことはないと思って生活していた。わたしにはベルンが見えた。ただし、はっきりと見えていたわけではない。目の前に実物の彼がいたという意味ではなく、むしろあれは予示に近かった。そのたびわたしは、本人にもうすぐ会える気がしたのだ。それはマッセリアに車で帰宅する途中で特によく起きる現象だった。場所も決まっていた。野道に入るほんの少し前の地点で、彼が庭先でブランコにはすかいに座るか、立っているかして、こちらには背を向けて待っている、そう確信するのだった。待っている彼の姿勢こそ変わったが、目に浮かぶその姿はいつも細部まではっきりしていて、わたしの確信も毎度、揺るぎなかった。一階のバスルームを出る時もそうだった。ビニールハウスで長いこと腰を折ったあとに体を起こした時もそうなら、窓が風でばたんと閉まる時もそうだった。そうした時、わたしはもうすぐ彼がそこに現れると一片の疑いもなく知っていた。ほら来たわ、まるで驚きもせずそう思うのだった。驚くことがあったとすれば、それはむしろ、ベルンの姿がただちに現れぬことのほうだった。でも、そこで覚える失望にしてもささいなもので、彼は単に遅れているだけか、ほかのどこかにいるだけで、いずれにしてもすぐそばにいる、そんな気がしていた。

　そうした予兆がやけに鮮明であることにも別に不安は覚えなかった。それでも誰かに打ち明けるのはやはりためらわれ、ひとにはできるだけ会わないようにしていた。十二月になると、クリスマスはトリノに帰らないと両親に告げた。できたらそのあとで帰るとは約束した。向こうも特にこだわらなかったから、様子が変だとは思われなかったのだろう。

わたしは常磐樫をささやかなイルミネーションで飾った。クリスマスの支度《したく》はそれ以上、何もしなかった。どうでもいいと思っていたのに、いざクリスマスイブが来ると、寂しさがマッセリアに包囲攻撃をかけてくるようでつらかった。夜の七時前後、わたしはソファーに横になっていた。夕闇が家に忍びこんだころからずっとそうしており、いっそのこと明日まで、それこそクリスマスが終わって、何もかも普段どおりに戻るまでこのままでいようかなどと考えていたところだった。

だから電話が鳴った時も、あわてて立ち上がろうとはせずに、しばらく鳴るがままにしておいた。

「僕だよ」電話の声はそう告げると、何か続けて言ったが、電話を口からいきなり遠ざけたらしく、よく聞き取れなかった。

「トンマーゾよね？」

彼は答えなかった。

「トンマーゾ、大丈夫？　どうしたの？」

二度、深呼吸をする音がした。「やあ、テレーザ。夕食の時間に悪いね。お邪魔したかな？」

彼、小声で笑っている？　常磐樫で点灯する明かりで、部屋のなかのものが見えては消えを繰り返していた。「平気よ、気にしないで」

「そうかなと思ってたんだ」

「嫌味が言いたくてかけてきたの？」

「違うよ。ごめん。ちゃんと用事があるんだ」

改めて何度か深呼吸をする音に続いて、うがいでもするような声がした。彼がまた口元から電話を遠ざけたのがわかった。

「今、アーダを待っているところなんだ」喉の調子を整えてから、彼は言った。「今年のクリスマスは僕の番でね。ただ、どうも風邪を引いたみたいで。それで、悪いんだけど、できればうちに来て、アーダの面倒を見てもらえないかと思って」

助けてほしい、というわけか。わざわざ会いにいったわたしを一度は追い払っておいて、今度は助けにこいと……。わたしはしばらく黙っていた。

「どうなんだい？」答えを急かされた。

冷たい態度を取ってやりたかったが、なんだかできなかった。本当にほかに頼れる人間が誰もいないのだろうか？

「いいわよ」わたしは答えた。

「アーダはあと一時間で来ることになってる」

「そんなに早く着けないと思うけど」

「まあ、できるだけ早く頼むよ。こんな姿は見せたくないんだ」

暗がりのなか、わたしは靴と厚手のジャケットを探し、車の鍵を探した。そのあいだに机の上のペン立てをひっくり返してしまったが、拾い集めようとも思わなかった。家を出ようとしたところで、トンマーゾはもしかしたら娘にクリスマスプレゼントも買っていないんじゃないかという疑念が湧いた。例のトロールの小さな彫像は、レイキャビクから戻ってきて以来、本棚の隙間に置いたままになっていた。あの子は怖がるだろうか？　まあ、あとで考えることにしよう。

五階に着いた時、ドアは前回のように軽く開いていたが、今度は静かだった。わたしは恐る恐るドアを開けて入った。

「こっちだよ」トンマーゾの声が別の部屋からした。

彼はベッドに寝そべっていた。顔は土気色、目には隈《くま》ができていて、頭を起こそうとして顔をしかめた。ベッドの下からプラスチックの洗面器の側面が顔を覗かせ、独特な悪臭が部屋に満ちていた。

「あなた風邪なんかじゃなくて、酔っ払ってるだけでしょ？」

「あれれ……ばれちゃいましたか！」

彼はにやっとした。ダブルベッドの誰もいない片側には犬が寝そべり、こちらをあきらめ顔で眺めていた。

「そうならそうとどうして電話で言ってくれなかったの？」

「酔っ払いじゃ哀れんでもらえないかと思って」

「わたし、別にあなたが哀れだから来たんじゃないし」

「へえ、じゃあどうして？」

「どうしてって……」

わたしは言葉を濁した。〝ふたりは友だちだから〟なのだろうか？

「実に模範的な父親だろ？」トンマーゾが言った。「酔っ払いの父親と過ごすクリスマス。ソーシャルワーカーを呼ばれても文句は言えないな。コリンはその手のチャンスを今か今かと待ってるんだ」

彼はまた座ろうとしたが、凄まじいめまいに襲われたようで、わたしが支えてやらなければ床に転げ落ちるところだった。

「寝てなさいって！」わたしはヒステリーを起こしかけていた。「何をどう飲んだら、こんなひどい酔い方できるの？」

「責任ある酒飲みが守るべきルールは全部破ったかな」彼はそう言って、額を押さえた。凄い勢いで回転する何かを止めようとするような仕草だった。「酒はちゃんぽんにして飲むな、途中で軽い酒に変えるな、空きっ腹で飲むな。そして何よりかにより、午後五時前から飲むな」

「何時に飲みだしたの？」

「ちゃんと六時からさ。ただし昨日の六時だけどね」

電話で聞いたのと同じ、くっくっという笑い声を彼はこぼした。

「こんなひどい二日酔い、初めて見た」

彼はそっと額の手を離した。手を遠ざけても脳みそがきちんとそこに留まるかどうか確かめるように。「じゃあ、本当にずいぶん前から会わなくなっていたんだね、僕たちは」

寝室を出たら、外から鍵をかけるように頼まれた。自分でなかから鍵をかけるんじゃ信用ならないと言うのだった。そして、アーダがいるあいだは、どれだけ彼女が開けろと言って泣きわめこうと、けっしてそのドアを開けぬよう約束させられた。

「こんなところをあの子に見られたら、母親に告げ口されるだろう？　母親に知られたら……」

「はいはい、もうわかったわ。アーダが来たら、下まで迎えにいかなきゃ駄目？」

「いや、下のドアの鍵を開くだけでいい。いつも自分で上がってくるから。そうすればコリンと俺は顔をあわせないで済むからね。インターホンが鳴っても、何も答えないでくれ。ドアを開けるだけだ。

コリンのやつに女の声を聞かれでもしたら……」

「でも、どうせアーダが話すでしょ、女のひとがいたよって？」

するとトンマーゾが両の拳をマットレスに叩《たた》きつけた。「気づかなかったよ。ああ、なんてこった！　やばいことになったぞ、畜生！」

「落ちついてよ」

彼はぞっとするほど酔っていて、まぶたなど小刻みに震えていた。わたしはコップ一杯の水を渡してから、彼を寝室に閉じこめてしまうと、居間をできるだけ片づけた。その夜まで、空の酒瓶がずらりと並ぶ部屋なんてものは映画の過剰な演出だろうとばかり思っていたが、トンマーゾの家は思いがけぬ場所から続々空き瓶が出てきた。見つけた瓶はすべてバルコニーに出した。彼の愛犬メデーアは、そんなわたしのあとをのんびりとついて回った。犬がいたほうが子どもも安心するだろうから、とトンマーゾが寝室から追い立てたのだ。

やがてインターホンの白黒の画面に元気に手を振るアーダの姿が映った。カメラの向こうに父親がいるものと思っていたのだろう。コリンは少し後ろにいて、脚しか見えなかった。わたしは何も言わず、解錠ボタンを押した。

アーダは、ひとりで上ってきてもいいけれど、エレベーターには乗るなと言われていたようだ。階段を上る足音が近づいてきた。最初、駆け足だった足音は、次第にゆっくりになった。明かりが消えるたび、わたしは踊り場で照明のスイッチを押した。すると女の子は小さな奇跡に驚くように必ずいったん足を止めた。

ちょっとはわたしのことを覚えているだろうか？　たぶん、無理だろうと思った。五階の踊り場にアーダが――ぼんぼりつきの毛糸の帽子をかぶり、肌は白いが父親ほどではなかった――その愛らしい姿を見せた時、わたしは自分の想像が正しかったことを知った。女の子の目には、自分はドアか階を間違えるか、アパートか約束の日を間違えたのではないか、という疑問が浮かんでおり、どうしたものかと戸惑っていたからだ。彼女が下に戻ろうとするのを見て、わたしは言った。「ここであってるわ、アーダ。心配しないで」

名前を呼ばれて彼女はびくりとした。

「わたしはテレーザ、パパの友だちよ。パパね、今夜、具合が悪いの。少しお熱があって。それでわたしが呼ばれたの」

彼女はなお警戒した。見知らぬ人間を信用するなという厳重な言い渡しが帽子の下で渦巻いていたのだろう。しかも、信用するほかに選択肢がなかった。

「わたしたち前にも会ったことがあるのよ」わたしは言った。

アーダはゆっくりと首を横に振った。

「でもあなたはとても小さかった。まだこのくらいだったかしら」

身長を示すわたしの手つきを見て、女の子は安心してもいいと思ったようだった。ようやく階段の手すりから手を離し、こちらに近づいてきたからだ。なかに入ると、彼女はそこが本当に父親の家であるかをまず確認した。それからトンマーゾの寝室のドアに駆け寄り、なんとか開けようとした。

「今ね、寝てるの。あとできっとご挨拶しましょうね」

しかしアーダはあきらめなかった。開かぬドアを前にした子どもにふさわしい態度で、がむしゃらにドアノブと格闘した。幸いメデーアが台所から出てきて、二度ばかり吠《ほ》えると彼女におとなしく撫《な》でられ、鼻面に頬をこすりつけられるがままになった。

その隙にわたしはひとつ提案した。「ねえ、サンタのおじさんにクッキーを焼いてあげない？　それで、窓のところに牛乳のコップと一緒に置いておくの」

返事もなければ、お愛想の視線ひとつなかった。小学生の一団をいっぺんに面倒見た経験もあるわたしが、たったひとりの女の子のだんまりに死ぬほど気まずい思いをしていた。アーダはコートも帽子も脱がずにソファーに寝転がってしまった。いかにもつまらなそうな顔だった。まさにそこへ、トンマーゾのいびきが壁越しに聞こえてきた。そうなると是が非でも何か話をして、いびきをごまかさねばならなかった。だからわたしはサンタのおじさんの話をまた始め、窓から入ってくる時はどうとか、自分でも何を言ってるんだかさっぱりわからなくなりながらも、べらべらとひとりでしゃべった。でもそうしてこっちが一生懸命になっているうち、なんとかアーダの警戒も解けたようだった。わたしが口を閉じた時には、女の子の様子が先ほどとは違って、落ちついていたのだ。そして、「お腹が減った」と彼女は言った。

ようやくやることができた、最高、これで台所に移動できるぞと思った。アーダに帽子とコートを脱がせると、わたしは冷蔵庫を覗き、戸棚を開いた。そこにも空き瓶が何本か隠れていた。

「オリーブオイルをかけただけのパスタ。それがわたしたちのクリスマスイブのご馳走《ちそう》ね。どう思う？」

アーダはうなずき、ちらっと笑ったようだった。夕食は台所の片隅に置かれた小さなクリスマスツリーをじっと見つめながら食べ、時おりテーブルの下に手を潜らせ、メデーアに食パンの耳をやっていた。

その二時間ほどあと、アーダが落ちついた寝息を立てながらソファーで眠ってしまうと、わたしはポケットから鍵を出し、寝室のドアを開けた。

「寝た？」トンマーゾに尋ねられた。

「うん。そっちも寝てるかと思ってた。じゃなきゃ死んだんじゃないかって、少し心配してたところ」

「起きてるさ。生きてるかどうかのほうは、僕にも確かなことは言えないけどね。うまくいった？」

「そうね。サンタさんのためにクッキーを作って、お絵描きしたわ」

「優しい子なんだよ」彼は言った。酔いのせいで空っぽになったみたいな顔だった。

「水を飲まなきゃ駄目よ。持ってくるね」

水をいっぱいに入れたコップをナイトテーブルに置くと、わたしはシーツとベッドカバーを彼にかけてやってから、ちょっと体を起こさせて、ふたつ目の枕を頭の後ろに置いた。トンマーゾは自分の体のまわりで動くこちらの手を興味深げに見つめ、「こういう日が来るとは思ってもみなかったよ」と言った。

「わたしもよ。保証してもいいわ」

どうやら彼が快適そうな状態になると、わたしは相手を見下ろしつつ告げた。「ヴィオラリベラ」

トンマーゾはまぶたを閉じた。「頼むよ」

「今すぐアーダを起こしてもいいのよ」

「嘘だろ」

そこでわたしは彼の娘の名を大声で呼んだ。もっと大きな声を出すこともできたが、子どもの目が覚めてもおかしくないくらいには大声だった。トンマーゾはびくりとした。

「よせよ！　気は確かか？」

「ヴィオラリベラ。もう二度と言わせないでね。次はコリンに電話するから」

彼のなかでわたしへの根深い怒りが急激に膨らむのがわかった。ベッドカバーの上で両の拳がぐっと握りしめられた。

「よし、わかったよ」

「早く話して」

さもないと今にもこちらの決意が揺らぎそうで不安だったのだ。

「そこの椅子を持ってこいよ」衣装だんすの横で服が山積みの椅子を指差し、彼は言った。

「そんなに長い話なの？」

「いいから座ってくれ。そうやって立っているのを見上げると頭痛がぶり返すんだ」

わたしは椅子に近づき、片腕で服の山を抱えると床に下ろし、ベッドに椅子を寄せた。トンマーゾはまた目を閉じていた。

彼の家は静寂に包まれ、聞こえるのはメデーアの湿った寝息と、それよりやや強いアーダの寝息だけだった。しばらくは何も起きなかった。トンマーゾはいったん口を開いたが、そこでためらった。もしかすると話の糸口を間違えたのかもしれない。それはわたしが想像していたよりもはるかに長い話となった。

「施設は」と彼は口火を切った。「野蛮な場所だった」

エピローグ
暗い日

かなり昔の話だが、おばあちゃんに、他人の人生はいつまで経ってもわからないことだらけだと言われたことがあった。わたしは腰までプールに浸かっていて、おばあちゃんはデッキチェアに横になり、両膝の皮膚をつまんで、自分の体のなれのはてを観察していた。

〝きりがないのよ、テレーザ。むしろ、なんにも知らないほうがよかったってこともあるわ〟

あの午後はたいして気にもしなかった。わたしはまだ十八で、大人の警告にはうんざりしていたのだ。たとえば母さんには、お前は向こう見ずで頑固だ、そのままじゃ絶対にいいことないよと口を酸っぱくして言われていた。それでもおばあちゃんの言葉は心のどこかに残っていたようで、トンマーゾの家で一夜《ひとよ》を過ごしたあとは――徹夜で、座りっぱなしで、あれこれ腹を立てながら過ごしたあの長い夜のあとは――よく思い出すようになった。

〝他人の人生ってね、いつまで経ってもわからないことだらけなの……なんにも知らないほうがよかったってこともあるわ〟

あれは、ひとの真の姿についての話ではなかったかと思う。誰かの本性を自分は知っている、そう言える時などはたして来るものなのだろうか？　ベルンの本性。ニコラの、チェーザレの、ジュリアーナの、ダンコの、トンマーゾの本性。そしてやっぱりベルンの本性。例によって例のごとく、誰よりも彼について。こうしてベルンの人生の――つまり、わたしたちの人生の――空白部分をすべて整理できた今、わたしは彼のことを本当に知っていると言ってもいいのだろうか？　おばあちゃんだったらきっと駄目だと答えるだろうし、まともな人間であれば例外なく駄目だと答えるだろう。なぜならひとの真の姿なんてものは、それが誰であれ、そもそも存在しないのだから。

にもかかわらず、誰からベルンの話を聞かされても――トンマーゾやジュリアーナから話を聞いても、わたしがいなかった時にベルンと一緒だった誰の話を聞いても――彼に関するわたしの確信は最初から少しも変わらなかった。わたしの答えは、おばあちゃんの気を損ねるのが嫌で言えなかったあの時とまったく同じ、〝わたしは彼のことをよく知っている〟なのだった。そう、わたしはベルンという人間を理解していた。しかもそれは、このわたし以外の誰にもできないことなのだ。

なぜならベルンについて知るべきことならば、あの日、玄関の外から彼がわたしに投げかけた最初のまなざしのなかにすべてあったからだ。あれは、彼がたわいもないいたずらの謝罪にやってきた時のことだった。ベルンの真実はあの黒い寄り目のなかに丸ごと含まれており、わたしはそれを見たのだ。

クリスマスの朝、目が覚めると、トンマーゾは寝室におらず、部屋のドアは閉まっていた。彼のほうのシーツはぐちゃぐちゃで、枕はふたつ折りになっていた。吐き気がぶり返して、また座らねばならなかったのかもしれない。冬の光が部屋を満たしつつあった。埃《ほこり》っぽい光だった。徹夜の長話がわたしの心に引き起こした動揺の痕は気だるさしか残っていなかった。

部屋の外から彼の声が聞こえ、続いてアーダの甲高い声が聞こえた。何かが床の上で弾む音が何度もした。やがてインターホンが鳴り、ふたりは外に出ていった。静かになった。わたしは起き上がり、シャッター式の鎧戸《よろいど》を上げた。何に触れてもその手応えがやけに新鮮で驚いた。窓を開けると、十二月の空気が一気に入ってきた。

四階下の歩道にはコリンがいた。クリーム色のコートを着ていて、その優雅な格好は彼女によく似あっていた。トンマーゾとアーダがアパートの前に現れ、わたしは言葉を交わす三人を見下ろしていた。やがてトンマーゾが腰をかがめ、娘の頰《ほお》にキスをした。立ち上がった彼は少し思いきったようにコリンのほうへ身を乗り出し、彼女と頰を触れあわせた。コリンはアーダの手を引き、去っていった。

トンマーゾが戻ってきた時、わたしはコーヒーを用意していた。

「挨拶もさせなくて悪いね」彼は言った。「ここで朝から君に会わせないほうがいいかと思ったんだ。説明がややこしかったろうし」

「気分はどう？」

「頭を切り落とされて、その頭を逆さまに糊《のり》でくっつけられた気分だよ」

実際、顔色はまだひどいものだった。トンマーゾは台所の台に寄りかかった。

「持ってきてくれたあの怪物、アーダのやつ大喜びだったよ」

「怪物じゃないわ。トロールよ」

「テレーザの話、結構してたよ。サンタさんのためにクッキーを作ったとかさ」

「なんとかなったみたいね。でもあのクッキーはひどい出来だった。あなた、冷蔵庫にバターもないの、知ってた？」

わたしたちはコーヒーを飲んだ。今度はわたしが話す番なのは承知していた。でも、わたしの話はそこまで長くならなかった。トンマーゾがしてくれたほど細かなところまで説明をしなかったからだ。それは、チェーザレに書いた手紙の内容をいくらか膨らませた程度の話だった。あの洞窟の割れ目のことは説明した。あたかも大地を丸ごと受精させようとでもするかのようにベルンが苦労して潜りこんだあの割れ目のことは。でも、湿った岩壁越しに彼とわたしが交わした言葉についてはまったく触れなかった。ドイツのことも、ベルンの父親のことも、ジュリアーナのことも触れなかった。

トンマーゾの表情は片時も変わらず、泣きもせず、こちらが話し終えても、なんの質問もなかった。それからわたしは自分のバッグを探しに向かった。そんな風に朝、男の家を出ていく自分についてジョークも思い浮かんだが、口にしたらふたりとも悲しくなりそうな気がしてやめた。その静けさは極めて薄い一枚の膜で、破ってはならぬものだった。わたしたちはまだどっぷりとベルンに染まっており、かつて彼の存在に心を奪われたように、今度はその不在に激しく揺れていたからだ。

トンマーゾに昼食はどうするつもりだと訊《き》かれた。

「何も考えてないし、食べるつもりもないけど。あなたは？」

「僕もだ」

一階まで下りた時、これで彼と会うのも最後になるかなと思った。誰よりも愛しい我が仇敵《きゆうてき》、トンマーゾ。

「昨日は助かったよ。ありがとう」彼は言った。「こういう場合、お返しにこっちも何かするべきなんだろうけど、何をしたものか見当もつかないや」

まっすぐ家に帰る気にはなれなかったので、わたしは散歩に出かけた。いくつもの崩れ落ちそうな建物と見捨てられた庭のあいだを抜け、旧市街を横切る。旋回橋に着き、渡った。中心街でもバールや店はみんな閉まっていて、通りを歩いているのはミサから帰宅途中の家族連れの姿くらいで、花束を抱えた者もあれば、贈り物でいっぱいの袋を手にした者もいた。そうしてなんとなく歩いているうちに、コリンの家の下に来ていた。遠くから窓を眺めたら、ガラスの向こうに誰かの姿が見えた気がした。コリンに会いたかった。彼女の声も、あの辛辣な笑みも懐かしかった。いつか電話をしてみようと思った。あとは来た道をゆっくりと戻れば、昼食の時間は無事やり過ごせるはずだった。何もひとりの食事のわびしさを恐れたわけではなく、食べずに済ませるほうが楽だったのだ。

それから約二時間後、車で野道に入った時、例によってベルンの予示があるものかと思ったら、その日はなかった。それまでの数カ月、彼の亡霊がどこを根城にしていたにせよ──マッセリア周辺の野畑にいたのか、それともわたしの脳内にしかいなかったのか──そのクリスマスの朝、それは立ち去り、二度と姿を見せなかった。家のなかは何もかも、わたしが前夜に残していったままの状態だった。机から落ちたペンは床に散らばったままで、キャップの外れたものもあった。全部拾い集めて、ペン立てに戻した。

しかしトンマーゾに関して言えば、二度と会うこともないだろうというわたしの見立ては間違っていた。数カ月後、こちらから連絡することになったのだ。春はもう始まっていて、わたしは花の咲いたアジサイの大きな株を買って、何もなかった壁際に植えた。そこならひさしが十分な影を作ってくれそうだったからだ。アジサイはけしからぬほどにたくさんの水を必要としたが、前からずっとほしいと思っていたし、わたしもいい加減、禁欲的で殺風景な庭を見るのに飽き始めていたのかもしれない。つまるところ、アジサイは誰の迷惑になることもなければ、土地の環境を悪化させることもなく、むしろその元気な白い球のような花でわたしを支えてくれるはずだった。

わたしはトンマーゾに電話をし、クリスマスの協力のお返しをしてくれるという話はまだ有効かと尋ねた。彼はもちろんだと答えたが、何か厄介な頼みごとでもされるのではないかと警戒している風だった。

「旅行につきあってくれない？」

「行き先は遠いのかい？」

「結構、遠いわ。でも旅費は出すから」

二月、わたしはフランカヴィッラにあるサンフェリーチェの診療所を再訪した。予約はせず、いきなり行って、明るく礼儀正しい、新しい秘書にじろじろ見られながら、診察と診察の合間が空くのを待った。まともに予約の手続きなどしていたら、途中で勇気がくじけてしまい、やり抜くことはできなかったかもしれない。ところがわたしは侵入に成功した。

こちらの顔を見たとたん、サンフェリーチェは椅子の上でびくりとし、危ぶむ顔で早くも片手を電話の受話器の上に置いた。助けを呼ぶつもりだったのだろう。

「あのひとならいませんよ、ご心配なく」わたしは言った。

すると医師は受話器から手を遠ざけたが、まだ不安そうに言った。「彼、最後に来た時は、うちの患者たちをひどく怯《おび》えさせましたからね。正直言えば、わたしだって怖かった。そこにロール紙があるでしょう？　ご主人それをつかんで、この部屋のものを片っ端から叩《たた》き壊したんですよ」

サンフェリーチェは目の前のイメージを振り払うように首を振った。それから、わたしを立たせたままだったのに気づいて、椅子を勧め、いつもの落ちついたポーズを相当な努力の末に取り戻した。彼の子どもたちの写真を収めたガラスの写真立ては斜めにひびが入ってまっぷたつになっていた。これもベルンが壊したのだろうか？

わたしはサンフェリーチェに、もう一度、試してみたくなったと告げた。

「ご主人は賛成なんですか？」

「だから、あのひとはいないんです」

どういうことなのか追及すべきかもしれないと思ったのだとしても、医師はやめておこうと決めたようだった。わたしは説明した。ベルンとわたしがキエフでサインした書類には、受精卵の冷凍保存への同意が含まれていた。もしかしたら受精卵はまだそのまま残っているのではないだろうか？

「ああ、それならすぐに確かめられますよ」

彼は手帳を取り出し、どこかに電話をかけた。そして英語でちょっとフェデチコ医師と話すと、こちらに向かってうなずいた。

こうして四月、ベルンとその道を進んでから四年後に、わたしはまたドニエプル川にかかる橋を渡っていた。まだ寒い一日だったが、水面はきらきらと輝き、ほとんど目に痛いくらいだった。川船が扇形に水を切り開きながら上へ下へと行き交っていた。

ナスチャがルームミラー越しにトンマーゾを険しい目でちらちら見ているのにわたしは気づいた。そう言えば、空港からずっと口数も少なかった。

「何を考えているか見当はつくけど、彼はただの友だちだから。ベルンは来られなかったの」わたしは説明した。

「わたし別に、他人のプライバシーをどうこう言うつもりはないわ」つんけんした答えが返ってきたが、明らかにほっとした様子だった。

「暗い日がやってきたから、また来たのよ」わたしは言った。

「暗い日って？」

「ナスチャが前に教えてくれたんじゃない。暗い日に向けて備えておきなさいって。そういう日が来ちゃったの」

彼女はにこりとした。「じゃあ、教えた甲斐《かい》があったね」

受精卵の移植が終わり、あてがわれた病室で休んでいると、トンマーゾがそっと入ってきた。

「起きてるから、大丈夫よ」わたしは言った。

彼は水色のナイロンの袋を靴に被せ、背中で紐《ひも》を結ぶ紙製の白衣を着ていた。その真剣な態度にわたしは心打たれた。

「あの高台に並んでるキューポラ見える？　ラヴラって言って、ベルンの大好きだった教会なの」

ところがトンマーゾはいかにも心配そうにこちらの様子を見つめるばかりなのだった。「調子はどうだい？」

「平気よ」

「それで、あとは何をするの？」

「あとは家に帰るだけ。悪いけど服を取ってくれる？　そこのワードローブに入ってると思うんだけど」

わたしが決意を固めたのは、その時ではなかったかと思う。トンマーゾは優しい手つきで、こちらが半裸であることにたぶん少しだけ戸惑いながら、セーターの袖に腕を通すのを助けてくれた。そこで思ったのだ。チェーザレの願いをかなえてあげよう、と。

でもわたしは五月が終わるのを待ち、六月が過ぎるのも待った。だからあのひとに電話をして、約束の日がやってきた時には、既に夏も真っ盛りだった。

チェーザレは聖職者用の紫のストールを首に下げて登場し、「どこに決めたのかな？」とわたしに尋ねた。

「桑の木よ」

わたしたちは桑の木を目指して歩きだした。昔、ベルンとその兄弟の隠れ家があったあの木だ。チェーザレとわたしが先頭で、マリーナはそのすぐ後ろを歩いていたが、トンマーゾは遅れてついてきた。アーダは父親のまわりを飛び跳ねていた。

オリーブ畑を進むわたしたちのまわりで、蟬《せみ》がひっきりなしに鳴いていた。あのころの夏と何も変わらなかった。わたしにとってスペッツィアーレという場所がこの季節にしか存在しなかったあのころと。

チェーザレはストールをマリーナに預けて穴を掘った。

「何を持ってきたか見せてみなさい」あのひとは言った。

わたしはトンマーゾを振り返った。すると彼はズボンの横のポケットから一冊の本を取り出した。

表紙は黄ばみ、角はすべてそっくり返っていた。

「探したらあったんだ」彼は言った。

チェーザレは、少年時代のベルンのものだった『木のぼり男爵』を受け取ると、腰を折ったままページをめくりだし、下線の引かれた一文の上でしばし目を止めた。

「うん、ぴったりだと思うよ」

あのひとは小さな墓穴に本をそっと置いた。そして『詩篇』の一篇の詩と『ヨハネによる福音書』の一節を暗唱すると、何かつけ加えたい者はあるかと尋ねた。わたしたちはみんな黙って、本の表紙をじっと眺めていた。

すると、誰も口を開かないのを見て、チェーザレは讃美歌を歌いだした。さすがに昔ほどの声量はなく、高いパートなど、少し鼻にかかった懐かしい歌声が苦しげだった。それでも、炎天下に響き渡るその歌声の迷いのなさは昔のままだった。最後までひとりで歌うのかと思ったら、二番からトンマーゾも声をあわせた。ふたりはそのまま残りを一緒に歌った。

アーダも何やら厳粛な空気を感じ取ったらしく、歌う父親をじっと見上げていた。歌うという単純な行為が、トンマーゾについての何か思いがけぬ、非常に大切なことを娘に明かしつつあるようだった。

それからわたしたちは穴を埋めた。チェーザレはみんなに石ころを拾い集めるように言い、本を埋めたところにそれを積んで、小さな山を作った。さようなら、愛しいひと——わたしは胸のなかでつぶやいた。

チェーザレとマリーナが立ち去ったあと、トンマーゾとわたしはもう少しオリーブ畑を散歩した。アーダは、よく見かける野良猫の一匹を追い回していた。

「時々、遊びにきてくれる？」わたしは彼に尋ねた。

どこに目をやっても、過去に会った人々や状況が思い出されてしかたない――トンマーゾはそんな気分のはずだった。わたし自身、そうだった。「アーダはここが好きらしいな。もうすっかりお気に入りみたいだ」

「この先、何かと人手が必要になると思うの。無料奉仕だけどね」わたしはつけ足した。

トンマーゾはにやりとして繰り返した。「無料奉仕ね」

でもわたしたちは何も約束をしなかった。それでよかった。それからわたしは、ベルンの死んだあと、湖の上空に現れた緑色のカーテンの話をした。まだ彼には話していなかったが、なんだか話しておくべきだという気がしてきたのだ。

「とにかくあの時期にオーロラが出るなんて、滅多にないことだって言われたわ」

「でも君は驚かなかったんだね」

「うん、そうなの。たまにだけど、自分はどうかしちゃったんじゃないかって思う。だって今日にしたって、みんなで本を土に埋めたのよ？」

するとトンマーゾが人差し指で宙に何か模様を描いた。

「確かに普通じゃないかもしれない。それに恐らくテレーザが見たのはただの自然現象で、原因だってはっきりしているんだろう。でも、そんな風に考えるのは、とてつもなく悲しいね」

「ダンコが聞いてたら、今ごろ雷が落ちてるよ」

「この反啓蒙《けいもう》主義者ども！　唾棄すべき反動主義者め！」

「過去の遺物よ、恥を知れ！」

わたしたちは声を上げて笑った。やがてトンマーゾが言った。「彼、ローマに帰ったってね」

「うん、わたしもそう聞いてる」

鵲《かささぎ》が一羽、地面から飛び立ち、枝に止まった。ふたりの視線が一瞬、そこで出会った。

もうしばらくアーダを相手に三人で遊んだ。それから彼らも去っていった。わたしはブランコに腰かけた。ふっと急な疲れに短時間だけ襲われることが増えていた。体じゅうの血液がすべて突然、ある一点に集中するような感覚だ。サンフェリーチェから、そういうこともあるかもしれないとあらかじめ説明があった。特に初期の数ヵ月はよくあることらしい。わたしは問題の数分間が去るのを待った。

強かった日差しが弱まり、今や、優しくひとを包みこむ、完璧な光になった。いつまでもこのままであってくれればと願いたくなる光だ。それは、この場所にどうしようもなく恋をしてしまう時刻だった。ベルンが夕暮れ時に野畑を眺めるたびに見せた大きな感動をわたしは思い出した。ああいう感動は子どもにも遺伝するのだろうか？　遺伝情報のどこかに記されているのだろうか、それとも消えてしまうのだろうか？　わたしにはわからなかった。でも、失われないでほしいと願わずにはいられなかった。このわたしにできることといえば、いつの日か娘に対し、彼女の父親がどんな人間であったかを語り、彼が何をあがめていたのか、そうしてあがめるうちにどんな過ちを犯したのか、説明を試みることくらいのものだった。あんなにも短かった生涯を通じてベルンが――ひとりの人間に許された完全な忘我と激しさをもって、絶え間なく――この天と地の何を愛したのか。それを娘に伝えたかった。

（了）

訳者あとがき

本書はイタリア人作家のパオロ・ジョルダーノ（Paolo Giordano）による小説*Divorare il cielo*（Einaudi, 2018）の全訳である。原題は「天をむさぼる」という意味だが、邦題は『天に焦がれて』とした。

「思春期の夏に出会い、ひと目で恋に落ちた男女の神話のような愛の行方」

この物語をごく簡単にまとめれば、そんなところだろうか。

あるいは「世界のすべてを貪欲なまでに愛した少年と、そんな彼を何があろうと崇めるように愛し続けた少女の神話」、そうまとめてみてもいいだろう。

そしてこれは「自由を追い求め、ユートピアを探し続けた若者たちの熱狂と冒険の物語」でもあり、そんな彼らをはらはらしながら見守り続けた、不器用で、どうしようもなく純真な、ひとりの観察者の長い報告書でもあるようだ。

物語は一九九〇年代前半の夏のある夜に始まる。

トリノに暮らす十四歳の少女テレーザは、毎年、夏休みを父親と一緒に南イタリアのプーリア州はサレント地方の農村、スペッツィアーレにある祖母の家で過ごす習慣だった。そこはオリーブ畑に囲まれた野中の一軒家で、遊び友だちのひとりもない、代わり映えのしない日々に彼女は退屈していた。ある夜、庭のプールから聞こえた物音でテレーザは目を覚ます。窓から見下ろせば、全裸で泳ぐ三人の少年たちのシルエットが見えた。それが、近くの農家《マッセリア》に暮らすベルン、ニコラ、トンマーゾと彼女の出会いだった。

テレーザとほぼ同年配の三人は実の兄弟ではない。ベルンとトンマーゾは故あってニコラの両親に引き取られ、マッセリアで兄弟同然に育てられていた。

ニコラの父親チェーザレは、若いころに世界を放浪し、仏教の輪廻転生の思想などの影響も受けた独特なキリスト教を信奉するようになり、マッセリアで妻とともに信仰に基づく生活を実践してきた。そのため三人の子どもたちも学校には通わせずに、彼が自ら宗教色の濃い教育を施し、世間とは隔絶した質素な暮らしを送らせていた。

三人のなかでもベルンは磁力のようにひとを引きつける強いカリスマのある少年で、テレーザは彼にひと目ぼれをする。次第に彼女はマッセリアの家族の四人目の子ども同様の扱いを受けるようになり、夏休みが来て、トリノから戻ってくるたびにベルンとの関係も深まっていく。

だが、成長するにつれ、ベルンの運命にはさまざまな波乱が生じる。世界に対する彼の強烈な好奇心と貪欲な知識欲、そして理想を純粋に渇望する飽くなき欲求のせいだ。彼はマッセリアの境界を越え、外の世界をむさぼり始める。

人間とは「自分にはないもの」「ここではないどこか」を追い求めずにはいられない生き物なのだろう。誰しもそんな経験があるのではないだろうか。特に思春期から青年期にかけては。ベルンは全身全霊をかけて探究を続ける。宗教的生活、アナーキズム、自然農法、環境保護運動、理想の家族、人間の手が入っていない原初の自然……。だが純度の高すぎる純粋さは往々にして危険なものだ。本人にとっても周囲の人間にとっても。

ベルンははたしてどこかにたどりつけるのだろうか？　そして、そんな彼を愛したテレーザは幸せになれるのだろうか？　その顛末がこの物語では描かれている。

マッセリアと呼ばれるイタリア南部の伝統的な農家（屋根が平たく、レンガか石を積んだ二階建てが多く、外壁を漆喰で真っ白に塗ったものもある）は、この物語のもうひとりの主人公だ。そこに暮らす登場人物たちの顔ぶれと生活が時につれて変化するのに対し、マッセリアだけは物語の流れのなかで終始コンパスの軸のように動かない。家なのだから物理的に動かないのは当然だが、やがてベルンに「ここを離れたら、俺は死んでしまう」とまで言わせる、登場人物たちの心のよりどころだ。

先に「神話」という言葉でこの物語を評したが、それは『天に焦がれて』の筋書きがどこか夢物語的であるためのみならず、マッセリアとその周囲に広がる野畑が俗世とは隔絶した別天地のように描かれているためだ（ただし単なる桃源郷ではない）。

またマッセリアのあるスペツィアーレという集落はもちろん、彼らがやがて通うようになるオストゥーニや寄港地《スカーロ》を含めた、プーリア州サレント地方の独特な風土もこの物語をどこか神話的にしているようだ。

サレントには訳者も何度か行ったことがあるが、あの地方の農村部には旅人に「ここはほかの土地と何かが違う」と思わせる不思議な空気が確かに流れている。大げさに聞こえるだろうが、ある種の魔力すら感じてしまう。野に力があるのだ。

作者もサレントに魅了されたひとりで、イタリアにおける新型コロナウイルスの大流行を受けて彼が二〇二〇年に発表したエッセイ集『コロナの時代の僕ら』(早川書房)にもこんな一節を記している。

「毎年、夏はプーリア州のサレント地方で過ごすことにしている。しばしばあることだが、遠くであの地方のことを考えると、僕の心にまず浮かぶのはオリーブの木だ。オストゥーニから海へと向かう道沿いには、とても古い、見事な樹形《じゅけい》の木々が並んでいる。ぱっと見、それが植物だとは信じられないくらいだ。幹の表情があんまり豊かなので、見ていると、感覚すら持っているのではないかという気がしてくる。僕も何度か、あの魔法めいた衝動に負けて、幹に抱きついて少し力を分けてもらおうとしたことがある」

実際、赤茶色の大地に樹齢何百年というオリーブの老木があんなにもたくさん並ぶ風景は、イタリアでも他にはなかなか例がないはずだ。

どこか神秘的な静けさに包まれたそうしたオリーブ畑は、たいていの場合、サボテンの茂みや素朴な石垣で区切られている。一見、石灰岩の石くれを無造作に積み重ねただけのような、誰がいつ積み上げたとも知れぬ石垣だが、触れてみれば案外と頑丈で、古いものであることに気づいて驚かされる。元々どこを掘っても出てきて、耕作の邪魔にしかならなかった石くれを、古人がモルタルを使うことなく巧みに積み上げたものらしい(同じ工法で造られたトゥルッリと呼ばれる石積みの伝統家屋が建ち並ぶ町並みが世界遺産に登録されたアルベロベッロもプーリア州の町だ)。

そして、あの大きな空とその下に広がるエメラルドグリーンの海。古代にはギリシア人が渡来して文明をもたらし、中世にはサラセン人がそのかなたより襲来した海だ。

祭りの夜ともなれば、激しいリズムでタンバリンを叩き、合いの手を入れる男たちの輪のなかで、裸足の女たちが血のように赤いショールを振りかざし、何かに取り憑かれたかのようにぐるぐると回りながら、エキゾチックな伝統舞踊ピッツィカを延々と舞い続ける。

そんな、一般に知られたイタリアの風景とはまるで異なる、幻のような別天地に憧れて、近年では夏になるたびに、バカンス客が北から大挙をなしてサレントに押し寄せるようになった。


なお、作中でオリーブの木を枯死させるピアス病菌のキシレラ(キシレラ・ファスティディオーザ、*Xylella fastidiosa*)による被害の描写があるが、これは、二〇一三年以降、実際にプーリア州、とりわけサレント地方を脅《おびや》かし続けている深刻な問題だ。老木ほど被害が大きいとされ、二〇一九年のデータで既に二百万本を超えるオリーブの木が枯死したとされる。残念ながらいまだに根本的な治療法は見出されておらず、問題は未解決のままだ。


本作で初めてジョルダーノの小説世界に触れた読者のために、作者の経歴を簡単に紹介しておこう。

パオロ・ジョルダーノは一九八二年トリノ生まれ、トリノ大学大学院の博士課程で素粒子物理学の研究をしていた二十五歳の時に小説『素数たちの孤独』(二〇〇八年、早川書房)で文壇デビューを果たし、同作でいきなり、イタリア最高峰の文学賞であるストレーガ賞を受賞しておおいに話題となった。『素数たちの孤独』は世界で二百万部という大ベストセラーとなり、イタリア人監督サヴェリオ・コスタンツォによって映画化もされた(主演アルバ・ロルヴァケル、ルカ・マリネッリ)。

『天に焦がれて』はジョルダーノの長篇小説としては『素数たちの孤独』、『兵士たちの肉体』(二〇一二年、早川書房)、***Il nero e l'argento***(Einaudi, 2014)に続く四作目となるが、作家はあるインタビューに答えて、デビュー作のあまりに大きな成功とその反響のせいで、おびただしい数の異物が自分の身に貼り付いて離れない、そんな違和感にずっと悩まされてきたが、『素数たちの孤独』から十年目に刊行された本作の執筆によって、ようやくそんな苦しみからも解放され、「これは二度目のデビュー作だ」という心境にいたることができたと語っている。

　そんな彼の意気込みが報われたか、刊行直後にイタリアの新聞各紙に掲載された書評は軒並み本作を高く評価しており、一九〇一年創刊の本の情報誌『ラ・レットゥーラ』が選んだ二〇一八年度の良書ランキング（Classifica di Qualità 2018）でも二位（イタリア文学では一位）に選ばれた。二〇二一年現在、イタリアでは通算十六万部を売り上げ、世界二十三カ国での刊行が決まっているそうだ。

　さらに二〇二〇年の『コロナの時代の僕ら』の発表前後からジョルダーノは、新型コロナウイルス感染症についての記事を新聞やニュース雑誌に多数寄稿し、テレビやラジオの番組にもしばしば出演して、高度な科学知識を持った小説家という独自の視点から意見を述べ、議論に参加するようになった。『コロナの時代の僕ら』で彼自身がその必要性を強く訴えていた、科学の世界と大衆の橋渡し役を自ら務めているのだ。

　新たなステージに立ったジョルダーノの今後の創作活動に心から期待したい。

　最後になりましたが今回は作中に登場するアイスランドの地名の読み方を表記するにあたり、アイスランド文学研究家で翻訳家の朱位昌併《あかくらしょうへい》氏にご協力いただきました。ここに改めて感謝いたします。

　二〇二一年十月

　モントットーネ村にて

訳者略歴　1974年生，イタリア文学翻訳家
訳書『素数たちの孤独』『コロナの時代の僕ら』パオロ・ジョルダーノ，〈ナポリの物語〉シリーズ（『リラとわたし』『新しい名字』『逃れる者と留まる者』『失われた女の子』）エレナ・フェッランテ，『リーマン・トリロジー』ステファノ・マッシーニ（以上早川書房刊）他多数

天《てん》に焦《こ》がれて

2021年11月20日　初版印刷
2021年11月25日　初版発行

著者　パオロ・ジョルダーノ

訳者　飯田亮介《いいだりょうすけ》

発行者　早川　浩

発行所　株式会社早川書房
東京都千代田区神田多町2－2
電話　03－3252－3111
振替　00160－3－47799
https://www.hayakawa-online.co.jp

印刷所　株式会社亨有堂印刷所
製本所　大口製本印刷株式会社

Printed and bound in Japan

ISBN978-4-15-210061-0 C0097

乱丁・落丁本は小社制作部宛お送り下さい。
送料小社負担にてお取りかえいたします。